国家出版基金项目
NATIONAL PUBLICATION FOUNDATION

"十二五"国家重点出版物出版规划项目

走向世界丛书

主编　钟叔河　曾德明　杨云辉

FROM EAST TO WEST

张德彝 八述奇

上册

钟叔河　张英宇　校点

岳麓書社·长沙

任出使英国大臣时的张德彝

与夫人金氏等在英国游览

英国明信片上的张德彝
（英文为“他被召回北京，担任天子的英语教师。”）

民国五年七十岁的张德彝仍着清朝建威将军大礼服

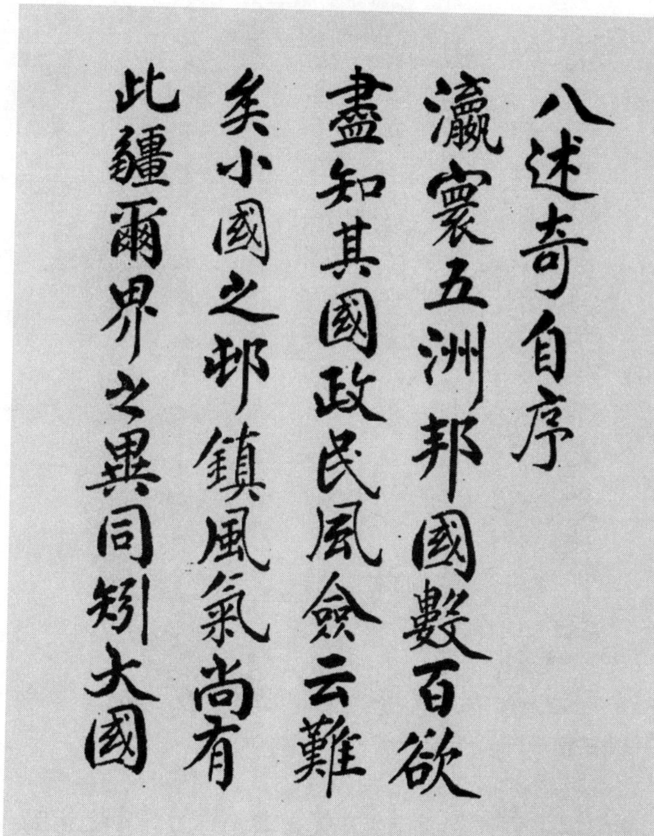
八述奇自序
瀛寰五洲邦國數百欲
盡知其國政民風僉云難
矣小國之郡鎮風氣尚有
此疆爾界之異同矧大國

《八述奇》自序

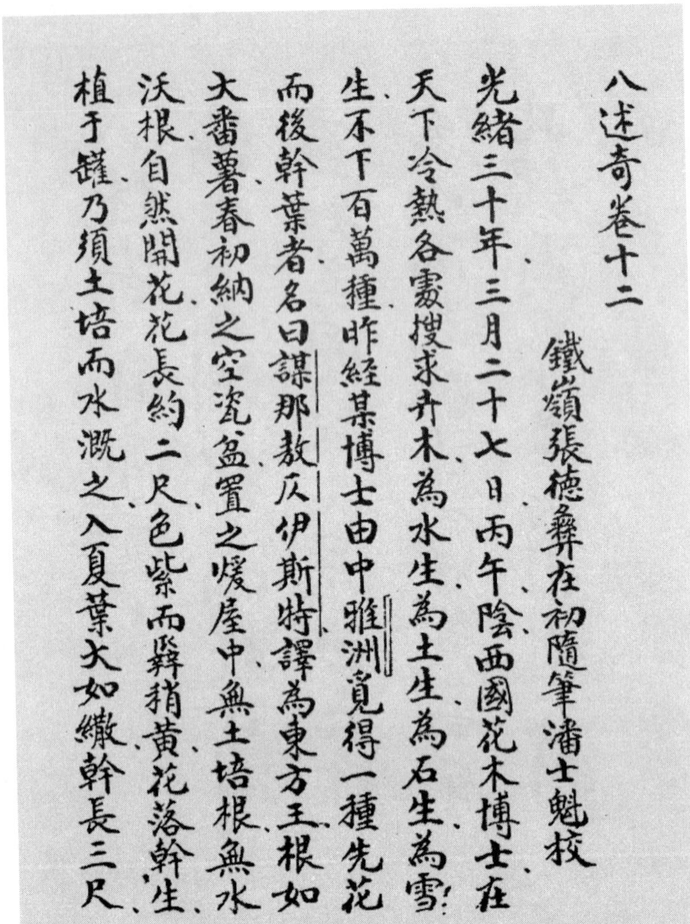
八述奇卷十二
鐵嶺張德彝在初隨筆潘士魁校
光緒三十年三月二十七日丙午陰西國花木博士在
天下冷熱各處搜求卉木為水生為土生為石生為雪
生不下百萬種昨經某博士由中雅洲覓得一種先花
而後幹葉者名曰謀那敖仄伊斯特譯為東方王根如
大番薯春初納之空瓷盆置之煖屋中無土培根無水
沃根自然開花花長約二尺色紫而豔稍黃花落幹生
植于罐乃須土培而水溉之入夏葉大如繖幹長三尺

《八述奇》清抄本一页

本册总目

丛书新序

钟叔河

二〇一三年十月

“走向世界丛书”一百种，只收晚清时期 from east to west（从东方到西方）的记述，这并不等于说，只有十九世纪末二十世纪初的中国人，才需要面对走向世界的问题。

纵观人类历史，走向世界决不是什么地区性和阶段性的活动，而是不断出现在全人类发展进步过程中并与之同步的历史现象。一百万年前，人类开始从非洲进入亚洲和欧洲，一万年前，又从亚洲进入北美洲和大洋洲，就是在不断地走向世界。

从有史以来的文献、文物看，三千多年前的《奥德赛》和《出埃及记》，说的是古希腊人和以色列人走向世界——走向地中海和巴勒斯坦。两千多年前的《史记》和《汉书》，写了张骞和后来汉朝“益发使”走向世界——曾走到罗马在西亚的边陲。一千三百年前的《大秦景教流行中国碑》、七百年前的《马可·波罗游记》和四百年前的《利玛窦中国札记》，记下了阿罗本、马可·波罗、利玛窦的 from west to east，这和 from east to west 一样，都是在走向世界。

人类曾因地理、种族、制度、意识形态等原因而互相分离，甚至隔绝。夜郎国的君长初见汉使时问：“汉孰与我大?”当是时，夜郎的世界僻处黔西，其“大”可知；连夜郎都未入版图，则汉之“大”亦远不如今之中国。但人为万物之灵，为了求生存谋发展，总不能老守着自己的一亩三分地，总会要想方设法走向世界——走向更广阔的外部世界。于是，汉要“通西南夷”，要前往原来“道险终不能有”的夜郎；夜郎要问“汉孰与我大”，要想改变原来“不知汉广大”的状况。由互相隔绝变而互相接近，互求了解，这就是走向世界。

走向世界，无论是自己走出去还是让别人走进来（总比让别人杀进来好），无论是主动的还是被动的，从总的历史进程看，用大的历史眼光看，都有利于发展，都是一种进步。对汉朝来说是如此，对夜郎来说亦是如此。两千年前是如此，两千年后亦是如此。上世纪七十年代末开始编辑出版“走向世界丛书”时是如此，如今来继续编辑出版这部丛书时亦是如此。

今天的中国已不再是七十年代的中国，虽然仍称发展中国家，经济总量却早已“超英”，正在“赶美”，但走向世界的路还“漫漫其修远”。时至现代，走向世界当然是要走向现代化的世界，也就是要高度现代化，全盘现代化。“四个现代化”的“四个”——工业、农业、科技和国防，已经“化”出了很大的成绩，而我们的管理现代化，我们的服务现代化，我们的制度现代化……要走的路的确还很长。

现代人走向世界，首先要使自己成为能接受全球文明，有世界知识，有世界眼光，有世界理想的人。“走向世界丛书”杰出的作者，如郭嵩焘、黄遵宪……又如邹代钧、金绍城……他们看到的新技术还是德律风（送话器和最早的手摇电话机）、火轮车（蒸汽机车）……我们如今却已经用上了智能手机、坐上了波音飞机……但在思想层面上，我（不敢称我们）反省自己的世界眼光和世界理想，甚至在世界知识的某些方面，比起一个多世纪以前的郭、黄他们来，差距实在还不小。在这方面，也就是人的现代化这方面，要走的路就更“漫漫其修远”了。

五年前北京奥运会的成功举世公认，它已经成为中国走向世界的一大标志。它的口号：

ONE WORLD，ONE DREAM

“同一个世界，同一个梦想”，这也应该是现代人走向世界的志向和目的，是我们继续编辑出版“走向世界丛书”的志向和目的。

丛书原序

钟叔河

一九八〇年七月

人们常说，今日之世界，乃是一个“迅速缩小的世界”（rapidly shrinking world）。在电视卫星、激光通信和喷气式客机的时代，地球之上各地之间的距离，确实好像越来越短，人们相互间的接触和交流，也越来越方便和密切了。

可是，仅仅在几代人以前，异国还显得那样的离奇和遥远。古代欧洲人说，中国人用小米和青芦喂一种类似蜘蛛的昆虫，喂到第五年虫肚子胀裂开，就从里面取出丝来（Pausanias《希腊纪事》）。古代中国人则曾经相信，西方有种羊羔是从泥土里生长出来的，脐带还连着大地（《旧唐书·西戎传》、《渊鉴类函·边塞部九》）。这类海外奇谈，今天听起来简直不可思议，而在过去上千年中，却一直被当作可信的资料，记载在欧洲和中国的史书上。由此可见，人类文明的发展，经历了一条何等漫长曲折的道路。

为了探索和开辟外部世界，丰富自己的物质和精神生活，各国人民都作过许多贡献。人类文明史像叙说伟大的发明家和著作家一样，将永远铭记着张骞、玄奘、马可·波罗、哥伦布等不朽的名字。我们甚至可以这样说：一个民族从中世纪到现代的历史，也就是它打开眼界和走向世界的历史。

历史的发展从来是不平衡的。当黄河、长江已经哺育出精美辉煌的古代文化时，泰晤士、莱茵和密西西比河上的居民，还在阴暗的原始森林里徘徊。而自从地理大发现和产业革命以来，中国却相对地落后了。在西方实现资本主义的现代化以后，中国还是一个基本上同外界隔绝的古老国家。是鸦片战争打开了中国的大门，也打开了中国人的眼睛。人们称林则徐和魏源为清代最早“开眼看世界”的人，因为西方的坚船利炮打到中国来时，他们首当其冲，亲身感到这个世界在缩小，距离和壁垒再也不能将异国隔离开了。

过去时代的中国读书人，在“严夷夏之大防”的社会里度过了上千年。封闭的外壳被打破后怎么办？守旧派的办法是把脑袋钻进沙子里学鸵鸟，像慈禧太后的大学士徐桐，见到洋人就以扇遮面。就是这个徐桐，在庚子年间焚香叩请骊山老母下凡来“杀尽洋人”，结果骊山老母没有下凡，他自己的老命却白白送掉了。而林则徐和魏源则不同，提出要“师夷长技以制夷”，主张学习外国的长处，以对付外国的侵略。要学习，先得了解，于是林则徐编了《四洲志》，魏源编了《海国图志》。虽然他们未能亲身出国去考察，书的材料靠间接采辑而来，难免有许多谬误，但无论如何，地里长羊羔之类的神话毕竟不得不逐步让位给常识了。

林、魏之后，中国才开始有读书人走出国门，到欧美日本去学习、访问和工作。容闳、王韬、郭嵩焘、黄遵宪和严复等人，要算是最早的。接着出国的人渐渐多了起来，尽管其中不少是奉派而去的政府官员，但既然去了，就不会不接触近代—现代的科学文化和政治思想，也就不可能不在中国发生影响。

“走向世界丛书”专收一九一一年前国人亲历

欧美和日本的记述。自从一八四〇年鸦片战争失败那时起，先进的中国人，经过千辛万苦，向西方国家寻找真理。应该说康有为和在他之前的郭嵩焘、王韬、容闳等人，的确代表了近代中国向西方寻找真理的一派人物。当然，丛书所收的，也并不全属先进的人物的作品；但总而言之这些都是中国人从东方走向西方的实录，自有其文化的意义和历史的价值。

必须指出的是：从鸦片战争到五四运动这一历史时期中，西方国家虽在许多方面比中国先进，值得中国人学习，但国家利己主义的本质，却总是要压迫剥削比他们落后的民族的。中国人走向世界、接触西方，既有一个学习外国长处的问题，又有一个抵抗外国侵略的问题，盲目排外和盲目崇外都是错误的。对于某些作品中不免流露的这类观点，我们将在为各书撰写的叙论中，适当地作些分析，供读者参考。

“洋为中用”是我们今天的主张，也是十九世纪先进的中国人的主张。“师夷长技以制夷”，不就是“洋为中用”吗？当然，随着接触和认识的逐步深入，人们慢慢地看出：仅仅学一点“长技”，搞一点坚船利炮，还是不行的；要救国，只有维新，维新行不通，就只有革命。伟大的革命先行者孙中山，用他自己的话来说，也是在一八七八年出国以后，“始见轮舟之奇、沧海之阔，自是有慕西学之心，穷天地之想”，才树立了推翻清朝建立民国的大志和信心。历史无情亦有情，后人的思想和事业肯定要超越前人，但前人的足迹总可以留作后人借鉴，先行者总是值得纪念的。

今天的世界已不是十九世纪的世界，今天的中国更不是清朝末年的中国。今日之中国，已经逐渐以现代的面貌，出现在世界的东方。但是，世界的进步越来越快，中国的经济和文化等许多方面还需要不断地发展和提高；这就必需继续打开眼界、走向世界。打开眼界以后，还要学会分析，分清好的和坏的。一切好的东西，要拿来为我所用；一切有害的东西，要实行抵制和预防。在这方面，前人的经验和教训，有一些也仍然值得我们注意。

谨将这套丛书奉献给爱好历史和文化、关心中国和世界的读者，希望它能在中国现代化的过程中，起到一点微薄的作用，是为序。

丛书凡例□

一、“走向世界丛书”一九八六年前已刊三十五种，二〇一五年起仍按原定一百种的计划继续刊行，仍然专收现代以前用文言写作的国人考察西方（含开国后的日本）的记述，仍以亲身经历、直接闻见者为限。

二、丛书按作者出国年月排列次序，尽量单行，即以一种为一册；字数过少无法单行者，才以两种或数种合订成册。合订本尽可能以类相从，按第一种出国年月排序；其各种均在封面列出书名，书脊则只列出第一种书名，并在其下注明“等几种”（另有附录者则注明“附几种”）。

三、每种（册）书前，均由编校者撰写导言（叙论），介绍作者有关背景和书中重要内容，酌加评论分析，以供读者参考。

四、丛书均经编校者校订，标点分段，并加边批。边批的内容主要包括三个方面，兹以《随使德国记》为例，举示如下：

1. 标题、提要和说明，如“星使由苏州来”、“普鲁士分一十二省”、“演八十日环游地球的故事”、“如夫人即赛金花”、“‘人工’今皆称工人”。

2. 书中较重要的译名（加括弧注出原文或今译），如“德璀琳（Detring）”、“毕驰马（俾斯麦）”、“布莱门（不来梅）”、“德利风（电话）”。

3. 原文的订正和存疑，如“‘公司船’原无船字”、“‘骁勇’原作‘骑勇’”、“‘薛福成’成原作辰”、“奥京立斯本应是维也纳”。

五、每种书后，均附人名索引，人名依首字笔画和一丨丿丶乚排列，按年、月、日三节数字查检（正文单页码下均有年、月、日三节数字备查）。如德璀琳之“德”字为十五画，于索引“十五画”内检得其名下首列“13，8，17”，查正文“13，8，17”在P. 3下，即可在P. 3上找到（光绪十三年八月）十七日“乘肩舆往拜税务司德璀琳”的记载。

六、每种书后，一般附有译名简释（今昔译名对照，必要时并加说明），亦依首字笔画和一丨丿丶乚排列。如“卜兰墩浦 Brandenburg，勃兰登堡”，又如“勺匀腊 chocolate，巧克力”。

七、人名索引和译名简释的条目，并不限于边批中所举者；边批中所举者，则必皆收入索引和简释。

八、人名索引按年、月、日三节数字查检，其原书不著年、月、日者，则按篇章序号或页码查检。

九、原文因排印（抄写）而出现的明显的文字错误径予改正，不在边批中注出。

十、原文中同一外国地名而译文不一，如缪祐孙《俄游汇编》中“彼得堡”就有“比得堡”“彼德堡”等异文，因其无碍阅读，故一仍其旧，不予统一。

十一、原文中之统计数字亦一仍其旧。有的表格中之中文或汉码数字，为方便阅读，改为阿拉伯数字。个别已经失去时效、并无参考价值的统计表格，则在说明情况后删去。

十二、丛书以简体汉字印行。除总序、凡例外，编校者所作导言（叙论）、边批、索引中涉及的数字均按现行规定采用阿拉伯数字。

叙论：出使大臣的《八述奇》□

钟叔河

张德彝五十六岁至六十岁时，任清廷出使英国大臣，仍然一如既往地日记见闻，从光绪廿八年二月至卅二年三月（1902.3—1906.4），写成了这部《八述奇》。

翻译学生做到了出使大臣，已登上职业外交官生涯的顶点。但弱国无外交，此时大清国早积弱垂亡，张氏的外交业绩自然不会太多。只有平生八次旅西所作的八部《述奇》（共计百八十万字，《八述奇》四十七万字占了四分之一），倒实实在在使他成为了晚清走向世界诸人中写得最多的一个。

《八述奇》是张氏“述奇”最后的一部。写这部书时，他的官做大了，思想上的框框又收紧收小了；好在“叙琐事不嫌累牍连篇”的写法仍能保持一贯，所“述”之“奇”仍有丰富内容，读者仍可从中获取有用或者有趣的材料。

出使大臣所办的外交

看《八述奇》，张德彝作为出使大臣，其日常工作几乎全都是礼仪活动和交际应酬，四年中记下的所办外交事务，好像只有五件。

一、赴英途中往西班牙祝贺国王加冕。

二、抵英后向维多利亚女王呈递国书，并参加新国王爱德华七世的加冕典礼。

三、光绪二十九年五月至七月，奉外务部指示，派员与英、美、墨西哥各国代表议定金银汇率及“中国须用通国流行之银钱”等事项。

四、光绪三十年正月至三月，“奉旨与英廷会议招工条款”。

五、同年五月，奉敕在“红十字会原约”和“保和公会”文件上“画押”。

事件虽然不多，记述却仍详尽。第一件事便记了十多页。第二件事，加冕之前便有二十多天述及，当天所述更多达十一页。如述埃达倭（爱德华）宣誓时与大主教问答情形云：

> 经诵毕，大主教立起，步至皇前问曰：“我王愿立誓否？”曰：“愿。”于是王手执书一本，大主教复问曰：“我王愿否诚心发誓，按照议院法律及他规例，以治英、爱及各属地之民？”王曰：“我诚心立誓，概行遵照。”大主教三问曰：“愿否自秉主权，按例以慈心惩治一切？”曰：“愿。”大主教四问

> 曰："愿否遵上帝之法，执守王权，信经内之真言，敬守耶稣圣教？愿否谨守英兰教堂之规及英兰按律所定之理法教法以及治法？愿否保存各主教教士等照例定给之权利？"曰："以上各节，誓皆照行。"言毕，立起至讲经台旁，跪于阶上，手按圣经，誓曰："今日在此所誓各节，自当照作，永远存守，惟望上帝佑我。"言毕主教捧来笔墨，英皇口亲圣经，受笔画押。后皇与后皆跪听大主教诵圣诗，诵毕又祝云："自来上帝以油傅作明君圣僧贤人，以教化治理愚民。今上帝派治此地之埃达倭，谨傅以此油，保护圣明，使为此地之主。更愿其体健神聪，敬畏上帝，享寿无穷。"言间教主手抚油盘，祝毕，作乐唱诗一次，唱有"上帝佑王"、"王得长生"、"永寿无终"各辞。（P. 99）

这段描写，比三十五年后储安平《英国采风录》记乔治五世宣誓，要详细得多，也生动得多。

第三件才是与本国攸关的外交事务，记云：

> 近年各处金价日涨，银价日落，各国之专用银钱者，殊受其害。即如美墨两国皆用银元，产银极多，且出售他国，苟按金价发卖，几亏矿本。金银行价如此悬隔，与商务无益。再美墨两国银元与他国之金钱，尚有兑换之成价，惟中国虽有新铸之银元，而他国未认（在本国各省所造，名虽一律，价仍不同），惟知按两用银，每值汇兑，一两库平仅得他国小银元二三枚，共重三钱零，是中国受亏为尤重。因而美墨两国商定，各派四人之深悉此情者同来欧洲，向商务重大之各国叙明其情，以便设法维持云云，……英廷共派六员与之会商，乃印度部一员为马凯，外部一员为汇丰行总办甘美纶，其他为户、藩二部各二员。余于发电请示外务部后，即派参赞马格理、翻译

> 陈贻范随同听议，遇有窒碍中国之处，亦须随时宣说。自初十日起，连会五次，至二十二日始议定五节，二十三日由各员签押，作为藏事。 (P. 330)

美墨两国派来的皆“深悉此情者”，英国所派“外部一员为汇丰（银）行总办”。但张德彝“于发电请示外务部后”，却只能在使馆派出聘用的洋员马格理（Macartney，苏格兰人，原来学医，曾在华办兵工厂，后长期应聘任驻英使馆参赞）和一名翻译去参加会议，可见当时清廷外交工作的无奈和金融经济人才的缺乏。

书中不仅录存了“所定五节”的全文，还记下了“美员原呈之九条”和“经中、美、英、墨各员会议维持银价之详细五条”。这些读来未必有趣，但对于了解晚清的通商币制和国际关系，应该还是不无用处的。

张德彝原本不熟悉财经，办过这件事后，他即曾奏请皇太后、皇上：“各行省所铸银元，平色模式必须划一”，“五年后通国禁用银块专用银元”，并与各国商定汇价；因为“纹银为外国所不认”，今纹银八两兑一英镑，而一英镑只银三两，“与外洋交易，亏折良多……亟宜设法挽回”。（奏折全文见《张氏宝藏集》）

可见即使是弱国，即使缺乏专门人才，自已也缺乏专门知识，真有事要办，张德彝还是能尽力也能尽心的。

第四件事，缘起于“英商南非洲开金矿，欲招华工”。述云：

> 英廷行文中国。两月前余奉旨与英廷会议招工条款，屡次率参赞赴英外部商酌，始底于成。今日酉正，率马清臣、陈安

生乘车至外部，与蓝侯书押换约。 (P. 448)

这回张德彝亲自出马，带着去的仍是Macartney即马清臣。书中录存了“书押换约”的条约十四款，还全抄“载运华工船只务须遵行之章程”等共达十二页。章程中有这样一条：

船上各华工每日所须之伙食开列如下：

面及做面包之物料不得少于一英磅半。

咸鱼或鲜鱼鲜肉或宿肉不得少于半英磅。

米不得少于一英磅又三分之一。

盐不得少于一英两。

糖不得少于一英两半。

中国茶叶不得少于一英两之三分之一。

中国味料以足用为率。

饮食两项所须之水不得少于一戛伦。

以上所开各物，俱可以他物相代。惟其代用之物，务须由船上医生视之，足以相抵。 (P. 453)

这样的伙食标准，和嘉庆道光年间“猪仔船”上的情形相比，自然大有改善。此固是文明进步人权发展的世界潮流不可抗拒有以致之，张氏之“屡次率参赞赴英外部商酌”，应该也起到了一定的作用。

第三和第四这两件事，便是张德彝可以称道的外交业绩了。

第五件事则很简单，他“奉到敕谕，敬谨译成法文，并各件备妥，于今午亲捧面交瑞士驻英公使，请其转交瑞廷”，便办完了。敕谕也很简短：

> 皇帝敕谕记名副都统出使英国大臣张德彝：朕惟大瑞士国红十字总会为环球善举，实深嘉许。各国公议保和会内红十字会推广水战条约，已派前驻俄使臣杨儒画押，其陆战条约，亦应一体允认。兹特命尔为全权大臣办理入会事宜，会商大瑞士国驻英使臣，知照总会，补行画押。尔其敬谨将事，毋负委任。特谕。 (P. 481)

连同抄存的这些原文在内，全部叙录不过十二行，算是最简单的一件。

日常的交际应酬甚多

对日常的交际应酬，《八述奇》“不嫌累牍连篇”的叙述，看起来却不乏趣味。

十六年前在柏林使馆时，张德彝作为出使大臣洪钧的随员，很不满意洪钧的“不喜与人往来”。六年前在伦敦使馆时，他已经升任参赞，仍不能带家属，对出使大臣罗丰禄在生活和交游上搞“特殊化”，亦常有微词。如今他自己当上了出使大臣，带着来上任的，不仅有自己的金氏夫人，还有十五岁的幼子荣骥和八岁的孙女佑英。

到达英国后，五月十三日，张德彝即“偕内人”至地理会馆中赴茶会。又至日本使署“入见林董夫妇，遂领见其彰仁亲王”。(P. 57)

十五日，“偕内人”至生理博物院赴属地会之茶会。(P. 58)

十八日，“偕内人携孙女乘车入利贞囿”，赴美尔

(市长)夫妇之午后茶会。(P. 59)

二十六日,“外部大臣蓝侯夫人柬请余与内人金氏及荣骥,于今晚亥正二刻在本宅茶会……届时乘车前往”。(P. 65)

二十九日,“酉初偕内人及荣骥乘车赴户部尚书席斯庇夫人家茶会”。(P. 67)

六月初一日,“偕内人携孙女”乘车赴伦敦城西三十里一伯爵夫人别墅之茶会。(P. 68)

初七日,“偕内人率荣骥与孙女”往观抛球,并赴茶会。(P. 72)

初十日,“偕内人乘车赴狄本逊夫人家茶会,亦二十五年前之旧相识也”。(P. 77)

十二日,“偕内人小儿与孙女”赴葛蕾太太家茶会,“带赛中国哈吧狗”。(P. 78)

十三日,“偕内人率荣骥与孙女”入海德公园,赴赫德夫人在园中举行的茶会。(P. 78)

从五月十三日至六月十三日一个月中,张“偕内人”出外应酬了十次,平均三日一次,有五次还带了小孩,之后一直如此。此类活动,不仅过去带如夫人出国的郭嵩焘洪钧不曾有过,同样带的是正室夫人的曾纪泽亦不曾有。此当然不是因为张德彝思想解放,更不是因为八旗妇女能出众,而是因为时代不同了,已经进入二十世纪了。

且看张氏夫妇带孙女参加化装舞会一节:

> 余同内人率孙女乘车入老城……入门登楼,转入大厅前直

行，美尔夫妇率他阿得曼等立左鄙金椅前，对面有人执棍唱名引导，一切多与前在极乐堂同。来者过美尔夫妇前，男孩向之鞠躬握手，女孩与之请安，与见君主礼同。各孩见过，皆顺步入大厅。余等与日本公使林董率其孙女，皆立于美尔夫妇之右。见所来幼童雏女共一千三百馀，装束不一。有欧洲各国今古官民兵丁、乡农工役，有德国开色（见《五述奇》）、瑞国卖牛乳人、本国宫廷侍卫，及律师、乳娘、庖丁、堂倌，美洲西印度人、斐洲黑人、埃及人、印度女、日本女、中国男女五，有戴顶貂尾而身着女裙红氅者……

见毕齐入大堂，美尔夫妇坐于正面矮台金椅上，余等坐其右，其他世爵妇女坐其左。楼上奏乐……小孩绕圈跳舞，形式不一，亦多新奇处。至亥正，计共跳一十六场，台上各人立起，美尔相金氏，林董相美尔夫人，余相特立伯爵夫人。美尔夫妇先行，其他依次对对随入左门，登楼入正饭厅。美尔夫妇正坐，右则金氏与余及孙女，美尔夫人左则林公使并伊孙女……

(P. 191)

文中“美尔相金氏”，即市长挽着张德彝夫人。再看又一次美尔夫妇请客：

伦敦美尔夫妇因伊斯特尔节，定于西四月十三日礼拜三在公署约戚友晚酌，上月初夫妇具柬来。今日戌初二刻，余偕金氏着公服乘车至，登楼见毕，少立。俟客齐，埃及堂正门开，有人执金棰、宝剑前引，美尔扶金氏、余扶美尔夫人前行，后则男女客两两步入。其桌列作  形，主客男女二百八十，美尔夫妇正面中坐，坐余美尔夫人之左，坐金氏美尔之右，再则希腊、比利时、暹罗三国公使之眷属等。入座后楼上阵阵作乐，先齐立祝谢上天赐食，继而坐食煮熟凉睢鸠卵粘细盐，再

> 则甲鱼汤、白煮鱼、炸小鱼、鸡肉、羊肉、冷煮鹌鹑、凉糕、热糕、酒食、加非、鲜果、生菜等，丰美可食。食毕，美尔先领众立起，举杯恭祝英皇，或再祝皇后太子与妃之福，乐于是随奏《天保国王》一阕。后此美尔及他文武多员，各立演说一段……子初始毕。 (P. 434)

“美尔扶金氏、余扶美尔夫人前行，后则男女客两两步入”，这时的张氏夫妇，似乎是完全融入英国社交生活了。但他在论及国内提倡社会改革的舆论时，却又写道：

> 若婚姻自由之风一开，则凡关乎婚姻礼节制度均须更改。甚恐变本加厉，远不如欧；而我国之九烈三贞，三从四德，守节清贞，孝顺贤明等字皆可涂去矣。噫嘻！ (P. 556)

身体虽然到了二十世纪初的伦敦，意识却还停留在爱新觉罗家族统制下的清国，这便是张德彝和《八述奇》本身存在的不可克服的矛盾。

在使英期间，张德彝和金氏一同出席过白金汉宫的朝会，一同参观过海军舰队的操练，一同进入过著名的圣保罗大教堂，一同旁听过国王到上议院宣读谕旨，一同访问过为中国造兵舰的船厂。男女平等夫妻相偕，很是合乎西方社会交际应酬的习惯。后来在归国途中，夫妇俩在塞得港一同下船“乘马车一游，稍闻土气”，并“入新建之回回礼拜寺一观”；到了科伦坡，又“偕内人率荣骥与孙女并各参赞随员，驾小艇上岸，坐马车往游古庙、肉桂园、博物楼等”，在大饭店聚餐后才回船。出使大臣夫妇和属官下僚同游同席，在清代官场亦系绝无仅有之事。也许是金氏夫人早做了祖母，不必太拘礼节；但恐怕还是出洋后耳濡目染，才会如此的罢。

回抵上海后应酬更多，比如连续这两天的日记：

> 二十日戊子，阴。早招商局督办杨杏城（士琦）、随办沪宁铁路钟紫垣观察（文耀）来拜。午后乘车往拜英、法、瑞、德、俄、美、丹、奥、义、比、和、日本、葡萄牙、日斯巴尼亚十四国领事，中有见者，有未遇者。
>
> 二十一日己丑，阴，冷。午后萨鼎铭军门（镇冰）、德总领事硕尔资来拜。酉刻李一琴、徐紫生同约在大庆馆晚酌，同席有张叔和，彼此欢饮，畅叙已往。亥初回寓。(P.777)

在上海停留五十多天才回京，回京第三天便面圣交差：

> ……右朝房敬俟。叫起单下，德彝第四起。辰初军机下，召见德彝于勤政殿东间。启帘入，跪请皇太后、皇上圣安后，皇上问在途行若干日，皇太后问英国地势人情、水陆兵马船只等，幸皆奏对称旨。良久，奉旨“你下去罢”，遂立起启帘退出，时辰正二刻。(P.791)

便这样结束了他出国办差的生涯，写作《述奇》的生涯也就此结束了。

仍以写风土人情为主

《八述奇》记述了张德彝的工作和应酬，但正如《凡例》所言，其主要内容还是“纪外国风土人情”，用相当多篇幅普及了历史人文知识，报道了当时社会动态，这些大都生动可读。

其述西班牙观斗牛云：

……在城边宽处，设一大场，外方内圆。外看石楼层层，内则一圆圈如马戏园，当中沙土铺地。……此外木墙一圈，高约四尺。圈外周立石阶十层，层层坐人。……通场坐者统计男女不下二万人。

…………

……以刺长一尺者刺入牛肩，迨其痛极放出，遇人急以角触。斗牛人乃互以双手提红毡招之，总以招牛来撞，躲闪伶便，不使撞着者为能。六七人往来闪红布招牛，中一人竟被触倒，幸未受伤。招牛人凡躲避不及者，即跳过木墙以避之，而牛亦有随行跃过者，险甚。又牛追人不着，见石洞门前排立护卫，乃举头往触，护卫横矛相迎，矛竟被触折者二。牛痛急，撞人不着，致以蹄掘地。后则一人双手执花刺招牛往撞，正值牛来时，能两手齐插二刺于牛肩者为能。如是三人连插六刺作形，则牛血已满半身矣。再后一人乘马手执长枪，马首蒙以红布，自洞门出，招牛撞马肚。趁其撞时，能以枪刺入牛肩者为能。牛角插入马腹，马有五脏坠出者，有血满马尾者，竟有一牛撞死三马者，亦惨矣。末则一人左手执红布，右手掌剑，招牛来撞。当其垂头前撞时，其人将剑由肩刺入，直插牛心，牛心裂，晃行一二步即倒而毙。亦有剑刺稍斜，牛鼻出血，乃缓行许久始倒者。牛倒，即有人引三马出，以绳捆牛头，曳入石洞。……国人男女皆鼓掌称赞。余及他国专使男女，多掩目不忍观。……　(P. 40)

但随后在应对国王时，“问喜观斗牛戏否？余答以甚喜看其人之勇敢。王言不以其为残虐耶？余云由此使国人发奋，毅然保国。”外交辞令要算用得很好。

其述罗马教皇之继位云：

教皇之下，其品高位尊而称喀的那者七十二（华称红衣主教，因披红氅也）为之辅，间派驻他国为公使。按其规，凡教皇病笃，自视难愈，遂于此七十二人中择其一，派为代理，衔称曰喀麻栏勾；其他在外者亦皆调回，备教皇逝公举而继其位。教皇故后，所派代理之人偕众以小银棰轻击尸额者三，问曰“李尤第十三尚在乎?”再击三次，改呼其本名，问曰“亚本贝七尚在乎?”于是齐声宣众曰：“教皇无语，教皇逝矣。”

逮葬后，七十二人者聚议，互举其一以作教皇。……择一楼，仅留一门，官把守之，以便送进饮食；其他门窗咸用砖泥填塞，用防内外传递交言。此七十二人（此次因有患病者，仅七十人）每日互示所欲荐举之人名帖两次，一巳正，一申正。届时各由己住之楼间入中堂，各出欲举六十九人中一人之名，又必经六十九中三分之二书举，方为合例。第一日巳刻，被举名数无合例者，均掷炉中焚之；申正再会，若仍无合例数，则改于次日巳正，必待合例而后已，间有迟至十馀日者。

自封宫门后，宫之前贤皮特娄坊一带，男女朝夕拥观，欲先知教皇者谁充。立而仰望楼之烟筒，每当午初及酉初，烟筒中纸灰飞出，知其议未成；若无烟，乃齐呼曰定矣，盖合例则不焚，用以示众。……此次只三日而举定，乃喀的那萨尔投，现年六十有八。初次举其人者仅六，至第六次增至五十，其数已逾三分之二。前日即位，号曰皮欧第十。　(P. 308)

按李尤第十三即 Pope Leo XIII，皮欧第十即 Pope Saint Pius X，分别为第二百五十六和第二百五十七任教皇。

文后作者另有说明云：“此一节非英事，原不必记，然其在欧而远雅（亚），彼地及教之规俗，吾人亦须知之。且其事亦与英有干涉，盖各喀的那非皆罗马人也，凡英、法、奥、美、比、瑞等国之同教者皆有之，故各国多愿本国人之充喀的那者被选云。”

其述英国最著名的古迹巨石阵（Stonehenge）云：初民“以拜橡树及奉日月为教”，“英兰西南韦勒晒府之司敦混芝村（今称为威尔特郡索尔兹伯里地方），尚存日庙（祭祀太阳神的庙）之古迹”：

> 按：其庙无房室，只有石柱环立如阵，其或千年以前本有棚窗，未可知也。地之四围古冢极多，石圈围平地，长径三百六十尺，作椭圆形，短径九十七尺七寸。内外两圈，外圈柱皆红沙石，每柱高十三尺，周约围半，共十七柱。上横连石块六，各长十尺，宽三尺半，厚二尺八寸。各柱相隔四尺，其式大致如形。距大圈内九尺另一小圈，柱皆青石。再内九尺，别一圈作马掌形，缺处面向东北。有二巨石作框，高各二十二尺五寸，上横一石成门，共作二十六尺五寸。左右各立四柱相向，今仅四柱尚存。此内仍一小圈，柱高六至八尺，彼此相距五六尺不等。正面有石台、石龛及璇玑之属。此石柱圈始于何年，何人所建，历来无书可考，惟六百年前胡廷敦所著书中略叙及…… (P. 679)

这些描述，和《不列颠百科全书》（中文版16卷P. 232）的介绍大致吻合，可视为国人对巨石阵最早的报道。

书中还多次述及伦敦贫民之苦和游行请愿等情形，用的却多是官府和富人的口气，如：

> 现因天寒，通城贫民之无工作者，各区皆有，或数百，或千馀，统计逾一万。经善士所设拯救队及工人会等竭力周济，

不使饥饿滋事。近日频见苦人列队街行，或数百，或千馀，随有马步巡捕数十，四面弹压。前行者奏乐，声调凄惨。此后或举红旗，或举黑旗，其义未详。随行左右，有执马口铁扑满者向人乞钱。于是有沿途施舍者，有自楼上掷下者，多寡不拘，闻一日竟得数十镑，足供每人一饱云。 (P. 206)

……临太木斯江北岸，而老城之北及稍西一带，贫苦居多。第一在霍克斯屯街等处，为穿窬盗窝。霍勒贲街稍北，为明火窝或强盗窝。在代文路与赖木蒿街之间，地极污秽，鼠子尤多，再北数里至康贝路，皆为顽梗不化之愚民窝，秽街陋巷，一切不洁之水及物，举由窗倾抛，直比臭沟暗渠。老城以东数里，近西印度坞一带，先为无耻匪类窝，再则为船澳贼窝。老城正西，将出新城，在堪兴坦坊一带，亦为顽梗愚民窝。在太木斯江之南，正东傍岸，南近五里治区，地名得斯投，为流氓窝，街道肮脏，男女杂居，饮食如兽，得斯投者，译言低贱穴也。…… (P. 240)

伦敦现因冬季工作无多，万千流氓有收入专工处者，有收入善会者，有三五成群在街市吹箫歌曲觅钱者。昨闻老堪得路有三人歌曲乞钱……（歌者）官定收监十四天，馀二名七天。所歌之曲文鄙俚，乃：

英国千万人饥饿，看来皆非己之过。
于今各各皆须知，因贫故受此坎坷。
橱柜空空无得作，穷汉群群街市坐。
终月礼拜无雇工，家中子女嗷嗷卧。(P. 566)

贫民之无工作者列队游行，“或举红旗，或举黑旗”，肯定不全是“饥饿滋事”；贫民窟也肯定不该称为“强盗窝”“流氓窝”；唱歌乞钱被拘留两周者所唱的“英国千万人饥饿”，亦未必如何“鄙俚”；但是，尽管如此，张德彝仍然写出了当时英国社会的另一面。

述贫民、述巨石阵之类内容，读者们自然会“不嫌累牍连篇”，可惜并非全都如此。如其述某店出租布帐（帐篷）价目，首记云：

> 长二十二尺、宽十四尺、宴客十八人、听乐三十六人者，赁一天三十五先。挂布里装饰旗帜之属加二十先，铺地毡加四十先，燃烛加二十五先，燃油灯加十五先。 (P. 391)

又一一记下：长三十尺宽十六尺、长四十尺宽二十尺、长五十尺宽三十尺、长七十五尺宽三十尺、长九十五尺宽三十尺、长六十尺宽四十尺、长八十三尺宽四十尺……各式帐篷，直至：

> 长百零五尺、宽四十尺、宴客四百人、跳舞可四百二十人、听乐杂事容八百人，一日二百先，挂里修饰加百四十先，铺地毡加三百九十先，燃烛加百九十先。……乡间无别墅之区，用之极便。 (P. 392)

这样“累牍连篇”抄来的价目表，除了当时想去“乡间无别墅之区”办宴会、舞会、音乐会的人，恐怕就没有谁还会很想要看的了。

还写到了科技和政治

在“纪外国风土人情”时，《八述奇》还注意到了西方科学技术的进步，以及有关的国情和时局。当时正值二十世纪之初，现代化进程大大加快，张德彝虽难说有多少现代知识和世界眼光，但因为写得多，写得细，还是记下了不少这些方面的内容。

有两日的记事，说的全是以电力代蒸汽之事。第一日云：

> 英国现在英兰约克晒府之西来丁一带，拟以电力代蒸汽。如得法，可免蒸汽如云烟之迷漫，除高大烟筒之丛立。其地人丁约二百七十万之谱，大小制造厂二万五千，煤窑三百，各处汽机之力共计得百万马力。其法系设电气总局，由总局分运电力至各厂窑，总局须用地一千七百方亩，用款先须二百万镑，地之上下一切线杆等在内。各处所用之电力多少任意，虽缝纫之机器及铁道公车均可分用。此举本意拟将电气批分各处公司，再由各公司分通各用所，然由总局径购亦可，惟价稍昂耳。……煤窑每不喜以蒸汽系物，此则只将矿口埋一地线，再接一线达矿内，将来所用壮马千匹，皆可放归草野矣。
>
> （P. 165）

第二日云：

> 昨闻英国将有改用电力之议，兹又闻有以电力振兴水利之举，谓在各运河亦可用电力拖船。其法有二：一河岸设绞辘机器，通电气于船上之螺蛳；一法岸上设小火车一辆，每次可拖数船。将在西来丁之通埠造马车铁路百英里，尚有展造三十英里之议，总局电力足可驱此公车。其价之省，制造厂中每点钟一马力之电，一本士一法丁，铁路公车每点钟尚无须一本士也。现多创办电，果能大获厚利，将来各工厂皆将渐次变通矣。
>
> （P. 165）

此节文字稍觉夹缠，“船上之螺蛳”之类说法亦有生造之嫌。但“以电力代蒸汽”的优越性却说得明白：一是“其价之省”；二是方便，“虽缝纫之机器及铁道公车均可分用”，而且“多少任意”；三是“可免蒸汽如云烟之迷漫，除高大烟筒之丛立”；四是“接一线达矿内，将来（拉煤）所用壮马千匹，皆可放归草野矣”。

二十世纪初的新发明，如图画和摄影之传真（P. 114）、马可尼等人之无线电通讯（P. 167、P. 257）、光谱分析法用于天体之研究（P. 472）、地下铁道之创建（P. 518）等，书中均有介绍，而对于正在开始普及的汽车记述最多，如：

> 法陆军创用教投某弼自行车后，英即派自行车（又名汽车）会中副董梅脩往彼考察，旋将一切用法章程，详陈兵部，请设自行车队，其法乃招集有车者投效。既愿投效，须备一辆或数辆听候调遣，迨大阅时，或自行管驾，或派人代管，均可。是车益处颇多，而用以巡警侦探，为战时所必需，且尤有益于先锋营。兵部如所请，分饬各营一体照办，是征锐意维新，力整戎政。现投效者已有百馀车主，此项兵队号衣，拟仿用陆师将弁之戎装，惟扣带须改，示区别也。兵部新章，投效各车，用一日酬三十先；就中应用之石油，亦由官给。
>
> （P. 155）

说的是汽车（自行车）已用于军事，车和人却都由民间“投效”，按日付钱供油。又如：

> 四年前初创电汽自行车，名曰“谋土尔喀”。今春初到此，已见售此车专铺，而街市乘坐者约十之一二。近在庇喀的里敖斯佛等街，又创用电汽公车，容八人者，容二十者，敞棚

者，带车厢者，惟车顶不坐人，防险也。是车较铁道公车稍小，较电线公车又甚速，惟不数见尔。闻车行现定造容二十人者二百辆，工竣后可通城畅行矣。 (P.197)

说的是公共汽车（电汽自行车、谋土尔喀即摩托车即汽车）与火车（铁道公车）和电车（电线公车）的区别，载客或八人，或二十人，“定造容二十人者二百辆”，渐成规模了。

伦敦当时的公共交通，主要还是靠马车。但张德彝已经看出，马车终归会被汽车取代：

……汽车或电车价极贵，每辆由五百至六百五十吉呢（合六百八十二镑半），按时价合不下五千五百两。据云价虽如此，而较马车尚甚廉也。马车每辆由一百五十镑至三百镑，马两匹由二百至五百镑，鞍缰两分由五十至百镑，厩中昼夜背负之毡套等共由十镑至二十镑，统计每辆应由四百至一千镑；此外又加地租、房车马税及车夫工价一年须三百镑，再加饮麸料等一年又须三百六七十镑，是马车倍贵于汽车。且汽车仅用一人，外加电气火油之类费无几，将来通城汽车必盛于马车。

(P.204)

此外如 P.268 记“汽车日多，亦须按辆挂号保险”；P.302 记首开“汽车赛会”；P.339 记设学堂“专教用车之法”，P.614 记巡捕限制行车速度，违者“带入官厅，禀官受罚”，也都是研究城市交通史时可资参考的材料。

所记英国国情，有的颇能见微知著，并能与本国进行比较，如：

昨闻英兰某处，有地纵横九千四百六十尺，有旧房一所，昔有戛尔赛以三千一百镑买之，今复出售索五千六百镑，经人公断以五千一百镑，佥云若依亩估值竟为二万三千五百镑一亩，合华之库平银一十八万八千两。亩于英为四千八百四十方码，当中国六亩半有奇。中之一亩，彼之七百三十三方码半耳。上海每亩涨至四千两，六亩有奇数仅二万六千馀金，较英尚贱六七倍。洋人至中国，赚钱易，购地贱；中国人在外，挣钱既难，又安得贵地购之。（P. 417）

现在中国大城市的地价，据说已经逼近甚至超过欧美，今昔对照，可看出百年来世界经济发展的不平衡和此消彼长，原始资料的研究价值更显而易见。又如：

初三日英通国称曰“美尔日”，是为伦敦美尔及伦敦三十一区之美尔（见前）英兰三百二十三美尔瓜代期。伦敦三十一区，所选人分三党，曰“一律更新”洋名“普娄格蕾希伍”（乃竭力向前，处处更新者），曰“择选更新”洋名“莫得蕾特”（乃不突然，必择其实可改者改之），曰“自主更新”洋名“音的喷旦特”（乃不归何党而自行斟酌者）。各府三百二十三美尔分五党，内守旧党洋名“宽色尔瓦的伍”者一百四十九，会合更新党洋名“里柏拉勒攸牛呢斯自”者一十七，真更新党洋名“里柏拉勒”者一百四十八，自主更新（见前）者二，工匠党洋名“蕾柏尔”者一（因该处工役人多，故择由工匠致富而品行端方者管理）……（P. 540）

普娄格蕾希伍（Progressive）应即指进步党，莫得蕾特（Moderate）即温和党，音的喷旦特（independent）即无党派人士，宽色尔瓦的伍（Conservative）即保守党，里柏拉勒攸牛呢斯自（Liberal Unionist）即自由统一党，里柏拉勒（Liberal）即自由党，蕾柏尔（Labour）即工党。

于述英国市长选举时，张氏一一介绍了当时英国的政党及其政治主张，虽一己之见，亦甚有价值，因当时国人谈及外国政党者甚少也。

所记国际政治事件，则以涉及“无君党”者为多，有七八次，如：

> 昨日礼拜，比利时国王柳埔于巳刻登车入贤古杜教堂，为已故王太后与王后诵经祝祷，午正礼毕，升车回宫。当日观者男女云集，御车经过比京银号时，突一人放手枪轰中第三车，车旁玻璃粉碎。车中为御前巡捕官乌得莽伯及将军某甲，乌伯微伤其面。左右共怒，捉得，欲扯其皮啖其肉。巡捕驰至，强由众手夺出。于是众乃齐声高呼曰：“我王长生不死！”讯刺客于客厅，身带枪弹若许，兜中并有比王小影，赁居布晒街第二十一号。遂搜出枪弹四十四枚，无君党日记一本。此党洋名“安那尔赤斯特”（义系叛逆），自供为义大里国人名卢碧努，入无君党，其所识者为某甲某乙，原拟回义弑其国王埃麻纽。闻比王本日进堂，欲先刺杀之。“想拔枪击第一车，不意一犬咬衣襟，俄延一秒，遂击中第三车，是亦命也，惜是功将成于他人也。” (P. 163)

看得出记者的同情本倾向于高呼“我王长生不死”的这一方，却仍将“无君党”直供不讳，“惜是功将成于他人”的气势，如实地照写出来了。文中所谓安那尔赤斯特（anarchist）即是无政府主义者，其组织曾译称“虚无党”，十九世纪二十世纪之际也是一股潮流。清末吴樾刺五大臣，彭家珍刺良弼，汪精卫刺摄政王，多多少少都受过这股思潮的影响。

一切能够存在下来的文字，不论著作者的立场观点如何，都不可能不带上当时当地的色彩，《八述奇》亦是如此。

张德彝的年谱和遗折

张德彝的《航海述奇》、《再述奇》、《三述奇》、《四述奇》、《五述奇》、《六述奇》（附《七述奇未成稿》）和这部《八述奇》，在收入《走向世界丛书》时，我们都写了叙论，分别作了介绍，但只是就书谈书，没有脱离书来专门介绍张德彝这位作者。为了弥补，特将张氏死后张家印行的《光禄大夫建威将军张公集》中的一份张氏年谱刊布，只在原列干支（如“癸丑”）之前加上年份（如“咸丰三年”），之后加上公元纪年（如“1851”），并将并未纪事的空洞年份删去，以便利阅读，节约篇幅。

下面便是年谱的原文：

清道光二十七年丁未（1847）十一月十一日卯时生。

咸丰三年癸丑（1853）七岁。入义塾读书。

同治元年壬戌（1862）十六岁。考入总理各国事务衙门同文馆肄业。

同治二年癸亥（1863）十七岁。妣董太夫人卒。

同治四年乙丑（1865）十九岁。总署大考奏保八品官，又奏派赴欧洲各国游历。

同治五年丙寅（1866）二十岁。赴英、法、俄、布、和、丹、瑞、比各国游历，旋回国，经总理衙门奏保，以六部主事用。冬十一月，夫人金氏来归。

同治六年丁卯（1867）二十一岁。总署奏派赴合众国及欧洲各国办理中外交涉事务。

同治八年己巳（1869）二十三岁。秋九月由欧美回国。

同治九年庚午（1870）二十四岁。侍郎崇厚保奏随往法国递国书。

同治十一年壬申（1872）二十六岁。由法归国，总署奏保员外郎，签分兵部。

光绪元年乙亥（1875）二十九岁。长子荣骧生。

光绪二年丙子（1876）三十岁。郭侍郎嵩焘奏派随带驻扎英法翻译官。

光绪四年戊寅（1878）三十二岁。得奖花翎。

光绪六年庚辰（1880）三十四岁。秋七月由英法回国。

光绪七年辛巳（1881）三十五岁。次子荣骅生。

光绪八年壬午（1882）三十六岁。考益之公卒。

光绪十年甲申（1884）三十八岁。充同文馆英文副教习。

光绪十一年乙酉（1885）三十九岁。兄永修公卒。

光绪十二年丙戌（1886）四十岁。三子荣骥生。

光绪十三年丁亥（1887）四十一岁。总署奏保即选知府，洪侍郎钧奏调充出使俄、德、奥、和大臣随员。

光绪十六年庚寅（1890）四十四岁。冬十月回国，充总署英文正翻译官。

光绪十七年辛卯（1891）四十五岁。洪侍郎奏保即选道员。冬十月侍德宗读英文，赐免跪拜。

光绪十八年壬辰（1892）四十六岁。授长子荣骧室。

光绪二十年甲午（1894）四十八岁。襄办孝钦显皇后万寿点景差。孙女祖姒生。

光绪二十二年丙申（1896）五十岁。长孙祖良生。罗京卿丰禄奏调充出使英、义、比国大臣参赞官。

光绪二十四年戊戌（1898）五十二岁。次孙祖汉生。

光绪二十六年庚子（1900）五十四岁。春二月十六日祖良殇，越九日长子荣骧卒。夏四月回国。五月孙女祖嫄生。

光绪二十七年辛丑（1901）五十五岁。侍郎那桐奏调充专使日本国大臣参赞官，秋九月回国，得佩日本国宝星。冬十月任出使英义比国大臣，记名副都统。授荣骅室。

光绪二十八年壬寅（1902）五十六岁。兼专使日斯巴尼亚国贺加冕大臣。

光绪二十九年癸卯（1903）五十七岁。得佩日斯巴尼亚国宝星。

光绪三十年甲辰（1904）五十八岁。会议招工条约。任补画瑞士红十字会全权大臣。

光绪三十一年乙巳（1905）五十九岁。得佩英国宝星。

光绪三十二年丙午（1906）六十岁。春三月回国，任正白旗汉军副都统。

光绪三十三年丁未（1907）六十一岁。任镶蓝旗蒙古都统。授荣骥室。

光绪三十四年戊申（1908）六十二岁。派充廷试阅卷大臣。

宣统元年己酉（1909）六十三岁。赏头品荫生。派充考试游学毕业生阅卷大臣。

宣统三年辛亥（1911）六十五岁。派充考试北洋大学、山西西学生阅卷大臣。

民国纪元夏历甲寅（1914）六十八岁。授次孙祖汉室。

民国纪元夏历乙卯（1915）六十九岁。曾孙其翼生。

民国纪元夏历丙辰（1916）七十岁。祖妣归于直隶昌黎闫慧田。

民国纪元夏历丁巳（1917）七十一岁。曾孙女彩翼生。荣骥妻何氏卒。

民国纪元夏历戊午（1918）七十二岁。荣骥续室。十二月七日巳时寿终。

年谱中八次出洋的同治丙寅（1866）、丁卯（1867）、庚午（1870），光绪丙子（1876）、丁亥（1887）、丙申（1896）、辛丑（1901）、壬寅（1902），便是八部《述奇》开始写作的年份。

年谱有一点值得注意，便是宣统三年清亡以后，它便不再纪年，只纪干支，加上封面郑重地写出“国朝”给他的最高官衔“光禄大夫、建威将军”（光禄大夫是正一品文官、建威将军是正一品武官诰授的荣誉性的官衔），鲜明地表示了张德彝死为清朝人、不食民国粟的政治态度。

《张公集》还印出了张德彝民国七年冬垂死时，向废帝溥仪上的一道“遗折”，亦刊布如下（未按原有书写格式）：

奏为微臣病势垂危，情殷恋阙，谨具遗折，仰祈圣鉴事：窃臣八旗世仆，一介庸愚。同治元年考入同文馆肄业，迭次随使游历英、法、俄、德、美、日、义、比、和、丹、瑞、日本等国，由部曹洊擢道员。光绪十八年恭侍御前，进讲英文。二十七年十月奉旨派充出使英国大臣，兼充庆贺日斯巴尼亚国王加冕专使大臣。三十三年六月补授镶蓝旗蒙古都统。凡兹异数之迭加，深愧鸿恩之莫报。

近七年间，临餐忘食，终夜失眠；病体缠绵，医药无效。现复日加危笃，自知不起。伏惟皇上冲龄睿智，典学方新。重道亲师，庄敬乃日强之本；遵时养晦，殷忧实启圣之基。此则臣耿耿愚衷，不能自已者也。

涓埃未报，溘露已零。瞻望阙庭，不胜依望屏营之至。谨口授遗折，遣臣二子前度支部员外郎荣骅、候选通判荣骥缮写呈递，伏乞皇上圣鉴。谨奏。

宣统十年十二月□日。

死忠于清朝，不承认民国，即是张德彝的最后立场。他感激清廷给予的“异数”和“鸿恩”，使他从“八旗世仆”成为了出使大臣和旗营都统。推翻清廷建立民国后的“近七年间”，他“临餐忘食，终夜失眠”，以至病笃垂死，死前仍眷恋着冲龄的皇上（溥仪时年十二岁），要向皇上表白“不能自已”的“耿耿愚衷”。

一个十六岁学英文十九岁游欧洲的人，一个亲见过巴黎公社革命和德国“平产党”活动的人，一个入法国议会和英国“巴力门”旁听过的人，怎么会在中国稍有知识者都已经赞同“驱除鞑虏，建立民国”的六七年后，还会作这样的表态呢？

真使人不太好理解。

但事实就是事实。张德彝其人和他的《述奇》都是实际的存在，也都是事实。

张德彝到死还自称“八旗世仆”是事实，他曾经多次走向世界努力介绍西方也是事实。就让我们接受这些事实，从《述奇》中取其精华弃其糟粕吧！

（二零一六年十一月三十日写成）

张德彝八述奇□

光绪廿七年十月　初四日充任出使大臣
光绪廿七年十月　廿四日奏调随带人员
光绪廿八年二月　初八日携眷启程离京
光绪廿八年四月　初六日抵日都马德里
光绪廿八年四月　初八日贺加冕递国书
光绪廿八年四月　十八日抵达英京伦敦
光绪廿八年四月　廿六日见英君递国书
光绪卅二年三月　初七日登轮船离英国
光绪卅二年三月　十六日回中国抵北京

□《八述奇》据北京图书馆藏清抄本

□ 张英宇点，钟叔河校

张德彝八述奇目录

王埆序

同光以来，出使绝域者海上相望。橐笔万里外，言海外奇事，荦荦可数。然翔实资考镜，有名于时，匪所易得。郭、曾、薛、洪尚矣，其它爬梳皮毛，盛推外国，所有无关宏旨者，恒目炫而耳聋也。 郭曾薛洪

张在初都护往年衔命，历聘欧西。时国际交涉未甚繁密，都护以导扬德意馀暇，采风问俗，著之于篇，名曰“述奇”，都如干册，是篇其终卷也。都护品端正，有学问，故所揭载，得彼国要领。昔张骞使西域还，具为天子言其地形，所有乌孙、昆莫之属，狼乳乌衔肉之异，言醰醰其有味。其后骞封博望侯，颜师古曰，“取其广博瞻望”。今都护奉使所历，过博望万万，而“广博瞻望”后先一辙，若传为家乘者然，岂不异哉！ 广博瞻望后先一辙

虽然，班孟坚有言，“盛德在我，无取于彼”。自骞开外国道以尊贵，吏士争上书言外国奇怪利害，妄言无行

之徒，络绎求通使不绝，浸至中国疲敝，轮台哀痛，贻仁圣之悔。古今内外得失之故，不重可思欤！抑吾闻外国使人之在吾国也，吾国政事洪纤巨细，侦之殊悉。苟有得，则风驰电掣，朝闻而夕归之。往往吾国人所未知，而彼已腾播。若吾国使者，则韬敛客馆，碌碌靡所短长，有故则奉朝旨惟谨。其甚者，巴俞都卢，海中砀极，漫衍鱼龙角抵之戏，发扬唱导，腾笑于人国。报满，则异言异服，扬扬然以归。嗟夫！戊戌、庚子以后，外交多故，忧患迭生。外国驻使，视往日有加。若奥，若义，若比，若和，前此未有也。重以鼓吹立宪，王公贵人持节考察，不绝于梯航。使都护丁此时尚，翱翔其间，至是邦必闻其政，其必有异乎人之求之者欤，又岂第如斯篇所谓述奇已也。

外交多故忧患迭生

宣统元年己酉春，莱阳王垿拜撰。

八述奇自序

瀛寰五洲，邦国数百，欲尽知其国政民风，佥云难矣。小国之村镇，风气尚有此疆尔界之异同，矧大国乎？矧环球各国乎？偶入一国之一乡一邑，即谓其人情风俗，举国皆然也，语云“百里不同风”，独未之前闻乎？

余此次奉命使英，顺途专使日斯巴尼亚，共历三年七月馀，时与彼国之搢绅先生往来，周旋之间之有所见闻，辄为札记。若云居一国专记一国事，则宜以英为纲。然仅以欧罗巴诸国论，其分居一洲，如我国之各省，风气即殊，政教每多相类。盖政教如水着盐，渐而得味，得味则翕异为同。哥伦比亚创造美南，厥后美人多欧洲流裔，美亦欧矣。

日斯巴尼亚（西班牙）

哥伦比亚（哥伦布）

乃于逐日公馀，搜罗采掇，苟有所闻，考察之信，不厌繁难，不辞琐屑，汇成是编，由前七记之志也。前记谓如彼，今又谓如此者，非词之矛盾，抑事有变迁耳。是编不敢云尽得其国政民风，然信而有征，语非凿空。扣槃扪烛之讥，吾其免矣夫。

光绪丙午二月，张德彝在初甫书于海上天后宫。

八述奇凡例

一、海邦政俗，近年诸星使著作如林，久已脍炙人口，余则不过窃其绪馀而已。

一、是书本纪外国风土人情，故所叙琐事不嫌累牍连篇。至于各国政事得失，自有西士译书可考。

琐叙不嫌累牍连篇

一、是书原系逐日登记，借驱睡魔，其文俚而不雅，难免有道之讥，阅者谅之。

一、所纪天文度数、山川远近里数不无讹错，然行人持此而往，或不迷于所向也。

一、录外国往事以及制造之创始，虽用西历纪年，而仍附以中历者，以便阅者考查也。

一、海外地名以══识之，人名、官名、物名以——识之。[按：两种线条均已删去。]其还音虽本《瀛寰志略》各书，仍有不甚吻合之处，聊以得其仿佛云尔。至中华之地名、人名、官名、物名，则不复识别。

一、历次出洋虽辱承译事，而一切密勿阙而不书，亦金人缄口之意也。

一、前七次笔所述及者，概不登入，以免重复。

一、昔宋洪迈成《容斋随笔》，后有续笔、三笔、四笔、五笔；张端义《贵耳集》有二集、三集。古人编纂，与时俱积，原不必统随一式。余八次出差，各就见闻笔录，故以述奇、再述、三述、四述、五述、六述、七述、八述而名之。

八次出差
八部述奇

一、所载有见闻不确、失其事实者，尚望高明正之。

27,10,4

光绪二十八年二月至三月

光绪二十七年岁次辛丑，余在京，十月初四日奉行在旨“记名道张德彝着赏加三品卿衔，充出使英国、义国、比国大臣，钦此”。十一日午正拜发谢恩折子满汉各一分，安折二分。二十九日奉电旨，着以副都统交军机处记名遇缺尽先题奏。十一月初五日拜发谢恩折子。二十八日巳正至永定门内天桥南天坛前甬路下外务部帐内祇候，至未初偕联春卿、顾康民、瑞鼎臣、绍仁廷、陈梦陶、舒春舫诸公跪接銮舆。二十九日卯初入内，午初进乾清门，随礼邸昆相及他在京各大员入乾清宫陛见，跪聆壹是。

加三品衔出使英国

二十八年正月二十六日丑初入朝请训。二月初一日奉旨，顺途专使日斯巴尼亚国递国书贺加冕。初三日早入内，进乾清宫西间，启帘入，跪谢天恩，免冠叩头，着冠起立，进至垫前，跪聆圣训。奏对良久，谕“你跪安罢”。立起退至原位，跪称“奴才张德彝跪请圣安”，启

入宫聆训奏对良久

帘退出。

上年十月二十四日开用木质关防，兼奏调随带各员。驻英参赞为外务部候补主事陈懋鼎（征宇），浙江试用道周鸿遇（稚翰）。随员为内务府候补郎中衡光（子中），候选主事王芸（香圃），候选知县尹寿龄（元辅），刑部笔帖式联治（瑞亭），内务府候补笔帖式继善（旭生），詹事府主簿白堃（厚之），江西候补府经历陈名慎（默之）；驻新嘉坡总领事候选知府凤怡（夔九），随员内阁中书孔庆瓛（季璡），翻译官江苏候补知县余文爚（丹曙）；专赴日斯巴尼亚之随员为户部候补员外郎衡璋（芝圃），礼部候补主事瑞光（熙臣），太常寺笔帖式耆昌（艾亭）。札调学生为分部主事李经涛，分省同知高恩洪，分省州判乐达义，分省试用县丞谭学芹，江苏试用典史吕乃章，江苏试用布理问萧永熙，外务部译缮电报生庆奎，文生员林轼垣。医官文生员郝凤鸣。供事：分省补用知州陆宝庠，即选知县刘恩诰，候选巡检杨逢甲。武弁六品功牌陈亚炎也。奉命以来，与驻京各国公使互相往拜，戚友朝夕祖饯，料理行装，收拾笔砚，夜以继日，竟及分阴。

二月初八挈眷起程

壬寅二月初八日己亥，晴。卯正挈眷起程，乘车至正阳门外东车栈，诸戚友及英日两国人送行握别。登火车，辰正开。午初过津，未刻抵塘沽，下车遂上新裕轮船。酉初一刻展轮，戌正出口，平。

初九日庚子，早晴，酉刻大雾。汽笛时鸣，为警来舶，终夜不息，船且微摇。

28,2,10

初十日辛丑，早阴晴不定，巳初雾，未正止。逆风，船微簸扬。同行上下四十馀人，仅余与衡子中、王香圃能早餐。入夜大摇，又稍搁浅，乃试水缓行。

十一日壬寅，阴，辰正又雾。虽至黄浦口外，不见灯船，不知所向，遂停轮以待雾散。申初开行数里复停，申正再开。戌正抵金利源码头，登岸至官亭，与各官出迎者一谈，乃乘肩舆入天后宫。吕镜宇（海寰）、顾缉庭（肇熙）、袁海观（树勋）、汪瑶庭（懋琨）、翁缉夫（熙孙）、赵菊曾（有伦）、谢筠亭（上松）、李汝才（景枚）、刘乙笙（元楷）、李嘉乐（光亨）、张柄枢（辰）前后来拜，皆坐谈极久。

十二日癸卯，阴。竟日惟盛杏荪宫保（宣怀）、黄花农廉访（建筦）、杜枝园司马（仁干）、廖楚才参戎（得胜）、刘资英协戎（冠雄）、江海关税务司好博逊、张笠江（勉枺）、赵翰墀（儒林）前后来拜，张赵二君谈最久，要皆旧雨也。 盛宣怀 好博逊(Hobson)

十三日甲辰，细雨阵阵，凉。早坐马车在城外答拜数处。午后瑞熙臣、王香圃持名刺代为往拜各国领事及税务司诸人，余改乘肩舆进城答拜四处。回寓知有毛实君（庆蕃）、冯孔怀（国勋）、徐星阶（际平）、龚芷南（宝琛）、郑渭江（清江）、沈蔚文（炳儒）来拜。中夜大雨。

十四日乙巳，阴雨，凉。张子豫（桐华）、张叔和（鸿禄）、庆西园（锡庚）三观察及杨仲卿太守（书雯）来谈。后日本总领事岩崎三雄、俄国领事阔雷明、奥国领事柯次腊、义国领事聂腊济尼、英国副领事慈必佑，并正金银行长锋郎、实相寺贞彦陆续来拜。

裴式楷 (R. E. Bredon)

十六日丁未，阴凉。早张畹九（兆兰）、吴竹楼（筠孙）、程仲立（卓山），江南税务司裴式楷、三井洋行山本条太郎来拜。午后，乘马车答拜各国领事及各洋行与税务司。酉初顾缉庭召饮于味莼园。

袁某约饭于洋务局

十七日戊申，微风，阴。午后晤刘我山（奉璋）、张弼士（振勋）、徐雨之（润）、章菊农（恒淑）、孙绍彭（籛）。申正袁海观约饭于洋务局。

十八日己酉，阴晴不定，微暖。早督仆役收拾行李。酉正吕镜宇约饮于侨寓，同席者张畹九、吴竹楼、刘我山，畅叙已往，盖皆十年前之学朋僚友也。入夜彻晴。

乘德公司巴晏轮船

十九日庚戌，晴暖。午正发行李，申初乘肩舆至法公司码头登德国轮舟，有吕镜宇、顾缉庭、袁海观、庆西园诸君送别，陪谈良久。酉初启碇，戌初抵吴淞口外，即乘德公司“巴晏”轮船，各人分舱，安置一切，住。入夜阴凉。

二十日辛亥，阴雨，冷。巳正二刻信船到，收毕，午正信船回沪，“巴晏”展轮。初尚平，继而黑水微波。入夜雨止，雾，雷。

格林尼址（格林尼治）

二十一日壬子，阴凉。镇日微风皴浪，幸船大不甚簸扬。午正行三百二十一洋里，当赤道北二十七度二十一分，格林尼址东百二十一度十九分。

二十二日癸丑，阴晴不定。浪小船平，午正行三百五

28,2,23

十六洋里，当赤道北二十三度四分，格林尼址东百十七度六分，下馀一百七十三洋里，前后共计八百五十洋里。夜停香港口外。

二十三日甲寅，阴。早开进口，卯正泊岸九龙。辰正一刻差王香圃执片往拜驻港英国总督葛跬良，知其现去澳门。申刻有武官执葛片登船谢步。 香港拜会英国总督

二十四日乙卯，晴暖。早，潘兰史（飞声）上船来访，谈极久，乃前在德京之旧友也。午正一刻船开，出口甚平。 潘飞声

二十五日丙辰，晴。平，午正行三百十九洋里，当赤道北十七度四十六分，格林尼址东百十一度十七分。

二十六日丁巳，晴热，至着单衣。午正行三百二十五洋里，当赤道北十二度三十五分，格林尼址东百零九度四十一分。

二十七日戊午，骤雨阵阵。浪微船平，午正行三百二十五洋里，当赤道北十七度四十六分，格林尼址东百零八度七分。入夜晴。

二十八日己未，晴。平，早见东面小岛二三，乃中国海正南柏尼欧、麻六甲中间之那土那阿南曼群岛也，岛之大者长仅百八十洋里。午正行三百三十六洋里，当赤道北二度四十八分，格林尼址东百零五度十二分，下馀百三十五洋里，前后共计一千四百四十洋里。亥初至新嘉坡口外下锚。 柏尼欧（婆罗洲）那土那（纳土纳）阿南曼（亚南巴斯）

二十九日庚申，早阴雾。寅正开行进口，卯正傍岸。

有署总领事吴寿珍（士奇）等登船迎迓，并请振裕园早餐。辰正一刻，英署总督部乐尔以车来接，遂携凤夔九前往，坐谈许久。去此转赴振裕园，园属华商李清渊父子。子名浚源，父生麻六甲，子生新嘉坡，两世未回故土，富甲王侯，虽未改装，而仅能土语与英语。午后天晴，乘车一游。酉正凤夔九约晚酌毕回船。

华商两代未回故土

三月初一日辛酉，晴，极热。早吴寿珍、凤夔九、孔季琎、余丹曙、杨鼎三来送，少谈即去。辰正展轮，出口甚平。午正行四十九洋里，当赤道北一度十九分，格林尼址东百零三度六分零。入夜大雨，雷。

初二日壬戌，晴。午正行三百三十四洋里，当赤道北五度三十分，格林尼址东百度十分，下馀十五洋里，前后共计三百九十八洋里，未初一刻抵槟榔屿。住船即有领事官谢梦池（荣光）率梁璧如（廷芳）、何惠荃（晋梯）以小火轮来接，登岸乘车至其公廨晚酌，酉初回船。酉正启碇，出口甚平。

槟榔屿

初三日癸亥，晴。午正行二百二十洋里，当赤道北五度四十五分，格林尼址东九十六度四十六分。

初四日甲子，晴。午正行三百零四洋里，当赤道北六度十四分，格林尼址东九十一度四十二分。

初五日乙丑，晴。午正行三百十五洋里，当赤道北六度八分，格林尼址东八十六度二十五分。连日天气晴爽，同船男女早晚或玩樗蒲，或玩牙牌，或掷灰布饼，或抛绳结圈（详见《四述奇》），以破岑寂。

28,3,6

初六日丙寅，晴。午正行三百二十洋里，当赤道北五度四十四分，格林尼址东八十一度四分，下馀百二十七洋里，统计一千二百八十六洋里。酉正过盘得高地角，戌正至克伦柏住船，终夜上煤，喧哗聒耳。 克伦柏（科伦坡）

初七日丁卯，晴，极热。巳正开行，出口水平如镜。午正行二十二洋里，当赤道北七度一分，格林尼址东七十九度三十分。自香港至新嘉坡，船皆南行稍西，继而转北而正西，由此则西行稍北矣。

初八日戊辰，天晴水平，逆风凉甚。午正行三百二十二洋里，当赤道北七度四十九分，格林尼址东七十四度九分。亥刻，船面左鄙一带，水手以各国商旗悬之两边作壁，中间开敞，灯燃乐作，通船头等男女跳舞甚欢，丑初始散。

初九日己巳，晴平如昨。午正行三百三十六洋里，当赤道北九度一分，格林尼址东六十八度三十七分。同船有英人，男为贝克尔，女为何尔碧者，既非由一处搭船，亦非素识，逐日共桌而餐，并肩而坐，携手谈笑，欢惬逾于夫妇。男女论交，西国通俗，无足怪也。 男女论交西洋通俗

初十日庚午，晴。水平清爽，午正行三百三十一洋里，当赤道北十度十六分，格林尼址东六十三度十分。入夜船面犹以旗为壁，用备二等男女各客跳舞，亦天明始毕。

十一日辛未，晴。午正行三百三十洋里，当赤道北十一度十四分，格林尼址东五十七度三十九分。轮船行海，

舱内向难纳风。以故由新嘉坡至苏耳士，地近赤道，或红海蒸热，致人昕夕汗流，口不知味，卧不安床。西人遂设法，由电灯而得电风。式为一物扁圆形，周三尺，外围铜条，内一铜造四出梅花，瓣微弯，略比船尾搅水器，竖挂舱角，系有铜线，下通造电炉。物旁有关键，用则开之，梅花旋转，凉风四扇，既遏外来热气，复散内生蒸气，使人坐卧以安。饭厅向安风扇（洋名朋咯，详见《四述奇》），用时操纵需人，今则通厅承尘俯悬大铜花八朵，周各六尺，外无铜罩，花作八出。关键在橱边，开之花转，清风下来，袭我襟袖，血和肺敛，饮食以甘。烟房一横，首尾各悬花一，男客饮加非吸卷烟亦安逸舒畅，诚事半功倍之卫生物也。

新发明之电风扇

十二日壬申，晴。午正行三百二十八洋里，当赤道北十一度五十八分，格林尼址东五十二度七分。卯刻北过搜勾特拉岛（属英国），晚南过圭尔大斐角（在斐洲中界正东北临亚丁湾）。

搜勾特拉（索科特拉）圭尔大斐（瓜达富伊）

十三日癸酉，晴热。午正行三百二十一洋里，当赤道北十二度三十六分，格林尼址东四十六度四十一分，下馀百零六洋里，统计二千零九十六洋里。戌初抵亚丁下锚，众土人上船争售货物，如花饧、羊角、山羊皮、鸵鸟翎类。灯下人多乱杂，有剔选者，议直者；虽头等客人亦不免搀于二、三等客中，排前挤后，移时不知所之者。更当多人取物入手时，忽出水手举棍驱逐，土人恐，刻即收拾下船，不则受鞭挞。夫贫苦土人，并非商贾，原冀获船客

28,3,14

微利，今如此被逐，则所失已多。各国公司船惟于雅斐两洲诸口，每施如此辣手；迨过波赛至欧洲各口，乃皆买卖公平，互不欺骗恫喝，依然街市之间矣。奢强凌弱，凡人之屡经各国者自知。 雅斐（亚非）

十四日甲戌，晴。丑初开入红海，顺风凉爽。镇日忽远忽近，左右频见岛屿。午正行一百四十四洋里，当赤道北十三度十九分，格林尼址东四十三度三分。

十五日乙亥，晴。北行少西，逆风浪涌，船力赢水且稳，心神清快，为十一次往来未曾有者。午正行三百二十六洋里，当赤道北十七度五十五分，格林尼址东四十度五分。戌正二十分，月蚀将既，子初十分复圆。海天无翳，视线辽阔，地近高度，蒙气渐清，仰见地影中月，不黑而紫黄，影后仍露月形也。 为十一次往来仅有

十六日丙子，早微雾，巳正晴。依然逆风大浪而船平。午正行三百零六洋里，当赤道北二十二度零，格林尼址东三十七度二十一分。

十七日丁丑，晴。风浪如昨。午正行三百十三洋里，当赤道北二十六度五十二分，格林尼址东三十四度三十二分，下馀二百十九洋里，前后共计一千三百零八洋里。自早东面隐隐见山，过午则左右突兀皆童山。

十八日戊寅，晴，逆风颇凉。卯初抵苏耳士河外停轮。辰正本地医官上船验尽载客，有无染患瘟疫。巳正展轮，进口缓行。午正行八洋里，下馀七十九洋里，共计八十七洋里。未正在小湖遇法公司“百喜”。酉初至咸湖，

开路（开罗）搭客男女廿馀，皆自开路来者。

十九日己卯，晴，冷。丑正至波赛口外停船上煤，卯初开向西行，见北面新筑障水长堤甚固。午正行五十二洋里，当赤道北三十一度五十分，格林尼址东三十一度三十七分。入夜细雨。

二十日庚辰，晴，凉。逆风微波。午正行三百三十四洋里，当赤道北三十四度十八分，格林尼址东二十五度四十分。申刻左过克来达一名堪的亚长岛，山顶积雪未消，继右见二小岛，三岛属希腊国。

克来达（克里特）

二十一日辛巳，晴。浪涌船摇。午正行三百三十五洋里，当赤道北三十六度四十一分，格林尼址东十九度二十八分。因不日抵热诺瓦又名日乃伍，余将率众下船，乃晚餐备有饧塔、花塔，高皆二尺强，荐以银盘，内燃小灯，照彻红绿鲜明，下以冰糕作水与地，上立中国龙旗，遣仆按座传送请食，是亦船主敬客之意也。

热诺瓦（热那亚）

二十二日壬午，阴。是船大副安簧者，身高六尺，极为雄壮魁伟，人亦谦和。倏于七日前自火舱婴热症，乃于船面结构板屋一卧之，以期凉爽。船医百治无功，迄今辰刻奄然而毙。午正行三百三十一洋里，当赤道北三十九度五十二分。格林尼址东十四度四十三分，下馀六十二洋里，前后共计千一百十四洋里。申初左右见山，酉初抵那百里。下锚后大雨如注，先经船主率医生登岸报明安簧病故，继同义国医官回船，验死者毕，乃通验各船客之有无病症，亥初始允是船撤下黄旗，众客登岸。

船员病死

那百里（那不勒斯）

28,3,23

二十三日癸未，终日阴晴风雨不定。巳正船面奏乐，由下舱系上安柩覆以国旗，移入小艇，载运上岸。同船多有送花圈者，因亦送一分，借表邦交。未正展轮，出口微摇，冷甚。闻安大副之病，因船医既不能详言，而本地医生亦为诧异，遂定于上岸入教堂唪经后，将剖尸公验云。

二十四日甲申，阴风怒号，船颇摇荡。午正行三百九十洋里，当赤道北四十三度三十五分，格林尼址东九度三十二分，下馀五十六洋里，前后共计三百四十六洋里。午后右见山冈。

申正抵热诺瓦。酉初本地医官上船验毕，撤去黄旗，始允他人下上，即有日斯巴尼亚国总领事屠珮上船来迎，为之照料行李，并代租定罗马街之伊搜榻店。余遂挈眷率陈征宇、衡芝圃、瑞熙臣、耆艾亭、刘紫封下船驾小舟登岸，乘马车入店，他人仍乘德船“巴晏”赴伦敦。戌刻屠珮夫妇偕子女请余与内人及季儿荣骥、孙女佑英，在的乃格娄街之朴里的阿马园观剧，甚好。子正回寓。 西班牙国领事来迎

二十五日乙酉，晴。早乘车拜德、日两国领事。午后乘车游看康朴三兜茔地（一切景物详见《五述奇》《六述奇》），闻其地每块纵六尺横二尺直一百四十方（义小银钱名稍亚法国者），石壁上宽长与土地同者千方，堂中石像有直二千方者。 方(法郎)

二十六日丙戌，晴。申初送内人及季儿与孙女坐火车赴伦敦。晚餐得食枇杷，不甘而酸。

二十七日丁亥，细雨阵阵。辰初偕陈、瑞诸君乘马车

哥伦伯（哥伦布）

至普阿阿卦火车栈，对高楼立有哥伦伯白石像甚伟，工亦精致。辰正二刻上车即开，西行少南，一路左海右山，山势高低，石类颜色，络绎起伏，班驳陆离，花木五色，笔述难既。过长短山洞数十，涧壑沟河，铁桥数四。共行二百三十馀英里，合三百五十吉娄每当（见《三述奇》）。

吉娄每当（公里）

未初至义法交界倭尔堤弥格里亚镇易车，早馑坐间，因睹往来兵之着蓝衣袴帽垂鸡翎者，俚歌以识感曰："吁其嗟焉，岁在庚子。拳匪倡乱，官民枉死。生灵涂炭，彼俄与德兮，掠淫一何惨兮。走狗烹兮，义兵复以为餐兮。"

俚歌志感

申初登车入法界，过尼司河，山岭峻秀，楼房华美，较之义国，别一景象。内阿垓地方产青石，作长方块墓地，光润异常。过此则左右皆山，相距稍远，中间树林阴翳，田亩分畦。戌刻至都隆城，少停复开，转西北行，戌正一刻至马赛。下火车，坐马车入马赛大店。计由义法交界处至此，共行三百英里，合四百五十吉娄每当零。

至马赛

二十八日戊子，晴，风凉。早接电，知内人等安抵伦敦。记马赛大店在诺埃勒街第二十六号，为马赛街之至宽至繁者，道路之洁整，楼阁之崇闳，较四年前尤胜。亦添有铁路电车，往来双辙，夜半不停，不闻马蹄踏踏，只闻轮转隆隆，热诺瓦逊此繁盛。

二十九日己丑，晴，风，冷似冬初，须着棉。晚餐一种鱼名卜的多蕾，似鲇而肥短，长约八寸，围则三四寸，极肥嫩而无刺，烹法仅以油煎，食加挤柠檬汁少许。苟依中国烹法，味必尤美而鲜也。

28,3,30

三十日庚寅，晴冷如昨。亥初，有驻日代办使事王杉绿观察（树善）差来迎接之洋文参赞英人科登到。见时询明一切，定于初三日启程赴日都。

光绪二十八年四月至六月

四月初一日辛卯，微阴，冷。今日为彼教天主升天节，法语名阿桑斯秧，铺户掩门，人工休业，竟日街市行人，男女老幼如蚁。

初二日壬辰，早微雪，既而雨，酉正雨止。自余到此，店楼正面悬中国龙旗。今日希腊国三太子尼扣拉来寓此店，亦赴日国贺加冕者，中国旗旁遂加希腊旗。旗色九横，五蓝四白，临杆上角白十字一，十字中心王冕一。两旗皆店所备，盖马赛法之大海口，各国官宦往来之通衢，店备国旗，随时悬挂，夸张荣耀也。

使臣到此店悬龙旗

初三日癸巳，晴，微风，尤冷。戌初由店起身，乘火车，始北行稍东，后转西，过乃因斯村，再过那尔卉镇，则转正南。一路缘海，左右多山，惟因天墨色，外望不宜，间闻过山洞声而已。

初四日甲午，阴冷。丑正过法文得蕾海口入日界柏欧

日界（西班牙国界）

28,4,4

海口，易车即开，西南行。缘途山高涧深，山虽不枯而苦，间有草木，亦不丰茂，石皆朽片成灰，败不堪用。苟有平坦可耕之地，民皆开垦分畦。此乡房少而小，石片累成，斯实陋室。行逾百里，过白色楼那村，地稍坦豁肥沃，房舍稍多，而高仅一二层，平顶白色，遥望如埃及者。由此南行稍西，渐有桑榆，麦高二尺，不分陇，尚无穗。楼房道路，略觉可观，虽不如他国之整齐一律，而人行车过之路，无不整洁平坦。

辰正抵白色楼那海口，地在日之北界稍西，西临地中海，下火车即乘马车，行约七八里，至嘎他陆那坊入宽的南他店。细雨纷如。店小而高亦六层，房间低窄，特整洁与他处同。店左临大街，右对一敞院周里馀，四面石镶，环种栗树，中设电灯，石径平坦，专为行人往来。地为日之大海口，诸所街道楼房，亦不亚马赛。自入界至此，税关皆奉国谕，免验行李放行。计由马赛至柏欧约二百五十英里，合四百馀吉娄每当，又自柏欧至此百二十英里，合一百八十吉娄每当，统计三百七十馀英里。其铁道电车极多，往来前后皆头皆尾，与德之铁道公车同（详见《五述奇》），而宽长加倍；此外之铁道公车、双马海车、坐车，车式无异他国。 白色楼那（巴塞罗那）

土人喜食羊乳，羊紫红色，毛比牛马，角尾皆小，腹下垂二乳如瓜。到此半日，屡见土人群群驱行，缘街挤售，其值未知。引群之羊，项挂一铁铃，如北京行之末骆驼。且因天寒阴雨，羊背皆覆青毡一方。土人有戴红毡长帽作柳罐形者，后尾下垂，虽为小帽，乃暗中一党，名曰喀他里尼司大斯，意在别其本朝君权而自立民会者也。酉正雷雨止，入夜晴。

暗中一党自立民会

初五日乙未，晴，微暖。日之金钱名伊萨贝立那，每元市银钱名珮赛达者二十，大小与法方同，其质亚于法而强于义，按时价一镑尚易三十二三枚。外有二枚，一元者曰杜卜蕾珮赛达，五枚一元者曰温杜庐，每珮赛达易铜钱名仙者一百。此钱太小无使用者，惟有五仙一枚及十仙一枚者，五仙者名曰兴勾三的某斯，十仙者名的斯三的某斯。其钱两面，一为国旗，一为王头。自前民主时改铸一为女神，一为一狮，狮模不佳，头类狗，故至今土人呼十枚者以“大狗”，五枚者以“小狗”。

珮赛达（比索）

呼钱币曰大狗小狗

店之壁薄，而作两层。门窗皆两扇，不用时推入墙内，用乃曳出，极便捷，亦日国之别一法也。其溺器造以玻璃，有盖，极厚而重。

未正乘车南行里馀，临海立有哥伦伯铜像铭，石柱高四丈，铜人上立，左手外伸东指。再行二里馀，下车登山，步行百步至其间，缘边设有酒馆，小屋栉比。左望蓝海无际，口外筑有石堤，作双臂环抱势。大小火轮，风篷数十，泊于环内，是为船坞。右则白色楼那通城山冈上下，白房一片如雪，是处故名白色楼那米喇嘛，译为山海楼房毕见处也。再向上转行百馀步，有古楼一，名曼翟什宫，乃八百年前白色楼那邦自主公爵住所也，建于山顶，以为敌人箭射不及之地。于今房虽存而墙壁朽烂坍塌，仅

哥伦伯（哥伦布）

山海楼房毕见处

28,4,6

用屯兵，上年曾以之拘伙谋焚毁官署之叛民。下山坐车，转北数里，入一公囿，树林花卉，乐亭水法，假山小岛，台榭桥梁，四层小瀑布，人工精巧，一切洁净整齐，与他国者同。惟一小岛，四面河水清澄，金鱼长八九寸者游泳沫聚。囿中设有加非馆，小食酒铺。囿临门左右各石房一行，左豢兽如狮象虎熊类，右蓄禽如孔雀锦鸡鸾鹤属，供人游览。每一礼拜，官兵在内奏乐两次，入夏游人甚夥。

出此往观赛特堂，白石高楼一所，如伦敦博物院而小，乃数年前用赛本地制造各物处，现改作画阁。入门正面一乐堂，式似英之卜静宫内者，正面高台中设风琴，左右设乐工坐，台前椅列千馀，备听乐者坐。乐堂外左右相距半箭许，各有白石阶二十八级，作曲臂形，宽各丈馀。遂步上左鄙石阶，右转共有三门，辟中门内一大间，四壁悬油画大小百馀皆名笔，因时促无暇竟赏。遂下楼出门登车，复绕行十数里，游其新旧城。老城古房狭路，新城楼高道阔，平坦净洁，所种杨、栗及未卜其名之似棕似蕉各树皆仅四十年。回店后，有本地总兵喀陆那来拜，稍谈辞去。酉正二刻乘马车至火车栈，戌初二刻开，甚快，北行稍西，复转正北。入夜阴。 游新旧城

初六日丙申，阴凉。西北行，寅正至萨拉勾萨城少停复开，仍西行稍北，共走四百英里，合六百吉娄每当。

午正抵日都马达力。日外部遣二年前驻华参赞安敦备车迎入维克土里亚第一号努埃娄店，并有王杉绿率翻译谭培、黄履和迎候。一路饶山岭涧壑，然石不成块，木不成 抵西班牙都马德里

材。房小累以石土，山坡间作红黄灰白色。其可耕者，皆分畦栽种。近都城碎灰石山少，而土山仍部属成行，平顶土黄，遥望如长城之带夕阳。地势平坦，茅屋鳞次。沿途虽有人马车路，而多凸凹泥泞。店楼四层，屋大小六十，墙壁门窗陈设装潢皆旧式，中多葺补，较他国之中等店仍不如也。

印象不佳

初七日丁酉，早晴复阴，午初骤雨一阵，晴。申初二刻，偕陈征宇、王杉绿、谭翻译同安敦乘马车赴外部拜尚书么多华，正礼官沙尔库，坐谈顷刻。转入别间，见其侍郎戛巴也诺，坐谈约一小时。两处所叙，无非问一路平安，由何道而来，请恕预备不周，此地一切不如他国，惟天色常蓝等语。

日君奉天主教，其老王佛尔曼兜第七，卒于西一千八百三十二年（道光十二年），无子。长女伊萨贝腊立为君主，下嫁表兄傅兰西斯勾，在位三十五年，生子即阿芬搜第十二。当君主死后，国大乱，先换朝代，更改民主。至一千八百七十四年（同治十三年），阿芬搜第十二借兵争定，始得即位，娶奥斯马加之郡主柯立斯蒂那为后，生二女，长茉尔赛今二十二岁，次苔来萨二十一岁。阿芬搜薨于西一千八百八十五年十一月（光绪十一年十月），遗腹未卜子女，乃公议立长女权为君主，方五岁。王后遂发誓暂行垂帘摄政，待其及笄，傥得子则即岁而继姊。六越月至西千八百八十六年五月十七日（光绪十二年四月初四日），阿芬搜第十三生，遂立之，今十七岁加冕登基，王

阿芬搜（阿方索）

加冕登基 王后归政

28,4,8

后归政。君主茉尔赛以阿芬搜生，辞位嫁族兄博尔贲，改称王妃。其所谓因王祖之丧礼节稍减者，是缘老君主伊萨贝腊之夫傅兰西斯勾于数日前卒也。老君主年六十二，昔西千八百三十三年九月（道光十三年）称君主时仅三岁，八百四十三年冬（道光二十三年）及笄加冕，至八百六十八年九月（同治七年七月），因夙多丑行，且向其子阿芬搜第十二言，汝提督苏拉那欧之子，固非王子也。王闻之怒，遂去法都。阿芬搜第十二卒，其后柯立斯蒂那乃不安于室，每出必须壮年魁梧之官护从，车接轸马联骑也。闻曾向彼之御前侍卫埃司考苏腊者发誓密约，所约为何，外人无由知之。

两代王后皆多丑行

初八日戊戌，晴。今日为西历五月十五日，巳正着蟒袍补服，赍国书，率陈参赞、谭翻译并安敦坐官车（此车经官包用十天价五百珮赛达）行三四里，王宫门外下车，入登梯十数级，左转复十馀级，入一大厅。向右再进一步，别一敞厅，内立各国专使大臣参随约百馀。少立，内门开，礼官先引教皇、美国、法国专使先后入觐（此次不论国之大小以到此城之先后为序），继引余入。见王母正立，王立其右，余步至前一鞠躬。王母问："初到此耶？曾来欧洲几次？驻英几年？一路平安？"是皆英语，余逐向答之。又问："手捧者贵国大皇帝之国书耶？"余即双手呈递。接后，对鞠躬。退出旁门，少立。复入一门，见其长公主茉尔赛夫妇，先向一鞠躬，后以英语彼此寒暄数语，握手而退。出后门，下楼至宫门，登车旋

觐见王母呈递国书

客馆。

早餐后，乘车往拜其王公文武大员之与司此次加冕礼者，并拜各国专使及驻扎之公使，计数十处。王爵处皆不留刺，而令自书名于门簿。戌正一刻王杉绿约晚酌，同席有安敦科登。

记其王宫无别名，结构势似英之卜静宫，稍古老。入门沿路左右，凡临门转角之处，皆立有古装侍卫，手举长矛。有经其前者，举矛筑地作声，均须以一俯首之礼答之。宫外立亲军一队，值递收国书时，亦奏乐贺之。我国国书，左满右汉，文曰：

大清皇帝之国书

大清国大皇帝敬致书于大日斯巴尼亚国大君主，加冕盛典，肇举隆仪，凡在友邦，同深庆幸。中国与贵国修好订约，睦谊久敦，近复日加亲密。兹特派记名副都统张德彝为专使大臣，亲赍国书前往贵国呈递，以致欣贺之忱，借为永好之据。该大臣忠诚夙著，练达老成，为朕所亲信。惟望优予接待，俾克敬慎周旋，肃将使命。并祝大君主福祚延长，从此我两国邦交弥笃，同享升平，是朕所厚望焉。

芒纳哥（摩纳哥） 阿真坦（阿根廷） 巴威里亚（巴伐利亚） 伊奎多（厄瓜多尔）

此次各国之派王公充专使者十一国，德、英、奥、丹、义、俄、希腊、瑞典、暹罗、芒纳哥、葡萄牙（以上皆住王宫或部院，往来火车皆日备）；大员充头等者九，中华、日本、教皇、波斯、和兰、法、美、摩洛哥、土耳其；充二等者十五，阿真坦、比利时、巴西、秘鲁、智利、巴威里亚、克伦比亚、伊奎多、墨西哥、巴拉怪、

28,4,9

瓜的麻拉、阔斯大里戛、萨拉瓦多尔、尼喀拉卦、乌拉怪；不列等者三，卜拉戛里亚、鲁麻尼亚、色尔维亚（以上皆备住客栈，备饮食。往来火车自备）。

阔斯大里戛（哥斯达黎加）卜拉戛里亚（保加利亚）色尔维亚（塞尔维亚）

初九日己亥，晴暖。午初乘马车续拜数十处，并拜前驻北京日国公使格洛干，见其妻暨子女。回店，赠送其女玛丽雅鲜花两束，礼也。酉刻，日王令外部送宝星佩带。戌正，宫中宴各国专使，余着花衣补服，带宝星，率陈参赞、瑞随员乘车入宫。登楼转步百级，入一大厅，会众专使。少立后，国王、王母、大长公主、长公主及他王族近支王公、夫人、命妇等廿馀鱼贯而入，余数十人左右立。国王等自大厅步入饭厅，余等同本国礼官及外部大臣诸人两两随入。及门，每人得一座位次序单。比入，见内直设一长桌。中心左三座，为王母、大长公主、教皇专使；右中三座，为国王及长公主；再则教皇专使为首座，其左坐美专使为次座，长公主左坐法专使为三座，余坐大长公主右为四座（此即前日招见之次序）；以下各国男女左右两边分坐；桌之两首又各三座，统计男女百零二。桌心横鲜花一行，宽二尺，高七八寸，红黄白紫蓝花多种，可识者丁香、茶花、玫瑰，玫瑰大如牡丹，其香触鼻。宴时官兵奏乐。食则牛、羊、鸡、鱼、火腿、鹌鹑、青菜、龙须菜、清汤、稠汤、冰乳、冰几凌、波罗蜜、鲜果、糖糕多品。酒七种，色分红、黄、白、紫与绿，玉碗金瓯，芳烈喷溢。末饮加非毕，皆起步入旁间，迭相立谈。国王能英法德国语言，话至子正，国王等向众一鞠躬，众分两行亦

入宫赴宴

座列第四

一鞠躬。国王等在先，余等随后，走过两大间，国王等入正门，余等即入旁门，下楼梯，出宫门登车回寓。去时入大门，转走数大厅，今出旁门，仍归前路，因宫楼上下千间，四通八达也。

通城竖旗悬灯结彩

自数日前，通城预备一切点缀。府第、公署、铺户，举楼顶竖旗，门前悬灯，形式不一。层楼窗外铁栏边，或挂彩绸，或铺花缎。多有仿日国国旗式，横以二红一黄三色者，此前更有饰以鲜花一缕，作锁形者。栏上有横电灯多盏，玻璃罩作五彩花者。近王宫四面，凡大街道口，多添设木质假石牌楼极精巧，錾花含灯，并有壁上积水下流，作瀑布者。各巷左右层楼，灯皆四行或六行。每当半箭地，左右各植假树一，造以绿布紫麻，高约二丈，作棕蕉竹柳之属，枝叶逼真，两树间各横纸攒绿叶红黄花一缕，每花中含电灯一，白昼假花红绿缤纷，入夜电灯灿列辉煌。因此大典，每日本国及各国男女老幼之来此者，日以数千计，故日日自午后至夜半，男女往来杂沓，抽身则寸步难移，出语则喧哗聒耳。至天明人声稍息，而车马踏踏辘辘之声作，卧室近街衢，通宵不能眠。今日人工报齐，街市游人更夥，入夜煌煌火城，光彩射目，亦历年在泰西未见过者。

未曾见过之热闹

初十日庚子，晴。日国议院建以旱白玉石，高五六丈，其式外长方而内扁圆。今日未正，国王临院誓众，帖请各国专使及公使往听。未初，余偕陈参赞与安敦往，至彼下车，步石阶十四级入门，先直行不及箭地，登数级而

28,4,10

右转，缓步数武入一门，再登数级，再右转，仍步数武，旁入一门，始抵大厅。

厅作椭圆形，正面横一台，高三尺，宽二三丈，长丈馀，铺以花毡，前三面立木栏，左右立二古人石像。台中另一长方小台，高不及尺，铺以氍毹，上置二金椅，为王与后坐。小台前右一长桌，覆以金花彩缎，上置瓜形金王冕颇大，旁一宝剑，玉柄金鞘，长约二尺。桌右另一小桌，上陈一银十字架及他纸笔等，此桌前一椅坐首相，后三椅坐他办事各员。小台左先二大金椅，为二大长公主玛丽雅与乌拉里亚坐（二皆先王妹，一适巴威里亚王太子陆堆，一适法国奔邦榭侯之子王爵昂土阿），后又二大金椅，为长公主莱尔赛与苔来萨坐。小台后正中一门，为王入之正门，前挂红幔，左右立二御前护卫，白裤乌衣金红坎，手拄长矛。大台左右二门皆垂红帘。内各横椅六行，左坐各国公使，右坐各国专使，余所入者右门也。彼此列座，左右相向，乃左者面台右，右者面台左也。台前正中一小梯，左右立二金狮。步下则一小圆池，容座数十，共分四长扇面形，因堂圆故也。每中分七横，每横列座由三至九不等。四扇面中有路三条，七横步步登高，至末层中间一门，以便当坐何座者出入。楼上敞屋十九间，横作半圆径。今日各国王公坐近台第一、二横，头等专使坐第三横，二等专使坐第四、五横，不列等者坐末横。除圆池外，上下皆坐本国文武大员及他男女官宦。

议院大厅之情状

时及未正，台上首相后二员，先立起各诵一篇。少待，由正门走入头戴古式红绒帽左竖白翎一束、身穿白紧裤红缎金边乾字短袄、手举金棰之护卫两对，乃一对分立门左右，一对下台分立金狮旁。继而前引文武多员，对对直入，下台入圆池。移时大长公主入，再则长公主入，俄而国王母子入，立小台椅前，向三面鞠躬，通堂官众齐立，欢呼万岁。少坐后，王立起，手举一纸朗诵，大致谓，“现即王位，竭力保国爱民，一切实言，否必天诛。”诵毕，通堂又欢呼一阵。无何，国王率众王族转回，众亦由别门陆续拥出。当国王未到时，人固喧哗；王入欢呼后，依然人声哜嘈，官役嘶嘶作声，止之不息；迨王举纸诵一二句后，始觉肃然。

即原作及

出此乘车驰行六七里，至贤傅兰奚斯大教堂，堂极崇闳，建以白石，工甚精细。入内，地基作亞字形。正面高台，画像设天主位，其前横坐本国世爵大员。台下中横一桌，为教主立处。桌左右各斜设金椅一行，作燕翅形，右坐国王、王母等，左坐各部大员；其后另列大椅数行，右坐各国公使，左坐各国专使；再前左右二宽处式作长方（为亞字中央中道之左右），缘边先各设金椅三行，左者坐各国专使王公，右者坐神甫教士等；其后又横列椅多行，坐本国上下议院各员；再前左右各分六槅，分坐文武大员；再前为入门之左右，乃列椅坐外来之人。楼上前面奏乐，后面一圈立男女官民凭栏眺望。

圣弗朗西斯大教堂

当时阵阵奏乐，至申正二刻，教主入堂。六人举一六柱黄布帐，教主立其下，头戴∩形高帽，身披大氅，皆

28,4,11

白缎金花。率门徒沙弥十数人，服色不一，有着银氅光头者，有着乌衣上罩白线织成十字坎作四出梅花者。再则王室男女入，末乃国王进至台前，免冠而立。教主立桌前诵祝一番，忽跪忽立，乐声隆隆，楼上亦兼唪经。礼毕，国王、王母等左右向众一鞠躬，而后出堂，众亦随散。

大主教向国王祝福

闻当国王出宫时，突有一人年二十馀者，至王前递纸一页。恐系刺客，即被捉获。讯追系窘穷多学之人，慕爱长公主荅来萨，因成诗一首献上，以冀上赏而得公主为妻也。又街市各铺下层关闭，上层开窗，男女凭栏瞻望。凡国王经过各开敞处皆搭木台，座列行行，台高十层，蒙以杂花布，台上有棚，台前临地围以红黄二色（义见前）布，棚前亦挂花彩，座有号目，价颇昂贵。沿街各处左右，咸有马步巡捕弹压，见官车过，皆以手扶帽檐以为礼。

穷读书人爱慕公主

十一日辛丑，晴暖。日廷拟在城北莱堤娄囿中为前王阿芬搜第十二立石铭，定于今日申正二刻国王下第一块基石，帖请各国专使公使夫妇子女及本国官员妇女往观。届时乘车前往，见所择之地，后倚小湖，前对茂林。今先临湖设一木台，高五尺，周约十丈，平铺花毡，中列金椅一行，左右立布栏，上以十六杆长矛支一红质金边王帽形大帐。台前数武外，以三木棍长丈馀者，缠以鲜花，支架作个字形。中以一绳一练系青石一方，厚八九寸，宽长各尺半。下一方坑深尺五，四面宽各二尺，坑上四围铺红毡以便人行。台右一桌为画押写字处，再前立红地金花围屏

石铭（纪念碑）

两扇，屏前另一桌上供天主像，此外盆盆鲜花列成一圈，作对月牙形。再外隔数武，分设木坐台八，左右各四，亦作抄手形如此()，各上列座六层，容人百馀，上罩布帐，下则分围红紫黄蓝四色布。布前三尺横以铁栏，在各铁栏道口，立一官指示座位号数，铁栏外环立本国男女之有凭票者。

来人在林中大道旁下车，有乐兵一班鼓吹铿鍧。步行半里，左右排立兵官。至台前进围处，有大员指请左右分行，盖外国者登右台，本国者登左台也。然四台仍有区别，乃各国专使坐第一、二台，馀坐第三、四台。湖中轮艇往来。载人游览。对岸林中，男女观者纷集，两岸男女老幼，统以五六千计。先是教主至，着高帽花氅，随行门徒四五，沙弥六七，中举 ♀ 形银灯者四，举黄纸所糊似灯如伞粗一围高四尺者一（未详何义），群立天主桌前。继而王族及各国王公至。末则国王母子至，官民起立免冠。

国王母子行奠基礼

齐呼万岁。王登正台，向众一鞠躬，少叙后下台立木架前，王母立其右。教主率众唪经绕架一周，随行以小瓶向木架甩圣水。再则王领王族各人于桌面签押写名字，继将此纸盛一铁匣内封固，先放坑中。届时王母曳铁练，王曳线绳，将石系落坑中放妥后，王众各倒土泥一铲入坑。礼毕，登台少坐，步出回宫。下石及王去，人皆欢呼数次。

闻所拟立之石铭，系傍湖立二抄手石廊，廊分二十空，内外共石柱七十二。廊之两首各一石台，后者顶作王冕，前者各立一飞仙，左臂前伸，右腿后翘。两廊中先一

28,4,11

八角石座，每角石阶八层；再上改十二角，石阶三层，其式如此✤；末则长方石台二层。王像立其上，光头乘马，马前左蹄高抬，王左手牵缰，右手执冠垂伸鞍后。此前正面石阶半圈，分五段，高各十四级；每二段中一石台，上立一石狮。此圈左右又各石堤一行作乀形，上立石栏，每角立电灯一。至其高低宽窄尺寸未详，惟闻王像与马皆较真者稍大云。

纪念碑及乘马石像

亥初，日王请在里亚戏园观剧，里亚者，御前也。园甚大，楼五层容人二千，局式与他国者大同小异，乐工百馀。台对面楼头层正中三敞间，坐国王亲族及各国专使王公；左右各三小间，右坐各专使夫妇参随，左坐各国公使等；再前左右各分九隔，坐本国文武大员官眷；又前临台层楼五间，坐命妇婕妤之着白氅斜披红带者。

王家戏园

所演系法人某所编，据云：二百年前，某城有富室某甲，为人不良，戏谑名人某乙之女。某乙闻知怒，约甲林间斗剑（详见《再述奇》），乙不敌甲被刺，甲携仆逃。乙之子女寻得，大痛彻心，不知何人所害。后闻为某甲，遂着素衣四出缉访踪迹，踽踽独行，野鹤孤云，栖无定所。奈久访不得，后改戴黑面罩入乡探侦。一日偶适某村，闻甲在一园会中，乃窸窣而入，窥视果其人也。遂急脱面罩，唤出某甲，拔剑互斗，不分胜负。甲惧他往，不知所之。乃多日后，竟在别乡拐诱三女，各皆妙龄都雅，因知乙之子女外出，遂慨旋故里。某乙素行好善，人皆尊敬之，至是土人醵金，在街中立一白石像，以铭其德。甲

戏剧故事

不知也，一日街行见之诧异，看石台下之字，始知乃某乙之石像也。因戏令仆往邀石人明日晚酌，问其愿否，仆惧不前，乃自去约之。不意石人竟点头作肯允状，甲大恐，茫然无色，急步驰回。次晚当其偕三女欢饮时，忽报款门，仆去即来，魂魄丧失，齿欲相击，强言石人来矣，随言爬匿桌下，自隙睨之。甲怒，举灯操剑自往，未及门，见石人立，抛剑奔回。耳闻地板橐橐，石人紧随其后至桌前。石人申斥其罪，甲跪求免，石人不允，终将其魂拈入地狱。戏分四节，一切景致甚好。子正演毕，国王起立，上下欢呼。王出园，众随散。

请阅兵操

十二日壬寅，晴。申正二刻，日王帖请阅兵，届时率参随乘车往。在城边大道南面，设布棚高台五座。正中一台王坐，右二台各国专使公使坐，左二台本国官员坐，对面另一台为本城府尹等坐。一路沿街左右，男女满立排齐，咸有马步巡捕弹压。登台少坐，营兵奏乐，国王乘马着戎服，率各国专使王公及本国文武大员到。登台后，队队先过步兵，再而炮队，再而马队，统计万馀。其队伍之整齐，兵服之新鲜，器械之闪烁，马匹之肥壮，无须琐述。每队中一国旗，过时人皆向之免冠，以昭恭敬。戌刻过毕，国王领众乘马随后。国人欢呼，王即免冠左右向之点头，所立官民亦皆向之脱帽鞠躬。戌正回店晚餐，亥初二刻复率众入王宫赴茶会，男女千馀，宫殿虽大，而间间拥挤，寸步难移。先在正殿见国王、王母及各公主等，对立少叙后，由别间转出。时已子正，即刻登车回寓，街市

“烁”原作“朔”

“即”原作“既”

28,4,13

彩灯煌煌，男女游人尚多。

十三日癸卯，阴。日京有种玩戏曰花战，乃男女对掷鲜花以为戏。扔者示以羡慕，接者感其爱恩，彼此点头展笑，两不猜疑。今日为其花战之期，国王帖请酉刻往观。先是学部请申正赴画阁看历代名人行乐油画。乘车行数里，至一白石高楼前下车，步石阶十级入门，左右立官兵两行。再入一门至大堂，正面一台，横列金椅为王坐。台下列椅多行作燕翅形，右第一行坐各国头等专使，第二行坐二等专使及各参随，后则各国公使等；左前几行坐本国文武大员，其后坐乐工一班，歌女一排。少顷各国王公及本国各王爵陆续先入，兵乐奏三阵后，国王、王母、公主等入。王乃免冠，左右向众一鞠躬，登台入座，王坐正中，左坐王母、大公主，右坐二公主、大驸马，其他坐后一行。既而堂中丝竹鼓吹，女歌一曲毕，学部大臣步立台下，演说一通，大义谓“此阁极古而著名，共存名人油画千张，皆历代圣主名臣文士武将及他男女之贞烈豪杰，千载百年，我君一见，恍如睹面”云云。说毕国王起立前行，众随后步入各间，观望油画喜容。男女老幼，古装时派，愁悲喜怒，闲坐默思，种种不一，精妙如生。

花战

历代名人油画像

“画”原作“笔”

看毕出门，登车驰行八九里，至城边旷处。虽云宽旷，乃依然大道，左右密林也。中设木台三行，作 川 字形。台上有棚，四面木栏，各皆彩画鲜明。左右者长各五六丈，宽丈馀，右坐各国专使公使，左坐本国文武官绅。中行分两节，前长后短，宽各二丈馀，前者长约三丈，后者长二丈馀；前坐本国大官男女，后坐国王、母后、大长公主、长公主并其近支与各国之王公等。各台饰以彩绸，惟当中王立者前竖国旗，后立五彩鲜花牌楼。每两台之间为车道，宽容两辆。闻共有大小花车百馀，皆富宦家者，各车用鲜花裹满轮檐与箱，更有以白花将车箱作成小船者，以五彩花作成茶壶者，古鼎者，莲花一大朵者，炮台形者，作小亭四面系以白鸽六七者，种种新奇，笔难尽述。每中或坐少女三四，或坐男女四五，各带鲜花成筐。国王及他台上之鲜花皆官备，不时有人大筐舁来，以便抛掷。众花车排成圈，在三木台中道上绕行，随行互相扔花以为戏。国王先则朵朵掷之，后竟全筐倒之。至戌初，日已曛暮，纱月在天，国王始去，众亦散。随行彼此，仍有向车扔花者。计此次共用鲜花不下万万斤，所扔者不能朵朵入车，其坠地者丛丛杂色，满铺如锦，马踏车轧，亦可惜也。

花车百馀

互相扔花

十四日甲辰，阴，风凉。日京每一礼拜，有种斗牛戏。地在城边宽处，设一大场，外方内圆。外看石楼层层，内则一圆圈如马戏园，当中沙土铺地。先用红黄色土作三大圈暗指本国国旗，内又铺以绿土，上用黑白土作双头鹰，头上横有 UNA VARA 二字，义乃万寿无疆也。此外木墙一圈，高约四尺。圈外周立石阶十层，层层坐人。嫌石凉，有人出赁棉皮垫，长尺半，宽九寸，厚寸馀，赁价每个索一珮赛达。四面四石门如桥洞，门两边与上有石栏，其正面与左右者通场外，对面者通牛马圈，及斗牛各

斗牛之戏

“鹰”原作“莺”

28,4,14

人之所在。石阶上有铁铸高楼二层，周各一百二十八间，铁柱铁栏，每间列座三层，容人十五。楼头层正面三大间为王坐，对面三大间中奏乐，乐工四十馀。二层各间栏前挂红黄紫绿各色绒毡，屋前支布帐，为遮日光也，楼顶竖国旗。今日申正，王请往看，届时乘车至彼，登楼入座后，国王、王母及他近支并各国王公到，坐正面三大间。楼下石洞门前，立护卫三十名，各举长矛。王屋右各间，坐各国专使公使夫妇子女，左各间坐本国大员命妇，其他上下咸坐本国文武官眷，通场坐者统计男女不下二万人。

斗牛人先绕场一周

乐奏一阵后，各斗牛人先按班由对面石洞门内走出，绕行一周而后入。人共四五十，各着五彩金银绣花靠身短衣，头顶△形黑帽，脑后黑发挽作小结（地在欧洲南界，人多黑发）。先四人各骑骏马一匹前引，继而四马宫车三辆各中坐二人，后随空手斗牛人八对，乘马斗牛人四对，掌剑者亦四对，执双花刺者六对，再则伺候人十名，各皆青衣白裤，整齐鲜明，末乃备曳死牛死马之马三排共六匹。每过王前，乘车者下车免冠鞠躬，乘马步行者皆向之脱帽一鞠躬。

叙述各种斗牛之法

再奏乐毕，即挂木墙上红毡数块，长宽各约三尺。先在石洞内以刺长一尺者刺入牛肩，迨其痛极放出，遇人急以角触。斗牛人乃互以双手提红毡招之，总以招牛来撞，躲闪伶便，不使撞着者为能。六七人往来闪红布招牛，中一人竟被触倒，幸未受伤。招牛人凡躲避不及者，即跳过木墙以避之，而牛亦有随行跃过者，险甚。又牛追人不着，见石洞门前排立护卫，乃举头往触，护卫横矛相迎，矛竟被触折者二。牛痛急，撞人不着，致以蹄掘地。后则一人双手执花刺招牛往撞，正值牛来时，能两手齐插二刺于牛肩者为能。如是三人连插六刺作✕形，则牛血已满半身矣。再后一人乘马手执长枪，马首蒙以红布，自洞门出，招牛撞马肚。趁其撞时，能以枪刺入牛肩者为能。牛角插入马腹，马有五脏坠出者，有血满马尾者，竟有一牛撞死三马者，亦惨矣。末则一人左手执红布，右手掌剑，招牛来撞。当其垂头前撞时，其人将剑由肩刺入，直插牛心，牛心裂，晃行一二步即倒而毙。亦有剑刺稍斜，牛鼻出血，乃缓行许久始倒者。牛倒，即有人引三马出，以绳捆牛头，曳入石洞。后其刺牛心者驱至王前讨赏，王即由楼上掷下一包，无非钱囊钮扣之类，所值无几，其人拾起，鞠躬而去。闻此等舍命虐献，国人以刺牛心者胆量勇壮为第一，故其人每次须挣七千珮赛达，其他则一二千至数百不等。每刺一剑或二花刺，国人男女皆鼓掌称赞。余惨不忍观 及他国专使男女，多掩目不忍观。原拟看周一场，知其大概则足矣。不意此次因国王御临，定刺八头。希腊专使看毕第二场即去，余因服色与各国不同，去则易露，待至第六场演完，因久坐觉冷，遂出门登车，回店晚餐。

亥初，国王请入宫看灯兵队。进宫登楼，绕至正殿，极宽敞，前对宫门外铁栏，殿正中设宝座，三级高共二尺，中立二金椅，为王与后坐。椅左右立四名仙相及四铜看灯兵队 狮，前爪各抚一球。殿前玻璃窗外有台，上铺花毯，同时

28,4,15

各专使男女步立台上。宫楼正面作凹字形，前横铁栅栏，左右二门，中一空院。见马步兵各举一长柄灯，柄长四尺，灯大于瓜，或纸罩，或玻璃罩，队队鼓吹自大街由左门入，至宫前绕至右门出。兵共数千，灯行整齐。中有四马曳一灯车，乃四轮平板，上一瓜形王冕周盈丈，满挂白玻璃罩，内燃电气灯，遥望银光灿烂，眩目可观。

看毕入殿，同众横列一排，国王等走入，向众一一周旋。王母后及长公主，皆先谢国礼，既而少叙。国王亦谢国礼，并问喜观斗牛戏否？余答以甚喜看其人之勇敢。王言不以其为残虐耶？余云由此使国人发奋，毅然保国。王闻微笑。少刻，王先行，余等随后另入一大间，立长桌前饮酒点心。既而各向王前辞行，王等复问何不多住，几时启程等语。子正回寓。

十五日乙巳，晴。早派王参赞谭翻译送国礼入宫，继差黄翻译送衡芝圃、耆艾亭赴支布洛达海口，上德公司船回华。午后收理行装。戌正乘马车至火车栈，有王谭二君及安敦、科登等送别，登车即开，先西北行，既转东北。入夜冷，至着皮衣。

支布洛达（直布罗陀）
“公司船”原无船字

十六日丙午，晴。午正二刻至法日交界汉代业换车早馑，未初复开，入法界西北行。戌初至波尔多海口，下车入店住。店名得米努，楼傍车栈，既整洁开敞，于征客亦极便当。计由日京至汉城四百英里，合六百吉娄每当；又自汉代业至波尔多一百五十英里，合二百二十五吉娄每当。入夜尤冷。

入法国界

十七日丁未，阴晴不定。巳正登车即开，东北行甚快，酉初至巴里城内东南之藕莲车栈。下火车乘马车东北行，过河至大北车栈晚馔。亥初上车复开北行，至阿棉村转西北行，至卜路旺镇后改东北行。

戛蕾（加来）

都伍（多维尔）

十八日戊申，晴，丑初抵戛蕾，下车上轮船，船名"都伍"，丑正展轮，水平，天冷。寅初一刻至都伍海口，下船登车，有曾叔吾、陈安生、罗小荷来接。寅正开，辰初抵伦敦柴苓十字街火车栈。下车有马清臣及他参随人等迎迓，坐马车入使馆。计由波尔多至巴里共三百七十六英里，合五百吉娄每当零；由巴里至戛蕾二百七十五英里，由戛蕾至都伍六十五英里，再由都伍至伦敦一百二十英里。

抵伦敦后使馆接印

十九日己酉，晴。午正接印，向东稍南设香案恭拜圣牌，继而拜印，皆行三跪九叩礼。午后查看使馆上下一遍。罗稷臣因病久不内住，门窗关闭，尘垢极厚如古庙。遂饬雇工人洒扫刷洗，修补安置，添买窗帘床榻瓷铁诸物。至桌椅地毯门窗楼板之霉烂折磨损坏者，一时不能修买，容日另办。晚接电，知振贝子后日到伦敦。

见罗丰禄其病甚重

二十日庚戌，晴。未初坐马车至坡兰火车栈，登地道火车，西行至巴丁屯地方换车再开，仍西行共六十馀里至斯洛茀村，地近文恣行宫里馀，下火车坐马车行约二里，至一所楼房拜罗稷臣。盖伊因病，使馆久欠修理，厌其肮脏，闻余由沪放洋，遂移居于此，以便静养。进内少坐，另入别间，见其须发皆白，右耳重听，右目失明。坐谈

28,4,21

间，其鼻之右孔，仍垂脓血。据云伊现请三洋医，一内科，一外科，一眼科，每日各来一次，各人马钱十三镑。少叙辞回。闻其鼻于初次割挖时原冀即愈，不意割后见孔上另有别症须再割，如不割恐将来病传入目入耳，则治之不易。稷臣未信，先电招福建医生林东垣（祖荣）来英调治，数月不效，竟至耳聋目痛。再招洋医，谓再割未晚，惟割时须用眠药，割后能否再醒不敢预料。稷臣既恐，其夫人及诸世兄亦皆畏惧，请不治，是故迟延至今。奈其气已微弱，设不恐怕，亦未必能敌药力也。晚令马清臣、陈征宇、陈安生赴都伍迎接振贝子。

二十一日辛亥，阴。申初乘马车赴外部，见其尚书侯爵蓝斯玿。少坐回使馆，令各参随去维克都里亚火车栈备接振贝子。亥初余着花衣补褂赴赛西店恭设香案，待至亥正，振贝子到，跪请圣安礼毕，坐谈极久。后请贝子爷在店晚餐中国菜，子正回使馆。记此次振贝子带共参赞七，为观察黄子元（开甲），梁镇东（诚），杨朗轩（来昭），陶杏南（大均），李幼三（经楚），外务部员外郎汪伯唐（大燮），唐蔚芝（文治）；翻译官三，为参将吴盈之（应科），主事刘子生（式训），县丞潘剑云（斯炽）；随员一，为同知杨待清（立滨）；供事一，为徐佩之（树瑾）；又经奏派中国驻英税务司金登干为参赞，故一切房车各事，皆归其人经理预备。

蓝斯玿（Lansdowne）
振贝子（载振）
金登干（J. Campbell）

二十二日壬子，阴雨阵阵。记自光绪己亥九月十五日，经伦敦新立之阿尔適克会之会首伯爵色茀义，率其协理考安，同请罗稷臣周游英国各制造局厂，连游数月，中有从优接待者，亦有平平作常人往观者。不意协理考安从中处处舞弊，既收各厂入会之费（详见《六述奇》），又索罗稷臣各处车店饮食各费。去冬经人告发，色弗义自供一概不知，遂至累及稷臣。幸当时往来车船房饭诸费多经自付，乃仍须自请律师从中公断。其所请者为司屯森与郝尔得，自来已费笔资千数百镑，至今仍交马清臣百镑，备其去后之费云。

英人考安从中舞弊

二十三日癸丑，阴雨如昨。英老君主维克都里亚生于西五月二十四日，官场咸于当日筵宴祝嘏。今君生辰虽在冬月九日，其筵宴乃仍因旧制，于是月涓吉以庆贺之。今日为西五月三日，戌刻外部大臣蓝侯请晚酌，席设蓝斯当府（即蓝侯住宅名也，向在外部，今移此，详见《四述奇》）。楼房高大华美，油画书籍甚夥，大厅亦綦开敞，乃中一长桌，周坐七十四人，为各国公使及本部各大员并他人之曾经外出者，厅前官兵阵阵奏乐，酒食丰美，酬酢甚欢。食毕，蓝侯立起，用法文敬陈数语，再同众举酒恭祝英君寿。后众公使中领首者复立答一段，再偕众举酒同祝英皇之福，此后吸烟吃加非，继而齐入书房立谈片时，子初回使馆。

外相设宴祝君主寿

二十四日甲寅，稍晴，冷。伦敦天时，向于西五六月间必极清爽温和，不意迩来连日阴冷，至着皮衣。或谓伦敦在赤道北五十一度三十分，尚在蒙古买卖镇之北，赖有大西洋之热水，自南北美洲之间西印度地方向东北流来，

28,4,25

以致温暖，俟千年后热水改道，恐英将冷比俄都矣。乃前于西五月八日即中四月一日，西印度温窝群岛中贤皮尔城（在赤道北十五度）中培冽火山崩裂，热气减少，故此地较凉。此股热气须待地火回转水力加热，此地方得四季如初，快须六个月后，否则六年以上。虽经地理会中人所云如此，效否未定，究可虑也。

温窝群岛（向风群岛）贤皮尔（圣皮埃尔）

二十五日乙卯，早晴，酉初雨。戌初备席恭请振贝子及各参、随、翻译、供事并本使馆诸君晚酌。贝子爷因未递国书，不便出门，谢辞。上下共列五桌，彼此欢饮畅谈，子正始毕。

闻在马蹄泥岛之北界一带，自培冽山崩后，皮尔城等概成灰土瓦砾。人之遭险丧命者，或被土埋，或被轰裂，男女老幼共计三万馀；其他受伤者，得逃无家者，皆流离失所，饥寒待赈。因而各国公私，设法救济，闻美总统卢贝、义大里王安柏兜各施千镑，德皇送万马克（合五百镑），美会堂募化二十万元，英属地加那他募得五万元，法舍七十五万六千二百九十九方、面十万加伦、肉四万加伦、柠檬水二万五千加伦、其他应用之食物共二万七千加伦，丹王三太子瓦代玛代化二万三千五百方，马蹄泥救生会凑集百万方。待救之人既多，据云各处化得之钱，足供半年之需，以待其得地栖止，而可自备饮食。且各国醵金在彼立医院疗治伤病，又英皇自送四百镑，英后五百镑，太子与妃送二百五十镑，其他各公侯世爵各银行各制造公司及通城各善士共凑得三万二千八百三十八镑半，统交伦

马蹄泥（马提尼克）

加那他（加拿大）

“柠檬水”原无水字

美尔（市长）敦美尔聚齐汇寄。又立文浦海口美尔，化得二千三百三十五镑，归伊另寄云。

二十六日丙辰，晴。前日英外部来文，定于今日午初呈递国书。届时余着花衣补褂，手捧国书，乘马车入贤翟木司宫，既值英君午正设朝会，又值巳正二刻振贝子递国书。登楼入大厅，会各国公使，少立。俟振贝子自内殿门出，余即步入，三鞠躬，至英君前止步，双手捧国书颂云：

圣詹姆士宫递国书

大清国钦差大臣张德彝，钦承简命，驻扎贵国。伏查先后帝御位六十馀年，治功显著，德化懋昭，当时中英两国，已极辑睦。使臣此次西来，又奉温纶，谆谆以固洽旧交为谕。兹特恭达宸聪，今年六月，正值大皇帝加冕吉期，而南斐洲军事现亦和局告成。凡兹二事，天下各国，同深钦仰。使臣躬逢其盛，实不胜欣幸之至。

所致颂词

颂毕，递上国书。英君接过，答云：

敬问大清国大皇帝好。循读贵大臣所递国书，仰见大皇帝眷念邦交，知人善任，本君主同深欣幸。今年斐洲军事言归于好，值适加冕之前，渥蒙贵国遗贺殷拳，尤为感佩。维愿两国推诚相与，和好益敦，国祚绵长，升平同享，余心实有厚望焉。

英君答词

听毕，三鞠躬退出。见振贝子请安后，转入大厅，与各国公使齐立。少刻英君出立王座前，各国头等公使入，立王左一排，振贝子亦立王左，在太子及各王爵之前。余随各国二三等公使，按到英之先后，鱼贯而入，见后转立

28,4,27

王对面。继而本国文武大小官员一一入觐，共计千馀。见毕，国王回入内殿，各公使转出，未正二刻回使馆。按见礼各人一鞠躬，王向各公使立见，惟与头等者拉手，其他二三等中，有与素识而契厚者，间亦握手。本国者王坐见，间亦有坐而与之握手者。各公使皆立待国王见毕，国王去而后去，本国者乃皆随见而随出也。按今日所递国书谨录如左： 见君主礼

大清大皇帝问大英国暨四海诸辖境大皇帝大护教兼五印度大皇帝好。贵国与中国睦谊夙敦，比复言归于好，兹因驻扎贵国出使大臣罗丰禄任满，特简二品衔三品卿衔记名副都统张德彝为钦差出使大臣，前往贵国都城驻扎；并令亲赍国书，以表真心和好之据。朕知该大臣谙练老成，通达时务，办理交涉事件，必能悉臻妥协。惟愿推诚相信，俾尽厥职。嗣后与贵国邦交永固，共享升平，朕有厚望焉。光绪二十八年二月初六日 国书原文

二十七日丁巳，晴。午后振贝子来拜。入夜雷雨。记前由阿尔逵克会借罗稷臣之名于各处诓骗金镑之英人考安，本犹太教人，素以出售钟表碎件瓢钉等为生，数年前亏本，共欠人八千馀镑，告官查断，除抄家估价外，尚欠五六千镑。官不实信，饬其将来自偿，伊遂将犹太教之本姓改为英兰人之姓曰高兰。自设会得钱后，暗将欠债还清，在外既无所欠，无人控告，官亦无所究断。于是复改其姓曰考恩，此盖苏格兰人姓，故当时人皆知其为苏格兰人也。事发后始经人查得其情。犹太人多富，善理财，如 考安其人原系骗子 英兰（英格兰）

此亦可谓诡诈矣。

二十八日戊午，早阴，申刻晴。进阅华报，华人自谓蛮野，外国文明，恐未必然也。兹将在各大国所见者摘引数端以记之。美国诸处欺侮华人姑莫论，他如英国向华人掷番薮伤耳巡捕不理，法国妓女诓骗华人莫论，而在大街强曳华人巡捕不理，德国男子搂华人亲吻巡捕不理，俄国雪床载华人过冰江加倍索钱巡捕不理。在北京，前于辛丑春，有人自黄墙内以绳系砖块打纸鸢，砖坠墙外，恰落一义国妇人前，竟屡次行文外务部，强索其人（人在墙内，虽当时有人乘马飞入东安门至南箭亭，恐亦未必能得其人也）；地方官无法，乃提一卖油炸果之贫人处决完案，以安其狭窄惨虐趁势欺人之心。呜呼，各国不能各人文明，敬劝吾人，莫将中外分作如此之大区别。

对待华人未必文明

二十九日己未，微晴，凉。辰初乘车至倭特路火车栈，送罗稷臣启程去骚桑屯海口坐德公司船“胶州”回华，同行者为其夫人，其子即仪元（忠诒）、仪朱（忠谌）、仪张（忠认），第二女公子，并其犹子罗小荷（忠彤）、伯苏（之彦）、仪程（序和）、宾谷（忠寅），内弟魏莲叔（濂），教读阙韵莽（鸣珂）。巳刻回使馆。

送罗丰禄全家回国

本国太子及各国头等公使皆不能突然往拜。自递国书后，即致书各处，请定时日。继而陆续答复，中惟德国公使答称，现在修理楼房，馀地狭窄不净，俟工竣再当奉闻。今日申初乘车至沙洛屯坊第一号，拜美国公使仇德，坐谈良久。

28,5,1

五月初一日庚申，细雨阵阵，凉。午初乘车入贤翟木司宫，拜见英国太子卫拉斯王卓志。此宫四面皆楼，当中空院，各门立有红衣护卫举枪把守。太子朝房在西南角楼，名约克蒿斯。入内，先见其侍卫长参将色尔毕格。少坐，太子下楼，同入别间，会谈片刻辞出。记太子生于西千八百六十五年六月三日（同治四年五月初十日），现年三十七岁，八百九十三年七月六日（光绪十九年五月二十三日）娶太克公之女玛丽为妃，生二子，长名埃达倭年八岁，次名阿色尔年七岁。回使馆早餐后，往拜俄罗斯、日斯巴尼亚、和兰、日本四国公使，各皆坐谈许久。中惟日本林董见尤亲热，盖数年前在北京之旧相识也。

卫拉斯（威尔士）卓志（乔治）

初二日辛酉，阴。自巳正至申正，往拜义、奥、法、土四国公使。英俗兼爱畜类，虐之者罚，有等巡捕属诸暗察。新报连见三事：一、老妪失黑猫，闻为邻妇蹴毙，指名控诸官，罚半镑；二、某马车载物重甚，轮转略迟，御者即以小刀刺马尾，被捕坐监三个月；三、二童子戏以练规猴颈，掷水中灭顶沐之，出复掷之，经捕见官，恕其年幼，只罚十五先。

往拜各国驻英公使

先（先令）

初三日壬戌，阴。戌正请贝子爷暨梁、汪二君吃馎饦。闻因贺加冕派来专使者共四十一国，如奥斯马加王爵佛的楠，巴威里亚王爵里欧浦，倭尔坦堡王爵阿拉伯，比利时王爵亚喇贝，丹麻太子弗来得立，法兰西水师提督者尔卫，德义志王爵汉立与妃，希腊王爵司巴塔与妃，海斯邦公爵卢得威，义大里公爵杜斯达与夫人，路森堡邦子爵

奥斯马加（奥匈帝国）倭尔坦堡（奥尔登堡）丹麻（丹麦）海斯（黑森）

木那扣（摩纳哥）
蒙坦尼格娄（黑山）

单森布，梅林堡邦总兵韦廷果，木那扣邦王爵周赛甫，司台里自邦公爵福乐地，蒙坦尼格娄王爵达尼娄，和兰男爵色堤那，鲁麻尼亚太子计洛木与妃，葡萄牙太子喀洛斯，日斯巴尼亚王爵克尔洛斯，俄罗斯大公爵米晒，萨克斯库堡公爵阿茀蕾，萨克森王爵卓志，瑞典太子格斯达甫，美利坚将军李德夫妇，中国振贝子，土耳其提督图尔堪，尼喀拉瓜外部大臣散翟自，日本彰仁亲王小松宫，高丽王爵李载觉，埃及王爵阿里巴沙，埃西欧皮亚大臣马库南，浑都拉斯大臣魏蕾自，赖贝里亚男爵司悌音，暹罗太子瓦芝那伍，墨西哥大臣埃司堪端，墨洛扣大臣阿得萨代，乌拉怪大臣库埃斯塔，色尔威亚将军皮兜威赤，乌干达大臣喀太其娄，波斯王爵杜蕾，三西巴大臣阿立。

埃西欧皮亚（埃塞俄比亚）
墨洛扣（摩洛哥）

初四日癸亥，微晴。酉刻乘车至宜敦坊第三十号赴英前任香港总督包令夫人家茶会，楼小人多。乐工六人鼓琴吹笛，亦颇可听。遇赫宫保夫人母女，立谈甚久。下楼罄香宾一盏回使馆。

包令（Bowring）
赫宫保（赫德）

初五日甲子，晴。早，挂国旗。戌初一刻请振贝子、梁镇东、黄子元、杨朗轩、陶杏南、李幼三、汪伯唐、唐蔚芝、吴盈之、刘子生、潘剑云、杨待清、徐佩之，外务部学生恩昆峰（厚）、柏峻山（锐）、国干臣（栋）、六定丞（保）并南洋公学选派出洋肄业生曾筠圃（宗鉴）、李泽民（福基）、胡仲英（振平）、赵炳生（兴昌），自备资斧学生罗怡重（忠诚）、沈彦侯（成鹄）、王石孙（庆骥）、徐超侯（建勋）、沈叔玉（宽）、金巩伯（绍

金绍城三兄弟

28,5,6

城）、金仲廉（绍堂）、金叔初（绍基）及本使馆之马清臣夫妇子女，曾、周、尹三夫人，与各参随学生供事诸君。楼上下内外共列十二桌，欢饮畅叙，子正始散。

初六日乙丑，晴。法公使设一集物善会，于昨今两日请人往买各善男信女施舍之物，得资振济伤兵，与会者入门票一价六先，糕点票一二先半。今日申正，余乘车至海岱囿堪兴坦门外第十二号法公使馆，入见三层楼上下，四面近墙罗列长桌，分肆金银珠宝绸缎纸木瓷漆玻璃诸物，男女应用之器皿首饰，小孩之玩物。余仅在头层环绕一周，各桌各所立有仕家妇女，竭力周旋，巧言诙谐，令人虞其讪笑，多出钱以购物，直一先者竟索四五六先。余买烟卷合子一，瓷身布人一，小细竹篮二，玻璃酒罐一对，小画一册，约共值不及一镑，竟至四镑七先。酉正回使馆。 参加义买

初七日丙寅，阴雨，冷，着皮衣。犹太人善理财，然多奸诈不实处。即如伦敦东鄙司台普呢区一带，大小共铺一千一百零一，中售牛乳、乳油、加非、椒面、芥末者，属犹太人五百四十一，属耶稣教人五百六十。内各货之搀杂假料者，犹太人居其半，且椒面、芥末之搀假者皆犹太人。其所售之牛乳，价竟落至三四佩呢二升或一夸（即一加伦之四分之一），乃使耶稣教人迫于无法亦随落之。以上为医官陶玛斯所考得，据云真正清纯牛乳岂三四佩呢所能售，犹太人之设法争利，实为引诱他人不售真货耳。 犹太人 佩呢（辨士）

初八日丁卯，阴雨。亥正偕内人金氏入卜静宫赴朝 偕夫人入白金汉宫

会。金氏因初次进宫，由外部大臣蓝侯夫人带见。此次改在跳舞堂中，以其宽敞也。入内登楼，转入他间，由堂左入堂右一长间，会各国公使。各公使妇女在前，余等在后。其他各大员命妇，皆已排坐堂中左右台上。少刻乐作，英皇与后、太子、太子妃及他近支王公与妃等入，立于正面台上。各国头等公使夫妇子女见毕，女坐王左台上之前两行，男立台下；各国专使、王公大臣及妃与夫人，皆坐与立于皇右之台上台下。俄而各公使之妻女，一一先由右门步入，至皇与后前请安毕，登坐左鄙台上之后三行。继而各公使父子复一一步入，至皇与后前行鞠躬礼毕，步立左门左右台边。再则本国仕宦妇女，有下堂中左右台者，有存立堂外别间者，乃班班入长间，亦一一自右门入，过皇与后前请安后，退自左门出。陆续千百见毕，乐奏《天保国王》，皇与后等立起下台直行。各国专使男女随后出前左门，各国公使男女出后左门，另入别间少立，待英皇过，鞠躬辞别后，分入他间，男女群立，茶酒点心毕，分路出宫，各自登车回寓，时值丑正。

一一步入向前请安

初九日戊辰，阴雨。闻前日在俄国近巴土木城之粑堤村，有幼女年十五岁者，其名未详，由女学堂回家，在通衢大道正行之际，突遇三男，彼此拈阄，其得有字者，当奸此女。该女喊救，他人赶至，竭力争执，始将三人逐去。按华例，是为强奸未成，自当捉以治罪。西国则谓此为赛尔喀西亚（地近黑海属俄国）之古俗，名曰“捉娶”。由此观之，是强奸顺奸而成婚者谓之古俗，我国尧

抢婚恶俗

28,5,10

舜之世无是风也。

初十日己巳，阴雨犹昨，冷。西国通俗，男女老幼皆得上书于其君主。月之初间，居伦敦城东北角包尔路幼女罗爱喜上皇后书云：

敬陈于我王后之前：早拟上书，惟年只十三，诚恐有触慈颜。惟我皇加冕大典，举国同欢，尤望届期幸遂观瞻。甚足喜者，文路城美尔安泰前来学堂，赠我众女生极好宝星一，上錾王冕；不日茶会，兼放奖赏。惟我皇我后，小女从未得瞻。欣于四年前，曾在布立斯妥睹我先君主之圣容，未审此宝星上之圣像符否，今后当朝夕祝祷。此次加冕，愿我皇与后壹是顺遂，诸事平安。女父昨读新报，内言我皇加冕之期，赐我通城苦民以嘉飧，惜爱喜小疾，弗克承此荣光。然女父曾谓皇恩深重，使多良医施治贫民，小女微病，当无妨也。惟望我皇与后福寿孔长，治我黎烝。幼女罗爱喜谨陈。

弱龄幼女上书皇后

前于十三日英后由文忩行宫命其婕好代为答复，云："娜丽姑娘奉皇后谕赐书罗爱喜小姐，多谢可爱之小信一函，览之不胜欣悦"云。

文忩（温莎）

十一日庚午，早阴，未初雨，入夜晴凉。英君于二十一日（西六月二十六日）早，在西敏斯德大教堂受加冕礼，二十二日午后游幸江左各大街。于是在国君埃达倭第七与皇后阿来三德亚由卜静宫往来必由之路之各空地，及两楼之间，一楼之前，或楼上，或楼下，均以木板搭台。板厚二寸许，蒙以红布，层层列座，或置椅，或铺垫，限

西敏斯德（威斯敏斯特）

地尺馀，贴以号数。凡属前面临街，或左右临街及他人之房院者，皆遮以短垣，或着色，或蒙布，罔弗鲜明整齐。座上无楼檐树木遮蔽者，皆支彩棚。此各坐落，有东主自备者，有计日租赁者。租价数十镑至数百镑或千镑不等，视地之宽窄高低，容座多少，得宜与否。座值由一镑至一、二、三、四、五、十镑外，有楼上按窗出赁者，层楼出赁者，有借此请客，预备茶酒小食者。价则一窗容人二三，亦数十镑。闻在贤翟木司街一家，头层楼前仅三窄窗，楼内茶食概无预备，经人租赁两日，得六百三十镑值，他可知。在海岱圃旁一小楼，非英君所经之地，二美国人租住两月，每礼拜百五十镑，洵不菲矣。

楼房窗口租金不菲

海岱圃（海德公园）

［八述奇卷一终］

光绪二十八年五月十二日辛未，晴。英君加冕期近，通城大小街巷铺店人家，楼前皆灯悬彩结，安旗挂花。灯式不一，或电气，或煤气，有作 ER 二字及王冕或一巨星者，有五彩玻璃罩簇成花者，横悬数行者。本使馆亦以铁管通电气作“中外禔福”四大篆字，横列楼前。彩绸悉摹国旗用红白蓝三色，有全蒙铁栏者，有纠结成纹成花者，有花毡花绸围石柱者，有红毡绣 ER 二金字及王帽者，种种鲜明灿烂，笔难尽达。家家安旗，有左右衔接下行仰望如幕者，有用鲜花堆字与王冕者，有悬挂栏边窗上者，又有戏园以鲜花堆作墙壁柱帘，饰满楼前遥望如花阁者。国君所经之街缘路左右每隔半箭许立红棍一二丈馀，两棍之间连以假花一缕，灯含花内；隔棍五立一木台如

中外禔福

28,5,13

塔，上矗木杆，系以幡旗之类。又一巷左右各建一花牌坊，或鲜花，或绸缎，要皆华丽可观。惟在怀德堂帕勒木街（又名白堂街）近外部地，横一木牌坊高逾三丈，形如门字，又似石门，两柱方方径二尺，每面挂以麦秧，顶上及左右饰以红绿马口铁，顶上横有洋字一行曰加那他谷仓，盖英国日用之豆麦多来自其地也。 怀德堂（白厅）

十三日壬申，晴。亥初偕内人乘车先至庇喀的里街地理会馆中赴格致茶会。凡会中人皆披红氅，入内见会首夫妇。老幼男女数百，茶食平平。各间陈列光学化学各物，不烦覼缕。少立，即乘车至康卫街生理博物院赴地理会之茶会，入内见会首马康夫妇及他男女数人，年皆五六旬者。内共官乐场设酒食两处，楼上下男女一二千，拥挤热甚，在内略绕即出。再乘车至格娄伍讷园日本使署，入见林董夫妇，遂领见其彰仁亲王，知随来有福岛安正、三宫义胤、长崎道至及柴五郎，皆三十年来之旧雨也。楼中修饰华美，旨酒嘉肴星罗棋布，乐工奏曲盈耳洋洋。复见各国公使及本国各大员，携眷属如蓝侯夫妇其人。子正还使馆。 光学化学 日本使馆见其亲王

十四日癸酉，晴。英巡捕厅出示，值加冕期，戒人民乱行，用肃国君暨官界往来之路。晨钟八点，凡乘马车之赴西敏斯德者，须即趋往应占之地。八点三十分，凡步行者皆须立齐不动。九点，凡乘车拟占由西敏斯德回宫之路者，须即趋往应占之地。九点三十分，凡步行在回路者皆须立齐。又当游城之日，在太木斯江北，凡乘车者八点站 英王加冕整肃道路

止，步行者八点三十分立齐；江南则自伦敦桥至白堂（见前怀德堂），凡乘车者须九点站止，步行者九点坐立齐。到处皆有马步巡捕弹压指点，届时自当肃静整齐。

十五日甲戌，阴雨，凉。亥刻偕内人乘车至生理博物院赴属地会之茶会，男女拥挤如初，其他同前，子初还使馆。

十六日乙亥，晴。戌刻曾叔吾夫妇约在阿拉罕卜拉园观剧，计十三出，虽系杂耍儿（北京俚语即杂剧也），而最趣者：（甲）一男二女在对台楼上，反身仰面向台发枪，台上木牌一，牌上横白玻璃泡三重，其数九，九枪巧中；又台上高置洋琴一，枪发琴响，宫商合拍，于是叠发百枪成一曲；又一女达立，擎火柴一，男发枪以燃之，就而取以吸烟卷，甫半复交女手，乃退远发枪击灭，女始终无怯容。（乙）男子二十馀，幼女数十，皆作日本古装，衣式不一，五彩鲜明，分队跳舞；至于合群往来，毫不羼乱，惟情景衣冠，半属似是而非耳。（丙）台上设一长桌，一人放六猴一猫一葵花鸟于一边，猫戴花，猴着男女彩衣。彼此耍舞卖艺。或单或双；所异者鸟不畏猫，猫不捕鸟，未悉其何法教演，使之迷失本性；猴之灵巧通人性，虽不能言，所作各艺与人同，如着衣解衣，反正上梯爬梯，打秋千，拉胡琴，吸烟，饮酒，营营伶便，剖悉宫商，处处与人了无异相。（丁）与前在柏林所观《八十日绕地一周》之戏相似（详见《五述奇》），共分四节，演四处，分春夏秋冬，天气之寒热温和，土地之饶瘠，人民

看杂耍儿

看八十日环游地球

28,5,17

之贫富，无不分明。第一阿斐利加沙漠穷荒，土人贫苦，日炎如火，树少房低；二印度土地肥沃，人民富饶，山青水秀，花木芬芳，楼房峻丽，衣服华美，复有幼女百数十，衣分四种，别颜色，区长短，赤臂袒胸，因其常俗，披蓝纱髦者翩翩飞舞，衣襟飘起，双腿外露，无异赤体，乃着附身肉色裤耳；三澳大里亚天气温和，房式民风，皆类郊外，不甚繁华；四加那他雪地冰天，光摇银海，皮衣束体，玉筋垂楼，男女驾冰床，间有用羱羊者，嬉于冰上，如北京俚语谓溜冰者。四处地多属英，故每节土人必歌《天保国王》，而作仰颂英廷之态。其他度曲攀杠（北京俚言）舞刀各艺，皆他处曾见者，无庸再及。子正还使馆。

土人即指本地居民

十七日丙子，早晴，稍暖，酉初阴雨一阵。伦敦公车，通城往来，颇称利便，余曩几次驻此，亦偶乘之，因上中下三社会人皆可坐也，而同人多非之。今阅代里美拉新报（译为日报）内一则云，英后之弟丹国王爵阿勒达玛，英皇之侄希腊王爵卓志，曾同乘公车街市游览，所经之路由福立街达江岸，复西转由敖斯佛街达云母石门而南，走帕尔克巷至宽斯的究慎山，舍车步回卜静宫，一路上下易车皆与人俱，乃鲜有诧异者，何也？

偶乘公车同人异之

十八日丁丑，微晴，凉。西敏斯德区美尔蒲洛滨夫妇，在艺植园邀午后茶会，由三点至七点。届时偕内人携孙女乘车入利贞囿，至园之南门外下车，入门一径直趋。右一小布帐，外立美尔夫妇，见毕而前。大道左右，行行

偕夫人赴茶会

置椅。正面玻璃暖房一，中植热带花木，如竹棕芭蕉之类，池种莲花、芡实、茨菇各物。房前右设大布帐三，内外罗列桌椅，备有茶酒小食。再前左右林中设乐兵三部，卫拉斯歌女一班，外有桌上绷邦球、地上抛球、打木球、飞皮球诸戏，又有小湖花窖。其地客于四点钟内随意游赏，或饮食，或弄球，或观花，或游水，或聆曲，或闻乐，或出游，或静坐，一任自然。酉初还使馆。

绷邦球（乒乓球）

十九日戊寅，大晴，暖。英君连日各处临幸，以示护国爱民。自月之初九日（西六月十四日）在阿得朔地方患病，官传谓其腰骨痛，十一日小愈，移入文悫行宫静养。昨日因病较重回伦敦，虽传言加冕不互通有无地展期，而是晚察为肠膜热火，在右胯前之大肠头上，洋名阿喷的希堤斯。经御医黎斯得、巴尔娄、司米士、塔拉伍、腊庆、海卫等五人验视无舛，商定医法，力请割治，不则殊可畏，君曰可。故今日午正二刻入宫，海卫进睡药，塔拉伍施刀，剖右胯前与肾囊之间，开流脓血若许，洗净敷药缝口。幸英君体壮，疗毕醒后不觉甚痛，继乃静卧，随时有老年命妇轮侍，医官腊庆通宵守候。是疾不能数日痊，遂谕加冕改期，停止伦敦城内一切灯彩烟火，各城镇仍一律举行。此信一传，电报德律风各局猝无时间，不惟即日使通国皆知，更欲各国并属地咸闻。因之各国专使、公使及他各官男女皆入卜静宫旁门小间内登请安簿。街市男女拥挤，互相探询。停止御前大臣潘卜禄公等之宫中御宴，并诸家大茶会亦因之不开。裴柯太太、萨荪太太及艺

英王生病

加冕改期

28,5,20

术会在艺植园中所订今晚茶会，余既未肯赴约，谅亦必停办也。

二十日己卯，晴暖。按英君之症，或云十年前经医考出，系由人食物后，入肠入胃消化，其助人精血力气者，皆分运周身，粗者下降转输大肠、末运谷道。其少腹旁别垂一小肠如袋，长二三寸，自外度之，当在右胯之上，腓骨之下。难消之物误坠入，久则涨满病生。若经医剖割，宜向左静卧七日，庶起立无虞。前者曾袭侯之四子患此症，延洋医剖割，中有海带菜凝结涨满，剔出缝固创口，适曾侯任满启节回华，未可久留，卧仅三日抱起，缝口绽裂致死。夫此症既露，即宜割治，免致涨破难医；又须侧卧七日，俾割处复原。英君虽健甚，亦必七日中安寝气足，不生他病，方可无虑；若欲精力如旧，少须百日或半年，或一年，始卜长生。故罗马教皇得伦敦信即电饬在英各神甫教士昼夜祝祷天主保佑英皇云。

曾侯之子因此病死

二十一日庚辰，晴暖如昨。昨日加冕展期之信传出，今日各国专使之拟去者强半，如巴威里亚王爵里欧浦，比国王爵亚喇贝，奥国王爵佛的楠，德国王爵汉里，俄国大公爵米晒，库堡公爵阿苇蕾，土耳其提督图尔堪，皆已陆续起程。振贝子择于二十五日赴比。日本亲王定于二十八日赴法、德、俄国，走赛比里亚铁道，由珲春、营口等处回国。惟印度各拉扎（义为印度王称）因属英，乃暂驻。各属地之兵亦然。

二十二日辛巳，晴热。戌正请振贝子及梁、黄、汪、唐诸君在使馆晚酌。迩因英皇加冕，伦敦各街巷搭盖之台座，竖用四方木柱，横以寸厚木板，饰以五彩毡缎绸呢，捆缚不用绳，皆束以铁条，钉以长钉，径二三寸长五六寸者，极坚固，一切工料费自数百镑至一二千镑不等。座值在江北由五吉呢至八吉呢，以南则由十先至四镑；临窗头层楼四十吉呢，他皆二十五吉呢；五月朔日前尚照定价，后则日涨不止加倍。自闻加冕展限，凡买定座位者皆向座主索钱。而座主有愁者，怒者，慷慨者，有谓无须争论而设法平分者，有谓待数日如不补行必奉还者，有欲还九成而留一成以偿工料费者，有因本来不易而一成不还者，有因主人豪富而一概退还者。如柏克蕾、萨伍艾等客栈，及库克、哈卜屯各行与柴苓十字街火车栈前之座主，各设座四五十，概皆退还；意谓将来补行加冕大典，必仍来照顾也。西敏斯德堂前座五千，乃按座还回十分之九。论者谓按座票所印云，“由某甲收到若干镑，为买定何字第若干号一座，以便于一千九百二年六月二十七日坐观国王加冕”，如此则旧尽数退还；然座主不能预料此等意外事，则又可不还。惟贤翟木司街隆贝行之座票后，印有“买座之钱不得因故退还”十字，有此十字，遂不退款。有不平者索之，管座人言，届期我自清晨到台伺候，即请在所买之第若干号座上，镇日静坐，仰观天色之清朗，俯察街市男女车马往来之繁盛，亦足以畅性怡情，庶不至枉费若干镑也。无赖之语，令人喷饭。

买定座位者要退钱

二十三日壬午，晴。申初入宫，请安登簿，探询病

28,5,24

势。据云"虽难遽瘥，然日见痊可，不惟饮食有加，且能吸卷烟，承问谢谢"。昨记各处设座，原为别种生涯。至各医院本皆善心因而善募，乃此次亦设座，特为赚钱以助院费，是则暗募与设卖物会同。如贤卓尔志、贤陶木斯与西敏斯德三医院，除人工物料各费外，各馀万馀金镑。贤卓尔志院设二千座，售一万二千馀镑，费仅二千，赢一万，加冕既停，遂致书买座者，明言归还座价，暗叙一切费款，巧言激发，使人欲收而止其书末云"奉缴座价，收否听便"，因此买座中十分之九，已答云"不收所费愿以助善"等语，是则要人乐于施舍也。至柴苓十字街设座五百，半皆地高价廉，收费无几，闻仅七百五十镑，其如何办法，并座值还否未闻。又设座各处雇定西二十六七两伺候之人，当日虽未供役，皆索工钱；盖谓从前若非雇定，自当为他处佣工，两日耽延损失，定要偿也。入夜微风，阴。

入宫请安并问病情

二十四日癸未，阴。数十年前英侯爵哈特佛者，住伦敦曼茶斯得坊，最喜油画古董，存储甚夥，值约五百馀万镑。长子席墨，现称鸭毛伯。次子洛柏，外妻生，聪敏勤学，心地良善。特佛爱之，以非嫡出不能领姓，以母姓为姓曰瓦蕾斯。立志自奋，去法多年，娶法女为妻，学问有成，回英入考为官，英政府以其忠心好善，赏以色尔世爵。哈特佛临终时，以油画古董并所住楼一所遗洛柏，此为私产，非其长子所应得之产也（英例遗产尽归与长子，他无所得）。瓦蕾斯无子女，故后其妻将产赠官，国家遂

色尔（爵士）

将楼房及中存各物作为公产，派人管理，随时雇人看守，洒扫整理，日日开门任人观看，现归色尔司阔管理。前日来帖招请今日往观，因礼拜日人少清静也。是楼按日未正开门，戌初闭门。余于酉初乘车至，见高楼三层，备人游览者两层，洁净整齐。内有巡捕，客之往来上下，皆有定路，不得乱行。头层四壁悬油画大小百幅，二层罗列古铜瓷器，并各国古时之刀枪盔甲，内有中国日本者各一分。大者钉悬壁上，小则盛以玻璃桌罩，约千馀种，然无甚新奇者。

送振贝子赴比利时

二十五日甲申，晴。振贝子择定今日巳正率众启节赴比利时。辰正一刻，余偕陈征宇、周稚瀚、曾叔吾三参赞暨马清臣等，乘车先至赛西店谒贝子爷，少坐，同乘宫车（系英廷所备）入柴苓十字街火车栈，遇外部侍郎巴令坦及赫承先诸人，巳正车开。

宽赦罪犯

闻伦敦城外阿得朔地方兵营前定犯罪各兵，于加冕之期斟酌赦宥一节，昨奉王谕，以现虽患病展期，须仍奉行。故于西六月二十四日（即本月二十一日），凡监期未满，在监循守规矩安分听命者，一律宽赦；又于二十六七两日，各监晚饭皆加钱一倍，格外丰饶，酒食肥美。

又前于西十七日（中十一日）英后代国君在阿得朔阅兵，马步三万。太子着戎服乘马，皇后与妃乘车。到时午正声炮，奏乐迎接皇后登台，各大员命妇见毕，皇后立云：“今代国君祝尔各营，国旗诚赖汝等，谨祷上天，保佑此旗以及尔众雄兵。”言毕，兵则按队自皇后前过，随

28,5,26

过皆向皇后行礼。皇后与太子之将至将去，兵乐皆奏《天保君王》，官民阵阵欢呼，亦曰“天保君王与后”。自英君病后，凡人聚会及各教堂，无不祝祷“天保君王”。并有群围老君主维克都里亚及君主夫阿拉柏二石像，跪祷天保君王与后者，且闻其他各城亦然。 阿拉柏（阿尔伯特）

二十六日乙酉，雷雨阵阵。外部大臣蓝侯夫人柬请余与内人金氏及荣骥，于今晚亥正二刻在本宅茶会，带晤他国专使，并本国宽诺公等。届时乘车前往，其楼前三面墙头燃煤气灯，楼后园中亦燃灯奏乐，惜尔时风雨交加，加灯多吹灭。楼虽高广，而人多拥挤，立无隙地。丑初还使馆。

二十七日丙戌，阴凉。今日为西七月二日，午初英后与太子在兵部后校场内阅印度兵，前日外部发三红柬来请往观。是地东则兵部，南临外部，西倚贤翟木司囿，北傍春园，宽敞平坦。西面立兵奏乐，东北两面设木台两行，分甲乙丙丁戊五段，每台十横，每横容座四五十不等。台皆木搭，层高一层，铺以红毡。东面丙丁戊三台坐各专使王公、头等公使及本国王族暨各大臣命妇。北面甲乙二台稍宽，坐各国二三等公使夫妇子女参随，及各专使之参随，并领事与本国之文武官员。巳正偕内人与陈安生乘车往，由春园入，登北面乙字台上第二级第五百一十、十一、十二号三座。兵约二千，向东横立五行，戎服色分红黄蓝黑，缠头布色亦红白黑蓝有别。旗帜既分五彩，兵之面色亦黑黄不同，兵官缠头式样更不一律，盖皆来自印度 阅印度兵东南西北各方也。午初，太子着戎服乘马，偕宽诺公等先至，继则皇后、太子妃及他王妃、公主等乘车至，皆有亲兵侍卫，随车执枪举斧，前引后护。兵即奏《天保君王》乐，四面官民亦皆欢呼。先是皇后偕太子妃等，自东至西，向南向北，在五行兵之前后穿行一次。回后东立，兵又自南转东转北而西，队队鼓吹，蛇行一次，乃陆续五行接成一行，转毕仍行行分立，立定复鼓吹一阵。皇后太子等先后出春园回宫。

申刻柴草市马克林画馆请看画工贺斯得新画英君与后之朝会一幅，宽八尺，高六尺馀。看之不甚新奇，而初学作画，簪缨荟萃，众男女之仪容态度神肖，亦妙笔也。此外大小数十横幅，中惟一山景山水幽远，滴翠送青，萍藻交萦，河流成带，竹树蒙翳，黛色参天，观之令人心旷神怡。别一幅山场流水之旁，大小犬十，长毛长耳，色皆黄白，神气逼真，如仰而吠者，俯而饮水者，回头舐毛者，作惊疑状者，兀然不动者，垂尾嗅地者，似怒者，欢喜者。按幅价皆数百至千馀镑，所以请来观赏者，冀得照顾也。

画工新画亦妙笔也

二十八日丁亥，阴晴不定。初到此致书各国头等公使，请定时日往拜，惟德公使复以修葺楼房，工竣自当函请。昨函约于今日酉初，届时乘车往拜，坐谈极久。见其四壁油饰裱糊，焕然一新。原色墨赛公是晚请茶会，因国王病停止。

闻英君病住卜静宫北楼头层，玻璃大窗八扇，外望可

28,5,29

见庇喀的里街及花园楼台等。其寝室右为皇后卧室，左为新建之澡房。国王病，通国人忧，王族甚忧，皇后尤忧。王后用心照顾国王 迩来皇后恐生意外，心虽忧虑，强作舒容，接待内外之王公大员命妇，以及答复本国与各属地之臣民。当割治时皇后未在前，以后则时时在旁问候安慰，代读信函奏章，故国人以奶娘嬷嬷妈比之。太子与妃住别宫，亦时来问安，并代答各洲各国之来电。闻自英君病后至今，宫中共收各处电信万馀。

二十九日戊子，晴。酉初偕内人及荣骥乘车赴户部尚书席斯庇夫人家茶会。楼后小花园设桌椅，罗列饮食，树木荫翳，幽雅怡情。亥正印度部大臣在本部请茶会，带迎 印度部举行茶会 见太子与妃及宽诺公等，届时余偕内人往。入内登楼三层，见世爵哈米屯夫人毕，转行半圈，奈男女拥挤，寸步难移，遂绕回至第二层东楼窗下立。此部四面皆楼，作口字形，楼三层，层高二丈馀。由内望之，长约八九丈，分七窗；宽五六尺，分五窗。各窗满玻璃，可开可闭。上下ㄣ形楼梯，凡人必由之路左右及楼梯之石栏尽饰鲜花，石栏上则朵朵满铺，屋中两边又棵棵排立，玫瑰丁香居多，五色迷离，馨香触鼻。各窗外左右栏内，更立有芭蕉棕竹各品。楼外是院而非院，乃顶上罩假天，天色深蓝，大小远近零星散锦。四面内外上下，电灯万盏，灿烂辉煌，使人仰望星光闪烁，不辨天之真假。楼中层正面开窗，内设御座，上支方彩棚，坐太子妃及他王妃、公主、郡主、夫人等。楼下院中，对面设一长方台，饰以彩绸鲜花，正中左右皆有木梯。台前立印度兵两行，作八字形，前达正门，后分两翼至台前，台左官兵，阵阵奏乐。第三层楼正面大间，横桌备有茶酒小食。当时各国专使、公使、参随夫妇及本国文武大员并印度各武官，男女不下万馀。待至子正，乐奏《天保君王》，太子至，先有前引数对，再则二官退步导入。登台立正中椅前，继经礼官喝名，使各印度官依次上台谒见，乃由右步至太子前一鞠躬毕，退由左下。见毕，太子下台，步出正门，乐奏《天保君王》。于是众人有上楼觅酒食者，有寻路出门唤车者，时已丑正十分。

各印度官依次谒见

六月初一日己丑，晴。者尔喜伯爵夫人，上月柬约五月十六、本月初一、初四日，在乡间之别墅茶会。去伦敦城西三十里，名敖斯特里囿，申初偕内人携孙女乘车往。囿广甚，周约十数里，四围砖墙，墙外行时许始入门。林木森森，有河有桥，绿草茂缛，牛马群群。绕行里馀，至一红砖高楼前下车，步石阶十二级入院行数武，入门为一大厅，桌椅列左右，设酒食。见伯爵夫妇毕，即延入座，吃茶、小食并鲜果。宾客填门，接待颇为款昵。食毕出厅，前横一大间，左右多小间，陈列各物丰盈，有中国、日本瓷器绸缎之类，不胜枚举。惟中国之蟒袍女裙多袭，悬于一处，不甚雅观。饭堂有大银盆一，周六七尺，刻錾极细，系备用冰酒者。出楼后门，下石阶十数级，步草地游行花木间，老松翳日，细草毡如，林中安排椅凳，并乐工一班。再行里馀，小房三楹，别设茶酒小食并鲜果，桃

前往伯爵乡间别墅

28,6,2

李甘美。房前又设布帐二三，中安桌椅，便人休息饮食。酉正转回，入高楼，出大厅，话别登车，戌正还使馆。

初二日庚寅，晴暖。因英君加冕之典，伦敦城及通国各镇暨各属地，预备烟火灯烛，以之耀国礼征民欢，费款巨甚，预备者亦不仅一行。自英君抱病，斯礼停止，各行所失夥矣。闻裴印一行已备有彩灯一百四十三万四千盏，三角煤气灯八万四千盏，水晶电灯一百五十盏，独头电灯八千盏，已备妥者都百零二买勒（英里名），其官所银行等共百五十处，烟火六百八十七处。南斐洲及他各属地，所备烟火共值二千五百镑。分送本国驻各国之公使领事诸人之烟火共五百八十吨。电气煤气虽尚未用，而工料所费，不匡云赚，少赔亦幸矣。 典礼停止损失不少

初三日辛卯，晴。英俗国君加冕，届期皇与后应肆筵饷通城之子女失怙恃者。皇抱恙，太子偕妃因而代临，于贤翟木司宫右英君旧居之玛柏楼府，选通城男女年及十龄无残疾病症者一千二百，属水手女衣蓝色，兵丁女衣红色，由方德龄医院来戴白帽衣绛色，由马丽王后、哈木斯代、牛坡市诸处各学堂、医院、育婴堂来，衣亦互别，幼童之衣亦不一。各堂各院，各着一色，要皆洁净整齐。巳午之间，各坐布篷敞车至，分班入府。先任为童子戏，届时计名入座，食毕立起同讴一曲，祝王永寿之敬词也。曲终出座，列成队伍。少顷府门开，太子与妃携其二子埃达倭、阿勒柏、一女维克都里亚至，群童欢呼祝祷一阵。继乃列班由太子与妃前走过，为兵式。太子令各班分立树下 筵饷孤儿

桌边，赐食橘。掬食时，太子偕妃往来以观。俟众食毕，出府回宫，群童复朗声恭祝一阵。城外四方共选万一千五百馀人，亦按日分地太子偕妃饷之，礼与城内同。

王后赏赐全城女仆

初四日壬辰，晴热。伦敦女仆老幼约万馀，英后召众吃茶一次，各赐胸针一枚，针之珐琅头錾王冕一，下横AR二洋字，译为王后阿来三德亚也，后錾洋文为“王后所赐”四字，又各赐勺勾腊一匣，匣匣面钤“一千九百二年王后阿来三德亚因加冕赏作纪念”印识。闻昨日午后，先择年幼者五百名，在豪路卫路百艺院中，上贺皇后之加冕，下慰其一生之苦衷。申正，各女戴白发盖，着白油裙，双双走入。其大堂宏敞，墙挂国旗，长桌饰以鲜花，随食皆有悦容。食毕立起，齐声欢祝“天保君王与后”，继乃公发电奏，谢彼皇后之恩。此外万名，闻亦按日择地分赏云。

钤原作铃

初五日癸巳，阴凉。德莱芝大学堂（地名与学堂同，在伦敦城西二十六里）帖请即日在画阁前花园中茶会，西初偕内人率小儿与孙女乘车往。小雨如酥，渐裳滑路，不欲步入园中，乃往来画阁内。德格乐（见《四述奇》）夫妇与女，奉以茗饮小食并地椹等，劝进良殷。男女来者多冒雨行至布帐饮茶，雨久不止，因谢辞回伦敦。

初六日甲午，阴雨阵阵，冷。伦敦城中少西，有幼科医院，在大敖尔门街第四十九号，建于西历一千八百五十二年，现安床二百五十二铺，年费一万九千镑。院中首善法艾甫公爵夫妇为集款计，邀聚善男信女在艺植园内设杂

28,6,6

儿童医院举行义卖

物会（此会洋名巴杂尔），请人购买，用助院费，名为御前加冕善会，并请皇后首先开会。会场则正门外预植白帽白衫幼女一班，乃贤马里贲义学中者，人百馀，后至歌曲庆贺之。门内一三级月台，上构彩棚，下荐红毡，中安金椅，左右木椅数行，右息各国公使夫妇，左坐各属地之男女如印度等。台下至对面暖窖，路作申字形，弯曲长合十万零七千四百八十尺，正中直路止人行，满布绿油椅。十字中心乐台一，上坐乐兵一部。中路左右距数武，各连布棚二十一所，所售物各不同，如鲜花果、玩物、饧果、香水、画轴、女衣帽、书籍、银花、玻璃、瓷器、竹篮、毡罽并别类杂货，及义、奥、俄、美、印度、南斐洲各国之皮木宝石绣片绸缎等。棚外羡地，另有茶并小食加非馆，及射箭歌曲变戏法等场。就中皆仕宦妇女，出售照料一切。各棚饰以鲜花彩绸，异常华美。中路左右，每边隔半箭地立二三丈长之木棍一，共三十对。乃由各棍顶系白布帐，下遮至各小布棚顶后，式作卩形。每二棍之间，横挂灯彩，绿叶红花，尤为鲜明。近暖窖处，并有男女中厕、信局、写字房、换钱局、巡捕房、存衣房、救火房及各会首之待客帐房等。

仕宦妇女照料一切

申正先来黑绒ㄅ形帽，红呢金花袄，高皮靴之鸣号兵四名，分立台前左右阶下，各执一蛇圈金号筒，每上系一绣金红方旗，四周约六尺，上有国王埃达倭之减笔字（即上月十二日所述之 ER 二字也）。少顷，先闻门外群女歌声，继而号兵鸣号，正门开，则皇后率公主、宽诺公及他近支王派入至台上，左右立起向一鞠躬。王后等未坐，即下阶由台右步往各布棚前游买零件，看变戏法等，各公使等随其后。至左鄙第三十五号，突一人怀抱小孩，乃孩手捧石印会中各人子女小影一本请余买。其书厚不及寸，粗纸装订，问其价，曰一镑，余即接来照付。其他各物之价，可不问而知矣。绕毕，皇后出门，余亦唤车回使馆。

一镑买得小影一本

今日皇后往来所经之路，系三点十五分出卜静宫，经过本街，沿途各楼，开窗挂旗，甬道左右排车，男女拱立，拥挤如蚁。除当皇后过时，男免冠，女摇巾，齐声欢呼外，一律肃静无哗。此会共设三日，除被请各票外，凡去者第一日由申初至酉正每人一镑，后则五先，次日终朝五先，第三日终朝二先半。另有歌场，第一日酉正至亥初，欲听者一人十先半；次日自申初起，各人一镑，会场票在内；第三日亦自酉正至亥初，一人十五先，会场票在内；会票已付者，至此另付十先半，以后则五先。又场中王后座台，通场各电灯，各处桌椅，以及歌场一切，咸由善人施舍借用。至各棚中货物，亦皆善人化来者。闻另有人舍洋琴一架抓彩出售，其票每页十先；马车一辆亦抓彩出售，票则每页五先云。

初七日乙未，晴凉。英国以抛球一戏，为通国少年之上等体操。伦敦城西北角有敞地周十数里，名世爵抛球场，正面建高台备人观赏。每值抛球，他人亦可于中请茶会。今明两日为场中练技日，韩格夫妇柬请于彼甲字帐中第四桌，由四点钟至六点半茶会。申正偕内人率荣骥与孙

以抛球为上等体操

28,6,7

女乘车至，见正面高台及左右木台，皆粉白黛绿满座如云，对面无台而高支布帐，富豪车马亦皆密排。当中抛球耍技，观者恐亦不外乎买票也。此外三面敞地，设大长白布帐数处，分甲乙丙丁等字，每中横排长桌两行，共三四张，作三三字形，每桌可容八座。虽云客多座少，而陆续往来，有稍坐者，有见主人即谢辞者，故客永不满而座永不空也。见韩君夫妇，让坐吃茶一盅，谢别出帐。步行二三里，见各帐后设有炉灶，煮茶，熬加非，作冰乳，摆糕点，堂倌既伺候匆忙，而游人男女亦往来如云也。

发生事故

又昨因皇后经过本街，在本街与利贞街交头之处，乃以绳横悬一旗，绳左拴廊康店旁石柱，右拴敷搜教堂顶石栏上。当日街市男女极多，有幼女司沓喜者，英属地加那他人也，立教堂前。皇后未到前一刻，忽狂风鼓旗摇荡，旗大风烈，扯坠堂栏一段，长丈二尺，宽尺半，自堂顶至地高四丈，恰落女头，崩裂而死。其他妇女之受重伤者三，或伤头顶，或伤脊背，或伤双膝，即有巡捕以病床舁入米得赛医院。伤不重者六七人，亦皆走去求治。迨各巡捕初将一切收理清楚，而皇后至矣。闻该女系随姑母并他女戚，来此瞻仰加冕之盛，现住某店。他女皆去善会场中，惟伊立此待望，倏遭此险而殒命，亦可惨也。或谓此女之殓葬使费及其一生之进款几成，他人之医费，并所应得而不得若干日之进项，皆须店堂两处摊赔。究不知当均摊耶，抑或孰多孰少耳。又闻昨在善会场中，有印度某王爵以千八百镑买一珍珠簪，一美国人以二千镑为其女买一碧玉项圈。

参赞曾某呈请回国

初八日丙申，晴。参赞曾叔吾以母病呈请回国，前日与之饯别，今午送伊至攸斯屯火车栈，将自立文浦海口坐船走美回华。

或谓英后心地慈善，视医院病孩为尤重。当其出阁四年后，西一千八百六十七年（同治六年）忽患身痛病，因而有感于医院患病之人，更念各病孩在医院不比在家一律舒服，病初瘳即饬送贤巴搜娄缪、贤卓尔志两医院各病孩书籍玩物多种，并誓以将来即位加冕时，当开买物善会以助院费，以是故有前日之行。然自前誓立善举以来，乃屡次不传音信，突令宫仆执玩物糖果之类一筐送入医院，分赍各病孩，继而亲往探视，各院病孩之如是受恩者多矣。中有足见善心感动天性者，如西三月二十三日，皇后亲幸阿来三德医院，亲将玩物糖果付各病孩，按名慰问。乃有一孩年将四岁者，皇后与之温言，势同己儿，逮去时孩乃手挽后颈而亲其吻。此即孩之本性，不知皇后之尊，发自本心，欲亲其颊以示亲爱，而后比生母也。某婕妤见此孩着红袄，因谓视之如皇后御林，旁善女即答曰"此乃众孩平日歌唱之曲名也"，后云"如是愿听之"。于是暗号传知众孩，齐声高歌，后闻甚喜。盖通国人民，自幼皆知以保国尊主为心，故各街市每孩童一歌，非《天保国王与后》，即《皇后御林》等曲，各处奏乐，末场亦必《天保国王》也。

皇后特别关爱病孩

初九日丁酉，晴暖。英自光绪二十五年九月与南斐洲和种特兰斯瓦人绰号“钵尔”者开仗，届今几至三年。先经将军骆柏尔（即邻居第四十七号）率提督祁臣讷在彼争胜二大城后回国。至他各处，皆交祁臣讷设法争服，虽云小城村镇，然善劝威服，较兵攻大城为尤费力。祁为人精明温厚，颇获本营及敌军之心，至前四月中，始经土人倒戈投诚，一律肃清。

和种（荷裔）
钵尔（布尔）

所定条约，大旨谓敌军投诚，所有军械皆当献出，今后敌军投英，当听英皇号令，而尊英皇为主。条约定后，所有前被英军擒捉配往他处者，即由英国运送回籍；凡投诚者，各人名下之产业，按律给还，其应享之权利，均与英民无异。本地学童，仍准习读该种人之语言文字；如在公堂之上，有应用该种语言文字者，亦准通用。英廷当助二百万镑，以便整顿诸土人于前交兵之际被毁之产，俾其再得谋生。其既降复叛，而再来投诚请罪者，英国仍准来降，惟须削去一生干预政事之权。各为首逆犯之罪，应照本地律例经公堂判断，应得与否，仍须从宽，惟犯死罪者不赦。以上前于四月底办定，约于二十七日宣示通国，兹又续定两条：一，英国允准土人收藏军械以卫己身；一，英国不得在该处加抽地税以偿战费。

敌军投诚
所定条约

又前于二十四日在卜静宫内发赏各兵官宝星，二十八日英君加升祁臣讷侯爵兼南斐洲兵马大元帅，并由己囊赏五万金镑，以酬其劳。各国闻得议和之信，奥、德等国先发电来贺。上月初三日礼拜，英皇与后清晨同入贤波罗教堂，祝谢上天垂佑英斐早定和局。祁臣讷于上月中由南斐洲坐“欧娄塔瓦”轮船来英，昨早辰正抵骚桑屯海口。经地方官迎迓，即上火车，未初到伦敦帕丁屯火车栈，有英太子及各亲王将军等，带官车接入贤翟木司宫。沿途派兵列队，极属严肃整齐，男女观者如堵。所列之队，除本国之马步水师炮队外，有印度、加那他、澳大里亚、斐洲、香港、威海卫、新嘉坡、新锡兰、肥鸡岛等各属地之兵，衣冠五彩，面色黑黄青白不同。未正宫内午酌，除祁臣讷及其属下各武官外，有将军骆柏尔、哈米屯、傅兰池及朝中各大员共计八十。桌长六丈三尺，宽三丈七尺，四壁悬前在乃勒、倭特路、维克都里亚、都尔奈等处战胜之图，以表今日南斐获胜之喜。筵毕，祁臣讷谢辞，乘车去贝勒格蕾伍坊，入其友乐阿立家宿。并奉国君谕，待御医言可会晤时，当即召见云。

骚桑屯（南安普敦）

新锡兰（新西兰）

肥鸡（斐济）

初十日戊戌，早微雾，午后晴暖。英君病体日见痊愈，体壮神足。据御医云，割口不日生平，康健如初，不宜久在宫内，须去海面一游，以受清气。遂拟坐前老君主频驾往苏格兰之火车（知其坚固），南行至坡兹茂斯海口下车，乘“维克都里亚阿拉柏”轮船，驶赴英兰西南角之溪里小岛。至启行之期，及外住若干日皆未定，惟船只火车现皆备妥，并闻轮船与考斯海口连有电条，以防不虞。又迩来日日御前五员医官同行画押，报英君病势如何于外，以安民心。因其病渐愈，乃自前日改隔日一报。或谓其病得愈如此之速，将有于西八月初九、十四两日之间（中七月初六至十一日）补行加冕之礼者，故各属地之兵

坡兹茂斯（朴次茅斯）

英王病体日见痊愈

28,6,11

皆暂留不走，西敏斯德教堂中所备一切陈设仪仗以及由文愍宫移来之圭杵、金瓜、金冕、礼服等，概行遮盖不撤，派兵看守云。

亥正，余偕内人乘车赴狄本逊夫人家茶会，亦二十五年前之旧相识也。入内见其夫妇与女，让入旁间吃茶。后步出后门，下石阶入园，树下坐乐工一班，正面楼上满悬五彩灯，树上挂花灯，地面花间密列玻璃灯，上下灿烂，荧然射目，往来步游，亦颇有趣。惟惜天凉，少待谢归。

十一日己亥，晴热。前任外部侍郎、十年前派驻美国使臣潘斯茀，两月前故于华盛顿，在彼教堂礼毕，美廷以兵船送其灵柩来英兰东北，至其故土司斗科城，其家择于今午在教堂行礼殡葬，英廷亦定今日午正在贤翟木司宫内堂中唪经吊祭，昨日外部发帖来请。午初着素褂乘车前往，堂不大，正面一台供十字花烛等。前立教士一，左右立红衣沙弥九，乌衣白褂教徒十二。台下左右列座四行，右两行前坐太子宽诺公及蓝侯夫妇礼官等，再则本国大员，左两行通坐本国贵胄男女。楼上正面坐各国公使，左坐妇女多名，右设风琴，随歌奏乐。先是鼓琴，众徒群诵一阵，继而教士高读一篇，众徒再唱六节；教士再念数语，众徒复和唱四节。当诵读时，坐者忽跽忽立不定，如是再念再歌一阵而后散。未刻还使馆，亥正率陈征宇、陈安生、陈默之赴庇喀的里街柏凌屯阁内名艺画堂茶会，堂中宽敞，油画万幅，大小不一，男女千馀，拥挤颇热。鼓乐喧天，隆隆聒耳，酒食芳美，香溢四堵。

老外交官之葬礼

十二日庚子，晴。英皇病体渐愈，遂于昨日午初偕皇后率公主维克都里亚（西国祖孙父子同名甚多不讳）、丹国王爵查里与妃、国君奶娘并蓝坎侍卫六名，由卜静宫后门乘车缓行，至维克都里亚火车栈登车，即开去坡兹茂斯海口，坐官轮船赴溪里岛。至去否他处，及出游若干日，皆未闻。惟当日自出宫至海口皆未明传，故沿途人多不甚知觉。

赛哈吧狗

主人之茶携自北京

申正偕内人小儿与孙女乘车西南行十数里，至柴勒溪区特拉发勒戛坊，入喀赛兰别墅赴葛蕾太太家茶会，带赛中国哈吧狗。该妇本前驻华参赞葛伍讷之妻，葛故未守柏舟节而再醮者也。楼后花园当中敞地一方，三面立绿油棍，拴狗廿馀，皆各戚友携来比赛者。毛有长短，色有满黑者，满白者，草黄者，绛黄者，黄白花者，黑白花者，长耳短嘴，犬名新奇，或人名或地名，无往而非北京者。男女百馀，多至余前询问一切，请定甲乙。在彼遇赫夫人母女马蕾布朗等。看毕，楼中另备茶点，乃主人特奉一杯，其色清淡，味芳如兰，问所从来，答称携自北京，什袭已久，今烹少许，以表待华客之诚也。戌初还使馆。

十三日辛丑，微阴。申正赫夫人请赴海岱囿内堪兴坦茶园中小茶会，申初偕内人率荣骥与孙女乘车入园。树下分列桌椅，上置茶酒小食，男女无多，微风飘洒，红花绿荫，河水清澄，坐饮之际，使人心旷神怡。

戌正伦敦新瓦戛贲会馆（馆名之义乃逵行四方栖无定所也）首领子爵罗柏滋色尔贝斯佛（即前到中国者）

28,6,13

等，公请新锡兰（地在赤道南四十度，西近澳大里亚，属英）管理大臣司埃敦及他国名人。本会会友共男女二百八十，在庇喀的里坊克立透连庄晚酌，十日前折柬来请。届时乘车至彼，先见罗、贝二君，其客厅极宏敞，外间设澳大里亚乐兵一班。内间设长桌，一横五竖，作  形，横桌一行二十五人。正中首座为世爵多爱乐，其右为司埃敦，其左为伊母，再右为余，再左为贝斯佛，如此陆续，坐有定地。食毕，先息通堂汽灯，一人在门内以电光向众照相一张，横二尺，竖尺半，即时洗就装潢，明灯示众，亦颇清楚。当照时，请余坐正面者立起，以防不显。又各座前置一纸帖，绒绳系小铅笔一，帖印蓝字，言“某照相馆出售，每页五先，带架者十先，喜要若干，即请注明贵姓住址”云云。

往赴会馆会友公请

照相一张即时展示

照后多爱乐先立起畅言数句，恭颂国王之德，继而群立举杯欢呼，祝王之福，乐奏《天保国王》。须臾司埃敦演说一段，大旨一谓英各属地宜同心保护父母之邦，即如英特交兵，赖各属地协助，足得争服，以旷英之属地；再谓今晚男女来此盛会，同庆议和之喜，举杯恭祝彼此之福。此后贝斯佛立起陈说，谓英人以贸易为重，各属地之人皆须同心前进，努力争雄，不得使德美两国偏获其利等语。末则多爱乐复立起演说，大义亦叙努力通商各情。当各人言至令人喜闻紧要之处，无不鼓掌敲桌，欢呼称妙。此后外间乐兵去，换男女多人鼓琴歌曲，闻亦皆新锡兰、加那他等属地之人。余听一曲谢归，时已子正。

“特”字指德兰士瓦

十四日壬寅，晴冷。英国国君加冕之期，钦赐贫民一饭，想必定例也。此次英君原拟照办，奈忽患病，加冕无期。然此节为人民所望，遂前于本月初一日（西七月初五日）举行，命太子、太子妃、公主、郡主及各王公夫人等分处赏阅，以悦民心。王先斟酌各处所费，赐以金镑，简人代办一切。当日共集男女五十万，各有请帖。人多不得坐于一堂，乃分宴二十九区，每区又分数处。如巴特溪一万九千二百五十人，分五十处，伺候者二千七百六十，上赐一千零九十五镑。柏门赛二万五千人，分四十二处，伺候者三千六百，上赐一千五百镑。贝那格林二万一千人，分二十三处，伺候者二千九百，上赐一千二百六十镑。康柏卫二万八千八百十二人，分五十一处，伺候者四千二百，上赐一千八百镑。柴勒溪九千人，吃地未分，伺候者一千三百，上赐五百四十镑。牛莺屯四千五百人，吃地未分，伺候者六百四十，上赐二百七十一镑。西敏斯德二万一千人，分三十处，伺候者三千，上赐一千二百六十镑。代佛尔一万一千九百八十四人，分五十一处，伺候者一千七百二十，上赐七百零八镑。弗拉木一万四千人，吃地未分，伺候者二千一百，上赐八百四十镑。汾斯百里一万九千人，分三十二处，伺候者二千七百，上赐一千一百四十镑。格林尼址九千五百人，分二十七处，伺候者一千三百，上赐五百七十镑。哈克尼二万四千人，分四十五处，伺候者三千四百三十，上赐一千四百四十镑。哈磨斯米一万二千人，分二十二处，伺候者一千七百二十五，上

贫民五十万各钦赐一饭

28,6,14

赐七百二十镑。哈木斯苔三千四百二十人，分十七处，伺候者四百九十，上赐二百零七镑。蒿勒赍九千人，分二十处，伺候者一千三百，上赐六百镑。伊苓屯四万人，分二十处，伺候者五千七百，上赐二千四百镑。庆斯屯一万人，分三十四处，伺候者一千四百三十，上赐六百镑。狼狈斯二万零一百十八人，分三十处，伺候者三千九百十五，上赐一千二百镑。鲁伊哈木一万二千人，分二十七处，伺候者二千，上赐七百二十镑。帕丁屯六千零四十九人，分二十处，伺候者八百六十四，上赐三百九十镑。坡蒲腊二万四千四百七十二人，分四十处，伺候者三千五百，上赐一千五百镑。贤马立木一万零二百七十二人，分十八处，伺候者一千四百六十六，上赐六百镑。贤潘克思二万四千人，分三十五处，伺候者三千四百三十，上赐一千四百四十镑。朔尔的池一万五千人，分十二处，伺候者二千一百四十，上赐九百镑。骚斯倭三万人，分四十七处，伺候者四千三百，上赐一千八百镑。司代仆尼四万四千人，分八十三处，伺候者六百四十，上赐二百七十镑。卍字窝一万九千人，分处数及伺候人数未详，上赐一千一百四十镑。五里治一万人，分二十一处，伺候者一千四百，上赐六百镑。伦敦老城一千人，同坐一堂，伺候者一百四十五，上赐六百镑。

各处所食，菜虽不同，然亦无大区别。按其菜单，系烧牛肉、煮牛肉、烧羊腿、烧小牛肉、牛肉饼、火腿、咸肉、面包、番薯、拌生菜、腌黄瓜、李子饼、酸果饼、红 赐宴贫民之菜单果糕、橘子、苹果、啤酒、姜酒、柠檬水。食毕各领加冕瓷盅一个，烟与烟卷一包，勺勾腊一匣，祝颂诗一篇。按以上英君共赏三万镑，贫民五十万，分坐八百十五处，伺候人共七万一千四百五十五，共用牛肉三十五万斤，羊肉十三万斤，小牛肉七万斤，火腿咸肉共五万斤，大面包二十五万斤，糕饼共一百二十五吨，生菜一万一千筐，黄瓜四万三千条，西红柿或番茄二万五千斤，番薯四十万零四百八十斤，奶油六万二千五百斤，啤酒三万六千加伦（鼓形大木桶名），姜酒十五万瓶，柠檬汁七万五千斤，蕾里什（甜水名）五万瓶。饭桌各处者统计直排长逾二百六十洋里。其中各物，有经他人施舍者，如巴斯行舍啤酒，戴呢行舍番薯二百吨，槐达行舍柠檬汁四万瓶，古多行舍蕾里什五万瓶，郎特立行舍勺勾腊五十六万匣，御烟行舍烟二十五万包，卜莱滋行舍祝颂诗五十万篇，杜勒屯行舍加冕杯五十一万五千个。各处皆有乐工歌女一班，以侑各人欢饮。伺候者内多助善之人。各处人皆辰正聚齐，午正各王或妃，或公主，或公侯，或夫人等，每至一处，皆宣王谕，言“王与后本当亲幸，宴尔群黎，不意因病阻止，殊觉可惜，今特派本爵前来，惟愿各人畅饮喜食，以尽一日之欢”。当日各桌头皆高竖国旗，于将坐之时及已食之后，各皆齐立欢呼，恭祝“天保国王”。各巡捕及各助善之人，皆得有国王与后之小影一张，以作纪念。一日所费，统约三万七千五百镑，除国君所赏三万镑外，尚欠七千五百镑，归伦敦美尔施助云。

“柠檬汁”原脱汁字

王言以尽一日之欢

28,6,15

十五日癸卯，阴凉。未初二刻，偕内人率荣骥乘马车至庆斯十字路火车栈，登车即开，申初至哈特扉村，赴前外部大臣沙侯（见《再述奇》）家茶会。下火车，备有马车多辆，行数里入哈特扉别墅，登楼见沙侯并其女。握手问候毕，出后门入花园，步涉往来，看鱼赏花，杂色丛丛，长莎蔽径，着茗饮酒，爽肌怡人（其他一切详见《四述奇》《六述奇》）。待至酉正二刻，复坐马车至火车栈，少待开车，戌初还使馆。因来人多，伦敦城内者，往来不能同时，故特备专车八趟，以使从容不迫也。

偕夫人往各处应酬

十六日甲辰，阴凉，着棉衣。前在柏林所识英人屠悌之女，在彼已许配德人贝娄为妻，未娶而贝故（详见《五述奇》），数年前改嫁英人罗哲尔。罗现年八十三岁，须发皆白。数日前夫妇来拜，今日申初偕内人乘车西行十数里，至堪兴坦囿路第四十八号答拜。见其夫妇，坐谈良久，引看鲜花暖窖，花种颇多。外门置有四笼，养鸟如鸽，叫声亦如鸽，惟色土黄，项套黑翎一圈，问其名曰“凌得伍”，义乃乌环鸽也，不知产于何地，亦奇种也。再看马号车房，马五匹，车两辆，马肥车轻，洁净整齐。楼不高，仅两层，而客厅，饭堂，书房，打球房，无往而不华美。陈设中有中国今古瓷器漆器，皆一一指示，其人盖一富官之苗裔也。夫大于妻五十馀，此等嫁法含有他意，不待明言也。戌初还使馆。

十七日乙巳，阴。斐洲沙漠多，有国亦小，教皆回回或火教。惟在该洲东界稍北一小国名阿贝奚尼亚，系天主

阿贝奚尼亚（埃塞俄比亚）

教，不知奉自何年，泰西同教各国，亦不知其来由。乃传教士至其地，原为传教，不意其所奉者本天主教，是诚俗所谓一家人不认一家人矣。昨因英君加冕，该国亦派专使来贺，其使臣名拉斯嘛扣南，前于西六月二十五日（中五月二十三日），为祝其君速愈，乃在西敏斯德教堂中献一十字，以表其诚。

十八日丙午，阴凉。前于西七月十二日即本月初八日，在伦敦城内柴勒溪区公署内，奉英皇谕筵宴瞽民老幼一千二百馀。桌凳器皿，与他处一律，惟因各皆无目，不善操用刀叉，遂专备各人猪肉饼、葡萄糕、面包、奶油、地椹、橘子等，饮者为姜酒、加非、柠檬水、苹果酒。同时鼓吹侑酒者，亦皆盲目人也。坐齐后，声传公主绿衣姒到，各虽无目，亦皆面向堂门望之。公主入，齐立而欢呼一阵，因公主代国君亲临也。公主至堂中，立宣国王之意，众又举杯恭祝国王寿。食毕，赏各人樱桃、地椹各一筐，勺勾腊一匣，小烟卷一包，彼此再行欢呼而后散。又闻前日御宴贫民，在哈磨斯米一区，竟用烧牛肉八十五司兜安（每司兜安重十四斤），自丑正三十分，烧至戌正始熟，多人终夜分切，以供次日之需云。

宴请盲人千二百馀

绿衣姒（路易丝）

十九日丁未，晴冷。闻前初七日午后，公主绿衣姒、驸马阿盖公在巴特溪囿，阅看男女学生二万五千名，来自四十学，服色分四十种，堂堂不同，一律梳洗干净，衣皆新鲜无油腻。乃按学列队自公主前过，男免冠，女请安，各举一小国旗，过时摇摆欢呼。各队领首者，皆先立陈数

检阅学生

28,6,20

语，敬谢国王之恩以及公主临幸之荣。阿盖公代答一段，鼓励诸生，并谢各人之敬爱云。

二十日戊申，阴晴不定。英君原定于加冕礼成后，请各国专使，驻扎公使，并本国大员，在戛喇园观剧。园极大，容人千馀，官定在台对面正中楼上租屋十间，改成一大间容座一百五十，以坐英皇与后、近支王公、公主、王妃、夫人以及各国专使公使夫妇，左右又共租二十间，以坐各国文武参随领事等人，暨各属地与外部各员。正面屋后大厅，并入门楼梯左右，咸饰以鲜花。厅中横列长桌，预备酒食，以便当戏歇演时，国君率众饮用。台前官定各间，固皆饰以鲜花，其他虽未经官定，亦皆饰以假玫瑰，以使通场视之一律。其所以用假花之故，盖奉王谕，谓真花香味吸透天气，而使空气体重，不便呼吸也。到期演剧概皆著名优伶，除官定座外，仍准出卖座票，其价因而翔贵。屋价向系八镑八先者涨至百镑百先，半镑半先者改二十镑二十先，虽原价一先之楼顶站位亦增至一镑一先。现在加冕有期，仍请与否未闻。

原定礼成后观戏剧

戏票因而涨数十倍

二十一日己酉，晴。闻前因国君加冕，特命堤苓车行代雇车夫五十名，御宫车载各国专使往各处，必人安详不喜喧哗戏笑，且善御双马，了然通城道路者，工值未详。前于五月二十四五两日，振贝子所乘者，即英官场所备之宫车也。御者及随役，皆着红衣裤，白高袜，黑皮鞋，染白发，戴金箍且字形高帽，白皮手套。

二十二日庚戌，镇日阴晴不定，大风略暖。闻前于西

水晶宫设大跳舞会

七月二日，即上月二十七日亥正，在水晶宫设大跳舞会，往者买票，聚钱分振各医院。当日太子与妃及他近支王族领首（此等乐地，伦敦妇女多愿去以为荣，虽倾囊不吝也，西人之不喜娶妻亦缘此），场设宫中木墁地，周积逾一万二千方尺，容二千人跳舞。跳场左右，改设大厅两间，内备酒食，陈设器具，华美鲜新，多有仕宦妇女于中请客者。

二十三日辛亥，早阴晴不定，巳正大雨一阵，复晴。前于十三日外部来文云，"照得今年本国大君主举行加冕典礼，承各国政府简派大臣前来道贺，不意君主忽病，各该大臣等离英时，不得亲自致谢，实不胜抱歉之至。查本国大君主现已体气日充，加冕典礼不久想可举行，惟一概从简，原议之一切礼节概不举办。届时各国政府，毋须再简专使前来，即由各该国简派驻扎本国之各项公使，代行一切。除钦遵饬令本国简派驻扎各国之公使等，前向各该国政府荼达歉忱"云云。

典礼补行一切从简

昨日复来一通，内称"伏查本国大君主加冕典礼，现定于八月初九日（中七月初六日）补行。所有大君主不愿各国政府再简专使前来之处，业经本大臣钦遵训条，于本月十七日（见前）照会在案。现又钦奉大君主训条，谓补行加冕典礼时，若中国钦差专使大臣贝子衔镇国将军载振及其参随各员等适在英国，愿随班行礼，则西敏斯德教堂内当为代留地位，惟不以中国大皇帝钦派专使接待，仍以王爷之礼相待"云云。

28,6,24

二十四日壬子，稍晴，微风，凉。英人卜代扣兹者，四年前曾请至其家赴茶会者也（详见《六述奇》），其人娶老妻成巨富，善养马，近年在伦敦城西北角亥该路设一大场，畜马百馀匹，每年请人观赏，便出售带获小利，借以自娱。各国人多以马种良养法善，买去牝牡配对孳息，并有师其马厩畜养者。十日前来柬，请于本月十九、二十一及今日午后三点往观。车行十数里至，草地数顷，南北设木房两行，约百馀间，如()形，逐间洁净，铺踏草，悬喂草，无庸琐述。正面中横敞厅一大间，木台三级，层层横椅，容人三四百。厅前横木栏一行，栏厩之间为马道。马百十四匹，黑、紫、草黄三色居多，若者单马套车，若者双马套车，若者一人骑行，若者一人拽行，皆自厅前经过三五次，忽快，忽慢，忽驰驱，忽跳越，示马力之各得其宜。每至厅前少停，便客观阅称赞。来人各一簿，上印由第一号至百数十号，马种、马名、马齿、牝牡、颜色，善于何艺，或专套单马，或套对马，或单双马皆可，或善走，或善驰，秉性如何，迄皆注明。厅旁立一高杆，每试一马，则杆顶悬一白牌，上书马名第若干号，客可按号于簿上察之。今日末天，来人男女数仅百馀，看演八次。后步入厅左布帐，饮茶一杯，辞归。 马场主人请往观马

二十五日癸丑，晴。西方各国遇有喜庆之事，不讲馈送礼物，虽送亦仅些须而已。惟雅洲各国，送者良多。如前当英老君主即位六十年大庆，我国送至二十件，朝鲜三件，日本两件，皆贵物也。其他义、法等国所送，无非桌 亚洲各国讲究送礼

罩一方，或小瓶一对而已。昨在日斯巴尼亚国，亦仅英俄两国各赠宝星一枚，他国皆无所送。至此次在英因贺加冕，欧洲各国皆无馈赠，惟闻日本亲王带有日皇所赠，乃镀金大瓶二，用精能画工彩画多年始竣者，皇冠、菊花宝星各一（如此送法颇近西规）。印度翟埔尔（地在西印度东界）之“拉扎”马哈由本地携来珠宝甚多，在所住店内置二大铁箱，昼夜有印度兵执枪守护，闻其中至贵者一假象，周身满饰珠宝，价重连城。又印度某地“拉扎”奉一母狮以贺加冕，由孟买以轮船运来，不惟备生牛以喂狮，且备米粮以饲牛也。

“拉扎”指土邦王公

二十六日甲寅，晴。辰正率众向东南恭拜圣牌，行三跪九叩礼。戌初公宴，共摆八桌；各洋仆亦皆招齐，同众华仆另摆两桌。闻英君加冕之费原定十万镑因前者改期，已有所费，今再举行则原数不足，于是加筹二万五千镑云。

二十七日乙卯，微晴。早日本福岛安正来辞行，言将由此去印度游历。记伦敦四面宽处，电气公车亦多。前于五月二十五六两日，因值银行放工之期，男女行客计有十九万四千八百一十九，统一礼拜，共坐人百零二万五千四百，总一年计之约合五千五百万人。此车因国王加冕并未增价，而获利殊多。趱子车虽增座价，乃所获不觉增减。惟铁道公车，自西四月一日至六月底共收九万五千一百七十二镑，较上年四五六三个月所收反少二千九百一十九镑，其故未详。由此观之，西国车辆之生涯亦大矣。

公共交通生意宏大

28,6,28

二十八日丙辰，晴凉。闻上月初间英太子失一澳洲鹦鹉，遂出示于各新报，谓有能寻得送回者，酬以二镑。十数日后，有某甲捉得，送入约克宫，太子喜，改赏五镑。尝思人之寻钱，诸多试步而入，天下皆然。如华人沈姓者（详见《四述奇》），现年八旬，五十年前来此，未谋正业，乃间被洋人雇用，间自讨钱，上月某日故于穷人宫（英京养济院名）。管宫首善先来书，谓其人病故，现已入窀，葬费一镑，愿否施助听便，由此观之，是非定然索要也。余因其华人，遂寄去一镑。不意送后一日即又来信，言前者伺候其人之善女当授十五先，如是岂非得步进步耶？

沈姓华人死于贫院

二十九日丁巳，阴晴不定，戌正骤雨一阵。闻我国直隶一带，曾于四月七日午后天色黄渐红，渐紫黑，约半时许，室须灯烛，照物成青绿色，移时雷雨一阵，天始开朗。又初四日英兰某村陡然风雨大作，雨后众见水面浮黄粉，以为奇，后经格致家考验，始知此粉属硫磺。初五日德国某村，午后天忽降雨，色殷红，点点沾衣如血，亦经格致家以器盛雨，以显微镜察之，非雨非血，乃红色螆也。按以上三事，察中美洲东之培洌火山，前于四月一日崩裂，烈焰上冲，琉璜、红螆皆自此山喷出。是必狂风由西而东，先过英，继至德，再至直隶，体重者先落，故琉璜在先，红螆次之，至直隶则仅烈焰黑烟矣。事固属奇，凡人不知其由，不行细察，而多以天心示警，测以灾祥。知此两端者，俗谚自改革矣。

三十日戊午，微晴，凉。各国新报之设，有用之处固良多，然为害之处亦非浅。按纸上所言，有直述者，妄说者，借以鼓励者，激讽者，夸张者，陷害者，劝解者，安慰者，使人长见识者，更有令人渐改肝鬲者，种种情由，华安得述。伦敦新报千种，推《泰晤斯时报》为第一，所述皆当时四海之实事，多关乎国政民风，于是凡为官好学之人无不观之。乃前者该报竟使片言而动八国之师，一电而坏承平之局者。当前年拳匪倡乱，扰及帝都，凶焰方炽之际，英之《泰晤斯》及《日日电报》，咸由驻上海采访人飞达伦敦，谓驻京各国使臣均经被害，该两报皆经据电登录。而《日日电报》并云，各公使于未遭害之先，预将妻子自行戕毙。当各使臣遇害，情形殊觉可惨，但见道路染血，加以西妇被匪所辱各情，尤觉不堪言状云云。各国闻此凶耗，无不怒发冲冠，因各派雄师，冀为使臣雪恨。当德皇遣兵登舟时，面谕中有“诸军此行，既抵中国，断断不可再存仁爱之心，是必宁杀勿宽，以雪国耻”等语。迨至北京，城门既开，始知除德使外，各皆安然。于是八国之师，分占内外两城，日本占正北，为地最宽，兵官不扰，代之除暴安良。英占外城东南，美占正南偏西，兵官皆安详治理，无甚欺凌。其他五国，有倚国势者，有兵费不足者，有国不大而贫者，有以国王有谕不存仁爱为心者，于是焚杀掠淫，并南征北剿，踊跃抢劫。京城内外及直隶四面村镇，无辜赤子旗民各家之饱受苛残，财产损失，人命伤亡，岂堪言状。以后既知此报所传悉属

片言而动八国之师

报道失实

28,6,30

子虚，上海《泰晤斯报》自愧不实，乃立论自洗，力数他报访事主笔之非，斥为无中生有，妄报惊人之信等语。该主笔见而控之，两造各执一词。闻昨由陪讯人员议定，谓泰晤斯报所言虽属无罪，惟不当加以毁骂，以致辱之过甚，断令罚银百两，徐免深究。

伦敦报界互相攻讦

光绪二十八年七月至九月

七月初一日己未，早微雨，午初晴，复阴，凉。昨见新报内一则，言木泥池大学院有柯讷茀者新创一法，将已印之纸放入浆水中洗去黑墨，能使纸白如初造。据云此法行后，凡造币者可于每百分中省五十五分力，而就中获利之数如之。

戈登铜像（Gordon）

初二日庚申，阴。英国将军戈登，前为中国南省带兵，英人呼曰中国戈登。又因戈登斐洲阵亡，立石像于柴苓十字街之画阁前。六月间又经富宦醵钱，以铜锡别铸骑骆驼像一，铸成罩以油布，先置贤马丹礼拜堂前，土人不知为谁也，咸异之。至上月二十七日午后，始移置特拉发戛坊水法前，经堪卜立址公掀去罩布，人乃知为乘驼之戈登。

初三日辛酉，镇日阴雨，凉。英皇与后择于今日申初十分，由坡兹茂斯下船坐火车，酉初一刻至维克都里亚车

28,7,4

栈，改坐敞车走格娄伍诺坊过海岱囿，酉初三刻入卜静宫，意在经此宽街大道，俾人瞻仰。奈彼大雨，未能如愿。国君加冕初六日举行，缘街瞻望座举复办。乃西敏斯德教堂旁之座前贴告白，有座价一二吉呢者皆售尽之语；他如议院街，价皆涨至由七吉呢至十二。男女买座，争先恐后。现贤翟木司街一带，每座价值四六八十及十二吉呢者皆不易得，帕拉玛街之六吉呢以下者亦皆售尽。今国君既回，恐座价为尤贵，盖买者既不啬吝，而卖者因时昂价，两无争也。

国君已回座位涨价

初四日壬戌，阴晴不定。闻伦敦城外十数里谋敦村者，土俗新夫妇一年内彼此恩爱无一恶言者，通村公举报诸本村之首世爵某富家，某世爵夫人即率众男女设会赞美之，并赠以腌猪肉半只，谓不腆之礼聊表同里之情耳。

明日加冕所经街路

初五日癸亥，镇日阴晴细雨不定，凉。英君明日加冕，在西敏斯德教堂预备一切。其往来之时刻及所经之路，系早十一点出卜静宫，东北行走玛拉大路、贤翟木司囿，十一点十五分过御前马队校场，入白堂街转南，走议院街、贤马格蕾街并教堂宽街，十一点二十五分入西敏斯德之西门。一点钟礼毕，仍出西门走教堂宽街，转北直行，仍过贤马格蕾等街至白堂街转西，一点十分走柴苓十字街、阔克斯坡尔街、帕玛街转北，一点二十分过贤翟木司街，再转西走庇喀的里街，一点三十五分过海岱囿东南角，转东进老宫门走宽斯的究慎山，一点四十分入卜静宫。

各人入堂皆有定路

按西敏斯德教堂之门，自早七点开至九点半，门闭后无论何人或坐车或步行不准入。至各人入堂，皆有定路。如入西门者，须走奶子桥、韦勒屯坊、韦勒屯弯、贝格蕾伍坊、上贝格蕾伍巷、侯伯坊、格娄伍诺园、维克都里亚街或卜静宫路，其入教士院及笛音寺院者亦然。其入铺艾子角者，须走奶子桥、韦勒屯坊、贝格蕾伍坊、伊格来斯屯街、贝格蕾伍路及倭尔维街、娄柴斯特尔路、文森坊、佩之街、米勒班街与阿冰墩街。入北门者，可由阿普斯里门或帕克巷、半月巷、老班街、柴草市及柴苓十字街，而后入御路走白堂等街。其来自太木斯江以南，而入西门或笛音寺院者，须走倭克西桥、倭克西桥路、司特兰街、柴苓十字街与白堂街。入铺艾子角者，须走狼狈桥及米勒班街。所以然者，堂门开闭有定时，来者有定路直行，以免阻滞而违时刻也。

太木斯江（泰晤士河）

车行人行皆限定时

各卖座处，凡人之坐车步行往入座者，率皆限有定时，以使街道清静。如由白堂街至西敏斯德教堂一带，明早八点三十分禁车行，至九点禁人行。再由白堂街至海岱囿角，九点三十分禁车行，至十点禁人行。狼狈桥一带，自今夜八点，除有凭票入堂者，其他各车尽行阻止。西敏斯德桥一带，明早五点禁车行，九点禁人行，别桥则不阻止。其他处拦阻行人，如贤翟木司囿北隅堪卜立址地方及白堂之御林马队路，九点阻行。在玛拉街之玛柏楼院，考克斯柏尔街之帕玛以东及庇喀的里之柏克蕾街与哈米屯坊，十点阻行。凡街巷之关乎御路者，皆设栅栏拦阻车马

28,7,6

行人。国君往来各路左右，备有医药椅榻所六十四所，以防男女老幼之因拥挤患病者，随时设法疗治。明日御路左右各看台，今日始行昼夜修理点缀，悬灯结彩。而街市游人男女往来之稠密，又如上月十九、二十等日矣。

初六日甲子，晴凉。数日前英外部寄来请柬二，各横 寄来请柬
长半尺，立宽三寸七分，左右绿边，中不足四寸，粉红色。上先印第若干号，再则西敏斯德教堂下一王冕，再下云“一千九百二年国王埃达倭第七及王后阿来三德亚之加冕，请中国钦差大臣暨钦差夫人前往，入由北面唱诗堂”。二绿边各宽七八分，左印“北面唱诗堂入由十字横画北首之西北门”，因此堂之地基作十字形也；右印“此 此柬不得他人使用
柬不得他人使用”；后印教堂及所行所入之路径图。柬下左角钤有中阁大臣诺福公之圆铜印，别有巡捕厅车票一张，印地图号目并往来应行之路及空车停留之地，御者手执，以免误行而阻于巡捕。

辰正，余偕内人乘车往，由利贞街南首入御路，走柴苓十字街，过白堂街、议院街等。一路地铺黄沙，以防马跌；左右则本国及各属地之步兵，成行排立，整齐严肃。缘途当中，每半箭许，皆有马步巡捕，弹压指示。各看台及各楼窗内，皆男女满座矣。

入堂门，步木梯三十二级，至十字横画右边楼上，设有藤心白木凳十五横，如阶级然。每横坐人廿馀，下两横坐各国二等公使夫妇，再上坐三等公使及参随领事等人。堂作 ✙ 形，高数丈，本无楼，此时特将西南北三面，以

教堂高大
新搭层楼

铁以木截作两层，乃每面又分作三面，正看作凵字形，旁看作◺形。因堂内宽闳，如此造作，既多设座，更面面得见也。

东面正中如我国之戏台者为经台，正面横桌供耶稣，左右二门挂彩帘，地铺花毡。桌前左设二蓝缎椅，一老木椅，二跪椅（洋名发斯秃勒），形如椅而无腿，其背非为受人背，乃为跪后双手抚之如叩首也。堂地满铺蓝绒，十字中央别一方台为宝座台，高尺馀分两级，台上设二大古金椅，面向经台。又经台上在坐椅跪椅之左，临壁一石柩，罩以花绸，上立大金盘五，金斝壶四，盘大周逾六尺。

经台跪椅
与宝座台

近经台左右，亦各截作两层，每层列椅行行，容人百馀。左鄙下层坐太子妃及他国并本国之公主、郡主、王妃、夫人等，皆坐南向北。上层及右鄙两层，皆坐通城美尔暨他文武大员夫妇，乃面向西或北与西或南，因地势不直，座列┘形也。经台左鄙再前为正南面，前对方台横列绒椅十行，第一行大椅坐太子与宽诺公等，后坐公侯伯子男爵二百馀。经台右鄙再前为正北面，亦前对方台横列绒椅十行，第一行坐命妇一排十馀，后坐公侯伯子男爵夫人亦二百馀。上层又木椅行行，容座千馀，内多文武官员之妻女。其右木截二层，下层坐各国头等公使夫妇，上层即余等坐处，面向东。右转临西门，正北一面亦截二层。通堂坐者，男女数逾六千。

六千男女
各就各位

凡堂中男女服饰，与朝会同。惟王族及各公侯伯子男

28,7,6

爵，男女皆古装。男皆内着时式官服，外披紫绒斗篷，两襟及下边皆镶银鼠，宽约二寸，斗篷上另覆银鼠披肩带黑膝，长约二尺。妇着各种白氅，赤胸袒臂，亦披斗篷而式非斗篷，乃自背后两肩下披一缕，上窄下宽作形，长约八尺，亦紫绒制，镶金条银鼠边，项后仍覆银鼠一长方，宽约一尺三寸，长尺半，两肩挂处另作紫绒一圈，外垂四条作形，条长二三寸，宽各九分。男女各提一紫绒冠，式同王冕，又似倭瓜，惟无金星宝石十字之类，仅一金圈饰以白瓷球大如荸荠者四六八九十不等，亦按品级也。帽檐下镶银鼠一圈，宽约五分。女冠小，周仅盈尺，戴之覆髻而已。大主教与主教披花氅如我国僧道之袈裟，馀教士教徒有着红衫黑大半背者（中国俚语挂拉儿），有着黑衫白长背心者，皆于堂西门外迎候。 贵族男女皆着古装

钟未十点，男女到齐。十点半，太子妃辈至。十点四十五分，宽诺公率太子辈至。将午初，执方戟捧宝剑者二人先入登经台，戟立台左，剑横桌上。少待，教士辈排班入，后则礼部、内部大臣，掌英兰、苏格兰、爱尔兰三旗之大臣，再则韦令坦公举英、苏、爱三邦合纵之御旗，管理宝物大臣双手捧方垫一（上有红宝石戒指二，剑一），君派执傅油盖棍之爵臣四，管私印大臣，内阁大臣，爱尔兰大法官，堪特百里大教师，暨约尔克大教师。 开始登场

由十点至是时，乐谱五成。至第六成，执皇后御物者入（英名蕾戛里亚乃王之特权也），是为伯爵库斯佛，执一象牙圭，上刻鸽一；公爵哈里斯，执懿圭一，上带十字 王后一行

架；公爵骆斯百苐，捧皇后凤冕；均跟役代为执帽，并各有戎服武弁二执杖相随。继则皇后入，不冠，胸敞臂袒，着白缎平金裙，披红绒金花银鼠边斗篷，拖长逾丈，中则卜克立墀公爵夫人执曳，左右则世爵八人襄执；而公爵夫人之衣尾，别有跟役执曳。后之左右，随有敖斯佛比朔、诺尔卫比朔，后随寝宫命妇、世爵夫人四，妤婕、宫妇又各四。

此后为执国君之御物者，乃伯爵喀凌屯执贤埃达倭旗，阿盖公执御圭，上带十字架；又金刺马距一对，伯爵

执国王之御物者

劳敦及公爵鲁新各捧其一；公爵葛拉芬执钝剑一，伯爵罗柏滋执第二剑，子爵吴斯立执第三剑；礼官英兰诺洛艾王，苏格兰来安王，爱尔兰额斯特尔王及柯兰苏王，皆着古战袍，执桓圭与冕；伦敦美尔着朝服红氅，佩剑及城符；下议院一员，朝服执黑棍；再则前引大臣十二员；后又伦得立侯掌国剑，马柏娄公捧贤埃达倭王冕，色墨赛公捧日轮球，陆堪伯举带鸽圭，伦敦大主教捧经，文柴斯特大主教捧圣酒，艾里大主教捧圣饼。以上各员，均有随侍代为持冠。

十一点四十五分国君入，戴紫绒宫帽作  形，戎

国王入堂

服罩红绒绣金氅，尾长约丈，左右勋爵六人提曳。左随杜哈木大主教，右随巴他与卫拉斯大主教，后随勋爵文武大员廿馀，各司其职，执有金棍银棍诸物。门内左右预立执事十人，执旗掌剑，为信官支应等。再卫队武官八员，护卫二十名。当皇与后入门时，经本堂人唱祝赞耶路撒冷（耶

28,7,6

稣葬处）诗。王与后皆直入，登经台。各命妇于君坐台右各椅分坐，坐宫官于台左右之阶上，馀各员分立各所。

皇与后少坐，乃跪座前椅上，默祝数语，起而转立正东。后大主教、主教、大法官、内大臣及总管地方各官，分立于西南北三面，齐向堂内众人高唱云：“谨请诸君静听，今将本国实当继位之王埃达倭引至众前，诸君既来恭贺，愿否一律奉行？”于是通堂欢呼：“上帝保佑埃达倭王！”用达乐从意也，遂谱乐一成。即主教等将所奉之圣经、金盘、圣酒各件捧置经台上，皇与后改坐南向北。凡各勋爵之手捧御物者，皆至台前交主教转放之经台，惟剑则不献。于是皇与后再跪，二大主教立诵祈祷文一巨篇，一主教读祝文一篇，一主教读《遵天道爱民如兄弟》文一篇，此后诵圣经。皇与后率众立，再读信教道文一篇，众仍立。读毕，别一主教立东北角讲经台讲解一段。皇自登台即免冠，至是始仍戴其紫绒帽，同后坐于南面，通堂众皆随坐。皇前右立杜哈木教主，后立捧剑各大员，左立巴他与卫拉斯教主及各内大臣。后之左右各立一主教，其曳皇后氅尾及各命妇皆立于后。正北坐大主教左右立各主教。

上帝保佑爱德华王

经诵毕，大主教立起，步至皇前问曰：“我王愿立誓否？”曰：“愿。”于是王手执书一本，大主教复问曰：“我王愿否诚心发誓，按照议院法律及他规例，以治英、爱及各属地之民？”王曰：“我诚心立誓，概行遵照。”大主教三问曰：“愿否自秉主权，按例以慈心惩治一切？”

大主教问愿立誓否

曰："愿。"大主教四问曰："愿否遵上帝之法，执守王权，信经内之真言，敬守耶稣圣教？愿否谨守英兰教堂之规及英兰按律所定之理法教法以及治法？愿否保存各主教教士等照例定给之权利？"曰："以上各节，誓皆照行。"言毕，立起至讲经台旁，跪于阶上，手按圣经，誓曰："今日在此所誓各节，自当照作，永远存守，惟望上帝佑我。"言毕主教捧来笔墨，英皇口亲圣经，受笔画押。后皇与后皆跪听大主教诵圣诗，诵毕又祝云："自来上帝以油傅作明君圣僧贤人，以教化治理愚民。今上帝派治此地之埃达倭，谨傅以此油，保护圣明，使为此地之主。更愿其体健神聪，敬畏上帝，享寿无穷。"言间教主手抚油盘，祝毕，作乐唱诗一次，唱有"上帝佑王"、"王得长生"、"永寿无终"各辞。

跪按圣经诚心发誓

唱间王起立，内大臣去其绒冠，脱其红氅，引至正中，坐于前王埃达倭之古木椅上，东向，座前置跪椅。坐定，四爵臣将金花长方绸盖，各执一角，罩王头上。惟时本堂首牧师由圣桌上取下金盘暨匙，倾油于匙，呈主教。主教先以油敷王头，乃曰："自古君王、教士、名流皆经抹油，今故以圣油傅君头。"再敷王胸，乃曰："以圣油抹君胸。"复敷王掌心，乃曰："以圣油抹君手。"头至胸及左右手成十字形，敷后并云："索娄曼经教士萨多及贤人那坦皆抹油而成王，今亦抹君以即位，奉天之命，位称君父，称国主，来此以治斯民。"言讫国君跪，主教复祝云："我教耶稣为上帝之子，上帝傅之以油，称为当时人

行涂油礼

28,7,6

中之圣。今以圣油傅我王之头及心，畀之以权，助以上帝之灵，而使人民富康，奉之以诚。愿我王公正聪明，奉教虔敬，久治此荣耀之邦，永享升平。”

祝毕，王起，回坐古椅，移去绸盖。王改服金袄，腰束金带，本堂牧师取刺马距授内大臣，内大臣执跪王前，向王足后比作安插状，既仍放之圣桌。其世爵之掌国剑者，递于内大臣，内大臣转递主教，主教接置圣桌，因祝曰：“吾众敬聆，谨求上帝，保佑国王埃达倭，佩此剑，弗枉用，但为天使，以赏善罚恶。”言毕，他城各主教，同将此剑奉递国王右手，其主教复云：“现由我众奉交此剑，王其宝诸。”国王立起，内大臣为之佩带。国王坐，主教又云：“请掌此剑，镇止罪恶，保护教堂，养育孤寡，复兴物之残弱，保守物之已兴，惩治劝化不善者，成全已改过者，统望振作威德，诚心奉教，在位一生，永远无已。”国王立起，释佩剑置之圣桌，回坐古木椅。某世爵爰取下国剑，去匣执立王前。

行授剑礼

王立起，提氅尾官递金氅于本堂牧师，加诸王身，内大臣为结钮。王坐，主教递日球十字于王，继祝曰：“受此长服与十字日球，乃上帝赐以知识智慧，威势权衡。着此长服，示以公平。服此外氅，示以救援。迨视此日球在十字之下，则知地面之人皆属上帝。”既而王交日球十字与牧师，送置桌边。主教再取戒指为王纳于右手无名指，随祝云：“授此戒指，以明君位，以守教规。今日肃然受此君位，承袭天业，永保荣华无极。”此后牧师取十字圭

继授十字
授戒指等

与鸽子圭交主教，王着手套，主教先呈十字圭于王右手，随祝云：“受此御圭，以明公正。”再以鸽子圭交王左手，又祝云：“受此慈爱无偏之圭，一切教导施行，概由天助，鼓心毋怠，怀养公平，惩治凶恶，以正平之道训导人民。”

最后加冕

言已，至圣桌前一举王冕，即安桌上，乃云：“叩谢上帝，今日赐我王埃达倭以全金之冕（王闻此语一鞠躬），冠于其头，张其威仪，以振通国。”国王乃回坐古木椅，牧师捧王冕随主教至王前，主教转接，为王冠之。即时作乐，通堂欢呼“天佑国王”者再。同时，公侯伯子男世爵亦皆冠其冠。主教又祝曰：“敬秉天意，遵守天道，康健勇敢，禄寿永茂。”继而通堂复行欢呼祝颂一次。牧师取经于桌交主教，主教转递国王，并云：“我国仁君，今奉上此经，为天下什袭之至宝，内皆上帝之默示，即人间之定律。”言毕，通堂高声祝嘏一次，词句甚长。祝已，主教复转向众曰“今各教士世爵萃集，成此大典。众遵天命，奉此君王。互存忠心，太平安康，永乐盛昌”云云。王乃移坐十字中台上之座，二主教及他掌剑世爵辈随侍左右，复作乐，唱诗人随唱一长篇。

大主教扶国王即位

既主教扶国王即位，各世爵大员，凡执掌御物者，立于台下左右。大主教乃立王前，曰：“今后固守宏基，奉天之命，由我主教等赞成。我等愈近圣台，愈见尊位之巩固。我等为天使，循理扶王即位，自当永垂万纪，如日之升，上天明鉴。”是后太子王公辈行朝拜礼，先是大主教

28,7,6

跪于王前各报职名

跪王膝前，他主教跪于左右，陆续各报职名。大主教曰："堪特百里大主教茀来得立等，必以忠诚报效王前，以及英兰并爱尔兰承嗣各王，至奉命管理之地，自当诚心保守与教堂同，敬求上天垂佑。"言毕立起，口亲王左腮，而后下台。继太子免冠跪王膝前，其他王爵亦免冠跪己坐次，先后报名。太子报："卫拉斯王兼公爵为王一生忠心膀臂之人，永怀尊敬，奉以笃诚，生死永保本国，敬求上天垂佑。"于是太子及各王逐一立起，先以指弹王冕，再以口亲王左腮。此后公侯伯子男班首逐一上台跪王前，礼节与太子同。再唱诗一节毕，鼓吹作乐，通堂又齐扬言曰："上帝佑埃达倭王！长生埃达倭王！我王寿履无疆！"

王后加冕

国君礼毕，皇后立起，跪圣桌前，约尔克大主教祝云："上帝为百善之根，群众敬求保佑我后体健安康，愿我后懿德虔敬，为通国之规模，上天垂佑，福寿长生。"皇后复移跪于圣桌与古椅之间，四世爵夫人各执金花盖帐之一角，大主教倾圣油少许于后冕，乃祝曰："傅以圣油，以迓天庥，永保无疆，皇天眷佑。"继纳戒指于皇后右手之四指，祝曰："受此戒指，为信实之凭，上顺天心，永保兴隆。"祝毕，双手为后加冕，祝曰："受此贵冕，欢乐且荣，上天恩惠，永保贞吉。"后既加冕，世爵夫人亦各戴其冠。继而大主教将介圭交皇后右手，带鸽象牙圭于左手，祝曰："皇后阿来三德亚，修以六德，恭敬虔诚，上帝施恩，品位尊崇。"二主教扶皇后登十字中央之台，过皇前时，皇后向之请安。

既入座，主教复读劝济文云："谨请圣明，光照四方。作循天理，便民颂扬。世上良民，富者当施，存有盈馀，用享长年。"复鼓风琴，楼上和之以诗。主教又云："凡我祷祝之人，来此势等焚香。"举手示众，如晚间祭享。尔时皇与后皆将圭杖交侍官，步登经台，脱冕跪椅上。主教由台后贤埃达倭殿取面包一块，圣酒一杯，盛以圣盘，奉递国王。王交主教，供之桌上。主教又云："以此供奉，诚谢上帝，埃达倭王蒙派，得供其职。"继由内大臣捧金宝一锭，重一磅，跪递国王，并圣帐一方。国王转交主教，供诸桌上。皇后亦供圣帐一方，金马克（德金钱名）一枚。毕，皇与后皆移跪二蓝缎椅前。

面包与酒

主教复立言数节，一为同教之人祝祷，二为劝众诚心奉教，三为自请恕罪，四人能悔过则上帝赦罪。言至耶稣已卜将死之前夕，称谢后将面包割分众教徒曰，食之，此即我为尔众所失之身，念之莫忘等语时，主教皆手举圣盘，割开面包，及手抚面包。又言及夜餐后耶稣举杯与众曰，饮之，此为我新约全书之心血，用以救护尔众及他改过之人者，永记遵此而莫忘等语时，主教复亲手举杯，并手抚各杯之有酒者。皇与后复移跪圣桌前，主教奉面包与王曰："此即耶稣赐我王之身，知其身魂永生，接之食之，记其死为救我，诚心谢其慈仁。"再则本堂牧师奉以酒杯，并云："此为耶稣之血，用以守护我王，其身魂长生不死，饮之，记其救我，谢以虔诚。"礼毕，皇与后顶冕执圭，退登座。主教又云："上帝在天，普视地面，今

主教宣讲

28,7,7

日赐以面包。我恕他人，上帝赦我，并非引诱骗惑，实系救出凶恶，其权在天，岂仅万年。”继复诵祷一篇，歌祝一篇毕，主教又有“上帝之心一视同仁，尊敬上帝并主耶稣，永存虔诚永远随护”诸语。既掌剑各世爵及主教辈，先引国主入南门，次引皇后走北门，同进贤埃达倭殿中行礼（所行何礼未详）。

礼成，皇与后皆披红绒氅，戴冕执圭，文武各官前引，循旧路出堂。于时鼓吹作乐，内外欢呼震耳。各人亦由原来之路出堂登车，沿途左右各营兵丁依旧鹄立，巡捕弹压，整齐无哗。惟每过一车，左右看台上之男女，皆免冠摇巾，欢声载道。抵使馆已未正，值骤雨一阵。是晚通城街市、人家、铺户、公所，皆悬五彩灯，成千累万，灿如列锦。煤、电、油、蜡、无罩、有罩、玻璃罩、花纸罩、十字、王冕、金星、国旗、橡叶、ER二字、灯形各种，悉数难罄。尤繁华者，第一在老城内美尔衙门、伦敦银行一带，次则特拉发戛坊及帕玛、贤翟木司、庇喀的里、利贞、白堂各街，江面各桥，沿江西北两岸，逐树悬挂，五色陆离，贯珠累累，银海为之生花。因夜间男女游玩拥挤，官定是晚戌初二刻至翌晨丑初禁车马来往，其路上行人须右首向外，如行车之上下轨，并禁缘街叫货出售物件饮食及暗用小激筒、鸡翎、铜啸、纸片、纸星等类，免致伤人滋事云。 ［八述奇卷二终］

礼成出堂

热闹繁华悉数难罄

光绪二十八年七月初七日乙丑，微晴，凉。闻英君昨由卜静宫莅西敏斯德大教堂，车马分三起。甲起国戚：前

昨日出行车马队列

引有乐兵两队，马兵护卫、生卫步队、御前护军等；第一车，梅林堡公夫妇，堪卜立址公长公主阿丽姒；第二车，希腊王爵安得禄祝尔芝，巴坦堡公主艾莉姒，暨王妃绿衣姒；第三车，巴坦堡王爵墨里斯柳浦阿来三德与夫人藕哲宁；第四车，阿盖阿巴尼二公夫人，鲁麻尼亚太子与妃；第五车，舒隋芝霍斯田王与妃维克兜里亚敖古斯达克立坚，宽诺公郡主芭蒂夏；第六车，宽诺公夫人、郡主玛戛蕾，海溪公司巴他公；第七车，丹国太子司巴他公夫人，布鲁斯王爵汉里夫妇；第八车，得福公夫人，富艾茀公夫人、郡主维克兜里亚，丹国公主墨达，随有御前马护军两队。乙起太子：前引有太子马队护卫；第一、第二车，皆御前大臣命妇等；第三则宫车，太子与妃乘之，亦随有马护军两队。丙起英皇与后：前引为将军高文思领马队护卫，水师提督朱其门领水军一队；后车四，皆各世爵内大臣及命妇之伺候王与后入堂行礼者；车后印度各王爵勋旧及各武官，乘马缓步前进；再则义兵、炮队、乡勇、水师、印度兵、属地兵等，按部而行，各有将帅副参游守前牵后督；又马步御林护军及各王公乘马，列队分班前导；末则宫车，王与后乘焉；车后宽诺公及他各勋爵王公将帅侍卫内大臣等，乘马带马步御林军拥护，前后一律严整。八马驾王宫车，六马驾太子宫车，马皆一色。车左右随行宫官，平金红袄执长矛者四；御人金衣黑绒帽，左四骑马上，右四牵马，环步行。他车或双马四马，色黑。王之车遍饰金花，顶上立王冕。

“将帅”之帅原作师

28,7,8

初八日丙寅，晴凉。英君加冕日之早晨，余朦胧之际，闻炮声隆隆，在西敏斯德堂时亦然，今知为声炮之礼。日出四点三十分，伦敦台四十一，海岱囿营中二十一，是为请君安。午初，王出宫，伦敦台四十一，海岱囿营中二十一。午初一刻，君至堂门，如之。午正五分，君加冕，伦敦台六十二，海岱囿四十一，是为贺喜。午正三刻十分君出堂，一点四十分君进宫，两次炮声亦如之。前后声炮计四百一十二。 礼炮

初九日丁卯，晴。英君加冕日，调马步兵及水师炮队应差，共一万四千，分扎六处。堪兴坦园三千，利贞囿四千，巴苔溪囿一千九百，鹤泗楼镇一千一百，狼狈宫二千七百，贤卓志斯校场一千三百，其大小武官有五千一百员。

初十日戊辰，晴。数日前骚斯倭镇府署首绅赖得满上书于王云，礼拜六日行加冕礼，次日礼拜，此两日若各铺皆休息，与贫民不便，恳王施恩，另旨遵行。内廷回信，准如所拟。此日民有不便之处，自当听便示知，凡有关碍各闾巷，禁止关闭，以表国王之仁爱云。 民有不便自当听便

十一日己巳，晴。闻英王冕上所铸之金叶乃地椹叶，官员衣上所绣之金叶为橡叶（地椹叶主威严，橡叶主平安）。其圣酒与面包，皆始用于千九百年前。面包洋名卫佛尔，即华人入教时所谓之吃教饼。圣油系五百年前，始自犹太。又刺马距为前英王埃达倭所创，故此时仍有一对金者，与王比佩之。其古木椅，即前王埃达倭用以即位 地椹(草莓)

古木椅与乌石块

者。其椅下有乌石一块，据云本为苏格兰各王于即位时坐之者，六百年前英兰夺来，故于每王加冕时置诸椅下坐之。并云天主降生二千年前，有扎高卜者游倦，枕此石，梦登天梯见天神。故王之即位不当者坐之，石必作声为警云。

百零三岁之老妪

十二日庚午，白昼晴，入夜微雨，凉。英君加冕之数日前，有海艾街第十六号住房之老妪莫尔甘年百零三岁者，奉书于后云："曾经仰瞻前君主维克都里亚及前王卓志第四之加冕，于今尚望稍得馀年，能见埃达倭皇第七及阿来三德亚后之加冕，何幸如之。"至本月初四日，后令宫女柯诺丽代答云，"柯小姐奉谕送与莫尔甘妇茶叶一匣，茶杯一个，以作加冕之纪念。皇后并愿莫妇长生，瞻此盛典"云云。闻该老妪竟于昨早身故。

英峡水面阅看兵船

十三日辛未，晴暖。按例，国君加冕后数日，在英兰正南司比台海口外英峡水面阅看兵船。前于五月中曾调集若干只，后因加冕无期，遂多分驶各处，或守海口，或去巡行。至今乃由附近各处，凑集大小新旧兵轮一百十五艘，近北岸先列四行，再南另四行，两长两短。第一行二十艘，中一空地，为国王"维克都里亚阿拉柏"船停留之处；其左右为各国派来贺喜之兵轮，内有日本之"高砂"（土音塔戛撒勾）"浅间"（土音阿萨马）二艘，皆新式者。第二行二十三只，皆国家派雇之商轮，为载各国公使夫妇子女及本国大员夫妇子女者，两短行各十馀只亦然。正西另横两小行，各五只，亦皆商轮，统式作

28,7,13

形。其他轮渡大小，往来甚多。

数日前具帖来请余及金氏与荣骥，内称八月十六日（即今日）在司比台阅兵船，请于早晨七点四十五分由倭特路车栈乘车，至骚桑屯海口坐“喀赛之”轮船前往。盖由伦敦往者甚众，凡有请帖者，皆叙明何时走何路，并车费若干。且车票不能临时买，须三日前由他处买办。车之往来，在各栈先后十数趟，有快有慢。又官备轮船不仅一艘，故帖上言明请登何船，以免乱上，人数不均。今早卯初睡起点心，辰初偕内人带荣骥及马清臣、陈安生，乘马车至倭特路车栈，登车即开。巳初一刻抵骚桑屯，下车上船，船虽式旧而极大，亦英公司PO行者。巳正一刻展轮，出口东行，过敖斯贲老王宫及新树林（虽名曰新，然已四百馀年矣）。午初船上早餐，男女数百。至外达岛北之考斯（即前英王往养病处）小海口外，遥见英君之“维克都里亚阿拉柏”船在彼。午正至司比台，乃在四行兵轮间缓行穿绕一周，作 S 字形，末至各国兵船之南商轮行内下锚，地在御船之东南，前对日本船，左右与后皆商船。时已未正，在上午酌。

司比台（果斯波特）

外达岛（怀特岛）

各船桅顶，满挂花旗两行，单桅者作 ∧ 字形，双桅者作 ⌒ 字形，以明庆贺。继而御船自考斯驶来，兵船同时各声炮若干，作敬接之义。御船亦在各行之间缓绕一周，每行近一商船，在上之官民皆欢呼一阵。申正二刻，御船游毕，停于所定之处。后各商船陆续生火，展轮驶回。本船亦开，缓行，在上茶点。酉初至骚桑屯，船行虽慢，因进口稍未着意，应转未转，船头触岸，碰碎巨石一块，船头亦伤。当时男女咸立船面，以待上岸，因而跌倒大半，妇女居多，座椅亦多滚倒者。船傍岸，搭跳板，齐步至栈房，分路登车，少待即开。戌正到使馆。

十四日壬申，阴雨，凉。昨晚坡兹茂斯海口（地近司比台，在其东南），大小闾巷，人家铺店，满悬灯彩，与伦敦同。水面兵船，皆自亥初至子正，斗放五彩起花、爆竹、火球、火箭、花雨、电星等，水陆观望之男女以万计。又看兵船者，除经官请者外，欲观者亦可买商船客票，每张十先。其在岸上者，以坐马车为第一，每辆价由十先至镑零一先。昨晨由伦敦至骚桑屯之火车价，人出一镑，皆头等也。

铁炮台三势极雄壮

十五日癸酉，雨。英国司比台或坡兹茂斯海口南正面对法之哈伍海口，此口北为坡兹茂斯村，南为外达岛，东南面之赖达庄，两面临海浅处，有铁炮台三，作  三星形。台式皆圆，上窄下宽，直径宽约七丈，高出水面约五丈。台四面横分八圈，每圈节以黑黄二色，节节见方，圈圈错置，以使远望者不易辨其炮眼也。其式大概如此  。三台中之北面者名司比台，稍东者名霍斯，正南者名诺尔曼，势极雄壮。至建自何年，未闻。

十六日甲戌，阴雨阵阵。闻前当英君患病时，宫中昼夜伺候扶持之二女仆，一名韩奴，一名傅莱哲。迨君病瘥，出宫赴考斯之前一日，上乃亲口面谢，各赏一物。皇后与太子妃，亦各赐多物。又通宫男仆兵卫等，各得一铜

28,7,17

质加冕宝星云。

十七日乙亥，晴。前者英君在教堂所用之王冕、圭介、宝剑、金盘等，皆前一日始由伦敦台中以宫车取来，自台至堂，车之前后，路之左右，咸有官兵守护。入堂后虽交堂中牧师教士严密收藏，而堂外四面依然列兵，昼夜把守巡察。自加冕后，堂中一切不移，自初九日起，除礼拜日外，限七日准人入内瞻仰。进门买票，存集来款，别作善举，入者前两日每人五先，第三日二先半，后四日皆半先。每日巳刻开门，酉正关闭。来者男女，当门未开时，在外与在戏园同，不得成群拥挤，乃排串而立。入则鱼贯而入，出亦鱼贯而出，出入皆有定路，不准止步，亦仅随行一望而已。 王冕各物展览七日

闻第一日入共五百三十三人，进一百三十三镑五先；次日五千三百六十一人，进一千三百四十镑五先；第三日一万一千八百零六人，进一千四百七十五镑十五先；第四日二万零四百六十九人，进五百一十一镑十四先半；第五日二万三千七百六十五人，进五百九十四镑二先半；第六日一万六千三百二十三人，进四百零八镑一先半；第七日一万八千六百五十人，进四百六十六镑五先。以上统计，来者九万六千九百零七人，进共四千九百二十九镑八先半。来者女多男少，不仅城内之人，竟有数十里外者。至末天闭门时，尚有欲观而徘徊于二三里外者二千馀。并闻第一日有老妪年近八旬者，囊中仅馀二先半钱，因来自远方，姑亦给票放入。 观众十万

三十年来车式之变

十八日丙子，晴。三十年前，英国各世勋及驻英各国公使，每入朝会，皆坐宫车。其车铁条高，御者前坐长高方凳，罩以彩缎，下垂作形；侍卫并立车后，双手曳皮条；御者并侍仆各戴饺形长黑帽，短袄短裤，高白袜，亮黑皮靴。其各世爵者，尤属华美，工既精细，彩画亦以上色；凡本家之世号旌旗剑戟之类，无不显著于左右；车顶四角，饰以该爵应戴之冠翎。近来概行改用双马乌车矣，自今春因国君加冕大典将行，各世爵咸将旧车重新，一为以重大典，再为皇家赏视也。闻在贤翟木司街，有胡珀尔制造官车铺，前于西千八百三十年，曾为伯爵柯拉万制造一辆，以备入朝，今即与之更新；现复为玛柏娄公造成一辆，价值七百镑，按时价合库平五千六百两。

一车造价五千六百两

十九日丁丑，白昼晴，入夜雨。或谓英君加冕之期游人众多，为时且早，凡城内乡间者，皆不得在家早餐，故凡在热闹街衢出售饮食各铺，皆须盛备两日所需，尤可利市三倍。闻在庇喀的里街之毕乃斯特店内，每日预备食物足供万人，并备精美食物竹盒，可敷两千人之用，每中盛物足饱十二人，以便台上观者不离座位也。至其所储肉食之数，如牛肉三万三千六百斤，牛舌三千个，香肠千斤，冷荤千斤，糕点三千斤，牛肝等千斤，鹌鹑千一百，铁雀一万二千，火腿五百盘，牛肘一百，鸡五千，冰乳两万分。特邀厨工一百五十，堂倌六百，刀叉杯盘五万分。所备者如此，至所售者如何，未之知也。

香肠千斤千原作十

二十日戊寅，阴，入夜雨。敖斯贲旧宫为英君之私

28,7,21

产，地在外达岛之东北隅，原为老君主维克都里亚所喜住。自去岁君主薨于是宫，后遂封闭，今君不忍居之。昨于加冕之期，新任度支院大臣巴乐佛，奉谕将敖斯贲宫内各楼房庭院，除历来君主所住各间外，皆作为水陆各官之身体残废以及因病或因受伤而体弱者退职居住之所，便其休息调养，以乐馀年。

旧宫用作荣军休养

二十一日己卯，晴暖。英俗每年四月初第一礼拜某日，有场赛马大会，名曰德尔贝，乃百年前世爵德尔贝所创也（见《航海述奇》）。按历来讲求善养之法，何以使其体壮善走，马厩如何净洁整齐，皆属养马者之常规，无须琐述。惟此专备赛跑之马，畜法异众，乃昼夜需人喂饮刷洗，按时而操练之。如每早卯初二刻唤醒，燃灯，喂以净料两把，继而通身覆暖毡，拉出马号；至辰初主人乘之急驰三四里毕，看马人拉之慢行一小时，以使马得清肺，血脉运行；后再疾走三里，以生肌肉，时值辰正，缓行回厩，则厩中一切已洒扫收拾矣；拉入后喂以雀麦与草，至巳初则刷洗之，速洗即擦，以免受病；后由巳正至未正，皆使休息小睡，申初拉出遛行，以生元气，申正拉回，再使小睡；酉初喂饮后，主人擦掌抚其周身，察有病否，察遍无病，乃备妥一切，使睡终宵，至明晨卯刻，再行唤醒。如此纯心善养，以冀将来一跑，得获千万金也。

赛跑之马畜养之法

二十二日庚辰，晴暖如昨。闻本年德尔贝场赛马获胜者六匹，第一名东喀色尔赢七千五百十镑，售以一万四千镑；第二名班多尔赢一万七千五百一十七镑十先，未卖；

赛马赢金与出售价

第三名敖门得赢二万八千四百六十五镑十先，出售一万二千镑，即时转售至三万一千五百镑；第四名敖尔木赢三万二千五百二十六镑，未卖；第五名苐苓佛克斯赢四万九千零九十六镑，售以三万七千镑；另一匹名西敏斯德公者虽未赌钱，亦卖以二万一千零五十镑。以上非各马主对赌，乃马主与旁观者赌，而各旁观者又彼此互赌，如白鸽票，虽不识马之好歹者亦可赌，当时得失由十数先至数百千镑者亦有之。其他详情容再述。

二十三日辛巳，晴。西人于格物化学中逐处冥搜，冀出新材奇法，先得名而后获利。闻有英人卜曼，伦敦之一营造师也。创为电线传送图画、减笔字、摹真笔迹暨人之小影，达于电报局，经验不差。此法若盛行，其人必成巨富。

二十四日壬午，晴，戌初细雨一阵，雨后仍晴。伦敦客店向皆朴素整洁，地毯罕有用价逾三先一码者。迩来不惟店数增至百馀，而且处处奢华，楼房高大铺陈，装饰无不鲜明悦目，地毯咸用十八先或一镑一码者，杯盘桌椅等件亦皆穷极上等。乃本年春季生意拮据，贵客满住无多，竟有店较上年少获三四万镑者。或谓英京固一极大商埠，侨居人众，而其客少之故，一因老君主之丧，再因天花之传染，并因兵事未已，多不进城。至西五六两月，为英君加冕，客始渐多。按各店之用人、电灯、煤火、税费，终年无论住客多寡，永当一律，靡费照常。曩昔之投寓者，若上等，仅择一洁净卧房、饭厅、客厅、烟室足矣。乃自

伦敦客店

28,7,25

各店互夺生意以来，竟将客之身价抬高，现之投寓者必挑捡各房，概须高大华美壮观，倘不照样供给，则此栈即须冷落一边。然光顾者又不肯慷慨破费，自军兴以来，进项较减，诸物昂贵，昔之饮十五先一瓶之香宾者，兹只饮茴斯几米酒及搜大碱水等类而已。虽云如是之迴迫，惟见大店日增，而无一关闭者，其实情不得而知也。

茴斯几（威士忌）

搜大（苏打）

二十五日癸未，晴暖。闻有义国热诺瓦人濮洛布者，新创一种泅水救生衣，造以印度古米，前中开襟，易于穿戴，脚下坠以重石或铁。平时泅水，半身可立水面。衣外有兜，以盛灯笼、火柴、饮食、号筒以及备抗大鱼之器具等。初次试于该处湖中，其人酉正投水，子正始行浮出。据云，伊将在彼朝夕试验，俟一月后顺流至法国哈伍海口，水中勾留两礼拜，然后来英海边演泅，便人观看，以张其名。

古米（橡胶）

二十六日甲申，晴。闻前于英君加冕之期，不惟在各游人稠密处备有治病棚，以防人之跌倒晕迷，以及着凉受热等，且在西敏斯德教堂中，备有收洗胎产之器具人工两分。其故，盖有二世爵夫人，当时已怀孕九越月者，恐在堂呱呱产下也。西俗无忌，人亦强壮，更赖道途平坦，车不震动颠仆也。在中国，少妇怀胎四十天即不敢远行，愈后愈觉羞吝见人，临产人多闪避，况在大庭广众之中乎。苟此二妇，恰值国君加冕之际，红血荡流，嗷嗷座上，不知通堂如何作法，群往扶持耶，抑或群相驱避耶，殊难预料。

对待孕产态度不同

二十七日乙酉，镇日阴晴细雨不定。记伦敦邮政局，自去岁四月一日至本年三月三十一日，一年内共收大小四十万万件，共进千四百四十六万五千八百七十镑。内除费用人工路脚一千零四十六万六千五百一十九镑外，合赚三百九十九万九千三百五十一镑。又所收信或说帖中，有因人名住址不清不能送到者十兆，于中又有有财物而无主人名姓住址者三千七百八十二封，更有八万五千六百四十封之未保险者，共失去实金一千镑，汇票六千镑。各信局现共雇用男女十七万九千二百人，内幼女三万八千名。各工人中女之患病者频多于男，大概计之，男在十之六，女则十之七。在伦敦城内，女病速瘳于男；乡间女子不惟多病，而且病多日久。上年女工中出嫁者二百一名，其至大者二十七岁。由此观之，是信局中之女工出嫁，较他处佣工者稍迟云。

伦敦邮局

二十八日丙戌，阴雨。闻迩来智利国新定一例，乃凡在戏园及他游玩之地，皆不准出售各种烈酒，及在火车栈与车上亦然。沿街遇有酩酊之人，即捉收囹圄，限由三个月至五个月。又凡一家之主，或父或夫，有因酒醉不善养育妻子者，则其家中不居何人皆可具呈控告，审实则收监，罚由三个月至一年不等。

禁止酗酒

二十九日丁亥，阴雨阵阵，暖。和兰国向有代人娶妻之俗，届今未改，称曰普洛克奚（义即代办）。闻在南北美洲中间，大西洋近巴拉怪，有和属地库拉搜小岛人名黎得尔者，原定上月中旬完姻，奈届期黎在纽约因故未回，

28,8,1

遂经土人乃格伦者在彼代娶，后携赴纽约移交黎得尔。或云乃格伦系一鳏夫，曾经代充新郎已五次矣，是亦另种生涯也。

八月初一日戊子，阴晴不定。西人好洁，最讲卫生之术。泥垢飞扬，气味熏蒸，于人呼吸无益，行动不宜。于是各国洒道清尘之法，咸用机器车喷净水，借堕尘器。前者，有谓改用海中咸水，能驱炭气，可结泥为块，久则地面坚凝，虽有大风，不至扬尘，既得窗明几净，亦无扑面之虞。是为清道之中，仍寓卫生之意。然城距海远，水来不易，未得兴用。闻近日美国人考得，以煤油洒道可以压尘，为日既久，日光曝炙，则细泥反相凝结，坚固如石。盖煤油质本黏腻，调和土浆，一经日晒，其性能凝；然其气味熏人，不知格致家曾考察其味，久嗅与人有益否耳。

“扬尘”之扬原作攘

初二日己丑，晴，风，暖。西国邮政规则极严，罚亦最重。闻昨有卖鱼人艾格滋，误粘三枚用过之半本士信票，经局验出，遂按每半本士罚十镑十先，总三十一镑十先，因其无力交纳，改收监三个月。英例，大小罪犯出监，须以嗣后如何度日、以何为生报诸官，不则再犯，加倍科罚。又有出监一犯韦良斯者在街剪绺被捉，定罪收监三个月，因前次出监未报巡捕厅，加罚九个月，共收一年。

扒手收监三个月

初三日庚寅，晴，暖。苏格兰都会格拉斯勾之定规，凡遇死胎，皆有接办殓埋之人，使费十先为买槽及脚费，至葬地另付掘坑人六先。闻数日前在布拉垓街，夜半有二孩步行间，见三人抱一木匣，匣外包布，随行闪避，形迹可疑。二孩走近，三人抛匣于地而去。二孩驱前启匣视之，乃六死胎，且多霉烂处。二孩惊骇，驰报巡捕。逮巡捕到时，匣已空矣，不知何往。天明，见地有新挖处，开视内有五死胎，他一胎匿墙外。当日捉得五人，内接办者三，掘地者二，一因接而不埋，一因应埋未埋，各罚收监三个月。

初三日辛卯，晴。前者英君因加冕赠各国公使夫妇及赐本国文武员弁兵卒之有功劳者另种宝星，以作纪念。星分三等，大半头等者金，二等者银，三等者铜，其式圆扁，小于洋圆而稍厚，前錾王与后面，背錾王冕及ER二字并加冕之年月日，工不甚精，花边式同烂板。今早见新报内载，此种宝星现钱局铸成国家出售，其好脸面者可买而佩带之。其制分二，大者横长直径二寸，小者一寸。其价：金质带匣，大者十三镑，小者二镑十二先六本士；银质带匣，大者十先，小者无匣一先；铜者带匣，不分大小，统一制每枚三先。又英国金银钱之铸以新君埃达倭第七之面者，第一炉将铸成，分为两等，头等系由五金镑至一银本士，二等者系自一镑至一银本士。有好奇而以先得新君第一炉钱为快者，可致书铸钱局，按等而买；其价头等者每分十镑六先，二等者每分二镑十七先六本士，带匣外加五先。

英君加冕之纪念章

初五日壬辰晴，英男自前一千八百九十九年十月十一日（光绪二十五年八月二十五日）在南斐洲开仗，至本

28,8,6

年五月三十一日（四月二十四日）议和，共用兵官大小四十三万五千八百八十九员名，内阵亡者官五百十八员，兵五千二百五十六名，受伤及因病身故者官五百五十四员，兵一万五千六百一十四名，统计官兵共亡二万一千九百四十二员名，外有因伤或病现仍在南斐洲医院中疗治者，官二百九十一员，兵九千四百二十二名。 南非战事中之伤亡

初六日癸巳，微阴，暖。英皇与后前在西敏斯德堂中行加冕礼时，堂中本有腊典学堂。当时诸生于国君入堂时，乃齐声唱曰“威瓦蕾克斯唉达瓦得斯”，译乃“埃达倭王万寿”也。皇后进堂，亦唱曰“威瓦蕾吉那阿来三德拉”，译乃“阿来三德亚皇后万寿”也。至沿街灯彩中之ER二字，亦即埃达倭君之减笔也。以上为当日匆忙，未得一一注意记载者，今有所闻，故不厌其繁而琐记之，因亦英君加冕日中之一节事也。 腊典(拉丁)

初七日甲午，稍晴。隋初有盗一钱以上皆弃世，或三人共盗一瓜事发即死之律。西国律最严重，而无杀绞之刑，盖有所惜者寸阴，所重者钱财也，每日无寸阴不足以挣钱，故定例皆以罚钱收监为惩治，频有先判罚钱若干，不愿则改收监若干年月日，因在监不能挣钱度日，须自忖量也。闻在海岱囿中当上月花盛时，不惟失去若许朵，且伤损不易补种之花甚多，不知其偷者谁。昨经便衣看花人于西初见一人掐去仙人掌花一朵，询之名郭思远，乃利贞街北克英巷中饭店主人，义国之商民也。巡捕由马力赍街捉入官厅，官谓伊既开设饭店，必系偷花装潢客座，诚心 律最严而无杀绞刑

偷盗，作此贱行，着罚五镑，否则罚住监一个月。

初八日乙未，阴。伦敦城内除地道火车外，现添有隧道电车一行，东西铁道长约二十里，东至老城内银行丛集处之线针巷口，西至新城边之晒柏布什街，道名电车筒，因路狭而直，故名曰“筒”，俗呼秃喷斯秋埔，译言二本士筒也，坐车不居远近价皆二本士也。沿途段段有车栈，欲坐者入门买票。至第二门，有人立守一高铁扑满，坐者掷票于其中，即有人开门入一升梯，在内坐立任便，管梯人闭门，梯则下系至地道旁，开门即登车。车式与火车同，惟稍细而长，每辆分三节，各节容人十六，前后两节皆横排两行，中节乃左右竖分八椅，每椅坐二人。铁道南北两轨，往来皆每二分钟一趟，每趟连车八九辆。沿途停轮者十处，每至一处，停止不及一分，有上有下，各车前后有门，下者出车入升梯，即时上系至站房二门内，下梯出门，任便他往，无人盘问，极属便当。车每开时，管车人皆报云，此去某街某巷，以免坐人临时询问，有延分秒，乃预先提醒也。

隧道电车价二辨士

此道自三年前开办，上年工竣，始开往来，届今未及一年，获利颇巨。车极洁净华美，内燃电灯两行，禁止吸烟吐沫。车道两旁与顶，皆撑砌以瓷砖。尤可取处，较地道火车，无煤烟气味，道旁上下更无灰尘也。昨见新报内一则云，“二本士筒”车中，一年内男女之草率遗落物件颇多，计茴斯几酒二十五瓶，大小烟卷十三匣，烟具一百八十个，妇女遮晒伞三百把，男子雨伞二百六十四把，其

地铁开通的一年来

他经本行黏报出售者，为眼镜一百五十副，空钱包一百六十六个。

初九日丙申，早阴凉，酉初大雨，雷。英文参赞马清臣，前自同治初间，即来中土南省，以行医为业，曾在南京娶华女某氏为妻，生有三子一女。光绪丙子同随郭星使来英时（详见《四述奇》），其妻已故，三年后续娶法女鞠氏，复生三子一女。其妻自六月底患血症，因暂移住卜来敦海边，以避暑天而吸清气，在彼病体愈重，经血不止，延名医治之无效。今早清臣来电，谓其妻于昨夜亥正一刻病故，享年四十有一，余即覆电以吊慰之。马本苏格兰人，闻定于本月十四早，先移柩该处教堂内诵经，后运去苏岛，以卜窀穸。 述马清臣继妻之丧

初十日丁酉，阴雨阵阵，凉。二十六年之旧识英人墨蕾夫妇，原住本街，现居距文潞宫不远之艾戛木村。文潞宫总管郝木斯为墨友，数日前墨来信，约今日早餐后同游文潞宫。巳正偕内人率小儿与孙女至倭特路车栈买票登车，午初五分开，午正一刻抵艾戛木，墨以马车迎入其家，见其妻。夫妇年皆六旬，同以蓄犬自娱。十二年前，伊由中国携来草黄色哈吧狗一对，至今已孳生至十二条，各皆驯顺净洁，而夫妇亦即视之如子女。 旧识友人墨蕾夫妇

未初早餐毕，同坐马车南行数里，出其里门，入格蕾囿。又数里，至英王卓志第三之铜像，像系赤身披氅，骑韂马，头向北，右手直伸北指，马之前右腿亦前迈，人马之身，较真者稍壮，立一乱石台上，台叠石十层，高逾二

丈。此地颇高，西对宫门，中大道一条，其直如矢，长逾九里，极宽而平坦净洁，左右共古榆一千六百株，树后有铁栏，栏外为官囿，内蓄雉鸡兔鹿，禁止狩猎，此道名"陆昂倭克"，义乃步行长途也。车至铜像前转西直下，至宫前铁栏门外，复右转行约二里，入门下车，登楼会郝木斯夫妇。少坐，引观各处，因新王即位，处处刷洗更新，陈设加增。其他地位无甚搬移，古油画大小千幅，多因日久，烟尘迷暗，现雇人擦洗，按色补点傅油，以张光彩。步至正中饭厅时，先见楼下花园曰义大里园，五彩芬芳，阶砌藩溷，再遥望宫前直道，令人心旷神怡。游览毕，回入其屋，吃茶点心，少叙谢辞。墨蕾夫妇以车送至火车栈，酉正登车即开，戌初到伦敦。

游温莎宫

十一日戊戌，晴凉。英兰牛马厩村管地人麦喀弗者，曾仿美法以石油洒地，用压扬尘。乃先择地三百码长，每十码洒油一戛伦（见前），始自去岁西四月一日，当时天极干燥，乃至今年馀，并未添洒油水，而地永平净，不起微尘。是年馀之久，每一码见方地，仅费半本士铜钱，较他日日洒水，所省多矣。

石油洒地应是沥青

又日本人中川正存者上书求助，据云"客岁苏格兰格拉斯勾有万国博览会，因能英德语，遂自行往赴，本政府亦曾补助之。在彼会后，随一二日本人开杂货铺，奈事业不振，正存手存无几，且染疾疴两月，资金全尽。来此日本公使领事各有所助，而仍不足以糊口。今请贵馆大官各位，富仁慈之资，急救援他人之贫。冒陈此书，望怜眷

一日本人来求资助

28,8,12

穷之境，诚惶诚惶，顿首九拜”云云。因即付给少许，促之使去。

十二日己亥，晴，冷。前于初八日（西九月初六日）为伦敦诸生在伊苓屯宴会收领国君加冕宝星之期，称曰红字日，英音“蕾得蕾特尔代”，义乃古俗凡遇喜事皆用红墨写字，因是日为各童之喜事，故即曰红字日也。幼童统计五万一千，内本城各学堂者二万，其他三万一千，以四十辆专车由他处接来，下车皆由火车栈排队，高歌步入阿来三德宫外囿中（名宫非宫，与水晶宫同）。清风徐来，水波不兴，丰草绿缛，百鸟齐鸣，湖边列宴，湖内驶艇，岸上并有跑竹马、跑旱船及他多种玩艺，官兵镇日奏乐。食毕，美尔将宝星按名分赍诸生，于是齐声欢祝，视宝星如拱璧，纷纷籍籍，欢喜而散。 “红字日”

十三日庚子，镇日阴冷，时而细雨淋漓。三年前余在此始见有电气坐车三五辆，列在柴苓十字街出赁，式与马车同而价亦同，惟行动较马稍快。今到此，街市排列备人雇用者无，惟有富家自备，或由铺中赁用者。式改细长，车上有座而无棚，间有亦半棚。大半官定，每一点钟准走十洋里，街市往来颇多，并准入游园囿。虽云车头有哨唤人躲避，然伦敦行人稠密，恐误撞伤人等事，终必有之。现虽未闻伤人，而误行或违例者甚多。如前在倭尔赛斯得晒尔地方，一电车疾驰一点钟约行四十洋里，巡捕追赶不及，发电前站，待电到而车已过，再发电，仍未捉得，究不知其为何人。昨在堪卜立址路，有瓦达者使电车一点钟 所谓电车应是汽车行十二洋里被执，因前有案，官罚六镑。有卜鲁慈者在巴斯路使电车，快与瓦达者同，被执先罚五镑，因当时不招名姓住址，加罚十镑。又有费伊勒者在色墨屯街使电车一点钟驰三十洋里，官罚十镑。更有三人同驾一电车驰驱于乡间大路，因躲牛误撞入树梃，幸人皆跳出，而车头已成齑粉。

十四日辛丑，阴晴不定。辰正二刻率王香圃坐火车，巳正至卜来敦，改坐马车，行数里至帕米腊大街第十五号，乃马清臣赁居所也。入内见清臣及其子女，继引入别间，其夫人之灵柩在焉，向之一揖，出坐客厅。午初有舆榇并二坐车至，六人入内舁棺移车上，舆榇先行，余等分坐两马车行数里，至诺尔屯路之萨克蕾哈尔特天主教礼拜堂。先移灵柩入内，停止面台前，支以木架，上罩黑绒白十字一方。后则马之子女及马与余等前后对对而入，坐左右凳上。背后坐有先来之男女三四十，盖虽与丧主不识，届时亦可入内听经。再则一神甫、一门徒、四沙弥台上唪经，忽立忽跪，忽而请安。对面楼上鼓风琴，并有二人随时朗诵，台下各人，亦时坐时立。末乃奉丧主及同来各人一白烛，燃着，右手举擎之。少顷神甫下台前行，沙弥随后，绕棺两周，先以木枝向棺洒圣水，再以提炉向棺摇放香烟，礼节如此，其义未详，盖与洋人之视中国喜庆丧仪同也。礼毕，经人收去白烛，遂离座，对对出堂。清臣约去其住所吃酒，辞谢，乃携香圃步至海边格朗大店早餐。申初上火车，酉刻还使馆。其棺暂留堂内，定于未正载入

赴马清臣妻之丧礼

28,8,15

火车，酉正过伦敦换车，亥刻再开，明早到苏格兰，闻往送者仅马清臣率其长子。按西礼送花圈，余乃定做一圈，差人送至尤斯敦火车栈，面交清臣，令置棺盖上。

十五日壬寅，稍晴。中秋佳节，早挂国旗。酉初约众参随学生及自备资斧诸生晚酌，并赏华英各仆役。上下共摆十桌，欢饮畅谈，亥正始散。记前于西七月二十七日（中六月二十三日）英君因加冕，下谕一道，略云： 中秋佳节升起国旗

明晨为朕加冕之期，其事固为庄重之典礼，今愿宣示尔民之在本国及侨居在外并在印度者。前当朕病势沉重之际，尔众同忧，朕深感佩。惟以朕躬不预，典礼未克如期举行，因尔等庆贺情殷，殊虑与尔不便，而能安心静待，良堪褒奖。至尔百姓诚心祈祷朕躬速愈，朕亦感激。现蒙天佑，幸占勿药，得以精神复元，践此天授之重任，而继承大国之主也。八月八日埃达倭具。

十六日癸卯，晴冷。前者世爵席门因怜惜畜生起见，乃致书各报馆，以传知于通城，其大旨谓：时值盛暑，凡富宦多外出以乘凉，而遗其猫于空居，无食待毙，殊可惨也。夫猫驯兽耳，性命关乎一家之主。主人将离，须预定主见，或使速死，以免饥渴之苦；或送入养猫所，以便长生。养猫所有二，一在佛的楠街第三十六、八两号，名曰敕立收养无主猫所，或自送往，或盛以猫匣寄交亦可；一在阿盖坊之格登草舍，名曰保养猫会，送者不用木匣而用条筐亦可，车费半本士云云。 怜惜家猫

十七日甲辰，晴凉。闻今早辰刻伦敦正北稍西诺桑屯

晒尔府之开特凌城见雪，厚寸馀。又上礼拜六日将军祁臣诺在伦敦西南卫拉斯府之苇石铺城，以大小宝星分赏前在南斐交仗出力之各兵弁，通城悬灯结彩，观者辎軿纷集，往来男女如云。官场设于包威斯行宫囿内，祁臣诺乘车，有伯爵包威斯夫妇及世爵考宁光夫人相陪，到时男女迎立左右，免冠摇巾，欢呼庆贺。祁乃立陈一段，其大旨云“吾人之武操，自当日益月新，各知操练，以备战争。其最要者，无论何人，或居本土，或在属地，凡体壮操练者，遇事投营，为其本分。拒敌守护吾人世代生育之国，更当永存在心”云云。夫忠孝节义四字，按西国，义字间或有之，节字不论；孝字虽有亦仅讲在一时，故为子者不念无父母无以至今日，为夫妇者亦不思无子孙无以终馀年，意在自顾，彼此无所倚赖也；至忠字通国皆以忠为心，然尊敬君、仰慕君而不讲报答君，惟以守护邦土为念，故不以家为家而以国为家也。

将军之言

论西国之忠君爱国

十八日乙巳，早黄雾迷漫，午后稍晴凉。海岱囿南边，对阿拉柏堂之阿拉柏金像亭铭，建自光绪初间，当前君主维克都里亚之世。由地基至亭顶高一十八丈，曾费至十二万镑。二三十年来，金色黲败，金像见迷，其他白石，亦有损坏，蒙有灰尘。自前月官定修理，搭架支棚，工估八千镑，需时半年方竣。又西国养马，入夏多套以线织之耳罩以防蝇，今见货车及街市备雇各车之马首，又多戴以草帽者，帽式前空后敞，如扁喇叭。因而新报中有云，本年夏季苍蝇之所以少者，因不得吸啄马汗，故多携

马戴草帽

28,8,19

眷他移云。

十九日丙午，大晴，仍凉。两月前当英君加冕之期，各国人之前来观望者，多留宿于大店，以张豪富。斯特兰街赛西大店中，住有葡萄牙人傅利达夫妇，前于西七月十八日（中六月十四日）午后，傅妻自饭厅回入己卧室，见有不识之人在内，问以何干，答曰误为己屋，恳祈宽恕。妇云斯亦奇矣，非抛下手中之物不使去，其人即掷手巾于地而出。妇见巾中有物，追喊下楼，适有店仆迎来，阻其行。其人曰“非我也，他人也”，祈放去。店仆不听，捉入帐房，播其兜，中有钻石项圈一，戒指三，镯钏三，金带扣一，金表二，表练一，钻石袖扣发针等多件，共值千馀镑。其人名雷音，系一画戏台景致匠，住西敏斯德桥路第五十五号，遂送入白鸥街巡捕厅，惩以收监五年。伦敦大城，每日新报中所述，偷盗抢劫杀害之案也多矣。 每日报载刑案多矣

二十日丁未，微晴，暖。俄国有种不遵国教俗规之村夫，名曰多阔柏尔。义乃刚强壮士也，近百年来生齿日众。于是俄廷与教堂同行立法，而强治之。众虽入教，乃仍视教堂为无物，彼此平行，互称兄弟，不受制度，心无官长，不吸烟，不吃酒肉，及他各越分者亦不食。前于西一千八百九十八年（中光绪二十四年）请离俄而迁入他国，俄廷允准，于是千馀移入土国以南属英之赛普勒斯小岛，继有四千馀并由阔喀色斯（地在俄南界，南接土耳其，东临喀斯边海，西为黑海）来之二千馀，统约七千 赛普勒斯（塞浦路斯）阔喀色斯（高加索）

五百，移入加那他。三四年间，聚集甚众，尚皆安静。此等人既不吃肉，更将人所饲之六畜如马牛羊等皆放纵山中，因一切毡呢之类皆造自羊毛，亦不忍以之为衣。现在加那他之麻呢土巴地方者，因被教士拘执，强使入教，恐将蠢动滋事云。

私设学塾 塾原作墩

二十一日戊申，晴。英兰一岛现有私设学塾一万四千三百一十九，官学带饮食床榻者五千七百九十七，统计二万零一百一十六。按旧章，凡幼童入学，皆至十三岁出学，今改至十四岁方准出学，且无论贫富之子女皆须送入，其能自养者入私学，贫乏者入官学。盖私学教习多上等，官学教习则中等，故凡英民之能饱食者，皆愿送入私学，以冀子女学业有成，而得列入上等也。按其官学用款出自各本地之税租，如英兰官学所费，一年共计一千二百八十四万八千五百二十六镑，内六百三十四万九千八百一十一镑出自租税，他皆募化者。

私立学校与“官学”

地铁情形

二十二日己酉，微阴。伦敦隧道电车昨报云，半年之工共搭客二千二百八十七万九千三百三十四，共进十八万五千一百一十六镑，除人工费用外计赚八万二千六百镑。当国王未病之先，因奉加冕，街市闹热，于一礼拜内搭客竟数至一百五十万。又自此车开行以来，至今共搭客七千九百万，共用工人二百七十五万。其地筒中之所以清爽者，乃每夜停车后，即设法开门向外扇吹也。此车现在每一点钟往来各二十三次，拟至本年耶稣降生节前，改增一点钟往来各三十次云。

28,8,23

二十三日庚戌，大晴，暖。西国无拍花（北京谚语迷拐小孩之谓）之名，亦无迷拐之案。昨见新报中有题曰“偷孩”者，非偷乃借用也。伦敦街市禁有乞丐，男女因贫讨钱者必执一业，仍以佣工或作小买卖状，或执帚扫街，或手携物少许如火柴、鞋带、野花类，名“普娄费甚那拉贝各尔”，义为公认乞丐（伊既自显人亦明知也）。新报所载，乃一贫妇名盖里，向为公认之丐妇，因执火柴沿街乞讨施者无多，昨于某巷见一男孩独坐门外，语之以如能随行当给铜钱少许，孩遂随之。妇乃先买饽饽一块食之，复交火柴一匣执立其旁，使行人目为伊子，怜而多施舍之。经倭什巷巡捕察出被执，审孩名柯乐佛，年八岁，由巡捕送回，妇收监五年。

丐妇“借”小孩行乞

二十四日辛亥，晴暖。前于英君加冕时，有南斐洲中间巴娄兹小国国王赖瓦尼来庆贺，昨于西八月二十三日赴骚桑屯海口驾德公司船回国。前在此两次见英皇与后及太子，坐车游览通城之灯彩，并阅司比台之兵轮，一切火车、电车、气球等无不乐乘，耕种制造之法各皆学求一二，各等礼法亦学效之。如前日赴宴着礼服，乃自言，到本国后定例，国人凡赴公宴须着礼服。又置买多物，如火枪、器具、花帽、皮靴并绸缎、雨伞之属，以便回国分赠十二妃嫔。夫巴娄兹弹丸之地，蛮貊之邦也，英之所以一律看待，而不以大国自居者，盖以天下各国，其小者当时虽弱，不敢必其将来之不能胜于我也。且英初胜特及各小邦，仍以自主友邦待之，别有深意存焉。又比国王母前日

巴娄兹（巴苏陀兰）

英之不以大国自居

病殂，昨英外部来文，谓奉君谕官场为着素服三礼拜，公文暨封筒周涂黑边宽三分，表其敬故人友谊敦厚之义。

二十五日壬子，早雾，巳正晴，暖。前于西七月底，有瑞典人名安之者，擅驶空诸学。凡专此学者，洋名曰"埃洛诺"。渠曾以百镑另造一种气球，经其郡主音芝布名之曰"细林达立"（义未详）。安之率二友于前礼拜二日腾起，每一点钟驶行三十洋里，当日午后落于俄地卫立计城，距贤比得堡南八十洋里。

瑞典气球飞至俄国

二十六日癸丑，晴。波斯国王前在法京，于西八月二十九日赴朗布地方拜见法总统卢贝，还至车栈，因车尚未备妥，波王稍倦，遂坐敞厅凳上，与三等客同。总统无法，陪坐以待。次日天暖，波王在店午酌，乃脱去外褂，仅着汗衫，食毕以袖拭嘴，佻达如是，不知礼节，他国君王，未必尔尔。波王在巴里，多收土人书，有两函语颇新奇。一云"现年七十有五，馀年无几，不胜羡慕王衣之珠宝，如肯割舍一粒，则使馀生，用之有馀。"一云"前者当王到北方车栈，按鄙意所往瞻仰者，非王之尊颜，乃所带之若干箱只也，因闻各箱所盛皆金，譬若沿途遗失一箱，使我得之，则助我另设一大洋行矣"云云。

波斯国王不拘小节

二十七日甲寅，晴。昔英国募幼童当兵，派兵弁之能言者赴各城劝募，大致谓其父母不必悬念，在营诸事胜于在家，有人教导学技艺，长见识，守规模，知法律；且在营十四年或二十一年，必有积蓄可以别谋生意，云云。今别增一法，官出小书十二篇，叙入营之规，年分、年纪、

当兵入营之规

28,8,27

体格、粮饷等事，书存通国各信局。凡幼童之立意当兵者，由信局取之，至家遍读酌斟，如实情愿，再赴信局领印就投营呈子一张，自写或信局中人代为填注其确实岁数、体格，欲入马队、步队或炮队，写毕送交本城招兵官。官验其气力、身体、性情皆宜，登册候传。更有捷径，若素识某人在某营，因立意投之，即亲往登册，刻即入队操练，可免久候官传。

其入营之规，必年在十八、二十五之间，身体至短五尺四寸，腰围宽须三十三寸，旁及气力、性情一切，经营官医官考验合格，派归何队。令之发誓画押，谓“自今按例当兵，忠心报国”二语。初入营，须由家中携往者，只木梳一把，胰子一小块，靸鞋线袜各一双，汗衫一件，手巾一二块。数日后，队官查其可以造就，由官放给号衣，按营分色，或红或黑，或蓝或白，尺寸均合体。既着此服，自觉荣耀，是为国君忠义之仆。所得为袷袄二身（西式长不及胯），一薄一厚，薄者麻布，厚者洋呢。毡裤二条，官帽一顶，皮靴二双，法兰绒衫二，皮手套二副，绒袜三分，皮掌一个，手巾二条，系裤皮带一对，刀叉匙一分，剃发刀、木梳、头刷、衣刷、靴刷，及他去铜锈、净皮带、乌靴药等各一事。凡钮扣皮带等，皆须随时自行刷洗，使之洁净光明。零碎小件有须修补者，自行料理，不得报官。大件费重，不及一年须修补者，报，由官铺修补。其费则官于每月月饷内零星扣抵，俾其人不觉费多。此外每年应得者，袷袄一件，裤二条，靴二双；每二

入营以后之情形

发给衣物

年得长袄一件，又按本国天气别有应得者，毡护腿一双，厚袄一件，护肩一件，应领之军器、火铳、枪刺、铅丸、皮袋、行李、皮带等。

凡初入营，工课无多。早食前练一点钟，早食后练两点钟，午后再练一点钟，所练步武用枪各法。此外更有当学者，收拾器具，洁净整齐；收执皮袋，卷持长袄，皆须敏捷；随时兼学书读算法，并爬越各技。盖营中学堂诸生，宜时习测算文字，必能算能读能书，可应考试而后已。尤颖者兼学史书地理，并他国语言文字，盖每日午后操练毕，不愿入城游玩而立志勤学之兵也。个人每早有自行乌靴刷扫袄裤诸事，若于当晚预行料理，出营游玩者听之。即于四点理毕出营，至九点或九点三十分回营。以上各节，学习三阅月，枪法、步法、爬越等技娴熟，始入队与他兵伍。

练习内容

入队即应差，差有按日轮流者，有专行派委者，因人之聪明鲁钝。其紧要必应之差为守护，由早十点至次早十点，合昼夜二十四点钟，须有力耐劳者，又视乎各营兵之多寡以轮流。人多八九日一次，少者一礼拜，所以守护各官署也。其四面临街，则抱枪周行；仅前面临街，抱枪左右往来。计一处一日三名轮流，各步行两点钟，休息四点钟，昼夜一律。甲走毕乙接班，休息则入署中小房一间，名护兵房，可读可书，吸烟小睡并饮食，惟衣帽暨靴均不准脱，备要事来传也。此外别有轮当之小差，如每礼拜洗楼板、擦玻璃诸事，此差在早餐前可免早操。每早又有轮

必应之差为守护

28,8,27

派者，为洒扫房间，生火，饭后擦洗盘碗器皿，安置一切。凡差各有专册，既不能乱派，亦不得偷闲。

除正差外有散差。且在本身口粮外加津贴。如一营或一旗，有马夫差役等不下三十名，学堂副教习一二名，各处书手二三名，裁缝皮匠画匠木匠等数名。大城内又有营汛公署之书手、司电报人、跑报送信人、看守书库人、花木园丁以及修补道路、建造房间等工人。充武官差役马夫者，月加十先，其他多少不同，视各工艺之轻重，乃每日由四五本士至一先。应此散差，既免操练守护之重差，且外加津贴者，盖皆挑选兵之聪敏精能，学成各艺而不忘者也。学军乐须年在十四五六，其衣食钱粮与他兵同，学击鼓吹号兼丝竹诸器，以备戏园、花园、跳舞会、茶会诸所乐场雇用，因之额外得钱。在营年久，武艺乐工皆熟，可升乐师。乐器声价不同，丝竹自胜于金革，凡精于某器以赡家者颇夥。 各种散差外加津贴

英之营房高广，木地板，玻璃窗，每间容宿十四或二十名，左右列床。中一长桌，上悬吊槽，内置盘碗，备吃茶，饮汤，饮加非，又有五味架，内盛菜油、椒面、芥末、酱油、卤虾、盐、醋各物。床皆直列，卧时头抵壁。床各距四尺，旁各木架一，备立枪。壁上大铁钩三，以挂行袋、大袄、枪锥、腰带各事。钩上铁架一，备个人庋衫裤靴帽书籍之类，左右四尺界内壁间，亦可悬画及小影。各间备有公用之扫帚、布刷、鬃刷、水瓶、煤箱、铁铲、夜燃煤气灯，亥正十五分兵睡乃熄。复有大间靧面房、浴 营房生活

房，冷热水盆池布巾均备。厨房一所，各兵按月轮流充庖丁。随军铺专卖各杂货，如啤酒、乳油、乳饼、咸肉、烟卷类，价皆极廉。又有衣工鞋匠各铺，兵之能业是者，亦因之额外得钱。更有怡性房，书籍新报可观，象棋打球可戏，惟按名每月捐三本士，用偿新报各费。

营中日三饭，早七点四十分，午一点，晚茶四点三十分，每名给肉十二两，或牛或羊，面包一斤。早领一日面包及加非加糖与牛乳一大碗；午牛羊肉或煮或泡，或为稠汤加番薯，面包乃用早食馀者；晚茶加糖与牛乳一大碗，面包自备。盖每日除官给外，设不足或欲别添食物，皆购之随营杂货铺，类如生菜、乳饼、啤酒等，值甚廉。兵之应差外出者，随时为之存留。一日差既可自行携带，路近亦可为之一送。每遇黎明操演，官加给加非一碗。

日之三餐

兵登册分队，虽限如干年，仍可有故告退。如三月内有不如意自行请退，须本人或戚友代赔营费十镑。出三月不惟赔款极巨，官亦不能随意任其去留。苟其人操练有成，官必挽留使满所定之年数。凡充兵至少七年，再则十四年，多者二十一年。限内于役外国，虽逾限亦不令回。其在本国学练有成，逾五年者，亦可告归备调，或旋家，或适他处谋生，然必随时预备调遣，以补足登册以来之年数。出营候调各兵，因一年有传操演八次，及遇事被调出征各节，故每一礼拜仍得三先半之养廉。设若有限满不欲出营，或已授为兵头外委之属，亦可禀请续留，续留至二十一年限满，别有恩赏养老银。兵之因受伤等情拨归养老

当兵期限

期满恩赏

28,8,28

者，每年恩赏三镑。如已当差七年，一年可得二十一镑；已十二年营差者，一年可得三十六镑。此英国募兵养兵之大略也。

二十八日乙卯，阴凉。闻二年前有印度勾阿人（名未详）在加尔各答城库克珠宝店，阳为买客，于选择间吞钻石值七百镑者一，当时被获送官，查其嗓含有小皮袋，而钻石未见，遂定收监二年。限满释放，乃乘舟赴孟买，出售库克店所失之宝石，被人察实送官，复审定收严监三礼拜，是又欧人惩治盗贼之法。

二十九日丙辰，阴晴不定，冷。闻义王母后麻格里他现住瑞士堪司坦斯湖旁（地在瑞士正北稍东，东界日耳曼），一日乘车独游塔格尔威也村，正值驰驱之际，倏被巡捕拦阻，谓本村失物颇多。御者竭力婉言欲过，巡捕不允，随手鸣哨，猝来巡兵若干。后亦无法，述明来历，巡兵愕然，辩驳良久始放过（母后微服，改称幸他国，无知者），是又见西国巡警之权重法严也。西国巡警权重法严

三十日丁巳，阴风飒飒，凉。月前日斯巴尼亚国王母后柯立斯蒂那将去德之巴敦迎其母，路经巴里少住，适礼拜之期，晨入马达兰教堂瞻礼。礼毕，教士持匣于王母前化振济，王母忸怩无言，回顾公主阿斯土里亚，囊亦空空。幸公爵达拉巴夫人在旁，急出金钱一枚，王母遂投入匣中。又半月前德皇幸临福兰佛，乃以已用之烟卷分赏营兵，其烟卷较街鬻者稍长而粗，乃专供御用，他处无售之者，其值每枚约一先六本士，苟鬻于市当值五先零。德皇 德皇烟卷

每街游时，遇有孤独子女，辄与之言，若应付得体，亦有些物面赏，用作纪念。

支立狐（长颈鹿）

九月初一日戊午，稍晴。百日前南斐洲东北界摩非京之酋长麻洪者（土人皆回教），送英君新生之支立狐（或谓即麒麟，见《六述奇》）二头，英万生园遣陶木森赴苏丹地方之阔尔兜番庄迎取，始按站人牵北行，继以火车载至埃及傍新开河之伊斯麻里亚村，次日入轮船中木笼内，船名“孟巴萨”。初上船，二兽不食，逮过比斯吉海湾风浪巨时，蹶蹶不起，恐其惫而毙，及水平船稳，渐饮食。上月中旬至英兰太木斯江口，车载入园内巨室，比来喂草饮水，始同他兽。牝牡二兽今高九尺五寸，乃自到后日日量之，日长二分，五年后其高大可知矣。入夜雨。

偷窃之癖

初二日己未，早雨，巳初雨止仍阴冷。夫偷窃者，贫者卑鄙之行也，然亦有富而生盗心者，每有所至，意本非窃，而濒行不免阴纳少许物于怀，医书谓之少阴之性，西人亦有之。闻前英相兼外部大臣德尔贝生性好窃，一日自赴司特兰街镜铺购看戏千里镜，多不如意者，临行终放一枚于衣兜。铺知其故，不问不索，至期帐讨所值。德诧异，令铺伙入而询之，伙指谓桌上镜，言前于某月日时，侯爷由本铺带回者。德沉思少时，大笑，偿如数。

禧在明（Walter C. Hillier）

初三日庚申，阴凉，着皮衣。午后英前任朝鲜总领事官禧在明来拜，二十六年前旧交也，坐谈良久而去。今见新报内登伊苓屯区之屠户毕乐思者，妻死买棺，因小退还，换他铺做大者用之。殡后前铺主辛卜逊控于官，官断

28,9,4

棺小应令改做，既未使改做大者，则前之小者仍应屠有，值当偿。屠谓此棺于我无用，则我留此种二手货卖与何人耶？官勒令遵断，遂退堂。

初四日辛酉，阴冷。廊康坊之礼拜堂，自两月前因石栏堕地伤人，遂立架于临街三面将重修，架上横挂木牌，书某厂修理，但仅修外面，中则于每礼拜日依然瞻礼。故在堂外门架之间，左右与上皆横木板，护人出入，御诸灰尘砖石。堂名曰“敖搜”，译为众灵魂。不知此堂之门，系为生人出入耶？抑为众魂出入也？自立架至今，尚未作工。外洋迷信，与中国略异。其建筑则不讲风水，必无力陈方向不宜，时日不佳，致工头悬梁自缢者。

初五日壬戌，阴冷。见新报内载希腊王太子司帕塔侯昨日试乘电气车，由塔土艾村走峭壁入阿森（希腊都城），车极快，法不精，致失驰堕于八尺之深沟，抛太子于车外，眼边口颈受重伤。同车某官萨瓦受伤尤重。太子妃之马车随后，电车落沟，声震马逸，几堕山下。此西国少年好勇所致也。 希腊王子发生车祸

初六日癸亥，镇日阴晴不定，冷。半月前有柏斯佛村屠郭丹者，送病猪肉于伦敦肉市，官察出，判收监三月，或罚百镑。又艾赛地方有屠查里者，亦因售病猪于市，定罚四十镑或收监两月。有谓比来达尔贝一带，人之服毒或患病或身故者，多因食猪肉饼，故各处猪肉皆细察，以防受毒，英名此毒为“朴投美安”，义乃食物不洁也，毒也。 惩罚出售病猪之肉

初七日甲子，稍晴。记西国人工，不惟礼拜日休息，且作工日有定时；而各铺之工及伙，亦不令竟日立。立有公会，备坐具如铺伙之数，椅背刻字，他人不得僭坐。会中人或暗察，有越坐者罚，是为培养工人心力之意。

不令工伙竟日站立

初八日乙丑，阴雨。昨马清臣寄一谢帖，白质，横三寸纵二寸强，四周黑边宽二三分，内又银边一层宽亦三分，中横印“马格理率阖家恭谢垂问吊唁之谊”，别一页较小，外皮四周银边宽四分，内又黑边一条，宽二分，其中上印紫蓝蝶梅三朵暨一绿叶（此花洋名外欧蕾），下横印“以便爱念”四字。花属法国，其妻故法人，且西国亦不以蓝为吉色也。两页内仅银边左印“用以纪念马夫人鞠氏故于九十二年九月九日，在侯武城帕米腊街之第十五号，九月十六日葬于柯库布来镇（地在苏格兰南界偏西）之敦得兰楠教堂前”，右印二句，云“中年故去，心已如灰，如夏之尘土，烧尽之烛”。

纪念亡妻之词句

初九日丙寅，晴暖，入夜雨。英与南斐鏖兵时，一老妪有五子尽投营，英皇闻知，寄五镑并信一函云，“赐汝五镑以乐朕之加冕”。昨日英皇游乡，见一人形如槁木，彳亍而行，问以何疾，曰痨症。上即派御医治之，并遣曾侍君病之女仆侍之，因其人家贫，既无妻子，终鲜兄弟也。不意病革，数日而毙，上复遣人为买棺木，代卜窀穸。又赏德威芝村麻呢喇弄第三十号居人名吴德峨者金心银边宝星一枚，嘉其在太木斯江畔拯救老少五命。

英王行仁

初十日丁卯，早大雾，午后雾消仍阴。闻英君于今早

28,9,11

巳正，由北柏尔威（地在苏格兰西南界临海）坐专车，酉初一刻抵伦敦庆斯十字街火车栈，取道尤斯敦街、坡兰坊、汉讷倭坊及庇喀的里街而入卜静宫。其前赴海口，一切护驾皆免。此次回宫，亦谕仅用车栈各人司其所司，不得喧哗，所有欢呼兵卫皆不用，惟巡兵二三乘马随车而已。

十一日戊辰，晴暖。记东西各国皆得以宝星互赠君王，或互赐臣工。英例，文武官不得擅佩他国之宝星，必经驻伦敦所赐宝星之国之公使，代为行文外部，转奏英君，如允，给谕旨文凭，方可佩带。又凡戴宝星，固皆正面向前；或谓自新君埃达倭第七即位后，凡维克都里亚老君主所赐之宝星，皆当面向内而背向外佩之，义谓母子不便并立也。

十二日己巳，阴。数日前伊苓屯区有人名柯洛里者，御一韩色木车，驰疾触倒电灯，车翻跌伤腿。巡捕捉入官厅，审其人曾窃趟子车一辆，马两匹，此车亦窃来者。当日午后，在庇喀的里街，见道旁一韩色木车，御者不在，而有一卖新报孩立马前，盖车主因故暂离，令人代守。伊乃掷一铜钱于孩，曰我去工夫未久，遂即登车驰去。仓卒不及知其是否车主，更不记车主之相貌，因其装束与车主同。窃驰至无人之地，竟将号数六改八。经官后审定先收监三年半，满后加收巡捕房二年。 盗车之贼

十三日庚午，早晴，午初细雨一阵，雨后阴晴不定。申初瑞典文士倪斯妥来，素发垂颈，神观爽迈。坐谈间

来谈志刚访瑞典事

谓："前随志、孙两星使至敝国京城，有三参赞，一联芳，一凤怡，其一不记姓字，彼时住日无多，而相得甚欢。闻联君升外务部侍郎，已作书致贺，谅早接到矣。小儿现充贵国山西格物教习，阁下想必喜闻也。"啜茗两杯辞去。

中西风俗之比较

十四日辛未，早大风，阴，午后雨，雷。天下各国风土人情，有迥异者，有相同者，有迹同而义异者。如中国江海船上，有鼠方得兴旺，是目鼠如财神。西国虽不信谶纬，而大小各船，亦必有鼠方敢远驶，不则虑遭险沉裂，是又目鼠如福神矣。

监狱改良

十五日壬申，晴。闻现在伦敦达特木尔、帕尔克尔斯特、坡特兰、柏尔斯他四大监牢别改新章，凡男犯之年不及二十一岁者，别归一班，不与他犯同居，特名曰幼犯，专延老人教读。喜兵学者，依时教练操身，并令学木匠，为出监得谋衣食。旧例女犯在监皆作工劈麻，现改作针黹，既自成衣裙，并给男犯成衫裤之类，是不仅不睡编床、不锁溺桶而已也。

表扬幼童

十六日癸酉，阴凉。幼童伍达倭者年十五岁，曾拯一十八岁童出水，三年间救活多人。仁慈会首巴斯特特赠以一铜宝星，此会洋名"休曼搜赛伊的"。国君闻知，赏入水师，童奉父命禀辞。上复由内库赐钱若干，荐于雅楼银器局习业。又前于西七月十五号晚，在罗兰弄有二巡捕被群土棍围困，幼童名盖佛尔者驰至附近官厅报信，围乃解。尔日厅官特赠二镑，总管亦有所赠，昨日经堪兴坦通

28,9,17

区之巡捕官民，又公送带练银表一枚。

十七日甲戌，雨，微雾。上月初在极乐佛区之特拉呢的教堂前，为该区前在南斐阵亡军士三十一人立石碣。堂中唪经时祝祷来者，为议院参议卜路得立及子爵米得屯、勋爵讷自佛等。其论资助阵亡家属一节，咸谓必竭力维持，永远接济，以尽乡谊，以慰幽魂；且不独彼阵亡者，并兼怜病没于医院者，以病亡多于阵亡也。卜君并述一事云，当渠在南斐蕾的司米士营次，接据该处医院禀称，一少年军士故于热瘟症，当其弥留之际，犹知托医院女仆寄语乃母勿悲伤，渠系没于王事云云。

少年军士弥留时言

十八日乙亥，早大雾，冷，午初雾稍散，透日光，少顷复阴而雾，申初晴，戌正雨一阵，雨息仍阴。英君前有曾充水师提督并海部尚书后即位者，故至今海部仅有四侍郎兼副提督或御前委员，往来文件亦不言及尚书、提督，盖仍以国王为水师总理也。又凡文件之与臣民，如敕书、文凭之类之须国君画押者，乃请书于顶上起首处。

国王仍为水师总理

十九日丙子，阴。西国医术百年来益精，欲细考人之筋骨血脉而不得，遂有深夜害人，冀得而剖割之。英于五六十年前，有人名博尔克与海尔者，于黑夜遇独行之人，自后猝以两手握其口，使不能声，继扼喉以毙之。由是博尔克之名成为谚语，乃凡事之不欲人知，或欲缄秘不言者，皆曰博尔克之法。又小孩旁夕欲出，则父母绐吓之曰：“出则博尔克与海尔将捉汝，不惧耶?”嗣经巡捕严防，虽无是举，而又设法掘墓盗尸，英德等国因加禁止。

现准剖医院病故贫苦无家之尸而考学之。

二十日丁丑，晴冷。昨闻英德等国禁止掘墓盗尸，不意美国复有之，乃多人誓立一会，彼此掘盗，互秘不泄，并将看守坟墓之人及附近夜巡贿令不查。医馆收尸既有工馈，并将尸身所服之冠裳衣履、约指钏镯及所嵌之金银齿牙皆市钱均分盗尸之人，是不仅得有盗尸之工费，更有所贪也。闻在音的阿那一小邦（地在美国正东稍北）附近都会各村，迩来四五年间被掘坟墓不下一千二百，且有幼女艾廉多之父，亲见女尸在医院浸以药水，不胜凄惨。有人报官，官竟无法，而不深究。

盗尸售与医馆解剖

二十一日戊寅，阴。昨接美商马格沁来函云：

径启者，近读新闻报，知英人赓惜德业因伤故于立文浦海口。按赓惜德亦耶稣教人，乃以耶稣教堂拜木偶为非，思抑制之，挈其子赴立文浦著论立说以详其意。其子为地方官拘去，罚监禁三月；渠被一天主教教徒殴伤（天主教堂中多供天主母子之像），竟至病殂。此事若在中国，则外国必将调派兵船，并勒令将地方官撤任，速拿凶犯，置之大辟。倘中国不能照办，炮船必将轰击。夫赓惜德所奉，与其所诋者，不过略有差池耳，然且足以致其命。是则各教士之散处中国穷乡僻壤，欲地方官一一保护，殊属不易，若何吾英人不体量其情耶？且赓惜德与凶手皆基督教人，既属同类，而犹不能使之不酿衅端；试问在不同教不同类之中国传授西教，欲使不生衅，其可得乎？矧中国幅员之辽阔，有时鞭长莫及也。

一美商为中国说话

28,9,22

二十二日己卯，阴，微雾，凉。西国有车船往来票，名圈儿票，英语为“突立斯特”。如由伦敦过海抵巴里，复由巴里旋伦敦，限期不同，或数日，或数月，或一年，价亦不等，逾期即成废纸；车船各站剪收票中各段，皆须缴之总局核销。然有预计届期不自用而转售者，亦有自觉无用汇交车栈收票人者。昨海边某车栈收票人苻伊士，因屡收票不交局，转售之他人，局中查出报官，审定收监年半，作苦工。

二十三日庚辰，镇日阴晴不定，甚冷。英民敬慕前君主维克都里亚之容，拟在卜静宫前议立石像，以志不忘，像值估二十万镑。并拟由宫前至特拉发勒戛坊辟大道，于约尔克公石阶处更建石坊，仿巴里凯歌路也。款由各属地集十万镑，馀由伦敦美尔鸠集。 维多利亚女王石像

二十四日辛巳，晴暖。英例国君加冕后，定日幸通城一周。因改期，游幸遂亦停止。月前礼成，君病新瘥，未经议及游幸；且补行加冕伦敦新旧二城人民未得全行瞻仰君容，而各种买卖复有赔累者，国君爰定于今日游幸。伦敦美尔狄木赛备于午正恭请国君与后及他王族近支在极乐堂午酌，同请各国头二等公使及前任各美尔，并现任各阿得曼、晒里夫诸绅董夫妇，文武官员名士巨商之相识者，男女共八百馀。数日前柬约，柬中印字：“本年十月二十五日礼拜六，在极乐堂敬备国君与后临幸午酌，已邀恩准。兹请中国钦差大人朝服午初进堂相陪是幸。伦敦美尔率各同事顿首。” 国王游幸通城一周 阿得曼（市议员）晒里夫（治安官）

今早巳正三刻，余着蟒袍补褂，佩宝星，乘车往。一路凡国王经过之街，皆挂旗悬灯结彩，地被黄沙，左右两行排兵，兵后立男女密如蚁聚。行约十里入老城，近极乐堂一带，路仄人稠，修饰愈繁华，兵立尤齐密，马步巡捕往来弹压。堂前支布帐，左右立兵。门内支大布棚，中道甚宽，铺以花毡，左右短木墙二，墙后列层座，以次叠高，坐男女不下二千，皆买票为瞻国王者。由此行数武，正北一门通大堂，不入，乃转东走箭道，沿途地铺红毯，左右鲜花栉比。再转北入藏书楼，书移去改为长厅，正东红毡木台一，高数寸，月牙形，上列金椅七，中坐美尔夫人（英语为美尔蕾斯），左陪大阿得曼艾里斯（因是时美尔往迓国王，故使其夫人偕艾里斯代之），接待来人。对面七间楼前，横漆椅五行，坐妇女百馀。楼上中间奏乐，左右六间，坐男女多人。来者由箭道转入，先一人代报名姓官衔，一人举棍前引至台前，又一人为之宣报。美尔夫人立，与来人握手问候，然后退立台之左右，礼与国君朝会同。自午初至午正二刻，乐奏共十二章，末阕为《上帝保佑国王》。各国公使等及本国文武大员到齐，左右分进大堂入座。

男女买票来看国王

藏书楼改作迎客厅

余等转回箭道，入北正门，堂极闳敞，地基长方。正东横一长台，两级高尺馀，台上长桌一，桌后正中二金椅，上挂遮檐。坐皇与后，左右各三椅，坐太子、太子妃及公主等。台下横分两截，由台下至北门为一截，东西设甲、乙、丙、丁四行长桌，每桌两面坐人，共六十八。余

28,9,24

极乐堂中设席排座

同各国公使，皆坐乙字右面，余坐第十六座。四行长桌因在英君后座台前，故东西各二行，中道分宽，以为王路。自北门向西至阁前，设戊、己、庚、辛、壬、癸六行长桌，每行坐人六十六。阁前另横一行，坐人四十八。阁上分列六桌每桌坐十四人，六桌后红衣官乐工一部。北门内南面壁上外出一台，立歌女十馀。通堂上下，挂旗结彩，地铺花毡，桌上四壁及王座桌前，无不罗列鲜花，电灯千盏，芳丽辉煌。

坐至未初，遥闻炮声隆隆，国君与后至，乐奏《天保国王》。未下车，美尔夫人恭呈皇后鲜花一束，礼也，此花洋名柏欧开。下车过布棚入北门，美尔手举珠匣宝剑，城官捧金圭前引国君与后行，太子等及美尔夫人随之，由乙、丙二桌之间至台上桌前止步。所经过处，人皆立起向之一鞠躬。国君与后既立定，美尔立台下正中，阿得曼、书记官、协理官、迁移官、晒里夫左右分立，恭行参见。先是城官与美尔各将剑圭转交应执各官，继乃书记捧读奏陈数语，无非谨谢临幸恩之义。读毕交美尔，美尔跪呈国君，君立而答云："汝今为伦敦士民款待于予，街衢点缀如此华丽，民又如是欢喜相迎，具见忠君爱国之忱，朕与后皆不胜快慰。汝于朕加冕时及病愈后，所递颂词，朕两阅之馀，心殊感切。朕蒙彼苍，俯念民祝，病体得痊，自此以后，但愿我英各属地国运兴旺，居民乐业，予当与汝相祝祷焉。"

君主入堂众官参见

诵毕，国君递交美尔，美尔跪接。后夫妇引皇与后入座，美尔率众亦入座。午酌与晚餐迥异，各人惟热龟汤一盘，其他皆凉菜，或白煮，或酱汁，如鸡、鱼、牛、羊、火腿、生菜、果品、小食、牛舌、鸡子、卤冻、面包、香宾、舍利、红白酒、柠檬水等，罗列满桌，任自择。食将毕，一人称“克赖尔”者（义乃宣告之人也）高声言曰：“恭祝国君之福。”于是人皆起立，举杯向国君一饮，乐奏《天保国王》。继而南壁台上少妇阿巴尼者歌一国曲，歌毕又恭祝皇后、太子、太子妃等福，末祝伦敦美尔及通城黎庶之福。此后皇与后立，美尔夫妇引入便间少坐，遂出堂还宫，各人亦陆续出门登车。计自入座至食毕，乐奏十一章，末阕即《上天保佑国王》。申正回使馆。

今日英君游幸之路与时：午正出卜静宫，走帕玛街、特拉发勒戛坊，转入老城，过登喀南街、司特兰街、福立弄、乐该得街、贤波罗教堂坊、堪南街、满慎堂、普林赛巷（以上皆系东行稍北），未初至格蕾哈木街入极乐堂，申初出堂，走韪良王街，转南向西，过伦敦桥，走柏洛垓街、波罗路、贤卓志十字街、西敏斯德路，过西敏斯德桥（以上皆前次未走过者），再走卜立之街，过西敏斯德教堂议院坊、白堂街、玛勒街，申正二刻入卜静宫。

游幸之路

又国君经过各街，悬灯结彩，楼上楼下设座，与前加冕日同。在议院坊专设官座，恭请各国公使参随夫妇，瞻国君与后之车经过。余因时刻不及往，乃陈征宇偕陈安生、尹元辅，及儿子荣骥携孙女，乘车未初往西正回。按其请柬，浅粉红色、横宽五寸半，竖长四寸，上印王冕，

子携孙女前往瞻之

28,9,25

下“一千九百二年十月二十五日国君埃达倭第七与皇后阿来三德亚游幸，恭请某某在议院坊官座甲字行（因亦按字分行也），此帖他人不得借用”云。

二十五日壬午，细雨阵阵。因英君病愈，伦敦比朔择今日请国君与后率太子在贤波罗教堂中祷谢上天，并请各国公使夫妇听经。数日前送来柬二，正红色，横三寸，竖二寸，上印金章，下印“贤波罗教堂一千九百二年十月二十六日礼拜日早晨十点钟，为国君埃达倭第七病痊申谢上帝，请于十点三十分入座，入南正门，坐惴尔座”（惴尔者，唱圣经人也），旁一大“官”字，盖此色请柬，专约各国公使及本国文武大员者也。堂东向，极崇敞，外长方，中容人坐处如胡芦  。正面高台三级，临墙横桌上供耶稣十字，前陈鲜白菊花四瓶。台右别一高台，其上二金椅，王坐右，后坐左。其后别漆椅一排，坐太子、太子妃等，台下左鄙二椅坐命妇。再前至中节，左右各楼一层，栏以红毡如台，为他王爵、王夫人、公主、郡主及各国头等公使并伦敦美尔、比朔等坐。此前各椅两排，为各国二三等公使夫妇坐。极上楼一层，坐男女官民。右边尽头处风琴一座，再前敞处为胡芦上肚，偏右坐乐兵一部，他则层层列座，共坐男女千馀。依门内外，排立步兵护卫两行。

圣保罗大教堂祷谢

巳初二刻余偕内子乘车往，入南正门，坐中节右鄙西首，斜向英皇。午初英皇至，唱诗奏乐，各人起立。先一沙弥着黑衫白氅者，双手举一银十字前行。继门徒、教士等两两，同美尔手捧珠匣宝剑，前引皇与后入，众人向之一鞠躬，后随太子、太子妃、伦敦比朔（大主教）、本堂的音（大牧师）与王族近支、王公夫人、公主郡主等。坐齐，一人唱曰“跪!”于是国君与后及本教各人皆跪。一教士朗诵数语，诵毕各皆立起，复鼓琴唱诗一大篇。唱后复讲说，或跪或坐，或唱或诵，共数次，至未正始毕。国君率众出正门，一切预备与来时同，他人陆续出正门左之铁门。申初回使馆。今日英皇着兵马元帅之戎服，皇后着卤虾色氅，白花冠，太子着水师提督之戎服。

国君与后与众皆跪

二十六日癸未，阴冷。前日英皇入极乐堂午酌，当其出卜静宫时，海岱囿营声炮四十一。游回入宫，亦声炮四十一。转入老城时，别由伦敦台营声炮六十四。其备差之马步水师护军等计三万零三百一十四名，各举火铳长枪，剑刀手刺，惟御前水师带炮六门。咸自天明辰正二刻按段排立，衣则黑红蓝驼各色，一律整齐鲜明。其随护之马步员弁，皆午初一刻在宫前排队鹄立侍。国君往来之路及左右附近之闾巷桥梁，皆按时禁止车马行人，与加冕日同。

出动军队三万馀人

［八述奇卷三终］

光绪二十八年九月二十七日甲申，阴雾。伦敦老城一带，百数十年前国君令美尔自行管理，乃代收租税，按年供给国帑兵费。至今新旧两城，巡捕衣服一律，帽稍有别。老城旧有城垣城门，继乃墙皆毁去，仅留门一于坦布巴尔坊，用作古迹。地在司特兰街之东，富利街之西太木斯江之北岸，费特尔巷之南首，是为目今伦敦通城之中

伦敦老城为市中心

28,9,28

心。上年扩充道路，旧门有碍，乃将石逐块拆下，标以码数，依原式移建他处，以表存留古迹。历来国君入老城，至门，美尔以门钥进，开门引入。拆墙后虽不须开门，仍进钥以为礼。以故日前君入老城，美尔乘马，披红氅，捧宝剑，先赴坦布巴尔迓君；君至，乃下马顿首跪呈剑。君接剑微笑曰："谢谢。"盖既经谕令管理，赐有圭剑，以示有权。圭高四尺，铸以金银，式同佛门之九连环。剑长亦四尺，匣博三寸，满嵌珍珠，故曰珠匣宝剑。君进城呈剑，则归权于君之义。君既接剑，遂分道前驱，鹄立极乐堂外。君下车授剑，受而捧之，前引入堂。

王入城之古老仪式

二十八日乙酉，阴。英君前幸老城时，经过特拉发勒戛坊，有理事厅官马兜戛世爵，立车前数语颂祝。君聆毕，立，右手执一篇答云：

予巡幸国都，礼宜亲受吾民祝嘏。汝理事厅各员所献颂词，忠告可嘉，予与后闻之，实深欣慰。汝谓凡地方事宜有关民生者，予无不格外成全，此言允矣。汝等现理各事中之最关予怀者，莫周恤贫民若，经理是事，尤以伦敦及各大城为独要。汝祝颂予及王室诸人，予特致谢。汝谓前者予膺大恙，幸蒙彼苍默祐，转危为安，愿予得永临斯土，抚循斯民，当与汝共矢之。

英国王之三次答词

过诺佛街立有江北各美尔书手等祝颂数语，英君答云：

尔伦敦居民及来游人等聚于斯，欢呼相迓，予心感焉。伦敦地面辽阔，经理地方诸事，惟汝是依。予惟祝彼穹苍，庇佑尔众，指示程途，斯民永享太平，安居乐业，蒸蒸日上也。

又至某处，英君答伦敦迤南众美尔曰：

予之子民处此，度日情形甚为艰难，尔众能力为整顿，正契予怀也。

二十九日丙戌，阴雾如昨，冷。闻前于二十四日晚，伦敦美尔接奉内大臣德格乐代国君致谢之谕云：“径启者，适奉皇谕，致谢贵美尔等今日下午极乐堂之优待。并谕以国君与后同喜巡幸一周，深见员弁庶民之忠诚，亦赖阁下之善理。特此奉闻”云云。

光绪二十八年十月至十二月

十月初一日丁亥，晴。前于礼拜一日巳正，英皇乘马，皇后坐车，莅兵部后校场阅操，马兵合五千，皆前战于南斐洲者。阅毕，国君立宣一节云：“汝等今自斐洲回国，予为尔君主，又为尔众统帅，故特来相迎。此次战争，为日既长，事尤不易，余自尔等离英后，一切攻战情形，罔不分外留意，予今称扬尔等，盖亦尔所应得耳。尔等大振卫军队之名，凡曾在队中任差者，莫不以得与其列为荣。予虽不幸，未得亲临如予弟，今得与尔等伍，亦予所深幸。将来诸事，有关卫军队者，予必甚留心。并望尔等永远如此精练，俾曾在队中效力者，将来追忆时，亦为之有荣且将与前此之人，互相斗胜而益求精也。予今日所阅卫军队，甚快予心。兵队之中，欲求一较胜于此者，恐不能得。弁兵人等，虽于从征斐洲时历尽辛苦，然并未忘如何排演阵式，今日之步伐，即不能谓为较胜于平日，要

国王检阅回国部队

亦可以相提并论。予得观此卫军队，予甚以为荣。所不留意者，只以苏格兰卫军队，不得及时来英一同排演耳。"说毕各兵皆免胄致敬，高呼而祝。国君召各统带午膳宫中者五十员。

咖啡馆之最著名者

初二日戊子，阴。伦敦加非馆，其著名而一行开百数十家者，如ABC行（义乃汽烙面包行也）司来特尔行、英兰悌太布行（义乃茶桌也）及莱阳等行，不下千数百家。又加迩在利贞街新开之日本远东茶屋（英名发尔伊斯特），装饰华美，半欧半雅，奏乐卖茶点小食。小堂倌六七，皆日本装，其实日本女仅二人。近又有拟在伦敦开苏格兰茶铺，堂倌雇本地幼女，扮作苏地山民，以招客云。

初三日己丑，阴凉。英后阿来三德亚，丹王克里坚第九之长女也，英君加冕后，上月回丹麻少住。闻其在丹都扣喷哈根时，往来频赴尼波格海口，每登岸或游至岸边，辄在一老妪摊买果少许。前日回英时不见老妪，询之邑长，称妪已故，现为伊女守摊。后惨然，唤女至前，吊问毕，乃买若许粗果。并云，俟再来过此时，当多买之。

初四日庚寅，阴雨阵阵。闻前在极乐堂美尔所供之午酌，乃自七日前，即雇庖丁一百二十名，共用灶三十五尾，熬汤三百夸（英二升曰夸），烤牛肉二百四十五斤。是不惟供堂内八百人之午酌，且供堂门内左右坐看之二千馀男女之小食酒菜也。当日之菜单，装钉成本，宽半尺长六寸，包以假羊皮，白色外印金花五彩，如王冕国旗国号

极乐堂之午餐菜单

28,10,5

狮马及英、苏、爱三岛之花号等。内首篇印君与后像，二篇又印五彩，上横列君与后之名，下垂一帐，印年月日某处午酌，饰以英之国花；帐左稍下，印美尔及二晒里夫前辈所受国封之旗帜铭号。后四页皆以金花印作一圈，首页圈内印酒菜果品各目，二页印《上天保佑国王》之国曲，三页印祝君与后及美尔之福之次序，四页印老城自美尔以下各执事之名姓。其预备一切人工物料，共费一万五千镑，照当时镑值，合中国库平银十二万两。

初五日辛卯，微阴。闻日前英君与后巡幸老城，有外科医生四十五，善士官民一千一百三十，并贤安布兰会中信女一百九十六，于国王巡幸之一带分驻一百一十三处，以便扶救疗治人之遭险患病者。当日男女拥挤排立致晕倒者，共一千二百一十三人，病重舁入医院者九人。 拥挤晕倒千二百人

初六日壬辰，镇日阴晴不定，凉。历来英君与后有巡幸伦敦之典，然自英君卓志第三于西一千七百六十年（乾隆二十五年）即位以来，至今一百四十一年之久，罕有同行巡幸者。故前日国君偕后入城，为万民之所欢悦。自君主维克都里亚即位以来五十馀年，未见国王入极乐堂，故此次亦为美尔诸人之荣。当日国君与后所经，无不欢呼。将过贤妥玛医院时，人丛忽见二幼童举二旗，各黏有“上帝保佑国王”大金字六。国君微哂而告后，乃同视二良知稚子，齐向之点头以显荣之。君与后回宫后，宫门已闭，宫前仍立数千人欢呼不已。逮君与后及太子太子妃开窗露面于楼前敞厅，向众点头致谢，始陆续散去。 民众对王之爱戴

初七日癸巳，雨。街市预备售座，有自四月间搭起，今尚未撤，以为将来君之巡幸所必经也。不意此次取道不远，所环绕仅伦敦三十二区之中心一区，因而赔累者甚多，有赔至八九百镑者。然在附近王宫与极乐堂一带之通衢小巷，楼房内外上下所备之座，获利颇饶，值且不昂。如帕玛街附近经诺尔福公爵所设之座，价由一吉呢至五吉呢。老城内地蹙人稠，诸铺户人家多将临街窗门以木板彩画遮避，用防拥挤损伤，即有设座者亦颇局促，值仅五六先，至昂则七先半。前于礼拜六日，闻有英兰礼拜堂之教士马悌因者，年三十八，因兜藏火药一斤被捉。意谓贤卓志教堂前不宜搭座备人观望国王，故拟以火药轰之，至判定何罪未闻。

初八日甲午，晴暖。西人好奇成癖，闻昨在某叫货场中拍卖一斐洲人骷髅骨，有添至四十镑购去，置于客厅作陈设。又西历一千八百四十年（即道光二十年）英国当时所用每枚一本士之黑信票，计一百一十九枚粘于一纸，今固为难得，乃于前礼拜六日竟卖百镑，合华银八百两，计自道光二十年距今，仅五十八年耳。

“黑便士”邮票居奇

初九日乙未，早大雨，未初晴。英君病瘳后初幸满安岛，此岛向无国君到过。西前十月二十日，赐地方官世爵盖乐一小影，其下自书名，今与前君主维克都里亚影并悬署壁。西前十一月八日，在敕建针黹学堂中设会，罗列刺绣针黹，请人往购以助赈。国君助男子衣服五十九件，太子三百件，太子妃零碎针黹一万二千件，公主自做绣枕一对。

初十日丙申，大晴，暖。巳刻率众参随翻译学生供事等卅馀人，向北恭拜圣牌，行三跪九叩礼，晚筵八桌。今日为西十一月初九英皇诞辰，德皇今早抵伦敦，疑为伊舅氏祝寿也（英德戚谊详见《五述奇》《六述奇》）。客岁法陆军创用敖投某弼自行车后，英即派自行车（又名汽车）会中副董梅脩往彼考察，旋将一切用法章程，详陈兵部，请设自行车队，其法乃招集有车者投效。既愿投效，须备一辆或数辆听候调遣，迨大阅时，或自行管驾，或派人代管，均可。是车益处颇多，而用以巡警侦探，为战时所必需，且尤有益于先锋营。兵部如所请，分饬各营一体照办，是征锐意维新，力整戎政。现投效者已有百馀车主，此项兵队号衣，拟仿用陆师将弁之戎装，惟扣带须改，示区别也。兵部新章，投效各车，用一日酬三十先；就中应用之石油，亦由官给。其武弁拟由曾充当民兵差使人员拣选，俾资驾轻就熟。汽车之用，刻已通行，是车又用以载旗报、气球、电灯、小炮、军械、大千里镜并他应用物件极便。 军队开始利用汽车

十一日丁酉，早阴，申初细雨。伦敦美尔于每年西十一月初八日更换，称是日曰美尔日。前于初九日公升第一晒里夫萨缪勒为美尔，定今日上任。昨晚老城内各閭巷悬灯结彩，今早美尔着古装，自午初一刻由极乐堂绕至法律司，未正再绕行数里，申正回极乐堂（一切礼节详见《六述奇》），戌初堂内请客晚酌。数日前柬约，白柬金 萨缪勒(Samuel)

边，印字云“一千九百二年十一月初十日晚六点钟美尔偕众晒里夫在极乐堂恭请中国钦差大臣晚酌，请着官衣，并临时祈携此柬入门为据”云。

酉正，余官衣乘车往，入老城，一路巡捕弹压指路。至正门外，支大布帐，顺铺红毡半圈，式同卜静宫门外。左右如穿廊，入内向北转东，走箭道至藏书处，乃改在正北立一三级长台，高二尺馀，正面立美尔夫妇。左立男一行十馀人，中多前任美尔；右立妇女十馀，中有前任美尔夫人；后立幼女年皆十二三岁者十名，各着白衣白鞋，头戴鲜花圈，手执鲜花一束，系以白绦。台前阶上，分立协理、迁移二官；台下左右，已坐立男女数百。来者由箭道转北数武止步，待着黑氅执细长棍者一人照请柬唱衔名，始向北直行，登台与美尔夫妇携手问候，毕则分立其旁。凡来贵客及人之品高位尊者，唱名后皆有二着红氅执长棍之人前引，且左右坐立之男女，亦皆击掌称贺。

头戴花圈手捧鲜花

所请之各国公使，仅余及日本林董、希腊梅他克萨。本国大员，为首相、律法大学士、度支院使、伦敦正副比朔及英兰银行总管，惟首相或下议院首士巴乐佛到时，有着乌衣吹细长喇叭者四人随吹前报，男女击掌，欢呼震耳。至戌初，男女八百馀人到齐，贵客六七十皆立台上。其台下人，先出藏书处，走箭道转北入大堂，按号入座。俟报坐定，乃吹喇叭，与执长棍者两两前引。美尔夫妇先行，其后台上各客及幼女十名亦两两随之，出藏书处，即转北入大堂。楼上奏乐，先坐者起立，美尔领众自东鄙北

比朔（主教）

“先坐者”者原作走

28,10,11

行转西，而南而东，绕一周后入座。随行各人或击掌，或握手问候，以示亲睦。余亦到处向之点头握手答之，各幼女则别入他间晚饭。

此次通堂长桌，式异于前，乃在中段北向设一长桌如梳背，共坐一百二十二人；前列六长桌如梳齿，共成  形，每桌对坐三十六人。梳背为甲，六齿为乙、丙、丁、戊、己、庚。美尔夫妇坐南面正中第三十二三两号，其左由第一号至第十七号坐律师等。第十八、十九两号坐副晒里夫夫妇，再由第二十号至三十一号坐正副比朔及前任美尔夫人等；其右由第三十四号至四十五号坐前任美尔、首相、学士及各国公使，余坐第四十四号第四十六七两号坐正晒里夫夫妇，自四十八至六十四号皆坐文武大员。对面自第六十五至百二十二号，皆坐阿得曼。东鄙一段横五桌，每桌对坐三十六人，皆各处绅董夫妇。至梳齿之乙字一桌坐正晒里夫之友，丙字坐各新报馆人，丁、戊两桌坐新任美尔之友，己字坐文武官员，庚字坐副晒里夫之友。西邻一段横六桌，每桌对坐四十四人，皆为本城各阿得曼之友。此西别二窄桌，一坐十八人，一坐二十四人，楼上仍设六桌各坐十二人，统为美尔及晒里夫之友。楼下桌式又如此 。再西楼上一层立乐工一班，美尔夫妇背后一台立乌衣执棍人（即克赖尔，见前），台下左右分立巡捕及吹喇叭之人。

座次排列

各桌罗列金银玻璃瓷器，五色灿烂，金碧辉煌。有苹果、梨、橘、波罗蜜、哈蜜瓜、葡萄、香蕉诸品以佐酒，酒计九种，为红酒、白酒、喷池、舍粒、霍克、香宾、墨赛、阿坡里那立、周哈呢。桌面每二人中间设鲜花一瓶，有南美洲红莲及黄白红紫大朵菊花。菜单、乐单，刷印成本。食中有龟汤、羊、牛、鸡、鱼、牛舌、火腿、生菜、冰乳各品。食间，十名女孩先由他间登楼，排立对面小台上。食毕，十女孩移立美尔座后。既美尔起立演说一段，后约众齐立，举杯恭祝国君之福，随奏《天保国王》之乐，此后又同祝君后太子太子妃等之福。少坐后，前任美尔、首相、大学士、比朔、晒里夫诸人，各陆续立陈一段，短长不一，说者共十人，所言之大旨，皆不外乎忠心保国、公心待人、水陆兵强、商务兴旺之意。每一人将言，左右先吹喇叭，众遂禁声，再则台上立之第一举长棍人“将请某人演说”，于是美尔立起声请演说，其人始立而言。

筵宴之间陆续演说

又美尔前立一金斝，长柄高尺馀，满盛佳酿。美尔双手捧起，举向其右者一点头，右者与之掀盖，美尔捧吸一口毕，以巾抹斝口，覆盖。后右者接过，转向第二人点头，第二人为之掀盖，右者捧饮一口，抹斝覆盖。后第二人接去，转身向第三人高举点头，如此一一递饮，通常饮毕而后已。斝名“勒维英克朴”，释为爱盅，传饮者彼此爱睦也。楼上共奏乐八节，各人演说毕，已亥正二刻，贵客散去。闻开饮后，尚备歌曲跳舞，直达天明。前礼拜六日与今晚，各美尔、晒里夫、阿得曼辈皆古装。美尔披红皮氅，项围金扁练；或有披黑皮氅戴金练者，练式不一，

通堂之人传饮爱盅

28,10,12

间亦分品级地位，馀则或着蓝短袄，外镶貂皮风毛，或着黑氅，头顶貂冠。

十二日戊戌，阴，午后细雨淋漓。伦敦老城自一千八百年前当罗马占据时即称贸易繁盛，至今一切规模多赖经始，虽属其国而不经管辖。当诺尔曼朝韪良之世并给敕书，至今宝藏之，用作自理之凭据。城中首绅古称坡特里伍，继经诺尔曼改称贝里夫，至西历一千一百八十九年（南宋淳熙十五年）始改曰美尔。其第一充美尔者为费裸文，任职二十四年，故时当国君卓志之世，为一千二百十四（南宋嘉定六年），始改按年更换，然亦有连任二年者，有换后一年复被选举者。至一千三百五十四年（元至正十三年）始经国君埃达倭第三谕，惟伦敦老城美尔加称洛尔得美尔，按其义乃自主也，诸侯之衔也。阿得曼之设始于一千二百四十二年（南宋淳祐二年）奉国君罕里第三谕按年选举，逮一千三百九十四年（明洪武二十六年），又经国王里察第二改定，选后一生永守斯职。按二晒里夫与阿得曼之官名，皆前古萨克森之知县称。曩者美尔以下各员咸由官派，至国君埃达倭第四即位之初年，乃改令美尔自选。于是定例皆于夏至之日拣选，九月二十九日新美尔立定，进署任差，此日洋名“米晒玛斯”，释言秋季也。新美尔于十一月初八日上任，次日游城，入法律司见大律师，领受职训。因是日老城悬灯结彩，故俗称“洛尔得美尔代”，义乃美尔之日也。

“属其国”其原作某

伦敦市治之历史

十三日己亥，晴。伦敦之美尔，华人咸目为府尹，虽系值年首事绅耆，而其权大任重，理民情，管学堂，收税则，助国帑，供兵费，一年虽收五十馀万镑，而所费之数埒之。凡富商精明公正之人，经城民公举为阿得曼，后依次升晒里夫，由正晒里夫升美尔；一年任满，无劣迹，不转升，则仍回为阿得曼以终其身。美尔以下，阿得曼二十五，中曾充美尔者十二。老城周仅六百五十英亩，分成二十五区，每区派一阿得曼管理。外有城绅二百零六，分派二十五区，多少不一，按地之大小，事之繁简。又牧师一百一十二，管理一切律法条章。所以然者，地基虽小，路窄楼高，或云平日夜间住人二万六千九百零八，每礼拜日夜则住至三十五万，白书往来及各楼中约足百万，盖通城大行卖市最多也。

市议员皆精明公正之富商

十四日庚子，早大雾，午后晴。极乐堂在庆斯巷，为美尔公所。又在康锡与尠良王二路之间，有楼曰曼琛房，为美尔公馆。自上任之日，即行移入。新任美尔萨缪勒，本住本使馆之南第二十号，其人极富，系犹太教人，久在香港、上海、福州三处设有石油厂。凡充美尔，皆须富豪，一年虽有万镑之俸薪，而任满必亏若许，盖人不以赔钞为累，而以受任为荣也。

任市长必亏钱

十五日辛丑，阴。英国文官之品位最尊、列于太子及近支王公之次者为大法官（又名律师），英名“洛尔得禅赛勒尔”，博学律例，凡秉公处，虽国王亦无权谴责，遇事亦能律国王以罪。闻前者有深明机器格物某甲，以数年之工创一铸新炮之式，画图注解呈送兵部，如用其法，国

大法官之品位最尊

28,10,16

家当赏万镑酬劳。数月后兵部掷还其呈，谓其法不善。不意翌年五里治炮厂铸新式炮，法同某甲。其人是呈于大法官，上控国王，其所以不告兵部者，盖兵部为辅，国王为主也。经大法官判，谓其法无论何人所创，用在是人呈送兵部之后，即为违理云。老城别有总律官，英名“里阔得尔”，亦本城公举。

十六日壬寅，阴，微雾而风。西国种牛痘，始于英，前于西历一千七百七十六年（乾隆四十年），英君卓志第三时，有医生翟讷尔者，见挤牛乳之人皆不生天花，间因牛出痘而挤乳人手亦出少许，久经详考，乃明其理。先以同村贫民试之，验，遂报官施行。始则国人亦多以其浆出牛身，恶其不净而阻挠之，既见无害，遂通行。今成定例，国人无论贫富子女，皆勒令种牛痘两次，不种者罚，初次在十岁前，二次在十岁后；盖以种一次，于十年后其力泄，恐天花复出，再种二次，则可保终身矣，因西国有一生出天花二三次者。当时俄善其法，将用之，而民不从。俄皇喀色林第二之后，谕请英医之善种牛痘者往，于是前任伦敦美尔狄木斯代之祖狄本赛应召。皇后先令种己及太子公主等，以示有益无损，国人信服，始遵谕。狄本赛回时，俄廷遇之极厚，且封以男世爵，故至今狄木斯代承袭俄国男爵。 种牛痘

十七日癸卯，微晴。伦敦本有剪绺盗贼，一切与他国无异，日见报章。兹闻有混于行客之中，善窃行李者，窃法不一，颇为奇巧。或男或女，着外邦时式华美衣装，颇 于旅客中骗窃行李

肖贵介，专俟车栈拥挤之际，施厥伎俩。其法有站在车栈附近行李繁多之搭客房，乘火车始到开门，货车行李纷纷起卸，搭客及戚友等下车接迓寒暄忙乱间，预将大堆中贵重之行李望定；遂出两三先赏车栈管行李之丁役，伪作匆猝，向之指所望定之行李，言此乃余物，复指贼伙一人之装类御者云，伊乃余仆前来收取行李者。言间，伪仆即抢进数武，车栈丁役赶将所指之件移交过来，须臾携之登车而去，此种人多有自养马车者，待失主觉，二人早远遁矣。此等无耻辈，遮莫当时，若为物主识破，即卑词道歉，免冠认错，盖其装扮类世家，使人不疑也。

冒充车栈人员行骗

又法，乃专骗妇女搭客，或来自乡间者。搭客抵栈后，大都将行李暂存车栈行李处，取据收条候领。此等办法，当海边避暑时最多，俟搭客交代明白走出车栈后，乃突有温和少年人，或光头，或戴车栈丁役之小帽，右手执笔，左手举一纸片或票（此即预备影射搭客之收条者），以手轻拍客之肩或背曰："恳求恕我，我甚抱歉，适才所付之收条内有错误，此页方系老爷或太太者，请调换之，并乞原谅，因此刻公事异常忙碌也。"妇女误认该少年确为车栈行李处之书写等人，故不相疑而将实票换给，迨取时始知其伪，且贼伙于换票后即将行李取去。

又法，系设法造一种大底衣包，呼为"哑巴袋"，其物较常用者大，乃一空套，外面书有名字，袋底两分如门，内有关键，运动开关自便。手提此物，亦比搭客，偷视某衣包无人看守，即乘间将其空袋罩上，曲身稍一抚

28,10,18

弄，则袋底完固，提起驰去，虽由失主面前经过，亦不之知也。

又法，乃手杖或雨伞，棍内有空心含有关键，棍头系有齿剪式如夹钳，棍柄稍按则剪开，以之专窃零星细软，如小皮袋之类。系待搭客外出，或出遗，或点心，或行动，或打馑，乃由车窗探入而挟窃之。又法系佯作搭客，手提皮袋,臂搭绒毯（西人行远路必借此物以盖腿），尾随贵重行李并肩而行，乘人不备即将其毯罩上，贼伙走来突将毯与他物拥抱而去。 臂搭绒毯 搭原作打

又法，系三人一伙，当黄昏阴雾之际，赶一快马车，装扮卖青菜或马贩模样，暗择四轮马车之载行李累累者尾之。俟至道途拥挤车停候开时，乃两人由暗地下车，一人抢至行李车前，以恶言向该车夫挑衅；一人跳骑已马项上，适对行李车后，正值前面二人口角，则骑马项之人乘间窃移。有时因停工久而至窃成空车者。有时故使车跑而与行李车相撞，待口角时依前法窃之。 种种骗术

又法，系当火车将开未开之时，有某富客上车，将随身行李安置毕，贼亦公然上车作搭客。他人若出车买新报等在外勾留，贼即窃物而遁。更一法，系侦有富贵游客将行，贼乃仿式作珠宝箱，以影射其人者；待其人上何车，贼亦混入同车，以便趁时以假换真也。统各法观之，盗贼资本亦不菲矣。

十八日甲辰，微晴，凉。昨日礼拜，比利时国王柳埔于巳刻登车入贤古杜教堂，为已故王太后与王后诵经祝

祷，午正礼毕，升车回宫。当日观者男女云集，御车经过比京银号时，突一人放手枪轰中第三车，车旁玻璃粉碎。车中为御前巡捕官乌得莽伯及将军某甲，乌伯微伤其面。左右共怒，捉得，欲扯其皮啖其肉。巡捕驰至，强由众手夺出。于是众乃齐声高呼曰："我王长生不死！"讯刺客于客厅，身带枪弹若许，兜中并有比王小影，赁居布晒街第二十一号。遂搜出枪弹四十四枚，无君党日记一本。此党洋名"安那尔赤斯特"（义系叛逆），自供为义大里国人名卢碧努，入无君党，其所识者为某甲某乙，原拟回义弑其国王埃麻纽。闻比王本日进堂，欲先刺杀之。"想拔枪击第一车，不意一犬咬衣襟，俄延一秒，遂击中第三车，是亦命也，惜是功将成于他人也。"

无君党人行刺比王

十九日乙巳，阴凉。闻前在比都行刺之义大里人，系生于那百里海口，年四十馀，先在本国步营，得至外委，因写有叛乱之书，被革，收监五年，出监后逃往法德，遂来英。据云，半月前尚在伦敦以卖书为业，连入搜侯坊（地敖斯佛街）之无君党会，致失其业，饥饿殆毙。经义国驻英领事资助，得至比都，曾立意弑英王埃达倭，未得手，遂改拟弑义王，以囊空，始取捷径赴比。审至戌正，始收入贤计业狱，判定何罪未详。

党人写有叛乱之书

二十日丙午，阴冷。代万晒坊下议院绅士郭斯屯之夫人请由四点至六点三十分茶会。酉初偕内人率孙女乘车往，入门先至旁间用茶及小食，继登楼见主人，稍叙寒暄。进内见男女数十坐立不一，客中妇女有请鼓琴者、歌

28,10,21

曲者，迨主人歌一曲毕，辞归。又旧牛贲街南首有加非馆名玛珀楼茶舍者，楼一层，间数不多，异常洁净，女堂倌伺候殷勤，饽饽每块四本士，加非一人一先。其价较ABC行加十倍者，以糕点稍精美，牛乳加非稍浓，别间阵阵鼓琴拉胡琴耳。

咖啡馆之价差十倍

二十一日丁未，阴。英国现在英兰约克晒府之西来丁一带，拟以电力代蒸汽。如得法，可免蒸汽如云烟之迷漫，除高大烟筒之丛立。其地人丁约二百七十万之谱，大小制造厂二万五千，煤窑三百，各处汽机之力共计得百万马力。其法系设电气总局，由总局分运电力至各厂窑，总局须用地一千七百方亩，用款先须二百万镑，地之上下一切线杆等在内。各处所用之电力多少任意，虽缝纫之机器及铁道公车均可分用。此举本意拟将电气批分各处公司，再由各公司分通各用所，然由总局径购亦可，惟价稍昂耳。按二百万镑之股本，可得十万马力之电气，以供各行，又足敷驶六大轮船开足汽锅之马力。创始经费甚巨，即电线一事已费其三分之一，先拟在附近多斯卜立地方之米尔肥村立总行，倘得畅兴，则在美斯来、瓦泗、冰格蕾等处分设。煤窑每不喜以蒸汽系物，此则只将矿口埋一地线，再接一线达矿内，将来所用壮马千匹，皆可放归草野矣。

拟以电力代蒸汽

一线可代壮马千匹

二十二日戊申，阴冷。昨闻英国将有改用电力之议，兹又闻有以电力振兴水利之举，谓在各运河亦可用电力拖船。其法有二：一河岸设绞辘机器，通电气于船上之螺蛳；一法岸上设小火车一辆，每次可拖数船。将在西来丁之通埠造马车铁路百英里，尚有展造三十英里之议，总局电力足可驱此公车。其价之省，制造厂中每点钟一马力之电，一本士一法丁，铁路公车每点钟尚无须一本士也。现多创办电，果能大获厚利，将来各工厂皆将渐次变通矣。

各厂皆将渐变通矣

二十三日己酉，阴，雾，冷。伦敦天气，余所经者皆冬月暖而正二月凉，现值西十一月，连日阴冷如北京之隆冬。或谓数十年来，每年冬月皆温和，若近日之冷再延数日，恐大江亦将封固矣。然余闻数十年前太木斯江屡见冰结，如西历一千六百八十三年（康熙二十一年）因冰甚固，在江面支棚设斗牛会；一千七百八十九年（乾隆五十三年）江水封固船不能行，江南行人摆摊售物；一千八百十四年（嘉庆十九年）亦经列市，支帐搭棚，两岸如一家；一千八百二十六年（道光五年）因江水冻平，有人设法赌钱，于江面最宽处色本滩地方，有能将四马大车由此岸驶至对岸者赢一百吉呢；更有在江面中心设一印票摊，凡敢踏冰过江者可由此摊以一铜钱买凭票一张，面上加印买者人名姓，逮登彼岸以示其勇，此等卖票者一日竟能得至六七镑；又因冰块壅塞桥洞，层叠日厚，积久竟将桥翅拥塌云。

泰晤士河数次冻牢

二十四日庚戌，微晴。闻前任美尔狄木斯代经众公举为本城禅柏连（为专理美尔署中事务之官称），其俸第一年二千五百镑，在任五年，每年加一百，任满加至三千镑。到任时经人照规问曰，能否在署永守斯职？答曰能。

28,10,25

再问以能否在署专一，不理别事？再答曰能。此虽到任之俗规，然必如此照行而后已也。入夜雨。

无线得律风

二十五日辛亥，阴雨。数月前有英人欧尔龄者，在混屯地方创造一种无线电报，现又创得无线得律风。是皆赖电力而行，然现所创者，乃沿街高杆木架铁线之类概不用，而仅借地气为引电之路，凡发信接信之人，只连铁线于临近信局之煤气管或自来水管则足矣。且此等线路，安设既不难，而与各种楼房均无阻碍。各信局借用郄格诺马蔻尼之法，在两首立木杆，电气由此杆射入空气，借空气传之彼处。法初设仅通五英里，现能达至二十五英里强。且此法之速，当发百字之工，按郄法仅传六字而已。现共凑集股本一十七万五千镑，用以设立公司、制造机器，将来出售近处所用之全副得律风机器，每副仅取四镑，按年纳国捐一镑。若用传递墨尔斯号码之电机，价则近者十镑，稍远者十五镑。出捐亦均一年一镑。其水陆各营所用便于携带之电话（即得律风）机器，现皆制造云。

马蔻尼（马可尼）

首称电话

二十六日壬子，镇日阴雨泥泞。今春有美人狄武禄者，在阿奎良杂耍台前演一种旋风路，名曰“陆平仄陆铺”，义乃避出结扣也。系一木道，宽盈尺，高三十尺，上下绕圈，式作如此 ，且左右相错，中有空处。其人骑小脚踏车，自台旁窄路扑下，轻快如飞，乘其下扑之力，即由此边绕上窜过空处而由彼边绕下，统需时六秒；当其转下时，头虽向下，而飞转之速力能吸之不坠。此虽动人引观之末艺，然上下飞驰不坠，于停止之地亦无过不

过山车

及，无不赏作者测算之工。上月复在水晶宫之北水塔旁，仿旋风路式铸一旋风汽车铁道，较高大，车四轮，座容二人。车式较街行者小，亦上下旋绕，极快而无险，无出辙之虞，男女年壮者咸喜乘之。

巡警诗集奉呈国王

二十七日癸丑，阴雾。闻上月有伦敦巡捕厅之庚字分内一巡捕名米士艾者，著作竹枝词一小本刷印出售，乃呈第一本兴国君。奉有君谕宫官代回一函，言国君甚喜接收其书云云。总巡捕闻而怒，将责其何不预先禀闻乃擅呈国王，然亦不能惩治也。

二十八日甲寅，镇日阴雾，白昼燃灯，暖。街市车之能往来者，雾高故也。闻近日英人某在毕斯莱地方新创一种火枪，能使临阵无险，名“海斯考卜”，人立木牌后，不看枪口，连发三十五而中三十四。枪式稍异他枪，其不看枪口能命中者，于枪把处置一筒高出枪口如干，筒口悬小镜一，由镜得见所欲射之处。两军对垒，可无须用炮。执此新枪，身首均可藏匿，仅露手指，若受伤，亦只枪筒手指，不至于头颅。且枪弹之力，已尽用于所中之枪筒，无力再伤人命，两军交锋可无多杀之惨，不惟有助于兵家，且可推广弭兵会之良意。

中国瓷杯奖品为首

二十九日乙卯，阴雨。英兵各府每秋有比枪得赏一事，赏自国君与后，共计三百五十事，就中以中国瓷杯为第一。枪把在二百码外，闻今年在某府得上赏者，发枪七十中六十九。其馀发枪之多少，得中之数不一，赏亦有别。

28,10,30

三十日丙辰，阴。月前英国教士山叠树者来拜，渠云曩在福州兴化县传教二年，能兴化语，既为华人所喜，彼亦喜中国，特来请命，准入华籍，言语强涩，神气鹘突，恐有他故。此人愿为华人，乃要请六条，令人诧异，虽近疯癫出此乱言，然中国入教愚民，恐未尝不作此想。夫各国传教，无非劝人为善，罕有引人违国法，变礼节，弗心乎忠孝。若山叠树所陈六条： 英国教士请入华籍

一，华人奉教后，凡不尊孔圣，不供祖先者，不得律之以罪；二，凡入教之华人，皆不得勒令助登簿助善，如城隍出巡、盂兰盆会等；三，奉教华人，皆不准勒令执械当兵；四，凡奉教之华人涉讼，皆不得以惨刑逼供；五，凡入教之华人见官长，皆不须叩头请安，惟见皇帝仅跪一腿；六，凡奉教之华人，皆准前往各处传教。 英人提出之六条

屡来喋喋，闻之厌耳，乃闭门不纳。昨日接伦敦耶稣教会函，知渠前在福州因故被撤，今查其病狂，将逐回本籍云。

十一月初一日丁巳，阴雨。中国幅员广，生齿繁，婚礼大略同而规模各异，各省都会之礼节，多有不能行之州县村镇者。西人笔记，所见仅历一二城，即以中华通国皆尔。余甫至伦敦，见婚礼有撒米掷鞋之事，亦以英之三岛皆然，乃闻英兰东界之诺浮、色浮二城，若一家有二三姊妹，长者必欲嫁在幼者之先。盖幼者先嫁，吉期宴乐时，必使其只身舞于田庄也，客中苟有与之携手跳舞者，则将有缱绻聘娶之意矣。英兰西界亦然，是日此女又必着绿 英各地之特殊婚俗

袜，以示未嫁。又英兰东界无伦敦之婚糕，别作牛肉大饼曰嫁饼。英兰西南界代万晒府，于宴会之期必有糖果一盘，调以牛乳香料，为婚果羹。英兰正南之这尔奚岛人，教堂婚礼成，旋家未入洞房，于屋外壁上勒石一方，雇石工先凿以二心相连，下则新夫妇之名姓暨嫁娶之年月，意谓俾举国皆知。英兰西界苇特晒府，新夫妇由教堂受礼回室，通村男女纷集门前，各执一马口铁器，如茶壶水罐等，棰击之，令其发声宏远，聒耳终朝，称曰婚乐，他城更有屠户以刀砍骨为声当奏乐者。至英兰北界一带，又有于新婚之次日，新郎之友咸赠石一筐，不拘若干，新郎尽缚负之，游行于各大路通衢，俾众目攒视，尾其后专人防石坠遗，须新妇趋至与之接吻始止，然新妇每多羞涩，罕肯解围者，可谓恶作剧矣。惟英兰西北界柯柏兰府，一种罗马古俗较雅，新夫妇在家行礼时，新郎以金钱一囊缓步新妇前曰，“今将世宝赠卿卿”，遂向陪嫁娘辈倒之，若辈以绸袋代新妇接收。又北方各制造局别一种土俗，同局有婚娶者，假满入局之第一日鸣钟午茶时，齐执铁棰敲击铁砧等物，声铿铿愈震耳愈为乐，以申庆贺，斯与苇特晒等处风俗，同一无谓。是仅英兰一岛婚礼，其不同已如此。

初二日戊午，阴雨。闻前于西十一月二十五日（即上月廿六日），在某城有丹男霍安娶德女博尔格为妻，成礼不在教堂而于狮子笼。笼巨甚，圈狮五头，教士海班中立唪经，新夫妇跪听，虽有弄狮人执双手枪大皮鞭镇吓，

狮笼成婚

而此三人者可谓忘身矣。笼置于溜冰所，楼阁宽敞，弄狮人以“狮笼成婚”四字传出，引人往观。人多好奇，来者肩摩踵相接也。卖票入款，新夫妇竟与弄狮人预约匀分，新夫妇得一百一十镑，老教士亦有所获焉。

28,11,3

初三日己未，晴，入夜阴。伦敦养孤院，英名“美投剖里添阿赛勒木”，义为京都安身地。闻其一年所收之幼童雏女，出天花者二千零二名，病死者二百五十七名，送入医院疗治者一千七百四十三名，一年用款共五十万镑。又院中报称，上年染患各病者数至四万三百六十一名，故费用亦至八十六万七千六百零七镑云。

养孤院

初四日庚申，镇日阴雨而雾。英国大小轮船皆有女仆，每月往来，得客赏颇多。即如由立文浦至纽约者，一月获至二三十镑。据云妇女慷慨胜于男客，然文武官员之旋由印度者，赏赐又厚于妇女。且富商之求凰未就者，有时眷女仆而娶之。船主之未娶，亦有不忆引线而自招女仆作细奴者。

初五日辛酉，晴，冷见冰。现东西各国都会，咸喜电话传信，如面谈。日本东京虽有，大数未闻。美国纽约合万人中有百五十，巴里七十一，旧金山七百零五，伦敦仅有四十七。其最者为瑞都司铎阔木，合万人中有九百八十；各卧房客厅及商家货铺，无不连有得律风；虽洗衣小局，亦与电话局相接；各街巷口设有分局，欲言者付小铜钱一，不仅能向本城人，即向举国无论何城之人，皆可畅所欲言也，便甚。

瑞典首都电话普及

初六日壬戌，微晴，冷，河水结冰。英例，民间及岁童子皆应入学读书，否则罚，法良善也。然贫富良莠不齐，闻上月某日巡捕捉得两孩，一名李茶滋，一名卜林代，年皆十岁，同由哈艾街潘丁布铺窃得擦布两卷，讯之知其别纠六孩，伙同出入学堂时，入铺窃物，并预约：不得一物者鞭之；令入某铺，辞则踢之；入不携一物出者，踢之；以己物代窃者，亦踢之。原律以各收监一年，经各孩之父出保携家教训乃释。又某日在欢喜路之糖果店中，有群孩偷物，巡捕获二名，年各十二三岁，一名博得曼，一名那十，各衣兜有糖果并小玻璃碟等，讯明何铺缴还，判以各责十二桦板。又二小孩，一九岁，一七岁，因偷茶叶六瓶，香水一瓶，牛乳一罐，乳饼半斤，胰皂两匣，马鬃剪一把，布袋麻袋各一。巡捕厅欲送还各物，不能讯出所由来，亦仅责每孩十二板。

小孩亦有喜偷窃者

初七日癸亥，阴，雾，冷。伦敦各博物院胪列者，不仅木石专瓦、铜铁铅锡、玻璃缸瓷、绸缎毡毯今古大小各物，其金银珠宝，多别置玻璃扁匣内，牢以自制专种暗锁，非他人所知。前于七月杪，在南堪兴坦博物院察出，珠宝匣开，失去古制之金耳环九枚，金表二个，火柴匣二个，项圈二副，项锁一分，十字架一个，项戴钻石一串，功牌一个，即时电报通国，偷人至今未获。

初八日甲子，早晴，午后阴。天下各教中人，以犹太者最富，善于理财，精于贸易。在中国惟闻河南有两家，名姓未详。欧洲各国，俄德英最多，俄德嫉其富，妒其

说不歧视犹太人

28,11,9

能，竭力驱逐，遂加孤云野鹤，栖无定所，怨言载道，涕泗横流。英则反是，且任用之，思深法善。如任伦敦美尔，一年俸薪虽有万镑，万宴会各事所赔甚巨，或云不下五万镑，是不惟留其人并留其财，不使为国之漏卮也。且耶稣不勒犹太，犹太不劝耶稣，两教各不相扰，略如中国之儒回两教。苟欧美各国皆不分教门，一视同仁，则彼此往来贸易，岂不与中国共享升平哉！噫！

初九日乙丑，阴冷，申初细雨阵阵。泰西各国，街市无口角；茶园酒舍，叙谈无高声。男女无论何等相见，罔弗礼貌温恭，虽当忿懥，彼此仍谦逊无恶言。君谕臣，官示民，主人嘱仆婢，厂主交作工人，铺伙语同事，街市雇贫人，均用“请”字，及“蒙喜愿”等字，喜怒不形于色。待外人不阿谀，而言语和睦，闻不厌耳。若土国人，沿海各地，无论见外国何等人皆谀之；战北以来，则无论官民，多有极力谄媚外人者，可耻哉！ 待人以礼不怒不谀

初十日丙寅，阴冷。伦敦人数之稠，车辆之夥，官场收税之丰，车行获利之厚，稽其一年车税册，可概知矣。城内各火车一年载人六万万一千八百三十七万九千九百，四外载来者一千一百一十二万八千二百；趟子车共载五万万三千万；铁道公车共载三万万九千零六万零七百七十；地道火车汽车（即筒车）共载二万万六千三百九十三万三千三百八十九；街市马车共载三千万；各家马车共载一千万；太木斯江轮渡共载一千万；统计水陆载人一十八万万九千三百四十六万二千二百五十九。 稽其税册可概知矣

十一日丁卯，阴。伦敦城西界中骚桑屯路有皮特曼学堂，创自西千八百七十年（同治九年），似属商务，专于英德法日语言文字，并减笔新法及按字印法。现学者男女千馀，年底大考，于今晚戌初在利贞街北首坤娰堂分放奖赏，放毕并邀名家男女鼓琴歌曲十六场。月前，学堂总管毕尔来拜，预约帮放奖赏，并约安生、元辅二君同往。酉正，余偕二君步至堂内，见其总管五六人。少坐，转前登台，见台前及三面楼上，坐共男女千馀。台前左右有燕翅梯，台边沿栏列鲜花百盆，台上前面正中置桌一，陈考凭、银铜宝星、钱钞等。后列三座皆绒椅，中坐男爵孟克遂，左毕尔，右则余；后列椅三横，坐男女客。先是孟克遂立陈一段，大旨谓学堂人数之广，各学所教之有益，并各人所学之勤。继而毕尔复演说数语。后孟毕易座，毕立唱名，各人按名由台前右梯上台，余则立递奖赏。中有仅给凭单者，有凭单并一二或三宝星者，二、三至十镑者，共赏一百三十六名。闻有写减笔字能于一分之工写一百六十语者，毫无差错。散毕转回台后小食，余吃舍粒一杯，辞回。

商务学堂毕业发奖

十二日戊辰，阴冷。在柴草市潘屯巷考美的小戏园初演新戏，今日未正开台。数日前有班中美妇艾拉木者，柬邀往观，附有包厢票一纸。届时余偕陈安生率孙女至，园小而容人一千。戏分三节，通场仅六女一男，大厅一间，外有花园，无非红绿情意，房间整洁而已。戏剧于法国，人名皆法国者。戏名《鼠子》，洋言“猫斯”，义未详。

28,11,13

戏之大略，地与人系穆阿三母女之别墅，穆阿三年甫十九，乃并一女一寡妇同欲嫁席米业。席年三十四，遂择其情深确有爱心者之穆阿三娶焉。看毕谢归。此类小戏园，包厢价尚由一镑十一先半至二镑二先，三镑三先，台前池座亦七先半。戏非吾所喜观，然男女装作之情态，喜怒哀乐皆似实系其人者，亦优伶之灵敏也。

“包厢价”厢原作箱

十三日己巳，早微晴，下午大雾，箭地不见人，白昼燃灯。英兰耶稣降生节盛于新岁，物值本昂，又值本冬颇冷，凡火鸡鹅鸭皆不易得，本国既少，而由加那他诸处贩来亦不多。今抵耶稣诞辰，距二十馀日，价已涨起，届期不知涨贵至何地位。即如鹅每斤六七本士，本国火鸡每斤一先，外国者九或十本士，山鸡每对四先半至五先，本国山猫三四先，外国者二三先，兔每个十一本士，鹌鹑每个八本士至一先三本士，竹鸡每只九本士至一先，鸡每只二先半至三先半，爱尔兰者稍贱，每只亦一先半至二先。时价二先合一银元，六本士合二角五，贵可知矣。

圣诞节前食物涨价

十四日庚午，阴雨阵阵。耶稣降生节在迩，由半月前，街市大小各铺修理一新，添人工，加新货，尤盛于衣服、绸缎、皮料、糕点、玩物、书纸、银器各铺，盖戚友情人，届期皆用馈赠礼物也。否则亦必送花片一，书纸铺备有新式花片千种，上印花木人物吉祥语词。玩物铺、糕点铺，皆备新式百种，罗列玻璃窗内，招人照顾。盖此二种，为专送戚友之儿女者，精巧华美，咸与德法国者同。天凉阴雨泥泞，而利贞敖斯佛两街，妇女往来如织，多系选买礼物者。

十五日辛未，细雨阵阵，入夜大风。天下各大国之人，各受一种曲孽之害，如俄人喜灰斯几，英人喜佩蕾，德人喜啤尔，法人喜万露（又名红酒）。闻法国男女，更多喜一种酒名"阿卜桑代"者，其酿法：先舂各种花叶香草如泥，如茴香、艾子、白芷根、珍珠菜之类，浸浓酒中，八日后依法蒸之，色成碧绿，再加茴香酒少许则酒成，此为的真香草阿卜桑代也。然其价且昂，法人依法而酿者少，遂以次等舍粒加之董黄、蓝靛染成绿色，更有加以蓝矾者。此酒法国酒行蒸供民间日用，数颇广，又有由瑞士运来者，一年不下三四百万戛伦（每戛伦合中国六斤四两）。癖酒之人既多，或谓数十年来人受此害，伤身较速，是以法国户口年见其减，其明征也。此酒初次功用，当西历一千八百四十四年（道光二十四年）法在阿直尔（地在斐洲北界）用兵之际，随营医官始准兵丁加少许于所饮酒内，用除暑热。班师后，法人均成此癖。饮者皆用玻璃小杯，不能痛饮。大都饮时必加糖水少许，或将糖块置漏匙内酒化之；其不善饮者，犹有咳嗽或觉口有异味。其性既烈，异味留舌间亦久，而回味甚佳，多喜饮之。

啤尔(啤酒)

阿卜桑代(苦艾酒)

舍粒(雪利)

十六日壬申，早晴，午后阴凉。伦敦白堂坊设有敖色斯会馆，会中人皆讲游历著作，会首为色尔杜艾楠。今晚戌初宴客，月前会中人席妥玛柬请，届时渠引伊第三子席金以车接入会馆。入内少坐，转进饭厅，桌作T字形，

游历会馆请赴宴会

四面坐人五十二，正面横坐五人，中为会首杜君，余坐其右，席坐余右。酒食平平，食毕会首立起举杯，率众先祝国君福，未几复演说数语。继有客名包敦者，座在杜左，亦立陈一段，大旨皆赞人之游历著作，以表此馆之有益，更助吾人之见识云云。言毕，齐出饭厅入别间坐谈，亥正兴辞。

是地东临太木斯江岸，西通柴苓十字街，其名白堂者，英语为“怀德霍勒”，因有大石楼一所，高数层，工极精，通楼石皆白色，横长占地甚广，乃一三百年前之朝房也。街之西首，在柴苓十字街中立有前英君查里第一之铜像，乘马立石台上，人马与真无异。前于西一千六百二十五年（明光宗泰昌六年），当英司九阿朝，王即位后立此像。至千六百四十九（顺治六年）年及，四十有八，因其凶残，民心不服将叛，公议弑王于白堂，尔时人民变乱，像遂拆去。后有人售铜烟卷盒于市，谓系王像之铜，于是人多购而什袭之。迨一千六百六十年（顺治二十三年）太子查里第二即位，即知前王之像久经埋藏，至是现出，以重价购回复立之。铜盒固非王像之铜，买者弃旃。入夜风雨交加。 查理一世之铜像

十七日癸酉，阴雨。温屯夫妇于今日由申正至戌初请茶会，酉初余偕内人往。楼小人多，拥挤极热，立听客中一男二女歌曲毕，前引下楼，用茶及小食后谢归。光绪初年香港英国总督开乃第之妹，即温屯之妻也，年近六十，上月始嫁温屯为夫。兹见温，观其貌，似尚未及四十也。

十八日甲戌，阴，暖。闻法人喜饮阿卜桑代酒，因成癖而丧命者，馨楮难书。酒性之诱陷人，甚于鸦片。初饮能提周身之精神，饮者以为体壮，心思更觉明爽异常，遂耽焉，多有以之作药，冀增精神者。暨酒量日增，饮食日减，由病而疯癫，由疯癫而殒命，迟早轻重不同。据闻病之形态，有致人惨惜者，有令人绝倒者。初发先失口胃，次觉渴燥，头晕耳鸣，听视日衰，或至饮后友觉心神不定，烦闷而脑力全失，昏迷狂癫诸症接踵而起。或先病形不露，仅觉筋肌颤跳，身体日弱，发落齿摇，形容憔悴，皮皱色败，梦寐惊悸，神魂颠倒，厥后痿痺不起矣，此皆可致人惨惜之。其疯癫一证，有某甲目光昏花，蓝色绸衣不以火焚不能见。法国设赛会时，某因吸吕宋烟，竟烧毁三十八人之衣，被拘。又有喜啮食人肉者，法俗男与男久别初会，亦多接吻示亲，近乃与契友亲吻，而竟咬其腮肉一片，更有病重将己身之肉大嚼殆尽而毙。又有精神恍惚，疑有仇人，刻刻防害。法人之素习电学者名包义，患酒癫，疑人将用电气害之，移居乡间，夜卧于六尺深沟，盖之浮土（按电学家谓电气入土即消也）。偶至巴里，因避电害，着铜衣重三百八十五磅，外罩木板七块，近身处填以新报等物，头戴铅盔，彳亍于市，因被拘。五年前俄君游法时，一人自他省至巴里，头顶极大灯笼，身彼蓝褂，以墨水满书十字于上，据云特来告俄君以法国实情者，盖意将行刺也，被捉未久，即得痿痺不仁之症而死。或云虽少饮以防其困，究于身体有损；且元气乃先天之

饮酒之害

习电学者之“者”字为编者增

28,11,19

本，嗜酒者子女无不身体羸弱，天资迟钝。客岁法人多痨症及他肺症，未非是酒之流毒也。

十九日乙亥，晴，微风。闻伦敦患盗狗，失狗者日多一日，城西一带，狗盗尤剧。其盗狗，因某人豢狗，日日引狗街游，探狗所喜，暗作其物或食诱狗；间亦自携一雄狗或雌狗，是为狗囮，狗盗亦装束如富室。狗市在城之东北克勒布路，每礼拜日，售黑狗白狗，红狗黄狗，秽狗净狗，大小狗，由一先半至一镑，为狗价之差。每盗狗一，留狗数日，冀失狗者倩人觅狗，得酬狗值。或无人寻狗，或巡捕严防盗狗，始货狗于市。 狗盗之徒

忆余前在英时，使馆鼠极多，余不忍残害，特买拍匣饵诱之，得即盛以纸袋，袖至街市园囿无人处放之。乃同事某某二人，同出讽语，谓余出售活鼠，闻之滋诧异，盖伦敦无有“蜜唧唧”，亦未闻鼠有何用，不知讽所由来。乃今日始闻设狗市之克勒布路旁，贝斯那格林路角，设有铁笼以售鼠，每鼠四本士，专卖猎犬主人者，惜尔时余未之前闻也。 狗市售鼠

二十日丙子，阴。耶稣降生节近，各铺售礼物，糖果以匣，糕点以盒，玩物器皿分分，纸笔书本以包。诸绸缎布店，时式应用各色，度以尺寸剪成，束以纸条，上书尺寸价值，买者任意拣选，免临时量裁费工夫，足征买者之多。因此邮政总局告登新报，凡寄送花片、信函、包裹，均不得过下礼拜二日（即二十四日西十二月二十三日）。

二十一日丁丑，早晴，午后阴。闻澳大里亚洲近因天

旱，乃以糖水拌糠草饲马牛，竟有人用之解渴，口病良已，传作良方。盖一人舌下生疮，诸药罔效，适饲马口渴，连饮两口，舌下痛甚，次日瘳而饮食利。糖水之力何以消疮，当询之化学医家。

年终放假时之学生

二十二日戊寅，阴。现值岁杪，学塾皆大考，于耶稣降生节前考毕，放学一礼拜或三礼拜，各处规矩不同。闻在哈娄地方，放学前一日，诸生会于学内，排坐若干横，对面置高桌一，诸生以次歌一曲，须立桌上，左手高举蜡台而歌。桌下左立一名，手举一乂；右立一名，手举一打球排子。如歌者声弱，或曲不合体，或曲不终，须自桌上爬下作田鸡形。若应歌而力辞，罚饮盐水一杯。侯埔屯之韦凌坦学堂，届期诸生聚集奏乐，各操一技，或琴或鼓，或管或笛，或琵琶或胡琴，合声齐作，均与戏园台前同。初入此学者须立歌一曲，四面围以灯烛。所歌如不佳，乐器既不随，众且齐行作声以淆杂之。洛蕾土地方学堂别一法，乃于酉正诸生会齐，脱去长衫，挽汗衫袖过肘，或跳舞，或以扫帚毛掸等打小皮球以为戏，倦而后已。玛柏娄村诸生多住学堂中，放学后回家，各抱一扁方头枕。盖数十年前诸生往来，所坐马车座皆平板，有嫌其板硬者以此枕垫；现车虽有垫，而此风不易，要无非相对抛掷戏弄而已。其又埃屯村学堂放学后，诸生各着新衣如武官巡捕水手等，各以手巾或布袋盛盐，沿待向其所识者售而讨值。是地饶富室，诸生父母亦以多买盐为乐。有时诸生聚至千镑，同交学长，其人即以此钱宴众；苟所备者不恰众意，

28,11,23

众乃特毁坏之，俾其人因亏赔累。其次则文柴斯特城初入学堂者，令一生手执瓷盘问曰，“汝与创立此学之人系一家否”，无论答以是否，皆以瓷盘拍其顶曰“我不信”，设若盘碎而头壳不伤，乃又曰“我信矣”。是二者，尤可哂也。

马戏园改作溜冰场

二十三日己卯，阴雾，暖，着棉衣。在敖斯佛与利贞二街十字东之阿盖巷，旧有亨格乐马戏园。内圆楼三层高七丈，楼中圆池周一百四十尺，池四周馀地宽各丈馀。正面临门三层各有厅房，后面楼下有后台，楼上有厨灶、饭厅、乐堂诸所，地基颇大。楼内层层彩画，中央棚顶画作红日初升，其修饰装潢华美光洁，费至万镑而生意平平，入不敷出。四年前关闭，空至本年，改为溜冰所，洋名“司开丁帕来斯”，释乃溜冰宫也。马戏之池移去四面木围，尽灌水，以冷气结冰，厚二寸。每日刮冰二次，因溜冰人多，铁鞋齿利，久则冰面如铺雪，冰不光溜不便也。专役刮冰，服白衫蓝裤，转圈以铁铲横宽四尺、直长尺半者划之。楼上四面倚栏设小桌椅，来人坐观，带吃茶及小食，桌列鲜花，铺以彩布。后临壁设长桌椅凳，备男女闲坐，并买糖果勺勾腊各物，到处整齐洁净。

溜冰门票

每一礼拜，除礼拜日皆本局或会中人外，馀六天每天分三截，巳正至未初，申初至酉正三十分，戌正至子初三十分。入门值：晨溜冰者二先半，坐第一层楼观者二先，二层楼者一先；午后溜冰者三先，坐头层楼者二先半，二层者一先半；晚间溜冰者二先半，坐头层楼者一先半，二层者一先。溜冰买一季票者一人八镑，二人十四镑，三人十八镑，四人二十镑。买一月者一人三镑三先，一礼拜者一镑一先；一季内每礼拜溜三晚者二镑半，溜六晚者四镑半。年底小孩放学时，买票一个月者二镑半。出赁冰鞋，每次每双一先。初学者画间经教习教练者五先，入夜三先。每日奏乐十六场，乐工十二人；间奏跳舞乐，则男女可携手同溜，以作跳舞。茶或加非及小食，每人一先；午酌由午正至未正二刻，每饭二先半；零点亦可，价则另算；晚餐由酉正二刻至亥初，每饭五先，零点另算。其会中十三人，为贝达佛公夫人、康朴敦公、赖代在公、法木斯公与夫人、李布斯代公、万森公夫人、费士本、骆额、司业、戴拉库、葛娄伍诺、戈莱楠得。

“会中”原作“中会”

二十四日庚辰，阴雾。近日各内铺皆添新货，或罗列或悬挂，饰以绿叶鲜花。大铺有在壁上檐前悬挂羊百数十头者，有排牛肉七八十方者，猪肉较少。野猫山鸡，野鸭火鸡，鸡鸭鸽鹅，海味如鱼虾蛤蜊，螺蛳螃蟹，蛎子龙虾各物，并鸡子鸭子，乳油乳饼，全行罗列。皆经巡捕暗察，是否新鲜，有无病物，以免伤人。闻昨茶培街第六十九号宽卫内铺，卖牛羊肉三百三十六斤，巡捕查非鲜肉，捉入官厅，判罚十镑二先。又哈艾街第二号谭思理肉铺，卖六十斤胶滑人食不易消化之肉，官讯明，律罚二十镑。

马毛皆自背起剃去

二十五日辛巳，阴雾如昨。近见街市间货车及停街车之马，毛皆自背下左右剃去。现非天热，披毡负毯仍恐受寒，仍仅留背上一片如盖，不解其故，故询之。此等车行皆马棚狭窄，马亦受凉，其马或行远路，或引重物，卸后有汗，不能存留背上，必下流至腹，如不下滴，久积则冻，马反受寒也。

二十六日壬午，微晴，风。明日耶稣节，今日各铺即休业，人宜街游。反因大风而冷，皆坐家饮酒，吃百果糕（即李子饼）。值蛎子盛来。因文柴斯特、骚桑屯、坡滋茂斯三海口人患一种热症，洋名“太弗艾”，各新报宣传，遂戒食蛎子。据英巨商甘安云，自新报见后，每日仅售十分之三，是三日之工少得千镑，一季当少赚十万镑。商人贩卖者，所亏无几，仅少赚耳；惟产蛎之处，土人赖此获微利者苦矣。约计各处不得获利者六七百家，老幼当不下数千人，新报之速可畏哉。

新报之速可畏哉

二十七日癸未，稍晴，暖。今日为西历十二月二十五日耶稣节，昨夜城内人民饮乐终宵，今日午前街市无人。至午后，其不喜远游或无力远游者，皆在园囿江边，夫妻子女往来游玩以怡性。其出城游者，或骑脚踏车，或男女数人坐汽车，或雇敞车，或赁四马大车。由前日达今日，共坐火车赴布来敦海边者九万三千二百人，往东南者共七万五千七百五十五人，正西者共五万二千零五十人，其专游水晶宫者亦二万七千馀人。又此日俗名“箱子日”，盖各工役如点灯人、送信人、扫烟筒人、送新报人、各铺送货人不下千千万万，至各主顾家讨赏，得钱入箱，因名，各家仆婢亦得主人节赏焉。

“箱子日”

二十八日甲申，早大晴，暖，午后微阴，入夜风。因明日又值礼拜，今日各小铺虽开，只半日。现蛎子上坌，居近海边者，多向内地按筐送蛎子与各戚友以为礼。自新报见后，罕有敢送者，盖恐后滋戚友也。据伦敦巨商佛慈云，上礼拜共售十万枚，当新报未见时每日售三四万，新报出后犹每日售五千、三千、一千，今则一枚不得售矣。四日前由渔船运来六万，行中今存五十万，不下二千镑值，只有包收以待腐臭而已。

二十九日乙酉，阴，大风，冷。闻昨堪暖路第百五十七号雷大曼铺中，经卫生监督察出两盆霉烂鸡子汁，并一一百四十二坏鸡子，送入太木斯官厅判罚十一镑三先，或收监作一月苦工。又喀布街第百十一号来威铺中老妪，被人查有一百零八坏鸡子，乃官定罚九镑三先。是西国之讲卫生，不仅街衢洁净也。

讲卫生

三十日丙戌，晴，冷。英虽属耶稣教，仍有天主教者，闻在英兰与卫拉斯二府共天主教士三千五百六十五，红衣大主教洋名“喀尔的那阿赤比朔”者一，副主教洋称“色茀拉干比朔”者一十五，在苏格兰有大主教二副主教四，通国三岛共有天主教人一千零五十万。查犹太教与天主、耶稣、老东三教虽异，其源究属一家。乃在欧洲中南一带，犹有谓犹太教人迷拐小孩，杀害以其血祭天等语。华人之奉佛教者与西教迥异，则谓其挖取小孩心眼之谣传，不为奇矣。

老东教（东正教）

三十日丙戌，晴，冷。英虽属耶稣教，仍有天主教者，闻在英兰与卫拉斯二府，天主教士三千五百六十五，

28,12,1

红衣大主教洋名“喀尔的那阿赤比朔”者一，副主教洋称“色茀拉干比朔”者一十五，在苏格兰有大主教二，副主教四。通国三岛，共有天主教人一千零五十万。查犹太教与天主、耶稣、老东三教虽异，其源究属一家。乃在欧洲中南一带，犹有谓犹太教人迷拐小孩，杀害以其血祭天等语。华人之奉佛教者与西教迥异，则谓挖取小孩心眼之谣传，不为奇矣。

十二月初一日丁亥，早晴，未初阴雨。前于西十二月二十五日（即上月十七日），英后在阿来三德拉特勒斯特饭馆，召昨在南斐洲阵亡各兵之妻与子女晚饭，共二千馀人。召帖前于二十四日印发，每页前印君后小影，后印云“一千九百二年十二月二十五日午后两点钟，在西的路之阿来三德拉特勒斯特馆，君后阿来三德拉备饭，诚心愿尔寡妇子女欢过圣节，上帝保佑，以乐来年”。各人往来车费皆官备，怜其贫也。所备之饮食，烧火鸡、烤牛肉、牛乳煮白菜、煮番薯、百果糕、碎肉饼、拌生菜、葡萄、橘子、苹果、香蕉、核桃、糖果、对扯花纸爆、香茗、加非、扣扣、柠檬水，此外经郎特立行代送各人勺勾腊一匣。怀德来行除助修饭馆内外，又送各小孩布人一个。其伺候上菜、换家伙及他一切执事者二百七十五人，内多ABC加非馆之女堂倌助善者。其寡妇子女之属马队者一百七十六，御前炮队者一百五十四，御前机汽营者四十一，步队者四百九十八，馀皆各属地者。外有乐兵一班，随食奏乐。时有世爵李卜屯首座，以代君后。

王后宴请阵亡寡妇

扣扣（可可）

食将毕，君后来电旨云：“愿尔众客，饮食欢乐，上天保佑，来年顺利，诚心祝贺。”诵毕，各妇无不感激君后之仁心慈念而欲泣。食毕，李卜屯立起演说云，“今日之会，吾人皆当记念，不仅感谢皇后之仁，凡各人所属之君与国，皆不当忘也。因国与君失去其至忠至勇之人，故有今日之会”云云。言毕，众妇垂涕不止，继乃率众公具一电，答谢君后。去时又经君后赐各人一花片，上印“新年顺利、安乐吉祥”各语。

众皆垂涕

初二日戊子，早晴，午后阴。今日为西十二月三十一日，戌初带孙女赴代文晒坊第十二号阔斯敦夫妇家小孩茶会，共幼童雏女十七八名，外有男女六七人。先则众孩玩耍，孩分两班，一在屋内，一在屋外。第一曰猜字。乃屋外者互相商定后，向屋内言一字，如“提手旁”，屋内者闻而齐出，于是屋外者各置一物于掌上，走向屋内；若屋内者猜曰“托”，则众孩驰回另设一字，否则另猜。或一字曰“竹字头”，众孩掩口而入，则猜曰“笑”；或双手齐举口左，则猜曰“笛”是也。再则补句。一人先言一句，似是而非，向众设法问而补明之。譬如言“茶壶即位，天下太平”，即询曰“识此茶壶否，曾经见过否”，有答以“不识茶壶，惟知有君王”者，则说者鼓掌曰是。或言“猫想吃鱼，卧在冰上”，继而问曰“此何猫耶，知此猫否”，有答以“非猫，乃王祥”者为是。又玩夺手帕。乃众孩坐一圈，中立一孩；坐中一孩抛手帕，他孩接之，如被立者夺得，则立者坐而抛者立。如此陆续抛夺，

带孙女赴小孩茶会

玩夺手帕

28,12,3

倦而后已。毕事时近亥初，遂同下楼入饭厅夜餐，饮热汤，吃凉鱼、火鸡、糕点、鲜果，饮柏尔兜香宾、加非各品。食毕，各孩玩对扯花纸爆，扯开后内含细小玩物，如纸帽、竹哨、铜片宝星等。彼此戴帽吹哨，玩耍片刻，将复上楼，余率孙女谢归。

英国惟苏格兰土俗不重耶稣节而重守岁，铺户休业，人工将息。入夜有携酒果分赉戚友之礼，乃执赴所识至契各家，虽夜半已寝亦必唤起，呈饮酒一杯，果一枚。又当晚未嫁女有占婿之俗，暗室燃小烛一，女对镜以窥，久之目迷，以为镜中所见者何等人，则将来必嫁何等人；或独至井上俯视之，水中所见者，为其必嫁之夫之先兆云（德国亦有是俗，较此稍异，详见《五述奇》）。

初三日己丑，早微晴，午后阴，入夜雨。今日为西历一千九百三年正月初一日。街市铺店一律皆开如平日。按犹太教之礼拜日既与天主耶稣不同，新年亦异。前于西十月初二日（中九月初一日）为犹太教新年，日斯巴尼亚与葡萄牙两国之犹太人呼此节曰“洛什阿沙那”，英德两国呼曰“洛什阿收那”。此名所由来，乃自犹太《雷堤克斯经》之第二十三节，其首段词句云：“七月朔日乃尔安息之期兮，其鸣觱栗以志圣会之齐集。尔其摒除俗务兮，第献尔蒸尝以祭上帝兮”云云。按其教规，于六月底先忏悔十日，期满之第二日始迎新岁，平素不入教堂诵经祈祷，故视元旦为第一圣节而极尊重之。按其古礼所传，及其所谓先圣者遗言云，七月朔日亦为创造世界之期。故须

一九零三年元旦日

“摒除俗务”摒字原作拚

犹太教之古礼俗

吹羊角聚众，逮众齐集后，老师高声宣言云，今日乃创世之日。相传至今，谓乃上天更置人间祸福生死、年岁丰歉之日，是以先贤戴艾迪之门徒传授伊斯烈之子云，于是日祈祷，可免灾祸相侵。又于除夕日落后，先入教堂礼拜，回家晚餐，重行祈祷，并遵古俗，食羊首以志追念先贤伊萨克之意。然届时吃羊首者少，而食苹果片抹蜂蜜少许者盛行，其故未详。

吹角一艺，吹者既以为荣，而必拣选会中之精能者，肺气足壮，能胜其任，盖羊角乃一直筒也。吹要声音洪亮，音调不同，且听者皆须站立，否恐震动五内，其声之雄健可知矣，据云古时犹太曾借此吹倾翟里抽之城墙（地在代得海北，耶路撒冷之东北，现仅一村）。今日吹羊角之故典颇多，曩者犹太国王加冕以鸣羊角为乐，而军中亦多用之。但近世之鸣角者，大都意以赎罪，吹角人皆以大白肩巾裹首。凡十三岁以上之幼童，必用此巾裹首后，方准入堂祈祷。届期有人因病不至者，则吹角人须至其家吹之，据云可利其全家平安无病。又各人皆自作晚戒食，至今日闻角声后，于未申日落之间，方得食物。其俗乃先赎罪，后迎年，再后则戒食及大忏悔诸节，大都祭祀祈祷认罪各事而已。其表文云，“我犹太人，获罪于天，甚于别民，五中羞愧，深于列国，摒绝欢乐，丧失厥心”云云，戒食、忏悔二节详见后。

吹羊角之故典颇多

［八述奇卷四终］

光绪二十八年十二月初四日庚寅，阴雾。犹太人戒食节名曰阿头门（义即赎罪）为希布来之最重者。前于西

28,12,5

十月初十日（中九月初九日）自日落前起，至次日落日后止，二十四点钟内，星食点水均不进口。凡不忠不信者，当此之时，谅不敢有不良之心也。日昨伦敦东西一带犹太人多，其教堂不敷祈祷之用，故将学堂及会馆数处，皆假作暂时教堂之用云。

犹太人之戒食节

初五日辛卯，早大雨，雷，雹大如黄豆，午后晴。犹太忏悔节，自九月九日晚五点十八分日落后，各人即入此不饮不食之祈祷悔罪节，洋名“攸木齐坡尔”，铺与工人均休业，咸赴教堂，负白巾以诵经。其在波兰、俄罗斯两国者，奉教尤虔，至有在教堂中终夜静坐，不稍移动，如和尚参禅。翌日清晨，大众齐集，同守禁食，迨日落乃鸣羊角以成节。按彼之意，谓先生者非圣人，将来必生一人，使天下一家，无灾病兵凶，山水奠定，五谷丰登云。

忏悔节

初六日壬辰，阴雨。数日前由斯巴尼亚之瓦兰溪亚、代呢亚二城贩来苹果橘子极多。往年此季上等橘子一筐七百一十四枚，价则十先或十二先，现仅七先半。由加那他运来琵琶桶苹果亦多，价极廉，往年一桶价一镑，现只六先。

初七日癸巳，阴，细雨大风相间而作。闻昨在沙贝巷第五十号郗乐肉铺，官查出坏猪腿二剁碎作团，食人有损，判罚五十镑。又特乐康村村夫马尔勒，因牵一病牛赴伦敦市易钱，官察出，罚五十镑八先。夫人既重卫生，在乎自卫；然贫富不齐，哲愚不等，官不能处处察考，遂于饮食中先设法预防之，亦保养通国人民之一法也。

食品卫生保民之法

初八日甲午，阴雨。早熬粥分众人并洋仆，共四十六碗。考英兵分三类，战兵、守兵、义兵。战兵可赴他国，守兵不出本界，义兵虽准出外，仅能到各属地，然守兵与义兵之自愿随征外国者听之。各兵皆须在营二十年，有因病或他故，在营五年或十年者亦可。满二十年，体仍强壮，仍愿在营二十年者，经官验明仍留；回家者报明住址，官有赏，日给一先或一先一二本士不等。在外阵亡病故，或因受伤患病回国于一年内亡故者，妻与子女国家皆有恤赏，每月多少关乎人口之数。又别有一会曰忠义会，英名“帕特里欧堤克”，凡阵亡兵丁之孤寡，亦皆设法养赡。近因优待亡兵，乃将其回家一年身故之限，展为二年。前当英后赐众午酌，所传皆系一年内者；今既改章，故出示补传其在二年内身故各兵之妻，自行报官，以领月赏。

优抚退伍伤病兵丁

初九日乙未，早大晴，午后微阴，凉。四年前所记之伦敦拯救队，现更扩充，募化进款固多，而赈济养育之费亦巨。其上年总帐，各项人数，如所设“贱饭铺”，价廉而肉食洁净，专售穷人，一年往食者，共三千五百二十六万三千三百九十一人。“暂宿店”价廉，木床、毡被与褥亦皆整洁，一年住宿者，共一千五百六十六万一千八百九十二人。代觅工作之流氓，共十二万二千一百一十一人。罪犯出监后，无处可归收留者，共五千七百九十人。贫苦人家，经访察设法赈济使之过活者，共二十五万五千八百二十七家。穷人染病，使人前往扶持者共一万零九十一

社会救助受益人数

28,12,10

人。入夜大晴，明星在望。

初十日丙申，申黄雾迷漫，街市丈地不见，燃灯，未初细雨，后天稍清爽。今日为西正月八日，戌初伦敦美尔夫妇在公署中请小孩男女自六岁至十四岁之改装跳舞会。因余带有孙女现年九岁，月前以柬约，欲否前往候回信，并问年岁，届期改何装。余致书谢谓愿携往，注明年岁，仍服本装，云即是众中之新奇者。继又寄来夜餐票三页，其色左白右红，横宽二寸五分，竖长寸半，上印“千九百三年正月八日伦敦府小孩跳舞会，九点三十分美尔夜餐”各语。

九岁孙女赴小孩跳舞会

今日酉正二刻，余同内人率孙女乘车入老城。城内往来车辆极多，各处立有巡捕弹压指示。至公署之旁门下车，顺楼墙地铺红毯，搭有布帐。入门登楼，转入大厅前直行，美尔夫妇率他阿得曼等立左鄙金椅前，对面有人执棍唱名引导，一切多与前在极乐堂同。来者过美尔夫妇前，男孩向之鞠躬握手，女孩与之请安，与见君主礼同。各孩见过，皆顺步入大厅。余等与日本公使林董率其孙女，皆立于美尔夫妇之右。见所来幼童雏女共一千三百馀，装束不一。有欧洲各国今古官民兵丁、乡农工役，有德国开色（见《五述奇》）、瑞国卖牛乳人、本国宫廷侍卫，及律师、乳娘、庖丁、堂倌、美洲西印度人、斐洲黑人、埃及人、印度女、日本女、中国男女五，有戴顶貂尾而身着女裙红氅者，有戴旗女帽身着花裙蓝氅而唇画八字乌须者，有着红裙月白绣花女褂，而头戴日本女簪者，有

幼童雏女千三百馀

“野苗”原作“苗野”

戴纬帽着蓝号衣灰布战裙者，有装作西国女仙者，有满身鲜花肩荷竹梁名曰“一篮花”者，有装作他洲野苗赤须赤发者，满面黑毛者，奇丑之态，笔难尽述。

美尔“相”金氏夫人

见毕齐入大堂，美尔夫妇坐于正面矮台金椅上，余等坐其右，其他世爵妇女坐其左。楼上奏乐，一切款式，亦同极乐堂。既而当中四人，横提木棍，直立一行。乐作，小孩绕圈跳舞，形式不一，亦多新奇处。至亥正，计共跳一十六场，台上各人立起，美尔相金氏，林董相美尔夫人，余相特立伯爵夫人。美尔夫妇先行，其他依次对对随入左门，登楼入正饭厅。美尔夫妇正坐，右则金氏与余及孙女，美尔夫人左则林公使并伊孙女，再次则皆台上各妇女。桌形长圆，坐人二十有四。左右四小桌，所坐皆美尔戚友之品高位尊者。各小孩男女皆经人引入右门，至他间楼内。饮食火鸡、煮鱼、酱鸡、牛羊肉、牛舌、海虾、火腿、生菜、糕点、鲜果、香宾、碱水各品，桌上亦列鲜花及对扯花纸爆。食毕，搀扶下楼，入堂坐台上，复看小孩跳舞两场，时乙子正，遂谢归。是会洋名“朱威乃勒勃勒”，释言幼年跳戏也。是日林公使之孙女，亦着本国服色。

小孩改装跳舞会

十一日丁酉，阴，细雨阵阵。申正，偕内人带孙女乘车东南行十数里，至安斯娄园第五十号，赴特拉希夫人之女段斯谭夫人家小孩改装跳舞会。入内先进饭厅，见特夫人母女，继而立食茶及小食少许，后登楼看众孩跳舞。幼童稚女百馀，装束无须再述。其与昨日不同者，各孩背负

28,12,12

一帖，上书其人名姓及所装束为何地人；又男女各客一帖，上书请于男女各孩中各择所喜者一名，书其名姓装束于其上，以便公赏宝星。跳舞六场后，小孩分对走入内间，各领糖果一小筐，出旁门由大厅左门转回。再则一女执筐，向各客索回其帖，将入他间，择其中书名最多者，分赏宝星，法与公举者同。许久，乃回至旁间，对众唱名给赏。所赏之二女孩，一系作印度王妃，一则作瑞典乡女；二男孩，则一作宫中举矛红衣侍卫，一作法国武官。其宝星铜质金色，形如制钱。看毕下楼，再入饭厅吃冰乳果羹各数匙，谢归时已戌正。

书名多之四孩得奖

十二日戊戌，阴。西历上年十二月十七、八两日，有各善男信女施舍小孩玩物布人等，以备于耶稣节分给各医院义学中之男女小孩。各物聚齐，先陈列于阿拉柏堂，于此两日借人观览，大小共计二万八千件；外有虽系玩物而兼可使用者数百件，以给其孩之稍大者；更有无名氏特舍新铸之六本士小银钱一万一千二百个，司妥玛者特舍对扯花纸爆二万七千个，布人中之大而着衣者四千。

对贫儿之各种施舍

十三日己亥，晴，甚冷。闻苏格兰都会格拉斯勾人木商麦格来，向在缅甸京城兰古恩售卖木料为生，数年来集财甚富，遗有一十五万金镑。其人将死，留有遗书，云留三分之一与其妻。其二分一半赈济格拉斯勾之贫人，不忘其生产地也；一半赈济兰古恩之贫人，不忘得产地也。所有金钱，皆愿分给确为贫苦之人，不给教中人及福音会中人，以称其心云。

三分之二遗产救贫

十四日庚子，晴冷如昨，入夜微雪，河结冰。京师有以腊八粥涂树，冀其多子，如古人嫁杏者。而英之英兰西南界，如代万晒、格娄希色、西尔佛、色墨赛府等，正月初一日晚，亦有将树枝浸入酒瓶，名曰酒灌果木园。因地产赛得尔苹果酒，初一日树醉，卜将来苹果丰盛也。数十乡民，一人抱赛得尔酒一大瓶，他人各执一铜铁器如钟勺壶镬，往见园主，先歌一曲以致贺，云："醉尽苹果树通乡，碗色白而酒色黄。盆子造以好枫木，啤酒成由大麦香。浸君树以我等酒，因此一浸定芬芳。"歌毕秉烛入园，择各树一枝浸入酒瓶一次，并将各树杈置面包与盐少许，随灌酒，各人摇钟以捶敲所携铜铁器，又歌曰："苹果树，苹果树，我等黄酒如甘露。生而长，长而生，大帽满，小帽满，大布袋中亦盈数。哎呀孩子们（英俗指苹果树），同心祝尔饶裕。"二歌俚鄙不堪，译出仍之，以存真也。

酒灌果树并唱歌曲

十五日辛丑，晴，冷。都门乞丐，每于封印后，涂面改装，赴各铺讨钱。昨闻英兰北界约克晒府，有种下流人，于新年之日亦涂面改装，作斐美等洲野人，头顶鸟羽，身披鹿皮，面涂红土，或染黑漆，怪怪奇奇，观之令人畏惧，乃麕聚通城各家，排闼直入，为之洒扫刷洗，掸尘去垢以为戏，入门不语，彼此互作营营声。收拾毕，本家备有酒果小食，少食即去。此等游戏，中国不视为暴客耶？各地风俗虽有相似，用意究不同耳。

新年日之恶作剧

十六日壬寅，晴冷。闻英兰极北各煤窑中，工人轮班三个月一换。冬季一班曰耶稣降生节班，平日挖煤，铁桶上下井中，专有一孩换送空桶，至西十二月三十一日所系之末桶，或正月初一日之第一桶，各工人，赠此孩一耶稣降生饼，钉挂桶边俾易见，否则亦有给钱少许者。又于西十二月三十一日，苏格兰土俗，凡贫家子女，于是日以布作兜挂胸前，沿街成伙赴各家讨取荞麦面饼，乃随行歌曰："腊月三十一，特洛洛立（土语无义）。请赐白面包，黑者则不必。"绕行一日，兜满回家，可供三日食云。入夜微风，尤冷。 讨面包歌

十七日癸卯，晴冷。昨日藩部传云，申报侨居司，谓少年妇女之侨居南斐洲者，苟无戚友照料，或不经侨居会（见《六述奇》）保护，恐无益而有险。按侨居会历来保护妇女之他往者，现往南斐洲者亦由该会保护，国家深为嘉许。自耶稣节后，国家设法协助，凡助每人一镑，约每月费至百镑。

十八日甲辰，晴冷如昨。街行东北风皴面，冷如都门十月天。英规男女幼时，嬉戏不同。属身体性情无益者禁之。地非开敞，日光能临，而使人爽快者止之。凡踢球、拍球、抛球各艺之需力者，必得学堂验明，年逾六或七岁脑气生足之幼童，又随时访察，违则罚，故孩童游戏，各得其当。

然各国养育教训之法非一，德国幼童，操体练武袒臂推举铁球属。和国则拘执太甚，游戏处处有定章，禁破格，冬日溜冰，夏日在临北海之石文呢根地方挖沙玩耍，

亦有一定格局。义国最凶烈，如“二人对剑”，“暗中行刺”，“丧心分离”，“致人死地”，各游戏之名，虽云童戏，多有因之殒命者，通国男女小儿，皆不以死为心，故无君党多出自义大里。法俄两国，则经父母教养，游戏之法由长传幼，有益无损，大要相同。他如日斯巴尼亚之天主教各国，神甫将古时游戏各法著于册，勒令小孩仿行，而于身命无损。丹、瑞之间司堪的那威亚一带，小孩戏物无多，夏季或栽种小树，或戏弄碎瓷及马口铁之盘碗类；入冬遍地冰雪，以小冰床载小孩，大孩在后随推随溜，尚有趣。北美洲加那他之北埃斯奎墨克斯地方极冷苦，入冬冰雪尤厚，小孩更无戏物，乃在“拨”（俗曰蒙古包）前挂一物如鹄，因昼短燃油灯，群孩以皮裹身缠头，以海马牙作箭，以手代弓抛射之，亦极欢乐。由此以观，各地自乐其乐，亦可概见矣。

各国儿童各种游戏

十九日乙巳，晴而雾。昨由英商部传云，由各海关报来，谓上年十二个月中，自他国坐三等舱来英之贫苦人，共十九万九千八百六十八人，较前年多来五万零百十八人，除此下船后或来伦敦或他往者外，尚有充水手一千五百馀人。自西历一千八百九十四年至上年，按年互为出入计之，合一年多来万人，亦可征英国商务之盛矣。

二十日丙午，镇日白雾迷漫，咫尺不见人，街市灯无光，入夜雨。闻英国伯爵喀那文夫妇，于上月由法京李兹店携行李至北路火车栈，有首饰一小绿皮匣，盖有暗锁，以皮带捆入衣包内，交行主登保险簿。车至戛蕾，改乘午

首饰被窃

28,12,21

后轮船，至都伍复坐火车，戌初抵伦敦，马车接至柏克蕾坊第十三号住宅。行李到，衣包未捆，皮匣已开。匣内两层，其上层物值五千馀镑皆失去，计戒指十二，金鈪八，胸口针十，女金表二，以上各皆镶嵌珠宝玉石之类，中惟一戒指镶重三十米粒珍珠一粒，重喀拉半（每喀拉重四米粒）钻石一块，共值八百镑，乃至贵者。即时报巡捕，用德律风传各处，亥正巴里通城巡捕厅火车行皆知，秘为访察，无着。

二十一日丁未，晴。闻前于西十二月十三日（即上月十四日），在暹罗都城曼谷之独溪囿中，有售各物善会，国王及各大员咸在彼摆摊，燃灯结彩，鼓乐喧阗。陈列佛像为多，英武官葛伦扉买绣花手帕一块四十镑，一玻璃酒杯上錾暹罗字二镑，贵由公主售也，是皆效西法耳。

二十二日戊申，阴而微雾，稍冷，入夜微雨，暖。伦敦新旧城内，因路仄人稠，仅有双马跑海公车，名“敖木呢柏斯”，俗仅呼曰“柏斯”。嗣于四面宽处，师美法之铁道公车，名“特拉木卫。”二三年前，又师德之电线公车，名“卫希克勒”。此二车虽快于马车，究不便于城内，四年前初创电汽自行车，名曰“谋土尔喀”。今春初到此，已见售此车专铺，而街市乘坐者约十之一二。近在庇喀的里敖斯佛等街，又创用电汽公车，客八人者，容二十者，敞棚者，带车厢者，惟车顶不坐人，防险也。是车较铁道公车稍小，较电线公车又甚速，惟不数见尔。闻车行现定造容二十人者二百辆，工竣后可通城畅行矣。

公交用车之演变

谋土尔喀即摩托车

二十三日己酉，早大雾，稍暖，巳刻微清明，申初复大雾，数武不见人。前二十日大雾，半由窗隙吹入屋中，迷漫似烟；今日雾虽厚，而屋中如常清爽，盖二十日雾低，今日雾高也。闻义俗诸生立有手枪会，散学不回家，即至他处操练，比赛准头。故每日诸生入学，皆携手枪，学中按时有体操，亦有较枪者，致多误伤故伤。现在学规禁止，然童心不改，合前后两节观之，义人之不以身命为重可知矣。

意大利人喜带手枪

二十四日庚戌，阴。闻义国柏鲁那富户马那拉者，于数日前与子口角，遂立意死后一切产业子不得承受。乃拍卖各物，易得四万馀镑之纸钞纳于床褥下，卧其上自焚而死。次早其子始知，钞皆成灰。苟得钞之号数，尚可少获遗产，否则无一文矣。今日系西正月二十二日，即前岁（即西千九百零一年正月二十二日）英王袭位日，午正通国各营，声炮庆贺。

二十五日辛亥，早晴，申正仍雾。嘉庆年间，西人在中国传天主教者分两党，曰翟随滋，曰兜迷尼堪斯；翟党义取基督，兜党义取先贤兜迷尼喀。天主教规，拜天不拜君亲。翟党人豪勇精能，首曰将军，谓作事虽凶暴，但有益于将来者，即为之，甚至弑其君，以为将来有益于国；所谓精能者，中国祭祀祖先，凡入教者暂顺之而不勒禁，冀从教者众。兜党则定守教规，必要以脚踏祖父坟墓石碣之上，以明其诚。因之两党不睦，兜党禀教皇，至今禁翟党入直隶，仅在江南一带。现入中国传教，别加两党，在

天主教之在中国

28,12,26

直隶曰拉杂里斯他，在两湖曰茀兰希斯堪斯。

数日前，英皇与后由三汀杭镇地方回伦敦，宫中午酌毕，酉正赴文恣行宫。因昨为其先君主忌日，早英皇与后率太子与妃及他王公夫人入宫内礼拜堂，坐听教士唪经，祝先君主之灵。西教不拜君亲，而行跪拜礼于教堂，其面谒跪教皇，求亲跪美女，乃勒禁入教华人跪拜祖先。噫！如英皇之所为，谓之不变国俗，斯可矣。 不拜君亲而跪教皇

二十六日壬子，阴雨，入夜风。昨日戌正，海德夫妇同请在阿勒巴玛街第十三号阿勒巴玛会馆晚酌，同席男女十六人，有日本公使林董夫妇。肉菜无多，与他饭馆之三先顿饭同，惟外加香宾、舍粒耳。询海德女阿莲何不来，渠云今日客皆已娶嫁者，不宜来陪也。

二十七日癸丑，早阴，午后雨。昨见新报内一则“幼女被击”，乃一水手名哈尔得，因前日在倭尔什街拳击幼女葛尔伶之背被捉。女年十七岁，供云，曾与哈尔得同宿三馀月，因哈懒不作工，遂别去；继而哈乃诳以将娶为妻，喜而仍往同宿，哈依然懒惰，饮食不给，云云。官罪哈而释葛。余到英以来，见新报所述男女同宿如此者多矣，女皆无罪。女不卖身则无食，“卖”字不耻，“贞”字不知，西土民风，有如是者。 男女同居谓女为卖

二十八日甲寅，阴，风，冷。伦敦城内太木斯江以南贫人甚多，在康柏卫区之阿拉巴尼路有舍牛肉汤处，洋名“格蕾苏普其趁”，译言大汤厨。据云此厨定开半年，自十月中至明春三月，每丑寅之间，远近来之囚首垢面旧衣

破鞋妇女儿童极众，各提盆罐锅壶，大小形式不一。到门时有二十巡捕弹压，每四十名一班，按班开门。厨甚大，先有大缸五，内盛四百五十加伦（每加伦合英一百六十斤）者四，盛二百五十加伦者一。外机器铜锅四，每中盛八十加伦；又有随时备用之小锅三，每中盛六十加伦，届时由大锅分入使之热。汤可养身，亦开胃口，每日熬法，用牛头七，牛蹄百十二磅，牛骨髓百六十八磅，番菽三百八十八磅，葱二百二十四磅，红萝卜百七十磅，大萝卜百七十二磅，豌豆四百四十八磅，盐三十磅，胡椒末四磅半，芋香十一磅，豆面九十磅。一日乞汤者不下七八千人。所施是多一日，曩备六千二百二十加伦，今增至二万一百加伦；一礼拜费约八十磅，乃赖厨中首善名胡蔼德者随时募化云。

熬牛肉汤施舍贫妇

二十九日乙卯，阴雨阵阵，狂风怒号。伦敦城内东南一带，贫民无工作，妇女多饥苦，入钱不易。一寡妇养子女四，乃以布裹妇女衣中所用之鲸鱼刺，每一百四十四条工价三法丁（合一银元不到百分之三）；又一寡妇养二子，子一眇，乃缝碎皮作工，每一码半先（合二角半）；又一妇携一瞽女，缝裤度日，每条二本士半（合一角零）；又有做小孩鞋，专缝皮底钻钮孔者，每十二双二本士半或三本士；做火柴匣，自备浆糊，每一百四十四个二本士半；做布人臂膊，自备针线，每一百四十四对一先（仅合半元）。英国百物昂贵，贫民之苦可知矣。

贫妇作工收入微薄

三十日丙辰，大晴。西历正月二十七日为德皇韪良第

28,12,30

二之生辰，其母英君姊也。昨晚酉正，舅氏为甥设筵遥庆于文惢宫，同席太子、太子妃、丹国太子与妃，及他公主、夫人、王爵，德俄两国公使，丹国公使夫妇，计二十八人。宴毕，英皇立起演说，以寿德皇。德国公使立答数语，以祝英君，英君即时并电贺德皇。

光绪二十九年一月至三月

光绪二十九年岁次癸卯正月初一日丁巳，大晴。早悬龙旗，巳正偕众赞随翻译向北恭拜圣牌，行三跪九叩礼。礼毕团拜，互贺新禧。

寄居伦敦者多国，语言既殊，而规矩与教复异。即以婚嫁征之，伦敦东北角之司庇他扉村，多波兰贫民，其婚娶在希腊教堂成礼。届时上等首客先入教堂，坐于新郎应坐之座，后到者馈以微物，请其移开。继而四人背负红绸引面遮白纱之新妇入，以避新郎注目，进堂立定。随新妇之人，口称与之梳发，乃加凤冠于顶。后则教士由一银盆内抓蛇麻一把，向众头上洒之；再将神像捧于新夫妇前使观，面祷神圣保佑；并然短烛，各执其一，各饮酒三杯。彼时随新妇之女客佯拉女鼈，乃交其衣尾于新郎，于是新妇之左手始交新郎之右臂，彼此互换戒指而礼成。

希腊教堂之婚礼

又西德尔贝路有一清真寺，正面仅一小玻璃窗，画一

29,1,2

星一月，义指长寿，地铺大毡，壁书亚拉伯经，空屋无座，在英国只一回教牧师名奎良木。数日前一印度人结亲，各人入寺不脱帽而脱鞋于门外。新妇装饰，与英人相似，惟面不遮纱。新郎着浅绣金花红绸袄，头缠红白绸。他人皆着英服，头戴形红毡帽。牧师披阔氅，头缠花布，立新夫妇前，操亚拉伯言问曰“彼此成亲，是否各出本意”，连问三次，新夫妇皆答以是。乃请诸客画押作证，此后称述回教先圣之名，而夫妇之称乃定。继而诵经，末则男客各吮新郎之额并左右腮两次，而礼成。

清真寺中之婚礼

寄居伦敦之德国犹太教人亦多，能英语者颇少。彼教人在教堂成婚礼，系一大牧师，头顶形高帽，着宽氅绣金花，偕十二人立于地中。新妇到，随有六人偕新郎立于牧师对面，上罩一长方花布帐，四角四友各举一杆。牧师即读婚例，后令新郎及新妇之戚画押。新郎乃执新妇之手曰“汝为我妻”，彼此互换金戒指；牧师举酒一杯，为之祝祷毕，令新夫妇各饮一口。继而新妇向新郎绕行三次，新郎向新妇绕行两次，后新郎举杯掷地，使碎万分，义指夫妇永偕，万分不分也。逮新夫妇出堂，众人合声唱曰“去之夫妇，受天之祜”。

犹太教堂之婚礼

初二日戊午，晴。西国衣服不时改式，因之材料花样亦时有更易。于是伦敦凡皮毡绸缎衣料及已成之衣服女冠各铺，皆于正六两月减价售一次，俾免货滞本亏。正月者曰冬季，六月者曰夏季，每季贴招，贱卖若干日；货之至老或尺寸不足者，其价日减，以求速售。有原号一镑，至

服装生意

末天减至十二三先者。又闻大铺伙计，除衣服外，房榻饮食皆归铺中，工价每一礼拜多者二镑（按时价合银约十六两）。出售各物，由何人卖去，管事者给有凭条，记以所售若干钱，按月总算，每一镑酬以二本士。

初三日己未，早晴，申刻阴，入夜风雨交加，雷。伦敦汽车或电车价极贵，每辆由五百至六百五十吉呢（合六百八十二镑半），按时价合不下五千五百两。据云价虽如此，而较马车尚甚廉也。马车每辆由一百五十镑至三百镑，马两匹由二百至五百镑，鞍缰两分由五十至百镑，厩中昼夜背负之毡套等共由十镑至二十镑，统计每辆应由四百至一千镑；此外又加地租、房车马税及车夫工价一年须三百镑，再加饮麸料等一年又须三百六七十镑，是马车倍贵于汽车。且汽车仅用一人，外加电气火油之类费无几，将来通城汽车必盛于马车。

汽车必将盛于马车

初四日庚申，早晴，午后阴，申初骤雨一阵，入夜晴。英国古无钟表时，合中国之土圭测景之法，皆用日圭看时刻。故至今凡老花园及楼房中，多有日圭古迹，鋈于石础墙壁之上；且随有成语，如“光映影转昼夜无限”，又“时比人命，忽短忽长，或彭或殇”，又“日圭所指一刻不甚宽，苟失一刻试思弃工若干”。日晷之最古者在英兰正北坑柏兰城之白鸥行宫，始自西历六百七十年（唐咸亨六年），又在瑶珂晒府之赛特村有小山，向南一面立石四块，各隔四英里，以其影看时，乃一山日圭也。又在诺福府之三汀杭城内，有英君埃达倭之日圭（英主之有

古时日圭及其铭文

此名者共十，其第一系在九百零一年），系靠南墙外，另立一石碑，形似座钟，前一方面上插一针，左右与下三面写数，乃左写六、七、八、九，右写五、四、〇、三，下横十、十一、十二，一、二牌顶刻字一横云，“我之时刻赖君指示”。厥后日晷之变格，乃寄诸时计。

初五日辛酉，晴，凉。外国人不惟于平日各节处处求便求精，而水陆军中尤日求善法。陆路既有气球窥军情，近闻在海底又得探敌船之策，乃一甚巧之法，法国新创：在海底船腹中，能使三里外之敌船映入桌面布上如绘，察其所向，可即定于某地某时放水雷。余所闻如此，虽未目睹其用，而将来各国必仿而盛行也。 水陆军中日求善法

初六日壬戌，阴，冷。英国水师诸生在船操练，每日饮食皆有定章。如卯正扣扣一大碗，辰正早饭面包十二两、猪肉三两、加非加牛乳一大碗，午正晚饭牛肉九两、煮生菜少许，酉初点心面包八两、果汁二两，将睡时各干面包四两。 水师诸生每日饮食

初七日癸亥，阴。英国各公署之司员，皆按本署所办何事考其所学，考列前名者即为正途，随时传入。按所考者，如第一为腊典文，本国及法、德、义、俄等国语言文字，天文、地理、算法等；再则所专学者，如格物、化学、医道、律例、水陆兵法、公法、商务、教门、教读、制造，以及雅、斐两洲之文字语言。惟外部则不然，不惟考其所学，更须经人保荐，察明其身家品行；盖以与外国交涉情形最关紧要，其人必须忠诚谨慎，以防从中舞弊， 考学问更须察其人

泄漏机关而卖国求荣也。

“苟患”原作“苟不患”

初八日甲子，阴。西人谓清气养神清血，换气以口，苟患口膈之病，体亦必虚。气自鼻入，走管入肺而自暖；且随走去滓毛尘垢，气自清澄。气自口入，既短而无用，肺中气盛不足，血自不净。肺存浊气，譬如器积淤泥，终归无益。入夜窗上稍开，以进清气，亦妙法也。

频见苦人列队游行

初九日乙丑，晴。现因天寒，通城贫民之无工作者，各区皆有，或数百，或千馀，统计逾一万。经善士所设拯救队及工人会等竭力周济，不使饥饿滋事。近日频见苦人列队街行，或数百，或千馀，随有马步巡捕数十，四面弹压。前行者奏乐，声调凄惨。此后或举红旗，或举黑旗，其义未详。随行左右，有执马口铁扑满者向人乞钱。于是有沿途施舍者，有自楼上掷下者，多寡不拘，闻一日竟得数十镑，足供每人一饱云。

年夜宴请贫家子女

初十日丙寅，早晴，午微雾，入夜暴风骤雨。闻伦敦美尔夫妇于西去岁十二月三十一日午后，宴老城贫家子女七千四百名于极乐堂，不惟各孩在内听乐饱餐，且各得赠点心一筐。其筐共载二十五敞车，每筐内盛猪肉饼、耶稣糕、李子饼各一，茶叶糖果各半斤，捆筐共用花绳五洋里长（合三万零四百英尺），装车共用十二人四个时辰始行装尽。当晚食将毕，美尔亦立陈一段以鼓舞之，众孩欢声称谢而散。

圣诞节饼

十一日丁卯，阴。伦敦耶稣节饼或李子饼又名百果糕，向皆各家自造，材料颇多。去冬诸物值昂，桃仁尤甚，且既做即须一大锅，所费甚多，故各家咸计人数而买若干斤送礼。买铺造之饼，每斤二三先不等。闻通城各铺，出售共十万零五千块，大小不一，由一斤至三十馀斤，统约二百五十吨，在敖斯佛街仅胡柏尔一铺售出万块。以上皆伦敦一城所用，此外运往澳大利亚、南斐洲、印度及他各属地并俄、义、瑞士诸国者，自西八月间即向外贩运，每日约在二百上下，共计一百三十馀日，为数不下三万块，此亦英人一时之一大生涯也。闻就中有一大块，直径二尺半，高二尺，重一百九十八斤，值十镑半。其寄费、盛匣，欧洲每匣二先，新锡兰三先，南斐洲七先半。

十二日戊辰，晴暖，申正微雾。闻赛西店去岁一年共进二十二万五千零四十三镑，除一年所费及他零款，共馀三万六千二百一十七镑，除按百分内抽五分半归旧股、抽三分归新股外，馀一万四千九百五十三镑仍留店中使用。（一店一年之盈利）

十三日己巳，晴，未初稍阴。伦敦铺户人家，白昼亦皆闭门。英例禁乞钱，间有贫苦残废之人凭歌曲讨钱，然不能敲门讨要，乃在街心歌唱，随行左右望之，其欲舍给者自由楼上掷下。现因贫民无工作者极多，前曾见有数百街行，巡捕弹压以乞钱者。近又见有男子三五成群，街行歌唱讨钱。此等人系不欲入丐大伙，或按章不能入伙，不得而知也。其所唱或经或曲，亦不知也。遇有挪移搬抬物件者，随时亦可雇用此等人。

十四日庚午，晴。伦敦新任美尔约饭，例请各国驻英

鲁麻呢亚（罗马尼亚）

公使，赴否自便。闻前者美尔独未请鲁麻呢亚国公使，公使怒，致书询其由。美尔答以其国待犹太教人不仁，故不请。公使无法在英辩驳，乃报知本国。其实乃美尔之错，盖美尔虽为犹太教人，而其请饭系照官例，非私情也。彼公使苟行文英外部，告其非理，有碍邦交，咎必归于美尔矣。此次不惟公使未经告理，而彼国亦未追究，是亦关乎国之大小强弱也。彼国犹太教民，更乘此机会，勒令国家改定多条新例，保其利益一切与他教人同。

学习海军交费颇多

十五日辛未，晴。闻英人之学习水师兵官者，皆须上等。按例必在十六岁以上者，先送登旧大船学四季，合一年零三个月。其家一年交官七十五镑，衣服等费年约五十镑。凡上船各童，不惟衣须一律，箱只亦令相同。完此四季，考毕，授以领催，再登他船，游行外国，每年其家仍须付官五十镑。待其升至游都食官俸，方行停止供给云。

招雇农工北美开垦

十六日壬申，晴。闻昨有由美洲加那他正南麻呢投巴府，经官派来一人名石艾柏者，招雇农工。彼处田地开垦，有四十人创首，各领官地由一百六十至六百四十亩不等，种三年后偿本。石来此代各地主雇三百或四百农工，约共一万六千人。各人饮食住所归地主。每年工钱由四十镑加至五十二镑。

十七天癸酉，晴。前日在稼穑堂（洋名“阿格里柯邱霍勒”）人设犬会，名曰克乐茀自收，携犬来此，或出售，或比赛。犬身与眼爪之大小，毛与腿耳之短长，色之黑白紫黄，种类不一，价亦极昂。第一为布勒混，义乃

29,1,18

血猎犬也，色紫黄，短毛大耳高腿，价号五千镑；第二为达麻田，其种产在奥国南界达麻堤亚地方，故名，其色白质黑点，短毛小尾，大耳长嘴，价亦号五千镑；第三为柏尔苏艾，系俄种，其色黄，身细毛长，嘴尾亦长而腿高，价号一百五十镑；第四为“日本西班牙”，乃长毛黑白花小哈巴，以其初产于西班牙又来自日本故名，号价二百镑。大小一千六百条，共值二万镑。往观者入门票价及卖去若干，皆未闻。

一条狗卖五千镑

十八日甲戌，早微雨，酉初大雨，入夜雨止，仍阴。昨记之布勒混狗，身大耳大，性颇灵。曩者英人用之寻人踪迹，如将所欲寻觅者之随身一物，如衫裤鞋袜之属与之一嗅，即能按其所嗅之味而追寻之。以意度之，各人气味不同，随行皆有遗味，故狗能辨别。然被寻者亦有法防之，啮破中指滴血于地，狗追至滴血之处则止步不前，想系气味淆混之故。达麻田狗中身长腿，行动极速，能随跑于车下四轮之间，故又名曰车狗。柏尔苏艾狗身细腿长，驰驱轻快，其性极驯，能察地势捉物，且善猎狐云。

用狗寻人

十九日乙亥，阴凉。亥正二刻，偕内人乘车至庇喀的里街代万晒尔楼，赴代万晒尔公夫人茶会。此会为本年伦敦第一大茶会，盖该公夫人为现在通朝各世爵夫人之首领，故设茶会亦行倡首也。楼房宏阔如宫，修饰华美，楼下奏乐，楼上旁间备茶点酒食。长桌设两处，来人男女千数百，密攒如蚁，尽官场中人。登楼见代公夫妇后，步入别间，少立下楼，时已子正。

英君往上议院致词

二十日丙子，晴。今日为西二月十七日，英廷定于未初开议院，届时英君与后率太子往，诵念宣词于上议院，并请各国公使夫妇往听。午初余偕内人乘车走利贞街，过柴草市，见在柴苓十字街及白堂议院等街，皆左右排兵，中以黄沙铺地，兵后立人，男女如堵，马步巡捕，往来弹压。两边各楼，临窗亦挂彩绸，赁人瞻望。一切多与国王加冕时同。凡国王经过之地，皆自午初禁止电车游人行走。堂中正面一三级长方小台，上铺红毡，中设宝座，为君与后坐；左右二椅，为太子与妃坐；左面横排四椅，为皇叔等坐。台下右鄙，一方池内层层列座，坐各国公使。对英君座列长机两行，末一横桌上陈公文案件。此外左右各列长凳五行，皆坐上议院之公侯伯子男爵夫妇。此层地铺花毡，机凳咸罩柴呢缛垫。再上四面敞楼一圈，正面与左右坐各国公使夫人命妇，对面坐下议院中数十人及新报馆中十馀人。下议院人多，而此中容坐无几，容立之数亦不多，故皆计定坐立之数，众中拈阄，得座者坐，得立者立，其拈得白纸而不得入者亦无法。

车共五彩宫车六辆，前四辆各以紫马四匹载行，内坐前引大臣、御前侍卫及内大臣等；第五辆以四匹乌骓载行，内坐宫官、婕妤；第六辆载以青马八匹，内坐君与后。未初，皇叔、夫人等先到，坐宝座左边一行；继而太子到，坐宝座右椅上。国君与后率各官，于一点三十分出卜静宫，一点五十五分过白堂街，未正入议院，进娄冰阁换礼服，乃红呢银鼠氅，尾长八九尺。换毕转入堂门，先

王入议院先换礼服

29,1,20

二官举棍退步前导，继而宫官对对，再则一官双手捧宝剑，一官对手托一长方小褥上置王冕。君与后入，各后二红衣童执氅尾，于是通堂人皆起立。君与后登台，向众一点头，各皆向之一鞠躬，君坐右而后左。宝座左右各一门，他人入左门，君入自右门。

君少坐，对面大门开，走入下议院绅董数十，立于横桌后，既而国君执一篇坐读云：

君主谕上下两议院爵绅曰，我国与各国现皆和好如恒。前以魏尼苏喇国（地在南美洲正北偏西）开罪我国船只，酷待我国人民，我国不得已，特将彼国海口封堵，旋即开议一切，以息争端；现在已有成议，所有封堵彼国之各海口即可弛禁，此则朕言之欣喜者也，至此事之各案卷，业已陈诸案上矣。 魏尼苏喇（委内瑞拉）

我之北美洲属地与美国之阿拉斯喀（地在北美洲西北角）壤地相连，屡以疆域未曾划清，时启争端；现为息争起见，已议立条约，订将此事归公正人判断，业经盖印经予批准矣。

又土耳其各省之在欧洲者，其蠢动情形甚可虑，亟须设法整顿；整顿之法，须妥慎周密，切实可行，此层朕已与土皇及土之臣工言之矣。柏林条约签押之各国，有何整顿善法，可以条陈土皇，请其照办之处，现在奥、俄正值商议；予愿所议各节足以济事，并望我亦得以竭力相助，至此事之各案卷，亦将发交汝等阅看。我与土国政府议，将毗连亚丁之边界，派员会同划清，虽经竭力商议，而迄 土耳其之欧洲属地未有成，言之殊深抱歉，现仍催办甚力。

苏梅里兰（索马里）

调征木辣阿布杜拉（地在南斐洲）之大军，在义之苏梅里兰属地欧比亚海口（地在斐洲正东）登岸，中有马兵一队系在橘子河及脱兰斯瓦一带招募成军，现在不久即将前进。义国政府于此一事，实属真心相助。予愿经此一番举动后归我英义保护之种族，可期安枕无忧矣。南斐洲事大有起色，令人可慰。藩部尚书章伯纶前赴彼处查勘一切，功效甚著，身历其地，即可与彼处经略大臣米勒纳各属之执政大臣及巨商硕士等讨论一是，凡棘手之事或从此可以了结，猜忌之心从此可以泯灭矣。干奴（地在斐洲西南界）土酋擅开兵衅，予故不得已派兵征剿，我军现已进踞其都，呢翟里亚划界一事，予从此想可开办，安然无虞矣，至此事之案卷，亦将即行发下矣。

橘子河（奥兰治河）

章伯纶（张伯伦）

干奴(刚果)

予之绍继印度皇帝之称也，已于代乐喜（地在印度西北界）地方诏告大众，而受各亲王之祝贺矣。各王等忠心为国，时时以朕为怀，言之实深感激。此次举办庆贺，适值旱象告终，各处农商又复十分富饶，为数年来所未见，是则予言之而不胜欣喜者也。

印度皇帝已受祝贺

又谕下议院院绅曰：

本年所定度支册，不久即将发交汝等核阅，虽所定支用各款俱已格外撙节，然我国幅员既广，所费不能不多也。

既又谕上下两议院各爵绅曰：

爱尔兰农地情形，已经迭次颁例整顿，现拟再议一

29,1,21

例，俾竟前例。上次所须兴学条例，现拟扩而充之，行于伦敦都城。停止津贴糖商之约，已在比京批准，将来如何可以实力奉行之处以及如何筹集款项，以为开斐洲新地之用，均当设法办理。伦敦海口之便利与否关系全国，如何经理之处，将与汝议颁一例。禁酒之例，苏格兰须有之，现议更改，俾臻妥善，予愿此议不久即成为例。估价条例如何更改，幼童工作如何照顾，牛乳等项如何禁止搀杂，治理收受另款仍生利息之银行之条例如何更改，收受仗义捐款公会如何再行设立，均须设法办理。予谨祝彼苍示尔程途，佑尔蕆事。

又谕上下两院议员

念毕立起，向众点头，而后出院回宫。众亦即散。

二十一日丁丑，晴。英国白星洋行新置大轮船一只名赛得力者，昨由立文浦海口驶赴纽约。船载人可三千，头等舱一百六十，客厅饭厅在内，二等舱一百四十五，三等舱四百二十。据云船长如伦敦之柴草市、帕玛二街，宽似利贞街，船面分九处，由船底至船面高比伦敦至高之楼。船中所备饮食一日三餐，足供一小城内一万五千人之用。即如前者往来不足二十天，共用牛羊肉三万五千斤，猪肉五千斤，牛乳五千斤，糖万斤，加非二千五百斤，茶叶七千斤，啤酒万瓶，鸡三千只，鸭子六百，松鸡二百，鹌鹑七百，番薯二十五吨，亦足见英美两国往来行客之多矣。

白星公司之新邮船

“松鸡二百”下删“捆”字

二十二日戊寅，晴，入夜风。鼠莫多于伦敦，新房莫论矣，本使馆老房也，数年前当余住此时，已见白昼鼠游行楼板桌柜间。昨闻斯特兰街北一带，鼠患尤烈。布拉墨司丹侯等街日落后，妇女皆不敢步行往来，因鼠成群有害于人也。斯特兰街之盖伊堤饭馆，一屋中储有桌布二千，每被鼠衔出千馀；酒窖中酒瓶，有时经鼠拽出七八码外，以三四十瓶搭成窝洞；并不时咬断电灯，据人云所损物件，值共五千馀镑。且盖伊堤饭馆向来兴隆，每日晚餐之客必有二三千馀人，今则无矣。由以上观之，其鼠之大而多可知。其他处之鼠，偷食伤人损物吓猫害狗甚多，笔难尽述。且云鼠不宜杀，苟害死一个，必有十馀前往奔丧，亦奇闻也。

鼠以酒瓶搭成窝洞

二十三日己卯，晴，入夜风。数日前因现在伦敦无工贫人太多，城中各地方官会于春园，议论设法，俾之得所。乃议定三条：一，派百工官一员；二，国家须早开官工，如开垦荒地，种树成林，修补大路等；三，城邑各官须向国家会商，每开一工以用人愈多愈妙，更须设法阻止他城之贫民混入伦敦云。二年前如此无工之人虽多，仅十万五千零；乃今年，今境至十一万四千六百四十六人。

失业工人较前更多

二十四日庚辰，镇日阴晴，细雨不定。外洋新报监督俄人魏赛里斯吉，请于今日申酉之间，在君主门园第四十一号会晤俄国公使贲肯多弗。酉初乘车往，入内遇他国公使男女多人，见俄国公使拉手问候，并与他人少叙，戌初回使馆。

报馆监督请晤公使

二十五日辛巳，镇日阴风怒号，暖，入夜雨，带小雹一阵。闻本年为罗马教皇即位第二十五年庆贺之节，名曰“朱比立”（见《六述奇》），宫中悬花结彩，共办一十

教皇即位二十五年

29,1,26

二天，系自西二月二十日至三月三日（即中正月二十三日至二月五日）。当日天明，先在贤皮特教堂行其所谓之弥撒礼。午正，宫中接待各国前往庆祝之天主教人，数逾六千，多比国人。教皇既登座，召见各国贵客。各人馈送礼物颇多，共收金冕三顶，洋名“悌阿拉”，式与国王者异，作形。据云各冕皆须人工一年方竣，又三冕共值八万金镑，外有金锁匙等，统计所值不下百万镑。此等朱比立礼，犹太教以五十年为一节，罗马教堂向以百年为一节，后渐减至二十五年。

二十六日壬午，镇日阴晴风雨不定。午初率马清臣及衡、尹、白三随员乘车入卜静宫赴朝会。曩者当女君主维克都里亚在位时，朝会历在贤翟木斯宫，见时君主立，各国公使率赞随同入。今改于此宫，登楼入正殿旁间，各公使与赞随分立；午正殿门开，各国头二等公使依次一行而入，见毕，在君左倚窗横立一行；继而各国赞随依次鱼贯而入，见后仍群立对面侍卫后；再后方为本国文武员弁，随入随出。此次国君改坐金椅君座，太子及他公侯立君左座后，礼官立君右稍前以唱名。立至未初二刻见毕，君起立，向众点头出殿。申正骤雨小雹一阵，入夜晴。

白金汉宫朝会情形

二十七日癸未，自晨至夕阴风怒号，极冷，入夜风雨交加。英人麻辛多什者前赴斐洲西界呢翟里亚地方搜觅珠宝，前日来信，言寻得产盐之地甚广，挖出熬成，合十五先一吨。该处原不产盐，历由远地贩往，每年需盐甚多，价亦极昂。今得此，则与英人之利益，岂浅鲜哉。

二十八日甲申，阴晴不定，凉。英廷现拟在帕玛街白堂左之楼房改建兵部衙门，正面平楼四层，左右二高楼各七层，式作凹字形，现在开工，三年方竣。通用坡兰地方白石，每块长六尺，厚一尺，重五或六吨。通楼四面墙壁须用三万吨，因石细，乃不凿而以锯锯之。向用手锯，每块须八点钟，继用机器，旧式者锯一点钟三十分，新式者锯四十五分；现创一种钻石锯，每块仅用十分之工，是自一日之工减至十分，速而且省矣。锯亦钢造，直径七尺，锯边隔一尺含钻石一块，助锯齿之力，诚不在多也。

机器锯片不断改进

二十九日乙酉，早晴，巳刻骤雨一阵，雨后复晴。美国都司甘的之马戏，余前在柏林曾看一次（见《五述奇》），两月前甘来伦敦，定入正西和兰囿西阿的森路之敖林庇亚园（见《六述奇》）中排演，数日前柬请今晚往观，遂于戌初偕内人率荣骥暨孙女坐车往。至，甘的迎入，登楼入正面客堂，堂宽敞，横列金椅一排，后立小椅十馀，戌正一刻开场，亥正二刻毕，所演较前迥异。马共二百馀匹，惜无水牛，西印度土种男女数十名，更有小孩三名，其他有美、英、阔萨、土耳其马步兵，乘马轻捷，放枪极准，队伍整齐。炮车六马曳，号令严肃，行动停止，御车声炮，刷膛套车，无不精利敏爽。兵登城墙，乃一名双手横举其枪，一名登枪上墙，如此陆续极速；末名则递枪与墙上者，墙上者接枪作下爬之式，双手提枪下垂，墙下者即攀枪而上。至甘的年逾耳顺，乘马举枪，旁一人提筐，内盛三寸小瓷碟，乘马随之。池内驰驱之际，

阔萨（哥萨克）

美国军官表演枪技

29,2,1

其人向上连抛五碟，甘则连放五枪，碟皆击碎坠下。末场为三年前在古巴，美与日斯巴尼亚交兵，美兵胜，扯去日旗而竖美旗，枪炮齐发，其声隆隆，闻之颇令人有感。既而甘的延入其房，进各甘酒一杯，少叙辞归。

二月初一日丙戌，阴。伦敦人数日众，地渐扩充，于是四面毗连各村镇，尽与伦敦混作一城。现周共一百一十六方洋里，居民四面共五十万，住楼大小五十八万所，一年租值统计三千六百万镑。城势不见方而长，式如艾叶，太木斯江在当中，弯曲如叶梃，南北西三面皆宽，西面如叶稍，东面江宽如叶根，四面犬牙相错，计足前里数。王宫在城中江北偏西，故城之西半一带，楼房率多华美，街道宽敞整洁，园囿亦多，多富宦；城中江北偏东，临江一小圈地为老城，楼虽高大，而街道局促，住户少而商行多；城之东南，临江左右皆船坞，户多船家、水手、鱼商，楼房皆不甚高；其他南北各处，多住中下等人，楼房虽少破败，而高大者少，街道时宽时窄，虽平坦，然较城西各街稍欠洁净。

伦敦城市不断扩充

初二日丁亥，阴冷。英都地广人稠，治理不易。因见老城美尔管辖得法，遂于西一千九百年十一月初一日（即光绪二十六年九月初十日）由上下议院议定，伦敦通城分作二十八区，各区即以本村之名名之，亦各设美尔、阿得曼及他议事判定各人，一切办法咸与老城无异，总名都城会邑。至各区之名，系巴特溪、柏门赛、贝那格林、芬斯百里、康柏卫、柴勒溪、代特佛、福乐航、格林尼

全市现分二十八区

址、哈墨司米斯、哈克呢、哈木斯代、霍勒赍、伊苓屯、鲁伊哈木、坡蒲辣尔、堪兴坦、狼狈泗、帕丁屯、溯尔的池、骚斯倭克、司台普呢、司铎克、牛影屯、贤马立本、贤潘喀斯、西敏斯得、五里治、宛自倭尔斯，又各区美尔等，亦由各区公举。

初三日戊子，镇日风雨阵阵，凉。伦敦所分各区，大小不同，人丁楼房，为数亦异，姑分记之。如巴特溪在城中稍西太木斯江南，周二千一百六十九方洋亩，居民十六万八千八百九十六名口，楼房一万四千九百二十二所，按年租价共估九十万六千二百三十五镑，按每镑公抽六先十本士，以供本区公费，设美尔一，阿得曼九。柏门赛在城中稍东，太木斯江南，周一千五百一十六方洋亩，居民十三万零四百八十六名口，楼房二万一千二百六十三所，按年租价共估九十万零二百八十八镑，按每镑公抽七先九本士以供本区公费，设美尔一，阿得曼九。贝那格林在城中稍东，太木斯江北，周七百五十五方洋亩，居民十二万九千六百八十一名口，楼房一万五千七百一十四所，按年租价共估四十五万七千五百一十九镑，按每镑公抽七先一本士以供本区公费，设美尔一，阿得曼五。康柏卫在柏门赛之西南，周四千六百一十四方洋亩，居民二十五万九千二百五十八名口，楼房三万七千一百八十七所，按年租价共估一百二十一万一千七百四十九镑，按每镑公抽七先以供本区公费，设美尔一，阿得曼十。柴勒溪在城中偏西，太木斯江北，乃与巴特溪区对岸，周六百五十方洋亩，居民

各区面积人口房屋

各区均设有负责人

29,2,4

七万三千八百五十六名口，楼房九千五百九十所，按年租价共估七十九万九千二百零八镑，按镑公抽六先三本士以供本区公费，公设美尔一，阿得曼六。代特佛在柏门赛与康柏卫之间而偏东，周一千五百七十四方洋亩，居民十一万零五百一十三名口，楼房若干所，按年租价共估五十九万四千零十四镑，按镑公抽六先一本士以供本区公费，设美尔一，阿得曼六。芬斯百里在贝那格林之北，周五百八十八方洋亩，居民十万一千四百七十六名口，楼房之必出租者一万六千零七十六所，按年租价共估九十四万七千四百七十四镑，按镑公抽六先一本士以供本区公费，设美尔一，阿得曼九。福乐航在城正西，太木斯江北岸，周一千七百零一方洋亩，居民十三万七千二百八十九名口，楼房一万八千五百所，按年租价共估六十七万七千八百九十七镑，按镑公抽七先七本士以供本区公费，设美尔一，阿得曼六。格林尼址在代特佛之南偏东，周三千八百三十七方洋亩，居民九万五千七百五十七名口，楼房若干所，按年租价共估五十一万七千三百二十镑，按镑公抽六先四本士以供本区公费，设美尔一，阿得曼五。哈克呢在芬斯百里之北稍东，为城之东北角，周三千二百九十九方洋亩，居民二十一万九千二百八十八名口，楼房三万一千三百三十四所，按年租价共估一百一十六万五千三百七十七镑，按镑公抽六先八本士以供本区公费，设美尔一，阿得曼十。

按房租额公抽经费

初四日己丑，镇日风雨如昨。哈墨司米斯在城之正西边，福乐航之北，周二千二百八十六方洋亩，居民十一万二千二百四十五名口，楼房一万七千所，按年租价共估六十八万四千零五十九镑，按镑公抽六先半以供本区公费，设美尔一，阿得曼六。哈木斯代在城之西北边，周二千二百六十六方洋亩，居民八万一千九百零二名口，楼房一万二千零九十六所，按年租价共估九十三万八千五百五十二镑，按镑公抽六先二本士以供本区公费，设美尔一，阿得曼六。

在城正中江之北

霍勒贲在城正中，太木斯江之北，东傍老城，周四百零九方洋亩，居民五万九千三百九十名口，楼房六千九百二十八所，按年租价共估九十一万一千六百七十四镑，按镑公抽六先六本士以供本区公费，设美尔一，阿得曼七。伊苓屯在芬斯百里之北偏西，周三百零九十二方洋亩，居民三十三万四千九百二十八名口，楼房四万五千五百九十所，按年租价共估一百八十五万零四百八十一镑，按镑公抽六先以供本区公费，设美尔一，阿得曼十。堪与坦在城中偏西，西接哈墨司米斯，周二千一百八十八方洋亩，居民十七万六千六百二十三名口，可租之楼房共二万五千九百六十八所，按年租价共估二百二十一万五千九百零六镑，按镑公抽五先十本士以供本区公费，设美尔一，阿得曼十。

在城正中江之东南

狼狈泗在城正中太木斯江之东南，康柏卫之西北，周四千一百六十一方洋亩，居民三十万一千六百七十三名口，楼房四万二千二百六十二所，按年租价共估一百八十六万零八百七十镑，按镑公抽六先七本士以供本区公费，设美尔一，阿得曼十。鲁伊哈木在城之东南界，南临城边，周七千零十一方洋亩，居民十二万七千四百名口，

29,2,5

楼房若干所，按年租价共估七十五万镑，按镑公抽六先十本士以供本区公费，设美尔一，阿得曼七。帕丁屯在城正西稍南，北临堪兴坦，周一千二百五十六方洋亩，居民十四万三千九百五十四名口，楼房一万三千九百零六所，按年租价共估一百四十五万二千八百零五镑，按镑公抽五先八本士以供本区公费，设美尔一，阿得曼十。坡蒲拉尔在城正东临边，南傍太木斯江，周二千三百三十五方洋亩，居民十六万八千八百三十八名口，楼房二万二千九百五十七所，按年租价共估七十八万一千五百八十四镑，按镑公抽八先八本士以供本区公费，设美尔一，阿得曼七。

初五日庚寅，白昼阴晴不定，入夜大晴。贤马立本在城中稍北，南近霍勒责，周一千五百零六方洋亩，居民十三万三千三百二十九名口，楼房一万七千零二所，按年租价共估一百六十九万三千七百七十八镑，按镑公抽六先一本士以供本区公费，设美尔一，阿得曼十。贤潘喀斯在贤马立本之北稍西，周二千六百七十二方洋亩，居民二十三万五千二百八十四名口，楼房二万四千四百四十三所，按年租价共估一百七十九万七千三百一十五镑，按镑公抽六先一本士以供本区公费，设美尔一，阿得曼十。骚斯倭克在城正中，太木斯江南稍东，周一千一百一十九方洋亩，居民二十万六千一百二十八名口，楼房三万四千二百三十六所，按年租价共估一百一十八万四千五百九十九镑，按镑公抽六先四本士以供本区公费，设美尔一，阿得曼十。溯尔的池在城中东北，芬斯百里与贝那格林之南，西临霍

在城正中江南稍东

勒赍，周六百四十八方洋亩，居民十一万八千七百零五名口，楼房一万三千一百所，按年租价共估十七万三千七百一十镑，按镑公抽六先五本士以供本区公费，设美尔一，阿得曼七。司铎克牛影屯在城正北界偏东，南接伊苓屯与哈克呢，周八百六十八方洋亩，居民五万二千四百二十七名口，楼房七千六百八十九所，按年租价共估三十四万二千一百一十四镑，按镑公抽之数未闻，设美尔一，阿得曼五。斯台普呢在城东界溯尔的池之南，太木斯江北，周一千七百六十四方洋亩，居民二十九万八千五百四十八名口，楼房三万四千七百四十三所，按年租价共估一百四十万四千三百六十九镑，按镑公抽六先六本士以供本区公费，设美尔一，阿得曼九。宛自倭尔斯在城之西南角，周九千一百零六方洋亩，居民二十三万二千零三十名口，楼房二万六千九百六十一所，按年租价共估一百五十二万七千零六镑，按镑公抽六先八本士以供奉本区公费，设美尔一，阿得曼十。西敏斯得在城中央，南临太木斯江，东靠老城，西傍堪兴坦，北接霍勒赍，周二千五百五十五方洋亩，居民十八万二千九百七十七名口，楼房若干，按年租价共估五百万镑，按镑公抽五先九本士以供本区公费，设美尔一，阿得曼十。五里治在城正东，太木斯江南，即前所比言之叶根处也，周八千二百九十六方洋亩，居民十一万七千一百六十五名口，楼房一万八千零九十九所，按年租价共估六十四万七千一百八十四镑，按镑公抽七先六本士以供本区公费，设美尔一，阿得曼六。

在城中央江之北

29,2,6

初六日辛卯，晴。外国火轮车之第一辆机器车，重由一百七十吨至二百吨，故沿路桥梁皆须极巩固。现电机盛兴，用之车辆相宜，闻法国今拟将火轮车撤去机器车头，改于每辆坐车中置一电匣。历来坐车每辆重约八吨，虽加电匣而分量依然，既去二百吨重之机器，则沿路桥梁可省人工料费，车亦轻捷，尤省时刻，盖沿途无须添水加煤也。煤水既省，则各站无需人工者多矣。入夜阴。

火车用电代蒸汽机

初七日壬辰，阴雨阵阵。前所谓伦敦各区之按年租价内公抽之款，乃按一所楼房一年出租若干镑，于是由中按镑公抽若干先，此项在房税地租之外，不归官而入本区工部局，英名"拨娄考安熙"，收数虽多，而用处亦杂。如学堂，教堂，医院，书院，街巷路灯，修理街道沟渠，净天气，清地气，预备巡捕衣帽钱粮，赈济贫民，如各家儿女按官例皆须于六七岁入学读书，其无力者则代筹学费，病者领入医院代付药费，出天花者经医官报入公局，则送至乡间或至海边船内，往来一切费用皆代付，殁者无力买棺及无葬地，则既代买棺复代买葬地，并出一切载运葬埋各费也。

公抽房租用处太多

初八日癸巳，晴。伦敦通城既分二十八区，而各区又自分段，乃有一教堂即为一段。各区自设电灯局，管理葬埋所，公书院任人入内观看钞写，澡堂带洗衣处，虽按人索钱而较他处价皆减半（详见《六述奇》）。各区自有公所，名曰"米尤呢希巴逼勒丁"或"涛恩霍勒"，义皆城邑公堂也。按月公会二三次，皆有定期定时，各官除美

区设议员三五十人

尔、阿得曼外，有议事人三四五十不等，咸称曰“宽布洛尔”，义即议员或议士。此外又有专理一事者，如理财者，估价者，管塚地者，管澡堂者，察工者，察人之身体气力者，察房地者，收公税者，管理事归议院者，管码头者，察街道者，察灯火者，察货车者，察大道者，察花园者，管书院者，察验食物者，更有书手、帐官等，总之一区理事各人，大小不下一百云。

王爵走私照章查办

初九日甲午，阴冷。见今日伦敦日传新报内一则，题云“王爵走私”，乃俄国某王爵夫妇由德回俄，上车时，管车人察其形迹可疑，电传下站缉巡。第一站在艾库痕城，考察未获。至第二站威巴伦地方，查得该王爵腰围细丝带五斤，经税局勒令加税五倍，始准夫妇启程前进。外国事事实办，处处皆然，亦关乎实有其力，上下一心而已。

有益花木之发明

初十日乙未，晴。近闻俄人莫克晒斯吉者，本善虫学，现创一法使有益于花木，乃挟皂矾于树梃，免耗树根吸养之力，而能使树梃高生，树叶加绿而结实茂盛，其细法未详，究亦不外乎格物化学耳。

十一日丙申，早阴。午初一刻，率陈安生、王香圃、联瑞亭、继旭升乘车入卜静宫赴朝会。前次朝会，因国君初即位，改新章，各国公使与赞随分两班，且各赞随皆与本国人同，有名帖交礼官唱名。此次仍因旧制，公使在前而赞随随之，头等者仍依次排立君左，二三等者同各赞随皆立对面，不知何故。前次共人七百馀，此次加至九百

29,2,12

零，由午正立至未初始毕。申刻细雨阵阵，凉。

十二日丁酉，阴雨。英国水师用款，昨经海部尚书拟定，于西历一千九百零三四年，各年须费至三千四百四十五万七千五百镑，较上年前多费三百二十万零二千镑。又所拟添造船只费，须一千零十三万七千镑，较上年多用一百零七万九千镑；水师兵卒拟加练十二万七千一百名，较上年多加四百六十名；此外又添火夫六百二十五名，水手三百七十五名。今后凡各水手之身体强壮者，皆须加练机器、烧火等学，以便随时随处之用。且各武弁亦须学练使用机器各学，以备不虞。

练兵须练使用机器

十三日戊戌，晴。闻一二十年前，有英富宦倭特路者，乐善好施，因思男女工人之贫苦无力多赁房间，老幼群居，易于生病，遂在乡间买地，分所筑小房（每所两层，上下三四五间不等）一家夫妇子女三四五口者居之。较之与他人共居一所赁仅一二三间者，洁净便当多矣。且房后咸以木墙圈一小院，在内可以栽花曝物，处处可得自由，其赁价较他房减半，亦贫民之所乐居。

为工人建廉租住宅

数年前，又有世爵娄敦，以工人居住乡间，房虽贱而早晚往来仍须出火车费，莫如在城内建造大所楼房，按层分间，有公厕所，每一二间间加厨房一小间，按家口人数分居，房值既加贱，且房主代雇工人洒扫收拾。于是在太木斯江西，议院之南，沿江米勒班街旧有米勒班监牢为官折去，因买其地及左右一带建楼房，现已一十七所，总名曰“谋得先令”，义为循规住所，各所均以著名工匠之名

公寓楼之租价更廉

名之，如郝戛尔楼、甘斯柏楼是也。其地价共四万五千二百零二镑，盖房共费二十万六千九百五十九镑，房间是供四千四百三十人住，租价每间每礼拜四先半，或十二先半四间。

前于西二月十八日（中正月二十一日）午后，英皇与后便服坐四马敞车由卜静宫幸其地，以示怜贪贫民之意。当日在瓦克蓑及丹敦那两街，凡工民之赁此楼者，皆窗外横悬红白采绸。王车到，有本区工部局总办马都戛率人迎迓，马幼女喀色莲呈献皇后浅红玫瑰一束以表恭敬，人民皆欢呼。君与后入内步行一周，末至一所，住系一木匠，其妻女由内接出，幼女爱蒂敬呈皇后紫罗兰一束。将出楼门，君与后各画押于门簿，始登车由旧路还宫。此类门簿，凡于紧要之处皆有，人之前往游览者，临行皆须书其名于簿，一以张其光耀于将来，一若有物遗失亦可计日计人追究云。

王与后来看贫民区

十四日己亥，晴。半月前，阿木斯当船厂主人那欧布夫妇，柬请余与金氏，于今日戌正在其家晚酌。戌初偕内人乘车至伊屯坊第六十九号，楼颇宽敞整洁，陈设多中华、日本物，伊夫妇曾东游也。男女客陆续来十人，未询名姓。少坐下楼入饭厅，酒食丰美，劝进良殷。亥正食毕登楼，各饮加非一杯，少叙谢归。

船厂主人请往晚酌

十五日庚子，晴。亥初偕内人乘车入卜静宫，赴君与后之女朝会。此朝会前君主维克都里亚时，皆于白昼午后，既不奏乐，君主亦永立而不坐。此次柬请亥正，乃至

29,2,16

子初三刻君与后始出立于座前。各国公使夫妇子女赞随过前，君与后仍立；逮本国妇女过，则坐向各人点头还礼矣。君座对面楼上奏乐，见毕乐奏《天保国王》，于是君与后前行，众陆续后随，转入别间，茶酒小食，又与曩之入宫听乐听曲者同。丑正还使馆。

十六日辛丑，晴。黑种人之面黑如铁如漆者，在南美洲及斐洲之土人皆然。闻有德国医生某甲，久历斐洲之投勾兰地方，据云其人之原质不黑，初产下，其皮色与欧洲者同，二三个月后皮变稍青，再十天则成栗皮色，四个月则深黑如漆矣。查其大凡，必因其皮肉嫩，外表遂为地气所易。白人至彼，久住而皮色不改者，因其皮肉生就，气力足而能敌其气也。

十七日壬寅，晴。西俗晚餐，最忌十三人共桌。不意昨晚有人在霍勒贲街白玉堂请客，逮入座，数之适十三人，主人即具柬别招一友，以足十四人。初举箸，忽座中一客之家人执电信来请，因系急务，其人谢辞驰去，依然十三人共桌，皆不乐而散。主人约定改日复请，届期人数无误，乃值月底三十日，且系礼拜五日。按月计之，月底不祥，礼拜五日亦不祥，客皆不坐而去（以上详见《四述奇》）。 忌十三

十八日癸卯，晴。余前在德京观剧，演有《八十日绕地一周》之戏，亦仅人心设想而作，并无其人之曾经走过者。今见新报中一则，题曰“四十五天绕地一周”并将所经各地之名及所需之时日开出，统须四十五天零五 四十五天绕地一周

时：由伦敦西北行，一天零三点钟至坤姒塘城（在爱尔兰正面海口）；再驾船走大西洋，西驶五天零十二点钟三刻至美国纽约；由纽约坐火车西走十一点钟至门他里阿（地在加那他之南界，临湖）；再西走陆路四天零四点钟至万库瓦（在北美洲西北界，西临太平洋）；由彼坐船西行十天零十点钟至横滨；再坐船西南行一天零十二点钟至长崎；仍坐船北行三天至海参崴；由海参崴南行两日至哈尔宾；再西行两天零十八点钟至满洲；再西北行三天零十二点半钟至俄国伊尔库斯克；再西行七天零二十三点钟至俄旧都墨斯高；由彼再西北行水陆两天零二十三点钟半钟，则回伦敦矣。虽云绕地一周，乃近寒带之一小圈耳。

门他里阿（蒙特利尔）

万库瓦（温哥华）

“满洲”应是满洲里

墨斯高（莫斯科）

十九日甲辰，镇日阴雨，入夜大风，凉。西人之好奇而不守定规亦过矣，闻昨在伦敦东色蕾地方有新夫妇及两造男女各客，自本家入教堂，由教堂回家，皆不坐马车而骑脚踏车。又在巴尔庆地方之霍里特里呢堤教堂中，一水手行成亲礼，男客十二人亦皆水手，出堂时同将车马卸下，且由车内将新夫妇拽出，使其携手步行，以博一笑。

二十日乙巳，晴。时值天暖，田地当耕种，各乡佃户多致书于伦敦各善会会首，招雇各无工之人。各地主雇用农夫之定规：地主备给住房院落，携有妻子亦归地主雇用；每一礼拜工钱十三先，加工逾时加一先半；地主让地三十码以便自种，加房租所省，共合五先；地主每日给半戛伦（见前）塞得尔酒（亦见前），合二先；准在院中畜养猪羊鸡鸭，合省二先，俭省柴火合一先；总之，一礼拜

雇农工价

29,2,21

连工钱及所省各项，共一镑四先半。

二十一日丙午，巳正阴雨阵阵，申正雨止仍阴。西人讲求格物化学，精益求精，以之造物，有益无损。于是由此学制造铁柜诸物，既防回禄，亦防盗贼。乃近日德国穿窬宵小，亦缘是学造物，为破他人已成之物。伦敦城北一带所获德人甚多，皆由本国来此，以充堂倌侍仆为名，入夜偷盗，法既便，所用器具亦精巧。而合偷皆明此学，且知造锁开锁之法。即如数日前，有三德人偷开某邮政局之铁柜，乃先置一养气吹筒于柜前，不同暗灯而用小电灯，且置一二年前新创之热气于柜顶或柜旁；此种热气极烈，至硬之物遇而即软，铁门既化成孔，则开之易矣。另有一种火炉，内置长圆铁一块，含以不灰木，旁置一疾风筒，围以焦煤与炭，火烧铁热，塞入孔中，随行无阻。此后插一吸气筒于一孔中，以吸柜中之气，他人向别孔中塞火药，此孔随塞，他孔随吸，火药吸足，燃之，轰，铁门即不自开，而闩亦必断，此后将刺针插入，则各门皆开，此针洋名“翟米”。苟此法无成，则塞硫酸盐于锁孔以毁销，巧法种种。各铁柜铺因知其破柜之策；现又别设妙法，以防其毁，是无异一国炮出新式，则他国必设法以胜之。

盗贼亦知科学技术

“养气”原作“养术气”

闩亦必断断原作段

二十二日丁未，晴。伦敦理事长官骆立，择于今日（西三月二十日）戌初三十分在赛西店宴客，名曰理事厅会。半月前骆柬请，今日戌初，余着官服乘车往，入店正门，在院右下车，进楼门，转下石梯五层共百馀级，入大厅见骆立。待少顷陆续到齐，共三百五十四人。届时旁门开，入饭厅。厅极大，四面墙壁皆钻以彩石，高约七丈，宽六丈，长八丈。四壁有电灯，棚顶复垂大玻璃电灯八。左鄙有乐台，上坐红衣乐兵十二，奏乐阵阵。对面壁中横有铁栏，内亦宽敞，容坐数十人。盖此厅在地下，厅上不知仍有楼几层，其工之大可知矣。厅内长桌列作梳形如此，正面梳背一横坐四十一人；对面八空内，每空坐二人，共十六人；竖九齿，每齿左右各坐十六人，齿头各坐一人，合每齿坐三十三人。外客仅余一人，他皆本国上下议院世爵绅董及水陆带兵大员，并各区正副美尔等。骆立坐梳背正中，余坐其右为首座，再则上下议院爵绅、水陆大员，并伦敦正任及前任美尔等。通场坐齐，骆先立起，众亦随立，谢天赐食，继而齐行举箸。菜馔颇佳，酒香宾、舍粒、柏尔都、万卜郎等，冰乳两次，鲜果有葡萄、苹果、香蕉、波罗蜜，饮加非后各进一纸袋，内盛大小烟卷各一对。于是骆立立言“请诸君吸烟”，再则请众举酒，一祝国君与后，再祝太子与妃等之福，乐兵随奏《天保国王》之乐。此后立诵陈词者十四人，每一人将立，则骆座后一人高声宣言，“请诸位静坐，以听某某演说”。逮听各人言毕，谢归，时已子正。

理事厅会只请华使

坡兰(波兰)

二十三日戊申，晴暖。伦敦穿窬现既多德义志与坡兰人，所用器具颇多精巧，前已述及一二，兹又闻有几种。如木梯长只二尺，可拽长至二丈；割护窗护墙铁板器，头作山字形，中一钢钻，左右利刃，后有铁轮转柄，执柄转

29,2,24

轮，则钻轮两边刀亦随转，少刻即一圆饼割下，墙壁通矣。洋人屋门，睡时自内关锁，乃将钥匙遗插其上，乃有一种铁钳以之探入，能使锁上钥匙转而开锁。此外另有钢钻器具多种，皆无定名；至其刺针，乃形似腰刀，可短可长；并备有带钩及各种细硬可大可小之钥匙，以便临时试用。

二十四日己酉，晴。西国旧俗，两人因怒，择日彼此比武，或以剑对刺，或以手枪对击，必有一伤而后已，此种斗戒名曰“丢埃”（见前）。闻现在中国之俄人，因枪剑无多，乃别创一法，系二人拈阄，其拈得写“死”字者，须由齐齐喀尔至哈尔滨坐火车往来一次。如果仍活，或臂腿不伤，则其仇敌反相庆贺之。盖此条铁道新造，处处工不精而料不实，每行一趟，征客必有损伤也。 丢埃(决斗)

［八述奇卷五终］

光绪二十九年二月二十五日庚戌，晴暖，亥初阴，入夜风雨交作。西国虽各处更新，英之于旧俗古风无损于人者依然照行，顺舆情也，且使人得新不忘旧。即如各城县宰无判定里案之权，故每年四季由伦敦派按察司赴各处审断之，其有重案者留驻预备一切，否则首官送白手套一副示不劳着手之义，此种陋规虽为古俗，数百年来亦未尝改正。又定例各城公举一官曰成法官（英名晒里夫）专判通城案，一年任满赔项巨甚，即如四季按察司临，皆供给之；任此职并无俸禄，必豪富公正之人图其荣耀也，然有富而不愿者，稍富而愿者，每年经众绅耆酌定二人，署其 旧俗古风依然施行名于一纸请国君刺定；所谓刺定者，乃捧递纸之背面与君，请以银针刺孔，刺毕翻看孔近何名，即为奉国君用针派定，此六百年前旧例，今仍之。

二十六日辛亥，阴而微雨。亥正二刻偕内人乘车入海部，赴尚书伯爵赛乐班夫人茶会。其中一切与他处同，在内绕行一周，颇觉拥挤，幸不上楼，遂登车回厅，时已子正。英国以海军为重，仅一海部，全年经费二十七万九千六百镑。分司十六，曰文件、绘图、运兵、枪炮、存炮、总计、置买、医验、测量、修造、工程、水师学堂、教务、存兵、水师窥探、伙食；复分六股、造船股、机器股、修船澳股、器具军械股、书手股、会计股。

海军部分十六司

二十七日壬子，晴。英国当天主耶稣两教未兴，人之崇奉他教时，亦有比丘老僧隐于高山古洞。闻五六百年前，在英兰北界约克府之东北茴他毗地方，有野猪被猎户刺伤，驰匿老僧洞中。猎户追至索猪，老僧斥其杀牲，猎户怒而杀老僧，既而忏悔；因其地东临北海，西通埃斯河，乃誓在海边涨潮处横栽木桩一排，栽成后鸣角三次，以志其非。九百年来此风犹存，每年一次必有悔咎之人，据云所吹之牛角已五百年前之古物矣。

前云五六百年后云九百年来

二十八日癸丑，晴。闻前日在牛栏坡街之桃岸戏园，初演一出曰“暗门”。第一场人即不喜观，尚有人勉强击掌称赞，冀其演而有成；至第二场乃致多人嘶嘶作声，令其罢演，园主趋至台上，高声请众息声静观。众乃依然喊叫，群行立起出座，各至园门收钱处，按票将座价取回

29,2,29

而散。

二十九日甲寅，晴。闻英国乡间一种古俗，苏格兰东界佛法府之赛尔地方，农家仿古希腊埃路席斯庙之俗，秋收五谷时，割谷者于割毕末刀之茎穗缚作人形，饰以花卉，称为谷神。割谷人排队高歌，舁谷神地主家以庆丰收，地主因犒劳之。 秋收古俗

三十日乙卯，镇日狂风骤雨，间带小雹。伦敦鼠之多，有害于人，防不胜防。闻前日伦敦东南隅立丁屯坊哈艾哄居住之卜鹿克夫妇，生一女，甫月馀，亥初乳小孩卧被中。孩睡后，夫妇房门息灯，携手出游，夜半归，则孩之左半脸及头上皆被咬去，死矣。鼠之巨可知，卜夫妇之待儿女可知。

三月初一日丙辰，阴雨阵阵。西国大烟卷，叶分良否，等遂分上下；然性多烈，幼者既不能吸，而妇女亦不敢吸。遂创纸里烟丝之小烟卷，长约二寸，周半寸，力柔味香，妇女及幼童雏女皆可吸之；然搀杂他物，无益于人，而尤有损于年幼。迩来医家云，十年前，一城中间有一二幼童吸之；今则各城不待寻觅，吸烟者数已逾五百。童子吸此，平日不觉无益，患病则因吸此烟而难疗。曼柴斯得城（见《航海述奇》）现立禁吸小烟卷会一万六千徐人，幼童亦有入会者。会规，童子苟欲吸此烟，至少须俟二十一岁。此会禀于议院，议定新例，人之未十六岁者，概禁吸烟，违者罚十先，有卖与送者，倂罚一镑至二镑云。 禁止儿童吸烟卷

初二日丁巳，阴雨。闻昨日本城巡捕厅判定，盗狗犯均监禁二年。著名之犯华人李姓，盗狗曾被捉二十次。所盗之狗，原主用费取回；其无人认取者，皆由巡捕送入狗家（详见《六述奇》）。或谓此狗家自开设四十二年来，共收过大小狗八十一万一千零十条，上年共收二万四千二百六十一条，较前年多收二千八百六十九条，其中经原主收回者一千六百一十一条，售出者三百六十四条。

李姓华人多次盗狗

初三日戊午，阴雨如昨。英人之好古，同我华人。闻有世爵喀米晒之书房遗产，因无子嗣，亦无遗书，遂经官定拍卖。分五天，第一天（即昨日），内有六百年前之金边抄本教书一卷，按本所论，皆当时著名修道教士之列传，每本首篇画有所述之人之小影，工极精巧，并知当时各人之衣冠既奇，而所留胡须之形式亦异。其价由二百四十镑喊起，经多人叠次加添，至六百一十镑始卖。

六百年前之抄本

初四日己未，阴雨，冷。英皇与后自设两次朝会后，乃同于前日（西三月三十日）由伦敦启行分幸各处，君游幸立文浦等各海口，后偕其内弟王爵查里斯于昨日戌正安抵丹京。将下车，有后父丹王克里坚率俄国老皇后及他王族近支并文武大员，与驻丹之英使赞随等，亲来迎迓。英公使先亲奉英后鲜花一束，后父女共车，驰驱入宫。当日街市左右，男女立聚如蚁。

立文浦（利物浦）

初五日庚申，阴雨，冷。闻在索色庇叫货场中，昨日拍卖喀米晒之遗产，中有古铜钱数枚。一枚本士系九百年前英君艾仄蕾之世铸，君当时与丹人联络，故此钱尤不易

九百年前之古铜钱

得，竟有人以六十一镑买去。据云此等古钱甚多，每一礼拜拍卖六枚，须至明春方卖罄。并闻其他五枚中，有古英堪特地方之巴得蕾王之本士，叫卖五十一镑，馀皆未详朝代，价皆一二十镑。或云仅古钱六枚，卖得一千一百二十镑。遗产既富，不得遗书，国家所获之多可知矣。

29,3,6

初六日辛酉，微晴。闻前于礼拜六日晚，居贝斯里巷在外佣工之妇名萨腊，礼拜息工，入夜出游。八点钟时天阴黑暗，误走埃斯佩代小河，河浅而水急，乃顺水走地沟至音佛麻里坊，此地沟上旧有养病院，由此而前则入喀尔河。时又值暴风骤雨，水流愈疾，虽高声呼救，而行人甚少；设有人经过，当此风雨交作，亦不易闻。妇以手摩得沟中地牌，双手扶牌略息；后竭力回行，水急而流逆，力不及遂止，拟扶牌待天明。其步入小河及遇风雨皆不为奇，至奇者，歇息之顷，突有被水冲来鼠数百，既触足，即顺衣上，两手仅能护其颈与脸，天明逆水爬出，始见天光。至辰正，方有巡捕见此妇横卧堤边，衣碎零星，满身伤痕云。

初七日壬戌，微晴。西国当天主耶稣两教未兴之先，土人多奉火祆教。于今英人虽奉耶稣、天主两教，而仍存有焚火祭日之遗规，非诚心祭日，留此作乐，示不忘古也。此日名曰“贝田”（义即火祆），在爱尔兰行于西六月二十一日，苏格兰各高山地方行于西五月一日，入夜烧 拜火遗风
烛山顶，并有典礼若许。在苏格兰东北近海之柏尔埃艾及墨来扉斯等处，另有祭日之俗，谓系数百年前之古典。其

法始由祆教老僧烧一物曰“克拉威”，乃将一吧吗油桶分锯为二，各半盛以村人共助之油柴，届时烧以火炭，苗高五尺。城中苦人舁之绕城一周，随人数百奏乐排队而行，如佛教之城隍出巡。末将此桶置一古时祭神石台之上，迨油柴火焰将尽，乃有若许少年巫环桶朗诵咒文并他礼节，亦颇闹热。又在英兰东界约尔克府之槐特庇等城之山洞中，村民株守，世代相传，亦颇机密，竟传流至今，谓系六百馀年之古礼，不烧则不祥云。

初八日癸亥，阴。西人之财产，如有地亩，乃不以之种五谷收田租，而多以栽松柏为利，其树直梃如杉木，随时修理，生长极速。闻去冬有地主博那悌者，因若干亩之松树长成，雇一义国锯工名喀希那里者，同往树林估其工价。日暮喀独回博家，向博妻索一日工费，问博何不回，答以不知。其妻坐待终宵，次早约六七戚友携博所畜之犬，命锯工引入林中寻觅。行间犬忽弃众，异路而驰，锯工仍欲引众直行，奈犬状奇异，似觉确有异味在前。于是众拟改随犬后，锯工无法，亦姑迹之。犬奔至一窄凹处，以双爪掘树叶青草堆，并叠次回首视众，作求人以手协助状。少刻尸露，计受刀伤十处。众遂捉锯工报官，闻官场审明，因抢劫害命，定罪一生为奴，并不偿命云。

以体重验官长劳绩

初九日甲子，晴。闻英国一种古俗令人捧腹，繁华大城皆行之。即如伦敦西北百里地名海苇扣木，属卜静府，每年新美尔到任，皆以铁称称之，一年任满将卸任又称之；前后合其所称之分量，则知其一年曾经劳累与否。此

29,3,10

虽俗规，而人皆视为典礼。

初十日乙丑，晴。伦敦美尔萨木尤之长女乃丽定嫁同教雷威为妻，择于今日未正在伦敦府署中埃及堂内成礼。半月前伊夫妇以银边银字白纸柬请，其上印云："四月七日礼拜二午后两点四十五分，在本署埃及堂内小女乃丽与雷威成礼，恭请中国钦差与夫人驾临，美尔夫妇同拜。"继又寄来座位凭单二纸。前于初四日，余先具堆花女针黹成分、折扇一柄、绣花女手帕一方、平金桌罩一块，统以定做大玻璃匣盛妥送去。

参加市长女儿婚礼

今日未初一刻，余偕内人乘车往，下车登楼入堂（即前次小孩跳舞处），堂北面当门以四金柱支一白缎方帐，洋名"喀呐庇"，又名"楚巴"，四面沿边系以白色鲜花，四周亦垂以白鲜花，帐左右各列金椅十六行，每行容人十六，有人看票引导入座，各进犹英合璧礼节一本。犹太文类乎西藏者，虽横念而右起，故此本亦自右启，与我国之满汉合璧书同。男女数百，其外国者，仅余与日本公使林董夫妇。余坐帐右第二行之首座，林坐帐左第二行之首座，其他谅皆本国者。按西规，今日必在教堂成礼；至犹例，不必入西那勾圭（堂也），而频在新娘之父母家。因美尔萨木尤系犹太教人，故今日即在美尔府中，盖美尔在任一年，府即其家也。

先是教童十数名，在帐前楼上鼓风琴三通，随受而歌曰："谨谢上天，吾侪居乐土，登欢喜地，敬天为主。天生我，我属天，同与棉羊伍草田。上天仁爱，无岸无边。

忠信真实，世代连绵。”此后犹太教士五人由外步入，立

拉毕(拉比)

于帐下，一正四副，各着宽袖黑氅，头顶黑圆绒冠作形。其正副无大区别，正拉毕（僧也）仅脑后由领下垂红绸两缕。时届申初，新娘之母携新娘先行，新郎之母陪新郎次之，再则陪护幼女六，两两行于后。新郎着青毡燕尾礼服，高帽。按犹规，自新郎至教士及各男客，皆不免冠。新郎之母服藕色，新娘之母服浅灰色，新娘并他六女皆着白色花冠，缟衣雪履，各手执鲜花一束，惟新娘者白色，他皆粉红色，由外两两步入。新夫妇入帐，向教士对立，新夫妇之母立帐左，六幼女立帐前，美尔父子立帐右。

犹太赞词

既而正拉毕高声宣云：“贵新夫，贵新妇，上天爱人，吾人互爱。吾今宣言教规，汝等静听。现当别树门墙之时，感动五中，使汝彼此意合而情投，在此帐下，循行教礼，敬祝天父今后佑汝。新郎，汝当套戒指于新娘之指，祝尔恩爱，如此戒指之圆环无尾，而永连不断，更比此金之色，愈炼愈足，愈火愈光。”言毕，新郎纳金戒指于新妇右手食指，随祝云：“谨遵摩西与伊色列之例，自戴此戒指，汝我夫妇为始。”教士又手举礼书向新夫妇曰：“汝彼此和睦，二人共居，如在一舟。舟泊港口，避风避浪，欢乐佳耦。”言毕，复问新夫妇曰：“愿否真心和睦？”各对曰“愿”。于是教士唱云：“上天保佑，造生万物，相形生人，并生葡萄树。子女丛生，如树之富。夫妻偕老，三星在户。”唱毕，副教士递酒一玻璃杯与新

29,3,11

郎，新郎接饮一品，转递新娘，新娘饮后交回新郎（此礼类乎中国合卺礼）新郎乃掷诸地上，脚踏碎之，盖义谓夫妻情爱连绵，须待碎块复合为一方止，因玻璃碎永无合时也。此后教士复祝祷一回，新夫妇及其父母姑舅辈别入他间画押，画毕入大厅，会男女诸戚友，互相拉手庆贺。出此入对面大间，中横大长桌，四壁列窄桌，上陈戚友赠送礼物数千件，银器居多。再则登楼小食，酉初回寓。又当教士诵读时，亦合掌当胸，与释教同。

掷玻璃杯脚踏碎之

十一日丙寅，晴。见今日新报内一则题云“教皇失望”，盖英君埃达倭不日将由地中海坐船赴义国罗马暂驻三天，历来英君主维克都里亚极尊敬教皇，每至必谒。此次英君初加冕后到义，教皇李欧第十三意其必先来谒，而英君竟拟俟拜义王后方往谒见，故教皇大失所望云。又闻义王将派宗室公爵窦斯塔，往那百里接迓英君，同赴罗马云。

十二日丁卯，晴。闻前日有摩娄扣（地在斐洲西北角）色勒坦（王也）派费滋总督偕驻摩之英公使驾兵轮由坦之尔驶至支布洛塔，专迓英皇，到时炮台声炮十九，以明接待礼。又当日该处巡捕捉一无君党人，审时实招不讳，乃奥国人，携有六转手枪并手刺一把，据云欲刺英君。

摩娄扣色勒坦(摩洛哥苏丹)

十三日戊辰，晴。伦敦城广人稠，贫富不邻里，且各处分类而居。英人卜斯云，通城穷人六种，一穿窬，二明火，三无耻匪类，四顽梗不化，五船坞匪，六流氓匪。伦

穷人六种

敦老城居中，临太木斯江北岸，而老城之北及稍西一带，贫苦居多。第一在霍克斯屯街等处，为穿窬盗窝。霍勒贲街稍北，为明火窝或强盗窝。在代文路与赖木蒿街之间，地极污秽，鼠子尤多，再北数里至康贝路，皆为顽梗不化之愚民窝，秽街陋巷，一切不洁之水及物，举由窗倾抛，直比臭沟暗渠。老城以东数里，近西印度坞一带，先为无耻匪类窝，再则为船澳贼窝。老城正西，将出新城，在堪兴坦坊一带，亦为顽梗愚民窝。在太木斯江之南，正东傍岸，南近五里治区，地名得斯投，为流氓窝，街道肮脏，男女杂居，饮食如兽，得斯投者，译言低贱穴也。由此而西数里至色勒坦巷，北向老城，再西稍南数里至万字倭斯街与瓦得蕾巷诸处，皆为无耻匪类，或顽梗不化窝。今日为西好礼拜五日，铺户关闭，乃耶稣复苏节也。

称贫民窟为流氓窝

十四日己巳，晴。闻今年耶稣节，鲜果之由外国贩来者，盛于往年。昨日伦敦鲜果市，橘有二十万桶，共八千万枚，内由斐洲西北加拿利岛来者过半，又由加那他属地运来之苹果亦二十三万桶，是亦人多食众之证。入夜微风，冷。

外来水果

十五日庚午，阴，申初急雪一阵，雪止阴凉。英君自西三月底（中三月初）乘“维克都里亚阿拉柏”船，先至本国爱尔兰，少驻南驶，前于初五日午初过喀维娄角，申初抵葡国西南界之大沽斯海口停轮，即时由炮台声炮二十一为接待礼，葡王喀尔洛斯登船迎接，稍叙寒暄，后齐上岸。计用宫车六辆，前五辆坐两国文武大员，二王共车

29,3,16

末辆，驰入葡京立斯本，住阿珠达王宫。尔日由海口至葡都，街之左右窗门诸所悬灯结彩，男女瞻望如蚁。马步巡捕弹压，兵队护卫，安静无哗。

英君访葡

十六日辛未，晴凉。闻英君在葡宫休息三日，前于初八日晚宫宴，英葡两国国旗交挂一处，为两国亲近交颈连横之义。食毕葡王立起演说数语，谢英君之辱临，皆操法语。继而英君立言，深谢葡王之优待，两国同愿共享升平，彼此会盟，今古无异云云，亦用法语。初九日巳正，英君往幸爱尔兰人之白衣尼姑院，有驻葡英公使夫妇迎候，各尼皆着白色。英君入座后，先一爱尔兰幼女谨呈英君鲜玫瑰一束，捆以红白蓝三色绸条，暗指英国国旗旗色也，随递而祝曰："永感君恩，眷爱人民。受此菲物，表众忠心。"英君接花，微笑谢之。继饮百年红酒一杯，面包一块。此后首尼鼓琴，作《天保国王》之乐，乐毕回宫午酌。后立宫窗内阅兵，英君赐其兵官一小照，自书其名于背，并谕赐葡国外部大臣及大礼官宝星各一，是皆敦睦邦交之义也。

葡王请英王看斗牛

十七日壬申，晴。又闻前于初九日申正，葡王请英君看斗牛，与余前在日都看者相同。当日二王换着戎服，葡王着英戎服，英君着葡戎服，亦亲近之义也。英君今为第三次游葡萄牙，又五百一十八年前之是日，为葡王卓安第一与英吉利会盟之期。至初十早，二王同入商务会，彼此互诵陈词，大旨咸谓两国连盟，今盛于古。葡都新开大街一，众商请以埃达倭第七为名，以志英君来葡之盛。申初葡王送英君登舟，口内轮船百馀，皆挂两国国旗，同时声炮二十一。“维克都里亚阿拉柏”船上，备有午酌，葡王率众在上两钟之久，下船时英君陪送到岸。后英船展轮出口，炮台声炮二十一，并有许多兵轮送过埃斯庇晒角(在葡国西南界)。英君到葡以来，各处欢呼皆用英语贺拉，至是葡王送回登岸，国人欢呼则仍用葡语威瓦矣，二语皆译为欢乐，颂英君用英语，颂国王用葡语，礼也。

十八日癸酉，晴，酉初微雪一阵，入夜风凉。闻英君前于初十日酉初由葡启碇，飞驶二十二点钟，于十一日未正抵支布洛塔。初到及停泊两次声炮，总督怀达登船迎，国君申初上岸，君着兵马大元帅之服。是处于数日前，即洒扫预备，灯悬彩结，沿街与在伦敦加冕同，左右列兵，人民呼万岁如雷。途遇二老兵，一名葛阿林，一名司高，乃驻车呼前，好言安慰，并问二兵得实星之由，既与之拉手言别而去。入公所，商务会首莫斯里先立陈数语，移时国王答谢，并云“愿各人诚心守护此地”等语。此后由坦之尔来之摩使觐见。酉正回船少息，戌正一刻复登岸用餐。当晚各衔左右，悬挂五彩中国纸灯数千。

悬挂五彩中国灯笼

十九日甲戌，镇日阴晴不定，微雪两阵，落地即融，凉，着皮衣。闻前于十二日早，有日斯巴尼亚王特派之将军欧贝根驾“彬森”兵轮，于巳初到支布洛塔，代日王致意于英君。彼处新建第三船坞，水师提督阿克兰请国王置其第一石基。午初，君着水师提督之服登岸，阿克兰随至放石之处放毕，至水师衙门午酌，并留名于门簿。出门后，君栽松树一株于园内，以志其功。晚在园中设茶会，君谕各自由勿拘泥，于是男女往来，咸谓各人亲爱，视君如父。终夜街市繁盛，欢呼歌舞。昨召见摩使时，摩使立陈一段，谓“摩王闻英君之远幸，特派专使前来致意，并望英君得临卑国，何幸如之，惟愿日后两国友谊日敦”云。英君答谢，曰“摩君之美意，不胜感激，惜去岁未得与摩使亲晤（见前卷）。两国和睦，敬祝摩王之福，不日将亲笔一函，以伸谢悃”云。

摩洛哥派专使致意

二十日乙亥，晴，凉。闻前十三日礼拜，辰刻英君在船唪经，休息终朝。十四日申正一刻，着戎服登岸，怀达等亦着戎服迎迓，乘车三辆登山，马兵巡捕前引，沿途左右列兵守护。先看铸造局，继看名埃达倭第七之炮台，炮皆新式，并云将立金牌于此，志国君临幸之荣。随行各处驻防兵之子女，咸歌《天佑国王》之曲。去此改乘马，山高路狭故也，复看司普尔、赖万得尔、爱立及欧哈喇各炮台，盖通山上下皆炮洞也（详见《四述奇》）。酉正二刻，君回船。

视察通山上下炮台

二十一日丙子，晴，凉。记英君前于十五日巳正一刻登岸阅兵，官车所过，沿街左右男女免冠欢呼，向车掷花。君左右顾盼，点头笑谢，车至南国宽处适午初，山上声炮庆贺，兵五千由君前按队走过，继复声炮，奏《天保国王》之乐。兵过毕，转至怀达夫人母女车前拉手问候，乐兵头腊伊浯之妻赛讷拉口亲君手以为礼。午后回船，酉初复登岸至公署吃茶，上赏捉无君党人之巡捕及车

捉无君党

夫与伺候各人一实星。回船后，国君赐宴，男女数十人极欢畅。

二十二日丁丑，晴凉如昨。闻英君前于十六日午正，由支布洛塔开船赴墨拉塔，当展轮时，通山声炮欢呼。又国君昨日深赞怀达庖丁调和五味工艺之美而有赏，并交游击阿格牛百镑，以赐彼处之贫民。

墨拉塔（马耳他）

二十三日戊寅，镇日阴晴，微雾不定。闻英君船前于十七日酉初过阿吉尔（地在斐洲正北临海，为阿支立亚都城，现属法国），凡泊彼处之英、俄、义、法及日斯巴尼亚各国之兵轮，皆挂英旗，各声炮二十一，岸上炮台共声百零一炮。

二十四日己卯，微阴，凉。英君不日将抵莫洛塔，自数日前，该处官民即预备一切，海口以内特造各种古兵船多艘，分列左右，极壮观。其船第一为六千年前之诺阿方舟，第二为五千年前之中国楼船（似在有巢燧人之间），第三为四千年前佛呢奚亚之桨船，第四为二千五百年前之希腊桨船，第五为一千三百年前之贤波罗桨船，第六为一千五百年前之罗马每边三行桨船，第七为千年前之诺尔曼三桨船，第八为五百年前克伦柏之拼塌船，第九为四百年前罕里第八之哈里大船，第十为新造之埃达倭第七兵轮，他数艘未考。是处新筑水堤，将请英君落第一块石基。石长五尺，宽三尺。石下小匣现造成，匣为铜铸，内衬橡木，匣外别以红铜镶嵌，作王冕图章等，此外应用之金钥匙、银抹子等，亦皆备妥。

古代兵船

“一千五百年”下原脱一“前”字

29,3,25

二十五日庚辰，微阴凉。今日戌初伦敦美尔夫妇约饭，题曰耶稣苏生节筵（洋名“伊斯特尔班篑”）。酉正二刻，余偕内人乘车往，至伦敦府署，登楼见其夫妇。少立后，步入埃及堂，桌设一横九竖作形，共坐男女三百六十五人。美尔坐正面中央，余与金氏坐其右第二第三座，其第一座为达威森世爵夫人；其左第一座坐其夫人，第二为堪特百里之阿赤比朔，再则希腊、瑞士两国公使夫妇。对面楼上奏乐，灯烛辉煌，食品华美，香风满座，樽酒联欢。食毕，举杯先祝国君之福，再祝君后、太子、太子妃及他王族近支之福，亦奏《天保国王王后》之乐。再后多人立起演说，互相致谢。亥正食毕，步入别间，各饮加非一杯，谢归。

复活节宴

阿赤比朔（大主教）

二十六日辛巳，微阴，凉。闻前于十九日早，在莫洛塔岛岸上沿街各处，即悬花结彩，水陆兵卒列队迎候，天气晴爽。辰正接无线电，知王将到，一切备齐。巳初一刻，先各兵轮到，继所派往迎之十四双水雷船到，分刻口内左右。巳正英船进口，炮台兵船皆声炮，乐兵奏乐，教堂鸣钟，人民鹄立，免冠欢呼。上着头等水师提督服，立于船面。停泊后，是处总督柯拉克、水师提督董威及他各武官登船进见。午正，上驾小舟，左右快艇载兵两行，护送上岸，入古王宫午酌。申初在贤卓志堂中召见各官，酉刻回船。戌正复登岸，在宫晚餐后，入戏园观剧。入夜各处悬灯，灿烂如锦。当国君上岸时，中途左右立有数千幼童雏女，齐声高歌，恭祝多国一主之福（指英、苏、印

英王乘船抵马耳他

多国一主

度、非洲及各地属)。又因明日为彼教之礼拜五日，例应斋戒，罗马教皇乃特电致莫洛塔之阿赤比朔，以明日赦免教民斋戒，因英君在彼，使众得尽一日之欢云。午后英国驻华公使萨道义来拜，因腿疾告假回国也，坐谈极久。

英驻华公使萨道义

二十七日壬午，阴凉。前于二十日早，各教堂鸣钟，巳正一刻国君上岸，水陆列队声炮相迎。王着兵马元帅之服，乘马车先至较场阅兵。兵一万，经提督雷音管带，兵队行动整齐。阅毕入老宫少息，于午刻复入贤卓安教堂中观览，此堂最古，极华丽，惜前经法皇那波仑抢劫，中存古物现不甚多，据云尚值二十五万镑。阿赤比朔率众教徒迎入，浏览古画毕，将上车，君与阿赤比朔握手道谢。去此入水师衙门午酌，申正阅水操，帐中小食，吸卷烟。酉正回船，戌正复入老宫晚餐，亥刻在马格琉园中放烟火，看毕回船。当王驾小舟往来，各水雷船及他船皆燃灯，两行排列稠密，视比通衢。闻今日戌正，英君后由丹国回伦敦。

拿破仑

二十八日癸未，晴。午后乘车答拜萨道义。闻前于二十一日早，忽风狂涌浪高漫岸，将备君登岸所铺之红毡湿遍。申正风稍息，君登岸入贤波罗教堂，比朔马堪吉迎入。少坐，转入巴拉喀园中步游，入炮台帐中吃茶。戌刻登本国兵轮“布洛瓦”晚餐，水师提督董威等陪坐，通船悬结红白蓝灯彩，本国旗色也。亥正食毕，君立船面，命文武三百馀员见。继而奏乐，歌曲，变戏法，大小文武，各操其能，君甚喜，称谢不已。入夜回本船，二十二

29,3,29

日为其礼拜日，早船上唪经，午后上岸，入老宫与总督夫妇吃茶，并在园中栽新树一棵，用作纪念。

二十九日甲申，阴雨阵阵。闻前于二十三日，在莫洛塔天气清爽。自辰初，水陆文武各官率水师八千，在码头排队迎接。巳正国君上岸阅操，兵一万。君入座，兵齐声欢呼三阵，队伍整齐，君颇称赏，阅毕回船。君落石基定时申正，乃自未初，即有舟艇自各处载男女，至所建水堤落石处对面，入所设之三大布帐。申正国君登岸，经各官引至落石处。正面一台，上立本地幼童数百，君到，众齐声歌《祝天保国王》。继而副水师提督哈美向国君举诵落石铭文一通毕，将此文及水堤图与新铸银钱等呈国君，请置匣内，锁以金匙，交哈美先放匣于坑内。后君落石于匣上，乃高声唱曰“上天保佑”，石基妥落，即时四面官民男女老幼，齐声祝贺。酉正君回船，此堤系轰开坚石，深约十寻（英六尺为一寻，洋名发色木），左右立人工假石，重共四十吨。其两堤各宽五丈，堤头设有灯塔。

英君在此落奠基石

光绪二十九年四月至六月

四月初一日乙酉，镇日阴晴不定，入夜雨。闻英君前于二十四日早巳正由莫洛塔展轮，申正一刻至西奚里岛之东面奚拉库斯海口住船，因天色不佳，须至亥正启碇北驶。

奚拉库斯（锡拉库萨）

伦敦铁道公车费款之巨，土定坊一带者长十七洋里半，费九十八万一千四百八十七镑；老堪特路与牛克洛斯街者长十九洋里半，费七十万三千三百五十镑；伦敦南边者仅三洋里，费一十三万三千镑；统计三十九洋里零四分之三，共费一百八十一万七千八百三十七镑，每一洋里合四万五千七百三十一镑。

初二日丙戌，早雨，午后晴，入夜仍雨。英君前于二十四日亥刻由奚拉库斯开船，二十五日未正过麦西那峡（在西奚里之东一带），有铁甲兵轮四艘、水雷船二只前引，铁甲兵轮七艘、水雷一只后护，过此北行偏西。

麦西那（墨西拿）

29,4,3

初三日丁亥，晴。上月二十六日阴雨迷漫，巳初英君船到那百里，英、义各船排列声炮迎接，乐奏义国国乐。义国公爵阿卜路吉及英国驻义公使富兰溪先登船觐见，继有葡国公爵卜拉甘萨奉葡后命请英君过船午酌，又有本地将军、水师提督及德国太子等谒见。各官见后，改着水师提督服，佩带葡、义、德三国宝星，转登葡国“阿美里亚”轮船拜葡后，在上午酌。后登“萨扉尔”兵轮答拜德太子，登“里古里亚”船拜阿卜路吉公，末登岸至博物院一观。当日彼处霪雨淋漓，岸上泥泞，并不闹热。入夜雨止，晴。

那百里（那不勒斯）

英王登船拜葡后

初四日戊子，白昼微晴，酉初阴雨。上月廿七日，那百里天气清朗，英君在彼勾留一日。未初英公使在船随君午酌，申初上岸，步入喀色达园一游。

闻数日前伦敦一人入酒肆吃啤酒，饮过半瓶，忽有物闭塞，酒倾不畅，探之得一死鼠。饮者连病两日方愈，告官，酒肆受罚六镑，共分四股，乃罚满酒瓶人四镑，起首洗酒瓶之妇一镑零四先，铺主铺伙各八先。罚有等差，以其过失有先后也。

初五日己丑，镇日阴晴，细雨不定。申正乘车至君主门街第百十六号赴特喇细夫人家茶会，客无多，少叙即回。亥正三刻偕内人率荣骥乘车赴蓝侯家茶会，客多拥挤，子正还使馆。

上月二十八日，英君在那百里早登山巅看贤马蹄诺博物院与炮台，后登葡船同葡后早餐，晚在贤喀娄戏园观

贤马蹄诺（圣马力诺）

剧，男女客三千。二十九日为西二十六号，乃礼拜日，晚戌正英君在船宴英、义文武众员。本月初一日巳初一刻英君登岸，炮台声炮百零一，两国文武迎入马兰火车栈，巳正车开，红男绿女万千争睹，齐声欢呼，君在车中，向之点头致谢。未正三刻抵罗马，车栈四面悬红蓝花，趁以绿叶，下垂金银穗，兵队立左右，奏国乐。义王维克多着兵马元帅服，率众公侯大员排立道旁迎之。申初英君下车，亦着兵马元帅服，彼此欣然握手问候毕，登车缓行。当日由车栈至王宫，凡宫车必由之路，两边共立精兵二万五千。楼房顶上窗内人皆立满，兵排道旁，观者立于兵与房壁之间，拥挤排立无隙地。人皆新衣，兵亦整齐五彩衣冠，盈眸灿烂。各家门窗悬彩绸绒毡，车至皮阿萨坊，有特派王爵库娄那者，立彼以代通城官民欢迎，立陈诵词一章，以申恭敬。车停时，男女人民之至车旁向之握手者千馀。此后少行至奎里那宫，下车登楼，转入正殿，王后海兰率各王爵夫人公主郡主命妇等内立，英君至前，口亲王后之手以为礼，少叙寒暄。继至敞楼前扶栏外眺，街市人民瞻望欢呼，英君向之鞠躬点头，谢其热心接待。同在宫内晚餐后即寝，因当日天热，终日未得稍息也。

意国王亲迎英国王

吻后之手以为礼

又罗马巡捕迩来捉获新到之无君党人四百馀，讯之，皆无杀害君王之心，无非欲在街市扰乱，使兵官备办不齐，而显义无诚心接待，则英、义因之不睦云云。虽西律以为无大罪，而亦收监矣。

无君党人捉四百馀

初六日庚寅，阴雨。自英君到义都日，街市闹热，男

29,4,6

女拥挤。凡欲观英君经过者宜赁座，即一小间窗外铁栏内，一人亦须二十镑。大小客寓，各国游人居住无空室。因英君心地仁慈，感动拉典人心，各以先得英君小影为快。初二日早英君携二花圈赴义王陵（义名万神堂），入内免冠，分置二花圈于今王之祖埃玛牛第二，与被杀之今 献花圈
王之父安柏兜墓上。英君在各陵前肃敬少立，出堂登山一览后回宫。

晚筵设于宫中跳舞堂，桌作∩形，坐英君于正中，义后坐其左，义王坐其右，义王之右为英公使富兰溪夫妇，男女坐百馀，皆义廷王族贵介。亥正二刻义王请在阿真堤那戏园观剧，届时英君挽义后，义王挽他王妃，登正楼，台前鼓吹一阵。后英君转身向义后一鞠躬，义后又向左右各女客一鞠躬，于是通堂男女欢呼，子初戏毕还宫。当晚王车往来，沿途左右，兵立把守。戏园座价一旦翔贵，涨至每人四十镑。初三日义廷请英君阅兵，兵步亲军护军及炮队共二万，自寅初各营即鸣哨齐兵，卯正由各营集于较场。辰正一刻忽炮台声炮报国王出宫，乃英君与义后共车，义王乘马于车旁，后随王公等。沿途左右排兵，乐奏《天保国王》，至较场停车。各兵队队由车前过，极整齐。午初阅毕回宫。

申初二刻英君着兵马元帅服，佩带宝星，出宫乘车， 瓦的堪（梵蒂冈）
先至本国使馆，继至瓦的堪宫拜教皇。一路声炮奏乐，无异于前。宫门前教皇内大臣萨池的侯立迎，车到，急前为之启车门，请下车，左右鹄立众员及教士辈。入门宫官引

入一厅，名“萨辣柯蕾门堤那”，义乃贤柯蕾门之厅也，又有多官迎迓。将入正门，见教皇拱立以待，乃同行步入内间，畅叙刻许，宫官又带领英君随员进宫，英君一一呼名引见教皇毕步出，教皇送至厅门。酉正回宫，今早因英君阅兵，街市车价涨至每辆每一点钟四镑。

见教皇

初七日辛卯，阴雨，凉。初四日巳初一刻，英君曾由义启程赴法，义王陪至车栈，彼此用力握手话别示亲密。英君并递义王金镑一袋，作济贫之用。车将开，英君犹自窗中探出，伸手向义王谢别。初五日寅初入法界，巳正一刻至的商城，地距巴里不远，驻法英公使门森率其参随迎候。天阴雨，人仍多拥立，冀瞻君颜。兵排一千护守车栈，马步巡捕往来搜察。门公使并众法官入见毕，车复开，未正一刻抵巴里柏路旺火车栈，总统卢贝着民服（民主故也）立俟。迨下车，彼此握手问候，并肩出栈登车。车栈四面悬花结彩，排兵鼓吹，诸事与他国同。既声炮，百姓欢呼，马车由车栈过得胜石门，走凯歌路，沿街左右绿椅座价，曩皆一苏（法铜钱名），遂增至二方。随车左右，马队护卫二百。申正至佛卜贤诺蕾街入英公使署，各官站班，乐奏《天保国王》，门公使夫人迎君与总统入门至大厅，各世爵夫人母女皆口亲君手以为礼。少立，总统辞归。半点钟后，英君复乘车至埃里赛堂答拜总统，酉刻回使馆。

法总统立俟英国王

得胜石门（凯旋门）

埃里赛堂（爱丽舍宫）

又当日在英君所经各街及附近英国使馆一带，皆悬花结彩，至有以五彩鲜花缠柱，香气袭人者。入夜各街两

29,4,8

旁，纵横满燃电灯，逐行如龙。更有以灯作王冕者，作字者，如“天保国王”、“国王长生”、“乐接国王”、“长生无极”、“埃达倭长年”。有卖钮扣上钻英君与后之相者。说帖纸上印英君相与旗者，有卖日本手帕上印英君相者，更有新印曲本题曰《埃达倭我老兄》者，《埃达倭初到》者，《埃达倭来巴里》者，《埃达倭探访艾米（友也）》者。凡英商所开各铺，自君到，皆闭门息工，外城各英民亦多来巴里瞻仰。按：英使署备国君休息所，大厅三间，四壁黏以花缎，三间分红黄蓝，寝室亦用金花红缎，床帐如之，床旁悬英先君维克都里亚相，装潢陈设灿烂华美，与伦敦之宫多同。晚餐于使馆，陪者门森夫妇及随君各员与本使馆中参随夫妇，坐后肃静无陈词，虽君膳，亦仅牛尾汤、牛奶龙须菜、白煮鱼、烧牛肉、焖雏鸡、烤羊肉、白煮鸡、拌生菜、煮豌豆九色而已。亥初卢贝亲约英君同入法国大戏园观剧，通园观者男女千人，皆官宦。子正英君回使馆。

歌国王为“我老兄”

虽供君膳亦仅九色

初八日壬辰，大晴，暖。申正偕内人赴韩阔家茶会，酉正回使馆。前于初六日辰正，法廷请英君在万森庄阅兵，阅毕回城，入巴里邑绅会馆，悬花结彩，修饰尤华丽。会长戴维前引入大厅，君与总统分坐二金椅，戴维先立君前敬陈数语，谢君驾临之幸。君亦立答片言，谢其优待。继而合馆恭进一自制金酒杯，杯式系当中一杯，左右各一鲛人（俗名媳妇鱼）为柄，满香宾请君饮。濒行英君留名于门簿，用法文以光耀之。去此入柏路旺囿看赛

“媳妇鱼”

马，登台君中坐，总统坐左，其夫人坐右。赛马第一场获胜者名柯里苏，马恰为英名“专布”，因之人皆竭力高呼庆贺。第二场胜者名詹安，马名“集尔”，英君赠一金杯，值二万五千方。英君遂步入卓吉会馆少坐，戌初率门森乘车至埃里赛堂晚酌。英君着水师总帅服，将入门时，向法国国旗免冠行礼以示敬。

至大厅，见总统夫妇及他男女各官宦。君扶总统夫人，总统扶门森夫人，陆续入饭厅，男女共廿馀，厅外奏乐。其菜单所开，首牛尾汤，次白煮龙虾，白煮鳟鱼，红煮小鲜蘑，烹雏鸡，凉鹅肝带汁，土伏焖鸡，红焖野鸭，拌生菜，煮龙须菜带牛乳汁，白煮小豌豆，橘子冰几凌，杏仁糕，鲜果小食等，酒七种。食毕，总统立起举杯，祝英君与后及各王族福，再祝英通国昌盛，复陈数语，谢英君来法。英君亦立答数句，深谢法之优待，并愿两国邦交益睦，后举酒先祝总统夫妇及其阖家福，再祝法通国兴旺。祝毕，乐奏《天保国王》。亥刻总统与英君同车，先游各街两边之灯光辉煌花彩眩目者，末入乐堂少坐听曲，乃回使馆。

法之国宴

初七日为其礼拜之期，午初英君步至大古叟巷，入英使馆之教堂内听经，听毕回使馆早餐。未刻法外部请午酌，君带门使往，客共一百，皆驻法之各国公使参随，食毕亦各宣陈词一段。前任法国驻英公使亢本因有服未到，食后君特遣人召来，畅谈许久。君谢归使馆少息后，步入花园，中集有英国幼童一百五十，排立迎候，君至，齐歌

29,4,9

种树纪念

《天保国王》曲。君乃亲种小栗子树一棵于园，用作记念。戌初英君在使馆设宴请总统夫妇，男女共八十二，入座扶法同埃里赛堂。其菜单，甲鱼汤、乳汁拌苡米炒鳟鱼片、烤羊肉、烧鸡肉、俄国焖鸡肉、炸肥肝、烧铁雀、拌生菜、煮龙须菜、文悫宫糕、小食水果等，酒亦九种。昨日英君特赠百镑，以济巴里贫民。

向法国旗免冠敬礼

初九日癸巳，微晴。昨日巳初法总统坐敞车至英使馆。将下车，英君着水师戎服迎出，相握手少叙，同车驰赴昂瓦里火车栈，后车皆英法文武，沿途左右排兵，车栈装潢悬花结彩，列兵奏乐。栈旁别设一厅，专备诸臣见英君。英君到，军营声炮，乐奏《天保国王》。将上车，英君免冠向法国国旗行礼，复转向总统握手，深谢法国国家及巴里通城厚意。总统答以“幸临敝国，恕待不周，惟望一路顺适”。英君再向各官握手话别登车，陪至海口者门森、法水师提督傅尼业、将军柯路瓦、副将沙柏，午正车开，英君犹立窗内，手扶帽檐向众行礼。英君在巴里，每次出入，法人大都免冠欢呼 。酉正车到晒堡海口（地在法西北界），炮台声炮，临海车栈亦悬花结彩，地方官及他水陆各官均早来迎。当时彼处知府走前立陈数语，谓“深喜君驾幸临，与老君主维克都里亚屡来法国同，尚望君在巴里诸事如意安乐”。英君答数句毕，出帐步下石阶，驾知府所备桨舟，登本国“维克都里亚阿拉柏”船。此船送英君至义后，于此迎接也。是晚英君在船设宴，送别英法各官，官兵奏乐。食毕各官辞去，船停终夜。今早辰正，展轮出口，未正抵坡滋茂斯海口上火车，申正至伦敦维克都里亚车栈，太子率百官迎接，酉正入卜静宫。英君此次之专赴三国，皆有寓意，余之按日详记，一以征各国之交涉，与英与各国之友谊重轻耳。

专赴三国皆有寓意

初十日甲午，白昼微晴，入夜雨。闻俄国旧都墨斯哥，环城外鹊极多，土人于春夏间，多货其羽毛为业。有柏林一铺电定八万鹊，专用妆饰女帽。彼处农家痛恨残害飞禽，因之无物食毒虫，有损田事。俄国直北临白海之阿蟾该地方，乃著名禽族毛羽出口之地，并有专种水鸟之羽毛如兽皮，为妇女领帽外氅用，又有雉鸠各鸟羽每季出口千吨，如此惨毒，各国多不韪之。

十一日乙未，阴晴各半，凉。是日为西五月七日，乃伦敦日本会第十二次循年公宴期，会首公使林董上月杪柬请在梅头埔店槐桃楼。戌初余偕内人乘车往，入见林公使夫妇及他日本英美诸人，立谈斯须，转入饭厅。桌式一横八纵作  形，共坐男女二百三十。林公使横桌正中坐，金氏在右，余坐金氏右，林夫人在余右，其左皆英之世爵夫人辈。桌面装饰华美，陈日本方圆瓷盆，盆种松铁藤萝各树，至高者尺半，颇觉幽雅。酒食丰且嘉，食毕，立祝英君与后及太子太子妃并日皇及本会各人福，是后多人演说，皆与他处会相似。末各饮日本清茶一杯，赠各人小瓷杯一作记念，子正回使馆。

日本年会柬请赴宴

十二日丙申，阴。亥正偕内人乘车入卜静宫赴朝会，规模如前，惟老幼妇女之朝见者不下一千，子正始毕。各

29,4,13

国公使夫人及本国命妇辈皆坐，而各国公使并本国执事各官皆立，腿觉酸楚。女服白色者多，间有黑及粉红，而无品蓝及他色者。年老有挂杖者，短视有戴眼镜者。各妇随过，随有礼官唱名，不报门氏或某人之妻女，只报某夫人，某太太，某姑娘。 朝会久立腿觉酸楚

十三日丁酉，早阴，午后雾，申初大雨滂沱，雷，酉刻雨止仍阴。闻前岁英在中国及南非洲所用之兵费，经户部报出，内除所收税款七千五百一十五万镑，如茶叶合六百零一万四千镑，烟卷合三百九十六万七千镑，酒共三百二十八万镑，糖合一千零八十七万六千镑，煤合三百三十万四千镑，米面共二百三十四万七千镑，苦酒合五百三十二万四千镑，人丁税共三千九百八十八万四千镑，果肠等共十五万四千镑外，核其总数，共用二百一十七兆镑，在中国仅用六兆，在南非洲则用二百一十一兆。 税收与兵费

十四日戊戌，白昼微阴，入夜大雨。西国向以接吻为礼，现闻渐废，然仍有畅行而每下愈况者，半属男女情人、幼男雏女及心存暧昧事而使人无从索解之徒。其成规，凡妇女入朝会茶会时，不得连吻两次，妨损妆粉也；凡妇女相遇皆不接唇，乃或吻颔及腮、额角、眼皮、头发，以表互祝平安；美国更有新规，乃仅吻左下唇之下，或脸旁及眼毛，以避传染病症，用彰卫生云云。 接吻成规

十五日己亥，阴凉，有时微雨。洋人凡事精益求精，日寻新法。昔人创无线电报，近美人柯林创一种无线电话（又名得律风），昨试于美国荷村江面。两舟相距五百尺， 无线电话

各有器具并司问答之人。桅顶挂铜丝，浸水有铜盘，五十丈能传所言。此次试用灵通，今后各港口，将别有一种生涯矣；且阴雾时左右船来，亦可互传方向也。

十六日庚子，晴而凉。闻英君昨日启程幸苏格兰都会，后与偕行，乘火车西北行三百九十三洋里，酉正二刻抵埃典柏城瓦倭里栈下车，住达勒齐宫。今午正君在豪里路宫设朝会，申正君后设朝会。将于明日游通城，十八日游格拉斯高，十九日巳正二刻南旋，酉正二刻回伦敦。英君此游，乃加冕后之初次。

埃典柏（爱丁堡）

十七日辛丑，阴。闻英人男女寄信，其忽略草率、糊涂粗鲁、字画不清、住址误书，指不胜屈；更有信面无字，或仅书“致吾儿某某”者。此类信件包封，布包木匣，一年内留存邮政总局者，不下二千五百万件，且较五年前多至五十万。凡信包有住址而笔画不清者，送信人再三设法访寻不得，则拆而加封，寄归原主。邮政总局之加费人工纸笔，年至五万四千镑。寄信及物件者因草率有所失，而信局亦因此间有所获，以往往信包经拆内无寄信人名姓住址故也。

十八日壬寅，微晴。中国豢哈吧狗，往往啮去半尾，冀将来尾短毛长，蓬蓬四出，以为美观。西国亦有之，亦于犬生一月后啮之，以其能负痛也。闻某巷某甲家，犬生三礼拜，其邻某乙啮尾，经巡捕察出，以为有伤生灵，各罚七先六本士。凡携犬入英者，须报明担保。前于礼拜五日，英人某由法布隆海口登“弗克森”轮船，行李中筐

29,4,19

一，云系一犬，并未报官。船主不允，官厅往察，开筐视之，乃一古米犬也，趣甚。

十九日癸卯，镇日阴晴不定，微暖。酉正二刻十分，英君与后自苏格兰回，由庆斯十字街火车栈经本街，行人左右立不避。宫车过，男女摇巾摘帽，高声欢呼，君后点头，君亦免冠为礼。亥初余乘车至博凌屯堂看博物会，广厦六间，分设五十处，皆时人新创，如电灯、电报、照像、化金各物，法之新奇，不外格致。更有新集古人之物及印度山崩地裂之景，并所掘出之物。余留此，命车旋使馆接金氏，至亥正二刻，同至道宁巷第十号赴巴乐佛兄妹家茶会，子正回使馆。金氏仅有巴大臣之请柬，故不与博物会。

看新创之电器等物

二十日甲辰，阴雨。连日见新报载，通城男女老幼之迷路遗失，或被人拐带者颇多，而罪犯之逃匿数至二千六百二十馀名，杀人凶犯五十馀名，已知逃至外国者三十名，官现出三千镑备赏眼线。其弃妻于家者一千五百名，妇人弃子女逃者三百名，共逃犯及迷失者五千馀，人家亦多备有酬谢代觅之费，自二十五镑至六千镑不等。有人报知巡捕厅，谓有外国人一伙，专为拐带幼童男女，前于百日之工，竟失去幼童雏女五十五名云。

二十一日乙巳，阴雨。纸张作用，人皆知之。西国现有作茶船、火车等（车轮铁中塞纸浆，取不易震裂），已属精能。希腊国之木同埃及，无可作酒桶者（其式圆高似大鼓，即俗所谓琵琶桶），桶木贵而酒不易售，近日酒

纸之作用

家纸作桶，坚如木。酒以桶贱，生意渐茂盛焉。

二十二日丙午，晴。午初率陈默之、尹元辅乘车入卜静宫赴朝会，均如前，惟日本朝鲜公使未到，本国官一千二百馀员，多武官，立至未正始散。申正复偕内人携孙女乘车赴海岱囿旁太子门第二十六号司特安夫人家茶会，并听乐。楼房华丽宽宏，乐工六人，皆他国者。鼓洋琴，拉胡琴，幽雅可听。酉正回使馆。

二十三日丁未，晴。数日前英提督奥里蕃柬请，于今日在伦敦城北哈艾街之稼穑堂（见前）看水陆兵丁演战。申初余偕内人率荣骧与孙女乘车往，下车武官迎入，登楼坐正面阁中，即初开第一日国王来此坐处，中列金椅，前后罗鲜花，备有茶点。

拆车战车之敏捷

开演第一场，步兵演卸车成车之敏捷。由台后出四轮大车六辆，上罩油布高棚，每辆驾四乌骓马。车前坐二兵，左前后两马上各一兵，为一兵驱两马，随行车左右各三兵，乌衣裤，银钮扣，腰围白皮带，右挂亮钢鞘刀，头上△形硬黑毡帽，帽前银圆片一，周约三寸，上錾花号。车乃先于池内环绕一周，继而横列一行。官吹哨，兵依次卸马，卸轮，拆车，一分时轮轴、檐帐及各木片垒一方堆。各堆一律，兵列堆后，马立兵后。少立，官再吹哨，各兵复于一分时将车作成，驾马排立如初。卸车成车之际，及往来驰驱，无错乱，无喧哗。按此车拆卸成堆，如在海口，备船载也。

第二场，水军演拆车成车发炮之速。双轮炮车三辆，

29,4,23

炮身长四尺，口圆径一尺。每车有兵十八名，绳曳车，兵皆着白汗衫黑裤，白扁帽。车至池中横排一行，继发炮毕，刷膛换轮，因车虽两轮，备轮一对，防损伤也。换轮后再发炮，又横一木墙，高逾三尺，车不能过。于是兵跃过数名，其馀拆车抬炮，此送彼接，一分时墙外车成，绳曳走矣。

第三场，海军炮兵演后膛大炮。四铁轮平板大敞车一辆，载钢炮一门，重两吨，铁炮架一座，上有关键铁轮，重四千二百磅。炮长二十五尺，杉木四杆，三长一短，车及木棍等共重二吨。车前粗绳一，三十兵曳之，皆着白汗衫黑裤，斜顶小圆毡帽作  形。车至池中，先卸木棍，捆作  字形，三竖一横，以免滑倒，因将以之系重物也。架上扣绳，曳车至架下，先将铁架系起，炮车退于木架外。铁架落地后，推车近铁架，复将炮系移铁架之上。即时拆木架，倒置炮后，他兵胸贴地于木后；留兵四名发炮毕，复依前式搭木架，先后系炮系铁架抬置车上，再拆木架，安于炮左右，车如前式矣。整齐敏捷，不及一刻钟。

海军炮兵演重炮

第四场系马队炮兵驰驱之际，演放炮位。每车四轮，前二轮架药箱，后二轮架炮，炮略小，如九节龙，六马曳之，左三马背各一兵。炮四门，兵十二，皆乌衣，戴黑皮帽，上立白翎一束，作  形。四车先在池内，左右往来，环绕驰驱，毫不错乱。末则横列池中，卸车，分车，发炮，奏《天保国王》之乐。一堂男女起立，昭恭敬也。发毕，连车驾车亦极速。

马队驰驱演放炮

第五场名曰代乐喜大赛会，系依前之西正月一日此地操兵，贺英君即印度帝位之喜（代乐喜、杜尔巴尔在印度西北界班扎省东南，竹木那河之右岸，旧为阿富罕及谋古之都城，东临西藏，东南距喀拉喀塔九千五百四十洋里）。池中陆续先进印度马步兵八队，御兵一队，各队衣装颜色不同，五彩炫耀。帽式亦各殊，缠头之式，有平缠者，作花者，一色者，杂色者，上加绒球者，中竖三尖帽者，有戴高尖帽下围羊皮一圈作形者，有戴牛角金盔作形者，人皆黄面乌须，步队皆执火铳，马队或执长矛，或执铜牌，或枪或剑，无不洁净整齐。英兵两队，护军一队，皆金盔亮甲，白皮手套长盈尺，式作形，如古之铁扩腕。兵在池中到齐，按队横立，步兵前，马兵后，其行动排列，亦皆整肃。继出骆驼两只，饰以五彩，印度人骑，缠头花衣，手执长枪，分立左右两边之首。再则象四只，横排正中，象披绣花金边绸被，带头罩，饰耳左右，垂绸两缕，头罩前作如意头山字形或或形不一，绸被亦各异，旁视之或方或圆，或或，甚华美。各象背任一彩漆长方台，多作亭形，上罩彩棚，内坐印度人一，彩衣缠头，珠宝镶嵌。亭后立一人为仆，象颈骑一人，手举钩枪为象奴。皆白衣缠头，台无棚者，后立之仆张伞。象前左右各立一人，手举长矛为护卫。四象排立当中，乐工奏《天保国王》乐，男女观者复皆起立。其通场之马，皆乌骓也。

演印度乐

有驼有象

第六场体操。兵七十二，白布紧汗衫，黑裤白棉鞋。

29,4,24

练法系蹲走，倒走，一腿走，翘脚走，盘腿蹲，并两腿而直伸两膊，式不一，未能罄述。总之，合群演习，纪律严整而已。末则是七十二兵齐以胸贴地，布成“万寿无疆”四字，极清楚。斯时众复起立，以申敬恭。其馀九场，或赛跑无鞍马；或马队卫军随乐声往来盘旋；或以枪刺木牌，挑橘子，随跑刀砍木人头以及骑无鞍马争夺，两营假对阵各事，曾于四年前看过者，无庸再笔。酉初一刻毕，谢归。濒行下楼，以一镑犒其仆役。 兵七十二演体操

二十四日戊申，晴。伦敦汽车日盛，不惟夺尽马车公车之利，更将侵及火车之利。或谓汽车载货，每吨可用一本士一洋里，较火车每洋里贱三本士。且于十年后，汽车既多，则道旁铺店生意定增千倍。上年火车遭险，至一万七千八百一十四辆，而汽车仅四十辆，汽车价值低昂，关乎力之快慢，价三百镑者每点钟常行十五洋里，快至二十六洋里，登山五洋里；三百五十镑者常行十六夜洋里，快至二十七洋里，登山六洋里；四百镑者常行十六洋里半，快则二十八洋里，登山七洋里；由此推之，其至昂至快者常行二十六洋里，快则四十洋里，登山十六洋里。或辩云，官限此车每钟准行三十洋里似稍少，盖铁道公车一点钟尚行二十五洋里，至老火车一点钟犹二十七洋里云。 汽车日胜

二十五日己酉，晴。伦敦城正东太木斯江南转处，江阔而东入于海。沿江两岸有船澳、货栈，如西印度、加那达诸名。并原有善举公所几处，备各国水手暂住，日索饮食费，其人工物件煤火用款，悉善男信女施助，故较之旅 穷人乐所

舍每日费只及半（以上详见《六述奇》），江边一带总名“穷人乐所”（英言立木蒿斯）。迩来复经善人募化施舍，别建一所名曰“四海兄弟居”，前日申正开门，公请太子与妃并各国公使参随及本国文武官员往贺。余以鲜暇，令陈安生代表，虽云请贺，仍别具一帖请资助，因汇十镑十先先行送去。闻当日太子已代收二千镑，乃本区美尔夫人及前美国总统侄女敖司本夫人辈解囊自助，并向他人募得者。又东岸一老渔躬送十镑，一水手母躬呈太子妃十镑。又有人施大洋琴一架，书橱一架，书如干部，皆经太子代收。

安置毕，太子与妃及馀客咸入大厅，坐用茶点。食间太子起立，言深谢天下沿海各国君主及美国伯理玺天德之慷慨好施，成此英外水手会，而使各国水手之因故留岸者，得免流离失所，足见视四海皆兄弟之诚心云云。此所建筑费共三万六千镑，现集得三万二千镑，半由美国妇女凑成，惟善士艾达倭一人所施至一万四千镑。太子特为称赞，谓都城凡行善公所之经艾君施助者，此为第七十三处也。

伯理玺天德（总统）

二十六日庚戌，大晴，暖，始脱裘。酉初一刻世爵骆立约在蟾色里巷律例书院中晚酌，宴客两长桌作〔〕形，同座者英皇叔堪卜立址公及爱尔兰院长，日本波斯二国公使，其四十馀人皆例学名士。饭毕，骆立率众立起，举酒恭祝国君、君后、太子、太子妃之福，继而二男（一讷尔克，一席乐坦）二女（一艾木立，一柯丽莲）始各歌

堪卜立址（剑桥）

29,4,27

曲一，复共歌曲一，阿米为之鼓琴，声调短长相间，或悠扬宛转，或狮吼雷鸣，足以悦耳。亥正谢归。

二十七日辛亥，晴暖如昨，入夜雨。今古名人油画，英人所重，昂其价值，甚于我国。闻昨贤翟木斯哄威里阁中，费士尔拍卖油画七幅，共一万八千六百六十吉呢（每一吉呢系一镑一先）。第一乃赖本绘世爵辛克蕾喜容，值一万四千吉呢，第二霍朴讷绘名人柯立喜容，值一千六百五十吉呢，第三甘斯柏绘戴万晒公夫人葬姒得之半身喜容，九百吉呢，第四罗木尼绘葛林小姐喜容，售七百吉呢，第五那堤尔绘路义第十五之妃赖勤斯吉喜容，五百五十吉呢，第六康斯达绘名人戴杭卫喜容，五百吉呢，第七甘斯柏绘世爵哈米屯夫人喜容，售三百六十吉呢。 人重油画

二十八日壬子，晴暖。前之二十五日为西五月二十一日，称为圣礼拜四日，据云为识耶稣升天日。闻在英兰中界稍北得尔贝府之堤兴屯地方，乡民是日行盖井古礼。教堂诵经毕，教士引众游街拜井，沿街有假灯楼炮台以及斗龙戏水各物，人则行歌寿山福海诗，周各井列鲜花，井上覆以祭文云，"古礼始自一千六百一十五年（明万历三十四年），深谢井恩崇隆，虽值天旱，井水无穷"云云，似我国之六月十三日祭龙王。夫作此举者，固天主耶稣教中人也。心是心非，未可测度，而计年仿行，不谓之败坏教规也。而于我国之贴神符、挂胡卢、祭星、浴佛、乞巧、寒食诸故事嗤为迷信，华人入教者加厉焉，祭天饮福，或托故不与，以为彼所敬之天，非吾所信之心。是同履一地 盖井古礼

而各戴一天矣，噫！

二十九日癸丑，晴暖。伦敦有盲学堂，哑学堂，近有李业公爵在安诺里地方创立聋学堂。事属经始，地基颇窄，拟留住宿饮馔者六十名，朝来暮去者二十名。诸生皆须十三岁以上，往返火车费亦学堂给；宿学诸生，皆经义媪料理。教学大旨，写字读书外，各依性之所好，力能及者，如制靴鞋、成毡毯、造船、缝衣、镕镀金银、制造木器各艺，俾学成年壮可谋生。宿馆诸生，各分园地一方，自行栽种花木菜蔬，如得良法亦一生养赡之资云。

聋童学校

三十日甲寅，晴暖而微风，天气蓊匌，在屋仍须着棉。据云伦敦工匠之费用，每人一礼拜之饮食计十二先九本士，衣服四先十一本士，房租七先七本士，往来轮车一先六本士，灯火洗衣零用约一二先，都二十八先八本士，合中银十两，在所必需。伦敦匠人一礼拜工价，较上所计应用之数，有馀亦有不足者。平日工价大都二十五先，然各处不同，一礼拜有二十八先七本士者。车夫有二十六先者，守火车栈人及送信人有二十六先半者，扫街及起土人每礼拜有得二十八先半及三十先者。夫一人每礼拜作工五日半即得银十两，一月作工二十二三日得银四十馀两，乃不惟不敷自用，更不能赡家。故伦敦正西及西南一带人多贫苦，男子在外佣工，其妻亦必从事缝洗，设法入钱，方足相需度日也。

匠人工价

五月初一日乙卯，晴。旧同事曾叔吾（兆锟）前年冬闻余奉命出使英国，由英电余请留，来函亦如之。余以

29,5,2

渠官事明晰，乃电留之。曾初到英月薪给十成，计二百两，三年后升三等参赞官，改八成每月二百四十两。去年正月闻余出京，经罗绩臣升为二等参赞官，月给三百六十两。余至英因经费支绌，且人多，俸薪依旧数发给。曾则次日交还，且呈销差，谓适得家书，母病笃，即归省；并请照正月所得俸薪之数发给归装，其二等船价洋妻外拟多索一分。余未允。且其母就养食广东兄任，乃不由英都直赴香港，而拟游美，先纽约，次华盛顿，由旧金山附轮过日本、上海、福州达香港，此行路遥而日多，无意旋里明矣。以此度之，想系到美求差，优否不论，滥竽七八个月，即可更领一分川资归装也。此弊于光绪初年任驻扎外洋以来，为之者屡矣。按定章，在乙国所亏之年月，不准于丙国补足。余曾上条陈，凡出洋回国者，只准支领一次船价川资，用以节省经费，奉旨“依议，钦此”。闻曾于去年五月抵美，干伍秩庸，得署纽约领事。今年三月梁镇东继任，未留曾。曾西旋，其妻仍回伦敦。今日其妻在其外舅家请茶会，申初余令内人携孙女往，酉正回。戌正韩阔夫妻请饭，余同内人往，主客共桌男女计二十人，酒食丰渥，劝进良殷。

曾兆锟事

伍廷芳

梁诚

初二日丙辰，晴。酉初偕内人携孙女乘车赴君主门第五十七号莫斯倭夫人家茶会。楼小，有意国乐工男女各三人，装束新奇，歌声幽雅，月琴琵琶各乐器，亦与英国不同。少坐下楼，入饭厅饮舍粒一杯谢归，此会男女百余人。

初三日丁巳，晴。戌初，请萨道义、林董二公使，及禧在明、甘伯乐、骆立甘美纶诸人太子堂饭馆晚酌，并招陈安生同往。馆在庇喀的里街，洋名。普林赛斯蕾司托兰（详见《六述奇》），称为伦敦第一，宏敞华美。饭厅正面奏乐，灯烛相辉，酒食合口，宾主款洽。食毕入别间，饮加非，吸烟卷，畅谈极久，甫辞归。

初四日戊午，阴，申初迅雷骤雨一阵，雨后仍阴，入夜仍雷。外洋不言迷信，而近与英人闲谈，事有类于我国者。约克晒府卫斯赖县之苇克扉城中，有古教堂名希斯。西历一千五百九十三年（明万历二十一年），有博理夫人、绰号胡巴老母死于此，相传至今有时魂现，见者三日内必死。英兰正北牛喀斯地方之太音河口、二百年前、一美少年与霍姓姊妹相遇，双花并艳，而少年意在少者，情爱相投，长者妒之，一日乘其妹睡，缢之死。至今，凡是处附近之夫妻不睦，或不义不节，魂必现而斥之。伦敦东北埃赛府开五墩城，古有一磨倌，佚其名，为人忠信正直，因故自缢，于今或见其项环马缰，往来于某教堂旁茔地之间。

类于中国之迷信

初五日己未，大晴，热。早挂龙旗，戌初设席，并邀曾夫人、马清臣之女及陈尹二夫人共酌楼上。英国汽车日多，亦须按辆挂号保险。车后大书四字，前二字车来处地名，后二字车主名姓，因车行极速，字多不易辨也，其下复有所报之第若干号数；天暝车后燃电灯，光射字，苟有违例遇险等事，车行虽迅，巡捕亦辨其字而记之。

汽车日多按辆编号

29,5,6

初六日庚申，晴热，入夜凉。昨日为其耶稣复苏节后第七礼拜日，称曰“怀森代”，今日为怀曼代或怀礼拜一日。怀字之义未详，按英言白色曰怀，或谓幼女昨日入堂受洗皆白衣，故曰白礼拜日。镇日各铺关闭，人工休息如故。自晨至晚，敞车百馀经楼下，是车平日皆运酒、卸煤、盛粪土、运污秽者，今刷洗洁净，油彩一新，马首亦立鲜花或纸花一束，两日中出赁游乡。每车可载男女老幼十数人，行歌互答，借以陶情，是亦贫民安乐之暇日也。 白礼拜日

初七日辛酉，早阴，申初晴，凉风镇日，至着棉。闻英人亦有因古人偶为之事，至今崇信仿行。如百年前英兰西南角阔安卫地方，卢喜佛其人与一闺媛情爱，久之女疑其不诚，乃同誓至溪边面水，若头影不露为无良。二人同跪溪前，卢面隐，女遂弃卢而去。自今英兰男女恋情，彼此略有猜忌，即同至井口或河池水旁照之，两影同出，所疑两释。卢死后强魄为害，在英法间之哲尔溪岛（地近法，而属英），有人奋勇夜驾舟援他船遭险者，中流见如卢喜佛者挠之舟滞，既来援他船，又覆于石岩凹穴中，幸水浅而后涨，舟乃得浮。 男女同誓溪边面水

初八日壬戌，晴，冷。闻前初五日之怀森代教节，英兰与苏格兰异。英兰无定期，计复苏节后第七礼拜日（其复苏节本年在前三月二十五日，西四月二十二日礼拜三），苏格兰准五月二十八日，既以此日为教节，更为半年之节。盖自五月二十八日至十一月二十八日为半年，凡迁居、还债、雇辞仆婢，皆以是二日为定期。过此节有若 复活节有不少典故

许奇零故典，如招友欢饮，有酒名“怀森埃勒”，性似啤酒，义乃赏心酒也。礼拜堂中设宴，有埃勒酒，性稍烈，名“哲池埃勒”，义乃教堂酒也。人家亦有设戴笑面及亚喇伯之杂乐跳舞会者。伊屯大学堂每年前初七日名曰“怀秋斯代”或怀礼拜二日，虽放学，而诸生仍不遣去，乃公举一名充大主教（即比朔），馀充神甫教士，环比朔立唪经，礼节尽同教堂。后乃别选一名充千总，其他充兵，由堂列队排行至地名盐山者。镇日所为虽近于戏，而教规军律即此是学。此学堂近文恣宫，亦三百年前之一旧学校也。

伊屯大学堂（伊顿公学）

又西国古迹小说，谓不知几千年前，耶稣以世界恶人多而善人少，一日谓其徒诺阿，须造大舟载尔家属，并带牝牡雌雄禽兽各一对，我将大雨四十日，以溺人之凶恶者。迨水涨舟浮，其妻不愿同登，宁成恶鬼云。此说英兰西南界柴晒府之柴斯特各城男女，信之尤诚。因之每年六月四日，伊屯大学堂诸生以地临太木斯江，援斯故典，斗舟为戏，略如我国五月五日之斗龙舟。诸生多世家子弟，届期皆自备轻艇，疾驶比赛，国王亦往赏阅。此日洋名曰“门太木”（字之本义乃腊典文山也，冈也，至此日之用义未详）。今日即西六月四日，因学堂于前日晨火，幸未俱焚。毙学生二名，王后亲往吊慰，暂停此戏。

诺亚方舟的传说

初九日癸亥，晴。英人奉天主、耶稣两教，而多深信鬼怪者，如英兰南北约克晒、代文晒两府，曩已言之。又西南角之阔安卫城，有南斯夫人井，相传多鬼怪，人以之

29,5,10

卜死生祸福。束苇作十字，自掷之井，浮者吉，沉则年内必死。苏格兰正南戛娄卫地方，有水池一名杀人窝。据云三百年前一老妪率二子，曾害五十馀行人于水，故至今人多不敢独行近其地云。余叠记人之信鬼，非欲吾辈诧有也，将使人知所谓文明之国者，亦复多此迷信尔也。

文明之国亦多迷信

［八述奇卷六终］

光绪二十九年五月初十日甲子，阴晴不定，仍凉。英兰西南界代万晒府人尤信鬼怪，并有歌云“小鬼小怪小无赖，无须尺布即能尽”。此歌肇于府之楚得里甫村，因山谷有洞曰幽灵，凡经其地者，必掷一针或手帕于水以求福，若得盖鬼帕下，则获福无极。彼处迷信颇多，少有异于我国者，且有甚于我国者。昔有农夫无力雇人，自行刈谷，久遂倦而卧地睡觉，见谷皆为鬼代劳刈毕。又作事误或多梗迕皆诿之凶鬼，如晨起见马茶然则谓夜被鬼骑，行人失路则谓被小鬼所惑。或欲无扰者，必每当日暮度鬼在处，列啤酒数杯及面包乳饼各物些须以禳之。数年前有韦艾者，暮出门久不归，据堪卫城人云，是必为鬼马所引，夜游四方矣。

十一日乙丑，晴。申正格林尼址天文台柬约一往，地居伦敦坤方，约距使馆二十五里。未正乘车过西敏斯得桥，走贤卓志街、新推舟路、旧推舟路、新十字路，逾小河，入深林，登小山。至入内璧柬，先登旧台，台式与德国同。由千里镜望金星，如一黄色半圆，下横宽约二寸，上圆径长约三寸。上此履铁梯两层，合五十馀级，出此登

格林尼治天文台

旁之小台，履木梯六十六级。台筑小山巅，四瞩各景，轩豁呈露，且天朗气清，两目如洗。楼房花木，河水舟艇，一一可数，游者约五六十人。下，各奉勺勾腊一杯，小食少许。食毕，天文生某甲引行半里馀，至新台，台八年前筑成者，较旧台高大宏敞，千里镜亦长。台作圆形，下面四围分间，乃诸生用功办事处。列有照成所见各星形式，又有大片横宽尺半、织长一尺者数十页，每页仅星点少许。盖自数年前，英与法、美、德、俄诸国天文台约定，环地球向天之各点，分值天之若干度，互相完准照片尺寸，数年后各将所向之天照出辐辏一图，则向有未见之星皆觅见矣。出此入别间，劝饮香茗一杯，少坐谢归，戌初抵使馆。

十二日丙寅，晴。闻由数日前至今，有日本兵船或巡船、经提督山村管带，驶至澳洲东南西三面之珮尔斯及阿得蕾、美勒赍等处，昨日行抵奚达呢海口。日本水师上岸排队街行，鼓吹互奏英日之国乐，以示两国之会盟。因而人民及本地水师，皆欢呼恭祝日本米喀兜之福。

美勒赍（墨尔本）
奚达呢（悉尼）

十三日丁卯，微阴，凉。亥正二刻，步至本街第三十二号，赴前任外部侍郎卜立斯家跳舞会，入内见其子女。客厅本宽大，适隔壁第三十号楼空待租，遂由其楼上前窗右接旁楼之前窗，搭以彩棚，从后楼右壁拆通，亦饰以彩绸，罗列鲜花，旁空间亦然。在内盘桓，人觉轩敞，然男女二千馀客，反形局促。左右设长桌茶酒小食两处，右空楼中雇义国乐工一班，场场奏乐，左右可作跳舞两场。壁

29,5,14

上高悬每次跳舞名牌，人可预约之，迨乐奏，男女比比已备齐矣。看至子初，遂辞出步回。通衢左右，排列重重车辆，灯光灿烂颇可观。

十四日戊辰，晴，凉。未初日本公使林董召饮于帕玛街之喀勒屯饭店，同席萨道义、甘伯乐及二英人系曾在日本谋生者，酒肴颇佳。饭毕，步至厅外玻璃棚下，环坐饮加非、吸卷烟畅谈，申刻谢归。是店在通衢，南傍帕玛街，东临柴草市，地基颇大。余于数年前在伦时即见其兴工，至客冬始开市。楼房高大，东南两面开门，兼住旅客。饭厅宽七丈馀，深约四丈，四面玻璃窗，窗外满列鲜花。厅内正面奏乐，其前密列大小桌椅，华美整齐。堂倌百名，厅前大玻璃棚罗列竹几椅、备客闲坐。棚左别一大间，为卖顿饭处，每顿一人七先（合三元半零）。饭厅为客点菜定菜处，晚餐每人合酒计之必一镑十先（合银十二两）。菜极昂，一盘牛尾汤二先，龟甲汤五先，羊肉一小块四先，小银鱼一尾五先，小牛肉一块加豌豆六先，鸡肉一块七先。然富家男女朝夕坐满无隙地，可与巴里饭馆竞胜已。

大饭店之菜价极昂

十五日己巳，阴雨，凉。西人作书，往往笔法与中合，然所重名人翰牍，多以其人之名望品位者。日前得兆玛巷索堤碧叫货行拍卖，内有英君为卫拉斯王时说帖一纸，售四十镑。席丹、计印、司本真、伊尔翁辈笔迹说帖，由二三镑或十二三镑。西人署尾，仅其名之二三字而已，易以十三镑，计百馀金，亦好名之过也。

十六日庚午，阴雨如昨。申正二刻，偕内人携孙女乘车赴得蕾阔哄第三十五号赫承先家茶会，见赫宫保夫人及其子、女、妇与孙，男女客颇多。别间雇亨加里乐工二名，一拉胡琴，一鼓琴，式与中国之扇面琴同而稍大，横三尺五寸，从约二尺，弦横三十二，以铜系铜条牛筋为之，其声激烈，敲以皮棰，时而奔涛过峡，时而幽竹吟风。少立下楼，茶点毕谢归。

亨加里（匈牙利）

亥正二刻复乘车赴库尔森街第三十二号美国万瓦小姐家茶会。客厅正面一小台，高盈尺，旁设一洋琴，先一人鼓琴，一人坐台上拉大胡琴，继一女名富乐丽者歌一曲，皆平平。一人名贝登之戏法，轻快敏捷可赏。一手执洋纸牌一副数十页，请台前男女客四人任便各抽其一，各自认明牌上点号，任意复插其手众牌内，既以一长尺馀竹筒，曰“此万里窥心筒也，窥之可知人心所向”，乃佯向前抽牌之人一窥，曰“某老爷所抽是某牌否，某太太所抽是某牌否”，均曰是，无一讹者。四纸牌名报毕，复将牌举起曰，“此牌大小任便”，牌原长二寸宽寸半，甫举则缩半寸，再举则横寸半长仅一寸矣，众鼓掌称赞。复出纸三，红白蓝各方一尺，递与坐客细验，咸净纸。既请座中一男客登台，扯碎纸揉成团，到贝手则变成三色小旗百杆，下台分送诸客，复上台三整纸仍在手。再撕再揉，再张手成一英国大三色长方旗。又于座客借一先，并请以铅笔作识于钱面，出红纸一页，横尺半，纵一尺，云将以之包钱，而钱小纸大，请台前一女客割而二之，并请一男客

是某牌原作某牌是

横寸半原作横半寸

29,5,17

上台，亲手以纸包钱。包已，贝接去，随出火漆一支，请包钱者向纸包上三点，如封信状，再交客手，纸包已变为信函，火漆宛然。请客拆封，内仍一信函，再拆亦然，二函皆点有火漆，第三函则言须请银元主人开拆，考察是否原钱，拆看则铅笔作识之先在焉，究不知其包封何以若此之速。末乃一女名黎达者学作两人语，或母女，或女与情人，随说作态，颇有趣。看毕，主人陪入饭厅吃酒，小食后，谢归使馆。 变戏法

十七日辛未，晴。午初率白厚之乘车入卜静宫赴朝会，一切如前记，未正回。申正偕内人乘车赴彗良街第十一号穆尔逊夫人家茶会。屋窄人稠，客厅设椅五横。临窗立二男子着武官衣戴面具，四女作日本装而歌英文曲，一女鼓琴，他女陆续歌，或说白，或学口吃。共二十二场，分两截。听毕一截，下楼吃茶，戌初旋使馆。亥正二刻，复偕内人率荣骥赴蓝侯夫妇茶会，人多如前，丑初回。 夫妇一晚赴二茶会

十八日壬申，阴雨，凉。伦敦各医院之经费，每年善男信女代募或施舍。有名伦敦医院者（详见《六述奇》），因本年扩充楼房，须用巨款，乃经戴尔贝伯爵夫人，定于前十三日（西六月初八日）在阿拉柏堂（详见《四述奇》）设跳舞会，售凭票，备酒食。半月前之票价每张一吉呢，十二日涨至十吉呢，闻初十日已卖去四千馀张矣。夜餐在堂前海岱囿边内之海岱店中，每人连酒二吉呢，小食在本堂大饭厅内，每人一镑。堂中棚顶、周一万五千尺，满覆深浅红假玫瑰花，顶至地数丈，空处饰以真 跳舞会为医院募款

玫瑰，假花香水喷之，真花发香，通堂馥郁。四面满燃电灯，跳舞处别环新式电灯三十，各作树形，叶尖花心皆灯。正面台上奏乐，台前左右上下皆饰以玫瑰，红情绿意，拥风琴而不露，声出百花中。正面左右三门依票分三色，不论等第，俾人不乱入。绿色票入正门，红色西门，蓝色东门，入门时将票分交御者一半，便巡捕点查，位置停车地。临门有存衣所，存衣帽者亦有小凭票，票与入门凭票同色。是晚由九点至夜半，车如流水，四千馀人中，用脚踏车者弱半。门外八十巡捕照料弹压，男女在内跳舞，至次早丑正始罢而夜餐焉。

左右上下皆饰玫瑰

十九日癸酉，阴雨，冷。闻前日阿拉柏堂中跳舞会，四千馀人中半入座夜餐，半入厅小食。据云所用食物器数颇巨，鲑鱼一万五千斤，龙虾一千枚，羊肉片二千五百斤，山麻雀三千枚，牛肝面包二千枚，鹌鹑三千头，冷鸡片三百斤，麦包片夹火腿八千分，白煮鸡一千二百只，咸肉五十斤，牛舌二百条，地椹五百斤，葡萄二百五十斤，香宾酒二千四百瓶，柠檬水二千一百瓶，肉团六千斤。指使堂倌二十名，伺侯堂倌二百名，其他伺侯者八十名。桌上器具六万一千件，计瓷盘一万二千，玻璃杯大小八千，饭单五千幅，食刀一万二千，食叉一万，羹匙八千，生菜干果之数未闻。申刻驻法孙慕韩星使率翻译严璩来拜。

牛肝面包

孙宝琦

二十日甲戌，阴雨，冷。早乘车至西敏斯得街贤俄斯民店答拜孙慕韩，戌初约慕韩及严翻译在使馆晚酌，陪者陈征宇、陈安生、陈默之也。中国春夏之间，乡间演剧，

29,5,21

俗谓之野台戏。闻昨在英兰西南界柴牺府之森莱江口地方亦演此等剧，洋名“欧贲埃尔”，义为露天。台在山谷中，四面斜坡，绿树浓阴，骄阳不入。台宽百尺，长百五十八尺，于前礼拜六日开台，往观者男女约三千。

二十一日乙亥，早阴。巳初乘车至柴苓十字街火车栈。送孙慕韩回巴里。申正大雨，冷。闻现有义大里人卜睦者，创一种电线得律风，传言与电信同时可走一线。昨在义国柏娄那兴费拉腊（地在义正北界稍东）二村之间，南北相距约三十洋里，安线演试尚得用，乃云，不日举国皆改用此线矣。 意大利人电线传言

二十二日丙子，早微晴，午后阴。申正偕内人携孙女坐车西行十数里，登喀卜墩山入喀木别墅，赴费里木夫人家花园茶会，见伊夫妇并伊女哲细。继而绕出后门入园，缘楼穿廊一行，设圆桌竹椅六七分，阶下横长桌一，罗列茶酒加非冰乳鲜果糖果小食类，仆婢廿馀。园颇广，州如绿缛，花木浓交，而多由人工，鲜天然者。男女客甚多。步至楼右，四面短篱，豆花之类蚪蟠其上作墙，正中有铁架花障及亭，作雀笼形。中一圆池，种蝴蝶梅，池外地铺石子。亭周四门，亭外四面鲜花分畦，每畦一色，畦式长三角形 ∇；其意似以亭为蕊，畦作瓣，簇成一花形式如  。看毕将转，突乌云四起，雷电交加，诸客疾走至楼，大雨如注，林内乐工一班，亦急避入他所。诸客在楼少立坐，吃酒及小食毕，陆续辞去。余将及使馆，雨止。 豆花之类

亥正复偕内人乘车至牛贲街内向西之格拉麸屯巷路北

格拉薮屯画阁中，赴那欧布世爵夫人（即阿木斯当船厂主人）茶会，见伊夫妇并其子媳及相识之男女多客。厅堂高广，正面有台，前列鲜花，四壁悬名人油画大小百幅。当中金椅横列行行，容人一千。台之左洋琴，有英男欧苏连歌曲，法女梅苒作二人语，彼此各演二场。时已子正，众客齐由台左门内下回旋梯五十级，入大饭厅。正面横长桌，桌前别列多分圆桌金椅，男女客之相识者环坐一桌夜餐，酒菜果品丰美，并有热汤冰乳之类，荤素凉热，听食者之便。丑正回使馆。

造船厂主夫人茶会

二十三日丁丑，微晴。巳正乘车至维克都里亚火车栈送别萨道义，渠将乘法公司船回毕也。西人专于坐贾者，亦日求新奇。如伦敦东南之维克都里亚园及西北之抛球场，各于林中建一自行呈递之茶点馆，洋名曰“敖投麻堤卜费”。设客座，无堂倌，小房一所，白玉石台，玻璃明窗，不见一人。名台分槅一一，作扑满孔，按孔号物名与价。纳孔三本士者，即由窗出一盘，盛茶壶杯各一，牛乳一小罐，白糖一碟，抹奶油之面包两片。槅旁安龙嘴，可任便取滚水。此外有面包夹火片、樱桃饼、加非、碱水、热牛乳、柠檬汁、姜茶、姜酒诸味，皆不外两本士。然均须自行取置桌上，用毕又须将空具自送至窗前石槽内，自有活水涤净，抹布拭干。此类茶馆，若夏日于花园江岸、小酌，殊有趣。

自助餐厅

二十四日戊寅，阴雨，冷。西人力破迷信，而亦任有巫觋，且信之，既信之，即屡有预卜后事之灵验者。如西

预卜后事之灵验者

29,5,25

三月间，有司的达其人，在斯特栏街某饭馆请晚局，男女二十皆名家显宦，如葛公辈。食毕去者八人，其十二人皆至契，留而剧谈。中有贤陶玛斯路第百十一号之妇名贝池蕾，马立本路第百六十六号之妇名马克思，皆善觋术者，谈次各出所有以自绳。中有色威亚国王族某，出一平金袍，金花绣工极精美（其袍本色王者）。正称赞间，则妇忽昏迷闭目，少顷开目向众曰，“是袍必经御用者，妾适见宫中国王被弑，王后旁跪求免，许多蓝衣人举枪凶视，王先后立哭泣。此非吉兆，姑识之，以为将来验。”闻之者皆疑信参半。今色王二十七岁，名阿来三德，十三岁即位，二十四岁以故武官马新之妻，向充王母内侍得拉戛为后，年三十七矣，娶时举国愤怒。继王后弄权，擢其弟即瑞威为副将，凡武官之稍不如意，或不为之守护者，辄降革之，以故兵官咸怨。遂于阳历十一日（即本月十六日）丑正，武官四十馀闯入王宫，枪弑王与后，并杀后第与妹及他文武护卫者百馀人。若此行凶而通国罕有悲惨者，是则贝妇之言验矣。 塞尔维亚王之被弑

二十五日己卯，阴凉。西人于三四年前新觅一种石，洋名“拉的额木”，大要由拉的埃字义以题其名。拉的埃者，射光也，透光也，因石能隔层物而发光于对面也，华文可名之曰透光石。然透光之理，西人精通光化学者至今未解。近名医骆安敦，据是石透光之力，创一法能使瞽者写而且读，乃以石作屏，射光透目以助其明。 透光石

二十六日庚辰，阴冷如昨。英国原有戒酒会，因断饮

殊难，近又设半戒会，仅令早晚两餐饮少许，借以卫生。入会须领凭票，闻二十天以来，已有五千四百张凭票发送通国及南斐洲、五印度。伦敦公所，在利贞街第七十六号，入会者可往挂号云。

二十七日辛巳，微晴。英人谓英在中国设信局，于其国并无益处，且枉赔局费。若中国之邮政妥善，无私拆诸弊，英愿撤其局。拆信之事，法俄皆有，且系奉官令，俄属尤甚，法诡甚，而收信者不觉。拆法，无火漆封者，以刀之窄于韭叶而锋极利者由旁割之，抽读竟，有用者少则手抄，多则摄影，事毕装入，再抹以极黏之鳔于割处纸边，宽约一线，对固，纸外无痕。有火漆封者，看其印识，能读者照式摹仿，不识者以药水摄影，即将漆印扯碎拆对，看后或抄或摄影毕，装入黏封；按原色火漆化扁，依式刻作，虑未逼真，又以热器压之，令迷糊，似是而非。伪为大捆热力压变状，亦巧矣哉。

邮政检查拆信之法

二十八日壬午，晴，稍暖。未初陆斯义夫妇请余与内人午酌，依时乘车至维克都里亚街阿什立园第四十二号，入门坐升梯至第四层，出梯屋款门入。握手寒暄毕，少坐入饭厅，宾主共桌十四人，内有巴拉佛失人（系阿盖公之姊）、皮喇夫人及名优特立，他弗识也。酒食不丰不啬，席罢请以铅笔题名姓于桌布，绣以白线，用作记念，并张荣耀。四垂绣成者，富贵名家已不少矣。陆夫妇身皆短，而人甚温和；屋非广厦，而洁净殊常。

签名于布用作纪念

二十九日癸未，晴。亥正偕内人携荣骥乘车入卜静宫

29，又5，1

赴朝会，子初英皇及后入座，千馀老幼妇女，一一觐见，丑初礼毕。英皇生于西历十一月初九日，乃定于乙酉日（西六月二十六日）受人祝寿。因之特多升赏，加封诸侯者四，升大学士者二，赏从男爵者六，赏勇号者若干人，太子亦由海军少将升副水师提督云。

又五月初一日甲申，晴。西人之面包，犹华人之米饭，故其岁收之五谷，以麦为第一。闻上年欧洲所产，英二千四百万，奥五百二十万，义三百八十万，和二百十五万，瑞典一百九十万，比四百三十五万，日斯巴尼亚二十万，德四百三十五万，法四千三百九十一万五千，希腊五十万，亨加里一百三十万，俄六千零七十五万，鲁麻呢亚约四百万，共计一万万九千二百四十一万五千夸尔特（一夸尔特为一戛伦之四分之一，合二升）。 麦之产量

初二日乙酉，大晴，热。戌正，蓝侯请各国公使晚酌于其家，庆英皇寿也。共桌六十六人，头二等公使三十二，馀皆本国者。食毕已亥正二刻，法公使先率众举杯祝英君寿，蓝侯立起举杯，答祝我大皇帝暨各国君主之寿，继饮加非吸卷烟，复转入别间，互谈斯须，辞出登车。顺路驰至帕克巷，入伦敦得里楼赴伦敦得里侯夫人家茶会。楼既轩豁，石梯亦宽，惟男女客有万千，相拥跬步难移。进门登梯，至头层见主人，须行一点钟之久。及登楼，每间有门，不知某间为下楼处。赖彼仆人指告，由人丛中得路，即下楼。将出门，依然挤拥。来者去者之车，须依次来往，故待车又一小时馀，旋使馆已丑正。 英王寿宴

初三日丙戌，晴热。由他国贩至伦敦之皮货，种类颇繁。即鼠皮亦三四种，如美洲西印度鼠洋名“欧朴色木”，或名囊鼠，以其长尾或缠树之劲枝以猱升；澳洲鼠洋名“乌木巴”，类美洲囊鼠，色皆灰；小袋鼠洋名“瓦拉拜”，大袋鼠洋名“堪戛路”，色皆草黄。土猪之洋名“巴者尔”者，大如狐，色灰，穴居而夜游。美国树狸洋名“拉库恩”，香鼠洋名“莫斯爪士”，貂鼠洋名“麻尔坦”，银鼠洋名“额尔贝因”，土拨鼠洋名“麻尔莫”，水奴鸟洋名“格蕾布”，臭鼠似鼬鼠，洋名“司公克”，鼬鼠洋名“民克”，松鼠洋名“斯奎拉勒”，海狸洋名“奴堤里亚”。此外有黑狐、红狐、家猫、野猫、虎豹、熊貂、山羊、绵羊、狼、兔、水獭等，更有仅闻其洋名而不知为何兽者多种，每冬在老城南傍太木斯江骚斯倭桥之阔蕾芝山之叫货市会集出售。闻上年共有囊鼠皮九十一万四千零六十，每张值一先；小袋鼠皮一十三万，大袋鼠皮八千，澳洲鼠皮三万九千一百六十一，每张值由九本士至三先；红狐皮一万一千五百零二，每张直二十七先；野猫皮四百二十七，每张值一先半至四先；家猫皮二千九百八十三，每张值四六八本士至一先不一；土猪皮五百五十八，每张之值未闻；虎皮十二，每张三镑；狮皮一张一镑；豹皮三百五十，每张价一镑；馀来详。入夜风。

动物皮毛种类繁多

“绵羊”之绵原作棉

虎皮十二每张三镑

初四日丁亥，晴热而风。西人皮色白，于冬夏两季，面多生黄斑，据云有善消之法。此斑频生于鼻端、额角、掌背，夏季医法，临睡调匀柠檬汁与清水各半，滴于斑

29，又5，5

上；二三次后仍不消或致伤皮，乃以柳絮膏一两，加硫醋白铅十滴于其上，临睡敷之；次晨先洗以温水，再用玫瑰水八两加柠檬汁三十滴，仔细洗之；再无效，可用医家牛乳皮加硼砂醋一钱，蒸秋花树二两，玫瑰水二两和匀依法敷之，必愈。冬日则不易消，法用乳酸四钱，油质二钱，玫瑰水一钱调好，以小驼毛刷或小竹签蘸涂斑点，一二夜后，或可消去。

初五日戊子，晴。屋中着袷衣觉凉。伦敦埃娄诺提喀勒会馆，义乃腾空也，立有万国风筝会，不日将在倭尔性地方试行，经舒额、卜艾二人制造，演时德俄等国公使派人察看。盖各国现又以纸鸢于军营中作暗号以及探视敌军也。纸鸢有能使线长逾三千尺，且在空一点钟不落者，会馆备有银牌以作奖励云。 万国风筝会

初六日己丑，晴风而爽。戌初携孙女乘车赴艺植园茶会，入门缴帖，将入门见立八出电灯一，出各盈丈，式同宝星。门内一览，大小灯光，肥红瘦绿，散绮连珠，火树琪花，陆离射目，不知几千万盏。乃正中甬路，每隔数武，以竹竿支月门高丈馀，满击花纸灯笼如串珠；左右茂林，枝枝密挂，或红或绿玻璃灯；草地花畦，水池石下，沿边每尺列白玻璃灯一；乐兵四部分列林中，部各三十馀人，斜立竹竿，悬纸灯环其坐；正面玻璃暖房内外，满燃油灯及电灯，内别有乐兵一部；其鲜花与竹蕉棕椰类，各枝皆悬玻璃灯。房后长廊列鲜花千种，奇芬异色，多不识者。房左饭厅中长桌有大小铜钟四十七，钟各一音，四男 各种灯不知几千万

二女十二手同时依调摇钟，含霜应律，致可听。厅外设桌椅支小伞，再前横设白布帐二，大者长逾五丈，小者约四丈，帐中横长桌，罗列茶食酒食、冰乳鲜果各品。侍者男女约百馀人，男女老幼诸客往来如云。子正还使馆。

初七日庚寅，晴暖。申初一刻偕内人率白厚之与孙女乘车西南行十六七里，至柴勒溪区，赴特拉发戛尔坊喀色兰别墅葛雷太太家茶会，兼赛哈吧狗会，遇莫雷夫妇及甘伯乐诸人。狗共四十馀，皆华产，毛别短长，色分白、黑、草黄、绛黄，名皆华音，仿人姓氏及哥哥兄弟姐姐妹妹之称。葛雷由北京带来一对，现已滋生至十六条。马一万者亦有大小六七条。人绕园中略一观，即在树下环坐，吃酒小食。

赛哈吧狗

酉刻辞谢登车，东行十馀里，转至太木斯江畔，入古郎贝宫，赴伦敦大牧师达威森夫妇之茶会。此次下车，由园门步入，见牧师夫妇后，乃亲引至宫楼下请食。左右设大长桌二，左冰乳鲜果酒食，右加非茶水小食。宫前石栏外林中坐乐兵一部，节节奏乐。在内来往步行，斯须走石阶入宫，由书房大厅转至正门，乃下楼登车回馆。其宫楼石砌，式样既古，而其中一切陈设油画各物，朴素结实，亦皆古制。

初八日辛卯，晴热。昨经官宦募施之资，已在坡滋茂斯海口成水陆兵房一所，并有教堂，极为壮观。一切陈设器具、床榻帘幔各物，尚待募钱购备。于是阿巴呢侯夫人色尔楚朴、教士阿林辈，在利贞街北众魂教学旁，假奎音

29，又5，9

摆卖舍物

堂小戏园，设摆卖舍物会，于西七月初一、二、三三日开会。今日乃彼之初二日，半月以前函请资助，允否听便，钱财物件均可为施。余函送绣花手帕二，折箑二，荷包一对，挂镜二。得复鸣谢，并请择日往观以为荣。遂于今日未刻偕内人至会，楚朴夫妇迓入。戏台正面悬山水布画，台上陆续鼓吹，步兵及水军六七名演枪刀，或二人舞剑击刺。台前三面以布间隔成室，售善人所施之物，金、银、铜、铁、玻璃、瓷、漆、绸缎、鲜花、果品、香水、烟卷、胰皂、筐盒各物，巨细美劣不一。正向台前坐日本画师一人名蓼香，用白缎绘羽族，奋笔一挥，飞鸣食宿，无不逼真，且设色鲜明，运腕灵活。是围后又以红布截成大小屋间，别作一围，陈列诸人所施兵房中必需之铜铁瓷木布毡物类、床榻、被褥、盆罐、盘碗、刀叉、匙子、桌椅、火炉，并洋琴、打球桌各物。楼上正面置玻璃高柜一。内悬公主与郡主所赠亲笔美人画两帧，自缝红缎白花幔一分。左右卖茶酒小食，亦皆他人所施；男佣女佣，亦为助善。观毕辞去。是会第一日午正开门，申初太子妃入内游览，入门票人五先，楼上坐观人二先半；今日酉初前之票价二先半，过此一先，闻明日皆一先矣。

日本画师

初九日壬辰，晴，微暖。午后十一点二刻，偕内人携孙女坐车赴伊屯巷第六十九号那欧布夫人家茶会。登楼见正面支一小戏台，后悬布画一幅，写景幽远，画前木房假树，木登石儿，作山庄式。台前百馀金椅分行横列，对面乐工一部十二人，分阕奏乐。坐阅，子正一刻始演，一女

看古装戏

二男，皆三百年前欧洲东南界之古装，约在奥土希腊一带。一男年近四十，富甲一乡，头缠花绸，戴金星翠羽，阔袖毡氅，缘边满缀珠宝，指贯金珠戒指，脚着花毡皂鞋，面黄发紫，手携钱囊，游至村舍。被青年男女各一饮以乡酒，巧言如簧，谄谀从容，是人醉迷，女先得其戒指，男子尤巧佞，俾其钱囊一空。二人之装束，赤足着木屐，男着灰布袄，女着白衫，以红绦系肩背，下垂至袴。演讫众齐鼓掌，主人赠鲜花一束以荣之。按此三人皆法之优伶初到伦敦者，其名则扮游男者戴萨丹，扮女郎者柯尔蔚，年与真者埒，惟扮幼男者实一老妪，年近七十，曰贝尔那，法都名优也。此一出价六十镑，计银不下五百两，亦不菲矣。看毕下楼夜餐，酒食甚丰。再上楼乃改跳舞，少坐谢归，旋馆已寅初。而邻居第四十五号楼上仍灯烛辉煌，音乐铿锵，楼下车布成行，如罔斯密，盖请跳舞会也。

名优演剧所得不菲

初十日癸巳，晴凉。数十年来英人创一种净水。饮之益人，洋名“埃蕾胎达倭特尔”，是为凉水加炭酸，英人饮之日多。四十年前，除人工不计，其造水局仅四百零一，至本年则增至一千七百五十六；十年前一年售一万万五千万瓶，迨本年至五万万瓶，通国一年共出十六万万哈夫拼特（英名小酒樽也）。依人计之，通国男女老幼，一年合每人半哈夫拼特或一大酒樽之四分之一，可谓善贾矣。

水加炭酸即是汽水

十一日甲午，晴凉如昨。现系西历六月杪七月初，正地椹盛结（又名草果），洋名“司特洛贝里”，是果草种续根，据云一年一棵可分生五十棵，次年加倍，至第三年至十二万五千棵，后两年当其盛茂每亩可得二三吨，至第四年果少而小残而不旺矣。果之熟在英兰自西南而东北，先至伦敦者系自西南角之宽倭府，最多需为东南角堪特府之奥平屯与酸蕾二村，各莳六七百亩。发卖行价，本国产每斤一先半或二先，而西六月初旬由法国运来二百吨，分赴各城，每斤价仅三本士，所以然者，其果既小，味亦不纯也。 地椹（草莓）

十二日乙未，晴。自前四月初间，英君由义至法后，法总统卢贝即拟择日答拜，乃于今日来英。巳正一刻，英君弟宽诺公与法国驻英公使参随，同乘火车赴都伍海口迎之，分列兵轮铁甲两行，各长二洋里半。由海岸至城中，悬花结彩，遍挂英法国旗，长逾四洋里。午正法总统驾“圭琛”兵轮及护送之敌水雷各船驶进都伍，英之什尔乃斯等小敌水雷船分排左右，迎入海口。进口时，各兵船声码二十一，兵皆列队高声欢祝，各船乐兵齐奏法国马赛蕾斯军乐庆贺之。逮“圭琛”船傍岸，敬向英旗声炮二十一，即时岸上炮台亦声炮二十一答谢之。未初一刻总统登岸会宽诺公等，未正二刻登车即开。车亦特备，车内装潢式同御车，车头新书英法二国国旗交挟十字以示和睦。申正三分，太子由玛柏楼府驰赴维克都里亚火车栈迎候。申正七分，英皇由卜静宫驶往。 法国总统来英回访 敌水雷船（扫雷舰）

申正十五分总统车到，彼处亦悬花结彩，修饰华美整洁。下车，总统与英皇、太子握手，互叙寒暄。其随总统来者，文武官外，有法外部大臣戴喀赛。彼此引见毕，英皇率太子及宽诺公陪乘宫车四辆，走格娄伍诺坊、庇喀的里街、贤翟木斯街，入贤翟木斯宫之尤尔克宫。从数日前，此三大街左右距数武，各立一红油杆，高约二丈，届时横绳系小旗花朵，沿途各楼亦悬花结彩，并插英法国旗。他大街小巷，凡于三日内总统必经之路，皆一如国君加冕时。自车栈至老宫，地铺黄沙，左右排兵，举枪对立。车栈前又立红衣护卫、乌衣胡萨等兵数百鼓吹迎迓，英皇着兵马大帅红服，太子着头等水师提督蓝服。

英王陪乘宫车入宫

法总统入宫少息，于酉初乘车入卜静宫拜英皇与后，继入玛柏楼府拜太子与妃，末至克拉兰府拜宽诺公与公夫人。酉初二刻在阿拉柏门法使馆，令法商会长等谒见。戌正一刻总统率随来文武各员入卜静宫赴宴。入夜沿街各处悬灯，亦与国君加冕同。镇日各处马步巡捕弹压，男女如蚁，每见总统经过，无不齐声欢呼。凡法人所设铺店，悬挂灯彩尤华美。城西一带多法民侨居，因而放工，男女出街游览。庇喀的里街法人颇众，因英接待法国民主，故巡捕当街多拦阻英民往来，而优待法人出入。于是凡男女之欲过街而能操法语，或自言系法人者，无不宽让之，非法人而冒充得过者夥矣。入夜各茶园酒肆，法人男女之欢饮歌舞者至多。

优待法人

十三日丙申，晴。辰正二刻法总统至沙浮斯百里大街看法国医院，巳初二刻由彼至兰喀斯特该得街拜法国女学

29，又5，13

教师，巳正一刻回宫，午初二刻接见各国公使。届时余着官服乘车往，登楼同众头二三等公使立成一圈。少间卢贝从内间出，法使馆参赞前引，一一指告某国公使，总统皆与之握手问候。见毕转入，众亦下楼散去。

午正一刻总统由宫乘车赴伦敦极乐堂午酌，乃美尔请也。走帕麻街、倭特路、利贞街，至敖斯佛十字路，有霍勒贲、马立本两区美尔，向南搭一小台，挂旗悬花，总统过时在台向之朗诵陈词，以表欢心接待。由此再走敖斯佛街、豪乐班街、牛盖街及克英街，午正三刻入极乐堂。堂中一切装潢无须琐述，人计一千二百，大桌列作⊓字形，正面上坐者为美尔夫妇、法总统、英太子、太子妃、宽诺公与夫人、克里坚王与妃、各国头等公使，再则英法文武众官，食毕互相举酒祝颂一番，后美尔立陈数语。总统亦立宣一段，大要谓一谢美尔夫妇，再谢通城男女之优待。申初一刻总统出极乐堂，走奎音巷、维克都里亚君主街、维克都里亚堤、马兵护卫街并马步护卫校场，入宫少息后，拜克里坚王与妃、绿衣姒公主及洛安侯等，又至堪兴坦宫拜巴坦布王妃公主碧阿蒂姒，及格娄赛斯得尔宫拜王叔堪卜立址公。 市长欢迎

戌初法总统在法使署请英皇晚膳，饭堂新建，装潢极华丽，桌作∩字形，宾主计七十，英皇与总统外，为太子、各国头等公使及法外部大臣等。其坐法，卢贝居中，英皇坐其右，太子坐其左，两首为法外部大臣及其头等公使。盘碟叉匙皆金银者，菜数色，不外鸡、鱼、冰乳、鲜 互相酬应

果之属，食间奏《天保国王》乐礼也。食毕举酒互祝。亥初三刻英皇请总统在敖佩喇戏园观剧，陪往者除英法两国文武大员外，亦只各国头等公使而已。今日凡国君与卢贝所经之街衢闾巷，皆地铺黄沙土，左右排兵，悬花结彩。入夜满燃电灯，男女往来，立无隙地，车辆驰驱，隆隆若雷。

十四日丁酉，晴。巳初卢贝乘车游文窓宫，经阿盖公导观各处，午初回法使馆早餐。申刻英皇在阿得朔校场请卢贝阅兵，并柬请各国公使，备有专车。地在伦敦西南，距城二十七洋里。未正三刻，英皇与后率太子、太子妃等陪卢贝由维克都里亚车栈往。未正一刻，余偕内人率白厚之，同他国公使参随夫妇子女，由倭特路车栈往。车行颇快，申初六分抵阿得朔村，备有双马敞车多辆，对坐可容八人，随车皆有跟役。即时登车，穿林过桥，河水清澄，花木丛茂，心为之爽。

请阅兵

行七八里至校场，平地长方形，周廿馀里，前三面树林阴翳，楼房点缀。马步兵排立对面三里外，作椭圆形。是面中央木亭一，彩饰华美，亭后一白布帐房，前竖一大旗，一面英一面法，二旗合一，示两国合心，邦交孔厚。亭前左鄙相距箭地，立一半红半白小旗，为兵官过时行礼处。各国公使至，皆在亭左税车，横排一行；车前设列木椅，或坐车上，或坐木椅，各处皆有兵弁弹压照料，且有绒绳限人。观者不得混杂。亭左右与后男女观者数千，英法新闻纸局使十数人，法之虚素在焉（详《六述奇》），

二旗合一

新闻纸局使（报社记者）

29，又5，14

或执纸笔，或执照象镜，随时写照无暇晷，皆立众公使之左，中隔一绳。少待忽前面军中声炮十二，英君诸人已抵车栈矣。申初二刻英皇率太子与宽诺公并他二三大员乘马先行，皇后、太子妃与卢贝乘车在后，自右边行至亭前，即时对面兵队鼓吹奏法乐，亦礼也。

君率众过亭左缓行，转自军队之右首，随行阅看；至其左首，再行回转亭前，下马下车，齐坐亭上。继自军队右首之兵，沿场边向亭左缓步绕来。先过红衣马队乐兵一班至亭前，立对面一箭之地外，队伍随过随鼓吹奏法之兵乐以荣之。每到亭左所竖红白小旗处，兵官喊号，其执刀者立起刀尖向上，先向右直伸，再转至左肩撤回，对鼻一立而后下垂，刀尖向地以为礼。第一过马军炮队，护卫胡萨马队，锹铲先锋；再过炮营三队，随营便用扁舟活桥六车，随营电线十车，乘马步军一营；红十字医病军一队，随有红十字白布棚大车四辆，双马拉大琵琶桶一个；后过乌衣马兵炮队一营。马队过毕，其乐兵一班，即移随于后而去。继而数营步队之乐兵共二百馀，齐前立于马队乐兵原立之处，按班分奏。后则步队陆续经过，亦由左而右，末又马队一营飞驰而过。统计共过武官六百九十八员，兵一万五千三百三名，马三千六百四十五匹，炮一百二十门。一切鲜明整齐，枪刀闪烁，人皆骁勇，马皆乌骓。其弹压各处者，武巡捕官一员，兵一百一十六，马兵五十一；马队武官二十三，兵五百四十二，马二百九十；炮队武官二员，兵四百七十六；前锋营官一员，兵一百五十；

先过马队继而步兵

带队者均举刀行礼

步营官十六员，兵六百八十九名。又马步兵亦有太子与宽诺公带领者，亦各着戎服随队前引，至小旗前举刀行礼，与他员同。

过毕，时已酉正一刻，英君等下亭入布帐小食后登车驰去。余等及各国公使男女亦皆登车，经马队武官引行四里许，至一乡村乐堂，外黏白纸一条，上书专备各国公使。木房无楼，亦颇宏敞净洁，四面花木分畦，甚觉幽雅。入内立饮加非食糕点后登马车，再行约四里，至火车栈，戌初登车即开，行三刻五分到倭特路火车栈，换坐马车回使馆。

白金汉宫设跳舞会

酉正三刻，蓝侯夫妇请法总统在渠家晚酌，陪客为各国头等公使夫妇及英法文武大员，共人八十，横一长桌，华丽丰饶与前同。亥正二刻在卜静宫中设跳舞会，届时余偕内人乘车进宫，入座待至子初，卢贝扶君后，君扶太子妃，并太子、宽诺公、堪卜立址公等夫妇及他王公、郡主、夫人依序入而登台。卢正中坐，后右君左，众人男立女坐于后，堂中人数约二千，对面楼上乐工奏《天保国王》，继则节节奏乐，共跳五场，第一第四两场为戛达立，其他三场为瓦勒自。第一场四面男女三十二，中所识者为英皇、皇后、太子、太子妃、宽诺公夫妇、皇叔堪卜立址公夫妇及他国头等公使夫妇六七人，馀未识。丑初跳毕，乐奏《天保国王》，齐入饭堂，茶酒小食。食毕有仍入大堂跳舞者，有即去者，余偕内人下楼登车，丑正二刻回使馆。

瓦勒自（华尔兹）

29,又5,15

十五日戊戌，晴。辰正十五分法总统卢贝由贤翟木斯宫启程至维克都里亚火车栈，登车即开，赴戛蕾海口驾船回国，英廷派官护送。卢贝者，法南省芒台里玛城人，年六十三。母年近九十，依然乡居草舍，牧养牛羊鸡鸭，畜蚕缫丝以自娱。英法邻邦，中隔一水，虽各怀虎视之心，而势力相敌，因之不念旧仇，以时事为要，唇齿相依，不似他国之纵横自任也。两国之主，往来虽出本心，实由民使；盖英君于未即位前，数十年间寄迹于官民之中，洞悉一切，故此去彼来，人民欢迓异常也。

总统之母依然乡居

十六日己亥，晴热。伦敦制造车缰会，定于今日戌刻，借地在线针哄成衣行会馆设宴，恭请伦敦新旧美尔及他文武世爵绅商，共人一百三十，半月前具柬来请。届时余乘车至，入见其首领伊腊木等，其楼极古，盖此两会皆开于数百年前也。饭厅亦高大，长桌作ᗰ形，首领坐于正面中央，余坐其右，现任美尔坐其左，对面楼上奏乐。桌上满列粉色玫瑰，芬芳触鼻，酒既清，肴既馨。食毕，首领率众举酒先祝国君之福，乐奏《天保国王》；少坐再祝君后、太子、太子妃及他王族之福，乐奏《天佑君后》；继而彼此互祝，祝通国水陆兵卒，祝上下议院，祝美尔，祝局外各客；客祝本会首领等，本会又祝成衣会中各人。此后奉各人烟卷一匣，请众吸烟。移时多人演说，另有五男一女，女名卜尔葳，男名贝乃、邃立、祁四、卜鲁克、柯阿柏，每一人演说后，则一男或女歌一曲以间之。至子初一刻，演说歌唱毕，齐入他间，各饮加非一

造车缰会宴请市长

杯，谢辞。去此又至道宁巷第十一号，赴户部大臣李齐夫人家茶会，男女拥挤极多，在上见毕主人，即转入旁间，下楼登车旋使馆。

送法总统

十七日庚子，晴，颇热。闻前日前辰初，在维克都里亚火车栈，一切妥备，悬花结彩，马步兵队排列，男女如云。辰正十分英皇着兵马大帅戎服至，既卢贝亦至，乐兵特奏法兵乐以接待之，彼此握手，对叙寒暄。继卢贝向英皇、太子、公侯等握手谢别，登车即开，驻英法公使陪送。巳正抵都伍海口，登“圭琛”兵轮，驶回戛蕾，随行有英国敌水雷船萨拉曼护送。当法总统到都伍，未上船先发电致谢英皇，云：“将离英土，先电数言，以舒感谢陛下并王室诸公诸夫人优待之诚心，并谢贵国与法和合，视法为友”云云。英皇即电答云：“适奉来电，深动我心，知尊驾辱临敝邑，中意欢悦，幸甚乐甚。予诚愿我两国续加和好，得用永存。”

生育观念

十八日辛丑，晴，入夜雨。中国少妇有娠，禁忌颇多，期至六月，即不出门；其贫苦不得已出门者，设产于他处，则谓与所产之处为不祥，产妇亦属无耻，且恐妇或受寒，有性命忧，盖中国妇女，不恒于土地步行，体多弱也。乃闻印度会场之埃及村内，一少妇名伊拉新者，遨游之际，忽产一女，且以君后之名阿来三德亚名之以为荣，毋乃此亦尊其君后之意欤。

十九日壬寅，天晴而爽。申正二刻余偕内人率孙女乘车西南行八九里，至柴斯特尔坊第七号，赴外部总办辛智

29，又5，20

夫妇家茶会。地为三面楼房，中一小公花园，辛借用之。树下罗木椅数十，正面坐三义大里人，二女一男皆乡装，男则红裤白衫黑背心，女皆红袜短裙白汗衫，头挽小髻，插以金簪花朵若许。二人弹琵琶，一女手敲八角鼓，随歌而舞。少坐，出园入其楼居饭厅，各饮加非一杯而回。

二十日癸卯，晴。英人产业，或庄田，或猎田。猎田 “猎田”
大幅山林湖水，蓄养鱼鹿山鸡野猫之属，以供春秋之用。现夏末秋初多往渔猎，更有戚友互请前往留连多日者。据云田主每季可获五六百镑，合银不下五千。田须随时修理，鱼鹿渐阙则买种以孳之，山鸡少亦买卵使家禽祝之，待能自饮啄，放入山林，冀种类蕃衍以供众需。

二十一日甲辰，晴。按：者尔希夫人于本年计请茶会者四，五月二十五日、本月初三、初十及今日也，客均乐依次与会，亦有仅赴一两次。余因天热事繁，于今日始一赴，申初偕内人带荣骥与孙女乘车至敖斯特尔里囿，登楼见者夫妇后，即请坐用茶及小食，路遥故也。食毕出后 孙女与主人女嬉戏
门，下石阶，小步树林花畦间片刻。继与男女客坐谈。者公之女者美嫣忽至，乃以手帕叠人物与孙女看，复剪纸作桌椅人马各物，主客嬉戏洽甚。酉初步回高楼，再饮香宾一杯，出楼登车，戌初回使馆。

二十二日乙巳，阴，细雨阵阵，颇凉。时也地椹熟，佐酒必以之，鲜果盛以小盘，久而味淡。欲使其味鲜而悦口，遂择棵小果多者植诸彩盆，盆如客数，随饮自摘，味既浓且知其确非来自法国者。又一法，取一琵琶酒桶，周

草莓种在酒桶上

围钻孔，每孔周约三寸，桶满盛土，按孔嵌一棵。桶箍四圈，上下二箍各钻六孔，中二箍较宽，可钻八孔，上下错置，枝叶丛生，桶盖四围亦可钻嵌六棵，是果可由六月结至冬月，红绿累累可观。乡间之摘是果多妇女，一斗工价二三四本士不一，肥土植得法者，一棵可得实二斤，是一桶虽云玩物，亦可得四十馀斤也。

二十三日丙午，晴。英人前争南斐洲，马匹之运往者率皆轰毙热死，仅丁字第三十六号一匹载回。昨经君后赐以宝星，庆其长生。每次操，马系宝星，随乐兵前引以为荣。人固以马为荣矣，然马非应得宝星者也，鹤乘轩国人皆曰使鹤，英君后恶乎知之。

二十四日丁未，寅初大雨，雷，午初微晴，申刻复雷雨交加一阵，仍阴。西人多以创造新物新法，使人有益或者省工致富者。闻有美人费乐尔，因犯夜窃之罪收监，非重罪，监内来往不禁，乃于监牢成衣铺中创一法，能使机器缝物，针线往来，无异人工，洋名“卜赖因洛克司的池”，义乃暗锁缝也。值限满出监，遂将此法卖与英国一万五千镑，领有执照，禁止他国之人仿造。

囚犯发明缝纫机

二十五日戊申，阴。闻有英兰专屯地方之老妪马尔乐者，现年九十三，仍于每礼拜日入义学肄业，数日前谨奉君后一自做之茶壶暖照。昨经君后命婕妤诺丽黛代书答谢云：“奉皇后谕，致谢所呈之暖照。按未经晤面之人呈进之物，例不应收受。然以马氏之上寿，馈送之诚心，姑破格存留。今并回赐国君加冕之茶杯及碟一分，用作记念，

九十三岁之老妪

29，又5，26

示不忘盛典”云云。

二十六日己酉，阴凉如昨。英君与后定于今日启程往幸爱尔兰，午正由本使馆经过，坐四马敞车赴尤斯敦火车栈，届时沿街左右排立男女老幼，各家亦开窗眺望，巡捕立各道口，止车辆往来。先过二乘马巡捕，末则又二巡捕并行前引，再二护卫执枪，后为国君亲兵一队，皆红衣者。过时男女齐声欢呼贺来，贺来。贺来者，英言喜声也。未初车开，西北行三百三十英里，酉正一刻抵藿里榼海口即上兵轮，国君在上筵宴随从各员及船主等。 齐声欢呼贺来贺来

二十七日庚戌，晴，微暖。西人先财物而后伦常，亲族戚友既析及锱铢，而夫妻父子亦如之。故诸事必彼此先将财物交清，始论戚友人情。曾叔吾之岳母素以教读搭爨为业（叔吾之得娶其女本此），随员联瑞亭（治）于今春到伊家习英话，每礼拜学费若干（西国不讲师生，而以教读为生涯，故不曰束脩）。定例学生欲辞而去者，必于七日前豫告，俾得于此六日间别招他人，补其学额。瑞亭因晚告一日，仍坚索一礼拜学费。此其待所疏者如旅客，犹之可也。曾叔吾之长子于彼为至戚，肄业其家搭爨住小屋一间，陈设器皿皆自备者，每月钱若干，前日忽令其移住下层大间，闻之喜甚。迨移下时，每月多索一镑，殊出意外，遂谓移下非其本愿，实老太婆之言也。太婆无法，复令迁回。盖西俗子称继母曰某太太，继母视前生之子亦等之友朋邻居矣；至继母之母之视前生外孙，更不必言矣。故此次曾少君虽称继母曰妈妈，称继母之母曰外婆， 虽是亲戚钱财照算

亦是枉然。

二十八日辛亥，晴，微风凉。闻英皇所驾之“维克都里亚阿拉柏兵轮，于昨早卯初展轮，巳初抵爱尔兰东界之庆斯塘海口，午初登岸，官民迎迓，一切礼节，无须繁述。惟地方官有祝词数语，国君答云，“谢尔忠言，同以诚心欢迎皇后与朕。既怀念前者未即位之来游，更不忘今日加冕后之再幸。叙及先母老君主之末年到此，使朕不胜有感。罗马教皇病笃为日已久，不意今日驾崩，竟使民心浩叹，而朕心更有所感。因前至罗马，颇蒙教皇优待，且以仁心视我英民。无论如何，惟望今后景象升平，人民厚福，永获利益，子孙连绵”云云（所以叙及教皇者，该岛人皆天主教也）。言毕乘马车入都会德布林，在卫斯蕾戛寓所少息，复乘车驰赴德布林行宫，入帕特里克堂设朝会，文武千馀，申刻始毕。继而君后亲赴阿来三德亚女学院，奖赏列入超等诸生。未入门男女千百高声欢呼，既入门众女生复齐歌曰：“天保国王与后，恭祝长生万寿。今朝幸临此岛，欢迓人民老幼。我后含笑兮，慈颜福厚。万民同心兮，我后天佑。我本王民，我名王授。公主同来，美容俊秀。天保我后兮，虔心同奏。”又是日通城禁止出殡，是又见吾人谓西人不以丧事为不祥等说亦谬矣。至今日英君与后，系往赏喜百年武备学堂，及在佛佑呢囿中阅兵，晚与宽诺公等共餐于吉美汗医院，一切无甚奇异，故不述。

国君抵达爱尔兰

德布林（都柏林）

二十九日壬子，镇日阴晴细雨不定，入夜大雨。闻数

29,6,1

日前有某妇携其七个月之女孩并女仆，坐火车赴某处，中途误将解扣小针坠孩嗓，急延该地医生二三，抽取不得，遂雇专车一辆驰回伦敦，计程四百英里，车价二百镑都门医院乃于二分之工即行取出云。又瓦尔达夫妇生子六岁，因屡次撩发棍打，昨经邻居执棍报官。瓦尔达供云，所以竭力管束者，冀其成人而备国家使用。官谓人家生子女者多矣，未闻有如是教养者，因而判定瓦尔达收监四个月，做苦工，其妻收监一个月，或罚二镑，以警将来。

棍打幼子收监四月

六月初一日癸卯，晴。西国间有由请茶会而聚赌者，法为尤甚。向以桌上打硼掷球等为赌具，今复改兴桌上赛汽车为玩物，且输赢为数颇巨，更须玩赌人心目之力并用。其具系木桌作长方形，桌面分三大道，号以一、二、三，各分三节；另号由一至九当中者通；左右者各一首临桌边，式作  形一首为开车处，一首为得彩处。该处立一小木房称为察断官站立所，房左立一木人为察断官，沿道处处杂立木雕之小人、巡捕、鸡犬猪羊及小树等若许。开车处横排古米小汽车九辆，各车颜色不同，号码由一至九亦各不同。赌者九人，正面高处另坐二人监视，随时以笔记录之。将赌时，各人先置若干方于一盘内为彩头。然九车一排，当中五辆驰驱不易，躲闪沿道所立之杂物如鸡牛等；而左右四辆走之较便，故凡作四车主人者，又须较他五车之主人多出百分之二五。玩者各执一竹签，长约五寸，用以随时随地拨弄己车，以便躲避沿途所立之物。

桌上游戏

塑料小车竹签拨弄

按：其赌规，乃监视之人呼曰“走”，则九车转机齐开。随行有碰倒段道号码者，视距得彩处之远近，远者少，近者多，罚项亦由一路义至九路义（法金钱名）不等。碰倒一鸡或树，临近立有一男或女者罚一方，附近无人则不罚；猪犬皆二方，牛则三方，临近立无人亦皆不罚；撞倒木人罚四方，巡捕罚五方；误拨他人之车罚十方，归被拨车之主人；两车对撞则齐革除，并各罚十方；其车之业经驰进彩场，而误碰倒木房，罚五十方；若碰倒察断官，反受贺，由他八人各奉十万；人房齐倒，则无贺亦无罚。以上各罚项，皆随时掷入盘中，监视者一一记载，完时共计若干，以付胜者。场中禁止请主入份，以防私弊云。

路义（路易）

初二日甲寅，晴，闻英皇于前早巳初，乘火车东北行百馀洋里，申初抵牛头那城（地在爱尔兰东北界，近海）。当君与后未出宫时，佛佑呢囿幼童雏女一万八千，分立路两旁，六千名系由学馆传来，衣履整齐，馀一万二千皆来自穷僻闾巷，衣之整洁褴褛未能一律，在国君与后必皆一律视之。宫车过时，马队前引后护，乐工齐奏《天保国王》，众童高声欢祝，喉几哑，国君与后皆向之含笑点首。车行抵北路火车栈，有男女孩二，赤足敝衣，同奉君后鲜花一束，乃菊莲与酢酱草（洋名沙木洛为爱邦之表记）各少许，捆以蓝绦（英国旗之蓝色，主爱尔兰，故用此花此绦，意指此花系由爱人所奉也），君后笑而纳之。君与后到牛头那时，经伦敦得里侯（即前又五月初二日请茶会者）备车迎至莽斯甲别墅，乃伦侯之本

赤足敝衣之孩献花

29,6,3

籍住所也。又昨日英君谕令随行武官文达穆代书致镇守爱尔兰大提督杜达理公云："今奉君谕，谓将离此城。请贵公爵转告德城众民，以国君与后住留多日，深感众民忠心恋慕之情，每日所遇，自当永怀不忘。各人聪敏勤奋，必赖上天同赐以福而护佑"云云。英皇并赏通城苦民千镑以济之。

初三日乙卯，晴。西人奇才异能及新创得用之物，咸欲与人赛而得彩以为荣，虽耗巨款不顾也。闻现公拟在爱尔兰之都会开赛汽车，曰郭敦贝会，其汽机敦贝所创也。各车行往赛者，人工器具材料皆须运往，所费不赀。大凡所备专用之汽车值二千五百镑，由伦敦连至德布林往返车船费十七镑十四先，又备操练汽车一辆亦需十七镑十四先，在彼试演多次约费二十五镑半，付赛场公费五十镑，会中应用之新衣各事八十镑，备用额外之管筒十二镑，试练八天之工艺费二十八镑，共计二千七百三十镑零八先。每人车船路费，除每日寓所饮食诸费不在内，亦须一百二十镑，此外仍有许多散费不能预算也。以上所计之费，系指主人之自行驶车者，若别雇他人，工价亦当不菲。会规：输者当赠赢者驶车之人汽车一辆，以嘉其能，否则赠三四千镑亦可，赢者车主亦须赠其驶车之人百镑，赢者固有馀，而输者乃真不足矣。且各车至少须用五十人，自立一厂，存储器具材料，备随时修补，并日用之石油滑油净水等物若许。各厂立其本行旗帜，所雇之数十人，专备赛时灌油倾水，各知所司，不得错乱迟延。是厂所费，亦须

汽车比赛所费不赀

四千镑云。

每设赛会获利甚厚

初四日丙辰，阴。西国每设一会，如赛马、赛船，其地则聚人并集钱，钱随人往，土民获利甚厚。汽车赛会如之，前已述及，然亦有有汽车而不赛者，亦携车至。闻此次男女之赴德布林约二千人，在彼勾留四五日者约一千，其馀或十一二日，盖会毕尚有爬山跑园各会，虽非赌赛，亦各逞其能，所费在四五万镑之间。又有专看会者千馀人，往无多日，所费仅各人十镑，统计及万馀镑。本国及他国新闻纸局人三四百，每人费约十五六镑，计共亦五六千镑。以故彼处大小贾人少有不获利者。各国多愿有赛会用以裕民，职此之由。西国汽车始自西历一千八百九十四年（即光绪二十年），其时仅一点钟行十二洋里，马力四；继而逐年加增，至今则一点钟行六十五洋里，马力已达九十矣。

谓1894年始有汽车

初五日丁巳，阴，细雨阵阵。罗马教皇李尤第十三，前于二十七日（西六月二十一日）去世，年九十四。义都今日唪经送葬，伦敦天主教大主教洋称“阿赤比朔敖卫斯敏斯得”亦于今日午初在布朗屯路之敖拉托里教堂中诵经行弥撒礼（此礼惟天主教教堂行之，不仅因祓殡，虽每礼拜日早，亦以水洒香熏十字架以祝祷之），并柬请各国公使及皇叔堪卜立址公辈听经吊唁。余率白厚之素服乘车至，见北鄙台上正面横石桌，中供十字，左右燃长三尺者白烛六。台前阶下以木栏作方围，中心方木台一高盈尺，罩以青呢。台上以木凳支虚柩，被以紫绒金十字罩，

伦敦纪念教皇去世

29,6,5

高约八尺，首向北。上加一浅绿色皇冕，横三银箍，形似罐，径尺馀，遥望如瓷。台上四角立四高烛，连烛奴高逾九尺。台下栏内四角置四方木墩，罩以黑毡，墩后各立高烛一，连烛奴高逾丈。

由堂门至方围前，中辟直路，左右横设层层长凳，容人一千；方围左右逐层列木椅，亦容人数百。皇叔及各国头等公使坐围右第一排，二等公使坐围左第一排，凡带妻女者皆坐第二三排。先是楼上鼓琴一阵，继由台右门内来沙弥百名，按对登台分立左右。八十名前立，各着黑衫白短褂，后立四十，于短白褂上罩或红或紫三角背心各二十。石桌前偏左置一椅。大主教至，戴瓜子形白缎冠高盈尺，身着白衫，外披紫绸氅，背后金绦宽寸许，作回形；后随三弟子，各着黑衫，披紫氅，金绦作爪形者二，作冊形者一；沙弥及弟子皆戴绒顶黑方巾，又方围外向经台立红衫黑褂者六，不知何司。 沙弥应有百二十名

大主教登台后坐椅上，楼上鼓琴歌诗，主教诵经相间。主教忽立忽跪，忽免冠，忽濯手；沙弥各秉烛一，长约二尺，忽燃忽熄，意其皆为祝教皇升天也。通堂烛皆深黄色，亦不知与白烛有何分别也。复自旁门先来三教徒，一举金十字，二各秉一烛，排立于方围南正中。既四副主教洋称比朔者来，分坐四角木墩上，皆戴绒顶黑方巾。着白衫，披紫绸氅，金绦作凵形者三，而披紫绒氅金绦凵形内加花字者一，不知何品级，何以区别也。坐后，由经台上来二沙弥，一提香炉，一捧圣水瓶；二弟子一举经 行弥撒礼

本，一指引一切，用请四副主教行弥撒礼，大主教同时下台于灵后坐。由右而左，各副主教依次行之，末则大主教行之。行毕，主教等按对退入旁门，继而皇叔先行，各国头二等公使次之，其他男女则又次之，出门登车，时已未正。

鸣乎哀哉终年矣！

考其行礼，一弟子先双手举经至主教前，主教乃读曰："鸣乎哀哉，终年矣！"读毕，一沙弥奉上水匙，主教举起匙向灵左灵右各挥洒三次，又诵经一节；别一沙弥奉递提炉，主教又接向灵之左右挥熏之，挥数与水同。此主教由他主教前经过，乃向之一鞠躬，他主教亦为之免冠答礼。由金十字前过，主教亦一鞠躬，而弟子沙弥则行跪礼焉。

初六日戊午，阴雨阵阵，凉。京中小绺亦有师徒，伦敦亦然。系诱幼童教以剪偷各法，其师随地以变戏法为名，或演他技引人观之，趁其专视，得以窃取。昨在克堪卫地方，师徒二人被捉。师名毕池义，徒年十三，名马克斯。官判毕池义五年监作苦工，马克斯送入改革学堂。或谓此类人之授受所，在本使馆之北尤斯敦街一带甚多。其邻因无确据，不能告官。

散发广告

初七日己未，阴冷。英都招帖各纸禁贴墙壁，店铺之大者或登新报，或雇用肩负木片之人（详见《四述奇》）。其小铺印小帖，使铺伙或雇贫孩，沿街逢人递给行人。或接与否，接阅毕旋弃之，频有五彩纸帖飘于街市。昨经新旧二城地方官新定禁例，不准弃招帖及各字片

29,6,8

于途，必须袖回寓所或别房内，掷于纸筐。

初八日庚申，阴。申初，曾叔吾之妻柏氏坐日本国船回华。西人以胆敢名誉用较弱强，虽其国君，亦复尔尔；如义王与后乘汽车，意在急驱，误触树梃，王后受伤。计各国火车平日每一点钟皆行二三十洋里，而英皇令一点钟行五十洋里，其老君主维克都里亚三十五洋里，德皇六十洋里，至英太子卫拉斯王竟欲一点钟行八十二洋里。

“胆敢”原作“胆干”

初九日辛酉，阴。英俗凡创排新戏，第一日出台，则园主或班头柬请贵客往观以为荣。伶人喀特来新排一出名“埃木里”（幼女名也），今日戌正在司特兰街阿代勒扉戏园初演，已经艾拉木太太代函请观，备有包厢，届时余偕内人带荣骥与孙女乘车至园。容人千馀，戏分四节。其文为船户贝高第之侄女埃木里，原允配水手哈木，后被纨袴少年司悌佛拐去，携游法、比，司悌佛始恋其美，既憎其贫，终则弃之伦敦马尔萨小店中。自贝高第失埃木里，急至巴里诸处追寻未获。后至伦敦访得，仍嫁哈木。嗣驶船他往，遇风，雷电交作，波涛怒卷，水声澎湃，倏见一船撞石。贝欲拯之，哈木力阻而自往。贝及女隔窗望外，见哈木之顶，时灭时露，致贝众忽跪泣，忽惊喜。救来一人，舁以布兜，审之，则诱埃木里之司悌佛也。触石创重，气息仅属，微述数语而毙，遂抛海中，葬诸鱼腹。泰西不谈报应，司悌佛触险，恰被哈木援出而死，岂非天乎？通场说白不唱，每节男女客尽鸣掌以赞。演将毕，喀特来得戚友贺电百馀，盖喀既属班头，又扮贝高第，众贺

观新剧之戏文故事

不谈报应亦有报应

其有成，今后可日日出演也。戏散后埃拉木夫妇请在喀尔屯大饭馆夜餐，仅余一人往，食毕谢归。

初十日壬戌，镇日阴晴不定，入夜骤雨一阵。德国西南界威坦堡省之堪斯达村，有莫尔赛制造汽车厂，厂大而工精，可为泰西巨擘，前于五月十五日（西六月初十日）丑正火。房虽高广，乃十年前之赛会场，诸凡铁木工料窳。而且存煤油若许，一经火起，概成灰烬。水会至，人不胜火。惟竭力保护厂外各房，然仍有救保不及，或全焚或糜烂强半者计八所。迨寅初，各箱煤油轰裂，一条火龙挐空，声震如雷。计焚毁汽车百辆，竣工者三十辆，未成者六十馀辆，合金镑一十二万五千；内有他人定做，拟在赛场夺金碗彩者（闻其驰前争胜者得此赠）值二千五百镑。不仅此也，一切木式纸图亦皆灰去，转瞬间大工停止，而四百五十匠役亦皆倏尔游闲矣。外国制造局无不高阔，所用不外机器火炉，故其墙门楼梯楼板，多用融铁而成，防祝融也。

大汽车厂火灾损失

［八述奇卷七终］

英人好名矜其豪富

光绪二十九年六月十一日癸亥，晴暖。英人好名利，而居家饮食，虽豪富朱门，日两餐永不外乎牛羊番薯面包加非。楼房陈设竭力装潢，出门衣必美且都，妇女奢华尤甚，观剧必如千镑之包厢。晚餐于外必著名之大饭馆，且观剧竟又必大饭馆一餐，矜其富也；无论所食实值若干否，得在万盏电灯之大庭广众中饮食须臾，则足张其富矣。如前晚同埃拉木夫妇所赴之喀尔屯店，华丽称伦敦第一，玻璃大厅灯光莹澈陆离，桌椅华美，遍列鲜花，其他

29,6,12

前已叙及。所食先乃每人甜瓜一块，土人蘸盐；继俄罗斯萝卜丝汤每人一盘，加以小方块牛肉，咸过于盐；再则白煮鱼一块，淡而无味；第四为白煮鸡加饭，饭未熟，嚼之格齿作声；末则蜜煮桃，味尚好而凉似冰。即此五味，每人六先，合银二两五钱，香宾酒值尚在外也。

菜肴无味而价极贵

十二日甲子，阴晴不定，微风，凉。英国一种自制冰糖名代麻拉喇，色微黄，造以蔗，味甘而价昂，英人多好用之调加非饮，产自南美洲北界临海英属地吉阿那地方之代麻拉喇城，故名。近数年间德法两国贩来一种糖，名“黄水晶”，色味皆比于代麻拉喇，价极廉，英贫人多用之以代白糖。白糖本贱于蔗糖，是糖尤贱于白糖，且较在各本国之价亦倍贱，人咸疑焉。昨有卜莱珂者养蜂酿蜜，向皆饲以蔗糖，偶以德法贩来者试之，竟推出不食，异之。卜颇明化学，以法分试，始悉是为红萝卜根造，确非蔗造，遂曰“蜂之知觉十倍我英民，竟不能为奸商所骗”云。

吉阿那（圭亚那）

十三日乙丑，微阴。伦敦通城内外向皆燃煤气灯，数年前添电气灯，只于诸紧要十字街中高燃一盏而已。现阔路长衢皆改电灯，其光莹澈，与煤气者值相埒而尤省，盖电灯一足敌数煤气灯之明，每街无须多盏也。其制各不同，灯力亦不一。即如诺僧布兰大街者，每灯足五百九十白油蜡之力，一年费合三十镑；格娄伍诺区者，足蜡力五百七十六，每灯一年费约二十二镑；白堂大街之色格行者，足蜡力三百一十一，每灯一年费须十八镑。四季燃灯

五百九十支烛光

时刻之多寡不同，约计每灯一年燃须三千九百四十点钟，通城之费可知矣。

十四日丙寅，晴暖。罗马教皇在罗马势同一国，向有两宫，一名瓦堤堪，一名圭里那。瓦堤堪极高大，或云为天下第一，上下屋共三万间，梯门四百，每梯千级，四壁彩石甃梯皆白玉，层工颇精美。他宫小，式比他国之王宫。教皇有衙署、官员、兵弁、经费多由法义两国供给，按年各出若干万金，且兵卒护守亦由法国派往。三十年前德法鏖兵（见《三述奇》），法撤兵回巴里，义王乘势驱兵入罗马，向教皇夺收罗马并圭里那宫，改为义国之都会。王亦移住新宫，乃置教皇于瓦堤堪，随割附近之地与之，如封邑。教皇势遂弱，且自谓如囚图圄，誓不出宫。义廷虽仍照数供经费，教皇不纳，仇视之。

瓦堤堪（梵蒂冈）

前教皇李尤第十三，义大里人，善诗能腊典文，其病革时，尚索笔吟诗，且嘱即交印书处刷印（宫中设此以备刷印经文）以观其句读错否。教皇之下，其品高位尊而称喀的那者七十二（华称红衣主教，因披红氅也）为之辅，间派驻他国为公使。按其规，凡教皇病笃，自视难愈，遂于此七十二人中择其一，派为代理，衔称曰喀麻栏勾；其他在外者亦皆调回，备教皇逝公举而继其位。教皇故后，所派代理之人偕众以小银棰轻击尸额者三，问曰“李尤第十三尚在乎？”再击三次，改呼其本名，问曰“亚本贝七尚在乎？”于是齐声宣众曰：“教皇无语，教皇逝矣。”

教皇逝矣 逝原作游

29,6,15

逮葬后，七十二人者聚议，互举其一以作教皇。向在圭里那宫中，此次改在瓦堤堪，择一楼，仅留一门，官把守之，以便送进饮食；其他门窗咸用砖泥填塞，用防内外传递交言。此七十二人（此次因有患病者，仅七十人）每日互示所欲荐举之人名帖两次，一巳正，一申正。届时各由己住之楼间入中堂，各出欲举六十九人中一人之名，又必经六十九中三分之二书举，方为合例。第一日巳刻，被举名数无合例者，均掷炉中焚之；申正再会，若仍无合例数，则改于次日巳正，必待合例而后已，间有迟至十馀日者。

望烟筒中出烟与否

自封宫门后，宫之前贤皮特娄坊一带，男女朝夕拥观，欲先知教皇者谁充。立而仰望楼之烟筒，每当午初及酉初，烟筒中纸灰飞出，知其议未成；若无烟，乃齐呼曰定矣，盖合例则不焚，用以示众。又各人书举帖，仅书欲举者之名，而不书己名；是举定后，而被举者亦不知六十九人中畴所举。此次只三日而举定，乃喀的那萨尔投，现年六十有八。初次举其人者仅六，至第六次增至五十，其数已逾三分之二。前日即位，号曰皮欧第十。伊亦义大里人，向与义廷无恨，今后将必和睦如初。

此一节非英事，原不必记，然其在欧而远雅，彼地及教之规俗，吾人亦须知之。且其事亦与英有干涉，盖各喀的那非皆罗马人也，凡英、法、奥、美、比、瑞等国之同教者皆有之，故各国多愿本国人之充喀的那者被选云。

女学生多学打字

十五日丁卯，晴暖。英之按字机，洋名太普来丁，创自六年前，彼时用者无多，现则官署富室及略大之行店皆用之。各女学馆均别设一房，专教按机写字之艺，因女子心静，且女孩多无业者，使习此借以博衣食也。闻诸晚学堂，禀请英学部，加添机器一百十三分，共四百六十三分；学成者，每一分之工，可印写四十个话。现有由技艺会或商部领有学业凭单者一千七百名，西规凡肄专门学领有凭单始为卒业，他人乃雇用之，不则谓其学未精也。有女学馆名皮特曼，现幼女二千八百，学成已有二万名，皆被人雇用，工价或七日十五先，或三百镑一年。在利贞街北首之普台呢学堂（见《六述奇》）亦教有女生一百六十。现伦敦通城雇用太普斯（按字匠也）者，五千三百五十九处。

驭马口令

十六日戊辰，晴热。京中车夫止骡马步曰“迂”，趣之走曰“倭和倭和”。国语“石”意谓路有石宜努力也，“迂”字未解。伦敦车夫其御人坐车者有鞭不用，行止皆以缰，不作声而马不失其驰；惟货车及各大车与起粪土者，止马步曰“倭和”，走曰“迂”。

十七日己巳，晴暖。见前日（西八月初七日）伦敦日报，洋名“代里美拉”者，内有“欧人卤莽无礼”一则云：

英报评说欧人粗鲁

夫欧雅两洲之风土，今后彼此所知益多，欧人更当知酬酢之礼不可忽，而谦让之风亦治国者所宜讲也。欧人于行止间未能悉合，每强为谦逊，雅人见之不惟意有未惬，且重其鄙视之心。欧人举止，自雅人视之，几如鄙野村

29,6,18

夫。雅人往来，无论所交者为敌体，为分位较尊者，要无不雍容相处；而此雍容之度，欧人绝少。欧人之鄙薄雅人，亦与上社欧人鄙薄下社欧人同。是以周旋之间，欧人一举一动，易启雅人厌憎之心，然此仅就小者言之也。自雅人所见者而论之，凡欧人之可以彬彬自诩者，不难更仆数；而此之彬彬自诩者，其风雅之度又只见之于相交之初，至久又恐野蛮矣。礼文一节，东西意见不同，随处可考。欧洲喧闹之处，熙攘往来者，无不拥挤而进，摩肩咸股不顾也。此在日本，则目为鄙野之尤，以伤人论。又凡散工时，抢搭公车者一拥而进，无论男女，围立以待，此等情形，日人视之，亦以为一日不能容。虽然，有欧人之粗鲁，然后始知人以礼节为重，是粗鲁亦未始无功于礼文。然此说也，一时亦尚难定论。欧人无论作何事业，莫不勇往前进，而一切游嬉如踢球打球各戏，好之者亦日多，几与好立事业并论者，亦以欧人朴野无文之故。

赴马清臣乡居一游

十八日庚午，阴雨阵阵。现伦敦朝会茶会之期已过，国王与后外游，于是通城文武大员及富官商民亦多赴他国游玩，或移住乡间换天气以养精神。本使馆英文参赞马清臣率其子女，亦移住于伦敦西北五十馀里之立克曼索斯村，今日约至彼午酌。午初余偕内人率荣骥与孙女乘马车，至贝克尔街之地道火车栈登火车。午正十七分开，三刻至，马以马车迎入其居，见其二子一女。小楼三层，上下十三四间，朴素整洁，一切陈设器皿毕备。左右小花园菜圃幽雅清静，上楼四望，麦风皴浪，菜雨添花，如展一幅幽风图也，其租价每星期五镑五先。予在他间少息，乃进至饭厅入座午酌，酒食鲜美，较之城中味纯而适口。食毕坐谈片时，因天晴乘车游十数里，路途平坦，树林阴翳，田畴迤逦，密绿疏红，别一景象。酉初游回，茗馀谢辞，主人送上火车，戌初一刻抵使馆。

轮船公司归官辖制

十九日辛未，镇日阴雨。英兰立文浦海口，有轮船公司“屈那”者，其船驶大西洋，往来英美之间，七日一次，英廷按年助以六万二千镑作为驿费。闻昨官向公司商定，令添造快轮两艘，先假与二百万镑，按月二分四三行息，以公司船作巡船，给费十五万镑，驿费加至六万八千镑，公司遂归官辖制。凡新入股者皆须英人，各船船主、大副、二副及管事者亦须英人，水手中亦必四分之三为英人；帮船内五只极速者，其水手须用御前水师中者之半，苟与他国开仗，公司无须为各船雇人，然间须助海军觅人。所令新造之兵轮，约定每一点钟须行二十四海里半，盖因他国轮船之至速率仅二十三海里一点钟，必欲胜之。若加工制造，虽一点钟行三十五海里亦可，然不敢预必，盖恐造成尚不及所许之二十四海里半，则按年助款中抽减示罚也。

二十日壬申，晴。英君与后周游爱尔兰，往幸伦敦得里侯及蓝斯玽侯之别墅后，于本月初九日早由王后城（英名坤姒塘，地在爱尔兰正南阔尔克府）坐船至英兰坡兹茂斯海口，下船坐火车午正抵伦敦，入卜静宫。闻前在坤姒塘上船后，君后令葛来威者作书致爱尔兰将军杜大力

29,6,21

云，“今奉皇后谕，寄交贵将军五百镑，以便分赈德布林及他城人民之至苦者”云云。

二十一日癸酉，晴暖。记英政府并与屈那公司专定两条，以防外人夺获本国人民之利。即如英船出口载煤，用本国者每吨若干，间有德商使去汉柏尔载煤，每吨价仅若干，是德人获其利而英人无所得矣。各行皆可自主，惟此公司现归官属一半，故官可约束之。所定两条；一，该公司载运货物，不得多加脚费（因驶船费款按年经官发给，则载货船脚可任便加增也）；一，一切船脚既经预定，该公司不得加增不公，反负本国之人。

汉柏尔（汉堡）

又该行船只严行禁止出售出赁，以便本国水师随时赁买，或一只或数只。该行共船一十七只，重共十一万零七百八十二吨，统值九十九万零五百五十镑。国家赁其船，系估定一船所容之吨数，而按吨付赁价。如一点钟走逾二十二海里者，无水手每月每吨二十五先，带水手三十先；走二十与二十二之间者，无水手二十先半，带水手二十四先半；走在十七与二十之间者，无水手十七先半，带水手二十一先半；走在十四与十七之间者，无水手十五先，带水手十七先半。当官场赁用之际，如有遗失，则官照应售之价赔给。

本国水师随时赁买

所定平日信船之规，系每礼拜由立文浦、坤姒塘两海口至纽约，由纽约至两海口各一次，每次携带多寡，皆归邮政大臣作主。该行须用快船，否则受罚。信件由伦敦走德布林赴坤姒塘之车船费，应由该行付给。各船须备屋一间，归邮政局使用。将来如于每礼拜中另加往来一次，则须另加费款。闻英廷之特向该行如此办理者，盖有因也。

莫尔甘（J. P. 摩根）

美国纽约海口有富商莫尔甘者，拟买尽各国轮船之往来纽约者，船行不改而东主则易，其初乃搭价较他公司尚贱而不贵，迨买全各船则权归一手，搭价倏增，客无法耳。英今拘定此公司不得被美商买去，美商本意不果，则搭价不至独贵矣。

二十二日甲戌，阴雨阵阵，凉。西人虽儿戏赌赛，亦时创新式。昨见英人一种赌法曰“牵缰幼女”，择平坦阔地，任意立空香宾酒瓶若许，以绣巾掩二幼女目，以一着色缰绳之两端各系二女右臂，后一少年男子双手执缰，不用鞭，不作声，亦不准临二女之身，惟两手所曳，须二女灵敏，能晓缰之轻重左右，俾免随行蹴倒酒瓶。行一周一瓶不倒者，观者薄有赠物旌其能，是关乎被曳者之心机，亦在挽者之心目及手指力也。

走糕之舞

二十三日乙亥，阴风甚冷。英人跳舞有三种，如扑勒喀、瓦勒兹、喀达立，为王宫及各处常行者，他则村野之戏。现创一法专行于天主诞辰节，名曰凯克倭，译为“走糕”。请会者备大糕一，周二尺馀，高五寸，四围并顶饰以五色饧花，盛之银盘，以桌置于跳舞堂之中央。客则男女择耦，耦之多寡，先视堂之大小，耦由八九至二三十均可。先双双环糕桌跳舞，舞式任意，或携手，或抱腰，或分舞，或提裙而翘足，或耸肩而曲背，虽种种笑态各创新奇，然不得无礼。各耦绕桌跳毕，乃齐立桌前，向

29,6,24

之一鞠躬；继而男女左右对立两行，男以右手执女左手高举，中间作一小巷。主人令一小童捧盘穿巷中，乃择当环桌跳时之跳式最新巧而精雅之男女一对赠之，并同时赠小金戒指一。是女即时贯于左手，更言是女得此糕与戒指，较同时众女必先得佳婿云。

二十四日丙子，早晴，未初微雨一阵，雨后晴而暖，入夜仍雨。英国鸡卵之价四季不同。由西三月至五月，每十二枚约值六七本士，由十月至十二月则至一二先，其他六个月内每十二枚亦须九与十本士不等，节俭者可于贱时多买藏之。新创一法可收半年，纳鸡卵于一缸瓦器中，浸以矽盐水，此水洋名“倭特格拉斯”，译乃“水玻璃”也。是水极贱，无异味别色，质同糖水，遇热即消。水须逾鸡卵二寸，虽浸半年，食之味与新者同。取时以冷水洗毕候干，烹煮皆宜。用缸瓦罐者，木则水易渗，铅里之器则铅矽相制，故缸瓦最宜也。 “水玻璃”保存鸡蛋

二十五日丁丑，晴。西国妇女喜畜犬，大则猎犬，小则哈吧，寝同室，出共车，步行亦令奔随于前后。然小者昂，因产自中国不易得，有袖中犬之名；现于英孳息，得之较易，价亦廉。则妇女厌其不新奇，改畜猴鼠，亦必来自他方，且种类新奇者。先养白鼠及美洲小黑猴（此猴大耳，长毛如犬，而尾粗长盈尺，似猫），继虽四脚蛇、石龙子（亦蛇名，四脚如鼠，能变色）及小龟等，皆饰以金珠彩绸而养之。上列四种由铺售，价皆十一二先。印度麻谋赛猴（与美洲小黑猴同种）最易驯，置之膝，饲 妇女喜畜各种宠物

以梨糖，玩弄颇有趣，价则每个二吉呢。印度獴鼠尖嘴长毛，短腿粗尾类猫，极驯，善捕蛇，食鳄鱼，价亦二吉呢。妇女亦置卧室中，既不笼盛，亦不绳系，或匿不见，可由床被中得之，畏寒也。再则埃及跳鼠，长毛棕色，驯似猫，小于猫，头似兔，身与袋鼠同，前腿长仅一寸，后腿长约八寸，尾则细长尺半，能高跃六尺馀，赛西侯夫人畜之六，教以赛跳椅凳为戏。又有美洲蜜熊鼠，洋名“喀喀茹”，大如猫，行似犬，短耳长尾，舌能长短，善食野蚕茧。妇女犬畜之，颈套铃圈，击以长绦，牵之随行于街市焉。

黄土被道

二十六日戊寅，大晴。早率参随翻译学生供事等三十馀人向北参拜圣牌，行三跪九叩礼。西正公宴，并召法文学生文惠、唐在复、戴陈霖，入座甚欢。英国国君每因官事出宫，亦以黄土被道，兵营武官乘马，亦用踢胸，虽用红色，而间有黑白色者，此典礼近在英国始见。其黄土被道，英人本意，当是因道滑防马跌；至踢胸之用，恐渠尚不知本原之所由来也。

二十七日己卯，晴暖。前记英属地吉阿那所产之冰糖，乃系运粗糖至英，再由专行细漉，始成净糖，故价昂。由德法贩来之伪糖，较在本国出售价减半，是以英之贫民喜买用之。因之议院屡次提论，有谓价贱则有益贫民，有谓如此贱卖正为陷人计。英人喜买伪糖，则真糖售无几；净糖行不能获利，必先歇业；净糖行既歇，则属地之粗糖运来无用矣；逮两行皆闭，真糖不来，则伪糖之价

29,6,28

渐涨，涨至极处，英亦无法矣，岂非陷人之计耶？凡办大事，须防将来，此虽小事，而我国人民之利益，不得使外人设法夺去也。

二十八日庚辰，阴凉，间而细雨蒙蒙。前于二十二日（西八月十四日）英君散值议院宣词云： 英君议院散会致词

君主谕上下两议院诸爵绅曰：今年春间，予赴葡萄牙、义大里、法兰西各都游历，联络邦交，现已有成效可睹。各处款待极见殷勤，恐无有能过之者。法国总统近亦来游，于是两国人民彼此益形和好。西土耳其各处情形，人人以为可虑，我政府现在商同奥、俄两国及柏林条约签押之各国，竭力使匪势不至蔓延。其与此事有关系之各国，肆应其间，亦须自谨，不得过躁，我政府亦已明示之矣。麻赛兜呢亚地方，与奥俄两国最有关系，彼两国所拟整顿之法，业已要请土皇施行，我政府亦以其法为然，深愿彼地方情形从此有起色。一千九百零二年九月中英所订之商约，业奉御笔批准，已经互换，约中所订各节，有不久即须奉行者。予又与波斯王订约，自后两国商务交涉办理，益可得手矣。 麻赛兜呢亚（摩尔达维亚）

新属脱兰斯瓦及橘子河两处，办理善后事宜颇有进境，新设之理事院其中所举之员，有并无官职而举以照料各业利益者，是院已经开会议事，所议各例皆为整顿新属所必不可少之举。所订关税章程云，凡英国各货运赴斐属者，须较他国货物格外看待，斐洲各英属之理事总院，亦经核准照行斐洲各属。如能于财政一端得以立法画一，则 橘子河（奥兰治河）

将来各属联合自立之举，即可兆于此矣。我印属各处，气候调和，财赋亦有起色，因此得以减征税课。我愿我印民情形，从此大见升平，农业商物二者，亦日见进境。近日内又闻该属时雨沛降，可望有秋，此皆快慰人心之新闻也。苏麻里兰地方有数种族，尝为木喇、阿布杜辣侵掠不已，予因是发兵剿之，以保该各种族。现在军务未已，敌已退出老巢，向东北遁去。俟天时得手，即可设法前进。

苏麻里兰（索马里）

近数月中，予得巡游苏格兰、爱尔兰，亲察吾民情形，实为欣悦。所经各处，莫不欢呼迎迓，予心殊感之。予在爱尔兰时，曾游幸德布林城，又伦敦得里及贝勒发斯特地方，此工艺最盛之区，又取道康乃麻拉，前游戛拉卫及阔尔克等地方。始知凡各要务，为工人栖止之所当如何扩充，商务当如何使之兴旺，耕种之法如何使有进境，文教如何广兴，疾病残废者如何安置，已莫不为之种种设法，然事之待人为者尚多也。今予旷观各色人民，彼此日见亲睦，是即为将来合力同心以求郅治之证，予见之不禁欣慰之至。

工人住宅如何扩充

君主又谕下议院诸绅曰：

今年各项国用，尔等宽为筹拨，我特致谢。

君主又谕上下两议院诸爵绅曰：

现已议设条例，酌改爱尔兰佣田情形，使田主乐与本乡之人同居杂处，不思迁徙；而爱尔兰迤西瘠苦之区，居民情形亦得望起色。是立此新例，则田主佃户之夙嫌释，而吾爱民之利益即可从此振兴矣，不禁企望良深焉。上年

田主佃户之夙嫌释

29,6,29

议行之蒙学课程条例，止行于卫拉斯、英兰之迤西各处，现已立法推行于伦敦，此条例今可告完功矣。其中更变之处，立意甚远，予愿获益必大也。伦敦口岸条例虽议多时，而尚未能颁行成例。然亦并未旷废时日，予愿下年开院后，此例不久即可颁行成例也。予前与各国商准裁免糖业津贴银两，现经尔等颁行条例，俾我政府行能办理此事，予堪为汝等贺。又苏格兰酒例现已大加修改，集成一例。如何雇用幼童工作？电力等车当如何行驶？各项赈捐当如何经理？皆已议有条例，已经予允准矣，望彼苍庇佑尔等，得坐享成功。

电力等车为何行驶

二十九日辛巳，晴，凉。英君文递行宫左右有王田若干，田鼠恒为害，雇有专人职捕鼠，每年工费若干。是人故后，悬缺未补，不意鼠种孳生日夥，竟穿孔入宫，且在田间有国王喜爱之牛羊若许，须竭力驱除，以防鼠害。现拟补雇捕鼠之人，禁令毒害、枪击以及笼罩挟锁等法捉捕，惟用一种獴鼠（类乎松鼠黄鼠狼等）驱入鼠窟而搜获之。禁用毒药者，因恐兼伤他鸟兽之与田地有益无害者也。入夜，风。

“松鼠”原作“松或”

三十日壬午，晴。闻在英兰中界稍南柏克晒府恒格佛地方有种古风，每年于瞻礼节后节二礼拜之礼拜二日，通村玩戏名曰“霍格太”，按字译为白酒潮，究不知何所取意。届期虽平日安靖之村庄，亦除去一切拘束，任意玩舞，而仍不使失礼。侵晨鸣角，使通村铺店闭门，匠役息工。凡好嬉者，执短绳街游，遇有妇女，则绳束两手，或

尽情戏乐之老民俗

罚一本士，或准亲吻，始经释放。次日妇女亦然，而较男子得钱之处多，而接吻之人少。更有用一木椅，左右缚竿，妇女被束两手，令坐椅上，二人舁之环街一游，然后始受罚者，或付一本士，或准人亲吻也。午后公备午酌，男女环坐一桌，备食仅挂面汤、水芹菜、白葱头及面包、乳油而已，是亦村民之一种欢乐节也。

29,7,1

光绪二十九年七月至九月

七月初一日癸未，晴。西国之雕刻白玉石像，或正身或半身，置之于街市、教堂、楼阁、茔地，或大或小，咸赖棰凿之功。因对坐摹仿，或钞由小影，究与是人有不同者在毫厘之间。近经世爵杜蔼与周恩者，由义国得一法，雕琢成与人毫发不爽。乃一高架，上下有轮，架柱含有关键，欲作石像之男之女（西俗男女皆喜于生前作石像置屋中）坐于架前椅上，按己所欲之式坐定，顶上拘以铁圈，分毫莫移；身左置白玉石或他石一块，高与人齐。雕刻匠坐对面架上，此架上下皆有关键，其上与高架通；匠人左右手各执一钢锥，左手向人身轻描慢抹，仗水之压力、电之动力，则右手自于石上重雕速刻，需时不久而石像成矣。且学此艺者亦无庸耗费心机，苟天性聪敏，力学两点钟之工，自能悟会一切。成一石像，工料价极廉，曩之值二十镑者，今仅一二十先。又此法别有铁架机器，能

机器雕刻

同时雕刻一式者四五身，今后凡高楼大厦之石人鸟兽，无须虑及费巨矣。

初二日甲申，早阴，午后雨，凉。上月二十二日（西八月十四日）英议院散值，虽奉君谕历在明春二月开值，而国王不欲质言。盖国王谕令后，各人计期外游，或在本国，或赴他国，届时回京入值，在国王所谕限内，虽有事招之不回，当议院将散，院首斟酌拟定限期，禀知国君。故国君宣谕时，不即言至明春始开，乃先谕定本年冬月中，到时无事，展至年底，再无事方截至明春。院中各人皆有议事之责，有事必须会齐，限宽不能立至，苟遇事无其人在场，则与无其人派来之地无异。

议院开会拟定限期

初三日乙酉，早阴，午后细雨阵阵。记英沙立斯百里侯，乃二十年前之外部大臣也，去岁夏间曾请茶会于其乡居哈特扉别墅，今春忽患痰疾，至上月三十日（西八月二十二日）亥初十分弃世于哈特扉村，西历一千八百三十年二月十三日生（道光十年正月二十日），年七十三。自幼肄业于敖斯佛大学堂，二十三岁被举入议院，二十七岁娶男爵阿德森之女卓芝雅为夫人，同时自树门墙，朝夕为《太晤斯报》《清晨记报》及《每礼拜六日报》与《四季评论报》各馆代笔，日进稍丰。按：沙侯本姓赛西，世代簪缨，老沙侯生二子，长名埃米柳，次即今故之沙侯名洛柏尔。照英例，虽亦长子袭职，而一切爵产房地尽归长子，次子无所得；长子先授克兰班子爵，次子仅称世爵赛西。当赛西洛柏尔拟娶按察司阿德森之女时，老侯

沙立斯百里（Salisbury）

前外相卒叙其生平

29,7,4

不喜，谓次子宜娶财（意谓次子无所得，世家子弟可娶富家女因而致富，盖阿非富家也）。洛柏尔未遵而仍娶之，娶后进款无多，故以所学而为各报馆主笔。三十五岁其兄埃米柳故，得授克兰班子爵，次年擢为印度部侍郎。三十八岁伊父故，始袭沙立斯百里侯爵。四十六岁派赴土京君斯丹丁为专使，四十八岁升外部尚书，五十五岁升丞相仍兼外部大臣，七十岁改充丞相兼国玺大臣，至七十二岁始谢职归隐，即上年也。

英君悼念

英君得其讣音，即于次日谕云："兹闻沙立斯百里侯溘逝，不胜惋惜之至，察该大臣秉其异众之才能，历事两朝，自先君主以至于予，数十年来忠心保国，予既痛惜，而通国人民亦必永念不忘也。"英君并另发专电吊唁其子云，"致尔同心哀恸之怀，并将予痛惜丧失尔父之心，转达尔之兄弟姊妹"云云。自该大臣充当外部大臣以来，余即与之相识，因亦留片于其京寓，乃礼也，系在阿苓屯街第二十二号，片上并书英字云"维斯迈谋斯特辛希尔安大西麻赛堤克堪兜仑赛斯"，译乃"诚心唁慰"也。

初四日丙戌，晴。西国有人好集今古信票为宝者，名曰肥拉台黎斯他，华言信票癖也，每遇不易得之票，不惜重费必购之。按：今古之废信票，虽毫无可贵之处，乃竟成一种奇货，致人宝之。即如近在某巷菩提号铺中出售前于西历一千八百八十九年（光绪十五年）在支布洛塔所用之十仙信票（此票用一年后止）虽为日不久，一枚竟至十四镑。又前在好望角所用之一本士错字信票（此票

集邮票者不惜重费

当刻印时工人疏忽错字，当时未经查出，逮行用后始知，遂经改印），一枚至五十四镑。以上二枚尚不为奇，其至奇而贵者，乃一鲁麻呢亚国（在土俄奥三国之间）前于西一千八百五十四年（咸丰四年）之信票，价二百二十镑。

初五日丁亥，微阴，凉。闻上月在澳洲东南角英之属地牛骚卫府地旱，有马克西者，自谓妙法能作雨。于是在卜娄昆山向土人约定，于三礼拜内作两三寸，果如约，通府公赠五千镑，至第八日大雨倾盆逾九寸。术亦神矣，苟得此法，则通国膏腴，年无旱灾之虑矣。

自谓妙法能作雨

初六日戊子，晴，微暖。英国赛西氏原住伦敦城西北六十里之木耳囿，地既宽阔，楼亦崇闳，老松翳日，花草蒙茸，四百年前即授有伯爵，至西历一千七百八十九年（乾隆五十六年）始加沙立斯百里侯爵。曩者英人皆奉天主教，凡人故后所遗之地亩皆不归官而赠与神甫，生人好善亦多敬奉田地与神甫，于是人民多自无耕产而充神甫之佃户。至一千五百零九年（明武宗正德四年）英君罕里第八即位，怜民丁之苦而愠神甫之富，遂改奉耶稣教，怒止教皇派公使来英，尽夺神甫之地分赠各王友。至一千五百三十七年（明世宗嘉靖十五年）太子埃达倭第六即位仍之，在位十三年，驾崩无储，公主玛丽嗣之。君主玛丽仍奉天主教，欲国人弃新仍旧而不得。玛丽君主之妹伊里斯白娰不信天主仍奉耶稣，姊妹因而不睦。当时哈特扉之园囿楼房本属王室，于是发伊里斯白娰于彼，禁其外出，如投之囹圄。沙立斯百里侯亦耶稣教也，未经擢用而心归

罕里第八（亨利八世）

伊里斯白娰（伊丽莎白）

伊里斯白姒。迨一千五百五十八年（嘉靖三十八年）君主玛丽病，沙侯留住伦敦，不时探访。乃沙侯第一闻玛丽薨逝之信，急令亲卒乘马飞驰哈特扉报贺即位之喜，盖玛丽无所出也。恰值伊里斯白姒坐一树下，得信狂喜，抛其帽于半空，即至伦敦入宫而登基。后因不喜哈特扉，遂令沙侯以木耳囿易之，此赛西氏哈特扉寓所之由来也。至今沙侯楼中桌上，尚有君主伊里斯白姒所抛之帽，罩以玻璃，宝而藏之。当时所倚之树，依然黛色参天，枝干丰茂。

闻玛丽死狂喜抛帽

初七日己丑，晴。华人多信巫觋，妇女被骗者多，西国则无是说，余亦度其必无。不意昨见新报内一则，题曰“死人之信”，一德人名哈四，现年六十二，住本使馆东北之尤斯敦路，自号通神先生，云能与鬼言，如中国之走无常者、巫觋者。先是一妇名韩柏尔，怀其故夫，匪伊朝夕，一日遇哈于途，尽表其情。哈遂绐之曰，可匿一十五镑纸钞于衣襟左右，逮其降神之期到，自能得夫之信。妇闻异之，意未深信。届期往，先付香资一镑，继而哈四摇动臂肱，口作奥妙神语，挥笔一函书就，授之妇曰，“回家启看，此即汝故夫信也。”妇流涕呜咽，深谢而去，抵家看信，问候而已，解衣搜钞，不翼而飞矣。又哈四探得所识某妇之戚属某甲，近日身死不明，意为甲妇所害。往见而佯为闲谈，叙其所遇，乃曰，“令亲某人之魂，昨来向我诉说，谓其死于非命，当设法报之，或使害者施钱，亦可了结”云云。妇闻所言，颜色惨变，垂头不语。哈

西国亦有巫觋骗人

四察明其情，妇因奉给十五镑。哈言“察汝无多孽愆，仅此一事，当代哀之，法亦不难，可以纸包五百镑票，藏于裙内，俟十二个月后，当无事矣。”妇因遵办，而百馀日后，妇乃渐闻哈四所为多属妖术蛊惑，既不信，并悔被骗十五金镑，检其裙中纸包亦空矣。妇急驰觅哈四，据房主云，两月前伊已移去，不知所之。妇既无法，而亦不能对人言也。入夜微风，阴。

航海泛舟须依规则

初八日庚寅，早晴，午后阴雨阵阵。察东西各国驶船之规，彼此定章一律；故在各处，凡有关于航海之人，及在水面泛舟之人，皆须深悉一切。中国虽有兵轮出洋，亦仅至安南、暹罗而已，外洋规则知不甚确，往往受其责罚。而西人亦有错误者，闻昨有英船名“马尔蹄”者，行至爱尔兰正东之丹达海湾遭风，遂升旗求拖船。盖船在水，无得律风及电线可以求救，惟以旗作暗号示于人，不意误悬蓝黄二色旗，此旗所指乃船有瘟疫也。岸上防守局见旗，即电报本口医官，特费三十五镑电达医院，由德布林专带女医上船，始知其误，遂定罚船主以始末往来所费云。

初九日辛卯，晴，暖。英沙侯灵柩择今日申初出殡，先舁入贤埃太得蕾教堂中唪经毕，葬距伊宅不远老沙侯坟墓之旁。伦敦大主教亦定今日未正，在卫斯民斯得大教堂内诵经祝祷。数日前，首牧师骆宾荪帖请各国公使及上下议院各爵绅听经。帖式长方，横三寸，竖二寸半，四角涂

往教堂赴沙侯葬礼

黑半寸，想亦四边涂黑二分之义也。未初余乘马车往，因

29,7,10

英君与后、太子、太子妃及王室宗戚皆游历在外，于是君派律法大学士柯拉林敦，后派葛蕾伯，太子派文洛侯，至宽诺公及他王公亦皆派人代往，德皇、比王并皆派人来英吊唁，以上各人分坐入门左右楇中。首牧师坐门左之首座，再前左右各四层高座一行，前一段头层坐各国头等公使，二层坐二三等公使，第三、四层坐议院各世爵；此后为中段，坐各国公使夫人及世爵夫人命妇等。其他男女来观望者有千馀人，中亦有被请者，皆坐正面经台之左右。

及未正，楼上鼓琴鸣钟，先自外一人举金锤前引，后随着燕尾青氅者四对，末则卫斯民司得区美尔着红青氅，项套金锁练，因其氅后较长，旁一头顶假白发者随行双手提之，入内坐台前右鄙一行金椅。再则一人举一银棍前引，后随白衫红袄沙弥十二对，白衫青袄教徒八对，教士六员亦乌衣白氅，后垂青面红里头兜，入则分坐末段四层高座上。坐毕，教士沙弥等同声朗诵一阵，后则忽而一人独念，忽而同唪，听经者忽坐忽立，通场仅首牧师登台一次朗诵数语而已。申正二刻礼毕，各人依次出堂登车，酉刻回使馆。此次不有假灵柩，不秉烛，不熏香，礼颇简略，与前于六月初五日为教皇唪经之礼迥异，是亦天主、耶稣两教不同之处也。又前次着官衣，此次请着便章；前次者教皇也，此次者官也，戚友也。

前引者举金锤银棍

初十日壬辰，大晴，热。沙侯之子名虎斑，年四十一岁，自幼在敖斯佛及伊屯大学堂肄业，先袭克兰班子爵，继充外部副侍郎，并经举入上议院。当蓝斯琑侯入外部，

敖斯佛（牛津）

伊出外部，去南斐洲带兵，前岁回国，娶阿兰伯爵之女茬洱为夫人。按英规，无须引见等事，其侯爵自归虎斑承袭。又昨日通城，各大铺户多扯半旗，以示哀敬之意。入夜阴雨。

十一日癸巳，早晴热如昨，戌初雨，凉，入夜狂风一阵，复晴。闻前日沙侯出殡时，国君送一花圈，攒以莲花、玫瑰、菊、桃等，极属洁净馨香，下系一纸云，“以此聊表哀恸之心，敬慕之意，更志友爱之诚”。君后送鲜花十字一，下另一纸亲笔写云：“阿来三德亚送此以吊唁通国敬爱悲痛精明忠勇之大臣沙立斯百里侯”，下接两句云，“初想以家为天，今知天竟是家”。

君后唁词

十二日甲午，晴，凉。闻年前有船主蒲特尔者，由苏格兰正东里斯海口驾“贝那得”轮船来中国，驶至地中海，忽存信一包落水，追觅未得。数日前在日斯巴尼亚国海边阿圭拉村，一渔户网得一巨鱼，开膛内有英文信一包，送呈该处美尔，转交英国领事，现已寄来伦敦交船主蒲特尔矣。又昨在葡萄牙国立斯本城一老贫妪，以游街卖鱼度日，一日至午后，尚馀鲭鱼一尾，因日晒半天，莫若切段售之。不意腹中含有钻石金戒指一枚，老妪视之，喜出非望，卖与某巷珠宝客，竟得二十二镑半云。

鱼腹中得落海邮件

十三日乙未，晴，酉正大雨，雷。记前晚亥初，倏见东南红光大片，灿灿烂烂，烈焰冲天，遥望尚远，不知其为何处。今早见《早信新报》，知在伦敦城东南角太木斯江东岸之西印度坞存货房失火。此房建于二年前，分两大

29,7,14

间，每间长四百五十尺，各楼二层，内中满藏核桃、吧拉麻、麻霍戛尼等上品木料，当时不仅通场化作灰烬，且系货天秤（又名鹤颈辘轳）之被焚落水者多架，运货船亦毁坏三只。幸左右邻房经水火会守护，未遭祝融之灾。按：被焚房货，共值五万镑。

系货天秤（起重机）

十四日丙申，晴。英君自前由爱尔兰回后，留宫一日，即假他公侯之名，赴奥国西北柏海米亚邦（又名波斯米亚）西北之麻林坝城（王之所以用此名者，盖他国虽知其为英主，而无须官礼接待也）。地产一种碱水，洋名"萨林"，泉流甚旺，人或饮或在其中洗浴，能舒筋络养身体，每年各国人之前往者万四千馀，极属繁盛。其水泉名库尔胡斯，王因体胖且腹有他疾，故去彼洗浴饮用数日后，始往奥京维也讷。到时奥皇迎迓入宫，一切预备，多与他国同，乃在彼观剧三次，临行赏维城贫民百镑。昨晚戌初抵伦敦，定于后日复往英兰中界诺兹地方访萨威侯，少住，即北行游苏格兰极北近海之巴木拉镇，俟开议院时之前后方回。君后亦择于同日往赴丹京。

柏海米亚（波希米亚）

十五日丁酉，稍阴。记西历一千八百六十一年八月初六日（咸丰十一年七月初一日）英国颁行禁止谋害人命例之第四节云，凡谋害人命者，允从谋害人命者及唆人谋害人命者，无论其所谋害之人是否系英国子民，是否在英国境内，皆以作事不端论。审明后由法官酌核判罚，严禁苦监，多不过十年，少亦不得不及三年；或判罚寻常监禁不逾二年，期内或罚作工，或不罚作工云云。至前一千八百八十一年六月十八日（光绪七年五月二十二日）英国法官审讯一案，案中被告名莫斯特，系德人寄居伦敦，刊有七日新报，报名“发雷哈特”。当俄皇阿来三德第三被弑后，莫斯特著论立说，刊入报中，盛扬此事之美，并谓德皇亦应刺杀。英政府于是按照上开条例，派人拘拿莫斯特，交法堂审办。法官先将案情详细说明，后会审各员亦皆谓该报主笔莫斯特确曾唆人谋害人命，违犯千八百六十一年八月六日颁行禁止谋害人命之例，遂定以罪。察前五月念四日《苏报》中有“杀君主，杀贵族，杀官吏”及“不杀皇帝，大憝未去”等语，《苏报》主笔之行为，洽与莫斯特之案无异。

因言论被定罪判刑

《苏报》案与此无异

十六日戊戌，晴。近年各处金价日涨，银价日落，各国之专用银钱者，殊受其害。即如美墨两国皆用银元，产银极多，且出售他国，苟按金价发卖，几亏矿本。金银行价如此悬隔，与商务无益。再美墨两国银元与他国之金钱，尚有兑换之成价，惟中国虽有新铸之银元，而他国未认（在本国各省所造，名虽一律，价仍不同），惟知按两用银，每值汇兑，一两库平仅得他国小银元二三枚，共重三钱零，是中国受亏为尤重。因而美墨两国商定，各派四人之深悉此情者同来欧洲，向商务重大之各国叙明其情，以便设法维持云云，前于四月底由美启程。按：美国派来者为哈那、寇欧楠、古理治、计拉克，墨西哥所派者为葛里勒、喀麻楚、梅德、卜尔斯，五月初抵英。初七日哈、寇、葛、喀四人来拜，知英廷共派六员与之会商，乃印度

金贵银贱中国吃亏

29,7,16

部一员为马凯，外部一员为汇丰行总办甘美纶，其他为户、藩二部各二员。余于发电请示外务部后，即派参赞马格理、翻译陈贻范随同听议，遇有窒碍中国之处，亦须随时宣说。自初十日起，连会五次，至二十二日始议定五节，二十三日由各员签押，作为蒇事。 派员会商议定五节

所定五节：一、凡用银之国，所用银钱，若定有易金准价，获益必多（此系总纲）。二、中国须用通国流行之银钱，其易金之价何时可以划定，即何时办理。三、用金之国及现用银后或用金之国，所用之钱，划价总要，大概一律。四、若银价不再大改，划价可定为三十二换。五、各国购银铸钱，其所购之银，如可定一公道限数，银盘或可有定，惟此须视各国钱政及随时情形酌办。按以上各节，细加推勘，似于中国情形并无窒碍，所定银价三十二换，亦尚适中；好在虽经各员签名，而将来如何办理，仍凭各政府自行裁决，并不因此牵制。 “尚适中”尚原作当

又美员原呈之九条：一、凡用银之国，若立一汇盘定准金银划价，商务必可大旺，外财流入其国可兴。二、中国须有通行之银钱，须有一定划价，可在中国各处用以交纳税课。三、中国金银划价，当于五年以内定准（以上第二、三两条由英员改成一条）。四、如愿中国政府能立该项钱法，并能维持英政府所按一千九百零一年所定公约，应得之赔款，当按银数收受，以十年为限；其以如此办法因而少收之数，将来应否带利补还，英政府可酌办（此条经英员删去，以非各会员所应议之条）。五、凡金

钱与将来或按金价计算之银钱，其划价总以大概一律为要。六、如银条银块价值不再有大而永远之更改，则金钱与上文所说之银钱，其划价当按日本、非立滨、墨西哥各处以三十二换算。七、如银价能使有定，则划价或可早定，永远安稳。八、各国购银铸钱，其所购之银如可定一年年购买之公道限数，则银价可期有定（七、八两条由英员改成一条）。九、此事须再考究，以查有无别项维持银价之法（此条经英员删去）。

非立滨（菲律宾）

维持银价之五条

又经中、美、英、墨各员会议维持银价之详细五条：一、凡用银之国所用银钱，若定有易金准价，而可于各处用以交纳税课并无限制，则不但多使外财流入，且可大兴其国及该国与用金之国之商务。二、中国须用通国流行之银钱，无论在中国何处可用以交纳税课，其易金之价何时可以划定，即何时办理。三、（见前）。四、如银条银块之价不再大有更改，则现用银后或用金，各国之金银钱，其划价可以三十二换计算。五、各国购银铸钱，其所购之银，如可定一年年购买之公道限数，则银盘或可稍使有定，但此等办法，须视各国之钱政及随时情形，酌核办理。

美墨二国委员前于五月二十五日由英赴法、德、和、俄四国，本月中回英，复定明早启程各回本国。乃于三日前帖请，今晚戌正在喀勒屯店晚酌。届时余率马格理、陈贻范乘车往，入内见哈那、葛里勒，少叙入座，同桌二十四人，为美公使仇德、墨公使戞勒兜、甘美纶、马凯等。

29,7,17

食毕，哈那首先立起，率众举杯同祝英王与后之福。继而各人陆续演说，称赞此行之得当有成，诚与各国商务有益云云。子初席散，握手谢归。

十七日己亥，晴。上月初奥国驻英公使伯爵戴恩因病回国，昨于十三日（西九月初三日）在籍溘逝，该国署使择于今日午初在伐木街之伊麻库赖天主教堂中唪经吊唁，前日具帖请往。巳正乘车至彼处，地基不甚宽阔，堂式与敖拉托里堂相同。台正面设石桌，上中置金龛一，内供耶稣钉十字架上。左右安放银蜡扦各三只，每上燃黄烛一，长各尺半。台前以长凳结成方池，凳上罩青毯，中设假灵柩，覆以绛地金边黑十字绒片，四面围置鲜花八盆。左右各置蜡扦六，每上黄烛一，长逾二尺许。池前左右横排长凳，秩列行行。王孙及他公侯坐右边第一横排，各国头二等公使坐左边第一二横排，署使等坐第三横排。统计男女无多，仅二百有馀。

奥国驻英公使之丧

“蜡扦”原作“爉阡”

“黄烛”原作“黄爉”

始则楼上鼓琴，既而自旁门来沙弥六，皆赤头着青衫白纱短褂。又神甫三，一正二副，皆着白衫，外罩黑质金花褂，正者无袖，副者短袖。鼓琴唪经一次后，各人奉黄烛一炬，粗与手指同，长约八寸，皆燃而手举之，辉煌闪烁。听者忽坐忽立，忽而假跪。神甫则时而诵经，时而请安（凡教中人每由像前经过亦必请安为礼），随行必打问心礼，如佛僧之流，为时不久。将终，一副神甫举银十字立灵前面，大神甫立台下灵后，左右立沙弥，或秉烛，或捧圣水罐，或提檀香炉，既而神甫朗诵数句后，随绕灵柩先以麻刷摔洒圣水，再提提炉绕灵摔熏一次。礼毕琴鸣，则王孙及各国公使陆续起座。将出门，有该国署使立待，向众拉手道谢。未刻回使馆。按此等礼节，客应仅着礼服，乃且字形高帽燕尾形呢褂而已。乃此次于请帖末另书一行，言“本使馆各人咸着公服佩带宝星”，盖意在暗请来人亦然也。入夜大风，雨。

十八日庚子，晴，戌初阴雨，亥正复晴。闻罗马教皇之第一张油画像，将由亨加里著名画师李珮绘画，其人与教皇素识，现来罗马，请教皇坐而照描六次，摹形仿肖，毫无差然，其像高与本人同。此教皇像，乃特备德皇到罗马时赠送者。迨此像工竣，并令照画六幅，备赠他国君主，盖英王亦在其数内焉。按：此等工艺，一经绘名人之像，则声价顿扬，再与他人画像，工费翔贵，大约一张之价则不下千金镑矣。

教皇画像赠各国王

十九日辛丑，早阴凉，申初细雨淋淋，忽降忽止，入夜狂风，大雨滂沱。按：都门各戏园中演戏，每日观者多，则园主与班主同获其利，来者少，则亦各得无多。西国则不然，每出新戏，关乎园主察其是否人所共赏，苟不善料，按己意以为可观，迨演时来者寥寥，竟有因而亏累至千百镑者。盖一新戏演成，某园主以其足招人观赏，则与之写定若干礼拜，或月或季，按角色各钱若干，演时观者无多，亦须照数付给也。其付钱之期，系在每礼拜中某日，名付钱日，又名开库日。凡大戏园中，到日应付之男女老幼不下千馀，奈昼夜无暇；乃定在演戏之际分给之。

演员领取薪酬情况

29,7,20

其法系将各人名姓按字母一丨丶丿排定，每人一小信封，外书其人之名姓，内先写“菲敬酬谢”四字，下书放钱人某某之名字，工价多者封以金钞，少者封以金钱或银钱，届时各人量其名字之前后往取，如此发放，尚须六小时。每礼拜各人之工价，男子由五镑五先至一百一十镑，妇女由三镑三先至六十六镑，其至少者十先、十二先、十八先、一镑一先、二镑二先、三镑三先、四镑四先或三镑半不等，皆按其角色良否而定也。更有临时街市雇来混足人数者，此等人名曰“苏柏尔”，登台一次仅付一先。此等此时付钱，盖各人去自后台，并不改装。故忽而娘娘往取，忽而判官来要，忽而大老去收，忽而院户往领。是日台上固场场作戏，而帐房亦各各点卯也。

二十日壬寅，晴。英人嗜藏名人之笔迹花押，然不论其字画笔力如何，惟重其品位，故虽一字半画，皆宝而藏之。闻昨有人买英君亲笔旧信套一个，价值十七先；戚友笔迹录一本，不甚大，内有前君卓志第三、第四及老君主维克都里亚之花押，价值一镑；韦凌屯公之花押一页，卖十三先；魏斯理之信一篇，卖三镑十二先半。观西人之风流雅士，与我中华之好古者，大略相同。

韦凌屯（威灵顿）

二十一日癸卯，半阴半晴。伦敦大杂货铺，曩者玻璃窗内有陈列燕窝者，国人皆视为奇物，虽陈列而罕有用之者，盖亦不知为何法食之也。迩来年馀，伦敦人之豪富好奇张筵宴客者不吝倾囊，食多用之。可验文明愈开，浮华愈炽。据云一年竟得出售百斤，价则每两十五先。食乃用

英人亦用燕窝作汤

作第一盘汤，作法先熬浓鸡汤，后于每盘中加燕菜少许，作与龟脊龟肚肉汤之法略同。每一小盘汤约三四匙，价合七先六本士。又另种贵汤，乃鲟鱼或鲔骨汤，此骨每斤合十二先六本士，然较燕菜所值贱多矣。

二十二日甲辰，镇日阴晴忽作，凉。洋人向以不吃米而吃面包为常例，闻英国各营兵丁之饭食，除大面包外，各人熟肉一块。其肉按日有定章，不得紊乱，系每礼拜内，计礼拜日及二、三、五、六日食牛肉，一、四两日食羊肉。当此之时，牛皆肥壮，肉少而油多，不胜食量。于是兵部乃为国家虑兵丁之苦，又加体恤之意，遂议定暂改鲜鱼、猪肉两种。兵丁闻之，皆喜溢眉宇而感激之。

五天食牛两天食羊

二十三日乙巳，晴，凉。英兰之地，四面临海，虽通陆路亦属无多。于四日前，夜内风雨大作，雷电交加，海面波涛汹涌，触岸激起高至数丈，于是船只房屋之损坏坍塌者不知凡几，人物禽兽因而受伤殒命者亦复不少。又英兰东北界牛马厩地方，有伊勒美伯爵雇用编篱笆之人名查戛者，夜被雷击。据云其人胸有赤线，兜内银钱变色，胯下并有黑纹如蝌蚪。地方官验毕，乃言其人之死也，系被上帝巡察也。西人不信天诛，究不知此等语言何所由来耳。

二十四日丙午，晴。闻前于西六月间，在澳洲东南临海英属地梅立本地方，有司米士者，娶其故妻之妹之女为续室。又昨在本城沟勒屯坊居住人名柯拉克者，拐娶其甥女伊文姒，年十五岁。因女未及笄，拐诱嫁娶，有犯定

29,7,25

例，经官判定收监六个月，罚作苦工。究不知娶甥女为妻，有干例禁否，未之闻也。

二十五日丁未，晴，微暖。英都旧有小说帖，专归信局出售（详见《六述奇》），其前作信面，印有信花，专书人名住址，后则白纸作信笺，苟无秘密，即可畅所欲言，与不封之信同，价既廉而便当，无非使人节俭朴诚之意。二三年前书笔铺中另售一种，乃前面自黏半本士信花，后面改成花笺，然因不便书写，故特留寸馀空地于左角，以便写所欲言，价则按页一本士，不惟纸贵，而字反不得多写矣。一切人物山水鸟兽花木楼房，先仅墨印，既而彩画，既而抹油，工极精妙，胜于书本册页，渐至通篇不留馀地，乃使寄信者不寄一言，惟寄其名与小画一页而已。此等纸不便名曰说帖，可改曰花片。今竟有将真鸟翎凑黏其上，作仙鹤、孔雀、金鸡、鹦鹉、鸳鸯、鹭鸶、鸾雁等形，羽翼光洁，活动如生，了无异相，工极精巧，价亦可观，每页一先，较白纸说帖贵加二十五倍。窃以此等花片，由信局寄送，打印折弄，有伤锦羽，未免可惜，莫若片外加封为妙也。闻上年伦敦邮政局共寄花片四百八十八兆，是不惟画工纸匠及笔墨书纸等铺之生涯格外得意，即官场信票亦因此盛兴也。

明信片

“花片”

二十六日戊申，晴，凉。吾人尝有俗谚云，猫认家不认人，狗认人不认家。昨闻有英人某甲带两猫由酸黎村迁居代大木庄，两地南北相距八十洋里，中隔太木斯江。不意移后数日，两猫失其一，不知何往。迨越六日后，老妇

猫狗性灵

复回故里探视，见其猫在旧房，已饿瘦矣。按华里计二百四十，路途远遥，江水宽广，究不知其何以渡耶，诚奇事也。忆曩余在京时，曾由武清县青坨地方，随粮车来一犬，豹耳龙形，余颇爱之，以铁练锁项，畜养月馀。后以其熟识家主，遂释之，乃于次日即失去。迨数月后佃户再来，知其犬已早回青坨矣。夫犬性固灵，随行记认道途，然地在京东百四十里，且都城九门，不知其出何门，由何路，竟觅得其旧主家乎。

二十七日己酉，晴。闻昨在某村，一少妇收他人致其夫之信一函，察封外笔迹似女子者，遂私拆之（按西例不准擅拆他人之信，如此开拆似由妒嫉所致），纸上无他，仅记“念我”一句而已，下亦无名字。将看毕，自觉麻痹，眩仆于地。其两岁子无意中拾起信纸一看，亦竟晕倒，死生未闻。究不知信由何而毒，毒由何而致，西人深悉格物化学者应知之。窃思解铃系铃，未非明化学者之所为也。

鱼市中之扒手

二十八日庚戌，阴。伦敦城中稍东贤卓安街与牛盖街之间司米扉地方为鱼市（英人不食河鱼，皆海鱼，故名死肉市），每于礼拜六日午后及夜晚，男女拥挤如蚁。因而剪绺混入，以逞其能，在该处每皆三人一伙，白昼则衣服整齐，作入市买鱼者之状。入夜，凡工匠男女咸往，卖者思冀罄售其货，买者亦思贱而多得，于是伊等亦作工匠，佯在群中寻买。当斯时也，妇女之钱囊筐袋，尤须小心，否则必有所失。有时伊等戏弄相识之人，如某甲忽谓

29,7,29

失表，伊乃自群中捉一确系作工之人，谓表为其人所窃。工人闻而诧异之，解衣搜之，其表竟在兜中，且系练上。失者既不知何时失去，而愚鲁之工人亦不知何以置其兜中练上，其人之巧能如此。

二十九日辛亥，晴。伦敦车夫必经考试，得有凭单方准御行，盖欲其熟习行车使马之法，明晓走路雇用之定章，以及城内外街道之所由，并其远近曲直也。迩来汽车轻便，用者日见其繁，而使车者尚无专艺。因而英人伊瓦霍定设一学堂，专教用车之法，一切机关计策，并随时修补些须之损坏，以便一路顺适。学者考试，亦给三次凭单，一为初学有效，二为深学已成，三为特学超等。学者七课，学费乃男子五镑五先，妇女三镑十先，车夫二镑十先。凡车夫之学成者，专作使汽车之役，每日当获一镑之工资也。

汽车驾驶专设学堂

八月初一日壬子，晴，风。伦敦住户铺店，向多雇佣女仆侍婢，茶馆酒肆，亦多用女堂倌，取其工价贱也。乃迩来法、德、义与瑞士等国男子，因在各本国谋生不易，遂多来此求作女工，因而侍婢之称改曰侍仆。即如哈尔他街第三十五号之代雇英外仆婢局，据云于一年内，代外国男子之觅得工作者三千人，年纪皆在十九、廿四之间；其工价与妇女同，亦每礼拜五先，洗衣费在内。所代作之女工，系女堂倌、女庖丁、洒扫女、客厅女、刷洗女、收拾床被女、伺候饮食女、掸尘女、听门女及他各工，女工大为减色。人之所以喜用男者，乃谓男子整洁、身强力壮、

及他各工原无工字

能作苦工、早起晚睡，又无情人牵制，晚间出门者少，每晚仅休息半点钟，以便吸烟，且多有曾经军营内佣工者，故些须洗涤，伊亦能之云。

初二日癸丑，阴雨阵阵，秋风甚凉。闻英国东方船行，洋名“庇年庥辣敖里安他”，即平日减笔之P与O行也，华言“东方洲边”也，义乃往来于雅洲之中华、日本、印度各处也。乃定由明年正月初一日（中十一月十四日）在各船多加头等客舱，而且减价，每日嘉肴四餐，统计合一本士一洋里，可谓贱矣。

往来亚洲船票减价

初三日甲寅，镇日阴而微雾。英国畜动物培植物，如马牛鸡鸭等类暨各种菜蔬果品花卉，无不设会比赛，不时张其能，抑亦考求法之善否也。昨礼拜六日，伦敦城内太木斯江之南岸稍东牛堪路，又设“襁褓会”，小孩由两个月至一年半者，抱至比赛。当日共集四百三十二名，医官百员，考查斟别，赏物者十二，奖其养育之功。散赏物时，医官高声宣众以抚养乳子之道，何者为至妙之法。闻当日得赏各孩，多按月计重，重则为壮，轻则为弱，盖以壮弱征其育婴之良否也。有两个月重十九磅者，二十磅零一两者，六个月重二十九磅者，一年重三十三磅零五两者，十三个月重三十三磅零八两者。

设会比赛婴儿体重

初四日乙卯，镇日天气合沓，阴雾缥缈。英人日用之干菜、腌菜、酸辣菜甚多，海军所用尤夥。而通国十八行中，制造仅有一处，其他皆来自德、法、和兰并属地加那他。其故有四，一因本国鲜菜无多，一因价贵，一因本国

干菜腌菜来自外国

29,8,5

天气不易曝物，一因人工值昂也。

初五日丙辰，晴。数日前英藩部大臣章伯纶议改税则，凡各国进口货物皆征关税，税之重轻准诸各国之税我者（盖历来凡他国来货为人所必需者皆不收税，而英货之去他国者他国仍重征之），各属地之货或征或免随时酌办（因各属地有收英货税与他国同者），总以优待为主；如是则匪独将来与各国商立商约时，英可有操纵之权，且可以联络各属地，用固邦本云云。惟六十年来，英之商务政策向以不抽税为宗旨，是以谈富国之学者，一闻章伯纶之论，咸谓英非鱼米之乡，一切民食皆仰给于外国，今若税货，物价必昂，小民何堪，挠之者颇多。户部大臣李齐、印度部大臣哈米屯皆主不抽税，亦力驳之。首相贝乐佛向与章伯纶善，深以章论为是，惟谓一时不能尽行。李、哈两大臣以首相之言与己不合，不安其位，一同告退。藩部大臣亦随之去，所以去者，意将四出，将其本意宣言与众，以招公断，苟不退位，恐人谓与枢密院同党也。至所出各缺，应由首相择人荐补，所举之人未闻。

章伯纶（张伯伦）

商务政策之争论

初六日丁巳，微雾。按英规，凡人或年迈，或疾病，自度残年垂尽，将卜窀穸，于是将财产酌量分散妻子女孙戚友。此事每在数年前即写注明白，作为遗书，并请戚友之公正者二三人，逮分时照单监理，毫不错乱，此人英称“簔里细妥尔”，华言切恳之人也。闻已故之沙侯，共遗三十一万零三百三十六镑八先，其遗书写于西一千八百九十一年，即求其友世爵倪绰森为监理。所分之数，系其长

切恳之人（公证人）

沙侯遗产之分配

女官斗伦夫人一万一千镑，次女萨乐本夫人一千镑，外孙子女各五百镑，其弟攸斯达千镑，其友倪绰森五百镑，其夫人万镑，另由每年进款抽给千镑；给其次子韪良、三子乐本、四子鹤百、五子荷福者，为京城内卓安街第九号住房一所，并在伦敦、卫斯民司得二银行及阿凌屯街第二十号之藏宝库（见《六述奇》）中所存者与他居住之产业，惟二银行存款须俟各人完姻时按名分给二万五千镑；至其世爵中遗产，如哈特扉村之楼房地亩，楼中陈设画轴器具，并车辆马匹林木及阿凌屯街之住房一所，概归长子虎斑。闻在法国各银行，并皆存有巨款，别有遗书云。

初七日戊午，早阴雨阵阵，午后雨止仍阴。英国人民，男少女多，妇女不比我国，仅以针黹治生，且外国女工针黹无多，衣帽衫裤鞋袜领袖皆由铺店造成出售，罕有自作者，故必别专一艺，方可以度馀年。闻有女工系以专种泥堆块，模雕走兽猫狗虎熊之类，然必状态活泼肖真，胜于范成者。昔人尚未发明，迨俄国皇后阿丽姒及丹国三太子妃娃代玛雕刻冰熊海龙后，技乃盛兴。俄后与丹太子妃，可称是艺之鼻祖。其法系泥堆成后，以刀铲雕刻，成则曝干着色，复烧作缸瓷。此工易学，学费无多，应用器具费亦鲜，然必心静意巧者方可学。在伦敦现设专局，妇女佣工，工值较昂，然多丹麻人云。

妇女谋生必专一艺

初八日己未，白昼晴，入夜雨。万生园入门费，向来成丁者一先，幼者半先。现改章，凡伙游者减价，其成丁者由五十至一百，每人九本士，幼者五本士；由百零一至

动物园之门票价格

29,8,9

二百五十，成丁者八本士，幼者四本士；由二百五十一至五百，成丁者七本士，幼者三本士，数多至千亦然；惟成丁者由五百零一至一千，则皆每人六本士；凡学生年在十四岁以上者，每二十五名并教习一人带领，格外减至十一先；至义学、国学、官学及带供饮食各学，苟数不逾三百，照另章不索费。［八述奇卷八终］

光绪二十九年八月初九日庚申，阴雨阵阵。伦敦城东北角，旧为哈克尼村，现连大城，而地名不改。该地居民贫苦极多，往往有六七家共居一楼者。每遇男子患病，无力求医，乃送入医院；其妻其子其女，或不能度日，入招工之所佣工，久之些须房租亦难偿给，致仰屋而居，殊堪悯恻。因而地方官乃定公造长楼一排，内分小间，每间应用之床桌器具什物，合计不逾五镑，专备贫民患病者携眷居之，其人或故或愈，始令移出，别纳他人患病者，是亦体恤之意也。闻彼处一老妪，因贫由住所移入招工所，用敞车两辆载大小敝筐二十馀，就中无非烂毡破布旧纸乱绳，统估其值不及两车运费。别一男在招工所作工，平日由街市拾取大小石块，集于床下，暇则按块数之，贫民之心，概可见矣。 贫民之贫概可见矣

初十日辛酉，晴。华人畜犬，大者守夜，小者或入耳目玩好之列，皆豢于家，不闻寄豢于外者。而伦敦城外之狗店，代人收养，费以月计或日计，主人可随时往看。店有草木小园，日日以时放犬，任其驰逐，博犬欢已。犬病女婢监之，视如童子。庖妪司其饮食，必熟必洁。犬卧处 代人养狗视如童子

凉燠取度于人，且朝夕洒扫，除其污秽。犬身时梳洗，俾其清爽免生疾，以取悦于畜犬之主人。欧人之生财乃如此。

萨哈拉（撒哈拉）

十一日壬戌，阴，入夜雨。北斐洲中央萨哈拉国，地旷人稀，大片沙漠。昨读新报，萨国皇帝勒博的只身出游，法之猎户某甲引之，于前礼拜日傍晚到伦敦，住萨外店，行李无多。尝赴城西角之小加非馆，一日出游，终夜未归，不知何往。初抵伦敦，陆续谒者一日千辈，多商贾，而枪炮工人强半，咸求觅生涯。萨皇乃以愚蠢之态接待之，人所言者皆恍惚应允，不知将来作何了局。所收信件名片，筐不胜盛云云。新报尊勒博的曰皇帝，莫知其由。

医与乐工长寿者多

十二日癸亥，晴，凉。西人谓人之营业而得永年者，医与乐工耳。夫医，知养生之理卫身之术者也。其在乐工，学得一门，足以自给，虽所入无多，而无冻馁之虑，不劳心，不劳力，无所抑郁，可卜长年。如美国人都七千六百万，年逾百者男，则一千二百八十九，妇女二千二百四十七，其八十九十岁者不止万人，要皆乐工医士居多。

授与妇女之勋章

十三日甲子，微晴。外国妇女亦有得宝星者，英国居多。始自君主维克都里亚，赏分五品，形式不一。第一品名“维克都里亚阿拉柏”（老君主夫妇名）分四等，头二等中錾君主夫妇二头相并（夫右妇左，皆旁向），外一圈上一王冕，皆以珠宝钻石镶嵌，冕上连一白绦，叠作六字形，左右垂穗，绦宽四分；三等正面王头改镶珍珠；四等正面王头改錾 VA 二名减笔之字，仍用珍珠镶嵌。以上

29,8,13

式皆椭圆，周约三寸。第二品名“印度冕”，不分等，亦椭圆形，正面錾 IRV 三字拼成一处作 形，是为君主减笔押，义乃帝后维克都里亚也；其上之王冕及四边，亦皆镶以珠宝钻石，王冕顶上亦系以叠成 ㅈ 形扁绦，色作浅蓝白窄边。第三品名“袜带”，乃上等第一宝星，其式一金花颈练，长约尺，宽一寸，作五圆花饼彩绦系状，居中饼下垂一金铸马踏飞龙，周约四寸，扁形，晶莹透彻（详见后）；别一八出菊花钻石宝星，中一白十字，外围一圈，錾以“恶生于心者恶及其身”九字；此星外周八寸馀，亦不分等（此宝星于今亦赏男子佩戴）。第四品名“开萨伊斯大”，义乃“印度王”也，式作椭圆，周约五寸，沿边錾花，饰以珠宝，中亦錾 IRV 三字之减笔押。第五品名“洛亚蕾克洛斯”，译乃御前红十字也（即现所谓之红十字会），周四五寸，四出作双搭银定形，珐琅瓷紫红色，外镶白窄边，中心圆圈白色，内錾君主头作左视状。其第一品始于西一千八百六十二年（同治元年），得佩带者为君主、太子妃、王夫人、公主、郡主、县主及德、俄两国后，和兰、鲁麻呢亚两国王后，此外命妇夫人小姐辈十数人，皆前有功于斐洲军事者。第二品始于英君主加印度后帝徽号时，妇女受赏者三十人，为印度王妃、官妇及管理印度各处之英官夫人。第三品佩带者惟英老君主，并未赐他人（因系第一上等，位卑者不易得也）。第四品始自何年未详，膺此赏者仅费尔思夫人，以其曾有大功于印度通国也。第五品始于西一千八百八十三年（光绪

印度王冕勋章

袜带勋章

御前红十字勋章

仅有一人得佩带

九年），为赏各妇女之在军营行善、拯救、疗治、抚养两营兵官之受伤患病饥饿者，此妇女称为养育姊妹，虽世爵仕官之妻女亦在焉。

十四日乙丑，镇日阴晴不定，入夜风雨交加，凉。外国妇女宝星，又有三品。

外国所授妇女宝星

一曰“耶路撒冷贤卓安”，系一银围颈绦，长约尺二，宽一寸，中系一白瓷十字，式如四鱼尾倒攒一处，上尾左右二小马，下尾左右二飞龙，统作❋形，周约五寸，共二枚，一垂项下胸前，一挂左乳旁；此宝星于七百年前传入英国，至今得佩者，英君主与杜达蕾伯爵夫人而已；此宝星惟赐天主耶稣教中人，且有定例，佩之者每遇回教人赴耶稣冢，则率众攻之，盖千百年前天主、回回两教之旧仇也。一曰“赖攘多虐”，法国创制，译乃军荣也，不知始自何年；妇女之得佩者二，一系女子博洛萨，为著名之百兽画师，一系妇人瞿乐法，在军营善侦探，不惟得佩此宝星围红带，且特准作男子装，至各处哨勇见之举枪行礼，与男官同。第三品名曰“司蕾

女婢之德

鸟骚倭尔秋”，译乃女婢之德也，始于西一千六百六十二年（康熙元年），奥国皇后苐来得立第三所创，数共三十，皇后为首佩带其一，其他凡朝中妇女之有仁心善举者赐之，其式未详。

十五日丙寅，早雨，午后雨止仍阴。西正开筵赏中秋，凡华人之来英肄业游历者，尽邀入座，合中外仆役，上下共十二桌，彼此易盏交酬，畅叙甚欢。

西国之宝星，本名“敖尔得尔”或“美达勒”，译为

29,8,16

赏号及功牌，形式不皆作星之金光四射，方者、长方者、圆者、椭圆者、十字者、八角者、四五六出菊花者，不一其制，色分黑白红蓝，质不仅金银。按宝星二字由来，当是道光二十二年，南京华英初次立约，英国公使官衔佩带此物而无名，依字译出，又恐不明来历者笑，英教士墨利孙以国王所赐者为宝，其式如星，创其名曰宝星，盖壬寅以前，言洋务各书未有论及者。

“宝星”名称之由来

十六日丁卯，阴，而细雨阵阵。英国驻美公使何柏尔，今春因病请假赴瑞士养疴，日前身故，今日出殡（西十月六日）。乃奉英王谕，于今日未正，在贤翟木斯宫旁玛柏楼府中小教堂唪经祷祝，虽未柬约而登之《泰晤士报》，是暗为知会也。未初，余着素褂乘车往。至经外部小礼官引入，坐于右鄙第二横长凳。同时到者，各国头二等公使六七人，本国大员如蓝侯辈多人，男女百馀，皆仕官也。届时鼓风琴，先入宫中教堂沙弥九，各光头着红呢金边长袄，再则白氅红领教士十二，白氅红领加黑绸长褂之牧师（英名称曰的音，见前）三，两两步入，登台分坐左右。一牧师名史艾巴，立于正面桌前。堂小而朴素，台上正面悬油绘耶稣像，如在半天云雾中，像前立一金十字，左右分陈白菊四瓶，各排作围扇形，花面向外，燃白烛两枝，高各二尺馀。一切礼节，忽念忽诵，忽坐忽立，与他处同。申正回寓。

驻美公使之葬礼

十七日戊辰，微晴，风，入夜雨。闻章伯纶夫妇于昨日戌初，乘火车由伦敦飞至苏格兰之格拉斯沟城，下车处

格拉斯沟（格拉斯哥）

男女观者拥挤数千，特派巡捕一百四十名弹压。初下车，欻一老妪由众中抢出，双手献章夫人鲜花一束；继又土人千馀，同歌《他是畅快好人》一曲以欢迎之；行经之处，男女无不脱帽摇巾，高声祝贺。饭后入贤安得路堂中演说，堂广容人五千，前日争买座券者男女七万人，券值每幅五先竟涨至三吉呢。章伯纶立台上朗宣两点钟之久，不只数万言，大旨谓六十年来，经寇普坦所定不收他国货物进口税，始自本城（指格拉斯沟），原冀他国亦如此办理，乃至今依然如故（英国向来较他国制造者多，故进口者少。英国如此办理，望别国亦皆照办，殊与英之商务有益。不意近来别国亦皆能造，而且税章不改，故有是言）。今特拟改数条，我国工商庶几得有利益。所可收外国进口税者，如麦子每夸特（合英八斗）收二先，肉百分抽五，奶油、鸡蛋、菜蔬等亦皆百分抽五（此货向多来自俄、丹），其他造成各物皆百分抽十。各属地之酒减税（澳、斐二洲英人所酿亦不亚于法国者，今减税，自得多售矣），外国面较麦子进口收税加倍（其所以然者，盖粗麦进口，第一为磨倌得有工作，二所馀之麸皮可卖钱可喂猪）。其仍不抽税者，为荞麦、咸猪肉（以上二种为贫人所食）及各属地之五谷、粗货（如麻棉等）。所拟减税者，如茶叶减三分（原系六本士，今改二本士），糖、加非、扣扣皆减（历来英之饮食什物，多来自他国。六十年来，英之属地日多，出产俱备，故敢如是云云。有谓英国茶叶减税，有益于华商者，不知欧洲各国惟有英人种

张伯伦演说受欢迎

宣传应该收进口税

29,8,18

茶于印度也，否则何肯如此耶）。仔细合计，税务如此办法，则农工于每礼拜可省九法丁半，匠役省十法丁。按所减之税，每年户部当少收二三兆，然按所加之税，又当多收九兆，以所加所减合而计之，是反多收七兆也。

十八日己巳，阴雨。今午英君由苏格兰巴勒那行宫回伦敦。英国“袜带”宝星之由来，西国妇女之袜皆线织，上长过膝，扣以丝线带，带宽五分，色分五彩，连以银扣。前于西历一千三百三十年（元文帝天历元年）英君埃达倭第三时，某晚宫中设跳舞会，有沙立斯百里侯夫人之袜带猝坠地，经黑盔太子埃达倭拾起，双手交还。左右嗤之以鼻，太子怒曰：“恶生于心者恶及其身”。由是设此宝星，不作袜带之用，而以袜带为名，且将“恶生于心”九字錾于其上志之。此宝星共备二十四枚，从前专赐公侯伯三世爵，至三百年前约在查里第二之世，则改赐公侯两爵矣。其马踩飞龙，乃传自《新约全书》，谓昔贤卓志乘马遇飞龙，恐被所害，使马踏其身，而以剑刺之。因英兰供奉卓志，故用斯典。 袜带宝星之故事

十九日庚午，阴雨阵阵。伦敦各大新报馆，于章伯纶未到格拉斯沟之两日前，即派多人赴彼部署一切，盖为速传所言至伦敦，次早可印入新报也。多人坐近台前，以便详听。各馆派人六七名或十数名不一，统约百五十馀。中各一人为首，随时指点。各馆中人，不同时听写，互为轮流，各司五分之工。章伯纶登台，将开口，为首各人即各以暗号指定某甲，此等人洋名“力颇特尔”，华言减笔报

速记员用速记符号

事人也。其减笔字如蝌蚪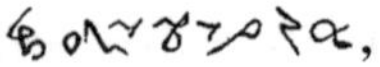，时及五分，为首人即指派某乙接写。当乙听写时，甲又须于此五分之内，将所听写者录成明文，录就即交为首人。为首人阅一周无错落，复交左近一小屋内所雇报局多人，此等人洋名“喷吃尔”，华言凿子手也。各人手执一古米物如凿如锥，按字以凿凿点横暗号于四分宽之纸条上，其号如，此字洋名“莫尔斯扣达”，乃莫尔斯所创之号码也。此后复以一管器名“韦斯敦特兰斯弥特尔”者（详见后）飞去电报局，又五分则变成而到伦敦。再由孔点改写明文，依次陆续填入气筒，吹至最近属新报馆之信局。是局驰送报馆，报馆立用新创反作铅模之皿（详见《六述奇》）造字分段成板，齐则置架刷印，天未明亿万张报成矣。由格拉斯沟至伦敦四百零五洋里（合中国一千二百一十六里半），每五分传四百话，章在格城数万言说毕，五分钟后伦敦则如数印出，速可知矣。

莫尔斯电报赶发新闻

二十日辛未，阴。伦敦现尚棕色哈巴狗，有女名莫蒲喜者，前于礼拜六日申刻，伊家开狗茶会，帖登新报，凡妇女之畜此色犬者，届期愿往，须先给信，以便预备一切。刻因天寒，各狗皆须背覆棉被，项围圈领铃铛，号明主姓及犬名。至申正，备各犬美食一盘，其喜吠噬者列第一横，小而嫩弱者列末横。当其吃食时，人相赏视，并请兽医之了然种类者，暗为甄别，分定甲乙，前列者各有赏号。西人嗜此，当不如中国之斗鹌鹑斗蟋蟀也。

哈巴狗开“狗茶会”

29,8,21

二十一日壬申，阴雨。西国屋壁忌彻白，或以彩石包镶，或以彩纸装潢。所用之纸不比倭刀，至贱者一卷长约六丈，宽不足二尺，质粗而薄，印花亦不精细，值尚一先。奥都贫民无力用花纸，乃剪纸为花鸟贴之，此俗传至伦敦，竟翊为新法。铺中间有雇聪明幼女，剪出各类花卉鸟兽备售，并可随意订定各式，略如喜猫之剪猫，喜狗之剪狗，衬以花木山势或楼房各景。吸烟室或定剪烟花贴壁，卧室或剪鸱鸮黏之左右。 卧室壁上贴猫头鹰

二十二日癸酉，早晴，午后雨，凉。前于礼拜三日，希腊国三太子安得里亚娶德国巴坦堡公主阿丽姒为妃，在达木斯达城成礼，由伦敦卜萨铺中定喜糕一，高约六尺，值五百镑。或曰往时英国三公主碧阿特丽姒出嫁，堪特城各官夫人公献之喜糕，高至八尺，值则五百二十五镑。西俗定例，王族嫁娶，皆设喜糕五，一由新妇之庖丁自造，用分赠己友。然平日所用，皆仅一层，值一二十镑而已。 一喜糕价值五百镑

二十三日甲戌，早晴，午后阴雨阵阵，入夜微晴。闻昨日伦敦某学堂，诸生毕课游戏时，有男孩名周赛茀五岁，因一物坠凼水沟中，众孩相助，得将铁盖掀起，周孩探手入，手未出，众孩力尽放铁盖骤落，致伤一指。周姓禀官，伊学部判定，由部发给四十镑，三十镑孩养伤，十镑赠孩父。

二十四日乙亥，白昼细雨阵阵，入夜大雨，风。初三日曾记牛堪路之墨尔绯堂襁褓会，兹闻礼拜六日彼处开第二次会，与会者一百九十男女婴孩，又有孖生十二对。其 双生婴孩十二对

得第一赏者，为康朴之男孩卓志，女孩珂丽，生八个月，共称四十三磅八两。第二赏则司特里他之男孩茀来得立，女孩芙罗丽，甫一岁，共称四十九磅。第三赏马麻讷之二子卓志及卓安，亦皆一岁，共称四十四磅九两。葛林之妻一胎生三女，名阿弥、绿碧那、芙兰扉，一岁九个月。一乳三孩，是会仅彼一家，无与比赛者，于是国王特赏三镑。其称孩法，一小暖槅，凳下藏秤，坐孩于凳，秤之号码自露。

二十五日丙子，早晴，午后阴。外国气球船驶于空中，亦无十分把握，偶然失手，不免坠跌之险。气球公司现创一法，气球之下安一轻木架如船，架上置三木筐或桶，高二三尺，宽二尺馀，立其中可以四望。是船腾高，可至贤波罗礼拜堂顶，三桶当中者，立驶船人一，左右者可各立二人。乘船出游，赁值十日二十五镑，驶船人工费一礼拜五镑，用煤气四十五万方尺，合五十六镑，十日内合店费计之四人约各二十八镑。

乘气球船可以出游

二十六日丁丑，微晴，冷。伦敦救火，向用红油带轮高梯，四马运而飞驰，已属轻捷。然一梯虽高，救火人既不能齐上，亦不能即时分投各屋破窗救人。近用一长方木架，载以四轮汽车，较马车速率百倍。抵救火楼前，一二分工夫支起，横则括三玻璃窗，竖则与六层楼齐。架六层，每层左右竖两梯，梯各十六级，逐层连古米水管。支起则救火人竞先登，飞向出烟及人唤处，斧窗而入，扶挽舁抱。人或自行遁出，扶梯而下。救火人随于要处射水，

汽车救火速于马车

29,8,27

人不伤，火亦即息。是架用毕折叠，高与阔与公车同，法尤便矣。

二十七日戊寅，阴晴不定。西国百物，日喜更新。豪富之家，倾囊不吝，妇女尤好奢华，贸易中人遂多方怂恿之。昨阅新报一则云，现值隆冬，妇女之坐汽车者，车疾风劲，最宜轻裘以御之。今验各皮，或体重，或毛厚，鲜合用者。惟田鼠皮轻暖，妇女作氅拥身，坐车占地亦不大。田鼠皮每张长三寸，宽二寸馀，妇女一氅共须一百五十。皮之色纯绒厚，轻而软者，以苏格兰所产为上，每张值九本士十本士。如此传播，是本国之业成衣市皮货者骤开利薮。更有喜铺张之辈，不论物料之美恶，惟于人云产自某地为良者取之，以矜豪富。

贸易中人怂恿消费

二十八日己卯，阴凉。外国货物向禁伪造，今亦多方欺骗。昨阅新报一则，谓货与贴帖名实不符，即如“净棉”实系棉与麻，“净羊毛”实则毛与棉，“净丝”乃丝棉两搀，“青果果油”实乃棉子油。支因、布兰的、茴斯几酒名不同，颜色不同，实皆烧酒参杂。名称“中国茶”，实系印度茶；“真谋喀”（好加非之别名，详见《五述奇》）实亦常用之加非；硬皮鞋底仅系常用之皮或绛黄厚纸压成：人皆不易辨云。

商品亦有名实不符

二十九日庚辰，阴雨阵阵。现为暹罗、希腊、澳大里亚及南阿美里加各处之鸟翎，大包贩来伦敦时，先入老城内敏兴巷及克特乐街各行，拆大包，分头二三等，按品罗置长桌拍卖一礼拜，每日需六点钟之久。各翎为杜鹃、鹦

“鱼鹰”原作“鱼莺”

鹈、鸱鸮、雕、鸿、鱼鹰、鸵鸟、鹜鸟、孔雀之类。鹜鸟洋名“乌拉秋尔”，产于南美洲，羽毛似鸵鸟，惟腿稍短，人云昔土人每年必弋获四十馀万头，贩之各国，自有鸵鸟翎，鹜鸟生涯稍绌。即此可见外国妇女之饰帽用鸟翎者多也。

统计一日往来车辆

九月初一日辛巳，阴雨如昨。伦敦总会报称一日之内，辰正至戌正，往来车辆如自韦凌屯街至司特兰街，过货车六千九百四十五，坐车五千七百二十一，趟子车又名搭客车（洋名“敖木呢柏斯”，见前）四千四百六十三，脚踏车千零六十九，汽车六十，合之人家坐车计一万九千七百二十四。车之往来，巡捕拦阻指示，一日内共需三刻二分，足见车皆顺轨也。又骚桑屯路至霍勒赍街，共过货车五千五百六十八，坐车三千二百七十六，趟子车三千七百四十三，脚踏车一千三百七十四，汽车五十六，合之人家坐车计一万五千五百九十，巡捕拦指需二刻十四分。

初二日壬午，阴雨。英宫礼官世爵郭武立前日病故，今日卜路库地方出殡，同日午正二刻在司娄恩街中间堤呢的礼拜堂中唪经。午正余乘车至，见各国头二等公使并男女百馀，有奉君谕代君来者二人，坐与各头等公使一行。堂之大小形式，与他处无甚区别。届时鼓风琴，由堂后来二教士，领沙弥二十八，登台分立左右，皆黑衫白褂，惟教士脑后垂一黑面红里之三角Δ形头兜（雅洲西南之古装）。其唪念跪立，一切礼节，尚不繁琐。未初一刻即毕。

29,9,3

初三日癸未，阴雨。伦敦英国大银行，每晚官派营兵五十名，官一员，自十一点守护巡察，至次早六点钟止。武官入门，则通行如一营，各门钥匙皆归武官掌管。虽本行理事人出入，必须报知武官，武官执钥亲往，询明然后启闭。竟夜别有本行二人，同各兵环绕巡察，亦归该员所属。随时四面以接连铁棰敲石为号，苟有敲石声断续不接，武员又必亲去察验，盖恐兵之或睡，或患病，或有他故，致不能传响也。兵每名银行给一先作点心费，赠官一镑，美餐一顿，并许外招二友同席。此盖百年前郭尔敦作乱时事，至今不改，夜夜皆然也。 官兵每夜守卫银行

初四日甲申，阴。伦敦各家饭室，临墙必有石面橱柜一，随时放刀叉匙盘，以及加非牛奶杯壶各事。各物于冬季，尤宜煨之令温，厨灶稍远者颇不易。近班得街博爱铺新出一种电气小圆桌，用时燃置于橱柜石面，再以各物列桌上，自然留热至久。更有小茶桌连以电管，几人环桌而饮，其上杯壶亦自长暖。 电热保温

初五日乙酉，阴，亥正微雨一阵，雨后风。昨阅新报中一则，犹太教人司平尔出殡，正行间，巡捕忽接一致犹太教师之信，内书“敬陈者，适闻邻居司姓之死，系由其妻与寄居之人刁恶虐待所致，望详察之。马查木特禀”。即时呈官厅，次日巡捕就近访察，并无马姓其人，司妻及寄居者同供，不认信中所言。于是官定司平尔确系因病身故，其妻与寄居者无罪。夫人命至重，西人之待西人既已如是，待他族可知矣。 人命至重

初六日丙戌，镇日阴晴不定，入夜暴风骤雨一阵。西俗男子入门免冠，虽于茶酒肆亦然。帽置壁上横架，多人共一架，帽易误取，虽各有暗记，然一时不能同坐同起也。或于匆忙时，以其旧帽毡帽，潜易人之新帽高帽。近人于帽之内顶系一小铜铃，他人动则铃响，帽主闻声已知。

一女医生死于公园

初七日丁亥，阴雨，冷。居南堪兴坦区阔扉园席克满之女席芙兰，现年二十九岁，深求医学，考列高等，又善泅水，得有宝星，于敕建辅立医院充女医生，西八月十五日（中六月廿三日）午后由医院出游，至晚未归，数日无信。女父登新报，云女身长五尺九寸，强壮大脚，面色深红，眼珠深蓝，发棕色，着蓝裙，深蓝外罩，戴草帽，饰以黑缎，上插鸟翎（女医所服如此），有能指其所在赠百镑。继医院亦登报，赠加百镑，于今两阅月矣。前二十八日（西十月十八日）午后，有三小孩入黎池满囿中觅拾风栗，超入铁栏，一大树下乱草中踏见人骨，飞报巡捕。傍晚，地方官于尸旁悬灯支布帐。亥正外科医官及仵作至，粪除腐草树叶，尸已霉烂，身首两分，于碎布中察有减笔之女名、钱包等，并有贤安布兰之铜十字及泅水所得之宝星。距尸约十二步外，得一小玻璃瓶，内盛黑药水。其被害欤，抑自戕欤，若瓶中黑水医院察为毒水，则女为自戕确矣。女父与医院所许酬谢钱，闻将给拾风栗之小孩云。普他呢地方，席芙兰有至契之女友某氏，女友之父老且病，芙兰每至，皆于窗外作声，以免惊动老人。芙

29,9,8

兰失去第二日晚（西八月十七日），某氏女忽闻窗外作声，女仆出迎，门开无人，园中四至搜索不见，华俗必以魂笃故交为言，未审西俗亦作是想否。

初八日戊子，阴雨阵阵。泰西各国女多而男少，如英之苏格兰一岛，男女四百四十七万二千一百零三名口，男丁二百一十七万三千七百五十五，女子二百二十九万八千三百四十八。佣妇女工者固多，而作男工者亦不少，其在地方官署者二千二百零三，学教务者九百八十八，学律例者三十二，学医术者八千四百四十五，充教习者一万七千三百七十四，习格物化学者百零七，歌曲作乐者三千九百八十一，充女婢者十七万四千四百七十五，作买卖者一万六千零五十九，耕种者四万零五百三十一，五金工匠三千五百九十六，织纺十三万一千四百七十七，此外更有钱商二，船厂工人一，车夫一，泥水匠二，扫烟筒者一，在脚踏车及汽车局中作工者三十七，趟子车中卖票者一，充裱糊匠者一，代人租买楼房者二。如此，虽至苦至贱之工，亦须识字者。

各行各业女工人数

初九日己丑，晴。西国男子有终身不敢娶者，女子亦有终身不愿嫁者，殁后遗产有不分给戚友及本族本家径行施舍助善者。昨阅新报一则，麦伟朴者卜陆克街成衣总行行首也，殁后遗三十万八千八百五十镑六先八本士，遗书分与行中管帐及裁缝卖衣者，十年内每年每人由五十镑至三百镑有差。又有孤女卜丽姒存三万二千二百零九镑二先二本士，遗书分给教门赈济牧童会、教务会及犹太各教会

遗产不给亲人戚友

各二千镑，本洲及南美洲与各属地之各教会一千镑。麦之意在赡同行之侣，卜之意在虔心奉教云。

“施财”原作“财施”

初十日庚寅，昼晴，入夜雨。伦敦妇女竞为乐善好施，不能施财乃施力。如司丹佛街第百六十一号之贝克尔小姐立一助善局，每年函致通城各富家，凡男女老幼不用之旧衣冠靴鞋各物，愿舍者请先赐信，以便送筐定期用车收取。入局后洗净，再度其破烂大小，按式拆作，用以济贫苦男女小孩隆冬御寒云。

男女恋原作女恋男

十一日辛卯，阴晴不定。英俗，凡男女恋，两情投，订为夫妇，第一须购聘定金约指，此约指錾花嵌珠宝，价由十数镑至百镑不一。故凡男子见女子之手有此约指，知其已经定聘，无须设法与之交给，用沽情爱之名矣。女子得约指后，复亲交男子一箱为妆奁，内盛各种白布衫裤之类，衬以一种香草，名曰“拉文得尔”（此草固用以熏衣，而更含有使人恋想情爱之义）。迨入堂成礼之日，新郎又自兜中出一净金约指，由教师交新娘令纳之指，其錾花者入夜可去之，而此净金者乃终身不去，昭恩情爱情之诚。女之父兄于女将嫁时，亦可给一织就大花白纱氅，内衬蓝绿灰黑等色，花朵显露，光洁无比。氅之工价极昂，仅于新娘成礼之日服之，更有世代什袭者，如中国之垂珠钿子、上头花、耳坠、凤冠霞帔诸事。

十二日壬辰，早晴，午初阴，申刻细雨淋漓。伦敦妇女最喜畜犬，所喜之种类不时变更，卖犬为生者获利时有

蓄宠物犬以稀为贵

盈朒。即如四年前，伦敦以日本哈吧为第一，继则改尚比

29,9,13

利时之小耳犬。迩因一著名女优，有一手托小犬，因之通城富官之妻女，咸致书犬商，谓如能得此种小犬，愿偿八十镑或百镑，如其毛色新奇似古巴者，当偿以二百至三百镑云。

十三日癸巳，阴。西国于日用之饮食考察颇致力，防有搀杂败坏无益于人，然于富室所用未甚着意，奸商遂于此中设法作伪搀杂。如法人喜食田螺，卖者以牛羊马肺杂之，其壳另涂以油与软泥，壳中或实以鸡鸭之肝肺，称曰柏甘的（地在法国东南界）之田螺而卖之，食之者反觉适口。西国由地掘出之土伏（见《四述奇》），其整块者以番薯充之，切碎者则以黑古米或旧绸软皮等造之。鱼死则肉败，虽用冰块硼砂凉之，依然变味，乃以铅盐与矾土填之，皮外擦以石油质，再以鲜血涂腮，视如新出水者。西红柿酱多杂以红萝卜，胡椒末杂以干饼末，罕有考其所由来者。“胡椒”原作“胡菽”

十四日甲午，阴，酉初细雨。环球产物各不同，饮食使用之法，莫善于本地之人，既能品其味，而用亦得宜。即如加非，英名阔茀益，法名戛费，本产于亚喇伯（地在雅洲西南，西临红海，北接土耳其），土名戛卫，亚名戛袜，译乃酒也。西人和水烹以高壶，倾出后始加糖与牛乳，是仅啜其汁，如茶，如豆汤。亚喇伯人乃用  形小壶，至小者容两杯水，大者容八九杯，视所饮之多寡。先以他器煮水沸后倾满小壶，放以白糖三五块，置火上烹之。水滚糖化，取下入加非细末两匙或四匙，以匙搅之使

亚喇伯（阿拉伯）

煮咖啡法

和，再置火上，沸而泡起，取下以匙轻震之，俟泡落仍置火上，如是者三。至第四次泡起，则即按杯注之，俾各杯中浮泡沫；不加牛乳与糖，啜之如粥，如藕粉，如杏仁茶，色则浅红如高粱米，甘而香，不失其本味云。

十五日乙未，微晴。英国一种彩会，如中国之抓彩夺标。现当火鸡与菊花竞胜时，伦敦一种小会曰鳏夫彩会，意其因妇女不与会故名，人数寥寥。醵为筵，每人如干先，以火鸡为标。西人平日饮食尚白，此会则喜黄，桌布瓷器皆黄色，桌面饰花黄瓷盆插金菊，遍室燃黄蜡作菊花形之烛。酒食数色，牡蛎、牛尾汤、火鸡、碎番薯、烤西红柿、拌生菜、乳饼、乳冰、煨栗子、黑加非。夺标系食蛎子啜汤后，堂倌进酒毕，捧一金盘，盛计坐中人数之小纸卷若干，逐卷中藏号码，堂倌绕桌一周，坐客随手拈取。继则金盘盛一烧火鸡置之桌，盘之四围饰以金菊。厨子先按坐客数插白纸小号码于鸡身，客摊卷对号，堂倌依号割分各客，其得食鸡之胸背腿膊，肉多肉少，咸视坐客一时之口福。客既不知庖丁插某号于某处，而庖丁亦不知客所拈之卷为何号也。

抓彩夺标食火鸡

十六日丙申，早晴，午后微雾。闻前于十三日波斯国东北界之土尔什伊斯城突遭地震，男女死三百五十馀人，伤者尤众。其地制造花毡之局厂二百馀，陷入地中及震圮者一百八十四，仅得完好者三十二。是地东临阿富汗，北近俄罗斯，俄国遂派医官诊受伤之人。或云西国拯邻之谊，适为收拾人心计耳，然欤否欤。

波斯地震

29,9,17

十七日丁酉，早微阴，申初雾。是时他国果品来伦敦颇盛，牛心柿子一枚半先，冈榴极大味甘一本士，他如桔、李、梨、蕉、葡萄、苹果、芒果、桑椹、红莓、苔子，值亦不昂。闻由加那他来之苹果二十五万斛（英名卜什），日斯巴尼亚之桔子二万箱，义大里、扎美喀、喀那里、芙洛里大、澳大里亚来者共亦数万箱，一箱八十八枚，由九先至十先、十一本士；喀那里岛之蕉子（地在斐洲西北）一礼拜中贩来约八万枝，每枝果百馀，一枝由十先至十五先；日斯巴尼亚之葡萄亦九万箱，足征生齿日繁，食用日夥也。

加那他（加拿大）喀那里（加那利）芙洛里大（佛罗里达）

十八日戊戌，早微晴，酉刻大雾。伦敦于夏季花园敞地多打球戏，现值寒冬，于楼中作新法游戏以敛钱，名曰“霍克伊”，译为快乐。戏此者男女耦二耦三耦四皆宜，一长方桌面以白粉画截十一格，桌两端各一横格为赢标处，一曰红标，一曰蓝标。当中九格，缘边左三格中为蓝家，上下为红家；右三格上下为蓝家，中为红家；中心三格为局外地。人分红蓝二党，各执匙形小棍一，长约八寸。起首二党中一人掷一钱于桌面，随掷问彼党白，要头要背（头者王之头，背者钱之背也）？其猜中者先置小轻球一于局外地，以小棍设法敲入本党格中。球旋转间，他党争敲，冀入本格，既入格则他党不能夺。而此球要须缓拨令常动，至妥处即外敲，俾飞入对面本格中。一球如能连入三本格，末入本色赢标，中间不为他党人敲入他格者胜。

室内游戏之一种

十九日己亥，早大雾，咫尺不见人，午正雾散微晴，申刻仍阴。伦敦ABC加非馆（见前）通城一百五十馀，未嫁之女工不下二千，佣工日久，方能熟习各务，工价加增。什物处处得宜，洁而整，引人常饮。是工价费出自来客多，主人反获利也。然女长宜嫁，据云每礼拜内必有四五名辞工出嫁，届期行主赠女一嫁饼贺之，为常例。而屡易新工，利获日缩，上年计入八万一千镑，今年则仅七万七千镑，资本则十八万九千镑。

记ABC咖啡馆

二十日庚子，阴雾。昨一老人由瑞士南界玛日尔湖边阿斯扣那村来，名萨满森者，百六十九岁，健比少年。只云，近百年来，不食盐，戒饮酒，以为盐最伤身，损血气，败神智，酒伤胃，如能法二千年前古人之饮食，可长生至二三百岁也。其人衣服仿古，不剃发，不脱衣，足着皮带芒鞋，髯长尺馀，凉则卧屋中木榻，暖则仰卧由间，斯亦泰西之异人也。

长寿老人

二十一日辛丑，阴，冷。前十九日礼拜六（西十一月初七日）公举李吉为伦敦美尔，今日上任游街，自午初至申正，往来于极乐堂、法律司诸处，如去年礼，惟兵马随护稍多耳。酉正帖请本国大员、各国公使及新旧美尔之戚友在极乐堂晚酌。酉初二刻，余官服乘车至。入则两两执棍人引余登台见李吉夫妇，鞠躬握手问候毕，转立其左。至戌初一刻，男女来齐，陆续依序步入大厅。此次所列之桌改式，正中作一六齿木梳，左右两翼各六横，楼上则如囊式。统计坐八百七十三人，官场人多，而各国头二

新选出之市长宴请

29,9,22

等公使亦不少，是不尽李之善与人交，其兄固前任户部大臣也。一切礼节演说各事同前，有不同者，惟桌上鲜花红色，龟甲汤分稀稠两色耳。

二十二日壬寅，阴，凉。昨为西十一月初九日英皇诞辰也，现年六十有二。官署皆挂旗，贤翟木斯囿声炮四十一。凡伦敦台、文淴囿、埃典堡卫城、都法、查他木、阿得朔、坡兹茂斯、蒲蕾茂斯各海口之校场之有炮台卫所者，皆声炮，海口兵轮亦皆满挂花旗，作人字形。英王与后现住英兰东南诺尔福府之三丁杭城，太子与妃及各王孙以次咸集，祖孙父子共桌欢乐，同声祝嘏也。入夜大雨滂沱。

二十三日癸卯，阴，西初微雨。前日伦敦新美尔到任，宴客极乐堂，同日同时在老城东北买兰路大阿三步立堂中，招老城贫苦老幼一千五百人晚餐，闻有九十三岁老妪与坐。是举所费，除酒肉面包，茶叶用二百六十戛伦，墨卜蕾果（似黑桑椹，稍大）饼、糖糕各一千五百斤，苹果四万。食毕，公电致谢美尔夫妇及晒里夫等。又当日新任美尔代伦敦通城人民电祝王寿，国王复电，令代为伸谢城民祝贺之美意。

宴请平民千五百人

二十四日甲辰，阴而微雨阵阵。本街麻里贲小巷内第十二号老妪詹斯乐创售海参汤，因海参华产，华人喜食，昨送一罐请尝，将为长售计。余温而啜之，一罐足两盘，仅见鸡丁、蘑菇，海参已化为汤。海参本无味，汤中更无海参味，不知西人口中以为何如。值则每罐七先六本士，

英人试制海参汤

半罐四先。如不用罐，欲即时满盘上桌，须于四日前给信，合每罐六先。罐盛者十二罐四吉呢，十二半罐二吉呢。

二十五日乙巳，阴，微雾。俄国虐待逐杀犹太教人，由来已久。本年某月美总统心不忍，欲致书俄皇而劝之，先令驻俄美使通知俄外部，外部大臣力阻，以虑俄皇不纳为言，美总统不悦，美遂不满于俄。闻有俄国犹太教多人，将迁居于英属地加那他，每户先交一镑与彼处拉庇（犹太教师称，见前）为质。拉庇将所收之镑寄交住伦敦之拉庇，伦敦拉庇即寄还契纸一张，内言割与其人荒地七十五亩为产，每亩价作二先。其人收到契纸，再付一镑十先，统归地价三分之一；其他五镑，俟到加那他后，领地开垦，陆续交还（所以先收一镑为质者，因恐代谋成后其人变心不移也）。又由俄至加那他之路费，各户须交八镑。闻彼处有荒地一块，本为犹太教人属地，名奚尔什也。

俄犹太人移往北美

二十六日丙午，早晴，午后阴冷，细雨阵阵，入夜晴。前闻英兰北界诺桑晒府暴雨涨河，君王岩地淹一孩，尸无着。彼处有人自云，可用符咒缘河寻之。法以二巨面包夹两匙水银，送入河，顺流而下，多人缘河追觅，共谓水银中含有符咒，遇尸必止。面包浮数里，抵一处不动，因水至深，巫士云尸必在面包下，俟水浅时捞之。

符咒寻尸

二十七日丁未，早晴，午后阴。西人创物，不外水火轮机电气。近见新造一种唤醒带升火钟，炉中妥纳煤柴，

29,9,28

醒钟放于炉上或床旁，钟炉间通一古米管，内含关键。管连炉之一端，置有易于爆烈生火之物，连钟之一端接以小轮辘轳，钟鸣则辘轳转，自激火穿管至炉前，触于爆物，火自燃矣。预计某时用火，将醒钟时针指定，届时钟自鸣响，晨人未起而火自生，至便也。 新造定时生火器

二十八日戊申，晴，冷。华人喜以椒于火上烧焦，和盐为末，调以酱油黄酒，蘸食蛤蜊。入冬火锅，多入蛤蜊仁，大者名美人蛏干，皆取其味鲜汤热也。近因天寒，英人创一种热汤盘，名曰查苇英的什，乃一浅铜锅，左右有耳，下连三角铜架，架中置一铜盒，内燃火酒。锅内盛水，锅上别一铜盘似盖而下凹，盘边一长柄，以便取下置上。用时火酒烧水，水滚盘热，盘上作菜，外有叉、匙、漏勺、铁网、烙物器具诸件。每分至贱者一镑一先，所作之食物不知其味如何，姑记之。如一种鸡蛋饼，先放两匙乳油于盘，炸碎葱少许，俟葱变黄色，倾入两匙姜黄末，两匙白面，搅匀再倾入鸡末或牛肉末半升，肉末先泡以滚水，约炒十分工，即加牛乳汁两匙，熟鸡子片六个，摊炒合成一饼。别一种系炸蛎子，放乳油一匙，油化，倾蛎子十二，碎芹菜一匙，调以盐与椒面各少许，炸炒三分工，即倾入舍利一杯，再炒二分工，取出盛于瓷盘内，热食之味极鲜美云。

二十九日己酉，镇日阴雨阵阵，冷。义大里王维克多、王后爱莱讷于前两日同至法京游历，兼拜总统，昨日由巴里乘火车至法西北界什尔堡海口。是处车栈楼房悬花 什尔堡（瑟堡）

结彩，法英两国兵轮皆悬英法义三国旗，而英之“维克都里亚阿拉柏”御坐快艇尤华美。王后着褐色氅，手执雨伞先下车，王着将军戎服。下车后，英法水师各员口亲王后之手，并向义王行鞠躬礼。地方官呈王后石仙桃一束，束以义国旗之白红绿三色窄绦，绣以金王冕及 HR 二洋字，用表敬意。当王与后步入帷幄时，水陆兵左右排队，土人男女拥立，高声齐祝王寿。在内少坐，经英水师提督屠查与佛格引登御前快艇，官兵奏乐迎迓，其他各船亦皆鼓吹声炮。入夜，岸上船面，皆悬灯为白昼。英太子先由三丁杭驰回伦敦，午酉后赴坡兹茂斯海口，住世爵费什尔家，备迎义王与后。

义（意）王来访英国

是早寅初十分，快艇展轮，巳正四十五分驶抵坡兹茂斯海口，他船及岸上炮台声如雷发，兵奏义乐。午初英太子登船见义王与后，兵又改奏《天保君王》，义王着将军服，太子着二等水师提督服，故称曰“陆军国王”“水师太子”。太子见义后，免冠，深深鞠躬，接吻。继而他官男女参见毕，本地美尔立诵陈词一段，云“英义交结和睦，历来已久，又上年当我君加冕，曾有贵国兵轮驶至此地，颇快民心。今日驾幸此埠，人民不胜欢悦恭迎。此次贵王与后来拜我君，惟望今后两国友谊更坚，天下升平也”，遂迎入厅中午酌。既上火车，炮台声炮，军民男女欢呼，礼节与接法总统同。

未初十分开车，申初三十分抵文莎行宫。英君与后先由伦敦到此，俟于车栈。各处花彩悬结，车到卫所声炮，

29,9,30

兵奏义乐迓之。本地美尔立陈数语，义王亦以数语答谢之。二君与太子及宽诺公一车，两后与太子妃一车，缓行入宫。沿途男女欢呼，并有以义言“拉麻兜那台贝呢的喀”译为太太上天保佑（太太指王后，麻兜那乃英法言麻大木之变音）“自伊威欧”乃蒙坦尼格娄土语万寿，各辞祝者。 以黑山语意语欢呼

三十日庚戌，阴。清晨，义王亲至宫前苐洛墨尔堂中君主维克都里亚坟前献花圈。巳正，二君率太子及宽诺公各着猎服，坐四马大敞车，别一车载随人火枪，驰入文涊囿，取山鸡鼠兔之类，二后在宫中台上园内游。午初猎毕，义王植橡树一棵于山顶作纪念，复在柯兰班台上午酌，二后亦到，随同拍小影。戌正宫中暗膳，有文武大员命妇多人。

宴间英君立起言曰：“王后与寡人深喜于此老宫中接待贵王与后，会宴嘉宾。四十八年前，曾记贵王祖来此，为寡人已故母与父之客，恍如昨日。当斯时也，我两国交兵。多谢上天，我两国于今友谊敦厚，共乐和平。数月前寡人在罗马，蒙贵王及人民之优待，今何敢忘。明日贵王与后离伦敦时，自见我国人民交结之诚心。今举酒先祝贵王与后之福，并谢驾临敝地，再祝贵王与后、贵王族及贵国顺立兴盛，怡怿安康。”义王立起答曰：“贵王所述，不惟铭诸心，通国人民亦皆念念不忘也。其事载诸史记，既使义地各邦联盟，英亦因而日强，更使两国人民因而和睦。义人立为世传之言，义廷亦为治国之一大典，与贵国 两国君王相继致词

感化和平同。多谢寡人与后蒙贵王与后之爽快优待，此老宫载诸青史，贵老后之圣容及前代之盛物，观之无不令人生感。今特饮祝贵王与后及各王族之福”云云。

因义王之来，同日酉刻，文慫美尔石步蕾夫妇在极乐堂招宴义人之寄居伦敦者，专觅义厨，仿义式，随食奏乐。食毕，美尔立祝义王与后之福，义民欢呼万岁。食毕，义民男女六十二，公电文慫奏闻义王，谓蒙文慫美尔赐食，恭祝我王之福，敬请王安，西人之敬其国主如是。

言西人皆敬其国主

光绪二十九年十月至十二月

十月初一日辛亥，晴。巳正三十分，义王与后乘火车由文恣来伦敦。未初，英太子与妃并宽诺公与夫人率二郡主同乘火车来。午初，义王与后到帕丁屯火车栈，经义国驻英公使及英坡兰公等迎登御车，驰走伦敦街、海岱囿至格娄伍诺坊入义国使馆。英、义文武各员谒毕，复登车走班得街至敖斯佛街交道口，有霍勒赍、帕丁屯、马立本三区美尔会诵祝词，义王答谢数语。前进而东，过多丁杭阔路至霍勒赍交道口，义国寄居之幼童男女百馀鹄立，欢呼万岁。再走蟾色狸巷、牛盖街，未初三十分抵极乐堂。 意王与后来访伦敦

下车入门，御前红衣吹号筒者两两前引；后则本城马尔沙、晒里夫、阿得曼、考满讷尔各员，皆着古制长氅，戴灰色假发，项围金练，手执木杖，列伍先行；次则英太子与妃，又次则有捧长剑、举金圭者，末为义王与后。转入书楼正面台前，各人止步，义王与后登台向美尔夫妇及

左右各官命妇点头为礼。既而美尔扶义后，义王扶美尔夫人，缓步入饭堂，同坐中正面。英太子与妃及宽诺公夫妇，并二郡主玛戛蕾芭蒂夏与他文武各官夫妇，左右依品分坐。桌式亦作梳形，正面一横，下列二十六齿，共坐男女八百。

食间随经傧相（英名额设尔）高声一呼，令人静坐勿言，众坐而依然高声欢呼者，循古礼也，表欣悦也。食毕，第六座之阿得曼捧一金匣，内盛美尔所备诵词一篇（此篇非纸，乃羊皮一长方，饰以金边，裹以彩缎，写字其上，为其永存不朽也），举交美尔，美尔受之，深鞠躬双手递义王。其词之大旨，亦叙及四十八年前王祖埃麻乃之来英为始，至今两国之友谊，永宜敦好等语（盖当时义大里各小邦分立，尚未成一大国。埃麻乃本为义国西界萨尔的呢亚岛王，后经英以兵力协助而成者）。美尔立陈数语后，义王乃立答一段，大旨谓深谢英人之优待，并叙感记四十八年前，英助义之各邦合一，归为自主，义人至今不忘，两国友谊和睦，自当永世无更云云。言之感人心曲，为众所喜闻者，词毕人皆欢声称赞。申初一刻义王与后辞出极乐堂，有英太子与妃、宽诺公与公夫人同随，乘车走君主维克都里亚街、太木斯江畔、马军校场、格娄伍诺坊、海岱囿角、维克都里亚门，申正十分至帕丁屯火车栈，即时登车，申正二刻抵文淴。

金边羊皮上写颂词

萨尔的呢亚（撒丁岛）

伦敦城内，自数日前，于今日义王往来必由之路，缘街左右每隔十五步立棍一对，高几二丈，上饰金顶，下裹

29,10,2

红绿绸，二棍间连以大朵假花一串。街中各电灯架亦裹红白绿三色绸，意仿义国国旗也。缘途左右各铺，插英、义国旗于楼顶门前。义王将过某街，一小时以前，即禁闲人来往，洒地以黄沙土，缘街左右排立兵官护卫，共官六十四员，兵一千八百。极乐堂中装潢甚华美，正面一横桌，金瓶插鲜石仙桃英名“敖尔池伊”者，已四千馀朵；其他二十六桌，陈玫瑰、菊、茶各花，亦九千馀朵，共值逾三百镑云。所有用绦之处，亦以红白绿三色，用符义旗，以昭敦睦之意。

红白绿色意国国旗

初二日壬子，阴。巳正二刻，英义两君及太子与宽诺公皆着皮衣，同去六洋里外，顺倭直呢亚湖水登马诺山中打猎，获得山鸡野猫若许，共载三车。猎罢齐入湖边千总魏莲池家，楼房小而洁，两后先到，同在彼少坐，乃入钓鱼台午酌。食毕还宫，宫中设晚宴，器皿皆金银。数日前在宫旁槐达店，设爱尔兰土货场，昨英君偕后及郡主以下各买多件。因义后无暇亲往，经各货主辐辏千镑之货，送入宫中，义后择购绒纱小人玩物之属多件，价值未闻。

两国国王同往打猎

初三日癸丑，阴。巳初英太子送义王与后乘火车前赴坡兹茂斯海口，英君与后陪至车栈，左右立护军队伍。马车到时，兵奏义国国乐。将上车，二君握手殷殷，两后话别亦颇恋恋。车开，英王向义后免冠，乐改奏《天保国王》。午正至彼，下车即登英“维克都里亚阿拉柏”御船，英太子辞回。义王与后发电文谂，致谢英君暨后。未初展轮，申正一刻驶抵什尔堡。戌初上岸，登车即开，约明晨即抵罗马云。

餐具值百八十万镑

初四日甲寅，阴。闻昨在文捻宫所备御用足供百四十人晚餐之金盘碟碗各皿，共值一百八十万镑，就中三百六十汤盘亦万镑。皆盛以铁柜，置于卫拉斯王台下。又义王将行，馈英后及赏赐宫内外各官宝物如钻石、襟针各物甚多。英后赠义后笨狗一条，遵西一千八百四十年老君主之法也，凡贵客之来住文捻者，旋时皆自御养狗窦中择一条赠之。

牧羊犬

初五日乙卯，阴。昨英后赠义后之犬，英名库力，性颇灵。西国牧童多用以守羊，毛稍长，色则为黑为白为黄，身小而足短，北京谚语所谓板凳子也。苏格兰牧童逐年定期开赛狗会，择敞地以木棍两两插土成折路，放一羊于前，人言欲使此羊自某路至某路，末则转至某处。狗依所示，驱行遏转，能使羊走遍而不差者胜。狗既获彩，人亦得名。入夜阴风怒号，窗槅皆鸣，尚不甚冷。

世家女来信给孙女

初六日丙辰，阴。伦敦有一助善会曰小孩晚乐会，英名“池得伦斯哈庇伊伍宁斯”，会首为太子妃，协理者首为哲尔奚伯爵夫人，而与会之世家妇女甚多。每年一季，募小孩玩物若干，于耶稣复苏节分送小儿医院及育婴各院，是晚分给各孩以悦之，会以是得名。两月前有前在哲尔奚夫人乡间茶会所遇之世家女瓦尔得者，致信孙女佑英，谓“本年会中拟集各种小布人，如尊处携有是物，祈赐一二，置之会中，不胜荣耀”。余因无是物，令孙女答以愧未携有布人，届期当奉赠些须华物，请送入会中转

29,10,7

售，用代小孩玩物。前三日送去折扇、手帕、挂镜、荷包等件，瓦即来帖请于今日申初赴庇喀的里街之巴斯蒿斯店，看所凑集之布人。申刻，余携孙女乘车往，楼颇宏敞，老幼妇女数百，甚拥挤。见瓦尔得小姐后，引看各间，见横直长桌排列各国男女老幼大小布人，共计一千六百馀，皆瓷头手脚，绸布衣裤，绸草小帽，工既精巧，五彩鲜明。看毕至他间，奉饮加非一杯，辞谢回寓。

小布人共千六百馀

初七日丁巳，阴。华人谓沿海深山大川多瘴气，宋陆游《避暑漫抄》谓岭南或见异物从空坠，始如弹丸，渐如车轮，遂四散，人中之即病，谓之瘴母。按：华人之赴滇黔台湾因瘴而死者有之，咸以为溽湿之气与腐木枝叶郁结而瘴生，人嗅之致毙，惟吸淡芭菰、饮高粱烧者或免焉。近日英医多人谓，察是疾非因山水厉气，乃由蚊啮皮肤所致。其受瘴患寒热，有日日发者，有隔一日或两日一发者，因蚊嘴所喷之毒不同，有日日涨发之毒，亦有一日两日后涨发一次之毒。据云罗马某处，凡外人至彼，即患瘴气，三四英医特于其地造木房一间，因苦炎热，嵌窗不用玻璃，而用铁丝密络如纱；引凉风纳空气，以阻蚊入。日出方出门，日未落即入，因蚊觅食以暮攒集也，居数日无患病者。又一人于是地捉四蚊于瓶，抵伦敦，乃于众人前故伸其二指入瓶令蚊嘬之，蚊嘴入皮不深，其人尚连病多日。统观各说，似凡瘴疾皆为蚊致之明证。向在香港，中外人多患瘴气，近年洋人多迁居山上，凡近室之水池小河，皆倾煤油少许于水面，使蚊虫无从出水，故至今香港

瘴气乃由蚊啮所致

患瘴疾者，仅山下之华人云。

初八日戊午，阴而细雨阵阵。闻德国舒恩堡瓦丹堡邦王爵鄂乃斯之妃阿丽姒，年二十七岁，为日斯巴尼亚宗族卜尔赍之第五女，前于西一千八百九十七年在维呢斯城（地在义国东北临海）成婚，由彼移住得蕾森城（在德国萨克森邦之东北界），去岁西六月生一子名里欧普。妃与车夫义人马特呢最善，忽于西十一月九日（上月二十一日）出门，渺无踪迹，车夫亦同日不知所之。妃姊爱维腊于数年前亦与画师义人佛池伊私奔。此类事一二国之上流人尚不免，特为者少耳，下此则学养子而后嫁者多矣，然罕闻有本夫与情夫起冲突者，中外妇女教养之不同也如此。

一王妃与车夫私奔

初九日己未，镇日阴雨，冷。闻喜柏得隆杂剧馆有粤人程连苏演各式戏法，遂预购入场券，戌初乘车往观。计十四场，有曾看过者，亦有平平无足录者。惟一法人名安那的，背立台下池，台上横一长方黑木板，宽二丈，高五尺馀，旁立一人手执白粉块。乃请坐客随意各说五数，众客言毕，始以白粉一一书诸板上，横得五六三十数，竖得五五二十五数。于每二十五数下，台上人先为之加成，既令安先一一背诵，后则叠加，六段陆续述加毕，又统加成一总数，无一误者。复请坐客信口问以某年月日为礼拜几，安答之如响，问者数十，余不知安所答确否，以当时无书可检也。惟令安再背诵板上各数，仍毫厘不失。其心之灵，脑筋之强，苟非生成，余愿得其术，以疗愚钝。

程姓粤人表演戏法

29,10,9

又二男二女，兄弟姊妹，年皆二十上下，姓哈尔维，演走絙技，往来行走跳舞，单腿顺进倒退，双腿平伸，坐于绳上，弓腰俯仰，如在平地。一人名武铎，演海狗水獭戏，于台正中悬一障眼画，如在船上，武铎扮水师武官，别一人扮水手。海兽共八头，各伏于一白圆木墩上，令其作乐，击鼓吹号，敲铙钹，吹喇叭。武铎作工头，举棍指画，声调亦谐。既令其吸烟卷，以嘴及两翅挐弄大小古米球，随弄随抛。饲以鲜鱼，皆张口而接。有时应饲不饲，兽则或打鼓，或吹号，或两翅对敲，如人鼓掌，呜呜作声以讨食。通场约费鲜鱼百尾。 海兽八头击鼓吹号

又演一英商自坐屋中炉前吸烟，其旁别置三椅，炉上镜边张一帖曰“自由商”（英言蒂立特蕾大），意谓天下各国皆可来英贸易而得自由也。其人正坐间，突来一他国人，与之握手问候毕，坐对面椅上。二人正话间，又来一别国人，与之握手问候如前，坐其旁。如是陆续来四人，皆他国者，竟坐尽其椅，致其人无座而立（按其义所指，屋者英也，四人者四方之商也。前后咸来英国，因英人和睦，毫不拒绝，致将英商之座位概行占去也）。乃于镜边改一纸曰“公平商”（英言费尔特蕾大），后来三英人将四外人拽起推出，四人分坐各椅。观者多人，击掌称贺不已，盖谓英人须将外人逐出，自行贸易，方为公平也，此剧盖本之章伯纶在各处所演说者。 演剧宣传贸易保护

又二白脸小丑，一名贝苓，一名高柏，二人戏于池中。贝苓手执一石板，旁人问此板何用，贝言伙计高柏颇

能猜数，如写一数于板，余拍其头，即能答所书之数，请尝试之。旁人伪虑其窃窥也者，帕其面，始以白粉写数。贝至高身后，以板三拍其头，问之，答曰三，出石板示众数果三。旁人佯作诧异状赞之，贝言可再请客中一位写数试之。池边一男客接去，书以四百三十三。贝见其数，惊讶无法，乃云“谢谢，感激之至，感激之至”，抱石板至高身后连以石板敲其头。则喊大痛，抱头鼠窜而去。旁人问伊，何以不答而去，高言数本四百三十三，吾只得敲其零数，彼已遁矣，下馀四百正数，请足下代捱之何如。言毕哄堂大笑，客皆击掌。继出三黑羸，骑而绕池驰驱，羸则跳掷作不欲被骑状，殊可笑。

台上高悬天官赐福

演华剧时，台正中悬“天官赐福”四字，左悬孔子像，右悬关帝像，高皆盈丈，五彩簇绣鲜明，中置八仙桌二，前系绣花红围。一班四人，三男一女，献技者仅程一人。桌上一木斗满盛锯末，将棍插入，示人以内无别物，继而倾出，则活鸭三只。又以瓷花盆二，向人举起，空空如也，既手执一纸筒，形如帽筒，两头皆口，人视之通无物，纳之盆中，随即取起，生白菊一丛；再纳之第二盆，又生黄菊一丛。剪花以二巨箩承之，管座妇分送各女客，见萼下系程小影一幅，周仅寸五。复吞纸火三十馀卷，白棉一盆，吞毕，口中出烟，随于烟中取绒绦一缕甚长，纸条一堆，雨伞一柄，二尺馀木棍一。又取金桔一玻璃瓶，长方玻璃匣一个，分置左右两桌，以木筒套瓶，转瞬间匣中金桔满，去筒视瓶，瓶已空。其他如套钢圈、舞火球、

29,10,10

取盆水各戏，与都门同。演毕，台上忽垂红毡黑绒字条六，长均丈五，宽各二尺，字之点画刻作甚工，其文则《天地元黄》一篇，不知是何取意。子初回使馆。

演毕挂出天地元黄

初十日庚申，阴雨，冷。辰刻率诸参随向北恭拜圣牌，行三跪九叩礼。酉正公宴，楼上下共列十二桌。闻近因英王喜爱一种黄色小鸟，洋名"堪那立"（即北京俗名之碧云鸟），价骤翔贵，据云所值之金，较鸟身重加数倍。其至贵者为头起盔羽，长遮两目，值由十五镑至四十镑，因其不易孳生也。虽秃头无盔羽而鸣声可听者，亦由十数镑至二十五镑。饲鸟之法，由日斯巴尼亚贩来辣椒胡椒之类颇多，以备添拌鸡蛋之用云。

十一日辛酉，阴，冷。西国向有风雨表，近经英人复创一至俭至简之法。洗净酱菜玻璃罐，满以凉水与肩平，一长颈锥把形玻璃瓶对口倒置插入。土润而雨水不入瓶口，稍润，水上升入瓶一寸，清爽不湿，上升二寸，晴则升三寸几至水边，常晴不变，升四寸过罐肩矣，屡试屡验云。

十二日壬戌，阴，午后微雪一阵。西国各式新报，罕有自贬而美他国者，且每多保护国民，鼓舞之振兴之。如迩来华茶贱，而英人印度所种之茶，运至伦敦价乃加倍，遂致购用华茶者居半。昨见《日日新报》一则题曰"茶末灰尘"，据云：

报纸攻击华茶不洁

"华茶不洁，多夹尘之碎末，已经各国拒之矣。伦敦人买一先一磅者，以为良茗，苟经善鉴者一嗅，即知为华产，是茶第一杯其味辛，再则色淡味亦淡，虽云费省，实为多费也。俄人贫而贪，更欲色味浓厚，首尾如一，故今已改饮印度茶。印茶一先半或一先八本士一磅者，价虽略贵，而味色皆耐久。夫华茶之所由贩运进口者，因英无美之禁用脏茶例耳，然医病之法，主权在我，尚望司其事者察之”云云。

由彼之说，是仅欲茶味浓苦，茶色黑红，未读《茶经》，不能领略其趣。夫印度茶余已尝之矣，色不黑而味甜辛，入咽使心头作恶。且西人暴饮，不知细品，泡以死水，烹以火油电气，香味已失，加以牛乳白糖，茶之本味亦去矣，亦何辨乎是茶非茶耶。

十三日癸亥，阴。伦敦善士恐幼年孤贫子弟只身外寓，易被引诱，乃公议于司铎魁路第四十二号起楼五层，名曰印格郎寓所，俾有安居之地，得免为非。楼每层卧室五十二，洗浴房四，通可居人二百零八。楼下头层有书房、饭堂、吸烟廊、打球房，中间大厅操体奏乐处，外间并有抛球踢球处。建造费除各间陈设器具外，共用三万镑。赁价分三等，每礼拜自七先至十三先。昨日先经洛柴得尔大牧师落第一块基石，其房甫兴工时，即有预赁者六十馀人云。 [八述奇卷八终]

光绪二十九年十月十四日甲子，早晴，午后阴冷，见冰。英兰、苏格兰向为两国，英称南卜里敦，苏称北卜里

苏格兰入英之历史

敦。至西历一千六百三年（明神宗万历三十一年），因苏王翟木斯第六为英君主伊里斯碧姒之侄，迨君主将薨，乃

29,10,15

许其侄翟木斯第六兼主英兰，改号翟木斯第一。其后将及百年，当君主阿安之世，官民以两国一主，莫若连合为一，遂合南北卜里敦称大卜里敦，是为现在英国之本名。彼时仍各立议院，各守律例。数年后，以为既成一国，彼此议事办事两歧，非合一之大体，苏之议院遂并于英，拟定苏之世爵入上议院者十六。然苏之世爵颇多，年年散聚，不利公举，乃定每更换时世爵集而拈阄，得者入焉。 卜里敦（不列颠）

十五日乙丑，阴，入夜风雨交加，极冷。西人不尚巫术，近闻伦敦新出一卖卜人，佚其名，着补花阔袖大氅，如中国古装。又如道士屋之承尘，挂古油灯，地置一椭圆桌，一端立二烛台，台前一五色深浅十字签筒。英人称其术曰“布拉喀尔他”，华言黑技也；呼其人曰“斯易尔”，华言预知者也。人问卜，彼即燃烛恭举签筒，取出杂色十字签，横布于桌头；再交来人马掌形磁石一块，令以右手执之。三分钟后，使己之吸力压下石之吸力，则于一横十字签上面顺挥一过，吸起其签，即按其签之色断之。如吸起淡红色者，卜者乃将此签列于十三签之首，往来筹算数次，而后告曰：“以此色之签观之，如欲身体康健平安，衣须以深蓝为主。再将此中一十字签盛以锦囊，佩于衫袄之间，有益无损。如遇外人附己，凡事如意随心，须头戴碧玉或身佩之，必当有验，如得深蓝宝石尤妙。”闻逐日问卜者络绎不绝，妇女居其强半云。 卖卜之人

十六日丙寅，阴冷。西国妇女尚细腰高乳大臀，自幼束腰以绦带，且围有腰兜作 形，英名“阔尔塞他”， 女尚细腰高乳大臀

乳小则于铺中购纱棉制成当乳，凸出之抹胸服以壮观，他皆类是。男子亦尚挺腰高肩以表雄壮，腰不直暗用妇女之腰兜，肩不高令裁缝以绸棉作二勺形之袋覆于衣内肩上。

十七日丁卯，镇日黄雾迷漫，咫尺不见人，未正已燃灯。街市左右向来不用之煤气灯，亦皆点起，以利行人。西国于物之无益于人者，皆设法改制，虽生成之肢体，苟为其人所不便，亦整理之。近闻英人有以手肥指动不若人者，医家创一法，自配一种沃颠香膏油，料用无多，系格里赛林（一种白水，嗅之无味，尝之稍甜，杂于酒水中即化）一百格拉木（每格拉木重二分半），干胰末五格拉木，干碘碱末十格拉木，苦杏仁十五格拉木，四药和一则膏成。洗手毕，二手搓摩十分钟，手热，即以指蘸少许香膏油擦之，一点钟后用温水净胰洗去，再以克伦香水抹之。洗治月馀，易肥而瘦，据云是方颇验。

手指减肥

十八日戊辰，镇日阴雾，冷。伦敦向有一种以甲字形拍子打球戏，名“蛮台呢斯”者（详见前），现改用八角手鼓，因鼓之四围有小钹，追击皮球，敲鼓摇钹，逢逢锵锵，胜于拍子，夏季戏于园囿草地，尤觉耳目一新。八角手鼓英名坦柏尔，因改是戏名曰坦柏莱娄，译为羯鼓。

十九日己巳，阴雨。西国汽车速率极大，妇女喜乘，且欲其轩豁。车敞而行疾，空气阻力骤加，致人呼吸不利。由是铺中创制多式傀儡，饰以彩绸，目前罩以玻璃，戴于面上，俾面不为风力所砻，呼吸较畅。其价竟有一镑至三四镑者，而妇女购用甚多，亦商人求钱法也。

防风面罩

29,10,20

二十日庚午，阴，酉刻细雨阵阵。英国南洋属地婆罗洲岛，英名柏呢欧，其北界文莱等处之商头世爵翟色，今晚于赛西店约客晚酌，数日前折柬来邀。酉正二刻余乘车至，入前次赴饮之大厅。此次桌式一横七纵，当中稍短作形，共坐人二百四十六。翟色坐于横桌中心，坐余其右，首座也。老幼各世爵文武及文士商贾诸客，皆曾经东历雅洲南洋各处者。桌上密列金银菊花玫瑰各品，器皿华丽，肴酒鲜芬。餐毕，齐立起举杯恭祝英王之福。正桌对面一小方台，上坐六女作乐，亦奏《天保国王》。既而惠客柏呢欧加非一杯暨大烟卷一盒（共四枚），彼处土产也。遂息烛演射影灯，皆本地风光也。土城名三达堪，河名帕大斯，激湍丛绿，竹屋草堂，大与新嘉坡相似，土人身黑如漆，亦苏鲁三岛之一种也。华之工商现约四万，然画中所见皆苦工耳。看毕燃灯，复有多人演说，不过国家之福，商民之利，赖众精能，日增月益云云。子初始毕。

射影灯演南洋风光

二十一日辛未，阴。昨见九月二十一日《中外日报》一则《说奴隶》：“蓬发垢身、食秽卧土之民，奴隶也。摘句寻章、怀挟就试之士，奴隶也。下吏鞾足手版奔走风尘，大臣匍匐宫廷承顺阉寺，举奴隶也。”考其所论必误于“民主之国人皆平等”之八字也。天下文化各国，孰无君臣、民丁、士子、兵将、主仆之分？苟谓民主国人皆平等，何其总统至他国，而举不以待商民者待之？商民至他国，而不以待总统者待之？国有总统，文武官员谒之以礼，士农工商谒之有礼。人之于官长，兵之于将帅，仆之

批驳人人平等之说

于主人，尊卑之分，罔弗以礼。于是学术裕者，为官为巨商；下此，则为兵、为农、为匠役。上流社会中人，以学业深浅分显晦；中下社会中人，以身家富贫分主仆。是皆民主之国，有上下之分之明证也。其所谓人皆平等者，不令藐视欺侮之谓，是又各国人民之公例也。又云“奴隶之习，五千年培之，岂能一旦脱之？惟愿此后无贱丈夫焉，人人加勉，或有蜕化之一日。”由后之说，是舍其国之所以为国，而自比于傜俫生番也。如此变更，不奴隶于本国，恐将奴隶于他国矣，噫嘻！

二十二日壬申，镇日大雨，入夜晴。中国罪犯画供，间用指印，谓之斗记。印度不惟用此法于罪犯，凡官场雇用之仆役，辞去时必留指印，防其更名别觅他差；其人得恩养终身者亦留指印，防其人故后戚友冒领。闻迩来伦敦苏格兰院（详见《四述奇》）亦仿此法，男女窃犯销案时皆留指印，印时人为涂墨，引其手而印之。人多指纹不一，分为四大种以便考察，曰半圈，曰绕圈，曰小环，曰凑圈。昔时牢狱皆留罪犯小照，一二十年后再犯案，面孔改老不易辨认，加留指印则一生不能变。

“斗记”应是“斗箕”

二十三日癸酉，早微晴，午后阴雾。闻英皇幸爱尔兰时，在宽乃玛拉地方，一日微服独步至林南村，稍倦，入一草舍憩焉，有妇曰马娄呢者洁椅请坐。王见其椅削薄，恐不胜其体重，游移间，妇言较阁下体尤伟者曾坐此椅。王笑问曰伟人为谁？妇曰鲁堤南侯，实我国之名人也。君曰我颇知之，然我为国主，较渠不尤重耶？妇失色，鞠躬

王入农家所坐之椅

29,10,24

求恕。因遂久坐，细询民情。君去后，游人入草舍以得坐君椅为荣者旦夕接踵，妇亦因之获利。

二十四日甲戌，阴雾，极冷。闻世爵夫人侯朴，现拟在上柏棵蕾街设一家门会馆，洋名“侯木克勒布”，凡老幼男子充当仆役之无家及业佣无工作者皆可寄居，床椅、饮食、书籍、打球器具咸备，无异居家，更免流离在外，惟耽酒赌博及匪言恶语必禁。

二十五日乙亥，阴。尝思吾人之喜学西国之天文、地理、格物、化学等，必待精纯，确有把握，方可传教与人，抑或笔之于书；至其道听途说者，尤须再思而后说，以免贻笑于人。乃昨见《中外日报》一则，谓考上古神洲之地有三大种，最北为荤粥族，中为华族，南为黎族。荤粥系在白零海峡未断时，由美洲红种分出；华种则从巴比伦而来；黎族与南洋马来人同种。按：谚云，天下四方，有地必有人。夫我中土，堂堂大地一块，为天下五大洲之至大者，较南北二美洲大皆加倍，较欧洲且大加五倍，虽斐洲比之亦大折半，岂自古无一土著耶？苟按所云，则中国人皆外人之流种矣，何不自料如此。虽云巴比伦与马六甲皆在雅洲，然较内地极远，且中隔大水高山，至今巴比伦与马六甲依然蛮貊，不如中国之文化。如果系该二种之流族，中国之文字语言究当有所相同，何竟一无相类耶？至北美洲之红种，现仍腰缠鸟羽，更不必言矣。惟中西士亦有言及民之初生，由黄河岸渐次散而之四方者，其言尚属有理可信。 驳中国人种外来说

腊典（拉丁）

二十六日丙子，早微晴，午后雾。伦敦卫斯民司得大教堂旁之贤皮特腊典文学堂，每岁冬季择聪敏熟学诸生演戏一出，请人评其腊典语言，所以励其学张其能也。此戏余于二十年前曾观一次，前数日学中提调具柬请，云十二月十四日（即今日）礼拜一及十六日礼拜三演腊典小戏，恳请赏观，务于酉初二刻前先至教士院第十九号敝寓，以便接待。酉初余乘车至，入见其夫妇，并二三的音教士。少叙，同入学堂，坐于台前第一横，计客男女约三百人。

演古希腊阿三故事

所演乃三百年前希腊京城阿三故事。一商名查尔迈者，因其子赖斯柏呢克司年幼奢侈，拟再出外贸迁数月，冀稍获利，用以赡家。濒行，浼其友喀里克照料子女，并告以家中某屋地下窖有财宝。查行后，其子依然浪费，至无馀资，欲售房产，喀里克佯买之，以免窖财归他人。喀友马戛娄乃兹责其私匿他人财物，喀里克乃掘而暴之。巨商法伊勒投之子来喜太欲娶赖妹为妻，赖辞以贫苦无妆奁，既以卖房故得有存项，遂允许。其家奴司他奚莫斯闻之哭诉，谓如此恐我主仆当皆饿毙，乃设法以言劝止两人寝其事，不果。盖来喜太意不在妆奁，而赖斯柏呢克斯亦愿嫁其妹，乃终被法伊勒投辞却。二人无法，然仍各怀嫁娶之心。既而喀里克立意从中调停，乃商之赖，将地宝掘出，阳为其父由外寄来者。一日查尔迈归，遇一邮寄人于门外，询之即执假信寄银者。正诧异间，见司他奚莫斯从酒店出，乘醉将卖房、掘藏、结婚、困苦事，继陈不遗一字。查尔迈闻之，气结欲仆。正喧哗间，喀里克开门出

29,10,27

视，手执铁铲，正其掘窖时也。喀为查细述其由，查大喜，始怒其子，既认来喜太为婿，并定喀里克之女为媳。

通场仅八人，装扮老幼贫富，态度颇好。衣冠半似埃及人，皆赤足着皮底皮带鞋，光头着白氅，斜披花绸一缕。其氅年老者及足面，年幼者逾袴。贫者宽袖短袄，腰结粗带，发不剪而卷垂脑后。台正面悬阿三图一幅，遥望楼房皆白色，式如泰西，惟花木稍异。其服色装饰，多与西国教门画轴同。念白不唱，语极纯熟。演毕，男女客均回提调寓，入门乞书名于簿，遂夜酌，余与提调夫人及教士六人一席，其他男女廿馀环立一大桌，仅备冷荤、红酒、生菜、面包数色而已。食毕谢归，时及子初。

演员语言极其纯熟

二十七日丁丑，阴。西国天主诞节在即，各加非点心铺鬻李子圣糕，闻莱屯街查朴曼铺中，一月之工造糕一，高四尺，周六尺，重一千斤，饰以金花五彩，不知工价若何，亦不知何人定造者。

二十八日戊寅，阴。西国妇女喜畜类，如金猴、银鼠之属。昨柴勒屯坊设老鼠会，会首牛瓦小姐，共聚老鼠六十馀，多人珍赏。其色不一，黑白，斑白，金黑，皆极净洁，亦皆驯熟，有估值半镑及十镑者。

二十九日己卯，早大雾迷漫，白昼燃灯，午后雾散，仍阴。与内子论及西国妇女着衣梳发之式频改。余三年前在伦敦时，妇女衣作耸肩，去岁到此，见其衣之两肩低平。至夏间忽其袖半仿日本作 形，如喇叭，其袖则由肩至肘，依然缝紧贴身，由肘至腕渐宽至八寸到一尺；时

与内子论西国女妆

值酷暑，以为彼宽袖纳风招凉，比及隆冬衣毡绒衬以皮棉，而袖仍前式，盖随时派耳。其发昔皆上攒作髻，发之短或少者，垫以假发一团，或覆以假髻。现改落平作饼，或圆或半圆，或作三出或四出梅花，有出头寸馀者，或左右垂下至耳，或脑后垂下至颈，种种不一。发之不能依式装梳者，铺中特售一种假发，形作圆圈，可大可小，发有长短，色分黑黄，价则由十二先至一镑不一。用法前藏发内，后兜发外，前者后拢，后者左右分挽，任作各式。故现时新报有云，妇女不利脱帽，防露假也。

带孙女赴小孩茶会

三十日庚辰，阴。赫乐彬宫保之夫人为其孙设小孩茶会，会开于申初，收于酉正，日前来约，遂于今日申刻携孙女佑英一往，见赫夫人及其女媳。幼童稚女陆续到者四十馀，或其父母携带，或其兄姊携带，或止女婢随从者。楼上跳玩一场毕，下入饭厅茶点，复登楼鼓琴跳舞。各执花扯爆竹数枚，互相拉扯，澎扒震耳，五彩花纸飞满地。随令仆婢扫净，众孩复阵阵跳玩。乃随时分赠诸孩玩物，大小多种，并有糖果糕点各食物，酉刻谢回使馆。

十一月初一日辛巳，阴。伦敦土俗，亦有恰遇何物及佩带何物，意主吉祥，如黑猫进宅谓必发财，拾得四叶苜蓿谓将致富，以此草皆三叶，四叶者不易见也。其他佩带古钱小鱼之类，皆求吉利。洎乎汽车汽船盛，于是又以金与银缩仿其式，佩之表练，取其兴旺。值耶稣诞辰，多有馈者。英王亦置如许华美文雅小物，备赠戚友。王喜畜犬，所购金银质小犬为多，今后英人当必以佩带小犬为吉祥荣耀矣。

初二日壬午，阴，雾。伦敦人大餐，仅午后一次。各小饭店所售，至贱者亦须一先。耶稣教会中之善心妇女，现在西敖斯佛街之妥玛斯巷庆斯教堂馀间开一大饭店，用待贫苦佣工妇女，不争厚利，仅赚厨灶人工费，每日午正至未正计顿出卖。饮有牛乳、香茗、肉汤，食有牛肉、羊肉、猪肉、面包、糕饼，烹调适口，每人仅由四本士至七本士，每日食者都二百四五十人，物贱如是，以用者多也。 廉价午餐供应女工

初三日癸未，阴雾如昨。上月二十九日，阿拉柏堂中有玩物布人会，大小罗列四千馀，种类不一。外有花扯爆竹二万七千匣，六本士小银钱一万一千枚，皆善男信女所施者，用备耶稣诞辰分遗施医院、育婴堂、工作房所育小孩，俾之欢度新年。 玩偶爆竹分送贫儿

初四日甲申，阴，雾。英俗每于耶稣诞辰，家家以烧火鸡为美食。售此物有二总市，皆在城内偏东，地近老城，一名司米扉，一名里屯霍。而通城各鸡鸭铺，亦皆售宰成者，更有由奥、义、色尔维亚各国贩来者，逐日进口甚多。重八九斤，斤十本士半；重十斤至十一斤，斤十一本士；重十二斤至十五斤，斤一先；重十六七斤，斤一先零二本士；重十八九斤，斤一先三本士。

初五日乙酉，阴。昨闻堪兴坦区之肥拉莫园第八号老妇达尔龄，家产值九万六千三百一十七镑，殁时遗言，以七千二百馀镑分舍本城各教门善地，馀二万四千镑施于斐

开埔塘（开普敦）洲正南稍西开埔塘海口之教堂内二千镑，英兰东南角临海玛尔该城之维克都里亚养育残废小孩堂中二千镑；复在哈特扉地方建小教堂一，交其夫及子用作纪念，计一千六百镑；英兰东南角堪特府卜洛斯台城之养病堂及中斐洲之大学堂，施各一千五百镑；南斐洲麻收那兰地方牧师、本国约尔克府牧师各千镑，禁止虐待小孩会、保养羊癫风诸会亦各千镑，爰撮其大略志之。

初六日丙戌，阴，颇冷。闻英人新创一种射覆茶会，洋名"迷斯特里悌"，所谓男女各备一纸，或书隐语几句，或以墨或颜色画些秘密，到齐各纸挂号，各人猜解。主家备赠物两分，一赠廋词之奇妙者，一赠其人之第一得解者，犹之北京之灯虎儿会也。

初七日丁亥，阴。今日系西十二月二十五日，为其耶稣诞辰节，铺户及人工休息，老幼男女均衣新衣街游，与礼拜日同。闻当义王与后在文恣宫时，色尔文达木及穆尔小姐照料周备，昨英君与后各赍一物以作纪念。文达木得一金匣，盖面正中錾君像，像左右有 ER 二字，堆以钻石，镶以珍珠。穆尔得一胸襟针，针顶以钻石作王冕，镶以珍珠，冕下玫瑰一朵，亦嵌以钻石。二人本优伶，将于明年赴美洲歌演。

初八日戊子，早微晴，午后阴雾，冷。英国各处有"勤工""改过"二学堂，盖学堂而牢狱者。凡幼童幼女懒惰愚钝及淘气不驯者，经其家送来，或遣人捉入而教养之，惰必使勤，愚必使明，顽必使化。本年英兰一岛，十

玩童教养 工读学校

29,11,9

六岁上之男子二万三千九百十七，女子五千二百十八，就中努力学工改过自善者，男六百九十一，女七十九，足征教养之匪易也。

初九日己丑，阴冷，轻飘点雪，到地即融。伦敦现作一种蛇虺戏（俗名蛤蚂），来自法国，色深绿，大如制钱每枚价由八先至一吉呢。此类物性本不甚灵，而较灵于蠢兽，于是妇女广购之，盛于大瓶，瓶底浅浴以水，饲以蜗虫、蝼蛄各虫，依时教以跳穿约指。据云艺成者能连跳八圈，凡设小孩茶会，多作此戏以娱乐之。

初十日庚寅，阴冷，细雨阵阵。闻前于西一千九百年三月二十日（光绪二十六年二月二十日），巴里北方火车栈失去一万六千镑在补银水帐房中，十月十五日（中又八月二十二日）又失去三千镑。今已三年，贼未获，且近日各银行多失金者。昨由巡捕捉得三英人，于其住所搜出许多布囊纸袋，式样造法无异法京银行所用者。据云其盗法，系专在帐房，于帐倌已收将发各袋，潜以假者易之。又波尔多海口（见《三述奇》）巡捕捉一剪绺，亦英人，名倭尔达，现年六十三，所住店中，搜出许多器具。 英国人在法国行盗

十一日辛卯，晴。中国养济院育婴堂、粥场、义学、医院，并施舍棺木、棉衣、姜汤、丸药诸善举，既非勒捐，亦不强募，而募及洋人者实鲜。华人既不肯往募，往募亦无门，苟得门而入，恐洋人亦未必慷慨乐施。华人洋人有种无形之契合，颠倒是非，幸灾乐祸，小人之臭味同 中西善事之不同

也。凡此善举，匪惟不思成全，且毁谤以阻遏之。其在伦敦，则善地善事，指不胜屈。事无巨细，经营伊始，由一二人之善举；既成，则逐年费用，咸归捐募。如男女老幼各医院、各学堂、养病所、栖流所、收生所、育婴堂、拯救队、哑院、瞽院、作工所、自新所、猫家、狗家、义店、孩店、舍汤处、贱饭店以及教堂之各善举，邮政局、巡捕厅、新报馆、街道局及电报局等，年例均有会。又每年耶稣诞前，名家妇女亦开善会，或称济贫，或称周恤鳏寡孤独，或资助贫家子女、老羸兵丁，或施助兵房，或募化玩物布人用以施舍婴医院、婴学堂，好施者年出万镑不足矜也。

应募施舍迫于无奈

募化之法，间及他国寄居之客。前于初三日晚，巡捕厅欲调剂四城巡捕子女，邀义务男女数人奏乐歌曲于利贞街坤姒堂，浼人购券往听，半月前以函请，余遂购入场券六分，付仆人一往。昨伦敦美尔来函云，米得赛医院募化年费，举渠为首，渠订明年五月初三日（中明年三月十八日）“设宴于美泰普店，敬要惠临，以为光宠”云云。又募券一纸，空其前备书所施数目，尾印“赴宴与否祈早赐回音”各语。迫于无奈，遂复以“盛馔弗克亲赴，今助五吉呢”。

伦敦市长招宴贫儿

十二日壬辰，为西历十二月三十日，晴。申刻伦敦美尔在极乐堂招城中贫苦男女小孩一千三百名晚酌。孩均梳洗洁净，衣履整齐，环坐大厅，楼上作乐。各人面包一块，冷牛肉加热蕃薯一盘，李子糕一块，牛乳一碗及桔子

29,11,13

苹果类。食毕，众孩齐声祝美尔之福。是日入门各携一券，名曰“班馈”，释为赴宴。

十三日癸巳，阴冷。比见英人由汽车复创一种冰床，洋名“艾斯谋特尔”。一长方薄木板，四角四木足裹以铁，前二足能左右动，如船之舵，足前铁罩，式同汽车。床中心置气机，仅三马力。床后横立一极宽巨轮，轴连关键，下接机器，轮前坐一人掌舵柄。一床可载六人，轮左右旋转，借天气与风力，一小时能行十五洋里。惜英兰入冬少冰，今年较冷，而地面多涸，长江大河偶然结冰，冰床畏其险不敢驶。

十四日甲午，阴雨，冷。是为西历一千九百四年正月初一日。闻霍勒本街有铺名戛美芝，出赁布帐，备乡镇之夏间设乐堂、请茶会、设筵宴、设善会、过节跳舞之用，并带装饰、铺垫、燃灯。长二十二尺、宽十四尺、宴客十八人、听乐三十六人者，赁一天三十五先。挂布里装饰旗帜之属加二十先，铺地毡加四十先，燃烛加二十五先，燃油灯加十五先；长三十尺、宽十六尺、宴客二十八、跳舞容三十人、听乐五十六人者，一日四十先，挂里修饰加二十七先半，铺地毡加六十先，燃烛加四十先，油灯加二十先；长四十尺、宽二十尺、宴客六十人、跳舞敷七十人、听乐容百二十人者，一日六十先，挂里修饰加四十先，铺地毡加九十七先半，燃烛加五十先，油灯加三十五先；长五十尺、宽三十尺、宴客百十人、跳舞足百二十五人、听乐各事容二百二十人者，一日九十七先半，挂里修饰加七

西历1904年元旦日

十先，铺地毡加一百七十先，燃烛加八十先，油灯加五十先；长七十五尺、宽三十尺、宴客百七十人、跳舞可百八十人、听乐诸事容三百四十人者，一日一百三十先，挂里修饰加九十先，铺地毡加二百二十先，燃烛加百二十先，油灯加八十先；长九十五尺、宽三十尺、宴客二百四十人、跳舞可二百五十人、听乐各事可坐四百八十尺，一日百五十先，挂里修饰加百先，铺地毡加二百七十五先，燃烛加一百四十五先；长六十尺、宽四十尺、宴客二百人、跳舞如之、听乐各事可坐四百人，一日一百三十先，挂里修饰加百先，铺地毡加二百四十先，燃烛加百十先；长八十三尺、宽四十尺、宴客三百人、跳舞如之、听乐各事可坐六百人，一日百七十先，挂里修饰加百十五先，铺地毡加三百四十五先，燃烛加百四十五先；长百零五尺、宽四十尺、宴客四百人、跳舞可四百二十人、听乐杂事容八百人，一日二百先，挂里修饰加百四十先，铺地毡加三百九十先，燃烛加百九十先。此外别有宽由五十至七十五尺、长至四百尺者，皆有定价。乡间无别墅之区，用之极便。

帐篷出租有小有大

十五日乙未，阴，雾。戛美芝铺亦赁桌椅，长饭桌宽由二尺六寸至三尺，以尺度其长定其值，尺三本士。椅子每十二把三先半，百把二十五先。粗凳尺一本士半，带褥者尺二本士半，白木长凳尺一本士。以车载运，出城不逾五洋里无车费，逾五里则加算。

长桌长凳以尺计租

十六日丙申，阴。昨见伦敦《日日邮报》一则，题云“致信胆怯之妻”。前于初七日晨（即西十二月二十五

29,11,17

日）柏林城有少妇由沙洛屯村（见《五述奇》）之教堂步回家，途次一孩送信一函，度必向来逢此圣节，小孩玩戏乞钱，遂置兜中。抵家拆看，不意内多轻狂暗昧语，乃云“艳丽美人之读此数语，写者深知，而读者必自知。既经本夫遗弃，可致书知情之人马克思”云云。阅竟或诧异，或恐惧，或交信于巡捕。次早有孩取答复马克思之回信，胆怯，遂写信交孩，孩持信飞到一街犄角处，交衣服华丽之美少年。巡捕已预行访察，登时弋获。供名穆理得，曾与其友翁格尔同作此类信件一百二十，耶稣诞日之晨，贿人分递各妇，冀有所得。其法乃令小孩执信立于道中，伊匿于道旁曲处，见少妇丰采可人者，作暗号令孩即递。揣其寄信之意，以为少妇若心有所恐惧，回函必赠钱若干，求其守口如瓶也。由此以观，则防意如城，非所以望于西国之妇女。 诈骗妇女

十七日丁酉，阴，雾。闻阿克屯街勾尔车行共畜马五十八匹，每年正月一日亦犒劳一次，饲以红萝卜、紫白面包、苹果、糖块、干饼各物，尽行割碎拌匀。计五十八匹中，强壮常用者三十五，因羸老不常用者二十二，养已三十八年，现仅喂养而不用者一。计所费，壮马一年二十六镑，羸者七镑零。 犒劳马匹

十八日戊戌，阴，凉。闻耶稣诞辰，苇泗克里茀地方某学堂女生寇荑苇，买一小木桶，满糖果及乌雀应食之谷料，悬于树杪。少顷百鸟飞集争食，钩辀格磔，其声震耳。女名其桶曰耶稣诞辰百鸟晚餐桶，又曰耶稣诞辰百

鸟树。

十九日己亥，阴，不甚冷，西正月六日也。伦敦美尔李吉夫人订于今日戌刻，美尔府中开小孩任意跳舞会，洋名“茄伍呢番希得蕾斯波”，即任意之谓。各孩装束，可随意改扮为今古、本国、他国、官民、蛮野。男女各童，至少者六岁，至长者十四岁。上月中旬预来柬请，已复以愿携孙女与会。复来一柬，上印请将姓名年岁及何式装扮注明，以便登楼见美尔夫人时，递与报名人传姓名及装式。戌初，余令孙女梳双髻戴花，乘车至。见其所有规模同去年，童男女约四百馀。有三女着日本服，二男着中国衣，头戴官帽，身则着女裙褂。又一男面涂红垩，头顶一圈，背垂两缕，皆鸟翎，长八九寸，色分五彩，着土红色绸紧靠，假作赤身，腰围花绸一缕，仿北美洲西印度之野人也。堂正面奏乐，跳舞八场。至亥初，众孩两两由美尔夫妇前走过，鞠躬为礼毕，登楼夜餐，酒食丰渥，劝进良殷，宾主款洽。楼上专列五桌，作坎卦形，皆贵客也。余携孙女与美尔夫妇及他男女十馀坐中长桌，其他男女及小孩在别间。食毕，余扶美尔夫人下楼，仍入大堂，坐观众孩跳舞七次，乃与握手谢归，时已子正。

小孩任意跳舞会

令孙女梳双髻戴花

二十日庚子，阴雨。伦敦有种养赡堂，英名“倭尔克蒿斯”，译为作工房。凡男女之贫而无业者，投入此房，量其所能作工。具有饮食、卧房、闲坐、步行、看书、写字之处，款由善人施舍。通城此堂不知几许，惟闻寄居男女共七万三千六百零五。前初七日因耶稣诞辰，给

养赡堂

29,11,21

以美餐一顿，据云通城费共万镑。就马力贲街之约尔克养赡堂论之，已二千二百馀人，悬国旗于大厅四壁，琴台饰以花卉，食则烤牛肉、烧番薯、李子圣饼、啤酒半斤、桔子二枚、烟叶一两，妇女之不能吃酒者各给茶一杯。食毕齐立，恭祝天保国王。

二十一日辛丑，阴，雾。京中风俗，于重九日登高吃烤肉。伦敦则夏季约戚友男女郊游，于草地午酌。昨初七日英兰东南角临海之佛克森地方，有人别开生面，乃清晨面海早餐。男女三十馀人，皆本地土著之历海边洗浴常晤面者，共是早卯初海边齐集。斯时天气温和，水平如镜，各人下水浴毕，共在岸边照相一张，以纪其盛。遂环坐早餐，所备惟冷荤、热加非、面包糕点而已，食毕，各人烟卷一枚。中有名法格者，因周年海边浴期，每期必与，众人公赠一银宝星，用奖其勤，末乃同唱野曲一阵而散。

海水浴毕照相聚餐

二十二日壬寅，阴雨阵阵。昨晚（即西正月八日）伦敦台设孩童茶会，台上之老侍卫及守台各兵之子女，成丁者九十七，未及岁者百二十，食则加非糕点。众孩先作傀儡小戏，既于楼上设耶稣诞节小松树，悬以各种玩物，俵散各孩，亥正毕。按：台上老侍卫英名逼芙伊特尔，译为肥壮汉，实则吃牛肉人也。

二十三日癸卯，阴雨如昨。英俗新婚，日屋四壁、楼梯、栏杆、地板饰以五彩花卉，取其鲜明，出门则红白玫瑰铺地。时天寒花贵，乃创一省费之法。屋中饰以绿白两色，栏杆之宜鲜花五彩，改悬绿叶，缀以白花。出门时厅

新婚风俗

檐倒悬三四铜钟，复取绿叶白花实之，钟纽系白绦，三四幼女门内牵之。新夫妇过时，幼女力曳白绦，则钟即下垂，花叶纷纷满坠新夫妇头上身上，而钟又齐鸣，丁东震耳。

甲鱼来自尼加拉瓜

二十四日甲辰，阴雨。英都历来所食之甲鱼，皆来自北美洲南界之尼戛拉瓜国，向来税款颇重。今春尼国因国帑不足，拟将每头加收正税八先，零税二先。英人不服，英属地扎美喀岛人向其西北近古巴之开曼岛人互商自网，一季得八百馀头，尼戛拉瓜因之不言加税云。

二十五日乙巳，阴。鲸鱼骨西国用处颇多，昔每吨值仅二十五镑。据云近年捉获无多，现在天下仅有四吨，多经英美两国贩卖，昨在苏格兰东界临海登第城售去二吨半，每吨三千镑。

二十六日丙午，阴雨淋漓。闻英兰东南临海色赛府之卜莱敦地方有葛林者，生于西千七百九十四年八月二十二日（乾隆五十九年），寄居其婿魏斯庇家，昨于西正月初

长寿老人

五日病故，年百一十，子女十人，孙子女二十二人，曾孙元孙不详其数，可谓福寿两全矣。人言其致寿之由，伊本一乡农，每礼拜仅获十先，日所食惟瑞典萝卜、咸猪肉、白菜、番薯，不知牛羊肉为何物。至九十二岁尚事耕种，半年前已聋聩，犹能自行脱衣着履。当其幼时，星士相之，谓当作一百岁老翁云。

二十七日丁未，晴，入夜风。西国上等中等之男孩女孩，或入学或与会，罕有争闹喧哗哭泣淘气者。昨于耶稣

29,11,28

诞辰创一小孩分获玩物法，名曰“蜘蛛网”，乃玩物百种收存一屋，每物系一极长丝绳，绳分五彩，由此间穿入别间，中编成网，绳之头皆在别间。届时各孩于别间任意执一绳头，步步顺网解绳，解至玩物屋，此绳所系之物即赠此孩。玩物不一律，各孩所获好丑凭其际遇，明主人之无偏待也。又一种玩法，一白色圆木靶，中一红心，四围环丁小针若许，悬之帘幔，或芭蕉树梃（伦敦富户多以绿木桶植芭蕉于屋角），或立一布马背上。次以五彩翎毛小箭，长约二寸馀，黄蜡团球作头。男女各孩，每名三支，一一立数武外向靶掷之。有能掷插针上且连在红鹄者得上赏，他则但能抛插针上亦各有赏，惟所得者不同耳。 “蜘蛛网”

二十八日戊申，阴。闻小孩齐会，嬉戏得物者，又有三四种：一、以花草饰一长木匣作船形，上立勺勾腊小人几许，船内藏以糖果并钱五先，令各孩猜指钱所在，猜得即取钱与之旌其能，误指者亦各给以糖果或勺勾腊少许，无一向隅也。二、用百数十朵红白纸菊饰一金罐作车形，车顶置一糖鸽，口衔花梃，数十小瓷人腹盛糖果分立花中，各给一名如马丽、阿尼等，届时付各孩一人名单，令猜何瓷人何名，其猜得数多者即得首赠如糖鸽瓷人等，未猜得者亦给以瓷人一个或糖果一小匣。三、用白菊饰一长匣作火车形，内坐男女小糖人若许，到晚令各孩约计作此车共用菊花若干朵，得确数者得上赏，数与确数近者亦有赏。四、以纸画帽架悬诸壁上，别将一纸帽交以帕蒙面小孩，属其执去以针插于所画纸帽架上，悬挂得当者赏。 小孩游戏玩法种种

路灯之事

二十九日己酉，阴，雾，入夜风。昔时本街路灯左右两行，共燃煤气灯六十一盏，共有一万一千蜡烛之力。两年前改在中央点齐森行之油灯十二盏，灯高光亮，足有一万二千蜡烛之力，价与六十一盏煤气灯同。入冬以来，行中致书城邑局，欲稍增其值，局中未允，遂于今日尽行掘去，将道垫平，大铁筒以敞车载走。又数日前，彼行曾登新报，向住本街各家诉明其情。夫外国街道之平坦净洁，路灯达旦，便人夜行，所费官钱，皆左右住家之租税也，我国人之居洋租界内者知之否?

十二月初一日庚戌，早大晴，午后阴，入夜雨。伦敦自冬徂春，向不甚冷，冰结仅二三分而已，江河小湖，依然水流荡漾。西一千八百九十五年（光绪二十一年）冬

冰结二寸

始冰结二寸，今年东风凛冽，寒气龟肤，小湖池沼冰厚由寸半至二寸馀。自上月中旬迄今，则以二寸为无险，各处男女朝暮为走冰之戏，往来如织。中国则东风解冻，东海温流至而成风也。英国则东风结冻，波罗的海一带多寒流，俄国之风也。

初二日辛亥，阴雨。近在英兰中界北司丹佛之铁道一带，妇女频被抢劫。昨见新报内有妇女遇劫治敌之法有

妇女防身之法有四

四。虽云妇人体弱，然有四法在心，或可得免于万一也。第一，如对面以右手击来，女可以左腕格之，随以右手触其口或批其左颊。第二，若其右手入怀，即挟以右臂而以左手㔾其指或腕。第三，如自后偏身一手搂来，可一手拢其上身而后推，下可一腿伸其腿后而前撞，其人自倒。第

29,12,3

四，若自背后双手由肩上伸来，可擒其两手尽力㔶之，或曲身背起而掷之于地。

初三日壬子，阴雨，冷。英俗男女出门，多不携子女，尽留屋内，扃门而去，天寒炉火未熄，婴孩每多爬入殒命。现铺中出售一种木笼，式长方，高逾三尺，宽可三尺至五尺，容二三小孩在内嬉戏，纳孩其中，锁笼门而去，自无他虞。

初四日癸丑，阴，雾。泰西英、法、德、俄四大国虽富强，而尚多贫民。冰雪严寒之季，贫人投宿避冷，惟英有小店四种（详见《六述奇》）。法京男女贫民之无处栖宿，则夜投巡捕堆拨借住，次早即出谋食。德京官设藏身所六七处，洋名“立茀尤之”，床榻桌椅毕备，入者给以热汤面包；若其人诚可悯，间有给暖衣留养于所，必待觅得扫街撮雪各等工作始放出。俄都一年几至三季寒冷，虽不设贫民暂宿所，而各街市入夜设大铜火桶，高约三尺，周七八尺，四面攒孔，内烧红煤，便贫民寒夜暖身。

贫民寒夜避冷之法

初五日甲寅，阴雨。伦敦之大照相馆，遇有名人之品高位尊者，屡具柬以摄影请，勿轻诺也。恐彼照时或不索钱，印时则索钱。向例出资人使印，则玻璃板归出资者，铺中不得再印出售，只准铺中印一张置玻璃窗内，俾人观瞻丰度，品评光学。若不出资使印，则原片存本铺，无权止其不印售也。报馆入新报，书行编书，以及考订家欲得名人之小影，购之铺中，铺中获利甚多。且照毕而印，索价极昂，如前日伦敦美尔请小孩跳舞会，有三处来函请携

孙女照相印价极昂

孙女往照，照后印之，竟索八先一页，九十六先十二页，按银价几至四十两。

初六日乙卯，阴，凉，入夜大雾，由棂隙吹入，满屋迷漫。北英兰约尔克府之巴特蕾城，有制造毡毯局名部乐尔，男女老幼工人六百六十名，自上年局主向众约定，一年不吸烟，届时有犒赏。昨日及期，因众人如约，犒赏人各一镑。闻其中男子老幼一百四十一，妇女五百一十九，更有男工四十名誓终身戒烟者。查局主本意必为防火，如此犒劳，人必悦服，如此立约，有益人身。一年所费无几，自与失火所失，天渊之隔矣。

初七日丙辰，镇日阴雾，白昼燃灯。西俗，君与后以次，皆可晨夕微服街游。英皇偕后、太子暨妃与公主辈，现住文愆宫，昨英皇率太子自午初至申猎于文愆囿，虽淫雨不止也。皇后率太子妃及诸郡主县君常服游街，在照相馆购小照多页，又入骨董铺买大小物件甚夥，巨者送入宫中，小者皆盛入衣兜。买物时铺伙不知为后也，太子妃也，及付钱写住址已知之，并无加礼，款待无异他客，惟称谓不同耳。

后妃购物无异他客

初八日丁巳，阴雨阵阵，入夜大风。连日阴雨，街市行人皆张伞，由是后行者不辨前行者为何人，同行者、随从者，或因人众，或以他故相失，觅之不易。因此新创一种透光雨伞，能使后行者见前行者之头，质似玻璃而非，色如象牙，不知何物所成，其值未闻。

初九日戊午，阴雨，入夜风雨交加，冷。伦敦烤面包

29,12,11

炉向在地下，其中极热，工人皆赤上身，每日在内十点或十二点，皮肤生疮，胃亦染病，业此罕有年逾五旬者。炉中热气由地上蒸，既与地上住户不宜，亦与往来行人无益。于是官定新章，自今后须设法改良，不使工人赤其上体，并保护人身不使染病，热气上升不使有碍于人。凡属新炉皆令安于地上，旧者仍之。马力赍街一带旧烤面包处八十三，七十七处已领官凭改办，他六处意将关闭，俟再开时改移地上云。 烤面包炉改移地上

十一日庚申，镇日风雨交加，颇冷。西国妇女有种白纱织花手帕，工细价昂。妇女购之，仅为壮观夸富之用，纳于喇叭袖口，或手内执之，皆不十分露出。自新制双环约指盛行，上嵌珠玉，下垂细金练，练下有钩，以系手帕，每一举手，而珍贵之手帕见矣。

十二日辛酉，阴雨阵阵。英兰东界堪卜立址城赖斯学堂，前善士赖斯所立，经理一切费用为色尔车朴，因一年办事精审，学中人公遗一银壶。又德卜林城教务学堂名特立呢的，因总教师巴柏尔（其人于十年前曾在湖北传教）一年有功，公赠阔青绒袖红毡氅一件。二人同定于今晚戌刻在庇喀的里街之丹青馆受赠，并邀戚友助贺，与他学馆之茶会同。车朴与余相识（见前），数日前来柬请。届时余率荣骥乘车往，入登楼见车朴夫妇与其二女，继见巴君夫妇。大厅轩敞，男女客二百馀，四壁悬五彩水画千幅，山水人物，工极精细。正面台上乐工一班，阵阵鼓吹。亥初乐止。台边置一长方桌，陈银壶及红氅。台前对面列椅 堪卜立址（剑桥）

多行，第一行仅五椅，为余率荣骥及车、巴二夫人坐。坐定，车、巴二君登台，以次各立演说一段。既巴教师披氅下台，各人鼓掌称贺，乐复作而歌。导者引余与荣骥至别间，各饮加非一杯辞归，车、巴二君送至厅门，子正回使馆。

十三日壬戌，微晴。闻德军将于下礼拜起队赴印度东北界欧得省之都会勒克努城，其地东界那百里，北连西藏。德皇赐众武官精巧马鞭各一，以作纪念，以励戎行。

那百里（尼泊尔）

十四日癸未，阴雨。西国贩卖人口之禁例虽严，而骫法者多。闻昨在法国渭洒地方（见《三述奇》）侨居之英人周卜安，某日向一收生婆云，妻生一孩，产下即毙，因其待孩心重，未经告知，愿来由他处抱一新生孩来充之，以安其心。收生婆应允，盖因昨早某家收生第五孩，因无力哺养，愿他人抱去也。孩至，周卜安喜收，偿孩家索值若干，并酬收生婆若干。不意事泄，巡捕捉去，裁判两造各定何罪未闻。

十五日甲子，白昼阴雨，入夜晴。各类禽兽皆有来成之本形，非可由人矫揉造作。乃伦敦现有狗医，不知其名，自言善变狗貌，各有定价。如狗嘴短变长、长变短三十二先，猛犬面生皱纹六十四先（此狗洋名布勒多各），狗尾直毛变卷毛十六先，狗尾细小变粗大十六先，梳洗剪割馀毛每一点钟四先，改变颜色二十四先，垂耳变立耳或立耳变垂耳皆十六先，使猛犬之前腿弯曲或内收或外撑皆八十先。据其所言，是狗嘴亦可生象牙矣，谚不云乎，狗

为狗整形

29,12,16

嘴焉能出象牙。

十六日乙丑，微晴。英外部大臣蓝侯夫人请亥正二刻茶会，届时余偕内人率荣骥乘车往。楼前客车行行罗列，灯光灿烂如火龙，门内众客拥挤。以次各国公使至，惟日本文武参随至六七人，朝鲜仅一人，惨澹孤寂，未免向隅；俄虽一人，而器宇轩昂，众中少立即去。

偕夫人往议院观会

十七日丙寅，阴雨阵阵，乃西历二月二日。未正英君开议院，未初余偕内人乘车往，一切如前，惟英君宣词云：

英国君谕两院爵绅

英君谕上下两院爵绅曰，我国外交现仍友好如常，我政府已与法政府订立公断条约，将来公断之风或可因此而盛行也。前年朕游法都，法总统亦游伦敦，嗣后两国官商又相过问，是皆两国人民友好所致，今之公断专约即其明征，约中之利益且勿论也。又我政府现正与义大里政府及和兰政府商订公断条约。又我之斐洲属地与葡萄牙之斐洲属地界线宜划清，我政府已与葡国政府商立约款，订归公断，已请义国君主为此案公正人矣。上年三月初三日我政府与美国政府订立专约，将亚拉斯喀争地之案请公正人判断，各员在英集议后，两造争辩各节，有判归我国者，亦有判归美国者，兴虽言至此不无怏怏，然数十年积案，今能一旦了结，免致将来争执，亦可喜也。立界务约，每因不明地势，彼此龃龉，常事也。征苏麻里兰大军，现随时随事酌量情形，力图前进。提督艾尔敦所统之兵，日前大获胜仗，穆拉之威权，从此可望挫灭，而地方可期安谧

苏麻里兰（索马里）

矣。义大里政府及阿比希尼亚王皆竭力襄助，阿王现已创立一军，饬由西边进取，此实有益于我之军务也。

日俄关系时刻留心

日俄现为中韩利益起见互商办法，其商办情形予时留心，不能为之释怀。东方和局如果不保，关系必大，我政府苟能力为调停，固所愿也。上年二月间，俄奥两国所拟整顿马赛兜呢亚之政策，凡与商柏林条约之各国，皆允准可行。此项政策近又经修饰之增益之，申明各国皆以为可行；土皇始则推诿，耽延时日，旋亦允准。俄、奥所议整顿该地方政策，实为当务之急，现交冬令，该处乱事已息，予深愿得于此时急施行也。其所议政策之中，以整顿马赛兜呢亚巡兵为最要，此事已由土皇简派义国武员为督办，予闻之甚为欣慰。其帮办各员由各国委派，予已简派一员，该员亦有别官数员，襄助一切。

马赛兜呢亚（马其顿）

一千九百二年各属会相臣在英议时，议准自后英属各处防务，各属当格外竭力分筹。今闻澳属及新锡兰各处皆已颁行条例，俾得所议得行，予心甚为欣慰。新锡兰颁行之例，并准英国运往之货较他国运往之货可以纳税较轻，以示优异。我国布业恃外来之棉花为变通，今闻外来之棉花不敷，成布既少，则市布购花之钱亦少，不觉忧之。深望英属各处试办种棉之法，冀睹其成效也。

新锡兰（新西兰）

派员赴藏

我国之派员赴藏也，盖欲藏人之奉行千八百九十年所订之约耳。此举曾与中国政府商明，北京业已简员赴藏会商一切。予望我国所派之员，得与中藏各员商定办法，俾我印属北地永无时启邻衅之故。此案宗卷，不久即将送交

29,12,18

汝等阅看。

王谕下议院诸绅曰： 今年预算

今年所筹度支册，不久将交汝等核阅。所筹各款，业已力从撙节。惟水陆武备，亦不能不为讲究，所费自亦不赀。可否节减之处，俟将来筹议整顿陆军及整顿兵部事宜时，再行商酌。

既又谕上下两院爵绅曰：

禁止外洋穷民来英条例酌改，在英买卖烧酒条例酌改，估价师条例酌改，苏格兰学例酌改，整顿工人住所条例，皆不久送交汝等核办。其赔偿受伤工人条例，整顿卫生事宜条例，限制铺户作工时刻条例，皆议商改。战时兵船追捕商船各条例，拟令编纂成本。下议院院绅简授官职例，告退以待原举之人再行公举，现拟另颁条例，不必照原议办理。苏格兰人烟稠密，各处之学务处，其事权拟颁例加增。捕取海味条例，拟亦酌改。予惟祝彼苍庇佑尔等，示我程途。 酌改条例

宣毕还宫。申正回使馆。

十八日丁卯，阴雨。亥正色莫赛公夫人请茶会听乐，届时余偕内人乘车西南行六七里至格娄伍诺坊第三十五号，下车登楼见色公夫妇。楼房不大而华美净洁。厅房左角设一大琴，后立男女六七，鼓琴歌曲甚好。少立下楼登车，子正回寓。色公年约四旬，其爵于通国为第二，其夫人则列第一，因位列第一之公爵尚未娶也。入夜微风，晴。

十九日戊辰，天微晴，日内频雨。伦敦饭店多由德、法、义三国人开设，有廉价可供贫人者每餐八色，猪、牛、鸽、鱼之品咸备，仅数本士，不知何由赚钱，细为调察。一，堂倌皆他国之闲散幼童，厨灶屋地肮脏。二，食物皆非清晨趸来新鲜洁净者，如鱼，每日待市门将闭，买其所馀，价只一本士一斤；大店所用牛羊肉，零星斜块不能入盘者，皆分卖小铺，斤二本士；各物购来洗以醋，使无异味；每礼拜订买丹国之腌猪头，初到二三日内冒充小牛头，及皮剥尽乃割之作咸肉；鸽性甚驯，外国幼童，一执布袋，一执包谷各食，清晨择少人处招鸽，随饲随捕，街市捕鸽有禁，遂窃卖于小饭店，值极廉；每晨鸡蛋到市，木箱筐笼数及千百，就中有损坏磕裂者，饭店以一先一百枚取之，用作冰乳蛋羹；汤之有清浊两色，实皆一种，乃买大店鸡骨，杂以猪油，大锅熬之，日加骨与脂油不改汤，清汤起即此锅中，浊汤则搀以白面少许，冒名番薯汤。

廉价饭店之食材

二十日己巳，晴。闻上月某日，苏格兰正南拉那阿府中莫色卫城之火车栈，二辙之间突陷一孔，周丈馀，自上下视，黑暗无底。系灯窥之，为往年挖尽之煤矿。虽未伤人，而车轨在此类路线上，究属险地。英之煤矿、铁矿极多，铁轨之在地面、地下、屋上者，往来盘旋如蛛网，不知将来何所底止。

煤矿挖尽则地陷

二十一日庚午，阴雨。中国有菜果名多假借，即如木犀肉，乃猪肉与鸡蛋也；此不过呼鸡子为黄菜假色于桂花

食物名称有假借者

29,12,22

耳，犹可意会也。碎肝和粉浆灌于肠而煎之为烧鹿尾；洋桃之皮光润如豆角，形味皆不似桃。海外亦有之，印度孟买产一种细鱼，长约半尺，周身无刺，极肥，晾干油炸食之，名曰孟买鸭子。伦敦一种乳油浇面包，名曰卫拉斯兔。又在西印度英属地扎美喀岛（地在古巴之东南）产一种鲜果，大如甜瓜，形同木瓜，外皮鳞甲层层，形如松子之房（北京呼为松塔），色如朽木，嫩者微绿而黄，瓤白色，肥嫩充满，名曰“柯斯他尔达普拉”（粤人译曰番荔枝），译为鸡蛋羹苹果。

二十二日辛未，白昼微晴，入夜风雨大作，凉。昨阅新报一则。英兰南界司达佛府之庇多福城，有挖煤伙计二人，一李赛，一查斯倭，李已娶而查尚鳏也。李嗜酒长醉，查私其妻。一日李囊空无酒钱，以十五先卖其妻于查。妻得信，即时料理，改嫁移居。次日李酒醒，悔价太廉，与查争执口角。事闻巡捕，男女三人被逮，不知如何了结，诚奇闻也。 十五先令卖其妻

二十三日壬申，白昼阴风怒号，入夜大雨。伦敦大路，中凸左右凹，微作椭圆，凹处接两旁行人窄道，较高三四寸。窄道下大路凹处，隔如干步，铁制沟眼，两两排比，下连暗筒，上分下合作 V 形，合处入地沟。雨后，窄道大路之水，汇流而下达于江河以入海。英人韦安新得一法，将大路改成中凹，循其凹计步凿沟眼，接以直筒入地沟，佥云每一洋里可省由五百至八百镑。 路面排水

二十四日癸酉，阴雨。闻伦敦符来车新立一会，曰大

啖会，洋名“门池英帕尔悌”，乃使人细嚼缓咽，食物消化速而人无疾。大要谓纳物于口，必嚼三十二次而后下咽；若生葱之类，尤必嚼七百七十二次，待其滋润而后下咽，口中自无遗味。总之，食物必待咽之润喉而后已。食物宜慢入口，既入口，子细参其味，随嚼而津液合，遂滑泽由喉入腹。天与人以牙齿，牙齿之用，将使物烂而下咽，牙医之补牙，甚有益于人。

生葱须嚼近八百次

二十五日甲戌，早阴，申正雨。闻上月间，司达佛府汉立城之毕克里家，一夜被穿窬盗，失去珠宝值五千馀镑，箱簏玻璃罩上遗有指印，遂取影送官。三日后巡捕由指印访捉一名戴威斯，乃彼地挖煤工人也。其人招云，所窃之物，包以手帕，掷诸巴斯街之水池。西国缉捕，能由指印于三日间捉贼，亦可谓精速矣。

察访指纹捉贼精速

二十六日乙亥，阴，微风。英兰西北界格娄赛斯得尔府柴勒塘城参将郃乐尔，习巫术多年，深信鬼神，因与一女鬼相善，彼此恩爱，惜未闻其名。上月某日在屋设坛招鬼，其所善之女鬼从帘隙中露面，年十七八，丰采韶秀韡然，曰“我父曾在中国充副领事，我随我母住姨母马里亚家，我塾中女教习为傅莱哲小姐，我名伊萨贝，故已七年，今得与汝相好，喜汝情深，为愿已足”云云。言讫不见。此事苟非光电之绪馀，则其明确显然，诚为奇特。

活见鬼

二十七日丙子，阴雨阵阵。英内部大臣伦敦代立侯夫人请赴亥正二刻之茶会，届时余偕内人乘车往。行约十里，至海岱囿东之帕尔克巷，入伦敦代立府，登楼见其夫妇。后转入大厅，男女拥挤如蚁，遇蓝侯及他相识者多人。少立，随众环绕他间，逐间陈设华丽，鲜花百种，富侔王室。下楼入饭厅，饮加非一杯，食糕点少许，登车回使馆。

二十八日戊寅，早晴，酉初骤雨一阵，雨后复晴。闻上礼拜某日，苏格兰东北界克拉喜村贫民屠里夫妇，生三子皆幼，相与出外佣工，锁门留三子于内，归来启门，三子皆烧毙于炉前。英君闻之，乃传谕屠里夫妇，谓因三子所失之财产，国君施恩，概行偿给云云。屠里夫妇感激无既，英君之行小惠结民心者如此。 行小惠以结民心

二十九日己卯，阴雨。外国碎货铺，货皆列于窗前柜边，购者随意挑选，妇女遂以靓妆华服，谋为窃取。其法：第一，由时派女衣袖作喇叭形，中藏古米绦，铺伙向内觅取他物时，将所择定物之值钱无多者，如手帕、绦带之属，以古米系入袖中。第二法，则携小孩，手提敞口皮兜，作盛食物之具，得间则暗令小孩窃取，急纳于兜。第三法，少妇抱一婴，手携一大者，入门坐柜前椅上，加小者于膝上，选物多件，故为挑剔，铺伙将转身，即卷一二件放于小孩臀下，少刻大孩复由小孩臀下抽出，速入皮兜。如此伎俩，人多不觉，以小铺皆一二人看守，耳目难周之故。 妇女入店盗物之法

三十日丁丑，微晴。英国城镇有等酒铺，洋名“巴尔”，每在前旁两巷相交之三角处，地基颇隘。楼虽三四层，仅占地面一层，式作折扇形。正面立酒格，格前横酒 巴尔（吧）

柜一圈，形椭圆。酒鲜上品，柜内藏啤酒满坛，前有龙嘴，上立开闭龙嘴之铜柄，高盈尺，如棒槌，按杯售之，仅一文钱耳。柜前以短木层层作格，中仅容立二三人。盖入此酒铺者皆中下二项人，恐人杂语多，致有醉汉口角滋事。堂倌为妇女，饮客则男子。迩来法京立新章，妇女亦许入饮。自定新章后，虽上流社会妇女，亦多前往云。又伦敦各铺店之工作，皆于礼拜六日午后宽工半日，此类人每于是日得工值，即入肆求醉，不旋家顾妻子。昨极乐堂有阿得曼柯斯拜，谓工匠放工半日，原为体恤，以时事论之，竟非斯人之福，计今后莫若仍使之作工，停此半日之歇息，有益于人多矣。

上流社会妇女亦往

图书在版编目(CIP)数据

八述奇/(清)张德彝著．—长沙:岳麓书社,2016.12
(走向世界丛书/钟叔河主编)
ISBN 978-7-5538-0675-4

Ⅰ.①八...　Ⅱ.①张...　Ⅲ.①日记—作品集—中国—清代
Ⅳ.①I264.9

中国版本图书馆 CIP 数据核字(2016)第 234544 号

BASHUQI
八述奇(上下)
作　　者:张德彝
校 点 者:钟叔河　张英宇
责任编辑:李缅燕
责任校对:舒　舍
封面设计:吴颖辉　贺红梅
岳麓书社出版发行
地址:湖南省长沙市爱民路 47 号
直销电话:0731—88804152　88885616
邮编:410006
岳麓书社网址:www.yueluhistory.com
2016 年 12 月第 1 版第 1 次印刷
开本:890×1240　1/32
印张:27.25
字数:607 千字
印数:1—3 000
ISBN 978-7-5538-0675-4
定价:126.00 元

承印:长沙超峰印刷有限公司

如有印装质量问题,请与本社印务部联系
电话:0731—88884129

严　修 **东游日记**
姚鹏图 **扶桑百八吟**
凤　凌 **游馀仅志**
* 黄庆澄 **东游日记**
吴宗濂 **随轺笔记**
宋育仁 **泰西各国采风记**
王之春 **使俄草**
伍廷芳 **美国视察记**
* 蔡尔康等 **李鸿章历聘欧美记**
张德彝 **六述奇**（附 七述奇未成稿）
刘学询 **考察商务日记**
黄　璟 **考察农务日记**
罗振玉 **扶桑两月记**
罗振玉 **扶桑再游记**
丁鸿臣 **东瀛阅操日记**
沈翊清 **东游日记**
* 梁启超 **新大陆游记**
张德彝 **八述奇**
载　振 **英轺日记**
吴汝纶 **东游丛录**
双　寿 **东瀛小识**
缪荃孙 **日游汇编**
周学熙 **东游日记**
* 单士厘 **癸卯旅行记**
凌文渊 **籥盦东游日记**
张　謇 **癸卯东游日记**

蒋　煦 **西游日记**
王景禧 **日游笔记**
陈　琪 **环游日记**
* 康有为 **意大利游记**
康有为 **德意志等国游记**
康有为 **英国游记**
* 康有为 **法兰西游记**
韩国钧 **实业界之九十日**
李濬之 **东隅琐记**
盛宣怀 **愚斋东游日记**
* 戴鸿慈 **出使九国日记**
金　鼎 **随同考察政治笔记**
* 载　泽 **考察政治日记**
程　淯 **丙午日本游记**
康有为 **西班牙等国游记**
杨泰阶 **东游日记**
文　恺 **东游日记**
左湘钟 **东游日记**
吕珮芬 **东瀛参观学校记**
* 林汝耀 **苏格兰游学指南**
* 单士厘 **归潜记**
金绍城 **十八国游记**
附 艾儒略 **职方外纪**
附 南怀仁 **坤舆图说**
附 丁韪良 **西学考略**
附 艾约瑟 **西学启蒙**

国家出版基金项目
NATIONAL PUBLICATION FOUNDATION

"十二五"国家重点出版物出版规划项目

走向世界丛书

主编　钟叔河　曾德明　杨云辉

FROM EAST TO WEST

张德彝 八述奇

下册

钟叔河　张英宇　校点

岳麓書社·长沙

下册目录

30,1,1

光绪三十年一月至三月

光绪三十年岁次甲辰正月初一日庚辰，大晴，暖。辰正率众参随着蟒袍补褂，向北恭拜圣牌，行三跪九叩礼毕，互相团拜。伦敦新报约有千种，各报馆访事人不惟于本国本城朝夕探询，并招人专在各国都会侦其国事。不特此也，馆中又有专论一国事务之人，更有不专属一馆而零碎报事之人。即如伦敦之《泰晤士报》馆，总办一人年薪四千镑。每日戌刻麕集，譬如是日由俄都探事使来电，字少而事繁，总办即唤本馆专论俄事者至，示以来电。是人持去，尽力为长篇，写成递总办读过，或添减，或涂乙，或易数字，或易数句，或一字不易。是人持去凑印成稿，稿成阅竟无差，则付大板刷印，时及丑正，是人方去。若专论某国事务之人，于会集时不见某国来电，即散。此辈每日工费，每晚能以短电申作万言而成两大行者（《泰晤士报》字大如蝇头，每行长逾二尺，宽约二寸四 报馆中之编辑记者

分）酬四镑。其分住各国每人工费，计国之大小，每年二三千镑不等。至于零碎报事者，工钱由馆中将其所报者逐段垛积，每足一行付二镑或三镑，亦一种生涯也。闻此报馆之总办名博克勒，年逾五旬，敖斯佛大学堂得有三次考凭之超等学生，精通干练，强记博闻，无心仕宦，而以学问致财，一年所获，比诸西国大员俸禄，殆将过之。

初二日辛巳，早雨，午初雪，雪后复雨，雨后微晴，既而仍阴。日俄构兵起衅，始自上月二十三日（西二月初八日），届今仅八九日，无非在海口水面，施用水雷火铳暗行轰击，尚未见有明杖。乃前于二十九日，即经驻英日本公使夫人率在伦敦日本各妇，仿西规出帖登报募化，以便赈济阵亡水陆各兵之寡妻孤子等。按：其帖云：

日俄开战已八九日

敬启者，凡吾人之在此地者，当思本国国家时事之际，必至念及本国水陆兵卒，执枪佩刀为君为国之辛苦艰难，因而恻隐怜恤之心生。夫人奋勇为国捐躯，忠心阵亡，其妻因而致寡，其家由是而贫。故本夫人等，因思公请我国之人，同心努力，各施善举以抚恤之，是不专为乐善好施，亦诚为吾人之所当为者。因公募一款，题曰募化赈济日本水陆兵卒寡妻孤子之善款，愿吾人各发善心，随便施助。然不敢特请本国之男妇，虽他国与日本友厚之善男信女愿有所施，则本夫人自当代为感激无既也。如有信件，祈寄比朔该街第八十四号，交日本总领事收启；如有善款，望即汇送比朔该街第百二十号，交日本长崎银行为感云云。

为日本兵阵亡募捐

30,1,3

初三日壬午，镇日阴晴不定，凉。今日复见新报一则，题曰“英之联盟”。据云，昨经林董夫人倡首，率众住英日本妇女设会募化，用以赈济其为国尽忠各人之家眷以及受伤各人。夫英与日本之会盟同心，可即于此善会征之。盖日本窘迫，其民自不能资养其勇兵于医院，使之一切安居自如；亦不能使其不顾身命奋拒强敌各人之妻子，少受无人养育之苦也。

英与日本会盟同心

初四日癸未，白昼晴，入夜雨。英国大小学堂幼童幼女教法，由三岁至八岁，每日教二十六字母及以字拼话，读小书，并随时讲解事迹小说，令诵习之。闻前某礼拜日，有阿赤巴劝众男女教习云，教男孩女孩，均以简明古迹小说，良法也。而教习或由书中选录，或自行编出，虽少虚诞之言，亦有未尽安者。盖此等教科书，纪事不妨假托，而其理要，必关乎人一生循守，以尽其所当为之事实也。先入之言，乃发蒙之本，栽培其心地，俾无偏见，无幻想，无妄为，不更进而益上欤。

初五日甲申，阴。西国疗病，不仅药水丸散诸品，更有电澡、光澡及骆岑之照透皮骨光（详见《六述奇》）等。伦敦医院现多有备齐者，然费款颇巨，故惟至富者用之；而至贫亦用之者，因其无力偿费，施舍之所以邀誉也。至于中户，医生不敢背院章，耗院费，出此珍品疗疾，且其人亦不愿倾囊偿给，故有善法亦不能一视同仁也。以此，电学会及红十字光治会，曾于西二月一日（上年十二月十六日）公立一电光医馆，在埃得卫路第三

骆岑（伦琴）

“电光”应是X光

十五号。各医院之中户病人，有须用电光诸法调治，则送入此馆，据云所费较医院半之。光澡是为晒日法，小木房一，或玻璃室，上下四旁不使透风，病者赤身在内，置映日光晒之，去肌肤以内之疾，西法谓日光能杀人身之微生虫云。

空气不能以平方计

初六日乙酉，阴，风，冷，入夜尤烈。西人谓一人寝室，必得一千平方尺空隙之空气供其呼吸始无病，故凡贫户矮屋，每间居人何数，寝室睡人何数，官不时派人详察。英例，国之风篷轮船将启碇，均报商部派人察验，专载货者不得载人，船之新旧大小，货之分量重轻，于载运招工，察验尤审。既勘船身，复稽其所载人数，卧立空隙是否足供呼吸，厨灶是否可造若干人之饭食，食物是否新鲜，净水箱中水是否足供一路，卧榻是否敷用，通船上下是否洁净。一或不当，令其变更如例，毋或不从。船将开复验一次，再有违例，拘留不准行，皆所以卫民生也。

初七日丙戌，微晴。英之规则，凡豢禽兽供人日用者，或种类新异，或畜之得当，适人之口腹，长人之精血，如牛马猪羊鸡鸭鹌鹑，鸡肉嫩而白，骨细而粪小，鸭两月即肥大如饲半年者，皆有人购而孳息之，官更有赏焉。去伦敦西北百里埃斯百里地方，一种肥鸭极轻嫩，昨于稼穑会中，一只雄鸭得第一赏，人以七镑十五先买去。又雌鸭一只亦得赏，市五镑。又雌雄十五只，共卖三十一镑。英之国家买送新锡兰（见前）作为佳种，期其蕃衍。

优良品种可得奖赏

初八日丁亥，阴冷而微雾，入夜风，晴。英医医病，

30,1,9

又有气澡，洋名“埃尔巴斯”。式同光澡，一箱如木笼，病者赤身坐其中，头外露，箱下有管通以热气，热气上蒸，病者汗。心燥则食鲜果，或饮凉水，饮愈多汗愈出，周身如洗，内外诸病自消。据云此法专治疲倦及心力交瘁、脑弱无神。闻之英兰中界稍南柏克晒府之牛百里城人，现合资一千五百镑，公立气澡馆，以便乡民。

[八述奇卷十终]

光绪三十年正月初九日戊子，早晴，午后阴，冷。伦敦酒店酒馆实繁，卖啤酒之巴尔皆领有官凭，又虑贫民醉饮滋事，每礼拜日申正方许开门。此外通城尚有已领官凭售易醉之烈酒一万零三百九十处，以居民人数扯算，一铺供四百三十七人；按房数计之，一铺足供五十五家。老城人多，而此酒铺亦多，苟按是地之酒铺及人数扯算，则一铺仅供四十三人。现在各地方官公议减放官凭，酒铺既少，有益于贫民工役之身家。 售酒之处

初十日己丑，镇日阴冷，黄雾迷漫。昨闻德国巴威里亚邦木泥城人郗尔特，创一种深夜用电看时计法。悬时计于天花板，旁置大如钮扣之电灯一，夜间欲知时刻，手按电灯之古米管，卧床仰视，时计之巨侔于教堂钟，纤毫毕现，且省目力。未考其电灯何法制成，要不外光学显微之理尔。 木泥城（慕尼黑）

十一日庚寅，阴冷。西人疗病，光澡、气澡、电澡而外，俄国又有冰澡、雪澡。冰澡择河湖水浅处，钻冰作孔，病人晨饮卜兰的酒少许（性如烧酒），赤身，腰围毛

毡，跳入直立，冰水齐颈，而头外露；以法伦海寒暑表候之，水之冷不得逾三十二度，然其人必体壮气足，方能胜之，医云洗浴片时，可疗百病。雪澡则多在倭里朔芬地方，雪厚故也，病者赤身，腰围布袋，滚卧雪中，以粗布裹雪，周身擦抹，时之长短量身之强弱，久浴自愈。凡浴者须早晚饮水，食必有硝盐淡气，如粮食、乳饼、牛乳、豌豆、扁豆、鱼虾各物，以助养其气。

伶人位列各工之上

十二日辛卯，阴。中国以伶人为贱役，西国列之各工役之上，非上流人不能与之往来。即以女伶论，其技优名著者，既以富姬、夫人、小姐自居，而国君亦有时赏以宝星及爵名，如亚子亚男各号，以故男女有色尔（见前）、蕾的（夫人也）之称。闻有柯来格拟设一伶人学堂，幼童雏女往学者，各量其才，分类教之，学有门径，则梨园易入选云。入夜，雪。

俄军出师时之仪式

十三日壬辰，昼微雪，入夜寸馀，到地即融。中国起营，例祭帅旗。闻日俄两国构衅，俄皇着礼服，率太子宗族，入宫中教堂，跪祷上天，佑其开仗得胜，兵将平安。牧师绒冠大氅旁立，极为虔肃。各兵船每晚戌正，牧师正立，左手持经，右手上伸指天祝祷。各兵横排跪向牧师，齐声唱诵晚经一次。官与兵启程去国时，所诵祷告数语为“上帝长生，有善无恶，保佑慈悲。吾人属俄，此次出兵之义大公，故愿我兵完而敌兵破。我兵奋勇，前进不惰。上天开眼，指示妙策”云云。诵毕，牧师复洒圣水于各兵头上，使兵信此水可保不能受伤，或头上可保不着弹

丸也。

十四日癸巳，早起依然飞雪阵阵，午初微止。午初二刻，余率马清臣与荣骥乘车入贤翟木司宫赴朝会，今日传谒本国文武员弁甚少。各国公使中，日本文武随员多至九员，俄国头等公使未到。太子暨诸王公身后，立一红衣护卫手拄长矛，因年老久立，腿倦头晕，倏尔跌倒，即经人扶至旁凳少坐，既而搀入内间。未初一刻会毕。

十五日甲午，阴，时而微雪。记伦敦上、中二等戏园，购入场券于临期或数日前颇不易，即购于半月前，亦以卖尽对。问宜何时再来，则曰俟一月或两月。实则头、二等券戏园出售无多，皆经各处代卖座票局包去；若觅之附近局，不惟券易到手，座亦称意，惟较戏园者贵半先或一先耳。票局与戏园，是谓虎与伥。

十六日乙未，阴雨。昨闻英兰某处，有地纵横九千四百六十尺，有旧房一所，昔有戛尔赛以三千一百镑买之，今复出售索五千六百镑，经人公断以五千一百镑，佥云若依亩估值竟为二万三千五百镑一亩，合华之库平银一十八万八千两。亩于英为四千八百四十方码，当中国六亩半有奇。中之一亩，彼之七百三十三方码半耳。上海每亩涨至四千两，六亩有奇数仅二万六千馀金，较英尚贱六七倍。洋人至中国，赚钱易，购地贱；中国人在外，挣钱既难，又安得贵地购之。 中英地价差六七倍

十七日丙申，镇日阴雨。白雾迷漫，道途泥泞。伦敦别出一种生涯，乃代人割裁新报局，洋名“普蕾斯柯听

斯”。因英报以千计，不能人人依数买阅，遂设斯局。人之专司某事，关乎某类新闻，欲遍浏览，令局人每日于各报纸检搜，裁割之，封寄之，费款无几，而所闻者多，良便。中国使馆喜闻事关中国者，亦曾属此局照送，比及入目，多非确实紧要。尤可哂者，局人裁报粗率，遇有“中国”二字，不拘何事，概行羼入。如瓷器创于中国，英呼瓷曰“中国”，报中论某铺所售之瓷器如何，亦剪出送来充数。所裁不论长短，二三横至一二百横，皆曰一篇。价一吉呢一百二十五篇，二吉呢三百篇，三吉呢五百篇，五吉呢千篇。并备一种白纸集腋簿，长一尺，宽八寸，厚一寸，以便随时黏报，用备考察。其常行者每册七先半，装池华美者十先半。

向剪报局订阅剪报

十八日丁酉，阴。闻昨义国正西近海苇土埔地方掘出古车一辆，据云乃二千零五年以前物。双轮甚大，轴粗尺馀，车无箱，仅后三面有靠板中高四五尺，宽三尺，左右高约三尺，宽尺半，通作  形，造以铁木。刻有头生双飞翅，手执铁牌枪剑之人，草草不工，略具形似而已。土人定值，珍同古董，伦敦博物院商以二千镑，卒为纽约万国博物院以二千五百镑取去。

二千年前古车出土

十九日戊戌，镇日细雨黄雾。英国下流社会人饮酒之多，去岁一年一国三岛中所饮易醉之酒，共值一万万七千四百四十四万五千二百七十一镑，以通国男女老幼分计之，合一人四镑二先四本士。又灰斯几烧酒，每年由苏格兰贩至英兰者约三十五兆加伦（每加伦合四瓜，见前），

灰斯几（威士忌）

30,1,20

据云灰斯几酒本系酿以大麦，按七十万夸特尔（见前）大麦仅酿十二兆真酒，是实得三分之一，其他二分系杂以珍珠米、番薯与糖水，人饮之尤无益。是时苏格兰人之饮灰酒者，将设法立会以自保云。

二十日己亥，细雨阵阵而微雾。英国老幼男子吸烟者多，水师诸生在老船习练者，每年按季其父母加送糕点。昨经“安珮斯”船船主戴威来查出，各包中有面饼层层挟烟丝者，有将面糕开孔填小烟卷者。此弊由来，以诸生在船无处可购，又因例禁吸烟之故。英人所用小烟卷，以年计算，十分中有二分五来自他国，合其数约六十一万九千斤。英廷原拟加增大烟卷进口税，恐于小烟卷税务有碍，故暂停办。

水师诸生违禁吸烟

二十一日庚子，镇日阴雾细雨如昨。闻上礼拜某日，英太子妃乘车至老城柯乐肯卫街，突遇一童骑脚踏车，迫不及让，遂撞童车。童车折，童仆，童负伤。乃命巡捕舁入附近医院诊治，并询所业。以告，因知童子乃日以骑车驰送信件为生。遂逐日遣人赴院探视，童渐愈，则引至车铺，属其精择一脚踏车，作为赔偿。

太子妃赔偿送信童

二十二日辛丑，早大晴，申刻微雾。闻去年伦敦通城男女小孩死于非命者三千五百八十五，火焚者一千六百八十四，乳食不当者一千四百二十，其父母寝而压毙者四百八十一。询其烧毙之故，因其父母他出，投钥键门，小儿在内任意嬉戏，冬月火炉不设保险具，遂玩火柴烧布焚纸，又或因触倒一种贱油灯（油名帕拉非因），均致殒

命。贫苦人家不备小床，咸以孩离父母睡恐其感寒，或母离床乳儿感凉易日病为辞，于是儿在母被多压死。西俗，儿生六阅月例应停乳，已为过早。而贫家少妇，竟有于七个月内哺以铁罐牛乳、葛粉、谷面之属，一年以内之婴，食此安得消化？目今官拟立法禁止，并代为安置，使费用无多，全活者众。

保育婴儿之立法

二十三日壬寅，晴。英国各城有税，名护军税，创自西历一千六百六十年（即顺治十七年）。当英君查里第二之世，每城驻扎乡勇一营，月饷出于通城间架税，按镑抽半本士。税虽不重，然三百年来乡兵早撤，而今之地方官依然照数抽收，城民不遵，遂止。

二十四日癸卯，晴，稍凉。闻英宫一年所费共六万一千五百镑，贤翟木司宫之地窖存酒约值千镑，宫中一年用度者二万三千七百五十镑。宫中园囿所费十万零四千一百镑，碧绿囿、海岱囿、贤翟木司囿三处园工、巡捕及看守人之钱粮共一万零六百四十二镑。其他随时杂费，合二十五万五千五百六十八镑。

二十五日甲辰，晴。现闻巴里新创一种跳法，名曰踢球瓦勒自。于跳场四面之正中，以彩绸竹竿扎一小月门，高盈尺，四面画半圆径六，地置古米球一，大如茄，跳者男女六对，各在径内，随跳遇球即蹴，能脚不出径而蹴球穿过月门者胜。

二十六日乙巳，微晴。数日前在英君前行走之内大臣伯爵潘百禄以柬来云“奉国君谕，于三月十二日礼拜六

30,1,26

请与国君共桌晚膳

晚八点三十分（即今日）卜静宫中请中国钦差共桌晚膳，望着礼服，佩带宝星，希赐回音”，饬交内廷首领。戌正，余着袍褂带宝星乘车往，至宫前，车入正门右铁栅栏门，转至正殿前，下车步入。向左登楼，两旋入大厅，会各国公使及本国世爵文武大员，共二十九人。礼官先以排定座单传观，俾客预知坐位。少立，旁门开，别入一厅，国君中立偏右，各人陆续步入，向之鞠躬握手。见毕，齐立君左门旁，与君相向。既而左门开，君前行入饭厅，众随后以次而入。厅左别一大间，坐御前之护卫乐兵一班，当国君引众入时，乐奏《天保君王》，后乃按时分奏六节以侑酒。厅中横一大长桌，陈设鲜花果品，式同他处，惟一切盘碟碗罐皆金器耳。入座后，先上汤两种，一肉精清汤，一豌豆汁浓汤。再则烩面裹蛎子六七枚，盛一周盈尺之蛎壳中（盖烤时同壳置炉旁洞中，熟则连壳举来，既壮观，更示蛎子之大也），进置金盘上，食毕，盘与蛎壳齐撤去，换放一净金盘于前。后此则一小瓷罐，式如钵，周一尺，高寸馀，进置金盘上，启盖则土伏炖鹌鹑一枚，自倾于盘，仆夫将罐执去，食之热而适口。他则烧鸽子、烤羊肉、鱼团、白煮鸡、煮龙须菜、冰乳、鱼子，均与他处同，然肉皆肥嫩，味皆鲜美。鲜果桃、梨、葡萄，酒五种。食毕齐立，国君先行，众随后，步入他间，内横两桌，一列多种酒瓶与杯并汽水，一置大小烟卷并油棉火绳各物。先进加非一杯，既而吸烟饮酒，国君一一向众畅叙交谊。十二点一刻，君始转入内宫。今日各国公使之入宫

周径盈尺之大蛎壳

赴宴者，头等者德、俄、土，二等者中国、瑞典、瑞士、比利时、鲁麻呢亚、暹罗、希腊。余列第五，坐英皇对面第二座。

位列第五与王对面

二十七日丙午，晴。西国电信如中国之驿递文书，按站书以接送之时刻；而外国号码，每因匆迫误识时刻。即如1.25本为一点二十五分，错认则为12.5十二点五分；且3、5二数忙不易分，误以5为3，则为一点二十三分或十二点三分矣。因而新创一种表，为电信邮政各局之用，乃不用数而用字母代之。如由一点至十二点用a、b、c、d、e、f、g、h、i、k、l、m十二字母代十二码，如表之长针在l，短针指m，则作ml，是为十二点五十五分，短针指a长针在b作ab，是为一点十分，bb为两点十分，ka为十点五分。然此十二字所指，系时刻及各五分与十分，其他各分，乃于每二字之间又加以r、s、w、x四字。如短针指h为八点钟，长针指s则为八点二分；长针指r为八点一分，作hr；如作hw，则为八点三分；作hx，则为八点四分；作ha，则为八点五分；作har为八点六分；作has为八点七分；haw为八点八分；hax为八点九分；hb即为八点十分。依此类推，极清楚，亦良法也。

电信以字母代数码

二十八日丁未，晴。凡前日入宫筵宴，皆须于两三日内往彼画押致谢。申初，余着行装乘车至卜静宫，仍入正面右栅栏门，至右角国君门簿厅前下车。入内，门右支长桌，上置一簿，横盈尺，长尺半，印就行行横线，簿旁列笔墨，宫官濡笔以请。遂依列横书其上曰“中国钦差张、

30,1,29

坡兰坊第四十九号”十馀字。

二十九日戊申，晴。伦敦道虽平坦，而往来行人车马最多，因频日阴雨，不免泥泞。通城凡街之繁华处，行人经过之道，皆有男女扫除以讨钱。兹闻卫斯民司得大教堂、下议院之间，早晚往来官人甚多，原有一人朝夕扫径讨钱。昨议院议定派其人为官役，名曰官扫横街使，并分议院附近房间为伊值宿所，工钱每点钟七本士。往来行人若有施与，每月所得，足敷衣食之用。此项人向有绰号曰“柏克”，柏克者，碱水也，其说未详，大要取喻洁净之意。 扫街人绰号“碱水”

三十日己酉，晴。闻英国议定，上下议院之费款合共四万八千三百镑，巡捕工钱本年合三千一百镑，煤火灯烛洒扫等共需二万三千三百镑，修补收拾用六千零五十镑，印字处加添升梯九百镑，报事人房中添用风筒等用五百镑。

二月初一日庚戌，微晴。皇叔堪卜立址公卓志，系堪卜立址公阿多福之子，英君卓志第三之孙，生于西千八百十九年三月二十六日（中嘉庆二十五年），现年八十五，前充马军元帅，至西千八百九十五年（光绪二十一年）年老致仕，今早在格娄斯特尔府逝世。即时街市各大铺皆下半旗，外部先来黑边讣闻，礼官亦由贤翟木司宫内公使司来文，内称“奉君谕所定本月十八（即明日）、二十二两日在卜静宫之妇女朝会，皆暂停止，俟耶稣复苏节后，择定日期，再行奉知”。外附内廷大臣署中传谕一纸，其 皇叔逝世

单云“奉君谕，朝廷素服着自明日始，穿六个礼拜，至四月初八礼拜五日（即本月二十三日）改为半素”。

初二日辛亥，阴雾。午后着行装乘车赴卜静宫、太子府及格娄斯特尔府三处门簿画押吊唁。又礼官来文，内称“择于本月二十二礼拜二日（即初九日）堪卜立址公灵舆发引，午初在卫斯民司得大教堂唪经，奉君谕请示贵大臣能否前往，望速示知，以便预备座位”云云。

初三日壬子，微晴，凉，申正细雨。百年前西三月初五日创一圣经会，英名“拜布搜赛伊的”，义乃醵钱多印，分送四方。至今恰百年，遂定庆贺，分圣饼与儿童。于正月十九日（即西三月五日）午后在阿拉柏堂集会幼童八千，分坐四面。始而众人齐声诵经一次；继则教习巴屯、教士司梅依次陈说一段，无非劝善劝教之意；末则克立坚夫人以刀割苻林斋糕点铺所施百斤重之圣饼，分与众孩。又在门外割分千块，逐块包以银纸，盛以小匣。各孩受之，皆欢喜奔回。

集会幼童分与圣饼

初四日癸丑，阴。西人谓中国医学太古，西国医学日新。其外科原可接踵华陀，至其内科，多未可恃。华人生病，洋医疗治，久而不愈，终未得愈者，如曾袭侯、龚仰蘧、罗稷臣、许竹筼星使夫人、罗稷臣星使夫人、刘鹤伯（孚翊）、文嗣旃（续）、曾袭侯之三少君、顾康民之大小姐是也，是皆为余所确知者。前同文馆法馆学生翟青松，现随使义大里，其妻患痨，洋医久治无效。因与驻比随员陈剑航（漳）善，知其通医，遂将病原写去，请其酌量

西医内科多未可恃

立方。及方到，而比、义两使馆皆无药料，乃又寄方来英以求药，即饬医官郝桐冈检备五剂以寄，此五日前事也。今日复来一方，谓前药有效，求寄十剂。即此以观，无论其人能否病愈，而悬度立方，即能见效，不能不谓其较胜洋医也。惟病者居义，治者在比，而取药于英，各相隔数千里，亦属新闻。

初五日甲寅，微晴。堪卜立址公之灵柩，于今早巳初以炮车由府第送入卫斯民司得教堂，有御前马步护军列队护送，有的音（见前）等在彼迎迓。车至，记名武弁八名舁柩入，停于台前正中，柩盖罩以国旗，上置彼之王爵金冠。左右立二烛奴，上插长三尺黄蜡四枝。灵前并无花圈、十字各物，兵皆守宿。炮车运柩之故，以死者曾任陆军将帅也。其运法，前车药箱不坐兵，后车以柩当炮位。

初六日乙卯，晴。前日由礼官行文各国公使，以今日午初为堪卜立址公在卫斯民司得教堂唪经，奉君谕恭请驾临为言。巳正余青褂带宝星（西礼也）乘车往，见一路由白堂街兵部门外至教堂前，缘途地铺黄沙，每隔半箭两兵对立，双手举枪，并有马步巡捕按段弹压。兵后楼前，男女拥立。楼上各间，亦多开窗赁座，便人观望。兵之始由兵部门外对立者，因英皇由卜静宫走玛喇街经兵部入教堂，而灵輀亦由教堂过兵部赴茔地也。教堂之前，左右亦有马步兵排队而立。余至堂西门，见其外支布帐，地铺花毡。下车入门，左右立兵，兵后男女如云。入二门，行数武进三门。左右坐槅三层，前半上层坐各国二三等公使，皇叔丧礼

中下两层坐各国武官及武随员；后半三层，上坐本堂沙弥等，下二层则上坐各国头等公使，下坐皇后及太子妃等。既而本国及各国之王公、太子、世子、王夫人、郡主辈陆续到齐，至十一点钟，本堂首牧师及军营大教士等率众沙弥出堂外迎接。

王与各国贵族俱临

届时，先一人双手举一长矛入，再一人举一金花十字入。少待，则白衣小沙弥二十对，白衣红领教徒十二对，鱼贯而入，分坐左右楄中。再则二牧师教士，各光头着绣花绛氅如袈裟如斗篷，缓步前引，后则英皇与后及太子妃步入。皇后与太子妃入坐旁楄，二教士步立台上，君坐灵前。其左右分坐者，为宽诺公、太子卫拉斯王、代德皇吊唁之王爵阿拉柏（德皇叔祖）、美克林堡斯台立兹邦太子阿多福（堪卜立址公之甥）、驸马丹国二太子查里斯（三公主墨德之婿）、王爵阿色尔（宽诺公子）、晒隋豪斯田王爵驸马克立坚（王妹海莱那之婿）、晒隋豪斯田世子阿拉柏（公主海莱那之子）、泰克公（堪卜立址公之甥，英太子之岳丈）、巴坦堡王爵鲁伊斯、泰克王爵阿来三德泰克王爵茀兰溪（以上皆太子内弟）、驸马发艾茀公（公主绿衣姒之婿）、驸马阿盖公（王妹绿衣姒之婿）、堪卜立址公长子三等水师提督阿多福、次子副将敖古斯，再则代奥皇者为水师提督孟坦球古里，代丹国王者为驻英丹国二等公使，代卜鲁戛里亚王者为副将祖戛欧，代巴坦堡邦之公主碧阿特丽姒与汉丽者为副将库乐本，代坑柏兰公者为伯爵葛路特，代男爵夫人公主茀来得立者为男爵郎明根。

30,2,7

自国君入门以来，楼上乐工连奏四节。一奏西一千六百九十四年前君主马丽第二之殡乐，二奏勇将乐，三奏英雄乐，四奏殡葬乐。此后则忽而沙弥同歌，忽而牧师朗诵，众则忽立忽坐，多与他处所见者同。惟此次所摘歌句，多兵将、战阵、髯栗、旗帜、获胜仇敌、舍命捐躯、信天前进之语，或因死者曾充将帅，有功于国之故。末则牧师祝诵数语，继而御前传报使立于台上朗诵堪公传。诵毕，举矛人及沙弥牧师等依次先出。再则第一，副将侯爵赖诺克斯（黎池门侯之子）双手托一方枕，上列堪公之版笏；第二，将军狄隆托一方枕，上列堪公战功各宝星；第三，提督韦良思托一方枕，上列本国各头等宝星。后则八员记名武弁肩柩出堂，脚前而头后。柩左右随行守护武官、将军、提督等二十员。柩后第一英皇，再则太子王公等，末则堪公二子。各国公使、武官，亦皆依次陆续随出。皇后太子妃等皆出南门，由牧师院内登车。柩出西门置炮车上，则又头前脚后。然后国王以次，一一登车。炮车之前，各营马步兵二十三队前引。炮车后官车六辆，乃英皇、太子及他各王公驸马，车后护英皇亲军马兵一队，再则堪公二子车一辆，其后为各代理公使、各国武随员及提柩罩使洋名“坡勒贝勒尔”，共车十二辆。前后车皆双马，车夫跟役皆米色褂，头顶且字形宽檐金边黑绒帽，与平日所见之送殡车不同，马非长尾乌骓，车夫亦非乌纱围帽。殡入兵部门后，各国公使车皆分路驰回，时已未正。

奏武将乐与英雄乐

灵柩前后左右之人

初七日丙辰，阴。闻昨日堪卜立址公之殡，入兵部前

门，出后门，过教场，西行稍北约三四英里，至堪萨格林地方王陵礼拜堂时，自国君以次下车，并有大牧师、军营大教士等在彼迎候。舁柩安葬时，大牧师等捧经祝祷。礼毕，先经步队护军齐行举枪，向上连放三声；继而英皇护卫行弥撒礼，乃吹角呦呦，以报其终年。葬毕，国君等皆登车回伦敦。柩出教堂至于安葬，囿内营兵随即声炮，以扬其威，以鸣其悲。自教堂至葬所，沿途左右立兵十八营，共一千六百名。

吹角声炮以礼安葬

初八日丁巳，阴。西俗各国王族互结亲好，王室支派嫁娶亦必世爵子女。英皇之叔堪卜立址公，幼娶著名女优费尔卜洛仄尔为妻，王门不认（欧洲伶人声价之高至此无用），妇遂以费滋卓志为姓，称曰费滋卓志夫人。中年生二子，一阿多福，一敖古斯，亦皆费滋卓志为姓，现已居官。王室虽不认，而通国咸知为堪公之子。其易姓之由，循英例，自国王以及王室各王公，生有私子不入族谱，必于王公之名上加费滋二字为姓，费滋译为“之子”。堪卜立址公本名卓志，二子改姓费滋卓志，即卓志之子。

王室不认女优为妻

初九日戊午，微晴。英俗人死既殓，停柩室内，或正中，或临墙，择其地之不碍人往来行动者。柩在室，头居前；柩出堂，脚居前；舁上灵輀，则又头前脚后；葬时不论地势若何，安柩必以头西脚东，意谓亡者坐起向东面也。土人云，意本教经，盖谓将来耶稣仍自东来，死者迓之，护福无量。无何有之乡，广漠之野，有神人焉，夜闻

死人头与脚之先后

30,2,10

二鬼语，盖雅与欧也。雅曰，尔何仆仆东来，何死而游不倦？欧曰，予浮海至加利利无获，将以为耶稣在远东，予盖往谒耶稣者也，汝安之？雅以西天礼佛对，神乃大笑之曰，吾睹若辈亦多矣，东西迭徂，绕地一周，惟汝雅仍还北邙山下，如汝欧仍入旁教堂之首丘，徒行此三百万里，其何遇之能有？

初十日己未，晴。前于初二日进宫挂号时，见沿途各官衙铺店皆下半旗，惟皇宫与兵部皆悬满旗。盖皇宫于友邦之丧始挂半旗，兵部之满旗乃因是日系皇妹三公主绿衣姒称为阿盖公夫人之生辰也。按：堪卜立址公既为英皇之胞叔，亦即三公主之胞叔也。侄既素服，而侄女生辰，兵部不下半旗，未晓其故。 皇宫不为皇叔下旗

十一日庚申，阴雾。在老城维克都里亚君主街有一官署，英名"阔来之敖阿尔木"或"贺勒滋阔来之"，微似我国鸿胪寺，专理王室一切登基、加冕、婚丧礼节，并宣报国君或后崩薨之凶信，以及太子、公主产生之喜音。内一侯爵总理，"贺勒"者六，"坡苏伊万"者四，意皆宣报官也。此署始自数百年前，署名及官名仍皆仿古，然应办之事不能多，故兼管今古世爵并曾赏有勇号之家谱，勇号曰"阿尔木"，故是署名阔来之敖阿尔木，意乃勇号院也。于是别有宝星官曰戛尔特尔，意同勇号官，主簿曰蕾几斯特勒尔。

十二日辛酉，白昼晴，入夜大雨。英俗，无论男女老幼，气初绝即行擦洗，装殓则上身一汗衫，下一白布裤而 英国人之丧葬风俗

已，两腿缠以布。非世爵官宦，不以礼服殓。棺中不垫褥，头下枕以薄毡一缕。殓毕，棺口左右钉白布两长方，俟亲近子女戚友临视后，将两布交搭掩尸，乃合盖钉柩。

十三日壬戌，镇日风雨雷雹，入夜大雨滂沱，忽而皓月。英人葬礼，间有似华者。棺之前后左右钉铜环八，每环系黑绦一，人工四名以二壮绳悬棺下穴，丧家八人各引一绦，作助窆状，与执绋引灵輀之意同。其次序，近前和者第一，妇死夫执之，冢子执旁后和者，二子、三子次于夫，四子、五子次于冢子，六子、七子执当腰之左右者。父丧则冢子居第一，若子嗣无多，则请至契戚友代执。棺入穴后，丧家各抔土少许纳之穴，以引掩埋之土，次序同于执绦。最近之戚友，尤可行之，以申笃谊。

十四日癸亥，阴雨，凉。西国棺罩，四角有穗，送殡时请戚友手执以行，意亦同中国之执绋，然鲜有行之者。曾立战功之武职大员，殁后出殡时，牵其马于灵輀之后，系其战靴于镫，靴头乃向马尾。

十五日甲子，白昼阴，入夜风雨交加。闻堪卜立址公殁后，英皇赏其二子乃特勇号，于是改称曰色尔阿多福、色尔敖古斯。盖凡膺此乃特及巴伦（此称华人强译曰从男爵）赏号者，咸以色尔称之，意为尊也，长也。且专称名而不称姓，如前之驻华英使威妥玛曰色尔妥玛，总税务司赫德名本乐彬，曰色尔乐彬是也。受赏之礼，则跽于君前，君坐而用剑点其两肩，随点而言曰“授尔乃特，授尔乃特”。其五等之世袭罔替者，世代家谱存勇号院，

色尔（爵士）

30,2,16

历来花号或记号，皆列之谱。至新授赏号，皆赴院报号登簿，自创花号，自择形式。如赫乐彬以功在中国，则牌上中画一鹿，右一龙，左一孔雀。不能自绘牌式，口授院中主簿代绘。此号如不吝税费，则夫妇随处可用，故后子侄兄弟亦可用。设有人冒用，勇号院有册可稽。其主簿专司各事，且熟悉一切，闻一年俸薪仅十四镑一先九本士，而每年所收各费乃至三十馀镑。

赫德以龙为纹章

十六日乙丑，晴，风。今日为西四月初一"好礼拜五"日（即耶稣受难日），铺户人工皆休息。中西丧礼有迥不同处，如子不守灵，不守墓，不哭不跪，不稽颡；在家与客并坐，出殡乘车不着凶服，仅围乌纱一圈于帽顶臂上。西人五服只有斩衰，服中致书戚友，信纸、封筒咸白色黑边，封面戚友之名姓不加别色，似戚友亦在制中矣。

中西丧礼不同之处

十七日丙寅，晴，入夜风雨交加。英君与后前于十二日酉初坐四马敞车由卜静宫至柴苓十字街火车栈，君着水师总帅戎服，左臂围乌纱一缕，宽约四寸，君后头罩乌纱，身披黑氅，有堪卜立址公服也，将赴丹国贺丹王克立坚第九西四月初八日之生辰，并游玩"鸡蛋节"。太子暨妃、丹国公使达碧携妇与子送别，即时车开，至维克都里亚海口登"维克都里亚阿拉柏"船，驶赴和国西南富乐兴海口（见《航海述奇》），十三日申初上火车即开，十四日丑正过汉柏尔，申正抵丹都扣喷哈根。

丹王生辰英王往贺

十八日丁卯，晴，入夜雨。本月初一日为西三月十七礼拜四日，乃爱尔兰岛所奉主神贤帕特立克之诞辰，不惟

爱尔兰岛所奉主神

寄居英兰各爱尔兰人胸前襟边插一束沙木洛草（详见《六述奇》），君后亦遵前君主维克都里亚之旧制，赏御前爱尔兰护卫各沙木洛一束，以彰三岛一国之谊。并有善男信女，开会卖新到鲜沙木洛，每匣二先半至四先十先不等，所获之息，赒济水陆兵卒。

十九日戊辰，晴。昨日系西四月初三礼拜日，为耶稣苏生节，又名鸡蛋节（大义详见前），铺户掩门，人工歇业。西人命此节曰“伊斯特尔”，其名之由来，乃古之女神名。此节无定期，总以彼春分之日为正日，戚友相馈以鸡蛋，昔用苏木诸料染成杂色，遂踵事增华，竟有糖面、绸缎、花纸、勺勾腊之假蛋二三寸者，尺馀者，含藏食物玩物之类，价自三四本士渐至七八先（详见《五述奇》），今岁有至一二镑三四镑者，质用金银，内实糖果，且羼藏小表，固非寻常礼物也。

复活节蛋踵事增华

二十日己巳，阴，入夜雨。英国平民之于子女虽无溺爱，然往往不施教育，长大无能，以故城中善男信女，每思设法收养，以弥其憾。闻昨城北，东芬池蕾地方之拯救队堂（此队英名萨勒瓦慎阿尔密，详见《六述奇》）拍卖小孩十三名，男六女七，乃请人收养，假名于拍卖也。彼时男女客会集百馀，孩之父母与焉。首善登台宣于众曰：“吾辈之愿收此孩者，当竭力教养，务使其此生得安乐，并期诸来世”，意在令其诚心奉教，生则得上天保佑，死亦可升天也。一小时后，自承保养各孩者，均当众人以虔心教养为誓，务期学业有成云云。并向孩之父母商

当众领养贫民子女

30,2,21

明，不平时探访，不任意领回云。

二十一日庚午，晴。英之大餐，佐牛羊肉必以油、醋拌生菜一碟，如白菜、生菜、芹菜、金盏菜、荜荳、蛇麻各品，贫家亦必拌以切片煮熟之凉番薯。闻近日阔文园饭馆中，创以拌莲馨花，洋名“蒲里木娄斯”，意乃早发玫瑰也。西国庖丁渐学华法，亦烹海参燕窝，不日亦将食白菊火锅矣。

西国庖丁渐学华法

二十二日辛未，早晴，午后细雨阵阵。西国妇女长衫，向有盛物暗兜，裙之左右者易被剪窃，身后者零星物件易于遗失，袴前之备骑脚踏车者，步行又不壮观。近出一种袜上兜，未见其式，亦不知何以取纳物件。

二十三日壬申，晴。西国古时兵队前多用神旗，谓圣神随护，以壮兵心。如八百年前之英国兵旗，杆作船桅形，杆头置银圣骨盒（详见《五述奇》），盒上插贤皮特、贤韦福立、贤卓安三圣旗，杆长体重，举之不易，遂驾以双轮小车。今则各国均用国旗分营队矣，惟俄仍旧制。神旗之杆，长约丈，粗盈握，杆头或插金鹰，或十字，旁系带穗长绦，或一缕，或两缕，有空白者，有有字者。方旗横幅较长于直，四面或字，或经咒，或神名，中立神像，形如中国焚冥资之包袱及陀罗经被，或彩画，或刺绣，五彩相耀。重不易举，马队之兵官右镫旁有铁托，行时插入铁托，右手执杆之中，方觉省力。

“金鹰”原作“金莺”

二十四日癸酉，微阴，入夜大风。泰西各国军中乐器，无非大小鼓号、喇叭笛箫等。俄则异是，其领队者先

俄军中之特殊物件

举一长矛，杆之粗长同彼神旗，尖头系五色绸条五六，宽各寸馀，长四五尺；下一铜盒周八九寸（内盛谅必圣骨），盒下三四寸一铜覆碗，周约尺半，缘边满垂小铜铃，左右别系二绸条，长各三四寸；再下尺馀又一铜器如仰盂，大与覆碗同，左右垂四小铜钟。矛之体较神旗尤重，未悉其意何在，谅不出乎圣神保护之谱耳。乐器则笛箫、铙钹、八角鼓、琵琶，随行奏之，别有音调。

二十五日甲戌，晴，暖。闻俄之兵规，每一点钟步军行二洋里半，马队七洋里半。俄路长天冷，随营必有一二滑稽之人戏谑歌舞，俾兵乐而忘疲、忘饥、忘渴、忘风寒。营中每晚八钟一刻后，兵皆得闻，于是任其歌舞，舞则吹箫跳跃，歌则胜敌凯旋各曲。官亦喜其歌且舞，每列盛筵，惠以美酒，以鼓励之。

二十六日乙亥，晴暖如昨。昨闻白鸥街有年老义大里人名刘伊吉，手转风琴讨钱，其琴朽坏，柄转虽响，而直腔无调。巡捕乃捉入官厅，讯知年迈耳聋，自以为手动音作，不知其声调谐否，遂判定收监一日。

禁犬入境

二十七日丙子，晴。英例禁携犬入国，以防传染病症。闻昨英国邮船由法戛蕾海口携日本二猎犬至都伍，云二价二百五十吉呢。经税关察出，判定船中人与犬，皆限六个月不准登岸。

二十八日丁丑，晴。伦敦美尔夫妇因伊斯特尔节，定于西四月十三日礼拜三在公署约戚友晚酌，上月初夫妇具柬来。今日戌初二刻，余偕金氏着公服乘车至，登楼见

30,2,29

毕，少立。俟客齐，埃及堂正门开，有人执金棰、宝剑前引，美尔扶金氏、余扶美尔夫人前行，后则男女客两两步入。其桌列作  形，主客男女二百八十，美尔夫妇正面中坐，坐余美尔夫人之左，坐金氏美尔之右，再则希腊、比利时、暹罗三国公使之眷属等。入座后楼上阵阵作乐，先齐立祝谢上天赐食，继而坐食煮熟凉睢鸠卵粘细盐，再则甲鱼汤、白煮鱼、炸小鱼、鸡肉、羊肉、冷煮鹌鹑、凉糕、热糕、酒食、加非、鲜果、生菜等，丰美可食。食毕，美尔先领众立起，举杯恭祝英皇，或再祝皇后太子与妃之福，乐于是随奏《天保国王》一阕。后此美尔及他文武多员，各立演说一段，有云伦敦医院创立已三四百年者，有叙王叔堪卜立址公之功、设法保守医院者，有谢美尔夫妇优待者，子初始毕。出席入他间吸卷烟，少叙而后散。

夫人金氏参加应酬

二十九日戊寅，晴。西国亦多骨董，昨闻著名建造工头胡八，其人过城西某巷旧货铺（京中呼为挂货屋子），睹窗内一旧木匣，由尘封垢附中，审非时物非常用物，询其值则三十五镑。携至家子细睇视，木质横式，长一尺八寸，宽九寸，饰以彩画；匣下支以银橡树子八枚，匣盖与身之四角皆包以精工银花，且在盖上正中覆一银碗，以便藏弃秘件。别有关键可使启闭，上有 D's 及 H 等字十处并暗号等；定为前法王罕里第二供奉布瓦介城灯光菩萨狄阿那之物，诚三百五十年前之骨董也。遂以二十五镑买去，今已售于南堪兴坦博物院，价五千镑。

旧货铺中买得古董

女书手会馆

三十日己卯，阴雨。伦敦里屯霍街有女书手会馆，挂号者二万人。闻馆中兼售晚餐，肉食鲜美，有益卫生，价由半先而上。立馆本意乃代觅佣工，工价每礼拜一镑二镑半不等，视乎女之能否。介绍女工，以启彼谋生之门路，中外同也。

三月初一日庚辰，晴。出赁布帐、桌椅、灯火、器具之戛美芝行，并可代雇各种杂戏，既妥当迅速，且计时计刻，较自行雇觅者稍贱，然考其所列价目，西国杂戏贵可知矣。如寻常戏法演三刻一吉呢，一点钟一镑半，上等则一镑十五先；射影灯一点钟三吉呢，一点半钟四镑十四先，一点零三刻五镑零五先；歌曲者半点钟一吉呢或一镑十一先，三刻二吉呢；演杂技者半点钟一吉呢半，三刻二吉呢，一点钟两镑十二先或三吉呢；预备茶会或跳舞会之弹琴者两点钟十五先或一吉呢，三点钟一吉呢半。

雇射影灯之价格

猜谜之戏

初二日辛巳，晴。记英都一种猜谜午酌，此等聚会多由妇女柬请，柬式翻新，乃上画书一册，写云某氏敬请某男或某女于某日未初驾临新奇午酌，会名"诺伍伦赤"，意指此。设请男女客各十，则厅中设小圆桌十，每桌一男一女，每桌陈物少许，暗合典故并诗句，使客猜之。先猜得者先列酒食，则继之者急于搜索，不免劳心，愈加饥渴也。略如桌上置酒一杯，乃"莫辞盏酒十分劝"也；满铺青草上置玫瑰一朵，乃"万绿丛中一点红"也；一信筒内置树叶，外不书名字，乃"叶上题诗寄阿谁"也；或一纸书云"那波伦上马"，乃"君王行出将"。诸如此

30,3,3

类，凡先猜出得酒食者，主人更有所赠云。

初三日壬午，晴，暖。西人欲考验血力之助人，兹有医生安得森创一器曰“墨色贝”，意即肌肉床也。一长桌中心左右立二钢锥，锥上悬一长板，长约七尺，板之中心立一表盘，书有数目，由五至九十五，随板一针。人仰卧板上，前后均匀，务求悬平，又须瞑目，毫无所思，则板无偏重；傥令卧者或计数，或计事，血上拥入脑而头重，板随头重而俯，中心针亦随动，愈用心，针愈动，数亦愈大；令其心思跳舞，腿虽不动而心力在脚，遂引血下流至脚，脚重而板亦随脚重而俯；令其食物，血则攒流入腹以助消化，而当腰以上之板亦半俯。由此观之，人身全仗血力，故亏者多无力无神。

初四日癸未，晴。西国天主、耶稣及老东三教，皆于天主复苏节前斋戒四十天，名曰“蕾音特”，乃始于一礼拜三日，称曰“阿什文斯代”，意乃灰礼拜三日。据云系于是日头上撒灰，其本谊未详。此四十天内，除因病年迈或他故不能遵守者，其他皆奉行。应食之物，不同释教之五谷菜蔬，乃兼食无血动物，如水鸭、鲜鱼、鸡蛋黄、牛乳、乳油、乳汁、乳饼之属，佐食有面包、挂面、果品、菜蔬、米饭、茶点、加非、匀勾腊等，酒亦不禁。间有不能循戒者，亦可略进肉食，惟每礼拜三、五两日及第一灰礼拜三、好礼拜五日（详见前），并第三十七、八、九及四十日为四十天之末四日，称曰圣礼拜，必诚守教规，勿食肉。因之伦敦各大饭馆，于以上各日专依教规，预备素

耶稣教（基督教）老东教（东正教）蕾音特（大斋节）

菜大餐，菜仅五六色，荤素调和，价较平日之大餐尤昂。

初五日甲申，早晴，入夜风。闻英皇与后于前日午初十五分由丹京启程，乘火车至阔蓑耳海口，下车登本国“维克都里亚阿拉柏”船即开。昨日申正抵维克都里亚海口，改乘火车，酉正一刻抵伦敦柴苓十字街火车栈，戌初入卜静宫。英皇在丹京未登车之先，交丹都邑长二千克洛讷，合百十一镑，以赈本城贫民；英后施二十五吉呢，用赈西印度寄居之孤独丹民。至英皇与后之往来，皆有彼此之驻扎公使迎迓，其他声炮欢呼等事，咸与上次同。又英太子与妃，于昨日巳初，起程往游奥都维也纳。（英王回国）

初六日乙酉，阴风，凉。闻英国进口税，每磅现加一本士，茶叶每磅二本士，外国烟卷每磅六本士，小纸烟卷每磅一先，烟叶每磅三本士。按上年三项共收四百五十五万镑，以现今所加之数计之，可得一万万四千三百六十一万镑，除所计一年应费之一万万四千二百八十八万镑，可馀七十三万镑。上年共收一万万四千一百五十四万六千镑，乃费至一万万四千六百九十六万一千镑，竟亏五百四十一万五千镑。（加进口税）

初七日丙戌，阴雨。亥正偕内人率马清臣并其女海莲，乘车入卜静宫赴女朝会。清臣充中国使馆参赞官，其女现已及笄，可赴朝会，但初次须人带见，故请金氏同往。又因英皇叔堪卜立址公之下节服期内，英王以次犹官服左臂围青纱一缕，英皇眷属如皇后、太子妃辈，仍黑氅而裙边袖外略衬素花数朵，其他则不论矣。此会因皇叔之（金氏带洋员女赴会）

丧，改于今日。先是妇女因赴朝会而制新服，每件皆需二三十镑，今虽在下节服内，而不使之别做黑色者，示体恤也。礼官来信，称与会各官左臂应服青纱，既非华礼，中国又无下节服期一说，余遂常服不挂朝珠入宫。一是礼节如前，数百妇女见毕，丑初一刻回使馆。

初八日丁亥，晴。西国各种工艺，极力随时更新，期多获利。一登新报，趋时好奇者争先购取，生意遂为一时之盛。照相人韩金荪创一法，能映小照于扇面，本不足奇，乃其广告云："妇女之赴跳舞会者，频遗其扇，致难寻觅，若有本人小照，他妇女自不愿擅取矣。且少年子弟，如恋偕其跳舞之姊妹，亦可于此等扇面中获有利益。"是则以诲淫为致财之媒也。

初九日戊子，阴。伦敦汽车既多，复有多式，售价见前。出赁之铺，类多分设。下贝格蕾伍街第七号欧倭屯车铺递到门票赁价单一，以求照顾。内开：一车容四人者，每五点钟为半日，价三吉呢；十点钟为一日，价五吉呢；逾时每一点钟加半吉呢；一礼拜三十镑，四礼拜为一个月百镑，使车人之工费及他用项在内；惟出城路遥，一日三餐及住房存车等费，出于赁客；至赴大会赛车与各节期，价皆加倍；如车已赁定而届时不用，除因要事许用得律风通知外，须付备费二吉呢。 汽车租赁价格

初十日己丑，晴。早见本街西边一半满铺黄沙，缘途男女排如墙立，英皇与后率二公主维克都里亚将往幸爱尔兰也。四面车马，往来不禁。未初，有二巡捕乘马过，始 王与后往游爱尔兰

阻东西行之车。道东一半无黄沙，车之南北行者仍不禁。既而红衣白马银盔银甲之护卫一队前行，后则敞车双马者三辆，君着头等水师提督戎服，后与公主皆黑氅随行。左右男女免冠鞠躬，欢祝英王寿，王则左右向之点头。王至尤斯屯火车栈，登车即开，西北行二百六十四洋里，西正抵霍里陔小岛海湾，舍陆登船，在彼休息。定于明日卯初展轮驶赴庆斯塘城，走爱尔兰海，计水程六十洋里，一切预备与前同。

十一日庚寅，阴。西国讲求饮食洁净精纯，不仅为华美壮观，味佳多进，更冀喜食之物易于消化，方为有益。自十五年来，计年立一食物庖厨技艺会，凡各种肉食面糊糕点，或凉或热，若有人创新法新式，皆先报官查验，如属新奇益人，准于会期陈列，以博众赏，庖丁技艺亦然。本年为第十五次，在阿拉柏堂陈列四天，今日为始。会首库滋因第一日开会，请本城美尔李吉夫妇，并柬请余偕内人金氏，未初午酌。

食物庖厨技艺年会

届时乘车至，导引人引入一小饭厅，见库滋、李祺等男女十数人，即时入座，酒两色，食冷荤，如鸡、鱼、羊肉各味，末饮加非一杯，食毕齐立出厅。美尔侍者执剑掌笏前引，美尔扶金氏，余扶美尔夫人，后则男女两两下楼，步入堂池正面台上。前横一桌，覆以花毡，置剑笏于其上。后则金椅两行，库滋、李祺夫妇及余与金氏并他二三人分坐前行，后坐国王御膳房首领梅乃哲等男女八九人。台后一班红衣乐兵奏乐。台前左右三面，座位层层，

30,3,12

容人数千，而当时来人男女仅数百，颇觉地旷。有厨工女学生数十，各戴白帽着蓝衫，极整洁。先是库滋立陈一段继而美尔立起演说数语，大旨无非鼓舞称赞厨工技艺，并盼日求精能。后乃下台，同至池中，见正面横列宴席一桌，多饧造之楼阁、船只、禽兽、花木、果品，一以彰其能，又因饧可耐久也。后三面罗列厨灶器皿，肉面菜蔬，一步军厨，一水师厨，一学堂厨，厨立庖丁数名。一日内皆按时操作，令众人观。水陆两营厨矜张工之精纯敏捷，庖丁操作令众人观 各女生则表所学之勤能有成。去此左行数武，步石阶十级入升梯，升至楼上一层。楼本圆形，四面一圈周足二里，左右密列面肉食物千种，罔不精洁。计四日内，每日入门费，一人二先半。看毕下楼登车回使馆。

凡以所创制之物入会，官为考验，若新奇得用，赏金银功牌。又此会首列英王与后及太子、太子妃，并他各王公、王夫人，用示皆以保养国人为心。库滋即三十娶八十老妻者也，其妻现年九十，并闻前日（西四月二十四日）为其生辰云。

十二日辛卯，晴。西人赖格化等学，物之小者大之，大者小之，且能炼物而提其精，以为少许抵多许之用。于是制吗啡为鸦片精，又一种饧名萨喀林造以煤精，系自煤 萨喀林（糖精）
中求出，极甘，一粒米之大，其甘足抵白饧四钱。凡人之五脏伤于饧，或走肾经，或入皮肤者，常用此代之，因其味甘而无饧之滞力也。

十三日壬辰，阴。英之粗饧，皆来自属地之在温热两

带者，到英兰复经饧房层层细漉，始白且洁净如冰雪。洋饧虽有蔗造，其甘香不及我之冰花二贡，间含膻味。西人惯食牛羊，不觉其膻，华人则误以为牛骨蹄角之类所造。询之土人，乃用一种牛血所造之炭，上下悬隔五六层，以漉饧浊汁下渗，愈漉愈清，漉至末层晾干，色侔冰雪。饧汁走牛血质之炭故膻，炭久用则涩而不透，以水冲洗则复可用。

十四日癸巳，早阴，未正雨。闻俄都特卢艾兹克庙中，有素着灵异之兵神圣牌，塑以贞女与贤色尔几之像。闻其牌乃融铜为之，高约三尺，宽二尺，饰以绸缎珠宝。昔时每战请之，颇主吉祥，现将柬请，以冀战有灵验云。

水战之戏

十五日甲午，阴凉，入夜风。英国于四百年前有船斗戏，名“倭特尔朱斯特”，意乃水战也。系二扁底艇，内对坐十人弄桨，舟尾后出一板长五六尺，上立一人之雄壮者，胸挂铁牌一方以护其身，双手执一矛，长二丈，矛头铁作山字形，其尖钝。两舟于水面对泛，舟尾执矛者随行对刺，能刺敌，使立脚不住而使跌落水中者胜。闻此戏不日将演于水晶宫云。

作槛捉兽

十六日乙未，白昼阴，入夜风雨交加。闻西人捉猛兽，欲设陷坑机槛之类，必使兽皮无伤。其法先以巨木粗盈尺长五六尺者十八，于旷野地面插作方城，四面每面上横一木，共高约三尺，横宽各七八尺，此上又以七木插作目形为盖，统作形，又如匣。匣盖左右上系重石两块，匣后别立一木，有绳连匣盖，匣中后边斜立面镜一

30,3,17

方，镜木间有关键。虎见镜中虎形扑入，爪微触镜，已触机陷匣中矣。其捉豺狼与豹亦然，惟不用镜而用鸡。捉海马，则用陷坑。捉猴，乱置玻璃罐于林中，盛以核桃、枣、栗之类，并猴所喜食之物少许，罐颈仅容猴前爪，爪入罐满握食物，欲出，罐颈小矣。猴性饕餮，终不释物，罐颈之绳牵制不已，人觉之，猴被捉。

十七日丙申，阴雨。闻已故英皇之叔堪卜立址公遗产，计十二万零八百六十六镑，除已发一切费用外，馀五万四千四百四十四镑，遗命令其二子及公前所用之武弁、现任提督贝特森与韦良思二员照办一是。据云，老王后所赐银盘，赠其妹现德国美克林堡斯台立兹邦之王妃敖古斯他；英君加冕时所坐之椅，取出特赠敖古斯他之孙福来得立；钻石宝星赠泰克公（见前），小珠石宝星赠太子之长子阿拉柏，他宝星，家人族人愿收者皆可出钱得之，其钱附于遗产。仆役辈如黎池门囿之总管索亚尔得百镑；侍仆狄堪斯每年得百五十镑，终其身；霍乐得百镑；小价狄特里、车夫贺恩特每年各得七十五镑，终其身；他男女仆婢，均得薄赏。馀款二子均分。 皇叔遗产之处理

十八日丁酉，晴。堪卜立址公本三子（详见前），其一子见摈于官，并不得分遗产，因数年前充印度武官，由印回英，艳同舟武官之妻而昵之，遂私焉。本夫怒而休妻，彼即取为妇，事为其父与国人所不齿。

十九日戊戌，晴。属西五月四日，为日本会第十三次设宴，公请会友及东西各国之友，仍以日本公使林董夫妇 第十三次“日本会”

为首。上月中以柬约，借座白堂街梅特楼埔店，戌刻余偕内人金氏乘车往，见林董夫妇。少待入饭厅，桌作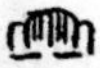形，坐男女二百六十三。林公使正中坐，坐金氏于其左第一座，坐余其右第二座，林公使夫人第三座，一是与上年同。楼上逐节奏日本乐，食讫举杯祝日皇时，奏日本国乐，文曰："大哉吾皇，在位克昌。永远巩固，实享生长，上寿无疆。"又曰："迴似秋叶，红色飘扬。年年无已，保佑安康，上寿无疆。"乐毕，齐声喊曰"班哉，班哉"，日语万岁万岁也。嗣有多人演说，彼此申谢赞扬。由二百增至二千五 此会初立仅二百人，今则增至二千五百馀，处处仿英礼。此次壁悬日本水师旗，主客座前名帖亦绘水师旗，席罢赠每客纪念小瓷杯一。

二十日己亥，晴。酉正十分，英皇与后率公主自爱尔兰回。本街东边一半垫黄沙土，其他兵卫，与去时同。遗产抽税 英廷于管理故人财产一节，官场抽收极重。即如堪卜立址公之二子与二武弁报官时，官先抽费一千数百镑。至分授产财各人，视乎与故人之远近及所得之多寡，十分中抽取一、二、三、四、五分不等。

二十一日庚子，阴雨，雷。英人贸易极力经营，不惜重费。即如苏格兰格拉斯勾城，有一种牛乳方饼作房，铺名郎昂，饼名帕尔美那，寸五见方，厚约三分，如我国之焦饼，或加馅。此饼造以牛乳饼和面，味辛芳而脆，昨寄来一小匣，横式长三寸馀，宽寸六七分，内小饼四，匣固牛乳方饼寄来推销 而华丽。附门票一纸，金边五色，印以英文云："此饼用

30,3,22

上等白牛乳与乳饼造成，与平日各种不同，足附早晚三餐之末，当称香美异常（英俗，凡于饭末有觉腹中尚欠少许者，多用面包与牛乳饼补之），历来供本国君主、国王及俄皇，希腊、比利时诸国王之用，如蒙照顾，即请示知。”

二十二日辛丑，阴雨。陈剑航由比来英游历，约其西正晚酌。伦敦有种包探，洋名“扑来为的台克的伍斯”，代人暗地缉访。如告以年貌，或姓名，或事迹，或装饰，无论男女，除却碧落黄泉，举可探询，时有见闻，陆续电其资遣者。此等包探，通城多有专行，遣之者以为费少事速，佥便之。然亦间有侮弄诳骗，或枉害他人，或自行入瓮者。闻数月前，某官妻私于人，夫侦知讼之，将作离书。英例官虽允告，须六个月后，的有实据，男意已决，方断分离。又西例，男子不夫，狎娼，有外遇，妇亦可告官与夫绝。妇遂恃此绵延之时日，搜摭夫之细行，冀得其间，以明夫也不良，非予有咎，然后分离。乃以重金贿包探，狙伺夫之行止，访知其夫住某店，包探潜踵其后，随时钩稽，乃并无所得。因两人终日同室饮食，座离不远，始相识，既相友。包探遂言哲尔奚岛（地近法而属英）天气清快，盍往一游，于是二人偕至，入饭店午餐，包探醉之以酒，隐几欲睡。包探言天尚早，何不一游妓馆，醉客迷离允之。至则包探复以酒进，醉客就其手而牛饮之，遂瞢然无所觉，包探遂招某妓纳之醉客床。次日包探遂将其狎妓、妓之名报之妇，妇遂以之鸣官。两造对簿时，包

私人侦探之弊端

探之谋败露，判将包探监七年，未闻某官夫妇，作何了结。

印度人供用具为神

二十三日壬寅，阴雨，凉。印度经英占据后，人虽降为奴隶，饮食日用惟西人是从，而多有矢志不改本教者。闻彼地有一器皿神曰班禅或班查木，为保护印人谋生所用器皿之神，每年春季涓吉祭一次。祭则无神像，无神牌，将所用之器皿擦洗光洁，列之一桌，饰以鲜花彩绸，次早献糖果糕点毕，鞠躬合掌，喃喃祝祷，保其工作有盛无衰，供毕分食神馀，是为一放工之期。若供事、书手辈，乃大木箱糊彩纸作神台，上面正中置洋墨水一大瓶，信纸、筒签、火漆、洋笔、吸墨纸、规矩匣之属罗列四面，三四十人环立而祝。瓦木、铜铁、成衣、织纺各工匠，亦供其平日所用之器具。

印度人分上下多种

二十四日癸卯，阴。印度土人亦分上下多种。其上种之洁敬笃信佛教者曰婆罗门，最下者第四等为首陀罗或苏得喇。上种人忌食下种所作之食物，甚至水盐所造之物，经下种人手抚摩即不食。上中之人经下种人供奉饮食，亦仅食其生物。凡上种人制物，必用上种庖丁。其下种人又分两流，曰洁净，曰腌臜。洁净为织纴匠、糕点匠、铜铁匠、金银匠、成衣匠、木匠、晾米粮匠；腌臜为酿酒人、卖酒人、卖油盐人、煮皮人、编席人、造筐人、剃发匠、洗衣人，打杂仆役亦列不净班，因其手多洗弄脏物也。凡人之本为回教，或改奉天主、耶稣教，以及曾赴欧美二洲，抛弃佛线，擅食牛猪鸡肉，并擅食天主、回回教人及

30,3,25

下种土人所作之食物，或擅在下种人房中作佛事，或男娶寡妇，或妇女荒淫者，婆罗门以为非其种也，逐而去之。

二十五日甲辰，阴晴不定，凉。亥正一刻，余偕内人乘车至牛贲街内小巷中格拉茀屯画阁中，赴汇丰行总办喀美伦夫妇之跳舞会。男女客五六百，中所识者，日本公使林董夫妇，前任伦敦美尔萨米尤夫妇，并其出嫁之女，又赫乐彬夫人暨赫承先夫妇。男女跳过九场，时已子正，喀夫妇延至楼下夜餐，劝进良殷。食毕登楼少叙，出门登车回使馆。

汇丰银行总办来请

二十六日乙巳，微晴。英国四面临海，地多潮湿，时少燥热。妇女用心太过，孱弱而患筋热诸症，日光澡、沙土澡不能医其主病。现有老女医携久病妇女二三十人，赴努比亚（地在非洲东北界，东傍红海，西临乃乐江）大地沙漠，四无人烟，日光火熇，光灼沙碛，映天如雪。乃在彼支布帐，为觭角式，分住之。雇埃及妇女为侍者，禁男子至，并禁阅信函、新报、书籍以及私带玩物。食物亦取清淡，仅五谷果蔬，水则买于驼运。帐之装饰及所着衣服，尚朴素。使日日吸清气，养心神，还脑气，壮四肢。月馀，病当已如老年转少云。　［八述奇卷十一终］

光绪三十年三月二十七日丙午，阴。西国花木博士，在天下冷热各处搜求卉木，为水生，为土生，为石生，为雪生，不下百万种。昨经某博士由中雅洲觅得一种先花而后干叶者，名曰“谋那敖仄伊斯特”，译为东方王，根如大番薯，春初纳之空瓷盆，置之暖屋中，无土培根，无水

搜求卉木百万种

沃根，自然开花。花长约二尺，色紫而瓣稍黄。花落干生，植于罐，乃须土培而水溉之。入夏叶大如伞，干长三尺，至秋则叶谢，干渐枯，遂将根涤净，仍盛空瓷盆，安置暖屋，来春花又发，是亦世间一种奇葩也。

二十八日丁未，晴。久矣夫，闻英商南非洲开金矿，因土人既少，且不善工作，于是有拟招印度人者，有欲招华工者，官民久争，莫衷一是。官以顺民情，故允招华工，然民欲私招，官谓须国家与闻而部署之，久议始定，英廷行文中国。两月前余奉旨与英廷会议招工条款，屡次率参赞赴英外部商酌，始底于成。今日酉正，率马清臣、陈安生乘车至外部，与蓝侯书押换约。其约云：

与英会议招工条款

兹以咸丰十年九月十一日中英两国在北京盖印画押之续增条约第五款载云，“凡中国子民在英国各属地或外洋别地承工者，大清国大皇帝准其按照两国议订之保工章程，与英民立约为凭，无论单身或携带家属一并前赴通商各口，下英船放洋”。又以该项保工章程迄今尚未订立，大清国大皇帝特派记名副都统出使英国大臣张德彝，大英国大君主兼五印度暨四海诸辖境大皇帝特派外部大臣侯爵蓝斯玛，各将所奉便宜行事之上谕互相较阅，均臻妥善。现将商定条款开于左：

第一款　按照上开之中英续增条约第五款所载，其应议之保工章程所载，既须笼统，不得专指一处。现两国订明，自后凡英属各处或归英保护之地，如须招用立约为凭之华工，当随时即由英国驻京钦差大臣将该英属或归英保

30,3,28

护之地之名，以及将来招载华工出洋之通商口岸招雇条款拟给之工价，一一照会中国政府。中国政府当毋须别项照会，立饬指明之通商口岸之地方官竭力设法，俾招工事宜得以迅速办理。每英属或归英保护之地前来招工，止须按照本款所言照请一次。若该英属或归英保护之地，照请在某通商口岸招工后停招至三年者，则再来招时，当另行照会。 迅速办理招工事宜

第二款　通商口岸之关道，接奉上开之饬文后，当即委派一员，名曰稽查保工事宜委员，会同该口英国领事官或其委派之员，将华工须行画押之合同以及一切细情，凡关涉该工前赴之地方之情形，该处之法律，而稽查保工事宜委员以为该华工所不可不知者，一一出示晓谕，并刊入报章，以便周知。 委派委员

第三款　下列各款内所称之招工所及一切须用之房屋，应在何处暨如何设立之处，均由该口之英国领事官或其委派之员，与稽查保工事宜委员商办。该所及房屋等，或建造或改造，俾得办理招运华工事宜，费用均由英国国家支给。所中须备有房屋，以便稽查保工事宜委员等在内办公。 设招工所

第四款　（一）须在招工所众目易见之地，尤须在该所中所称之接收华工处，黏贴招雇华工合同条款，汉英文配齐。如招雇华工之英属或归英保护之地，曾颁有招工则例，该则例亦一律贴示。（二）须备有名册一本，凡应招之华工之姓氏，均须一一登载，汉英文配齐。其应招之 公示合同 须备名册

华工，若年未及二十者，非具有该工父母或平日照料该工之人准其应招之凭据，如无父母又无平日照料之人，则非具有该工本县县主准其应招之凭据，不得注名于册。应招之华工，于按照中法将合同签押后，非领有稽查保工事宜委员之准单，画有英领事官或其委派之员之花押，则于上船之前，不得擅离接收华工处。其已禀准稽查保工事宜委员，将名扣除，不愿奉行合同者，当作别论。（三）载工船开行之前，各华工须由考有文凭之医生详细验看，该医生由英国领事官或其委派之员拣派。应招之华工，须在英领事官或其委派之员及稽查保工事宜委员或其委派之员之前，排列成行，详为询问，以察合同中所载各节，该工等是否明晓。

详细验问

船只载运

第五款　凡按照此约载运华工之船只，准在中国通商口岸载运，按照下黏之章程办理，该章程与本约一律奉行。

简派领事

第六款　大清国大皇帝可以简派领事官或副领事官，前赴华工所至之英属或归英保护之地，照料彼等利益安乐，俾该工等及该处所有别色华民，得以格外妥行保护。该领事或副领事官所享之利权，与他国领事官所享者无异。

华工权利均须载明

第七款　凡按本约订立之应招合同，须将该工所往之地方之名以及合同期限，如该合同可以续订，其续订条款若何，每做工日之做工时刻，招作何工，工价几何，如何付给。合同之中，如载明该工及其家属回华之船价由工主

30,3,28

发给者，则其往返船价，并在英属或归英保护之地之时，或在途时，所须之医费药料，俱由工主备给之处，又口粮衣件并应得之别项利益等，均须一一详细载明。如医生等以某华工务须种痘，则于该华工到接收华工处后，即可施种。如种而不发，可在船再种。此节亦可于合同内载明。

第八款　该项合同，须在稽查保工事宜委员或其委派之员及英国领事官员或其委派之员面前画押。其不能写字 签画花押
画押者，可按中国通例签画花押。合同所载，曾否于画押之前与该工详细讲明，中英两国政府惟各该员是问。各工须给与合同稿一纸，汉英文配齐。该合同须俟该工上船，方可视为定而不易。

第九款　凡华工前赴之英属或归英保护之地，须派一 法律保护
官员或多于一员，其专责惟使华工遇有身家产业被伤之处，可得前赴公堂伸诉，毫无阻碍，一与他人所享该地法律给与之保护无异，不分种族。

第十款　各华工在英属或在归英保护之地之时，须享 通邮便利
有一切邮政利便，俾得与本乡通问，寄银至家。

第十一款　如该华工及其眷属等，因合同期满，或因按例办理之故，或因疾病，或因受伤，而不合工作，须载送回国者，其回国之国字，系指曩日该工登船放洋之通商 送回本国
口岸而言。凡遇此项载送回国之案，只可将该工实在送回本国，不得付银作抵。

第十二款　现订明工主不得以按照本约订立之合同所

保护华工应得利益

载，谓可不与该工商允，禀准中国领事官或副领事官，擅将该工拨归他主。其有与该工商允，禀准领事官，拨归他主者，该工所有按照合同应得之利益，不得因而稍减。

第十三款 现订明，凡按照本约所招订立合同之华工，每招得一工，须纳费银交付中国政府，以充稽查招工事宜之需。至稽查保工事宜委员及华工登船放洋之通商口岸之各地方官处，均无须交纳他费。以上所开之费，当于载工船具领红单以前，呈交海关银号收存，按照下开之数计算。如招得之工人数不过一万，每人应抽费墨洋三元；一万以外，每人抽费墨洋两元。惟此系指该项华工同在一通商口岸招运，而前后招运之时又未逾十二个月而言。若其登舟放洋之通商口岸不在一处，而前后招运之时又逾于十二个月，则应缴之稽查费，应照初次招工办法交纳。

应按人数交纳费银

第十四款 此次所订条款，即于画押日奉行，以四年为期。期满以后，两国如有欲废弃本约者，无论何时均可先期十二月通知，届期即行作废。

本约订于英国伦敦，共缮四分，两汉两英，由两国大臣画押盖印，以昭信守。

西历一千九百四年

载运华工船只务须遵行之章程

船只务须洁净透风

按照本约，载运华工之船只，务须可以行海，务须洁净，务须透风。至以下所开各节，悉按印度政府现行之印工出洋条例办理，能照一分，即照一分。计开：

船上舱位，按照一千八百八十三年所颁之印工出洋条

30,3,28

例第五十七条办理。

船上安寝之处，其在船面者，船面务须铺垫以木，或用木炕，按照一千八百八十三年印工出洋条例所附之甲表内所开之禁用铁面船面章程办理，该章程曾于一千九百零二年八月十六日修改。

客位应占之尺寸，按照一千八百八十三年所颁之印工出洋条例第五十八条办理。

船上须带考有文凭之医生，并须用之药料。 须带医生与药品

船上应如何备置盛存饮水之具，按照一千八百八十三年印工出洋条例第一百十三条章程办理，该章程曾于一千九百零三年二月二十四日修改。船上应如何备置蒸水之具，按照一千八百八十三年印工出洋条例所附之丙表办理。

船上各华工每日所须之伙食开列如下： 华工每日所须伙食

面及做面包之物料不得少于一英磅半。

咸鱼或鲜鱼鲜肉或宿肉不得少于半英磅。

米不得少于一英磅又三分之一。

盐不得少于一英两。

糖不得少于一英两半。

中国茶叶不得少于一英两之三分之一。

中国味料以足用为率。

饮食两项所须之水不得少于一戛伦。

以上所开各物，俱可以他物相代。惟其代用之物，务须由船上医生视之，足以相抵。

照会

大英国外部大臣侯爵蓝斯玛为照会事：按照英中两国所订招工条款之第六款载云，大清国大皇帝可以简派领事官或副领事官，前赴华工所至之英属或归英保护之地，照料彼等利益安乐，俾该工等及该处所有别色华民，得以格外妥行保护，该领事官或副领事官所享之利权，与他国领事官所享者无异等语。将来该项领事等官，务择练员充当，该员又须籍隶中华，仅供中国国家差遣。凡该项官员选定以后，当将该员姓氏行知本国政府，定其可否接待。本国政府以此各节极关紧要，用特具文询问贵政府能否允从。如蒙允，可见示。所有此次往来照会，应即附于所订条款之末，以为此事业经议妥之据。为此照会贵大臣查核见复，须至照会者。

领事等官务择练员

大清国记名副都统出使英国大臣张为照复事：按照中英两国所订之招工条款第六款所载，应行简派之领事官或副领事官，务择练员充当，此事本国政府亦以为极关紧要，与贵政府相同。将来选派该项官员时，自当按照来文所指各节办理。中国之于出洋华工，政府亦以为固应如是也。所有此次往来照会，应即附于条款之末，以为证据，为此照复。

附录印工出洋条例

一千八百八十三年印工出洋条例第五十七条（是例曾于千九百二年八月二十四日修改）：

一、中舱内或船面客舱内，须备有一处专供工人之

30,3,28

用，该地方高度至少不得少于六英尺。又船上务须按设医病处一所，又所有工人之妇孺，无论已嫁之妇，未嫁之妇，须随时遵照印督按此条例颁行之章程，设法分别安顿，不得住居一处。又按照上文所开备置之船面客舱，务须按置紧贴四面，妥为遮护。以上各节如有违碍，则上条内所开之准载工人船牌不准给发。至船面按置客舱一节，须与保工委员或卫生医官商准办理。妇女必须分别安顿

一千八百八十三年印工出洋条例所附之甲表：

一、凡前赴好望角以西各地之船，或船之取道澳洲前赴肥鸡岛者，其中舱舱面若系生铁，则须紧紧铺盖木板，不令透水，或于船之两傍按照船头方向铺设木炕，所占地步当与舱位相等。此项木炕至多按置两层，如不敷用，可于船之中段添设一行或二行，随时酌核办理。惟炕之多少，务须详酌各炕之前后，务须相距宽绰。下层木炕，相离舱面不得少于十二英寸。上层木炕，相离下层木炕，不得少于二英尺零六寸。下层木炕之底板务须横放，可以分段拆卸，俾易于移挪。各炕边旁须配有木板高英尺六寸，若船之中段设有木炕两行，则中可竖一木板高九英寸，将该木炕分隔，两旁各宽六英尺。草席及羊毛毯务须备置，以备工人应用。应备若干，由照料该项事务之总医生定夺。工人卧处之规定

一千八百八十三年印工出洋条例第五十八条：

凡载工之船，于上条所开应备工人所用之地方，其应占地步，每工人至少不得少于十二平方尺又七十二立方每人应占十二平方

寸。如两工人年在十岁以内者，则按照此条可作一人论。

一千八百八十三年印工出洋条例第一百十三条章程（曾于一千九百零三年二月二十四日修改）：

一、凡载工轮船，无论其备有储水之具与否，要当配有大水池，以储可饮之水，供工人水手人等之用。各池之大小，以所装之水足用为率。池之工料，以经用为主。该项须用之水，亦可储于船头底舱，或船尾之隔底舱，或压载重物舱，惟须与船学工师商准而后行。汽锅或汽管下之舱，不得用以储水。

关于供水的规定

一、总水池及船头之底舱，其大小尺寸，以能容水三千戛伦为率，不得逾于此数。至各压载重物舱及船尾之隔底舱，其大小尺寸，以启行时能装须用之水及五分之二为度，不得逾于此数。

一、各水池及船头之底舱，压载重物舱，船尾之隔底舱，务须设法按置，俾船学工师可以详细查验，给与他不漏水之凭单，并须配有量水管、开闭水管机及合叶等件，用以接连吸取清水机器。此外又须配有抽气筒，装配亦须合法，俾秽物与海水皆不能透入水池水舱。

一、凡机关及合叶等件，除上文所载用以探水放水者不论外，其通入海水者，或通入货舱者，或上达船面者，皆不得入于池中。所用抽取饮水之水龙，亦止准用以吸水，不准有别项用法。

一、水池及别项盛储饮水之具，是否完善，是否干净，是否大小合用，须用船学工师查验出结。除验得可用

30,3,28

之压载重物舱及船尾之隔底舱可用以储水外，其馀船上储水之具，不得盛储工人及水手等所饮之水。

一千八百八十三年印工出洋条例所附之丙表章程

所用之蒸水器具，务须配有汽机，以运行冷水抽机。该项汽机，须专为汽锅添水而设。如遇失火，自亦可用以辅他机及甲表所开之抽水机之不及。至轮船中所用之蒸水器具，所须凉水如由总机器或总机器之抽水机运送者，则该项轮船即可不照此章办理。 蒸水器具

蒸水器具须配有滤水机件，或入气合叶。其滤水机件，须装有动物炭，凡由食物锅所出之蒸水，不得不滤而任其流入盛储饮水池。

饮食所需之水，皆系热水。所用引水引气管，不得以铅为之。

船上应行预备之件：

做螺丝钉之全副家具一套。

口径能大能小之拔螺丝钉之箝子。

总吸水管所用之管，至少须多备十二英尺。 船上应行预备之件

锅上所用之量水表，须多备六枚。

锅上所用之树胶圈，须多备二十五个。

蒸水机抽甬所用之合叶，须多备全分一付。

常用之铁钉等件，须多备四打。

锥子四个（一旋八分寸之三之口径，一旋八分寸之五之口径，一旋四分寸之三之口径，一旋半英寸之口径）。

验水重性表一枚。拔螺丝钉之箝子。

小管所用之材料。绒头等类十四磅。

尖斜形之凿二把。锤一把（多配一把）。

铁匠所用之火炉一个。铁匠所用之铁墩一个。

锅炉所用之铁铲二把。锅炉所用之火箝三付。

润机所用之油十戛伦。镶物所用之料备七磅。

镶物所用之铜头棍一根。接管所用之煤气箝一付。

锉刀六把各配有把。动物炭质五十七磅。

平头凿子二把。凿洞锥子一把。

汽挺须备一根。火棍全分一副。

棉花等件十磅。钢铁夹子一付。

寒暑表一枚。红铅十四磅。

白铅十四磅。桐油一戛伦。

硼砂七磅。松香七磅。

口径四分寸之三之直管、口径半英寸之直管、口径四分寸之三之曲管、口径半英寸之曲管，各预备二分。蒸水管之口径，如与上开不同，即可以之相代。

“吨”字原作“墩”字

船上所用之煤，除水手用十吨，各舱位用五吨，每百工人用五吨泡煮饭食外，其赴西印度者须装有二十个礼拜所用之英煤，计须四十吨。该项煤斤，按照路途远近，随时增减。别项煤斤，如质地可与英煤相抵者，可用以相代。

蒸水机所用各管，皆须安设于稳妥之处，万无意外之虞者，并须妥为盖护。其吸水总管及放水管，则尤当加意。

查验之时，务须将蒸水机运动，令其出水。所出之水，受之以桶，桶之大小至少须能容该机半点钟所出之

30,3,29

水，以部定之量水戛伦量之。该戛伦即由船上预备所出之水，不得以机器未能尽善为之减算。一经试验得水，则视其第二次半点钟所出之水多少若干，即可定蒸水机之济用与否矣。

所用各件，务须呈与船学工师验看，抉择维精，惬其意而后可。务须呈与工师验看

所用各器具，须派能员一路照料，该员须与机器工师商派。

所有泡煮饭食之锅，凡与蒸物机相连者，皆须外包以木，并须配有保险合页。

如船上之蒸水机每二十四点钟不能出水若干，俾得按照册开之数，以供工人及水手人等之用，则该船合用凭单即不准发给。

除以上所定各节外，如有未经办及而须加添者，随时可由沿海所派稽查保工事宜之员，向驻该口之英领事官商办，另立合同。

二十九日戊申，大晴，暖。英国幼女之名，八九十年前以所授之教名为名，此外有父母于随时所喜之事物名、人名、地名别加为名之事。如英得锡兰值女生，乃名曰锡兰。或以得胜之人之名名之，或以名人著书之名名之，或以著书之名人名名之，或以书中之人名名之。近年复有以所爱之宝石名其女，如哲池奚侯之二女，一名红宝石，一名翡翠石。又英国新简驻俄公使哈尔丁之女名金刚石，更有名女以夜明珠者。为女取名

光绪三十年四月至六月

四月初一日己酉，晴。西人处处讲求术艺，苟有所得，即施于制造。或长篇作说诩其有益于人，或借之沽名，或假以致财。有英人濮斯特者，创一种食物曰葡萄子，似药非药，其色紫黄，形如糕饼之碎渣，又如黍粒，味甜不涩舌，殆以葡萄之类研碎，搀和糖麦牛乳炒成者。据云，凡人多食黏物，凝滞不化或劳心劳力太过，致生头眩体弱之症，购此常服之，无不见效。其值则长方黄纸袋，重逾半斤，七本士。每日食四小匙足矣，食法或每早牛乳或乳汁冲服，或搀于各种糕点，或搀食果羹、冰乳、挂面、糖果、鸡子、蛎黄及白煮鱼等，皆无碍；又可与勺勺腊、扣扣之类同食。惟忌茶与加非，以二者非食物也，茶与加非之力烈，入腹后，攻击肠胃心肾头脑，茶百分中三十四分停滞，六十六分消化；加非百分中六十一分消化，三十九分停滞。积滞心热软弱之疾生，惟葡萄能已

症字原作证

30,4,2

之，最宜久服。

初二日庚戌，晴，暖。闻前礼拜六早辰正一刻，在韩诺坊贤卓志教堂中，有男女二人成婚。女名埃麻，已故伯爵柯来遂之夫人，初嫁伯爵在西八百七十二年，乃三十又二年前也。伯爵故后，八百九十二年，再嫁于腊文索伯，又二十年前事也。腊文索上年病故，埃麻遂三次出嫁，年应近八旬矣。新郎瓦兹倭，现年二十九，魁梧美少年也，新妇之车夫也。夫瓦之娶埃，与三十岁之库滋娶八十老妪无异也。老妇改嫁少年，英国不知凡几矣。殆中国尚男故老夫而少妇；西国尚女故老妇而少夫欤！余之所闻知，仅此二上等夫人也。西国无姘头之名，而新报中屡见有男女口角分离，或因争财，或因害命，或因别故，乃不言某夫妇，而言彼此共居若干年月。有妻故妻妻母者，兄弟故而妻娣姒者，父妻女而兄妻妹者，乱伦之尤著也。又有某甲娶某幼女为妻，一日幼女之旧情人突至，彼此接吻，情爱异常，遂携手同奔者。种种骇人听闻之事，报中无日无之。由是观之，则西俗概可知矣。 老妇少夫

初三日辛亥，晴。伦敦汽车日多，闻又有人拟创制一种气鞋，谓汽车利于男女出游，为工商则苦其不赀，虽有二本士之地道汽车，而速率较逊。着此鞋一点钟足行十二英里或十四英里，速率之多少视乎人体之轻重。用鞋法，鞋底插轮，旁置一小电机，随行以指按钮扣发气以供之。此鞋未能盛兴，因须先按人身体之轻重长短，估定兜中须存用气若干，以使人两腿驰行一律。弱点既多，非改良无 “气鞋”

以善贾。

初四日壬子，早晴，午后阴凉，继而微雨一阵。伦敦席的路有女工人大餐馆名阿来三德亚（英王后名也），饭价每人四本士半。一日忽有男女八人买券入座，所食牛尾汤、烤羊肉带薄荷浆汁、番薯、白菜、李子糕，末则加非一杯，衣冠局度，不类工役，通馆不辨为何许人也。食毕始探得，乃王后率二公主维克都里亚、命妇诺立戴格蕾，并文武四大员也。地方官李卜屯闻信，飞至伺候。王后又率众遍览楼之上下及厨房帐房各处。随行见梯边一幼女以巾幛面而泣，王后询其年，答曰七岁。问何故哭泣，答以所买饭票遗失，王后即取一先与之，女作礼伸谢，乐极而奔。王后所至之处，以善言抚慰女工。将登车，通馆及街市男女欢声祝诵。

王后亲临女工餐馆

初五日癸丑，微晴，凉。酉正偕内人率孙女乘车西行三四里，至格娄赛斯得尔坊第七十九号，赴道卜立太太家茶会并听乐。大厅正面坐立义国乐工七人，其前横列金椅行行，坐男女老幼百馀，往来陆续。乐工连演四场，继而男女二人同歌一曲。听毕下楼入饭厅，吃加非一杯，谢归。

夫妻率孙女赴茶会

初六日甲寅，早晴，午后阴，入夜雨。亥正偕内人乘车入卜静宫赴朝会，一切礼节同前，子正回使馆。英国男女多有暗带一种驱邪符，略似我国之护身佛。其形式不一，最珍之品，乃一物作五边形，藏之身边，妻子亦不令知之，此例又如我华人之在理者。据云带此物可免水火之

30,4,7

灾，意外之虞。法皇那波仑第一曾带此物，乃战遍欧洲，无往不利；逮命书及此物遗失，遂至一败涂地。

初七日乙卯，细雨阵阵。洋皮靴鞋，或污尘垢，或染泥水，皮黑无光，人将视为敝屣，故街市闹热之区皆有刷染匠（详见前）。此类工艺，专有一会，在萨苐仑山，每年一次，择其尤而鼓励之。闻前日会集，为首者侯爵祁那尔，于众人茶后，择其能急擦六双泥鞋者赍之。本年列入超等一孩名司米斯，会首赏以金功牌一枚，遂称为一千九百四年之争胜者云。 擦鞋匠亦每年赛会

初八日丙辰，镇日阴而微雾。今日礼拜，为其耶稣复苏节后第七礼拜日，名曰"怀森代"，译为白礼拜日。据云此日之命名，大意本于犹太教，乃古时犹太人被埃及人由竺的亚（地在雅洲西北界，西临地中海，东近咸海，又名死海）诸处驱入埃及，圈禁如奴。居久之，有晓事人毛色尔能率众逃回故土，乘埃人不备，设暗号，定时日，临期齐集旷野，奋力狂奔，逃回后第五十日，即今日之礼拜日，名曰"喷太阔斯特"，华文谓其日为五旬节，又为圣神降临日，意即天神下降，教化人心，悔邪归正云云。耶稣教亦遵守之，改名曰礼拜者，因幼女之趁此吉期初入教堂受洗者，咸着白色长衫也。 毛色尔（摩西）

初九日丁巳，阴。前初四日（西五月十八）为鬼日，由晨至夜半，男女多见怪异。最奇者西大泥弄妇梅峦，白昼突见女鬼从楼板出，初则红光闪烁，既而见形，遍走楼中，握众手，手冷如冰，力猛甚，并提其重且长之紫发使 鬼日说鬼

众摩之。某家妇睹一小女鬼，自署其名曰色嬉，任意往来跳舞楼中。妇鼓掌，鬼亦如之。鬼向众以手指口，似欲行接吻礼。二鬼久之始灭。又教士郝朴斯旧识一女，姓班名绿緆，比翼同居，共牢而食，如夫妇。西俗男女之名必至亲至契者始得呼之，郝与班虽昵，而郝称女曰班小姐，郝固不以爱妻之情待班矣。去岁女死，前之鬼日郝访其友艾凌屯，艾习巫术，名为“走十常”，英曰“美的俄木”。艾交郝小方纸十页，属用铅笔书所识已故男女十人之名，班亦在其中，书毕团作十围付之火，不使艾知。艾将二石板合一，二板四围有木匡如学堂者，中空处置石笔。少刻启视，只见绿緆二字。岂女鬼情痴，书名以示亲耶。

敕建博学会（皇家学会） 初十日戊午，镇日细雨淋漓。伦敦有敕建博学会，英名“洛亚搜赛伊的”，每三年筵请与国翰林学士宴会一次。今日为西五月二十四日，至戌初三十分，在白堂坊之梅特楼埔店开筵。半月以前具柬来要，戌初以车往，晤会首贺金斯。少立后齐入饭堂，桌列  形，人一百六十三。同席各国学士，多白发者。此会无乐侑酒，取其清谭避俗也。食毕，众先举杯恭祝英君与后并太子、太子妃，复祝各国君主，三祝会中名士。继英、德、法、俄、瑞典诸国士，各操国语演说一段。子正席散，转入他间，吃加非饮茶，少叙谢归。

十一日己未，晴，暖。英前外部大臣比干斯茀益，守旧党也，公忠勤正，学术裕如，人所敬慕。平日最喜一种第一玫瑰 迎春小黄花，名曰“普立木娄斯”，译为第一玫瑰，色黄

30,4,12

而萼小，每年春初，乡开遍野，散地如金。比公故后，其党中世爵博尔都，倡言每年是日，人皆宜插花于襟，大餐置花于桌面，用志不忘。名其日曰第一玫瑰日，西四月十九日也。

十二日庚申，阴。申初英王偕后率公主辈乘车经使馆前赴稼穑堂看演演武戏。酉初细雨一阵。昨见新报一则，题曰“顽梗子女”，乃教士屠娄洛致书其友库坡尔者。大略谓：“英人不善教养子女，上流人终朝赴会宴乐，下流者子女入学堂日止三时，其父母在外佣工一天，工毕旋家更无暇调理之，礼拜日又以为休息游玩之期，既不入堂唪经，亦不送子女入教堂、入礼拜日学堂。故有终身不闻教言圣训，不知持家事亲者。为今之计，礼拜日工匠无事时，子女在家学备餐酌以养亲，其父母宜入礼拜日学堂，学习第五章天诫（未详）。中国教子之法，胜于我英多矣，谓父曰严父，母曰慈母，严慈相剂以教之，子必有成。孔门教孝，实第一法也”云云。 谓中国教子胜于英

十三日辛酉，镇日阴晴不定，暖，戌刻细雨。英国妇女衣服求华美，趋时尚，以故有专为此开成衣铺者。人云此铺资本须厚，用备至少两年之赔垫。第一，楼须高阔而华丽，区分多间，作朝会，作茶会，作跳舞会及戏台诸式。时分昼夜，属夜间则备煤灯、电灯、蜡灯、油灯。屋之上下，便审视颜色式样。门前楼下，男工既整齐净洁，聪敏勤能；而楼上女侍，更姿态可人，口齿灵利，了然工料，善于逢迎。冀富贵妇女，喜恋频来。戏台之用，为名 开时装店大不易

女优自备衣装，就台试新，五光十色，观之者欢赏也。第二，人工物料，日用房租，皆须定付。而妇女欠钱，间有第二件衣成时始付前次之半价，更有竭力讨取仅得一二，或妻购衣夫不与闻，或有因欠款致讼。故妇女每定一衣，价必加倍，由四五十镑至百数十镑不等，一以抵其拖欠，一以补平日之铺亏也。

丹国名优

十四日壬戌，阴。是月二日，丹国名优海洛初到伦敦，在阔文园中演歌，颇为英后所赏，盖后之家乡曲也。次早驻英丹麻公使奉后谕，传海洛未初入卜静宫谒后。因其供奉丹宫，赴英时丹王赠以一路平安语，又云“汝宜早回寡人喜闻汝歌也”。后见海，先绳其在英有名，愿其重来一歌乡曲，“此次须早旋丹，以娱我父之耳，而养其馀年”。

十五日癸亥，晴。伦敦汽车日多，因乘车行速噎气，佥思设法已之，或车前立玻璃一方，或人作文君兜、遮目镜诸物（见前）。妇女出门喜携犬，恐犬弱不敌劲气，铺中制袯襫头兜，其兜眼前遮圆玻璃二块，衣则前露嘴，后露尾，下露四体。

十六日甲子，晴暖。午初乘车入贤翟木司宫赴朝会，一是如前，未正回使馆。比利时国王里欧埔第二之二公主丝台法尼，生于西历千八百六十四年五月二十一日（同治三年四月十六日），现年四十。前于八百八十一年五月初十日（光绪七年四月十三日）十七岁时嫁奥国太子鲁多弗，至八百八十九年正月三十日（光绪十四年十二月

比国公主丝台法尼

二十九日）奥储自戕（详见《五述奇》），九百年三月二十二日（光绪二十六年六月二十二日）年三十六，自行嫁于瑯玡公（奥国一小地名）埃莱墨，事为奥皇与比王所不认，尤为人人所不齿，非以再醮故，因其自降为公爵夫人也。上年比王后死，遗有私产，丝台法尼偕大公主绿衣姒同行告官，谓后之遗产比王不得独吞。经官依比例判定，男女结为夫妇，则彼此产业合而为一，二公主皆不得与。

十七日乙丑，阴雨阵阵，酉刻雨止仍阴。卫斯民司得区地方官绅集钱公建民房一所，备贫苦男女工人居，屋洁价廉。又拟起楼房三大排，计三百九十三间，容人一千六百。凡贫人之租房一间，每礼拜须纳七先半或八先，乃预约此房落成，每间仅纳七先。由去年春间开工，经太子与妃下第一石基，本月初间竣工。前日太子与妃至彼，纵观一切，嘉其有成。 廉租房

十八日丙寅，镇日阴晴细雨无定。伦敦五里治炮厂，官炮厂也（见《航海述奇》），月前失去旧炮六门。巡捕访拿四人，昨日判定，机器匠戴威斯接收盗赃，监五年，赛克森起意盗炮，监一年，作苦工，为从之周安斯监九个月，阿达勤四个月，均限满释放。

十九日丁卯，阴。西五月二十六日至六月初九日（即本月十二日至二十六日），英马步炮兵第二十五次在稼穑堂中演试作戏。数日前彼营总兵李特屯柬请今日申初往观。届时偕内人率白厚之与孙女乘车至，入座遇日本公 往观马步炮兵演试

使林董夫妇率其随员某甲并其外孙女来观。前后演十四场。头场，水师。二场，御前马队护军。三场，二马兵头戴木罩，以钝头剑对刺，剑头擦白粉，能以剑头触敌得白点者胜。四场，步队。

五场，排列古今诸式炮位，大小十二门，皆随营载运，非安置炮台者。（一）为一喷炮，始于西一千三百四十六年（元顺帝至正六年），英君埃达倭第三由法之克来喜城获来者；炮铁身，形似钟，长约三尺，围亦如之，厚约二寸，驾以木车，四兵拽以绳。（二）为其四百年前之炮，名麻池洛克，仿华式铸成者（据云如此），如我国之“神威将军”。其馀大小不一，大者如我国之“五城永固”，或十数人力，或一二马力拽之。现用乃四马所载之小炮，取其速也。马步炮兵共数百，衣冠之颜色形式稍仿古制，志不忘古也，马之鞍韂缰镫亦然。又有骑独峰驼与象者各二，皆八九十年前英战印度孟加拉、麻打拉萨、孟买所得者。各兵队队排列，盘绕行走，整齐敏捷。

四百年前仿华式炮

六场，演支架声炮，与往年所见者同。七场，炮营马队，左右两营，相对冲跑，屈曲转折，毫不错乱。八场，马撞球，当中置一周丈馀之古米球，左右各四兵，衣各一色，骑无鞍马，行间引马触球，或踢或撞，能使球滚至一边，敌不及拦阻者胜。九场，兵着白色贴身衣演体操，如越沟、摆字、曲身、伸臂各式，多与上年同；惟二十步外立一木墙极高，自远奔来，一脚虚触墙边超过，为从前所未见。

30,4,20

拔河比赛

十场，赛力曳绳。池中立四木棍，长各五尺馀，棍左右距离八尺，对面约四尺。中横一绳粗盈握，长三丈馀，绳中心围红箍作记，统作 ✣ 形。一武官立二棍间，监视使红箍适中。绳之两端各立兵十一，双手坚执，一边衣乌，一边衣白。乌衣队长立于白衣队，白衣队长立于乌衣队，一以防私为助力，一以便本队之易瞻视也。届时吹哨，两边竭力对曳。各队长相时度势，以手式为令，令其或蹲或立，或拽或按，斜立横拉，必将红箍拽过此边木棍而后已。左右换拽三次，得标两次者胜。胜者队长必向负者握手，示和睦解妒嫉也。后四场则楼上奏乐，池中马兵赛走，炮车齐驰，骑无鞍马，跃木墙诸艺，与上年同。酉正奏《天保国王》乐乃散。

夫妇同赴两处茶会

二十日戊辰，晴。亥初偕内人乘车南行十馀里，至江边柴乐溪堤畔第十号，赴瓦滋太太家茶会。楼为木建，别成一格，梯级曲折，修饰齐整。先在楼上绕历数间，男女立谈片时，乃下楼入饭厅茶点少许，出门登车。北行六七里至道宁巷第十号，赴巴乐佛兄妹家茶会，人稠觉楼窄，客相拥挤，寸步难移，热极。勉强由此间至彼间，转出旁门，即下楼登车回使馆。

俄国间谍

二十一日己巳，晴。昨见新报一则，题曰“俄国间谍”，云昨在克礼佛堂之俄友自由年会中，有瓦得森者言，现在英有俄之细作，往往伺人外出，扮同巡捕，擅入人室，开箱翻柜，考察纸张，窃取信件，吾人自当设法防守云云。入夜微风，凉。

二十二日庚午，晴。西五月二十四日（即前初十日）为老君主维克都里亚之生日，又名曰国家节，英国并英各属地（英属地有距伦敦二万里者）大小男女学堂放学一日，千百坌集，设茶会，鼓乐歌曲，以昭恭敬顺国之诚。闻前在本城正南贤翟木司堂，某学堂之幼生雏女聚有六百馀名，欢歌忠义曲，恭颂升平。又伦敦台之养老兵，并各处已领恩赏银之老兵，结伴欢娱终日。

国家节

二十三日辛未，晴。德国美克林堡斯台立兹邦之公爵踱良第一，生于西千八百十九年十月十七日（嘉庆二十五年），现年八十有五。其夫人堪卜立址公之妹敖古斯他，今之英皇姑母也，前于二月朔去世，公爵亦于西五月二十九日卒（即本月十五日）。月之十六日，内廷大臣署中来文，称奉君谕，因美邦公卒，着自明日（即十七日）始着素服两礼拜，至五月七日（即二十四日）改为半素，至十四日（即五月初一日）除服。十九日该署来文，称奉君谕，于初六日午正（即今日），拟在贤翟木司宫中教堂唪经，以识岁月，请着朝服。今日午初，余素褂乘车往。入内，同各国公使坐于台前左翼，英之大员蓝侯辈坐于右翼，英君偕后及太子、太子妃诸人坐于正面楼上。礼节同前，未正礼毕，回使馆。

英王姑父之丧礼

二十四日壬申，晴，凉。亥初余偕内人乘车至白堂坊之梅特楼埔店，赴色尔车朴夫妇茶会，兼见英王之故弟阿巴呢公夫人玛丽（俄皇阿来三德第二之女），彼此握手问候。少叙茶点毕，谢辞登车，至本街第二十号赴前任伦敦

夫妇又赴两家茶会

30,4,25

美尔萨米尤夫人家茶会。客相拥挤，颇热。立谈片刻，下楼至饭厅吃酒一杯，回使馆。

二十五日癸酉，晴。洋人不易求妻，间有登报招妻，乞女子回书自荐者。两月前，美国乃卜拉斯喀人司乃乐，牧场一极富人也，因田地廓广，住人甚稀，不知由何处以何法得妻，遂登新报以求偶。闻十数日间，本国老幼女人之函坌集。半月后新报传到欧洲，司乃乐前后收信不下数千，致无暇逐件拆阅。各女语意不同，朴诚者，巧捷者，自称善持家者，自鸣奉教至虔者；纸之粗之细，或洒香水，或绘鲜花，不一其式。司乃乐遂如小儿市物，不知何择为称心。今录数个，以资谈柄：一瑞典女书云，“迩见新报，知美国人欲娶妻。妾至下月，将及二十有三。汝不拘女子之貌，妾不择男子之容。妾属瑞典教堂，曾经管理大家之财物，想尔我合配，定成一对佳偶也。”一英妇书云：“妾系新寡，乃伦敦某名家女也，身高容美，善音乐，善接待，足作女主，酬应宾朋，并熟于御车畋猎各事，财产虽已浪费，然世家之名未尝失也。”一苏格兰女书云：“现年十七岁，体壮精能，不敢言美，而貌颇可人，笃信忠诚，定使男子一生欢乐”云。别一英女致书云：“答汝新报所言，我为汝妻，谨遵上帝之训，以情爱导尔入天堂，以汝钱定救幽魂于地狱。人谓我之貌美，然而信天之诚，胜于娇颜百倍”云云。 女子征婚时之回信

二十六日甲戌，晴，风凉。申正偕内人带孙女乘车西行七八里，至格娄斯特尔坊第五号赴巴里什太太家茶会听

乐。先是二女，一喀尔莱，一梅莱堤，前后歌一曲，其音宛转玲珑。复有美国人凌克恩，手鼓琴，口作声，效一人声，三男女声；继摹英、法、德、美名人演说之态度，或戴单眼镜，或双眼镜，或短发挽拢向前，或耸肩缩背，口操四国音，穷神尽相。观之听之，令人绝倒。旋下楼入饭厅茶点毕，谢回使馆。

一美国人表演相声

二十七日乙亥，晴。亥初一刻偕内人乘车入卜静宫赴跳舞会，一切如前。惟今日英皇改着月白袄红毡裤，腰缠金绦，左垂金穗。因上年英皇亲赴义、法、葡、奥四国，拜访其君，敦亲谊，固邦交。义、葡国王，法之统领，前后来英答拜，惟奥皇年迈弗来，数日前始遣近支公爵福来的代来答拜。英皇前至奥，面赠奥皇头等水师提督职衔；此次奥皇属福公答赠英皇兵马元帅职衔。因今晚福公在会，故英皇改着奥戎服以待福公，用昭恭敬亲近之意。

二十八日丙子，镇日阴晴不定，凉。闻英天文生三得思言，考得日之光点，周共三十五万万三千万方洋里，较地球大七十二倍。设四面遮黑，以数度之，当失日光如二千璧月者。然其光点形式不同，云气薄掩，乃仅失八百璧月之光，故日近气薄则地热。二十年前西人尚不知日中热光为何物，仅德人万好福以三角玻璃映日光，考得其中行行有线，亦不知其线为何。复有英人某甲，以三角玻璃映灯光，中化五金，逐件考核，以灯中所得五金线，较日中映得之线，始知日之热光如火山之外喷，内含五金若干

三棱镜映太阳光谱

30,4,29

种。缘是以之参考各星，亦可知其所含为五金中之某金也。

二十九日丁丑，镇日天气如昨。土人云，英国一年共销烟叶四万吨，其灰之被风气吹散者约八千吨。按数计之，每吨烟叶应变成四百四十八磅灰。夫烟子一粒，重仅分馀，种之地，借水力，吸地气，高至数尺，重几一斤，干后重亦数两。是其吸地之气，酷于他花木蔬菜，栽种愈久，地力愈微，恐将成不毛矣。化学人考察，谓苟能设法布烟灰于种烟之地，则可助烟草之材料，即物还原质之理也。 栽种烟叶地将不毛

三十日戊寅，晴暖。伦敦柏苓屯精工会馆，现在萨威路第十七号楼中，英君与他国凑借六七百年前义大里赛伊那古城（地在罗马南六十洋里）各学堂中之名人油画大小百幅，张之四壁，任人观览。今日申刻，偕陈默之、白厚之带孙女往。入门登簿，上楼见各幅，巨者周一丈，小者周约五尺。所绘仅耶稣降生，母怀抱子，飘至埃及借乘渔舟及钉十字架、卸下入殓故典。画皆工笔，堆金立粉，颇近唐宋之彩绘。当中玻璃桌罩，内列瓷器数件，亦义国五六百年前之骨董。

五月初一日己卯，早阴，酉初雨。西人每矜事事率真，并循规矩，无妄索之钱，以今所闻证之，令人齿冷。如得律风局与电信局本相同，立竿通线，多多益善。然每遇栽竿立线，虽幽僻之区，亦有拦阻。曩在城外某处草地，拟沿边立竿，地主谓彼此须求两益，汝局立竿，须代 电话立杆亦有阻拦

我建房一所。城中某楼顶拟立一竿，房主年索三百镑。线路经某家花园已久，女地主倏云线传鬼语，令人寝卧不安，属即移去。一豢鸡人谓其室上自通线路以来，鸡多不生卵，勒令局主赔偿。各处立竿，每遇地主举枪恫吓。有一处地主谓立竿人："汝立竿，吾将以脚踢之。"立竿人曰："踢后望允立竿也。"地主一笑而罢。西国自绳文明，乃有此辈耶。

初二日庚辰，镇日阴晴不定，入夜风，凉。西人营生，愈出愈奇。以公鸡喜斗，斗则敁眼，乃创制鸡眼镜，如人之障风镜。面用蓝色玻璃，四围圈以铁纱，前连二镜于弯梁，后系以绦套，戴时置弯梁于鸡冠之前，扣绦于鸡冠之后，自坚牢不坠。鸡戴此镜，既不能敁他鸡，其眼亦不致受损于他鸡。

初三日辛巳，晴。英国男女冬季亦着皮衣，只于貂鼠、猫、羊、水獭、海龙各品。近因多乘汽车，车迅天气阻力大，虽和风亦变成朔风，故须衣皮暖其胸肩，有以狗皮背心售者，染毛华美，别假兽名以骗人。伦敦向来狗盗甚多，率皆生得卖之，狡兔死走狗固不烹也。一自狗皮半臂作俑，则刳狗腹，剥狗肤，狗屠痡矣；改狗尾，变狗嘴，狗医馁矣。于是巧于营生者出曰，是宜立狗头保险公司。嗟呼，言虽近谑，未可决其事之必无也。

狗皮冒充别种兽皮

初四日壬午，阴，凉。西国妇女，诸多好施，富以财，贫以力。贫以力者，乃设法广募也，募之本国，外国

30,5,5

富官亦及之，用为贫苦水陆兵卒、巡捕、邮使或孤独老弱学堂、医院之赡费。余常署募券，举未经言及。盖其募法不外具柬劝捐，或卖戏票，设巴萨（见前），无足齿及。兹有一新法，数日前一妇名席盖，住帕克巷第二十七号，来函云：“妾现凑集各国名宦亲笔签印，装成一册，题曰‘手书萃集’（英名敖土格拉夫卜克），拟于本月二十一日（即初八日）在维克都里亚小儿医院之墟廊出售，所获若干即施之此院，请亲书华字签押于一官片。如蒙允赐，妾既感激，购者亦觉光耀，院中诸孩尤当纪念不忘”云云。

一妇来函请为签名

初五日癸未，晴。本月春盛宫保（宣怀）督办铁路总公司及湖北之铁厂，奏派委汉阳铁厂总办三品衔候选郎中李维格（一琴）出洋，周历英、美、法、德、奥、比、义、俄、日本各国，考察制炼钢铁机器工作，以为振兴铁政张本。一琴于本年二月二十三日，携带候选郎中徐庆沅（芝生）并其子南洋公学学生徐兆熊（子璋）及英人彭脱，由沪乘船历日本及美国，上月二十二日抵伦敦，当日来拜。遂约伊等二十五日晚酌，今日酉正同赏端阳。余自抵英，每值圣上万寿及年节，我国人之游此，或奉官来学，自备资斧来学学生适馆授餐，以申乡谊。乃每值是日數馭食者至少廿馀人。有通名姓，有不通名姓者，更有不守华规偏尚西俗者。偶值之楼梯，多不相识。间有悉其为某某，某某亦睹余若弗识。学生徐兆熊颇晓英语，将仍留英，魁伟俊秀，举止安详，出语温恭，耳目聪敏，若久于

汉阳铁厂总办来英

英不染习俗，诚有用材也，生其勉之。

初六日甲申，晴。昨阅伦敦《太晤斯时报》一则，题曰“男爵出售”。某男爵夫人将鬻爵济贫，厥值四千镑，自言无论欧洲某国某人，须得其君主签押于原执照，俾能使各国官场认为袭爵，方成鬻。

男爵出售

初七日乙酉，晴。申正，偕内人率孙女乘车至得来靠坊第三十五号，赴赫承先夫妇茶会，入遇赫夫人及其长女次女辈，叙谈良久。下楼入饭厅茶点，款待殷勤，饮毕谢归。路经海岱囿，暮色苍然，车中左右望，约略可辨路人面貌。路旁林间凳上，隔数武即有男女并肩坐，搂抱摩挲接吻，作种种丑态，一何无耻。前坐火车过哈艾街少停，亦见凳上坐男女二人，意为待车客，乃男搂女颈，女枕男臂，呢呢私语，间以嘴遍拭其面。尤甚者，初四日午后伦敦城西南隅之司丹佛路，三少年席门慈、裴志、散森，同坐小敞车，正行间，遇一女名狄堪姒于途，彼此不识也。乃陆续下车，搂于怀，与之接吻。女哭喊，为巡捕所闻，捉三男，罚各四镑。

男女搂抱一何无耻

初八日丙戌，晴，稍暖。今日伦敦地理会借地在康卫路生类博物院请茶会，由亥初至子正，名以“宽倭萨奚央”，意乃交谈也，男女聚焦畅所欲言也。届时余偕内人乘车往，见会首世爵马喀木夫妇，皆年逾六十，鬓发皤然。地广人稠，男女过千。楼之上下，乐工两班。预备茶点夜餐者三处。余等仅在楼下绕行一圈，间遇二三男女之曾到中国者少叙。至楼后同饮红酒一杯，出门登车回

赴交谈会而不交流

30,5,9

使馆。

初九日丁亥，晴。今日戌初，贤马力赍区美尔魏克肥在马力赍路路北大中店（洋名“格蕾森特拉”）设宴请二百五十五人，为首四座，发艾茀公、伦敦美尔、葡国公使与余，其桌列作  形。届时乘车至，先在四面楼中玻璃棚下坐待客齐，陆续步入正楼饭厅。桌上瓶篮密列鲜花，惟金银两色，至器具酒食，并一切礼节，与他处无甚区别。食毕，举酒恭祝英皇与后、太子、太子妃。余同葡国公使皆先谢别，回使馆更衣。亥初，偕内人乘车入卜静宫赴朝会。今日为本年春季之末次，本国妇女尤多，立至丑初一刻始毕。

初十日戊子，晴，暖。英前任户部侍郎韩百里前年逝世，其妻于今春正月一日（西二月十六日）再醮包令夫人（见《六述奇》）之次子包艾格，亦世家也，然位高望重则非韩比。其妻以韩富包贫，且不欲失其名誉，乃令包改姓包韩，而自称包韩夫人。中国有承继用复姓者，日本有以婿为子从己姓者；若再适之妇，强将两夫姓氏联合为一，未之前闻。

两夫姓氏联合为一

十一日己丑，阴。今日为西六月二十四日，蓝侯因代祝英皇十一月初九日之寿，在其寓设宴，柬邀各国公使及本国大员，计设三十一座。戌初余着公服乘车往，因是晚亥正复有茶会，主人恐厅中菜留馀味，遂于院中支白蓝二色绸帐，楼旁开门以通之如复室。正面别作二月门，门内奏乐。桌上鲜花，亦皆金银两色，器皿鲜明，酒食亦美。

食毕举酒恭祝英皇与后之寿，既吃加非吸烟卷，少坐登楼，彼此谈叙。至子初，男女接踵而入，内人亦至。偕见蓝侯夫人毕，略步一圈即出。人众车多，立门内待车时许始回。入夜风雨交作。

内人亦往见蓝夫人

十二日庚寅，镇日阴晴风雨不定。伦敦有一大保船行名罗艾得，亦行主之名也。行之创始，约在百年前，临海某街开罗艾得加非馆。初则往来航海之船主，半在罗馆吃酒闲谈；继则每有约会，佥欲罗馆相见。馆主为人精明，留心航海并水道地理，每向各船主采源询委，苟有所闻，既参考之于心，复画图以示众。因之欲广见闻者，皆以罗馆为考验之所，由是生涯日盛。罗更考明钢铁之性及泛海船只得宜之式，后乃自立一行，凡船之依其式制造，所用之钢铁相当，则登簿分列甲乙等第，保五年十年或二十年，否则不保，及期应修而不修亦不保。于今各国船只多登其簿，每年刷印所保各船名单两大册，厚逾半尺，长尺馀，宽约八寸。局既大，保船亦多，天下闻名，一年获利已多。凡他行保险之货物，行主亦必察所载之船名曾否列入罗册，属册中之甲乙何等，由何年所保，保若干年，用以定保险价值。船名若为簿中所无，则保险货物之值即加数倍云。

自立一行为船保险

十三日辛卯，晴。早直隶通永兵备道沈能虎甫子梅来拜，盖恭送皇太后圣容至美国贤路义城（地在美国中界奕伦诺尔邦之西界，城临密士失必河）赛奇会场者也。午后乘车至赛西店答拜，未遇。英国有种纸制花牌，用

太后圣容送往展览

30,5,14

占伉俪。牌十三页，彩画鲜花，大者一朵，小者一枝，颜色各异，各有所指。凡男女之欲嫁娶未得其人，以此卜之，求之某方，成于何时；或已得其人而心志不决，即以成否、妥否、宜否、当否、和睦否、其人诚心恋爱否、品行端否、能偕老否卜之。十三花牌中，如紫色菊意指热心、情爱、温和，粉红莺粟花主明爱、感情、恋慕，黑色毛茛指分裂、转动、遗失，金黄万寿菊指自尊、好交、志高，黄莲馨花指恩爱于美貌、才多并善奏乐，葱绿长香树指游玩、佻达、豪放，深绿连春草主柔弱、不定、犹豫，班白香香草指烦恼、忧闷、丧心，浅蓝相思草指勤力用工、长久，白色五爪龙指实心工作、殷勤，深蓝五谷花指忽略、作错，品蓝铃铛花指明敏、预知，藕色早喜花指极美、异才、恩爱。卜者随意列十三牌作一横，以所列第一牌为准，仍须合各花之意，先后互参，乃明其大旨。

十三种花占卜伉俪

十四日壬辰，晴。伦敦精工会（英名“搜赛伊的敖阿尔自”）今晚自亥初至子正，借艺植园开灯茶会。除柬请之人外，凡购入场券，早买每券五先，临期购则七先半。半月前以柬来请，届时余偕内人带孙女乘车往。入至正面玻璃暖房前，始晤会首世爵阿卜呢等，礼毕，转入暖房绕行一周，继在大路左右安步游览。见往来男女如织，乐分三班，满园树上花边灯烛争光，遥望如连珠散锦，迫视则花木参差，银花火树，绿焰红荣，较上年尤觉炫目。暖房前之右鄙有大厅一间，系原为公所，现为乐堂，奏乐

赴精工会之灯茶会

歌曲。厅外列桌椅，备有茶酒糕点，再前别一大布帐如之。厅前众客随意吃加非或牛乳，余用少许，步出园门，登车回使馆。

十五日癸巳，晴。墨蕾夫妇约今日午正在其家午酌，火车自倭特路栈开当在十一点三十分，逮收拾毕已十一点二十分，遂发电辞谢。戌正十五分船行那欧布夫妇请饭，届时余偕内人乘车至伊屯坊第六十九号见其夫妇，坐谈少顷，入饭厅，共桌宾主男女各八人，酬酢甚欢。食毕登楼，少坐谢归。自日俄起战事，英之男女无不赞日兵之精，而喜其屡胜。我国中立，余守缄默。今日饮间，一少妇名何碧，先询余今日有所闻否，余曰未也。渠言可惜俄久不胜，且甚恶犹太教之在俄国云云。此语未闻英人道及者，故与洋人谈，总宜以耳代口也。

英人皆喜日兵之胜

交洋人宜以耳代口

十六日甲午，晴。旧识英人狄本逊（见前）老夫妇均于客冬辞世，次女茉丽现三十岁，与其兄狄班（现任驻扎波斯公使）分得遗产后，今春由利贞囿之汗诺倭门移居伊屯台第六十七号之自置小房一所。日前柬请今日申正至戌初茶会，申刻余偕内人带孙女往。独居小楼三层，后一小方花园，收拾雅洁。遇他国公使夫妇，及本国仕宦诸公，皆其父旧雨也。

十七日乙未，晴。色尔那武朴夫妇约今日亥正在牛贲街左之格拉茀屯画阁茶会，余偕内人乘车往。一切同上年，惟台上演短剧三出，通场二男子，妇女十六，皆那之戚友儿妇及女，无伶人。各着太古衣冠，五色陆离彪炳，

30,5,18

歌亦宛转可听。子正始毕，下楼夜餐，客如蚁聚，有坐有立。丑正回使馆。

十八日丙申，晴。本年三月初十日，外务部具奏补画瑞士红十字会原约，谨拟颁给驻英使臣全权敕谕，并请批准保和公会画押各款一折。奉朱批“依议钦此”。前于十五日奉到敕谕，敬谨译成法文，并各件备妥，于今午亲捧面交瑞士驻英公使，请其转交瑞廷。按所奉敕谕系：

补画红十字会原约

亲交瑞士驻英公使

皇帝敕谕记名副都统出使英国大臣张德彝：朕惟大瑞士国红十字总会为环球善举，实深嘉许。各国公议保和会内红十字会推广水战条约，已派前驻俄使臣杨儒画押，其陆战条约，亦应一体允认。兹特命尔为全权大臣办理入会事宜，会商大瑞士国驻英使臣，知照总会，补行画押。尔其敬谨将事，毋负委任。特谕。

皇上敕谕

［八述奇卷十二终］

光绪三十年五月十九日丁酉，镇日阴晴细雨不定，凉。堪特百里大主教达威森夫妇，于今日四点至七点在朗贝宫中请茶会，余偕内人乘车往。闬闳高大，石阶宽敞。然客多则地窄，又值天阴欲雨，所备酒果茶点长桌、乐工一部皆列楼中。是以楼之上下，男女往来，骈肩累迹，络绎不绝。入正间见达公夫妇后，乃令伊女引导各处游览。经堂、书库皆巩固朴素，其楼亦然，盖二千年前之古房也。游览一周，少食酒点，握手谢归，惜未得入园一游。

坎特伯雷大主教请

二十日戊戌，晴。时为英兰初夏，地椹盛结（又名草果或红果）。据云是果颇益于人，食之可养神，用之能除斑点。美貌为妇女之夙愿，既憎面有黑点，复虞粉面之夏季生斑。其己斑点法，可将此果切开擦于面，或黄或黑之斑点自能消去。久生者用果汁涂之，半点钟后热水靧之，亦有效。果泥牙上擦之，尤能令齿光润净白。食之之法，每晨未起之先，一升地椹加饧食之，日久神清而面润。

草莓之益

二十一日己亥，镇日阴晴不定。申正偕内人率孙女乘车至喀兜甘坊第六十八号赴雷澜巴夫人家茶会，登楼见其母女，遇日本公使夫人及狄茉丽小姐等，客稀甚。鼓琴歌曲，列茶点于楼上一隅，用否任便。屋宽敞朴素，而修饰部署幽洁。小茶会颇雅静，较大茶会别有风味。陈设瓷器饶华产，惟厅中鲜花一盆，下支木几以一中国蓝绣花女裙围之，岂彼以为雅观耶。

陈设中国绣花女裙

二十二日庚子，阴凉。英兰西南角宽倭府之西南临海垓斯屯镇，每年五月八日开跳舞会曰花神会（洋名曰“茀洛拉代”），预择健童二三十名，翌早辰正，帽插鲜花，一童击鼓前引，众童比肩随之，齐歌古曲，遍游街市。未初通城男女官商聚于镇之官堂，乐工奏古乐，男戴花，女执花，成对跳舞。或楼上，或院中，或园囿，男女老幼，欢乐终朝，仿古志不忘古也。

二十三日辛丑，大晴，热。申初偕内人率孙女乘车西南行二十里，过太木斯江至德威芝村赴德威芝学堂茶会，

东方书籍监督之请

30,5,24

伦敦博物院东方书籍监督德格乐夫妇代请也。入见主人后，观古油画毕，遂之园中布帐，吃冰乳少许，复至学堂一游。房舍朴且洁，四百年前之土木也。小教堂台前古墓一，四百年前伶人阿兰，业优起家，晚岁建此学堂，给村中阿姓雏男女学习，供应周至。异姓者亦得与，但出佣金一半，馀则悉索学费。阿兰死葬于此堂，旌其善举，垂之不泯。学规教法，斯地最良，至今列诸英兰上等，额设生徒数百名。 四百年前伶人办学

二十四日壬寅，阴。闻昨教堂会中，有兼万生会之人名阿茀拉娄者倡云：猫非人家所必畜，而英国户口以千万计之，至少亦得猫六百万头；每头年税二先半，则一年应进一千五百馀万先，于官家不无小补。尔时男女之豢猫者多辩驳之，故因循未达之议院。

二十五日癸卯，晴热。亥初二刻偕内人乘车入卜静宫赴跳舞会。子初国君、君后、太子、太子妃、王族宗戚二十馀，两两步入登台后，对面楼上作乐，计跳六场，内则二喀得立，四瓦勒自。丑初一刻毕，主客饭堂夜餐，局面详前，丑正一刻回使馆。英裱褙匠工价，糊墙壁以纸卷计工，每卷一先至三四先，其长短阔狭不论。 瓦勒自（华尔滋）

二十六日甲辰，晴热如昨。费里墨夫人于其寓所请两日茶会，均限四点至七点钟。月之十七日初期，余以事未赴。今日申初偕内人率孙女乘车西行十四五里，至喀木墩山，入喀木墩别墅，穿楼而过，乃见费公夫妇及女，遂下阶入园。对楼树荫中，暗列圆长桌椅，左右分部，酒果糕

点，冰乳加非，星罗棋布。树下花间，隔数武即有椅凳，布帐竹棚，点缀幽雅，备客所憩。中院蓝衣乐工一部，节节作乐。花种极多，红紫黄三色海棠，瓣之巨如芍药而厚。酉初谢归，顺走海岱圜，汽车、单双马敞车左右往来如连筒，马步巡捕指示弹压，路两旁坐立之男女稠如雨云。

汽车马车往来不断

二十七日乙巳，晴。英人每当炎夏，多有以一种苡米水解渴，英名“巴尔蕾倭特尔”。今皆渐饮“赛得尔”(见前)，佥谓此酒不惟解渴且益人，一不醉，二有滋味。故凡宴宴及酒肆，饮之者众。妇女饮酒者少，现亦有用以代水者，因其力薄而甘也。

二十八日丙午，晴热，而风甚爽。近有法人白鸥当，新创一种汽船，名曰平流无声，洋名“格来丁”。形长方，长三丈六尺，宽九尺，平底，底有如鱼翅之分水五。敞其中心置机器，马力由十四至四十，每一点钟速率自二十洋里至六十。船尾仅坐一人，手扶小轮关键，与驶汽车者同，开时汽足，则分水动力与轮转同，是为取法于鱼。

新创汽船

二十九日丁未，晴热。未正二刻偕内人带孙女乘马车西行十四洋里，稍南过铁匠营、黎池门村，至红果山庄(英名“斯托贝里希拉”)，赴德斯坦男爵夫人别墅茶会，见其夫妇与女。后于楼上走一周，陈设华美，骨董颇夥。楼式侔宫殿，顶作雉堞，层层巩固，数百年前之一卫所也。下楼入园，园极宽广，花木整齐，白石甃地，细竹铺毡，树径崎岖，不知以几多顷数。正面设布帐，横长桌，

红果山庄别墅茶会

帐外又分列圆桌，环以小椅，满罗酒果茶与小食。仆欧伺候殷勤，酒后别有所献，如烟卷、折箑等，扇画红果，以符地名，后面印各节乐名，因树下有红衣蓝衣乐工各一部也。一日本画师，未识其名，据树下一桌，桌列五彩水，方一尺之白缎成堆，举笔一挥，或花或鸟，活泼如生，且幅各不同，咨可谓智生灵府，功在笔端矣。主人拟计客而赠，奈悉索难供，男女争求，得者仅数十人。又有义大里照相人一名，经主人雇来，客欲在树下花旁照者，皆可照一页。此等茶会，足云赏心乐事矣。 客人皆可照相一页

30,6,1

六月初一日戊申，晴。哲尔奚伯爵夫人今年仍请三日茶会，第一期上月十二日，第二十九日，第三今日。申初偕内人带孙女乘马车西行十洋里至敖斯得立囿，绕过花间，驰过林表，楼前舍车登阶，直至门前，始晤其夫妇。即牵衣促坐，进酒食茶点，少食地椹、加非，转入内间，见陈设多于前次。继出后门，下石阶入园，树下花间，客如战蚁，为坐为立，叟伴苍松，童嬉弱柳，红肥绿瘦，解语之花，乐度两阕，日之夕矣，步回出楼下谢归。同时车马蝉联，如河流之顺轨，至通衢始分驰。汽车隆隆，飞过若干乘，一瞥无踪，速可知矣。路近伦敦，则趟子车、地道汽车、铁道公车、电气公车镇日往来，数十里间甚便。

初二日己酉，晴。昨闻义国东南临海之蕾斯城名麻九者病殁，年甫二十三。因医院治无良法，剖尸查验。是人有二胁骨，胸穴左右各一心，左干瘠，右肥壮。美国博物院以一千六百镑商购全骸，先付八百，死者阴寿及四十 一人二心一大一小

五，再定前款。据云二胁二心，自古希有，置之院中，将以炫奇备考也。

初三日庚戌，大晴，天热而风和，较北京稍爽。申初偕内人率孙女乘马车西行约十洋里，至布兰佛村大道，赴诺僧柏兰公夫人府茶会。府号赛安堂，入大石门一，上立狮子一，古迹也。绕行石径，绿草茸茸，经小铁桥约二里许，始达石楼前，楼为白石造，式古工坚。下车履阶登楼，回环数进达一敞间，晤诺公夫人毕，步转而下，出门入园。正面红衣乐工一部，旁支布帐，帐内外列长桌、圆桌、椅凳，密布茶酒、鲜果、糕点、加非、冰乳、柠檬水诸品。入茶点毕，循步环绕园中，老松皴雪，细草铺茵，

舠字原作舠

佳卉敷英，小山累石，河流环玦，绿点荷钱，四五小舠，任人自櫂。玻璃暖房一所，横作山字式，热带鲜花百种芬郁其中，房前新巧水法点缀之。计里步行，莫穷其境，诚巨观也。遥望楼下男女如云，园门树阴中汽车停百乘，马车税数百，车马排比长逾数里。他国公使夫妇母女多来游者，余又遇印度扎拉瓦尔王，回使馆时已亥初。

初四日辛亥，晴。英例，建修楼房皆有专行，开工时悬行牌于楼上。乃拆房亦有专行，悬牌书"某行开设某处专办拆毁推倒各工"等字。

初五日壬子，大晴，热。现东西各国得律风大盛，而

英美两国电话盛行

英美两国为之冠。闻纽约一行，机器已有五十六万二千分，每分两端各需一人，共一百一十二万四千人。譬如每分之一端使一人司之，用二分钟，则必二十四点钟中口不

30,6,6

歇声，连作八年零九个月；若一日仅司十二点钟，更须十七年零六个月矣。伦敦国行共有六万分，用人八百，每日所传约百万次。邮政局二万分，人数未悉。凡业此者，右手执器以置左耳，久则一耳荒矣；左右两耳司听，更迭为用，则彼此分主脑筋，气无偏至。左耳劳则气偏，气偏则右耳之脑筋不灵；少妇佣工有谓如将左耳蒙巾四层，右耳始能敌之者，亦可悯也。总局中更有一人兼听说写三事者，壁悬总牌一，纵横小筒三四百各有号目，依其号志所达之区于号簿，某号小筒声发，即将听筒属之；而系听器于左耳，置说器于胸前，左手执纸，右手操笔，随听随问，随答随写，其工尤劳矣。

一人而兼听说写

初六日癸丑，晴。闻英人司米士现年五旬馀，于二十四年前在诺廷杭城娶妻水氏，今亦及五旬，生三子，长子已二十一岁矣。上年司米士无事，移家伊斯班村，始与同居人巴安斯相识。水性本淫，人半百而心少艾，衣内别缝暗兜，以匿情书，私于巴，为夫所觉，且得情书两函为证。以故夫妻反目，嗔梁诟盂，昕夕不休，乃强水同移柯娄墨尔庄，而水于翌晨仍回伊斯班。司怒，以情书鸣于官，裁判离合未闻。水氏情书得之报纸，录之以佐轩渠。其词，曰“我的宝贝伊伍（巴之乳名），惜你我不得共榻而眠。深知你爱我眼珠黑而闪烁夺魂。人皆谓我淘气顽皮，而我实在淘气顽皮”云云。又巴安斯致水氏函中有二语，“汝言我不情爱，我实爱之。我之魂梦当皆附在你身，我之性命亦赖尔得生也”。

男女情书

初七日甲寅，晴，凉。记伦敦凡守得律风女工，行中定规每礼拜作工五十四点钟，乃一日九点钟也；然每晨十点钟至午后七点三十分始止，已多作半点钟矣。而迩来拟定新章，每日加作半点钟，至八点为度，虽礼拜六亦然。加工不加值，且所坐之椅不适于人，头上听器太重，久则头痛；左耳用之过当，多聋；新灯不火，致耗目力。复有黑书一本（记过本也），苟多闲言，监工者执黑书强之画押，将来工价罚扣一先。闻某得律风行工女六十五名递公呈，极言所苦，力求仍旧章。然他行女工，已有允作十点钟者。

电话接线女工辛苦

初八日乙卯，天晴凉爽。未初韩阔请在帕玛街第百零四号之礼佛木会馆早餐，一席宾主六人，遵馆规也。凡会中人具餐请客，客座不逾六。主人而外，其四为议绅瓦勒屯，乃五年前游历中国者，十五年前法国驻华随员阿美达，日本公使林董及卜鲁戛里亚公使邹蔻。申刻兴辞。十数日前储宫总管来信，言奉太子、太子妃谕。

卜鲁戛里亚（保加利亚）

七月二十日（即今日）亥正三十分在玛柏楼府设茶会，请贵大臣与夫人届时贲临，太子设茶会由此始也。会与王宫不同，故约柬所印之文字下有：“候去否之回信”，于妇女衣饰则云同于朝会，于男子则云着晚服，黑膝袜裤，佩带宝星。余乃着行装，佩带三国宝星，于亥正十分偕内人金氏乘车至。入，下车上阶入大厅，太子与妃立于门内见客，与各茶会同。见时随握手，男鞠躬，女乃请安，此次礼节，可谓不上不下矣。通计客不及二百，各国

30,6,9

公使夫妻亦未全请，德、俄、土、韩、瑞士、暹罗、波斯及海地、巴西等各小国均无其人。立至子初，礼官手执纸笔，言于子正请各国公使迭扶各公使夫人，届时某国头等公使扶太子妃，太子扶某国头等公使夫人先行，其次两两随后，步入东间，转进饭堂。屋仅容设四圆桌，作 ꝏ 形，每桌环坐八人。各国署使、本国男女皆入西间，立而自取酒食，等于他处茶会。食毕，男女客如初礼，骈入大厅，太子立西鄙向众闲谈，太子妃立东鄙，令礼官招余携金氏对立其前。叙谈已久，丑刻始陆续礼谢告辞。 太子妃与金氏交谈

初九日丙辰，晴，凉。昨闻阔文特立街新立一瓦兴杭会馆，虽云男女聚会，宴宴谈天，然必会中人之妻及姊妹行方得入门。一切会规未闻。第一日开门公请茶会，男女客不下二千。又此馆堂中乐工一部，每日自申正奏至丑正以侑酒，可征其专为欢乐酒食矣。

初十日丁巳，晴，爽。英国男女习跳舞，均有教习。众教习亦立一会于梨池门村，楼舍高广，便歌舞也。彼中人士称曰“特尔卜奚绰廉”译为歌舞女神之门徒。人有创新式跳舞，必经众教习考演是否得宜，人身气力有无损伤。闻有人新创二十三式，或方城，或圆圈，或分节，或排横，形势不一。本月某日，会馆一百二十八人演新，男女须服饰华丽，乐步相随，俾人观之不厌。 歌舞女神之门徒

十一日戊午，稍阴。未初乘车至英太子府回事处书簿，谢其前日之茶会。西人畜犬以为玩物，不尽取其守夜也。犬性本驯，相传有附书、衔衣、救主、寻人之事，而

西国又有用以救伤兵、阻惊马，追寻冻馁之夫、遗失之孩。闻之比、德、奥、义诸国，创一法教犬马巡捕，凡猎犬生半年，皆聚之一巢，使犬者教之。遣人装成安分之土著及骫法之匪徒，细使其辨明。街市打降者，犬窜于二人之间分之；如不解，则衔曳二人中之一人仆，斗可已。教演由巳初至酉正，每日辰初戌初饲饮两次。各犬分巢时皆以类从，兽医察其眼力、耳力、鼻嗅之力，并考其心肺骨节容易教练否，教成能搜捉逃犯凶徒，遇事驰报官所，是又胜于守夜矣。

训练警犬

十二日己未，晴，热。按英例，戏园观剧，男女着礼服脱帽，与赴茶会跳舞会同，在坐禁烟酒闲谈。每有新出，必将戏文演法录呈大法官审定，若与风俗有碍，或歌白作法未安，乙改而后演。若通场不协，可即禁止，重规叠矩，以固名誉。杂剧馆则男女便衣，吸烟吃酒，楼上有酒馆售茶点，客可任便上下，会晤女友情人，歌舞曲文官例不察，含垢纳污以开利源，一擒一纵皆致财之用。盖西人壹是法则皆生于商务，政教则以利为根，交涉则以利为本，有商务然后有政教，有商务然后有交涉。我但于商务究其各项立法之由，则若网在纲矣。间有不相比附者，亦与商务无碍仍之，否则去之。即如杂剧馆，其有害于人心风俗甚矣，曰奚不已之，曰可以致财。

剧场与杂剧馆不同

一切法则生于商务

十三日庚申，早阴凉，午后细雨阵阵，戌初大雨，雷。英人司达禅，苏格兰正东阿柏巅土著也，现年二十九。幼习文字、算法、地理、历史小成，十五岁改学石

30,6,14

印，教习因其聪敏，勒令专工丹青。又入埃典柏大学堂一年，绘事得法，旋阿柏巅，绘庙堂墙壁十七处，各方丈二，画皆故事，笔端精妙。既而游历义、法各国，遍访名家，与之讨论，画学大进。今悬其画两大幅于帕玛街第五十号玛柏楼画阁，待人品评。数日前阁主冠那吉以柬约，申初偕陈默之、白厚之、尹元辅往观。巨幅高丈五尺，宽九尺馀，为耶稣幼年之故事；一幅较小，为苏格兰一老媪，淡描浓染，人物如生。戌刻驻法参赞官文博亭（溥）来拜，坐谈极久。

埃典柏（爱丁堡）

十四日辛酉，阴凉。英俗有千年至今不改者，闻英兰西南代文晒府霍呢屯镇，月之初八日（西七月二十日）本地官商男女丛集，中一人扮地主，如役于牧师者，戴三角毡冠，着红色半臂，蓝衫蓝裤，周纯银绦。午正，有老城传信使立于墟场门外。扮地主者高声唱曰："倾耳听，倾耳听，市节已成。手套立起，无人得惩；手套脱下，方可行刑。天保王廷"。唱毕男女齐和之，如怒潮一涌。旁夕，市中掷核桃、栗、榛诸硬壳果于众中，使之抢拾以为乐。"手套立起"者，长竿顶缚镀金木手一，立市上之老店檐前。古例，凡逋债者，礼拜及各节期，债主皆不得索偿。此手作为各礼拜各节期，是日亦为一节，人人安乐，不使催债败兴也。初日牛羊市，次日移马市，满城连乐两日。此事不知创于何年，或云英王罕里第三之世已踵行之（时在西历一千二百十二年，即南宋帝昺祥兴十八年）午后，鹿大司农（传霖）奏派出洋游历之候选郎中陶在宽

千年不改之古风俗

长竿顶缚镀金木手

应为帝扩嘉定五年

鹿传霖所派陶某来

（栗园又号九彪）由法到英来拜。

十五日壬戌，阴凉。西正约文博亭、陶九彪晚酌。西国都会、兵营亦畜鸽，用备战时由外达秘函，曰信使，亦曰家鸟。万言长幅缩影成一页，叠极窄，紧系鸽尾翎骨，放回本国都城鸽巢。鸽到作声，人收信，用美食净水犒其劳。鸽灵甚，能在半空定其所向，虽三四千里不迷也。每一分钟飞三公里之一，当中国一里。

信鸽比赛

十六日癸亥，晴。伦敦一会馆曰“乃慎那苐赖英克勒卜”，译言民间飞禽会馆。馆人以善畜鸟为事，遂立赛鸽会，集健鸽于距巢若干里外放回，先至者赢，后至者次之，不为弋慕终得抵家者又次焉。会中人循年捐十先半，每期许赛三鸽。外人欲赛，按头捐三先半。此次之会西七月十八日（即本月初六日），英兰南北各城镇之名鸽集二千馀。运至法西界之马兰乃城，中隔英港，南北至远达二千数百里。闻尔时法界天晴，众鸽北飞，而英港雾重，鸽迷路力竭必坠海，罕能达于英界；即能之，经十三日之骤雨，当有曳尾涂中者，故至今巢空。英君“牡美花”一头，亦在其中。

十七日甲子，早阴晴不定，午后淅沥小雨。西人向谓牲畜一槽饮水，则病易传染，马之流涎各证，亦出于此。城中早有牲畜水槽会，集成巨款公立，今创一水槽，槽中隔木，上出两口如桶，二马同槽而分饮，已在瓦克蓑桥、卫斯民司得街及维克都里亚街三处试新，盖皆大道通衢，车马往来多处也。

30,6,18

十八日乙丑，早晴，申刻阴。西人无处不求简而速，伦敦地下早有火车、汽车、脏净水管、电气筒、商务风筒、信局气筒，楼下地中，粗细空洞蟠环，已如蛛网。又创寄物气筒名曰“卜努麻堤克秋布”，每日通城之包件箱匣，可十分之八由筒寄。先造气筒九十五洋里，收送物局计一百五十，款须三百英镑。筒粗十二寸，足寄猫、狗、鸟、表、酒瓶、瓷器及脆而易坏之物，每一点钟例行四十洋里。通城信件由此至彼尚须多时，况包匣之类较信尤迟，客岁邮路不通，信件专人转送者不下百万，费巨而延时。包匣等件一年四百万，由此筒寄，可速与信同。寄物大小须与气筒合式，免挟压折皱或破损。并谓此筒尤便于妇女购物，电致十里外某铺买某物，由传电至收物，不及一点钟。苟亲身往，人未入家门，而物早到矣。各新报馆皆有马车、汽车、脚踏车百分，远近分送，多有马惊人跌之事。此筒出，则一馆数百千张，一车足矣。邮政局有红车千乘，气筒皆可代之，就中省费颇夥。此筒造成，则各人各行，不仅省费，作事尤速也。

西人无处不简而速

寄物气筒

十九日丙寅，镇日阴晴不定，暖。人云西国有种饭贼，英名“的讷尔斯伊夫”，伦敦西城一带尤多。其骗食不一法，多可笑者。一人在某馆食毕步至柜前言：“多谢宝号之嘉餐，我腹中饥饿，赖人给食，无力偿钱。”馆主问：“汝何翳我是食？”答曰：“以贵馆饮食著名也。”言间已偷步至门，意将狂奔。馆主度其必逃，随言以手招巡捕，其人始惧，即时取钱以偿，乃云：“此我旋家之火车

骗吃之贼

费，无此我将步行，远路累矣。”馆主笑云：“如此一走，再食更开胃口，但是而今而后，再不敢伺候耳。”又一人食毕至柜前，先论饭价，随指座间曰，我友将代付，堂倌回顾，其人已出门飞去。又一人饭后索加非，令开两票，付钱时仅付加非，饭票则匿诸兜中，遂不承认。西城各饭店，每年被人诈骗，致赔百五十镑至三百镑不等。

二十日丁卯，晴，暖。伦敦一城善人公设之作工所，英名“倭尔克蒿斯”，以济贫民老幼男女极多。如近本使馆之贤马力责作工所，人云便当舒适胜于住店，贫人初入必洗浴，脱旧衣换新衣，衣式与街市稍异，用别为某作工所中人。旧衣盛以布袋，记以号码，收他间。梳洗穿戴毕，有人引入一屋，医官考验身体气力，按年力强弱列入一班。班有卧房，房内左右铁床两行，毡被毛褥，白布两层，式与医院同。天寒无火，暖以气管（即八年前在本使馆经罗稷臣安在参随各屋者）。每早卯正唤醒，辰初齐至园中缓步游行片刻，分入饭堂早餐。男一边，女一边，女皆着蓝衣白帽。食毕再入园中少坐，至巳初分处作工。午正大餐，烧牛肉、煮羊肉人各一块，熟番薯若干，随饭一盘，年老加牛肉茶一碗，软面包一块。食毕仍作工，酉正工停，晚餐则各人面包四两、六两、八两不等，乳油乳饼各五钱，茶一杯或加非一盅。食毕入书房，或观书，或看新报，或弄骨牌。戌正齐睡，十分后烛熄，夜间每隔两点钟有人秉烛查验一次。子初又有人执红酒一瓶，审视年老不睡者，倾一杯饮之，引其睡魔。他店每用滚水须唤

贫民工赈生活舒适

年老失眠饮以红酒

30,6,21

人，此中各卧房门旁皆有龙嘴，冷水热水取之任便，惟不备啤酒烟卷，惟年老不便远求者有之。午后觉渴，准买一本士茶叶而自泡之。

二十一日戊辰，晴。闻鲁伯街之鲁伯王饭店，一中国庖丁名阿鲁克，打杂印度二人，一阿得堪，一印勾堪。前日口角，印度人以木杵伤阿鲁克头额，经巡捕捉获，送入马力贲街之巡捕厅。讯时，有曾到印度之英人哈他呢者作翻译。众以阿鲁克能英语，遂问“汝信上帝乎”，急对曰“不”。“汝孔子教耶?”答曰“新嘉坡”。所答屡非所问，究不得知屡何教，遂令手举一瓷碟，誓云：“吾则实言，不敢背信。”言毕掷碎其碟，又云：“吾若谎言，则吾之魂魄与此碟同。”其供云：“昨在厨作工时，略与印度二人口角。二人齐言出去，出去，我要煮菜。未能应允，二人遂以木杵击我”云云。医官验其伤痕露骨，罚二印度人各十先。 华工接受讯问情形

二十二日己巳，晴。闻前于礼拜六日（即前十八日）早，巴特溪区之贤米哂教堂中，一妇名鄂碧莲者，长裙花帽，太太如也，乃于礼衣房中开放箱柜。问其何为，曰“我包探也，因见教堂左右有人窥探往来，故入内查验”云云。人见箱已空，抽屉曳出，失去教士披氅九件。遂捉入官厅，一讯而服，判定收监半年，并作苦工。

二十三日庚午，早虽微风，而大热似中伏，酉初阴而骤雨，顿觉凉爽。前所叙之寄物气筒，今又见新报内一则云，苟有小孩患病，亦可由此筒将孩寄送某医疗治，逮寄 小孩可由气筒运送

回时必随有药方或药水一瓶，或芥末膏一帖贴于脐上云。

二十四日辛未，晴。近因天热，西人亦论及男女饮食，谓除作工之人每日须用四五两酸质生力者，如牛羊瘦肉与鸡蛋各味，并十四五两之炭质作热者，如糖、酒、牛乳、肥肉各物及脂膏三两、碱盐一两外，其他事少之人，皆须少用肉而多吃菜。兹经名医立一早晚三餐之菜单，如早食冰凉甜瓜、炒鸡蛋、烤面包及茶或加非，午酌面包片夹黄瓜或熟鸡蛋、薁米或鲜果，晚餐为凸起糕、小扁豆卷、拌生菜、面包片夹包谷。此等素食，想皆非我雅州人所肯入口者也。

二十五日壬申，晴。昨所论之素食，英人云价廉物洁。即如扁豆卷，用扁豆四两一本士，鸡蛋二枚二本士，

扁豆卷与凸起糕

碎面包二两半本士，切碎芹菜二小匙一本士，乳油一两一本士，茴香菜、牛膝叶及盐与树面各少许合半本士，合计半先；将扁豆洗净，宽水煮熟二十分钟后漉干，与各粗相羼，候凉作片成卷，外刷鸡子汁，黏以碎面包，炸以牛油，色变深黄，即可食矣。作凸起糕用果核半斤约三本士，白面半斤二本士，大蕃薯一、葱两棵共一本士，鸡蛋三枚三本士，芸豆数枚、西红柿一个共五本士，奶油半斤六本士，椒面、盐、豆蔻各少许，都一先八本士；先以水二两熬奶油，油水沸，洒入白面打成浆糊，立即取出置于暖处待用，别用葱与蕃薯及煮熟之芸豆入勺以脂油炒之，再将西红柿、果核及煮熟之鸡蛋切片炒熟，其椒末、豆蔻与盐搀入所炒各物内，和匀倾之面糊作馅包妥，刷以生鸡

30,6,26

子汁，铛中烙三刻，取出凉而后食。凉拌包谷者，包谷半斤三本士半，生菜两棵一本士半，水芹菜一小捆一本士，红萝卜一个一本士，煮熟鸡蛋二枚二本士，共九本士，各切碎加菜油、盐醋拌成，加少许鲜牛乳汁，味尤佳。

二十六日癸酉，晴，凉。辰正率众参随向北恭拜圣牌，行三跪九叩礼。酉正楼上下设宴，合本使馆之参随、翻译、供事等及各省学生之敪敭者共五十馀人。外国上下楼现兴用自升梯，既省时刻，复养腿力。法国无论伊谁任便用之，住户铺店均可安设。英亦任便设用，惟依定章每一梯必专一人司之，照料人之上下，一免误用，二则贫人可以多一衣食营干。

上下楼兴用自升梯

二十七日甲戌，晴。英国酒价之昂，大小酒家无甚区别，茶馆酒肆稍贵，客店饭店尤贵。客店一瓶，贵于茶馆二先至五先不等，酒无异也。闻有时卖价计十二瓶仅二十四先或三十先，卖则一瓶十先。盖大店楼比宫殿，装饰奢侈，以壮门面，耗费甚多；又各向酒行争购，以备不时之需，存酒既丰，积压本钱，不能不取偿于售物也。

二十八日乙亥，晴，凉。伦敦大店谚云拾金不昧者，所在多有官法店规，比例信守，并恐有误招倈也。数日前江边萨外店中有美人夫妇率女走后，女仆洒扫卧室，见火炉前铁盘内一白绫手帕叠作囊形，取之琤瑽有声，展开则钻石戒指数枚，青蓝宝石戒指一，钻石珍珠项圈一，钻石教皇小帽一，金笔匣一，金表一，值共数千镑；别一钱囊，藏英金镑票五十，美鹰元票一百二十。把玩再三，由

大旅店中拾金不昧

喜而惧，乃交柜房。柜东诧异，不知何时何人所失，前日驾“康扒呢亚”船赴纽约者耶？抑或他客之前宿于斯屋者耶？无从逐人询之。正犹豫间，由美来电，云第若干号屋中火前铁盘遗有物件，如拾得乞留之，待赴伦敦来取云云，何日缴还未闻。

参赞周某租房之事

二十九日丙子，阴晴不定。午初驻法翻译官恩福田(庆)、商务委员水孟庚（钧韶）来拜。前年秋季，参赞官周稚瀚因居使馆不便，遂偕其夫人并学生高恩洪、男仆祝树堂、女婢翠英在附近水晶宫之娄苓屯路第一号租楼一所，一切床榻桌凳应用之陈设器具皆自备，值共一百数十镑，寓将半年。十二月间，不知何由，高恩洪劝送男仆回国；上年夏又不知何故，以翠英赠高恩洪。以故其夫人十二月杪患病，急请医官郝桐冈诊治，月馀稍可。本年正月，移居城内。而娄苓屯之房，不住亦须按年付值，且所买器具亦无处措置，遂将房交高恩洪与翠英住。本月初间，二年房租将满，高恩洪为之拍卖器皿，百数十镑之物，仅卖二十馀镑。拍卖须报知地方官，门外挂拍卖招牌，官收挂费八镑。是百数十镑之物，甫用年馀，只得不及二十镑之数。吾辈寄居外洋，不达洋语，到处需人者，盍视此。

30,7,1

光绪三十年七月至九月

七月初一日丁丑，早雨，未初晴。酉正约恩福田、水孟庚晚餐。往年伦敦于宴宴、茶会、嫁娶、吊唁诸事，亦有用鲜花者，宴宴不过桌面一二瓶花点缀而已。近年来花样加新，夸多斗靡，如在圆桌面则以铁条为架作  形，形分四面，面各一钩皆满攒鲜花，钩下以红绦系一花篮， 之中茎于四钩攒处结一红绦作蝴蝶形，上下捆插鲜花，五彩相间，高几三尺。在长桌坐十四人，坐二十人者，一式中一圆花圈，左右各连以绳缠系之鲜花绿叶四长圈，平置桌面，统作 形；一式系绳花置作  形三椭圆，中各置一圆花圈，圈中又各立一高座金盆，盆插鲜花，当中者高大有耳如炉，其高亦逾二尺，左右者稍小而矮，三椭圆中二花绳十字交处，又各置鲜花两墩。各种宴会鲜花装饰

另有三式，系以铁条攒花，分立三墩。第一，铁条缠花作  形，顶上加一大花圈，架下左右铺二扁花圈，四

钩上下系两捆花，架下又缠花与长叶，统作  形。左右者铁条作  形，条上缠花，下捆长叶，下铺一扁圈花，上二钩系花一捆，统作  形。第二，式与上三墩相似，当中者铁架作  形。临桌正中置花一墩，左右以花棍作篱笆，向内上二钩横悬鲜花一缕，向外二长钩各垂一花篮，统作如此 ，高亦二尺馀。两旁者状类当中者之半，其式如此 。第三，虽亦三墩，然较前二不同。当中者二铁条作葡萄枝，插真叶，绑真须，上挂葡萄两串。当中又斜插篱笆，下铺绿叶，堆以他种鲜花，旁枝另垂鲜花一篮，其式如此 。左右者下一金棍小筐满盛鲜果，旁插一铁条葡萄枝，上下挂葡萄三串，并饰以花叶，其式如此 。当中者高三尺，左右者亦各二尺馀，以上仅述其三，其他种式颇多，然皆大同小异。至长桌坐客数百者，多于桌中瓶瓶横列鲜花，外于左右顺铺花绳两行或四行不等，其价自十先至六七八镑，是请客一二十，仅鲜花已费至五六十金矣。

铁条缠花式样甚多

初二日戊寅，晴。参赞官周稚瀚移住伦敦城内东北之特英乃囿街后，其夫人因无人伺候，病复发，盖仆人已遣回国，侍婢又归高恩洪也。由房东代延英之御前名医卜洛贲诊治，因其食难下咽，不时呕水，谓肠中有病，须破肚断肠验之，且病属危殆，不治则限在二十四点钟内必死（盖谓此为英医查得一种新症，系由前在华英医德贞之子，年二十馀，因久不能食，一日竟毙。众医诧异之，遂

说周参赞夫人之病

30,7,3

开肚考查，始知其肠之业经填塞不动者八寸馀，乃谓惜早不知，苟得早知一日，开肚将填满者割去，再行缝连，必定得生）。稚瀚惧，谓若剖腹不醒，宁可病死，总以不割为妙，遂谢辞之。是医索马钱四镑（竟合库平银三十六两，幸当时房主仅告以华人，苟其知系参赞，当索十镑云）。次日并未死，乃由驻比医官陈剑航（漳）诊治，半月而愈。周稚瀚拟效西人下乡避暑之举，今日赴英兰东南临海之佛克思屯地方租房，风扫煤渣眯黏眼珠，水洗巾拭皆无效。旋寓后就使馆附近中等医家求治，医治仰卧，推开眼皮以镊挟出，索门脉钱六先（按时价合银二两四钱零）。

参赞生病惧怕开刀

初三日己卯，晴，凉，入夜风。火车栈之工役，有司车门察坐客者，收拾洒扫者，燃灯者，膏油者，取送行李货物者。昨闻卜莱屯地方工役卢益，年二十五，推送货物时偷去鸡蛋五枚，不及半先值，察出交入官厅。供云实因一时错作，官判此虽小事，仍须重罚以儆效尤，遂收监三个月作苦工。又一彩画匠瓦尔得，昨在佩斯投街偷棺旁之花圈被捉，判入囹圄六个礼拜。

偷窃重罚

初四日庚辰，镇日阴晴不定，未初细雨一阵。英下议院安厨灶售饮食，昕夕需用，随时可办，以便乡绅。据云自西二月至七月二十三日（即前六月十一日），大卖小卖计共十万零六千五百二十顿，就中早餐四万八千八百九十一顿，晚饭一万六千顿，午酌二万五千顿，夜餐二百四十九顿，清晨茶点一百五十一顿，饭价收七千六百三十七镑

十六先十本士，酒值四千九百九十七镑，烟卷值六百九十七镑，除人工辛金外合赚六百馀镑。

初五日辛巳，阴凉。闻之英人云，目今妇女新出一洗浴法，谓可润肌肉。法有三：一、日日洗浴，每晨用热水多加澡醋以助力，浴毕香醋擦之。二、为补力澡，水中加醋二升，樟脑一块大如核桃，丁香十二粒，花露水、茴香、碎桂枝各少许，浴一次可停浴一礼拜。三、加醋二升，安息香一两，二药不同时倾入，须渐渐加之。别一法曰黄瓜澡，黄瓜四条挤汁二升（外洋黄瓜之大有如丝瓜者）熬半点钟，入沙漏滤之，再加安息香一两，时时分加水中，以之洗浴，可使皮肤结实而软云。以上固近于亵，姑妄听之姑记之，以见西国风土之一斑。

洗浴新法

初六日壬午，阴，凉。伦敦各监牢，楼房床榻整洁，书房看新报，花园练体操，教堂依期礼拜，教士每食倡领谢天，均与外同。每日三餐，肉面菜蔬，加非茶水，睡、食、步行、看报，咸有定时。且食虽给足，但必量人之强弱，依时察其气色精神，称其身体轻重；苟有变更，或身轻而气弱，或面瘦而神衰，则管监管限同医官调查而更张之。每日饮食不适者，酌改之，损益之；凉暖不合者，乃迁之；被祷或添或减各事，虽重犯之石屋，亦必整洁，凉暖合宜。惟饮食散步，皆有人监守。屋中少瓷铁器皿，一防其行凶，一防自尽。

监内犯人之待遇

初七日癸未，阴雨，凉。前初五日（西八月五日）英议院散值期，因国君现赴某城，令世爵某诵宣词于上议

30,7,7

院，词曰：

谕尔上下两议院爵绅：予依旧交好于各友邦，予前赴丹京谒见丹王，后至吉业会晤德皇，两国接待，极见殷勤。我国政府与法廷订立公断约章，冀环球之关涉两国利益各件，皆可和平商结；此项约章不独于约中所言之件有益，且立此一约，英法人民亦可因此益睦也。义、德及日斯巴亚诸国，我政府亦与订立公断约章，以断数案。我国前与巴西自主国为吉阿那属地疆界一事争执不已，现经义君判决，数年积案遂得妥结。义君判语如何奉行之处，不久即设法办理。我国大军之征讨苏梅里兰者，业将土酋痛惩，除酌留兵士暂守各处，为土人整顿防守事宜外，我之军士以及协同进剿之美尼雷克王之军士，皆已一律撤回。俄日战争，仍无已时，言之可欢。战局初开时，曾颁谨守局外之诏，谕令我臣民碍守勿犯。乃近忽出各案，凡战国应如何处置局外各国之商，务须详论。此事与我国商务大有关系，惟望和衷办结，我之商利不因稍有所损。至万国公法所载局外各国应享之权利，我政府必力助我人民以固之也。整顿玛赛都尼亚巡捕之条陈，业已开办，各国派往之员亦已前赴指明各地段，总其事者为吉贝雅斯，该员调度有方，将来必有成效可睹。教产十分抽一之税法，亦经地方官再三斟酌，不久即欲于某数县中试办。政府诸大臣奏请脱属法政司中应行选举之法，予已批准照办，此即为将来自治张本，所望自此以后，凡该属之臣民，皆戮力同心，俾该属从此大兴，生民亦得安乐也。予之派兵赴藏，

谕上议院世爵代宣

日俄战争谨守中立

派兵赴藏已抵拉萨

出于不得已，且与中国政府商明派兵之意，盖欲藏人遵守一千八百九十年所订之印藏条约耳。我兵一路前进时，藏人略为拦阻，现已安抵拉萨，闻之至慰，弁兵之健勇绝伦，于此可见。所望将来会同中国驻藏大臣与藏员开议后，即能就议，俾商务从此振兴，而印藏交界之处，亦不复有轇轕之虞也。

谕下议院

下议院宣词曰：

本年国中应用各款，汝等筹拨甚妥，予特致谢。

又谕上下两院爵绅曰：

整顿军政一事，汝等极注意，予见之甚喜，惟望照此办法，足以增我兵力，捍卫我之土地也。准人卖酒之牙票，旧者如何减少，新者如何发领，新立之准人卖酒条例中皆一一载及，实为近今法律中最善之条例，于业酒者之利益无碍，而戒酒之人或可因此日多，街巷之间或亦可益见安靖也。

上下两院同领之谕

一千九百零二年颁行之学务条例，应如何举行无偏倚，俾英兰及卫拉斯之启蒙学堂各孩童皆得获益，业经议有条例，予已准其颁行矣。英法公断约章中订明之各项办法，亦经汝等议立条例，允准照办矣。通国店铺应如何使之每日闭门较早，业经议有条例，予已准其颁行矣。朕谨告辞，并祝上天保佑成功。

散值议院大臣将散值之谕宣读，议院乃散，须至本年十一月初三日再行开院。

初八日甲申，阴。伦敦各戏园杂剧院，皆卖有戏单，洋名“普娄格拉木”，戏则数月或终年不改。杂戏亦多日

30,7,9

不变，昼夜一律。戏园所印之式，一出分二、三、四截，先总言男女何角，扮何人物。人物故典有极僻者，亦缀数语解之，再详某截何事何名，几点钟演起，某时休息几分钟。杂戏馆单式，大小十一二场，分场截印，第几场某时演，演何技艺，伶人某，或新到，或来自某国，有何新奇技能；尚有细琐论说，或小戏某伶所排，本于何典，取何意；射影灯片何人摄影，何处景物，禽兽鱼虫来自何洲，一一注出。普用厚纸一页，长七寸馀，宽逾六寸，其上馆名、地名以及了事人名，并某年月日；下一方圈四周簇以彩花，中印所演一切；纸白，字或黑或蓝或绿，清楚整齐，后加三页，用印他事（详见后）。外包一皮纸尤厚，正面或印本园之楼房景物，或印他种五彩人物花卉鸟兽，鲜明精工如画。纸之中心结以一条，钉作八篇之小书（洋书以一页两面为两篇）价皆半先，阅毕多弃诸座边，戏园人虑卖戏单者拾匿私售，遂于书角套一小铜环，非扯破不能开卷。

戏园所印之戏单

厚纸精印鲜明如画

初九日乙酉，阴晴不定。各戏园及杂剧院之戏单，册之大小短长稍异，而皆厚纸两面印字。其后三页所印，首则关乎本园之事，如总司事某甲，如有信件请致其人；卖票处每日自巳正开至亥正，座价包厢若干镑，由楼顶立处至台前池中，一一注明，自半先至十数先；本园开设某街第若干号，得律风第若干号，此单系某街某行所印；凡定座者可定至四个礼拜之内，来信定座，务望座价一并寄来，当日由会馆、饭店、酒肆等处以电话定座者至迟至九

点三十分，逾此则归卖票处公卖；本园台上一切衣冠彩具皆经某行包做，并归某御火公司保险；料理台上台下、园内园外各人名姓，昼一点三十分开门，两点开演，夜七点三十分开门，七点四十五分开演；园主本钱共百数十万镑，通园电灯用某行者，本园带售酒食处，开清晚餐夜饭茶点加非价值。

地方官所谕八条

又谨遵地方官所谕八条：一、戏演毕须将各门大开，便人齐出；二、凡行人之路，皆不得有闲人坐立；三、通园坐立之处，皆不得卖逾定额；四、一截演完，园内各门须开，以便看戏者上下出入（指去出恭、吸烟、茶点、散步等）；五、凡人所必由之路以及楼梯之备看戏人行走者，皆须开敞，不得稍有阻步；六、演戏之间，台上景物须有更换，当垂内帘，以昭整齐；七、每逢歌唱之际，禁止吸烟；八、园中廊庑通路，皆不准存留衣服或悬挂帽氅；看戏者偶因故唤人或请医生，须将座号告知卖票房，

服务周到

以便往来传信；物有遗失，须告知卖票房或致信与总办；散戏后如有遗忘之物，须暂存于卖票房或总办房；园中伺候各人，若疏率，或鲁莽无礼，或于饮食诸物妄开钱数，皆不得饶恕，应行告知总办，按章责惩；本园一切规章，如有不妥不便之处，尚望随时指改之，本园卖票房有唤传信使之气筒，便客人用，并有得律风便往来传言，等款。

此外则印本园著名优伶之小影一二，并各处至园之马车价及车行章程半篇。又印附近各客厅、饭店、酒肆之字号、街名，早晚饭与散戏后夜餐之价值；更有银号、酒

30,7,10

铺、火柴铺、烟卷铺、点心铺、香水铺、净水铺、茶叶铺、书铺、药铺、叫货铺、赁车铺、照相铺、成衣铺、脚踏车铺、音乐曲谱铺、书橱木器铺、妇女腰箍铺、鞋铺、帽铺等等，皆详其字号、地名，此殆印字局所附入者。常见各报刊，有各铺报单价值，钱由铺出。以此忖之，则戏园刷单之费当必减缩，是一举两得矣。

一举两得

初十日丙戌，晴。前英人某甲畜小犬一头，遇事外出，以日无多，又携带不便，留犬于家，属其妻豢养。其人去后，犬不饮不食，有时独卧，有时楼之上下搜索，至七日忽无踪迹，执灯遍寻至园中，犬仰毙于花下。又一驾公车之马，马本成对，前年船载其一赴斐州军营，此马竟镇日窜踶不食；一日奔出车厂，至某家之石墙，距立数武，众意马将越之，而马竟以头触墙，裂颅而毙。噫，犬恋主，马恋伴，兽亦有知者乎，而卒以捐生，其可感也夫！獐有香，鹿有茸，猎之疾，噬脐鲜角以求生。象有齿以焚身也，有拚一死不为用者，印度人猎一象，象以四面皆人无所逃，踊身入河，以头入水不动，以绳钩牵曳于岸。则身冷而气已绝。

十一日丁亥，阴雨阵阵。英规，吊唁之物，花圈或周四五六尺花，花十字或高由二尺至四尺。此外更有花捆，其式，一束鲜花捆以花绦，英名“阔芬卜开”，意久柩前花捆。别有数种象形与会意者，如船锚，乃赠水师兵官及关乎船厂、船坞、驶船、造船之人；立琴（洋名哈尔铺）中一弦断，意谓其人死，比琴弦断，音不能调也；半段石

吊唁花束之样式

柱，意谓如砥柱斯折，势将倾也；有作扁桃形，为圈为片（西人画心如桃），指其诚心吊唁也；又有圈内或心中加矩形作 ，盖故者为三合会中人也，是会英名“福立美森”（详见《四述奇》）。其锚、琴、石柱有高至四五尺者，花色尚白。叶与花之多少及花之美恶，以别价之贵贱，至贱者五先，依次倍加则至五、六、七镑不等。

十二日戊子，阴雨阵阵，雷，闻前英君主维克都里亚逝时，各友邦并各属地暨本国文武官商皆赙花圈，以表亲睦致敬之意，圈式不同，又有高大逾于常用者。即如葡萄牙王所赙，用鲜花成王冕一，略大于真冕，上立十字，旁系白绫二缕结作蜨形，下垂两长条，一书一千九百二年正月二十二日，一书王名阿美里亚等字。美国总统马勤礼所赠，则排花七层，当中直径七尺。一花圈乃某公主所献，高五尺，密密排花两周，中心铺叶为纸，以花攒“由君主之痛心女所奉”九字。又胡萨第七营各武官所献者，乃以叶铺作斧形，高六尺，以白花堆一王冕，冕下用他花堆君主二减笔字如押，再下堆一横条作  形，白花作地，蓝花攒“胡萨第七营”五字。

“花圈”原作“花心”

十三日己丑，阴雨如昨，凉。我国所云不茹荤，戒杀生也。迩来西人有谓水族昆虫非荤物者，彼固谓是凉血动物耳，而失不杀生之旨矣。水中虫，空气虫，动物植物中虫，此虫甚微，人所不见；西人以为饮水纳气不能绝于食素之人，故不以杀生为荤，而以热血动物为荤，此不如终身不茹素之为愈也。然列国食品，要亦不同。中国食蝗，

30,7,14

食茧中之蛹，夏日悬生肉于净室，腐而蛆出，谓之肉芽。阿支里亚与阿尔比亚（二地皆在北斐洲）土人皆食蝗，且腌蝗为酱菜。墨洛扣（地在斐洲西北界）土人舂蝗虫于臼，杂牛乳兴枣以成饼。巴来斯太音（地在雅洲土耳其）土人以油炸蝗。麻达戛斯喀岛（在印度洋）土人油炸蝗以拌饭，乃云味比炒虾。希腊人喜食炸蜢。云胜于鹌鹑。堤墨尔岛（地在太平洋）之土人谓蜜蜂肥而甘，如虫在桂树则带有异香，迨蠹化蜂则美味盈齿。巴哈麻之喀娄来安群岛（地在太平洋，西近雅洲）与吉阿那（地在南美洲之东北界）土人云，别有一种茧内黄蜂，有异味。天文生拉兰氏谓菜虫味同杏仁，蜘蛛之味似桃核。前于西一千八百八十七年（即光绪十三年）巴里虫学会中诸博士考虫之可食者，如小黑菜虫可以作羹汤，惜其法未传，又云炒蚁乃美食。印度人喜食白蚁。吉阿那与巴西人皆喜食大红蚁，或谓其味甜而稍酸云云。

食性之异

十四日庚寅，微晴。伦敦西南隅瑶尔克路有李义者，本义大里籍，妻法郎西人，夫妇侨居美国东界伊里奴阿帮之开娄城，二年前生一女名乐然，今春来此。女甚聪颖，习父之义言，母之法语，加以美之英言，出口无碍，且初学德文并亚喇伯文。人云李为著名通事，达数国语。女将三岁，能英、法、义语，将来又一著名女通事矣。

三岁女能三国语

十五日辛卯，微晴。英国贴长红人温特尔之子阿柏，三年前年甫二十七岁，以贫故，在伊乐佛轮船充火夫，由英兰驶至澳洲东南界之梅勒班海口，舍船业，别觅生计。

月前呈其母信，言在牛锡兰岛西界格拉呢的树矿内佣工。昨其母复得信，则现获七万五千镑，将回故乡。闻其致富之由，居临木其秋呢河，一日偶拾石击水鸟，觉石重，审之乃金含之水晶也。人争购取，遂得善价，一饮一啄，莫非前定，信然。

金含水晶

十六日壬辰，晴。英国一种糕名"奎音斯铺定"，译为君主糕。糕法用浸透面包一碗，杂乳油二两，生鸡蛋二枚，用饧多少随意，和为一，乃以蜜渍鲜果实于圆瓷模，用所和之面包汁倾入，模上覆以乳油纸，铁炉烙之，或滚水煮之，数刻已熟，过于玻璃碟，凉而后食，颇佳。

十七日癸巳，晴热。马车易敝，更致伤人，汽车尤甚。闻在英兰一岛，一年内汽车损坏四百六十二，伤人五百一十，殒命者十三；气机脚踏车之自败一百二十，伤人一百三十，殒命者四；马匹损伤三百三十二，伤人三百三十七；殒命者八；马车之自坏七千三百二十七，伤人七千五百八十四，殒命者一百九十。

车祸

十八日甲午，大晴，热。闻在脱兰斯瓦佣工白面人一万三千一百七十四，内粗工一千零三人，均历来侨居在斐洲东南一带者，此等人曰喀非尔。现寄居之英人五百零八，占地六十二万零四百二十三亩，中有三十二万八千五百五十二亩，价值一十九万三千一百三十六镑。橘子河一带居人六百二十七，内英人五百四十一，占地八十九万八千四百二十九亩，中有六十万七千九百五十八亩，乃五十二万四千零一十二镑买得者。

喀非尔人（布尔人）

30,7,19

十九日乙未，晴，暖。见伦敦创一种儿戏曰蛇捕鸟。六七男孩，长者为首，次颈，次腹，次尾，凡年稚身短者以次递下，蛇形串成。女孩六七，四面飞舞为鸟，蛇则取势围鸟。围得一鸟，即以绳系一石上，捉尽而后已。又一种戏未悉其名，女童八，四人练成一行，前后计两行；外一女为逃者，灵敏二女为捕者，都十一人。二女竭力捕逃，而两行人出法阻挠之，得间遂围田捕者；捕者又以法避其阻，解其围，仍追逃者。逃者已获，乃编一逃一捕于前行后行，前行后行更出一逃一捕，留旧捕之一为新捕伙，俟再获逃者免其役附于行，如是者周而复始。 儿童游戏

二十日丙申，阴晴不定，白昼暖，入夜凉。西国古有勇士称商边，好平不平之事。以故每遇英君即位，例有一勇士保之。当国王加冕，极乐堂开宴，勇士铁盔，人铁甲，马铁甲，突入举利刃扬言曰：“加冕之王，实为我国共戴，有不顺者，来，予与若斗。”遂掷铁手套于地，众默然。王乃以金杯一满酒捧与勇士，勇士受杯，釂而怀之。二百年前，其王酬某勇士地如干顷，令其世守。上年英君加冕，厌其烦琐，先一日谕曰：“今日招汝见予，与汝明日任差同。予例赐尔金杯一，汝其仍守汝田地，往哉!”盖不奉王谕，不任差，恐收回其地亩也。所弃历代金杯甚夥，是亦其世守之实也。 勇士保王

二十一日丁酉，阴雨。近闻伦敦城东太木斯江口临海骚森村，二少年创一种火料名曰“拉颠他”，译乃光亮也。据云：第一，火力当煤气三倍；第二，能吸炭气养

质，以清天气；第三，无煤气臭味；第四，光等于煤火；第五，价同泥煤块（详见《五述奇》），且用之无穷，但未详何物所造耳。

二十二日戊戌，阴雨，凉。英皇宫副礼官曰洛尔禅柏林，正礼官曰洛尔格蕾禅柏林，系世职，封有土地。按其职掌卫斯民司得教堂钥，并堂中例行之大典，如国君加冕，伺候靧面更衣诸事，此外他无所司。百年前世爵某殁，无子，女二，长适詹曼蕾侯，次安喀色伯。英俗长幼相视皆平等，女婿与子无亲疏，于是詹、安二人互分其封地与遗产。前君主维克都里亚加冕，乃互争其职，盖羡是官之尊荣，且保其已分之地不致撤回也。官议定轮流任职，乃先詹侯。今埃达倭加冕，又以争。英君言礼期已近，官定尚需时日，姑仍之，如何轮值，以俟将来。遂后安伯，而二爵争差今尚未已也。

女婿二人争世职

二十三日己亥，阴凉。伦敦凡设跳舞会、听乐听曲茶会并专为晤尊贵之客者，不仅门内楼上，至客厅饭厅，梯之左右栏杆，被以鲜花，更有以花饰大厅火炉上高镜者。若镜高丈馀，宽七八尺，有以花作月门形者，龛形者，皆左右以花枝作篱笆，下堆花墩，上悬花球累累，花条缕缕者；亦有将屋角以花枝作篱笆，作月门，上以彩绦系花捆，下置花卉盆盆者。以上皆随时定价，关乎花多或叶多、人工物料如何也。然为之设想，其价亦必由十数镑至数十镑耳。

二十四日庚子，晴。昨见新报一则，题曰“母醉

30,7,25

子”。其事出于诺尔乌庄之北卫得路，管船人海波安远出，一日其妻携四岁子饭馆早餐，肴鸭肉，酒则香宾。食间子报渴，母以酒代茗，举杯饮子。子初畏酒烈，既乃甘之，三饮眼合，隐几而睡，遂仆于椅下，僵卧不动。巡捕逮妇面官，讯明，罚妇十镑，饬将孩交官差看养，俟海波安放洋回，乃交还。

二十五日辛丑，晴。西人朝夕用思力，冀制造生新法，借以专利。汽车用石油，气味熏蒸，嗅之难忍。创得一种香水，滴少许于油柜中，车开气出，味清而洁，物良价省，遂通行。 西人朝夕力求创新

二十六日壬寅，晴。闻英宫侍卫寇武者，年八十五，日前病殁，遗产约四万四千六百八十七镑。病革时自知不起，遂留遗书，以一万五千镑施助敖夫萨勒木，盖洋名之眼疾医院也。英京米得赛医院如其数，卫斯民司得眼科医院万镑，馀则助某善堂。是人偏重眼科，岂其老年目瞶，医之得效耶？

二十七日癸卯，早晴，午后阴，微雨阵阵。伦敦巡捕学堂亦非日日上课，充此役者必周知所司之规矩，而心灵手敏，勤奋称职，是则得之口授。故每百名每礼拜教练三次，有时出题面试，询以遇某案应如何办理，条其所答，别以差等，而依次传补之。 警察每周教练三次

二十八日甲辰，镇日阴雨，冷。闻江边萨外店中住一六岁幼女，其名未详，前早偕其保母乘车街游，至法苓敦弄，见一铺有碧玉鸟四十五小笼，要保母尽购之，置诸 六岁幼女买鸟放生

车。商于铺主，遣铺伙步车后，到店取值，值五镑馀。铺伙将笼运上楼，乃言笼粗，是宜精工鸟笼，方足玩赏，如用之，本铺可置办。女不答，而迫之去。母归，以爱女故，并保母亦不加责，顾未晓女收群鸟之意。次早，女使人移笼于店后园中，陆续开笼放之，众鸟高飞去，或声在树间，或回首自舒翎，怅怅乎其何之。一鸟急于逃生，猛脱笼触玻璃窗上，裂头折颈死。比时店客与仆婢及邻居旅人之年幼者，争入鸟群，四十五鸟，半补捕回。女之母、女之保母，若因女之惜生耶，奚不禁纵人所为？

西人畏鬼

二十九日乙巳，晴。西人不信鬼祟，遇之畏惧尤甚。闻在兰喀晒府之峨活兰村（地在英兰西北界临海）饶古房，一家卧室临某教堂茔地，不知何时屋中累有巨石，人力不能全移，黎明寂然，傍晚而厉声作，叫号中以物敲墙，撕墙纸或掀墙灰。设有不信而起意冥搜者，则四面飞石夹击，退而后已，不知是何鬼魅。地方官巴斯特欲往详审，而心先畏葸，约邻村某甲与偕，将入门则飄飄有声，巴急回时，两手十指交插而不开如被拑，跪而哀恳始得解。今已半月，罕有过其门者。

雏鸽赛飞

三十日丙午，晴。闻前于西八月二十日（即本月初十日）在英兰，又有小鸽赛飞会。鸽皆三四个月之雏，由柴晒、约克晒、司铎埔、朗喀晒、司达晒等府（以上各府皆在英兰正西界）共集小鸽三万馀头，会于英兰西南界色墨赛府之巴斯城。据云路至远者，由巴城飞回本乡，须二百馀英里。鸽小力孱，遇顺风则势若鸿毛，若逆

30,8,1

风需七八小时抵巢，尾翛翛音哓哓矣。某鸽先飞至夺标，赢钱若干，皆未闻。闻他处亦有此会，四五月之雏翎，能于七点零三十分工夫飞三百一十英里，则雏鸽亦有健者。

八月初一日丁未，晴。英俗嫁娶，以进堂成礼之日为婚期。近来花费叠加，花篐花捆之外，更有花手护，洋名"摩芙"。西俗天寒，妇女每以皮作筒，叉手其中取暖，兹复筒外铺花，芬芳华丽，每筒一镑一先至二镑半。又种提结花，洋名"阿来三德卜凯"，乃鲜花十数朵，以枝叶结成一排作 ▽ 形，锦绦两条，一系肘前，一系腕下，所以令手闲，不为花捆累，亦二镑至三四镑。花捆又名花球，其式不一，率皆绸条束花十数朵至数十朵而已，名则或"那欧斯该"，或"朴希"，或"收尔"，或"维克都里亚收尔"，价则由一镑至十镑半，是皆新娘应用者。其伴新娘女傧，若不执花捆，则拄一花杖，洋名"晒坡尔代斯克路克"，译为女牧童之钩杖，杖 ʕ 形，钩下以绦结花一捆，价由十五先至三吉呢，按此式钩杖，乃英之牧童用以捉羊者。富官之新娘，背后二侍童洋名"珮芝"者为之提抽氅尾，二童各拄一花 丨，系一直 丨 中以绸条结花一捆，价由十五先至二镑二先。英人新夫妇启程乡游时，戚友有掷米散花之戏，花米需筐盛，人乃编花于筐以售之，价亦由十先至二吉呢。又新夫妇出门登车，女傧例抛靸鞋，古俗取吉祥也。今束花作鞋形以代之，意取雅相，价至贱者，一弓亦索十五先，吉礼尚白色，专用白玫瑰各花，履固不贱也，一笑。

花球花束价格不菲

初二日戊申，晴。英俗新夫妇入堂礼成时，堂内鸣楼顶之钟以贺喜。富室于钟外满饰鲜花，价镑馀；或范银钟四面满被鲜花彩绦悬之堂门内者，价则四镑至六镑。更有堂内正面经台、通堂四壁户牖栏杆，尽饰白绿两色鲜花，花价至贱者六吉呢。闻上年英王约法总统观剧，以鲜花饰戏楼，由下而上五层，层横五圈，栏杆门壁既悬花蕚，柱亦簇鲜葩缠之，价之贵可知矣。

初三日己酉，晴。英国富豪新婚，又有于花蕚饰楼而外，大厅正中作一花棚，夫妇骈立棚下。棚顶正面作  式，上以白玫瑰朵朵结串，下以花作  形横垂半空，用花逾万，人工精绝，价未详，恐不仅十数镑也。车夫跟役胸前白花，大小不同，价则每束由一先至五先。有于成礼日每客赠鲜花一小束，每百束由二镑至五镑。

男女胸前皆多插花

初四日庚戌，晴。伦敦男女多插小束鲜花于胸前，男之束名“柏屯侯勒”，译乃钮孔也，束既小而花只一朵，花铺售价半先至二先，较街市花婆售价一本士者，但修饰整洁耳。妇女所用花香朵大，价一先至七先半。英伦地窄房多，各家无隙地栽花，多以绿油长方木盆种植，横列窗外。以故花之多寡不同，铺售四季异宜，价由四五先至一二镑不一。

“妻学”即家政学堂

初五日辛亥，阴雨阵阵，凉。现闻有老妪郝克莱在伊苓区设一学堂，名曰妻学，专教幼女学治家之法，大略谓须知其所应知及经纪理财各要题。据云其教法，乃使幼女与之同居，交女若干镑，设为其夫一年所得者，譬如二百

五十镑，以如何使用方得绰裕，而无支绌。先筹一年应付之租款税责，再则逐月逐日应用之肉菜、米谷、成衣、仆婢以及保险，并休息诸日之游玩，所费各款均为预算。每礼拜之食用，按人仅费十先半，钱固不多，而每日早餐，夫肉食，妻则粗食二三色，饱而已矣。夫若朝朝出门理事，妻则每晚自行点染饱食，而必备美餐以待夫归。周年衣服虽女自做，其外仍备二十镑以便置买鞋帽外氅，其夫亦给二十镑作衣履费。每礼拜，一切用款之细帐，皆须计算裕如，按日并领赴肉菜等铺，指示何所应用，须买若干。按以上之教法，虽生母罕有如是者。且西国妇女，苟皆如是教养，尚虑不有三从四德耶？

初六日壬子，晴。昨日所闻英创妻学馆，系专授以掌家政理财一年节俭之法，闻法国亦仿之。凡幼女入学，以十二岁至十五为率，学期百日，于持家、针线补缝、厨工烧煮及妇女分所应知之事，无论贫富，一生皆宜切记者。欧人曰，加此教法，凡为妇者皆善理家云。 凡为妇者皆善理家

初七日癸丑，晴。马性最灵，已于东西各国马戏见之矣。兹闻德京一叟万诺森，数年前由俄中界得一乌骓，命名曰汗斯，目善识，心善悟。云能分字之点画，能计算，能辨色，能分时刻，能别曲文，能识人面，能解人语。如六人排立马前，每人身上号以一、二、三、四、五、六，叟指六人中一人之小照问马曰，此为谁？马以蹄敲地者三，咸审之，则六人中第三人也。举表示马，问是何时，若四点半，马则先以蹄敲地四，少息再敲六。主人以白粉

画一横于黑牌，继而以指抹分为二，为三，为四，为五，为六，为七，为八，为九，为十，末又拭去其半，问马曰，此横线我共分为若干？马遂以蹄敲地者五。

初八日甲寅，阴晴不定，凉。西国地中铁轨，英国苏格兰人马都讷所创，现英法美及瑞士四国有之。法京巴里轨长八洋里半，伦敦十八洋里，瑞士东南界之新卜伦及贤高萨二地共长二十一洋里半，美国纽约长三十洋里。美之楼房极高，九层、十层高至三十丈，铁道地筒深虽五六尺，半用铁架支撑，峙立不陷，然亦险矣。伦敦地轨各站仅有新报摊，间设酒食糖果小铺，而美国则各行货铺与地面街市同。

地下铁道

[八述奇卷十三终]

光绪三十年八月初九日乙卯，晴，暖。南美洲西北角之克伦比亚国，四百年前土著曰赤卜叉，亦有酋长。属地近山湖曰瓜他威他圣湖，每岁酋长两次祭。时先以胶水浴身，遍敷金屑，隐于小山后。人众肃立湖边，斯须齐声高呼，山巅乃来一金人，缓步而下，独立石上，祝祷数语毕，遂登舟，教僧随侍。舟中满纳黄金，至湖心，僧举旗焚香仰天祝毕，主祭者抛金宝于水以赎罪。意谓每一次祭，则酋长以下，半年应获之罪，天神免之。乃维舟登岸，齐奏乐，聚饮终朝而散，历世沿行。明宏治中，乃经日斯巴尼亚人隗赛达争得其地，获酋长萨计霸，酷刑以讯藏金之所，萨至死不言。后闻苦日人苛索，尽弃其金于湖。湖深二百十四尺，日人拟将附近山隙凿宽泄水，工多费巨，始泄至一丈五尺，得见湖底金光，方筹画取法，乃

圣湖藏金之传说

30,8,10

隔夜泉水暴发，溢如前，事遂寝。至西历一千八百十年（中嘉庆十五年）部人博立瓦尔背日，自立为民主。彼时人分两种，其数相敌，居地总名柏勾达，土著赤卜叉种居山野，日斯巴尼亚之遗种居中，各守湖而处。三年前英人赌克廷允其捞金，用铁筒及各机器洩水，湖遂日浅，或冀有成。据云水中金银宝石，值应一万万镑。

博立瓦尔（玻利维亚）

柏勾达（波哥大）

初十日丙辰，大晴。美国卜立芝坡医院，现有大磁石一块，供外科之用。石高五尺，围不及四尺，重五百七十斤。设人患目疾，疾为钢丝，愈长愈碍视。乃坐之石旁，头枕石顶尖，令石气遍达，取半尺长之钢针数条，放于病目四围，因吸立不落，少顷目中钢丝随针拔去。

十一日丁巳，晴，暖。现闻美国纽约城内第五条大街（该城街巷无名而以数名，详见《再述奇》）新开大店一座，名曰贤乐极，据云房及装饰等项计五百五十万镑，器皿值三十万镑。楼高十八层，大小屋三百间，上下尽法防火险。凡大厅廊庑，皆甃以白玉石，各处备极奢华，彩缎花毡糊屋壁，地毡皆在法国定织。每间设一随天气之自鸣钟，床榻有值二千镑者，洗浴堂应用诸物及床椅类皆错以白金。书房储书二千一百五十卷，居停客若费用从容，年须二万镑。饭厅只容五百座，开张日竟坐男女万人。开此店者富翁阿斯妥，是店人称之曰“霍台佛米连内尔斯”，译言店为富翁设，盖非大富翁不能寓此也。

豪华富丽之大酒店

十二日戊午，晴。华人详梦，以子正之梦为正梦，英人则主黎明将醒之梦。《周公解梦书》，中国好事者为之。

英则有《毛那太太解梦》小书，比来葛林又著《解梦》一册，售三本士。葛善为人解梦，访而求解，偿以一本士。昨闻有幼女梦杜鹃连唬五声，往告于葛，葛曰，唬五声者，五年外方得嘉耦也。

苹果树

十三日己未，晴。英国苹果约二千万棵，多为春霜夏虫所损，每年艺树家所亏耗甚巨。英属之加那他及美国有无核苹果，不畏霜，不生虫。拟由加那他各地取新树船运来英，众果园已争先购定，苟非迁地弗良，旧树易为薪矣。伦敦无核橘子亦美产，初到时盛以玻璃匣，一枚索一先半；无核苹果将来上市，一枚必二先半矣。入夜雨。

验鸡卵法

十四日庚申，早阴，午后雨。华人水试鸡鸭卵，审其下沉者为新，上浮者非新，无能考其已经若干日也。西国近得一法，谓卵之壳空日久愈凹而体愈轻，法用净水一盆洒以粗盐，用匙递添增，水至咸而下盐不融为止。至新之卵沉下直立，或卧而不偏，逾三五日者空边悬起二十度，八日者四十五度，十四日者六十度，三礼拜者七十五度，一月者浮矣。铺中辨其新旧，灯下逐枚映之，空壳浅深毕见，故大小虽一而新陈价殊。又谓置卵于燥地壳易空，外敷以油则熯不入，内气不泄，可以经久。

十五日辛酉，早晴，午后阴雨逐阵，入夜晴。巳刻馆中团拜贺节，酉正上下设宴八桌，参随、翻译、供事及留学诸生同时欢饮度中秋。各国公使驻扎北京以来，华人罕有赴彼乞钱者，谅庚子以后，庚癸之呼，更难达其限界矣。余自抵英，英人男女屡有乞求，或函或绘粗纸一方，

30,8,16

或笔头一合，或摄影景物一幅，或小书一册，不可胜数。余以数先酬之，而归其物，甚或赠一枚金镑。忆八年前修使馆，余辈暂移不闷街第八号，今则居停主人之妻来楼下，铅笔作书，谓房期将满无力付租，望赐数镑以济急，不则流离失所，或入作工局，谅非仁人所忍闻也。余不可辞，即交洋仆两镑周之。

八年前房东来求助

十六日壬戌，晴。闻英兰西南角临海格拉莫尔干府有鬼曰屯堵魑魅，一日某甲夜午独行于伊呢朔得煤矿旁之小巷，遥望面前一鬼。其人虽壮，亦胆怯，周身倏寒倏热，勉强注目。鬼身细高，白衣，僵立不动，戴皱纹纸帽，面色如灰，两目凹深成筒，筒尾睛光炯炯发绿焰。一瞬间鬼突而前，约距人二十码止，向某甲迟迟然舒其长臂。甲畏极欲逃，已手足酥软，鬼手逼身而搂之，如被蛇缠，竭力争脱不得。但其臂其形无质，如烟如气，少息，尽力一捽，则空空如矣。西人若不信鬼，何以屡著有鬼论欤？

西人屡著有鬼论

十七日癸亥，晴。见西国新创传音花片，价则与常用花片无甚区别，乃片上随意印用者小照，铺中售圆形胶质收音纸。纸名“的斯克”，收成各项语言，如贺禧、贺节、贺年、祝寿、致谢、问候以及戏语、激语之类，择其相合者购而置诸片上。收到时只见人影，别无所睹，及钻孔放传音筒上，筒转言出如晤对，但语音与小照多有未合耳，趣甚。

通信传音

十八日甲子，晴。男女同浴，日本多有，渐知其有伤风化，爰效他国之分浴。闻本年夏间英在骚桑屯海口添设

男女同浴

男女同浴池室，每礼拜一日一次，三个月内计十三天，较每年多进三十三镑，男女洗浴者多加一千二百七十人。据云明年夏季，拟每礼拜内改设两次。若此风一开，初年一次，明年两次，将来以次递加，漫无限制，非善举也。

下柩之法

十九日乙丑，微雾。英俗安葬，以绳系柩下之，由来已久，守俭约也。近有富室别创一法，一不经日晒，二无人鼓喧阗声，三为壮观瞻。法于穴之左右边安铁轮二，二轮同缠绒绳两条，稳柩于其上。左轮中一锯齿轮，其下又一小锯齿轮，旁有关键铁柄，其大轮高仅尺馀。穴上四周铺以青绿枝叶，穴左右二尺外立一长方木架，高距地面一尺六寸，架上覆以绿绒或布，布上密洒鲜花，中置一金十字，统作  形，颇似柩罩，西人名其架曰花幕。一人用手一曳轮上铁柄，柩遂悄然而下。

妇女宠物既多而奇

二十日丙寅，大晴。中国妇女，间有喜豢鹦鹉、白鸽、猫、犬之属，未有如西国妇女所爱之多而奇者。如英老君主爱畜犬、鸟多种，并日本公鸡，今后阿来三德亚并爱白鸽、碧玉鸟各羽族，太子妃亦尔。他如喜养天鹅及猫、犬、猴、马各禽类之贝达佛夫人，最爱鹰之马柏娄公夫人，专喜碧玉鸟之卜庆杭公夫人，爱羊之伯爵柯慈夫人，喜养大小犬狗数十之伯爵吴峨威夫人，皆著名世家。其喜蚌蟹龟虫之妇女，前已述及。

以虫作戏

二十一日丁卯，微阴。美国别一种赌具，现传至伦敦。用墨西哥一种花壳虫，其壳顷刻变色，忽金忽银，忽光忽暗，物触之即迸起尺馀，无论落于何地，必在原处二

30,8,22

三寸外。赌者画一圆圈于桌面中心，外分六格，号以由一至六之数，每人任意置钱于六数中之一；放虫于圈中，一人以小棍触之，虫迸起，落于某格则某格胜。西人禁赌不严，是亦政教上缺事。

二十二日戊辰，阴雨。西国救火法已属尽善，然苦无避烟妙法，救火者烟中不能持久。近法人创一法，名曰“不至壅闷”，用一小袋盛养气，口含一端，养气生于袋，能令人口中管自开闭。其开闭机件之压力，足使放气袋内所收之空气吸入藏铩锈器内所放之养气，同计尔发吸气机。用铩锈者，意在吸收空气中之炭强气，炭强气尽空气乃净。惟此一收一吸之间空气变热，须入冷气管。由冷气管再回入于中之吸气管，一路运行时，即能吸足所放之养气，以供人呼吸。正气足，人可往来浓烟中，至少三十分之久。

铩即是钾

炭强气即二氧化碳

二十三日己巳，早雾，午后雨。华人食狗肉，有烧有煮，贫民乞丐之食也。西国则多偏嗜之，名曰“坡台得多格”，译言“桶中狗”，因煮而入于桶罐中得名。现闻柏林保养生灵会议将禁止，以蕃畜犬类。忆庚子秋义人以枪毙犬，殆为口腹计也。

“桶中狗”

二十四日庚午，阴。闻昨在都倭街新立一妇女会馆，人虽无多，家皆仕宦，且擅文学、音乐、绘画诸艺始得入，朝夕聚首，互究才能。美国正南界太克萨邦之三安特牛城，又有妇女自尽会，馆规入法未详，谅皆浮华左道之妇耳，广东顺德之“七姊妹”将毋同。一日巡捕见妇人

太克萨（得克萨斯）

妇女自尽会

巷中来往，罔罔然，状如失魂。询之，谓自尽会侵早掣签，循会规妇应自尽，然甚惜生也；若违会章，会中各友皆能设法致之死，求生无路，故往来忖度也。夫西国无君党，掣签使行刺，未必死也，且可背而逃也，逃而被捉，禁锢终身耳。此妇之会翳可惨矣，亦何取意而入会耶？识者曰，此必有故。

二十五日辛未，阴。昨见英日报一则，云父土（指德国，英名“发仄尔兰达”）各学堂，一切规模尤属完

灌澡（淋浴）

备，每日有体操，又有灌澡，年壮者一礼拜三四次，年幼则至少一次。诸生身体健而洁，信为有益将来，虽较英兰诸兄弟院中嬉戏之时少，无碍也。各生身体，官医年验三次，精神气力盈朒笔诸册，并令诸生之父母知之。官为设法教养，尤加意于贫生灌澡。乃屋中方池一，不过深，上悬田形温水铁管，每二尺强垂一形喷壶，人立其下，水如雨注，则自顶及踵皆涤净。

二十六日壬申，早阴，酉初风雨交加。西律自无奸案，故不立强奸、顺奸名目，官报无所登，私报亦无月

新报频录男女之事

旦，惟新报中频录之。即如西九月十四日（即本月初五日）之日报（英名“代里美勒”）连述两段，一在哈斯丁庄罗柏森巷第十七号，姓敖莱之母女向分间而寝。昨晚女谓母曰，此间卧室衣橱足容一人立。母曰毋妄语，毋多疑。女径启橱视之无人，继而屈身窥床下，一人蹲踞下来。女不惧，阳作入别间，实下楼呼巡捕。而床下人尾之，将至门，被同居一男捉住，巡捕来，问其姓，曰米晒

30,8,27

勒，问何以擅入他人室，对以误认为己家。经官判，收监一礼拜。此女明知其故而不宣，卒以捉贼，可谓胆壮。又一女名石莫尔，年十六，寄居坡自苇村茅店，夜半醒时，觉一男旁卧，问为谁，乃笑而遁。一幼女年十五，名瓦喀木，某夜被一男抱醒。别一女，年亦十六，名李立，某夜半梦境迷离，觉一男伏于身。报中仅此数语，盖有欲言而不言者。

二十七日癸酉，阴。闻英国扎克森与米池甘两监，新定宽待监犯。准其每日应作之事毕吸烟卷，准其一月内致戚友三四函信。喜食之物准其自购，或由戚友遗赠。衫褂鞋袜准其买着鲜美者，惟于每礼拜及放工之日方得服用，以平日作工易污也。每日作工若逾应作之数，工介赢馀，准用之别作生涯，以权子母。数月前公制印字机一分，每礼拜集小新报一篇，印而售之，计月分利，报名“卜洛敦敖特”，意为阔充。如有著作及所见所闻，并准其卖于各报馆。监中陈书卷盛，任好学者观诵。

宽待监犯

允许犯人向外投稿

二十八日甲戌，早雨，午后雨止仍阴。闻昨日安格蕾溪卫所（英仕家住所名）拍卖某侯爵遗产，有电信两页。一为国君答电，印六字云“君谢汝之庆祝”，竟售七十镑。一为君后阿来三德亚答电，印十三字云“君后深谢侯爵吊慰本后之烦恼”，亦拍至六十六镑。或云此物翔贵之由，不惟君与后之言可实，而嵌此两纸乃镀金银架，其花押勇号等更饰以钻石也。

二十九日乙亥，晴。英俗戚友为新娘添妆者。微物表

新娘添妆

情而已，虽为数无几，然就中优劣不同，关于女家门第及戚友之疏密。其簿者所应用之物，零星以千计，不可枚举；厚者为首饰金银珠宝，值有数十镑至百馀镑者。英俗新夫妇成礼乡游后，皆自树门墙，料理一切。以故添妆戚友别翻新样，遂送桌椅陈设、毡镜器皿之类之为屋中所必须者，不惟受者省心力，而与者尤省财力。

禧在明（W.C. Hillier）

九月初一日丙子，晴。英人禧在明（见《四述奇》）久居中国，语言文字既已通晓，而尤讲求风俗礼节。妻早故，遗子女各一，子入水师学堂。一日禧自外归，子偃卧长椅，口含雪茄烟而言曰：“汝回耶？安好耶？”禧怒子之无礼也，责之曰：“尔向谁说话？”其子曰：“来无他人，非汝而谁？”禧曰：“尔当起立，躬身而言。尔在兵船向长官言时应必起立，况我为尔父。敬父不与敬长同耶？尔将目我之尊贵反不如辖尔之长官耶？”其女立旁笑曰：“父在中国多年，染华俗矣。”禧曰：“我非愿学华规，惟其有理，故喜从之，二虫又何知？”

西国男女最重情爱

初二日丁丑，白昼阴，入夜雨。西国男女最重情爱，而必两人情爱暗投始言婚配，以致借物调情，或关于调情物，各铺竞作淫巧，以荡人心。外国妇女手钏多内空。围仅小指之半，扣于腕，左右接连系以小练，或方或圆或半圆，不一其式，价之贵贱，在乎金银及珠宝镶嵌而已，未有更出新奇者。乃近日新售一式，练下别系一小扁合，或长方，或扁圆，周仅寸馀，合中任意錾情言一二句。情男赠情女，女见而心喜，则情爱或可益深也。

30,9,3

初三日戊寅，阴雾，时有细雨。英民犹太教人苟什米，住海岱囿旁之宽诺坊第二十四号，前日身故，生年六十七，遗产计十一万三千五百八十一镑。乃遗书致本区美尔，谓："予祖籍本德国喀赛城人（地在德国东界稍北之亥斯那蓑省，旧为亥斯喀赛小国之都会），遗产按年应进利息二千镑。请每岁代分赠喀城之本年以前婚配诸夫妇，而其祖又必皆一千八百六十六年六月十八日（是为日耳曼各邦合为德义志之日）以前之土著。若男与妇之父现官布邦者，敝意皆不赠"云。

遗产不赠新德国人

初四日己卯，微晴。数日前由法国来内外科医生一百六十一员，专为访求良法。昨在敕建外科学院聚会后，即分作十股，前赴各大医院，如贤巴索娄缪小儿医院各处，内并有二乳娘，系为考察英国哺乳之良法者。

初五日庚辰，阴晴不定。伦敦各茶行工人，皆雇用女子之由十六至二十岁者，工钱每礼拜由十先至十五先不一，视乎作工之年分。每机器旁女工四，三捆束，一黏标，盖机器自将茶叶称妥倾入纸包里。各行现约定改其工价，三两一包者每百斤一先二本士，半斤一包者每百斤八本士，各女闻而罢工，谓行主设法吝给工价。尼也行主驳云，每架机器平日一礼拜可包四千二百五十斤，用足力能包至七千零五十斤，如是则一礼拜用四十六点钟之工，是得十七先，较曩时工价亦不少矣。

女工争工价而罢工

初六日辛巳，晴。西人谓蚁身有毛，且能自梳，盖以显微镜窥出者。据云蚁毛为稀为密与兽同，毛中惹尘垢则

梳之，梳与洗随身皆有器具。第一蚁舌，四面凸凹含尖刺，用以刷毛，以摄食。用舌同猫犬，梳毛则伸腿开口，出舌用牙，少顷周身梳净，洗法亦然。

小姐设儿童游戏场

初七日壬午，阴晴各半。闻美国纽约城内西第七十八条胡同有詹乐尔小姐，祖为富商，遗产甚巨。詹以礼拜及他节期市肆休业，贫家子女无处玩耍，爰将所居之楼第二层花毡覆以帆布，撤去四壁陈设，改列玩物，雇四五老妪弹压照料，登之新报，谓每礼拜日某点钟至某点钟，某处楼上特备小孩玩耍。云是日贫家小儿女到有数百，嬉戏终日。盛备茶与小食，从食毕欢然散去。英人叹为善举，期仿行之。

初八日癸未，白昼阴，入夜狂风骤雨。伦敦会馆固多，率皆有益于人，或长学业，或陶情，罕有矫情立异者。适闻美京华盛顿有一会馆名曰“曼海丁”，译为“厌恶男子”，十数年前一孀妇名马怀特所创建，同时有三老妇同移入馆，费则二万馀镑，诱邻地妇女入会共百馀。会规禁见男子，禁入教，幼者禁入学堂，虑其闻男女嫁娶及理家诸事。通馆如一大农庄，一切皆自制，故百名中有庖丁、成衣、皮匠、医生、牙医、挤牛乳、耕种果木菜蔬，诸艺毕备。马病故，遗嘱续充首领者，须在各国都会分立会馆，或云是会不日当传立于伦敦。

厌恶男子之女会馆

初九日甲申，阴雨淋漓。英人卜劳安昨在萨勒太尔地方之萨勒特学塾中演说，大旨谓：英俗四五岁童子即送入小学练体操，非良法也。童子四岁至十五正皮肤筋骨生长

30,9,10

时，此时可用者惟手，故此十五年内，男童习手艺，女童须学手指灵利，更宜皆学泅水、爬绳、跳舞各技，乃为练体而不伤体。

初十日乙酉，稍晴。西国有水族院，洋名“阿奎良（详见《四述奇》《五述奇》）”，向来罗列各种水族，俾人博识。今添一鱼医馆，曰鱼科。如鱼之风胞失力不利泳游，小囊气满不得下沉，乃由前分水下以针刺入胞囊，气散则鱼力壮矣。又法，左手轻握鱼尾，浸其头于水如倒悬，右手摩挲鱼背，循腮而至口，少时气散，舍之，倏然而逝。西人精益求精，医鱼之法，将来或有用药者。 水族院之治鱼病

十一日丙戌，早阴雨，午后大雾。兽类虽大，其脑浆反小于人，人固万物之灵也。西人云，人脑髓皆半黄半白，黄中所含红点作构思用，白中所含乌丝作传信用。昔闻人之颖钝，关于脑壳之大小，今知其不然也。夫五洲海线，欧为最长，非以曲折既多，水之方向屡变，流动不滞欤？脑浆最碎而分线最多者如之，是故脑壳虽小，而四面凸凹极多，高下量之，则欧洲海线之说也。人之脑随身而增，身加重三十分，则脑自随加十二分。黑人脑壳极大，而外面囫囵如瓠如馒首，其不灵敏也可知矣。迩来一法医云，曾称过人颅二万五千，其中至大者皆发羊癫之人，他六十著名人中，仅有七人颅大。脑大主聪锐之论，然乎否乎？ 脑壳大者未必灵敏

十二日丁亥，阴，雾。西人游历，不惟殊方绝域欲留足迹，虽附近之与国亦间时一至，以考其日新月异之事，

择善而从。有所见闻辄登新报，俾国人绎其得失，以为般规般鉴焉；设无可去取，亦可稽其国势商情，暨财产之盛衰。闻英人某甲往岁游美，喜看人之豢家禽，昨登日报云，纽约邦有养鸡庄，长房一横，母鸡五千色皆白，公鸡二百五十，鸡雏无数。麻沙朱色士邦立鸭庄一，可命之曰鸭城，盖入庄但闻呼名之鸭震耳也。中一大场曰肥鸭场，地百亩养鸭三千。孚卵大房四间，间各八万五千方尺，暖以热水铁管，各长二百五十尺。每值孚卵，计窝四十二处，卵共一万九千二百。当春季日须谷食四吨，皆以手搀拌。上年得雏五万五千，四、五、六三个月中，每日送市五百。一年所得鸭绒共两吨半，值五百镑，周年共赚三千镑。东伙三人，自西一千八百八十年，共养雌鸭四，雄鸭一，以耦俱无猜故，十四年间同成巨富。又倭海阿邦专售一种鸡雏，用供肴馔，出卵仅七礼拜至十二个礼拜，重由半斤至二斤。畜此者费巨甚，造房半圈作马掌形，长八百四十尺，费五万镑。内孚卵处三十，以次轮流生雏入卵，每处入卵三百，每日共孚九千，日日得鸡三百。美人喜食黄色肉，英人喜白色，色不同，味无异。美国人饲鸭用粟米与包谷，日三次，饲鸡亦然，此外更加粗面、麦皮、大麦、荞麦、碎肉、碎骨之属，使鸡鸭肥而嫩。

介绍美国之养禽业

十三日戊子，阴。英虽富强，而老少贫苦流离失所者极多，入冬尤甚。善男信女立普爱厨房（英名“攸呢倭尔萨库克立”）并饮食会（英名“夫得阿搜什埃慎”），通城分设汤厨，每早自丑正施舍热汤，贫人暖腹解渴，略

施舍热汤贫人暖腹

30,9,14

借充饥。有名人思作三种汤，省费而养人。（一）养人牛肉汤，若熬十加伦（每加伦合八升），合十本士一加伦，料用不带骨之精净牛肉十二斤，碎牛骨十斤，红萝卜三斤，大头菜二斤，葱三斤，干豌豆三斤，盐与椒末各少许。切碎肉，劈开骨，加盐一把，以十加伦半水入锅熬之。待水滚起，去浮沫，后切碎萝卜、葱、菜与洗净干豌豆同倾锅中，文火熬四点钟，将用时洒椒末并盐各少许，再滚水若干，汤热味浓，饮自有益。（二）冬季汤，熬十加伦，合八本士一加伦，料用熏肉滴油二斤，葱三斤，米二斤，萝卜二斤，小扁豆三斤，番薯十斤，腌猪肉九斤，椒末、碎盐、丁香、芹菜共一把。先热滴油，以炸切碎之葱与萝卜，色变黄后，加切碎之肉及米、小扁豆，再倾入净水十加伦半煮之。不时搅和，剥皮番薯切片入汤，或熬或煮约两点钟，烂后，加盐与椒末少许，尝其得当而后已。（三）菜汤，熬十加伦，仅合五本士一加伦，料乃大麦或米四斤，小扁豆三斤，番薯十斤，红萝卜二斤，白萝卜一斤，胡萝卜一片，葱二斤，或乳油或滴油二片，盐与椒末各物二两。割碎各菜，同置一锅内，倾净水十加伦半，盐一把。待水滚，掠浮沫后入乳油、椒末之类，熬两点钟。贫人饮之，当别有佳味也。 菜汤加入大麦或米

十四日己丑，白昼晴暖，入夜雾，凉。现闻英兰南界稍东色蕾府之教育长某甲，拟分赠各学堂生彩印书图说帖片若干，图皆古今各地景物，虽属文玩，而长人识力，以考天下地势，现定印百万，千张合一先。

迷人窃物

十五日庚寅，早阴，午后雨。西国亦有迷人窃物者，如昨晚比朔普斯门街，俄国波兰人名阿拉哈木，年三十一，途遇一女名伊萨克，年始及笄，作帽之女工也。阿故踏女裙，既免冠求恕，男女偕行，问答渐入佳境，因同赴酒肆，各饮卜兰的一杯。阿知伊已受聘，乃索其左右手所戴三约指与看，值共五镑馀，看毕还女手。遂坐地道汽车至兰喀色门下车，另强女入酒肆再饮。女谓不善饮，且憎其味浊，阿言汝勿品其味，宜直吞之。女无法，仅饮其半，出，心神恍惚，摇摇不能自主。逮走入海岱囿，稍坐，略清爽，而一小时以前之事皆忘，但觉手空，两手约指及包中二先六本士尽失去。急至马力赍街巡捕厅报官，于今贼尚未获。

食蛎有益

十六日辛卯，阴晴不定，戌正雨一阵，雨后晴。西人喜食蛎子，又恐其有伤胃口，无裨于人。医家考出蛎子之补人血与力，功同牛羊肉。牛肉一斤内含七十七分半化水，二十二分半补人质；上等蛎子仅有七十七分化水，馀皆养人。按时价，蛎子一先十二枚者，百分内有十七分补人；二先半十二枚者，内二十分补人；三先半十二枚者，内二十三分补人。因其中之酸强与鸡蛋青及牛羊瘦肉所含之质无别，磷养肥质参错，足已人之气弱，盐铜少许，磷酸盐多许。故蛎子壳中所有之质，均有益于人。

十七日壬辰，阴。医家验蛎子，并云，若将蛎子擘开掷冷水中，逡巡几消其半，囫囵掷入则消去四分之一。故知在口中嚼醉，迨入喉时，半已消化矣。欲其化速，则以

30,9,18

冷水代酒佐之，否则饮法国之沙卜里白葡萄酒最宜，惟斯桃特黑啤酒无消化蛎子之功。

十八日癸巳，阴。闻庚斯十字路鞋匠柯洛里，鳏夫也，住房自用两间，馀则计间按礼拜租人。相传昨早俯卧屋中，患心疾死矣，背心之背暗兜内匿金镑四十二，纸钞三百镑。据某暗状师云，前于一千八百九十六年，伊曾许将财产遗某妇，妇已故于八百九十八年，现无人得受，故所有楼房财产胥入官。

死者身藏数百镑

十九日甲午，镇日白雾，箭地不见人。传闻三阅月前，一人在英兰中界稍南柏克晒府，东临太木斯江瓦灵佛村，见江畔泊一木排，光头赤脚两儿，短绦系之，使其长不到边，免落于水，四面又环以皮带。两儿在中嬉戏，哭笑无常态，观之颇有趣。四顾无人，秋风飒爽，儿肉红色，毫无寒意，游戏自如。凝视间，突有手拍其背，遂言曰："公看吾之双生子耶?"顾之，一造船者也。据云两儿生六月矣，夏季酷热，罩以布帐，亦系于此，久不着鞋袜，不戴帽，永壮而无疾。由此观之，小儿足食，尤宜多得爽气。其人因思，此节不必报诸防禁虐待小儿会也，将布告于爽气局，使贫儿体壮不畏寒。

小儿戏水

二十日乙未，大晴。闻数日前拍卖安格雷溪侯之遗产，有卖杂货人某甲，以三十一镑拍得全副果酒玻璃瓷器多件。据叫货人云，此分家伙乃安格蕾溪侯前次由倭特路回时土人所赠。某甲运回细玩各件，察得珍珠数颗，大如枣，如胡桃，约值一万五千镑。

二十一日丙申，晴。伦敦城西南狼狈区太木斯江上，有大铁桥曰狼狈桥，年久须改造，工商估价八十七万二千镑。是地理财绅董世爵韦乐碧以向来造桥有费至五百万镑者，此次所估尚不为多，工价遂定，开工日期未闻。凡孪生子女，中国长先者幼后者，西国则反是。

孪生子女后者为长

二十二日丁酉，阴。闻在斐洲西界临海，旧有一种传染皮病名曰“克洛克洛”，系细小微虫名“安归路里代”者，以显微镜窥之即见，飞动极速，最易传于两腮肩臂。现在柏名根城（见《航海述奇》）渐染是疾，医家细考，谓此疾可名曰“人情病”。盖平时男女相见未必传染，苟彼此情殷，因而接唇吻颊者，此类情气喷出，虫必随飞，由此口至彼腮也。今而后，以口表亲爱者其知之。

二十三日戊戌，雨雾交加，咫尺不见人。伦敦趟子车俗名“波司”者竭力驰驱，各行均争先，冀获多利。上年西三月十日，有曲乐女教习骆阿美，在庆斯十字街南首，乘瓦拉木戈林抵伊苓屯之趟子车，拟于贝克街第三号下车。到，骆足未及地而车开，伤骆，管车人亦仆。因无证据，车行不认罚。是年西四月十八日，骆居停主人富赖登诸新报，访询彼时人证。上月有巴尔乃自投作证，同赴于官，证既确，官判定，以骆逐日应得之款，因伤亏损，令车行赔补四百五十镑。

“巴士车”肇事赔钱

二十四日己亥，阴雨。今早见新报一则题曰“猎夫”。少妇何尔曼择婿难其选，以五十吉呢交《姻缘结婚报》，声明拟嫁一侯爵岁入二千五百镑至三千镑者，果得

30,9,25

如愿，当以二百五十镑为赠。乃报馆代荐多人，既非侯爵，且皆鄙夫丑汉，更有黑面。妇告官，官判报馆偿四十七镑。入夜雨止。 报纸征婚未遂赔钱

二十五日庚子，阴。英国妇女之细腰高踵，皆为时尚。有外科医生韦柏尔，论及足踵垫高之非。谓天生人足，平行踏地，前分五指，面高心软而踵坚，各有所由，无非利人行动。若由人工垫高二三寸，妇女由此受累多矣，不仅累于足，而害更及身，足既弯，身亦因之不直，则一身重心尽归足指。第一易生鸡眼，第二使百体更改，行动非天然，第三使人血流不周，热火生而踝骨肿。由上而观，他皆易治，而血管之伤难疗。且街市间，罕以高踵皮鞋为有益者。 说高跟鞋

二十六日辛丑，早晴，午后阴。伦敦城西南之文柏敦区，现建高楼十所，总名曰“君后阿来三德亚”，又名曰“官员寡妇家”。四所已告成，四所分作二十四家。他六所分作六十三家，约明春可竣工。选官妇之贫老者居之，定例须年逾五十而每年进款仅六十馀镑者，其五十或年逾八十，或一年进款多于百镑者，皆不纳。 寡妇之家

二十七日壬寅，阴，凉。现闻美国西界稍北欧尔干邦之坡特兰地方，有人创一得律风，二人谈时能谋面。话筒上约三寸之地悬一透光凹面镜，镜上又一方匣，如照相之光箱，箱边发热红光，谈时光发，镜中各睹其面。镜箱之间连有关键，虽三百里外亦可用。如何制造，秘而不宣。 欧尔干（俄勒冈） 可视电话

二十八日癸卯，微晴。曼那叩岛王妃阿丽姒游巴里，

居普来斯布街之美尔赛店。日前紧闭厅门，携女李池柳出游。返而启门，见卧室箱笼乱开，钥遗凳下，珠宝箧中已失二千四百镑值之王爵宝冠一顶，及约指、笄钏、项圈、表练、十字值共六百馀镑，金钱纸钞数十镑，合之都三千二百镑。宝冠各项，半皆世传之物。妃言所用仆婢，皆驱使多年可信任者，故巴里巡捕踬缉窃贼，至今尚无线索。

二十九日甲辰，阴，雾。德人霍格乐创一带浪澡池，长四十五码，宽六码，深六尺，池下藏电机，一分工夫涌浪十八层。浪小而力柔，老幼壮弱皆可浴。临流解衣者，改浴此池，海风之寒、触石之险、意外之虞均免矣。

冲浪浴池

30,10,1

光绪三十年十月至十二月

十月初一日乙巳，白昼雨，入夜风，晴。昨见新报一则。题曰“何得永幼”，系一老妪年已八旬，眉发皤然，心力虽颓而慷慨仁慈，勇于任事与少年同，不知者方以为年方六七十也。或问其奚由而得此，妪曰：“人情喜怒最易耗神，妾亦人耳，何以忘不如意之事，何以不喜说悦耳之言。惟弗思多求于人，恚怒自息，谀言自泯。遇不适意事，勉强以受忍性以为之。见人窘累，必竭力援之，己之所苦度亦然。人之所甘，不敢加焉，是为一生乐趣，故得大年。”

一老妪言何以长寿

初二丙午，白昼阴，入夜风雨交加。英例，君后孕将生，乃传内部大臣入宫，临产则入内室守之。生下未洗之先，由官妇双手托示为男为女，内部大臣亲书一纸，云某年月日何时入宫，何时入内室，君后何时临蓐，所产之男之女是实。此字乃藏于宫中为据，并即登报，宣示通国。

王后生育大臣记载

若为初生，且生储嗣，更传鸣贤波罗教堂之大钟，普告通国以志喜。

初三日丁未，早雨，未初雨止仍阴。今日为西历十一月初九日英皇生日，又值伦敦美尔瓜代之期，曾以柬约今日戌初极乐堂晚酌。新美尔名包恩得，夫妇皆朱颜皓发，年逾六旬。届时乘车至，礼节如前。此次堂中坐男女客八百五十三，食毕先后多人演说，子正始毕。又是晚在极乐堂之东二洋里外，麦勒安路之茶苓屯堂中，复宴美尔之苦友男女二千一百，实非美尔夙识，乃老城一带之贫民也。宴为食物一纸袋，分给众人而已。袋内猪肉大饼一个，糖糕一块，大面包一个，鲜苹果二枚，二千一百分费共八十五镑。

食物一袋分发贫民

初四日戊申，早阴，酉初雨。英人车步现年五旬馀，乃秘法创暗锁之人。继乃募化九万馀镑，用以教养水陆兵丁，因建威斯严礼拜堂赖斯学堂，在本国及各属地建楼房多所，均名曰“兵家”，内器具陈设书籍应用者毕备，闻木床有一万九千馀架。遂得英王赐小男爵色尔之称，车之友人拟醵金贺其能成善举，半月前由其会首傅乐尔来函请作陪客，期在今日戌初一刻，在白堂坊梅特楼埔店晚餐。依时乘车至大厅少立，候客到齐，入饭堂，设座 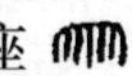 形，人二百一十七，车步在内。正中首座为色尔傅乐尔；其右第一为车步，次为英太子内弟泰克王阿来三德，再次为余，次余为教士巴柏尔；其左第一为伦敦大律师，次为希腊公使，再次为色尔梅荪，又水师提督、陆营将军各官，

“兵家”有万九千床

30,10,5

无俟备举。楼上奏乐，宾主联欢，殊为款洽。食毕，齐立举酒恭祝英皇与后之福，后则多人起立演说，尽赞车之善举，车立而谢之。子初出座，别间吃加非，少叙，握手别回使馆。

初五日己酉，早晴，午后风。闻伦敦妇女修饰，三百年前已事事奢侈，费用颇巨。近见一世爵夫人赴茶会，其氅裙华丽超俗，而鞋尤别，前后四面镶嵌珍珠钻石翡翠各珍物，光彩射目，或谓每只值应百镑。英人朴素之风，今更不如昔。

初六日庚戌，阴。伦敦东北角有地名法丁屯，周约一洋里半，住贫民男女老幼十数万。因饮食价廉，均以法丁计算，故曰法丁屯。食物多损坏，不鲜新，故价廉。即如油浸小鱼五法丁一铁匣，皆系霉败变味者；乳油一法丁二两，皆运船遇险，水渍者，潮湿者；茶叶一法丁一两，茶行扫除地板之杂末也；面包一法丁一斤，皆面包铺或大饭店所馀之碎块也；顿饭有四法丁及六法丁一顿者，乃黄干鱼一块一法丁，面包一块一法丁，猪油质一小钩一法丁，加非一碗一法丁，共四法丁；他则熟肉一片二法丁，番薯一法丁，面包一法丁，加非一法丁，小饽饽一法丁，共六法丁，此数在英国为至苦矣。而尚及中国当十钱六百文，都门苦人得此，则饼面之属，亦足一饱。

贫民生活为至苦矣

尚及中国钱六百文

初七日辛亥，昼夜大雾。现值伦敦菊花盛开，闻骚色兰公夫人拌白菊以代生菜，味香而甘。食时先列白菊、浅红玫瑰于桌布之四周及心，彩饰之。食毕鱼羊，鸡肴既

列，供捧一蓝花大碗置于女主前。女主计人数，以银剪剪菊若干朵，去蕊，碗盛花瓣，衬以红玫瑰、紫罗兰，菊叶二三传其色，拌以油醋，计碟分客。色味鲜美而价廉，两朵白菊足待六客，价只一先二本士，合油醋计之，共一先半。

初八日壬子，早雾，午后晴。初三日英通国称曰"美尔日"，是为伦敦美尔及伦敦三十一区之美尔（见前）英兰三百二十三美尔瓜代期。伦敦三十一区，所选人分三党，曰"一律更新"洋名"普娄格蕾希伍"（乃竭力向前，处处更新者），曰"择选更新"洋名"莫得蕾特"（乃不突然，必择其实可改者改之），曰"自主更新"洋名"音的喷旦特"（乃不归何党而自行斟酌者）。各府三百二十三美尔分五党，内守旧党洋名"宽色尔瓦的伍"者一百四十九，会合更新党洋名"里柏拉勒攸牛呢斯自"者一十七，真更新党洋名"里柏拉勒"者一百四十八，自主更新（见前）者二，工匠党洋名"蕾柏尔"者一（因该处工役人多，故择由工匠致富而品行端方者管理），他六处者未详。

三百馀名分属五党

初九日癸丑，阴。客岁英皇赴义大里之先，往拜葡萄牙王喀尔洛、王后阿美丽，今葡王偕后拟来答拜，昨早由力士门乘火车北行入法界，申初抵法西北界之海口涉尔堡，法廷派官迎迓，预备一切。英亦派"维克都里亚阿拉柏"船往接，当时英、法、葡三国文武萃集，三国船只互挂花旗。葡王与后下车，宣言致谢法员，后登英船。

力士门（里斯本）

涉尔堡（瑟堡）

30,10,10

英船声炮接贺，岸上船厂人工齐声欢呼“贺腊，贺腊!”入夜各船满燃电灯如白昼。英太子卫拉斯王亦于昨晚赴坡兹茂斯海口敬候。

初十日甲寅，早阴雾，巳初晴。巳正率众参随翻译等向北恭拜圣牌，行三跪九叩礼。酉正公宴，楼上下八桌，人数如前。闻葡王乘“维克都里亚阿拉柏”于昨辰初三十分由涉尔堡海口展轮北驶，左右炮船随护，午初十五分抵英兰正南司皮台海湾。英兵轮二十八，排五行，声炮迎接，船入坡兹茂斯泊焉。英太子率武官及本城美尔等登 葡王抵英
船，先后谒见毕，登岸。时有敖斯佛晒步兵一营列队鼓吹，葡王曾授该府将军职衔，故即时阅操，兵奏葡兵乐。未初登车即开，申初二十分抵文恣行宫，一切预备，如前待义王者。本地美尔之女石朴丽，奉英、葡君后各鲜花一束。王与后演说致谢毕，英君、葡王率英太子乘驷马宫车，二后偕公主维克都里亚别乘一车，先后入宫。戌刻宫中橡木设筵，陪侍则葡国驻英公使苏伍拉侯并文武多员。

十一日乙卯，阴雾。昨早葡王乘车入囿，英太子卫拉斯王宽诺公及阿盖侯陪行。英君以近在三丁哈木庄（地在英兰正东诺尔弗府之西北近海，周七千英亩，前于西一千八百六十二年，经英君以二十二万镑购得，作为行宫）田猎膝伤为辞，盖微伤也。众执火铳猎于囿，未初共得野 入囿行猎
鸡山猫之属四百馀。午酌于柯兰本亭，英君、君后、葡后、葡国公使辈共桌，食毕共拍小照一帧，有坐者，有立者。既复从事于弋猎，日暮回宫。宫旁贤卓志堂夜宴，男

女一百六十六，王爵、王公夫人、公主、郡主、公侯并诸国头等公使、英之文武大员，子初始毕。

在极乐堂午餐会

十二日丙辰，阴雾如昨。昨日伦敦美尔请葡王偕后在极乐堂午酌。两日以前，由帕丁屯火车栈至极乐堂，度王车必经之路，每隔箭地，左右对立红杆挂花旗，届时左右兵排鹄立。太子与妃陪葡王、王后由文恣宫乘火车，午正十五分至帕丁屯栈，登马车走白玉牌楼转东，过敖斯佛街、海蒿本街、蟾色狸巷、牛盖街，未初抵极乐堂。堂中男女客共八百零六，美尔夫妇自午初立候，诸客先到，客先到，末则葡王与后来矣。王服敖府将军戎服，礼也。未初一刻入座，食毕，美尔举酒恭祝英、葡两国国主与后之福，既而立陈数语。葡王亦演说千言，大旨谓两国自古和睦，至今友谊更当敦笃云云。言甫毕，通堂欢呼不已。

御戏园召名优演剧

未正二刻，葡王与后出堂登车，改由维克都里亚街走太木斯江堤穿海岱囿过贝斯倭特尔路、司普龄街至帕丁屯车栈，登火车回文恣。晚在宫旁御戏园特召名优特立演剧，园仅容人一百五十，所演名《一人影》，未经目睹，不知其详。演毕在贤卓志堂夜餐，各优亦赐酒食。天明乘专列火车回伦敦，葡王遂与英太子辈入囿再猎，两君后于宫左右步游。英君晚开筵于贤卓志堂，男女九十八人，食单书法郎西肴馔，乐用爱尔兰曲文，宾主联欢，国人传布。食毕，别有小台，男女名优歌曲，子正始散。

十三日丁巳，阴雾颇凉。葡王等晨猎于囿，二君后微服街游，购买零物。晚英君复开宴，男女百馀，夜在倭特

30,10,14

路堂听曲。葡王之喜猎，据称伊为欧洲第一善用手枪者。葡后亦知医理，曾拯二溺水者，后为法人，本法国前朝布尔贲敖里焉之裔，若非民主之国，伊亦有称君主之分。父名费里朴敖里焉公，又称巴里伯爵，自法改民政，乃迁住英兰伦敦城外，地近梨池门庄，即葡后所生之地。

善用手枪欧洲第一

十四日戊午，早阴，入夜晴。英君与后晨入宫中耶稣教堂礼拜，葡王与后率本国文武乘车入贤埃达倭天主教教堂，行中等弥撒礼，后至宫前福洛格墨堂，祭老君主维克都里亚殡宫，供以花圈。

十五日己未，早微晴，入夜大雨。午初二刻葡王与后启程由文恣庄北行，赴茶滋味村拜代万晒公及其夫人。地属得尔贝府，为英兰之中北界，统属代公。山青水秀，幽雅可游。葡王与后拟小驻五日，然后回国。午正英君与后回卜静宫午餐，顺路至苇子店地方拜翟木斯夫妇。

十六日庚申，早微雪，冷。英葡两国历来和睦，世代姻亲。葡虽弱，屡见援于英，借得久安。葡地自古南北分国，北即西班牙（现名日斯巴尼亚），南临海曰鲁西他尼亚，彼此鏖兵。西武将韩立，本法柏尔根的朝之王族，争胜鲁地，西王妻以女，对鲁西他尼亚伯以奖其功，此西历一千一百年间（即宋哲宗之世）事也。后其子阿芬搜袭位，称雄一时，土人喜，于一千一百四十年（南宋高宗绍兴十年）奉以为王，叛西自主。改名葡萄牙，是法人阿芬搜为彼地立国之祖也。至一千五百八十年（明神宗万历八年），国王喀的那罕里出战斐洲败没，无子而势

英葡两国历来和睦

葡萄牙立国之经过

弱，复为西班牙所夺，辖六十年。西政贪残，土人患之，遂于西一千六百四十年（明庄烈帝崇祯十三年）揭竿而起，逐去西班牙官守，立卜拉干萨朝卓安第四为王。西兵屡次来侵，构兵几二十年。阿芬搜第六即位，修好于英，赖英兵助，随时保护，始免于亡。至一千八百年（嘉庆初间），法皇那波伦第一侵伐四邻，葡不能御，国王卓安第五于八百零七年（嘉庆十二年）弃国逃至美洲属地巴西（现改民主，详见《四述奇》）。逮英擒那波伦，各国复旧，王乃归国，寻卒。由其子卓安第六王巴西后乃兼王葡，两国一王，巴民不服；不得已自王巴西，而遣女马丽雅王葡，时在一千八百二十六年（道光六年）。王弟培特娄第四已自立，不肯让；卓安第六在巴西亦不习其俗，国民迫王致位，乃狼狈回国，与女合兵攻弟，英协以兵灭之。王女乃定位，葡王祖母乃君主马丽雅第二，十三岁即位，至十六岁乃赘日耳曼萨克斯库柏尔果萨王佛的楠为婿。前英君主维克都里亚之母克恩特公夫人，本系日耳曼萨克斯萨勒扉库柏尔故王之妃；而君主之婿阿拉柏王，本亦萨克斯库柏尔果萨之王爵也。葡王之母为义大里王维托里欧埃麻牛之姊，名马丽雅庇阿；葡后之姊又为义国王弟敖斯投公费里柏尔投之妃，已生二子。设义王无嗣，则敖斯投公之子亦有嗣位之望。是则葡英二国之亲谊为最近。

巴西之王又兼葡王

萨克斯（萨克森）

库柏尔（科堡）

果萨（哥达）

十七日辛酉，白昼阴，入夜雪寸馀，冷。伦敦各学堂，幼童赤足无鞋者二千五百九十馀，破鞋须更换者二万九千九百四十七。前日晚报中言，有某善士倡钱若干，订

赤足贫儿得捐皮鞋

30,10,18

做皮鞋二千双，每双估定三先，业经多人签名协助。昨有义大里马戏园之东主言，愿以一夕戏款资助，每鞋印以暗号，登各馆新报，约各押当局不得收押，并要幼童父母不得押卖。

十八日壬戌，阴冷。伦敦庇木里沟区之堪卜立址街第百十六号有狗医院，楼上小屋排比为狗窠，外有火管房、看病房、作戏房、玩耍房及彩球之类。女役须在他院有年，经人保送，性能忍者，使守病狗较侍病人用心加千倍。屋之凉热合宜，昼夜不时检视，若痛极而嗥，则刷以吗啡。究不知狗医为何许人，贱人贵畜，西俗乃尔。 贱人贵畜西俗乃尔

十九日癸亥，早微晴，午后阴。闻半月前有南斐洲幼女计木那游历伦敦，上书于英后，言海外来此，愿得瞻仰慈颜，方不枉此一行云云。三日后女得卜静宫复电，言某日某时君后乘车经某处。届期车过，后见老妪携一少女高处鹄立，女手举红巾向后展摇，笑而请安，后点头而去。入夜皓月当空，继而黄雾四塞。

二十日甲子，早微晴，既而阴，申初大雾，屋内燃灯。闻前日伦敦西南立定县额尔来村之幽僻处，有女皮尔喜者患癫证，地方官与巡捕往察之。见屋中核桃木小棺十三，各殓死猫一，下铺棉花，上盖香水浸之炭块。猫有久毙者，有新毙者，甚有霉烂者。官问其棺殓之由，女则谰语迷离，人不能解。送女入医院，考验而治之。

二十一日乙丑，晴而微雾。现值天寒，坡兹茂斯海口兵船厂中，人之无工作者几至千名。柏名根拯救会各善 救济失业船厂工人

士，拟日日养赈千名，至天主诞日（西十二月二十五日）止。伦敦城南太木斯江边庆斯屯地方，拟设一劈木厂，劈短木作柴，每满一布什（英斛名，受重七十磅）工钱三本士半。每日辰正作至酉初，可得二先四本士，一半付钱，一半折食物，恐其倾囊饮啤酒，不顾妻子，并不自饱也。

妇女不择种而嫁

二十二日丙寅，阴，雾，入夜微雨一阵。英国妇女人尽夫也，不择种而嫁。中国、日本而外，如北美海的岛国驻英公使展伍伊，面黑而红，齿长而白，其夫人英产也，不以夫貌寝也。昨闻韦苓屯街寡妇卜姒，嫁于南斐苏鲁里番戴娄威勒的亚（地在斐洲南界偏东，临印度洋）。据云英胜苏鲁后，多携幼年土人来英，戴在其中。见君主维克都里亚后，养育教读，久于英，不思故乡，乃谓苏鲁俗陋，饮食不良，意将入英籍。

二十三日丁卯，阴，雾。英兰西南角近海色墨赛府攸韦城之乐福屯人，乃多信鬼。据云彼处现出射光怪鬼，入夜人未睡则敲街门，人已睡，不知何以入内而款卧室门，忽上忽下，践踏有声，双眸光怪，致人目合不能睹。是室近坦屯火车栈，先有老夫妇二人居已三年，因鬼见，不胜其嬲移去。后一人迁入，谓地中应有珠宝，掘搜遍，无所得而去。至今房空，无敢居者。此则何异于华人？

信鬼何异于华人

二十四日戊辰，阴雾如昨。今日为西十一月三十日礼拜三，系苏格兰所奉贤安得路之诞辰。苏格兰自西一千六百三年（明神宗万历三十一年）当国君翟木司第一，创

30,10,24

建医院善会，以救贫苦病民，逐年扩充，为善无既。继而苏人之在英兰者别设一会，每年于是日设筵聚友，并由会首约外客数人，冀募款助医院，本年为第二百四十次。半月前，会首洛斯百里伯折柬来请今晚六点钟宴于蒿本街白玉堂。酉初乘车往，入登楼至一大间，先见会首诸侣。少立，人到齐，转入饭堂。楼高二层，建以白玉，嵌以花石，上下四面穿廊，工极精细。左鄙楼上坐苏格兰红衣乐工一班，楼下桌列  形，八长一短如梳，坐人三百二十五。正面中坐洛斯百里伯，余坐其右为第一座，其左坐高尔侯为第二座。桌上花果绚彩争芬，酒食甚丰。甲鱼汤、白煮鱼、炸小鱼、羊肉、山鸡，各味皆同他处。惟一种苏格兰菜名哈吉斯，颇似中国之瓤冬瓜。作法材料：将肉菜剁碎，拌以油料酱汁，纳入洗净羊肚中，缝而煮熟。人少则主人于桌上以刀割分之，人多则由厨中计数而分，此可名曰瓤羊肚也。又有童乐兵九名，年皆十四五六，由育婴堂选出者，各着苏格兰披毡短服，第一名手执领班银杵，他皆双手拱吹苏岛之五管气筒箫，英人呼曰“派铺”，呼其人曰“派铺尔”，译言吹筒人也。不晓绕廊一周，至正座后排立，齐吹一阵以侑酒。其声兽舞鸾飞，新奇震耳。食毕，齐立举酒，祝英君之福，乐奏《天保国王》。少坐，再祝君后及王室各人之福；又明日为君后千秋，祝毕，又齐举杯而高呼“贺来、贺来”者三。此后多人陆续演说，乃每一人说毕，即有女名狄阿米或男名郭克本者鼓琴一曲，以醒人耳。演说歌唱毕，众齐起立，互

第二百四十次募捐

苏格兰菜哈吉斯

五管风笛

以左手握右手，右手握左手成一圈，同声而高歌一苏格兰曲，曰《阿勒郎司音》。曲文未详，大要为自幼至今，总角至白发，彼此和睦，视同一家。随歌更摇臂欢喜，作手舞足蹈状。又食毕吸烟时，有人手执白纸一页，铅笔一支，按桌请人书所施助。先写名姓，继住址，末则施舍若干，余遂书五镑五先。少待后，一人执单立首座后，高唱各人所施数。第一国君施六十镑，太子二十五镑，首会人百镑，其他多者数百镑，至少者二镑二先，共二千馀镑。子初欢唱毕，握手兴辞。

本人捐出五镑五先

二十五日己巳，阴，雾，暖。英规，人之将死，命分遗产，必及于女。女幼则请四“特勒斯的”理其财，待其嫁。特勒斯的者，译为信任受托之人。女长成，相夫必经四人考察允认，方能受遗产，否则不给。闻一女名槐蒂英，其父槐丁故时，遗属分三万二千镑与女，彼时蒂英甫九岁，曾请四人者管守，女兄与焉。谓将来嫁时，如经四人考核而允之，始付遗属之数；若违背，则将此钱改施赈济院。女昨嫁提督特尔讷尔，于是特勒斯的已故三人矣。女兄谓其嫁不合兄意，三万二千镑概施赈济院，女一无所得。西俗惟财产多以遗言为重，女虽告官，亦属枉然。

遗产当按遗嘱处理

二十六日庚午，阴，暖。西人不信妖术邪法，今早有英人周恩慈者来函，谓“前在斐洲军营历两年，头脑中现藏秘术：一、隐身在人面前不觉；二、令四人暗阻火车；三、令大船飞驶半空，或坠于敌营或某处。更有许多奥妙法，如贵国用之，祈早示知。”按彼不为英用，不为

30,10,27

他国用，独于华而自荐，将谓华人皆可蛊耶。

二十七日辛未，阴，雾，暖。十七日所记捐皮鞋一事，兹见新报云，“二千双已成若干，现有五处学塾各领二十双，惟愿通城苦孩无一赤足者。此捐须多多益善，如有乐捐善士，祈寄函晚报报馆，或纸钞，或信票，咸于函面注明皮鞋捐项四字为荷。本馆在城内偏东喀美来楼第三号”。

二十八日壬申，阴，雾。文忞行宫之园囿，英君多畜牛羊。文忞庄东北二洋里半之司捞镇（地在伦敦之西十八洋里半）现设天主诞会，一大墟场也。英君拟选牛羊之肥壮者二百三十七头，后日于彼出售。国人之好奇特，并以得食君圈之牲为荣者，将争先恐后矣。

二十九日癸酉，晴。伦敦地面严整，故巡捕权重，逐处搜察看管，不免为工役贫苦人所怨恨。闻昨晚在太木斯江畔，巡捕耳中骤入呼救人声，谓人投水。巡捕五六奔至岸边，见破皮鞋一双，巡捕入水觅之（巡捕着衣泅水救人，循定规也），遥望箭地外一人顺流而下，竭力泅去援之，乃布人也。呼者已杳，此骫法之尤者也。 捉弄巡捕

三十日甲戌，阴雨阵阵。今日为西十二月初六日，戌初北柏尔呢欧会（见前），在赛西店设筵，十日前会首翟喜以柬来约。酉正乘车至，下楼入敞厅见翟君辈。少立客齐，转入饭堂。其桌作  形，男女客二百六十二人，翟坐正面居中，坐余其右，首座也。桌当中一行稍短者，因对面临墙搭小台一，高及尺，蒙以红毡，坐女乐工六

看射影灯有着色者

名，着白氅，作西国女神状，随时奏乐侑酒。食毕，先看射影灯，本地风光、山水、船只、火车、茅庐、木舍、中国人、土人，大要与上年同，惟此有着色者。看后，先齐立举酒祝英君之福，乐奏《天保国王》，既而立起演说者六七人，所用加非、烟卷皆土产，并赠每客巨烟卷一合。十一点一刻散，谢回使馆。

十一月初一乙亥，阴，雾。伦敦新出一样新报，名曰《郝尔讷礼拜报》，郝尔讷，报东姓也。报初出，人未知其可看否，买者少。前日报东告登，谓有以自著诗赋词歌寄来，入选者，酬五百镑。其送法，著作封一函，名姓住址封一函，两函封面报主各志以同数号码。选文至佳者，依号发姓氏函，得其名，即汇五百镑。闻此次超等者，为南诺尔坞村哈苓屯路第四十九号之聚珍版工头吴乐福。报馆又拟聚天下古信票，送善会中售以济贫，并协助医院、育婴堂诸所。依征文法，有能寄极旧极多实为贵重之信票，酬三百镑。西人以信票为骨董，闻英君集一簿，值共一万五千镑。

报社征文奖五百镑

初二日丙子，阴，雾，入夜风雨交加，暖。英兰、苏格兰二岛虽合为一国，而律例迥异。即如男女婚配，英兰以曾入某礼拜堂成礼者为据，苏岛则以久经同处同宿，朝夕偕行，引妻见诸戚友者，方认彼为夫妇，无论或拼头，或戚友，男女既同行同居，无不曰某姓夫妇者。闻昨有近埃典柏城坡土贝娄镇火车栈卖加非女孟特勾美里，久与彼处绅长蒲武斯同宿，人多认其为夫妇，前于一千八百九十

苏格兰认事实婚姻

30,11,3

八年（光绪二十四）生一女。乃近日蒲别有所爱，孟女以无养赡控官。官判循例已成夫妇，夫当养妇，并须令孟女所生之女，认蒲实为其父云。

初三日丁丑，阴，雾。昨闻赛丹杭巷居人毕斯里豢二鸟，细绳连颈练系之，羽毛皮肉有损伤。巡捕侦知报官，谓虐待牲畜，罚二镑。又状师槐特蕾赁住阿兰女之糖果店楼上，阿兰之猫碎槐花瓶，槐告官，勒赔五先。西法之重细故如此。 西法之重细故如此

初四日戊寅，阴雨，甚凉。英俗夫妇生辰互有礼物，昨闻骚斯倭街某甲妻，购家中应用诸物，负债日多，其夫未偿。铺告官，传票到，其妻匿票，昨日某甲生辰，妻双手递传票以为寿。某甲无法，赴官认偿。

初五日己卯，早微晴，午后阴雨，入夜大雨滂沱。伦敦各教学入门壁间，悬马口铁小长方匣一，如垢筒，谓之助赈匣。入堂礼拜，可随意出钱物投之，满则分施各善堂。有义大里教士莫尔蕾，其人数游各教堂以窃赈款，持一短鲸鱼骨，头黏胶物，探而出之。人以其形迹可疑，捉交克乐根街官厅，讯系二次窃犯，遂判收监一年作苦工。

初六日庚辰，早晴，午后雨。闻今春倭特路火车栈，一行车之赴立文浦海口者，将到时转弯，管车人轻率，驶车过速，致弧度变成直角，车出轨而倾。引车末势未衰，车裂人糜，内有立文浦银行伙计牛斯泰母子同时殒命。本家得讣，控于官，详诉其疏忽之咎，官判定赔偿四千五百镑。 车祸索赔

初七日辛巳，阴，雾。卷烟之害，烈同罂粟，英人尤

恶其伤脑力，乱心神，致体弱多病，乃立会禁之以为训。戒由幼始，英兰童子不下八万馀人，闻数日前柏名根城，会中童子廿馀嬉戏，一孩名计思本年十四，作判事官，馀为署中司事人。用纸作大烟卷一，先作捉获状，舁入公堂；既作审讯状，断该犯有损人身，害人肺腑，律以火焚之罪，乃舁出堂外火之。此虽儿戏，亦足见童子之戒心。

戒烟活动

初八日壬午，阴，雾。伦敦小孩晚间欢喜会，会首仍为太子妃协理班素屯夫人。太子妃之子女所馀玩物，频年施入会。本月妃由子女屋中搜集一箱，玩物数百种。内一射箭靶子，若中红鹄，后有关键，即击鼓鸣。又有小儿戎服多件，乃喀戛伊布者（一种棕色麻布，极厚），皆贵物也。上年未经分得之一百十六处，遂于此次足之。

初九日癸未，阴，雾，时而微雨成阵。数日前色墨赛侯夫人柬请余偕内人今日赴埃克赛比慎路之针黹学堂茶会，以申初酉正二刻为时限。届时乘车至，登楼见色侯夫人暨男女多客。余初意其借地开昼茶会，借以表扬女红耳，岂知其贱货贵值，博利以济贫苦女工耶。楼上左右桌广罗小物出售，如钮扣、小刷、灯罩、小匣、瓷盅、墨壶、纸刀、巾帕，种种百色，遂物号极昂价，似墟廊。幸余携钱囊，环行一周，择可用者以三镑五先拣买数色。更上一层，见老幼妇女廿馀，支机绣花，多粗绒麻布，粗花大叶，叠见不鲜。下楼登车回使馆。

针黹学堂之义卖

初十日甲申，稍晴，暖。煤窑中煤与石相间，如层楼，如阶梯，人工凿取，既劳且险。现闻英兰中界稍北晒

新创造之采煤机器

30,11,11

扉地方某行，别创天气压力机器，小而捷，仅百五十斤，上绾斫刀。每劚一段，长十五尺，深六尺。一段毕工，不假人力，步步自进。斫刀大小，随地势之阔狭更易之。此式器机若得力，远近煤窑将必争置，英之机器局又有专利之券矣。

十一日乙酉，微晴，极热。历来瑞典有园圃学堂，专以培植栽种各法授童子。近年德义志、法郎西、奥斯马加及瑞士诸国，以其有益于农事，遂仿行之，授诸生以新得之善法，舍其旧之不善者，间有新旧参证，以申其理。功课同于写读测算，学旁留隙地一二洋亩，试验树艺，以教五六岁之童。胪列铲、耙、锄、镘、灌水、喷壶各器，从其性之所近者，授以用法，并种植各种菜蔬果木。至十龄，则教种粒生芽法、插秧法、茎蒂根芽移植法。别有培植花木地，依候使之肥润。预防生虫临时药治，如何摘实，如何收置，如何辨有毒与否，何种土壤其肥其瘠宜种何种，何物宜手种，何种宜器种，除莠剔根、培土去土、沟渠灌溉、风雨露霰、寒与温热何者为宜。教幼女以何种母鸡下肥蛋，如何豢法，挤用存制牛乳，畜牛羊，养鸡鸭各法。学有成效，则植物动物蕃衍孳生。英人善其法，亦将踵行云。

园圃学堂专教农艺

教幼女养鸡挤牛奶

十二日丙戌，早骤雨一阵，雨后晴热。闻昨日哈艾街路北卫拉斯王酒店，圬者六七挖甃地沟，一锹土飞落瓦砾堆，土碎有声，出古钱金镑十四，银钱若许，皆西历一千七百三十六年（乾隆元年）者。内有卓志第二之半色伍仑钱一，某人以一镑买去。别有二吉呢之金钱一枚，人酬

以五镑，匠人吝之。近二百年来，此类金钱皆更易不用，是以贵重。

再次往观学生演戏

十三日丁亥，阴雨微雾，颇暖。卫司民斯得大教堂旁之贤皮特拉典文学堂，去冬至今又及一年。诸生演戏，定于西十二月十九、二十一两日，即今日与后日也。上月学堂提调率诸生柬请往观，复以今日前往。戌初乘车至的音院内第十九号提调之寓所，入书名于号簿。继见提调夫妇，嗣陆续来柬请之贵客二三十人，各饮一杯加非毕，提调前引，接武而入学堂，诸事与上年同。新剧为一希腊阿森京城人名迟来木者，将启程游雅洲，乃交长女帕西肥喇与其弟法尼亚养育之。彼时希遭兵燹，法拟携侄女追其兄以避乱，乘船至安得娄斯岛，遇险沉船，虽得救而囊空如洗，流寓于义大理北里之安达里亚城，与土人某甲同居。年馀，法尼亚身故，某甲乃认帕西肥喇为寄女，改名克里赛力厄木，而与己女克里西斯同育之。二女及笄，某甲亦故。克里西斯偕帕携女仆麦西斯同回阿森城，寻帕之父母弗得，赁房同居度日。对户希木之子潘扉洛斯与帕西肥喇情爱私通，且生子，是为此戏之来源。

戏分五截详述剧情

戏分五截，第一截为希木向其奴搜西亚述其子之不端，拟令与其友迟来木之女肥娄美那速成婚，用纾迟之恚怒。比迟来木游回，弟女皆失，仅妻与次女在；帕西肥喇之来阿森，迟亦不知也。潘扉洛斯之奴达倭斯欲助子违父，又恐于已有干涉，希木亦责其立意擅为之罪。一日麦西斯偕一乳娘将入门，突遇潘扉洛斯至，向之泣诉父所

30,11,13

命。麦西斯验其是否情爱克里赛力厄木，潘则发誓以自明。第二截，别一少年名查里讷斯，本与肥娄美那情投，忽闻其奴拜里阿言潘将娶肥为妻，大为失望。然经达倭斯左右播弄，致查里讷斯狐疑不定。达倭斯设计，使潘明顺其父，而暗使其父断肥娄美那为媳之念，因知迟来木必不允也。潘阳遵父命，希木喜。第三截，达倭斯令麦西斯与乳娘赖斯比亚乘希木来时，彼此细谈潘与克所生之子，以入希耳。赖斯比亚去后，达倭斯又盅使希木猜度所闻之语，疑为克里赛力厄木同其女仆揑造，又促希木请迟来木仍践前言。第四截，一日潘扉洛斯邀向查里讷斯言明其本心，并请息怒。达倭斯谓将使潘、查各遂所愿。达倭斯使麦西斯置小孩于希木门外，故使迟来木闻知为潘所生。迟闻所言，乃誓谓肥娄美那终不得嫁潘为妻。适来一安得娄斯岛之老人柯里投者，乃克里西斯之堂兄也，乃循例来承某甲之业者。因领麦西斯、达倭斯同入克里赛力厄木房中，告众以克本阿森所生，原名帕西肥喇。希木闻而怒，谓其奴上下瞒哄，交官治罪；并切责其子贿柯里投妄造谣言，他人所言皆弗听。迟来木来，认柯里投为故交，闻柯所言，确认克里赛力厄木为其失去之长女帕西肥喇。由是希、迟两造说合，始允潘扉洛斯娶帕西肥喇为妻，肥娄美那亦得嫁查里讷斯，而三家欢洽矣。 剧情曲折

大戏演毕，别作一场小杂剧，甚无谓。惟一小孩玩弄小船，忽坠落，旁一俄国水师提督见而惊讶，问曰“此水雷否”。旁人笑言，“君久在船上，然是固地面非海面 演剧亦讽刺俄水师

也，请勿惧”。趣甚，看毕，仍由提调前导，入彼寓所夜餐，饮食少许，谢辞回使馆。

十四日戊子，镇日黄雾，凉。昨见《同文沪报》之《消闲录》中一段，题云《女权不振》。据云：

福建报云女权不振

《福建日日新闻》言，厦外清某氏女，小家碧玉也，年才及笄，与其邻子私，两情缱绻，密订终身。而女母以邻子家贫，将为觅婚别姓。女知之，掩镜悲啼，愁无善策。女母怒其忤也，捉女及邻子送诸厦防厅，厅官讯其颠末，以其未由媒婆之言，命责邻子。隶举板一下，女回风而啼，痛比身受。司马微窥其情，命隶辍刑，将邻子送交差看管，而女付母领去。噫，中国女权不振，一至于此。果其两情相洽，婚姻自由，则海燕相栖玳瑁，又何致孽海生波，情天莫补哉？

“相栖”原作“相接”

按：中国女子，十五而笄，二十而嫁。彼女年才及笄，即谓“婚姻自由”，则是母权不振矣。英国女子二十一岁以前由父母主婚，二十一岁以后方得自由。若谓西法宜学，切莫蹈游学笑话中所谓，无非是“鄙薄本国，盛称别国。竟学了一些个皮毛，一些个节文，一派的空话，一派的恶习。究竟那真正的好处，一点也没摸着头脑，白白的连本国的好处全都抹煞了”各语。世人咸谓风俗宜变，若婚姻自由之风一开，则凡关乎婚姻礼节制度均须更改。甚恐变本加厉，远不如欧；而我国之九烈三贞，三从四德，守节清贞，孝顺贤明等字皆可涂去矣。噫嘻！

坚决反对报纸言论

[八述奇卷十四终]

30,11,15

光绪三十年十一月十五日己丑，镇日黄雾，灯书燃。英人不奢则吝，目奢为开廓，吝为节省也。宴客始用冰乳，购于市者六七分，即须六先有奇。十先半之冰乳器机，至小者制乳足给六七人。法用粗盐二斤，半冰五斤，新而浓之乳汁六两，如此而已。今将其常用之五种作法分 冰淇淋之五种作法
记之：一柠檬冰，不用乳汁，为至省者。白糖一斤计十二块，水一夸（见前）或用二升，柠檬二枚，鸡子四个。锅注水安灶上，入糖六块，渐渐融之。俟糖水凝结，籥以将食二指，张之能作丝，移锅以凉之。刀破柠檬，去皮滤汁。馀糖六块，研末抹其皮外以吸香味，少刻取下，洒于锅。糖水既凉，加以滤净之柠檬汁，搅匀倾入机器中，转机令半冻，倾入鸡子青，木片调匀，再转机，冻成。

十六日庚寅，大雾如昨，凉。冰乳第二法，为地椹冰。新地椹一斤，入瓶之地椹膏（洋名札木）一斤亦可，乳汁半斤，糖末三两，柠檬汁一茶匙；如用果膏则不用糖，因其味已甘也。鲜果摘去茎叶，置铁丝罗中研之，其汁漉尽，杂以柠檬汁与碎糖。再以回斯克（一物造以铁丝作  形，长逾半尺）搅乳汁，使其稠而欲黏铁丝，则和入地椹汁中。苦不甚红，可加以呀囒色（洋名扣池呢 “少许”原作“少详”
拉）少许。倾入冻机，紧扣其盖而急转其柄，以免结冻不均，并随时启盖以木刀四面刮划，俾均匀而冻遍；后将铁罐埋以盐冰，包以毡，能存两点不融。三为香蕉冰。蕉八枚，去皮研碎作浆，倾十二两乳汁于锅，热，加糖半斤，搅糖化而凉之，再加果浆和牛乳十二两，调匀泄入机

中，旋其柄，速其冻。

十七日辛卯，阴，雾。冰乳第四为桃冰。鲜桃八枚切成块，去皮碎研，糖末一盅加搀半盅糖末之三柠檬汁。待二十分后，入水二升搅之使匀，并倾于机器中，转柄冰成。第五为勺勾腊冰。勺勾腊四两，糖末多半盅，水半斤，乳汁一斤，瓦呢喇精（详见《再述奇》）一匙。先将三色纳锅中搅匀，别将乳汁烧热，陆续泄入。俟凉，乃入瓦呢喇精调匀冻成。其茶水、加非冰准此。

十八日壬辰，阴雾迷漫。闻今春属土耳其赛里亚都城达玛斯克斯之英国维克都里亚施医院中，一亚喇伯小女于碎纸中偶得新报一页，上有英后肖像，遂剪下镶以花纸，饰以蓝绦，藏在枕边。逮上月英后生辰，乃封好交彼处英官寄呈后览，相旁并书，云："英兰俊美皇后，上帝保佑平安，以伸遥祝，并达施医疗治之谢悃。"

十九日癸巳，阴雾沉沉，地泞。是日为西十二月二十五，属耶稣诞辰，又礼拜日也，铺户掩门，人工息业，为英兰一大节（见前），家家以烧火鸡为珍味，逐年售约千万只，本国不足，购以他国及土耳其者船运而至，获利夥颐。杀鸡而贩，水程匪遥，不致肉败。迩来雾重船迟，火车亦多延阁，遂多处烂作鲍鱼臭。往年一鸡值四五先至十数先，昨晚一二先仍鲜购者，累在天时，亦其意外所遇也。

以烧火鸡为珍味

二十日甲午，阴雾如昨。西国无断奸之律，故无奸案。常有为子女涉讼者，官弗能理。昨闻柴斯苇区渭斯里

常有为子女涉讼者

30,11,21

路有妇雷萨者告官，言十三年前嫁司库勒，十年前有整容匠瓦勒屯寄居其家，经年生一子。司库勒怒，乃谋逐瓦勒屯，未果，遂独宿他间，以主为客。怒少息，商定每礼拜司库勒出若干先以食妇，瓦勒屯供妇一镑，且代司理家务。又生两孩，妇供三孩确为瓦姓子女，今报官，请允咸用我姓。官谓汝姓本司库勒也，此等案件殊难判断，乃置之不问。又一妇年近三旬，名阿尼，姓根得里，控其夫根得里不养六岁孩。根得里供称，阿尼乃其侄女，虽为十一年夫妇，而三子二女皆寄居客某甲所生，确非我之骨血云云，官一哂而已。又伦敦东北埃赛克斯府之克拉屯安西城，有烟商佛克思外出贸迁，忽于前日旋家。入于其宫，不见其妻。索而及复室门，突有人夺门疾走，诊之，同居樊得蕾也。舍之急入，见妻伏于床下。诘之，妻曰俯而缝一钮扣耳，夫默然。

二十一日乙未，阴，雾，暖。英俗耶稣节食中，有圣饼名“克立斯麻斯开克”，至小者重一斤，价二先。昨闻本年在莱屯斯敦街卜克铺中制一极巨者，重一千五百斤，作桃尔桥形，饼料乳油与糖各百五十斤，面三百五十斤，干葡萄、色勒他那小葡萄及别种小葡萄名克兰者各百斤，鸡子三千重三百斤，香橼皮、柠檬皮、橘皮各四十斤，杏仁桨五十斤，冰糖百斤，整杏仁三十斤，牛乳五十斤，柠檬汁五斤，香料二斤，豆蔻末一斤。 千五百斤之圣诞饼

二十二日丙申，阴，雾。伦敦有髦儿戏名“潘投迈因”，极其惹呶有趣。新年小学舍多未开课，故专于是时

歌演，以悦孩提。然往观以赀，贫人向隅。以故上年普蕾勾尔会馆（详见《六述奇》）包租某戏园演剧一日，招集通城僻区陋巷之贫儿计一万五千馀名观之。本年西十二月四日（即上月二十八日）御戏园主人特立，将通园借与会馆一日，会中善侣咸往协理，各司一事；并各班女优均往助善，照料女孩，分送戏单。此次贫童不下一万八千，凡男女孩将入门，各赠一布囊，内肉饼一，橘子一，果糕一块，糖果一匣。

招集贫儿演戏与观

二十三日丁酉，阴，雾。西国历来因故械斗，各握一刺决胜负，伤敌而后止，洋名丢埃勒（详见《再述奇》），英之国家久已示禁。比来英兰新式跳舞名曰“丢埃勒考的曼”，详为跳中比试。英规兵勇比武，刺头冒以铜，俾钝不伤人。此则刺尖裹纱，内含白土，跳毕一场，身上白点少者胜。然女子常胜，男每让女也。且男子衣黑，白点易彰；女子衣白，白点易藏。

二十四日戊戌，微晴。男女耦跳，向皆男面请女，女首肯乃携手登场。近日有撞耦之法，免客终宵向隅。其一，用宽且厚之白布横隔，男女不谋面，男齐举右手，将指高出于布，使女择焉。其二，将入跳室，各领大纸囊一，幂首至肩，附近囊底适值目处有窟笼为视孔，孔可窥囊，不能觌面；两囊为一耦，同标以物名，如茶糖米碱之属，入室寻耦囊，会而后除囊，虽有违愿，无如之何。其三，杂色丝为缰，设人十二；则男女各半分系一缰于右腕；局

任意选择舞伴之法

30,11,25

外一男执缰驱六女，一女驱男如之，齐入跳室，视缰色而求其匹。其四，镜选，美女六七比肩而坐，左手各一小面镜；男子鳞次安步，面女背而过，镜现男面，男无由睹女面也；女择面首停镜映之，不合则拭以绣帕，犹豫未定，映其半面，促之走过。

二十五日己亥，早大晴，午后雾。传闻柴晒府（地在英兰西南界临海，面对爱尔兰）池伊得村之教堂，向有鬼为祟。居近恒见一乌衣女，或入屋面镜自照，或但闻妇女缓步衣裙飒飒声。平日寂然，惟值礼拜日及各神圣诞辰则必现。据教士马斗那云，居此三十馀年，年年如是。细揣厥由，当是数百年前英王罕里第八由教斯佛城中驱逐之女道姑高斯投。彼时高携众女尼至池伊得村，宿于女道院，屡谋恳王释回，所致艾赛公之函于今尚存。求之不遂，抑郁以殁，时西一千五百五十九年（明世宗嘉靖三十八年），葬于教堂。怨魂为厉，出必依期，殆明其奉教之诚耶。

教堂之中有鬼为祟

二十六日庚子，微晴，冷。今日为西历一千九百五年正月一日。闻英国各学堂有种奇风，一避已婚之学友，二教习皆须鳏夫，其故未详。或谓各教习岁入约一百五十镑，不足供婚礼及赡家之用，故无室，言颇近理。然避已婚之学侣，无道其由者，远嫌欤，抑画眉风韵恐乱心曲欤，果尔，则学舍规模严且整矣，特恐未必尔尔。

1905年之元旦日

二十七日辛丑，早雪，午后细雨。昨闻有老妪哭诉于官，谓生二子，长已三十二岁，少二十三岁，皆不孝，每

日卧至未刻方起，任意指使母久矣。母朝夕为之作炊，且一文不给。今欲将母逐出，改厨灶为酒房。又数欺其妹，握发撕衣，以故我母女时扃房门避之，官谓如此当遗地保往责之。妪言欲与子分居，不则恐害我母女。官即判令分居。以孝治天下者，岂作如此判断耶？

孝治天下岂如此耶

二十八日壬寅，阴雾。因前日新岁，卜静宫内之仆役、车夫等，奉君谕准其昨晚设茶会贺新年。马号车房，花悬彩结，修饰一新。饮食丰备，鼓乐声声，跳舞至天明始散。复奉王谕，准仆婢车夫之子女，择日设小孩茶会。

二十九日癸卯，阴雾。现当寒令，复值新年，人多设法济贫。闻昨经太子妃手制蓝毡袴一条，其女玛丽自织半指手套一副，其子埃达倭、阿拉柏各成洋绒护肩一个，并将英君与后之冬衣多件，概先列入伦敦针黹会，俾众观览，既乃转送职会医院诸处出售，昂其值易钱，分作赈款。

王室成员以衣济贫

三十日甲辰，阴雾。土人云，历来大雾皆在西十一月间，未有客冬至今正之日久者。上月中大雾三昼夜，通国马车火车之遭险对撞者尤夥，船之对触及遇礁者五十一艘，幸仅沉一艘耳。太西洋风浪尤烈，“攸喀坦”船之二副，为急浪由船面拥去。迩来英界雾重，隔海之法国亦然，德国则大雪。

“幸”下加一“仅”字

十二月初一日乙巳，阴。午后，三品顶戴前候补部堂张燕谋（翼）来拜，以德璀琳为开平矿案控之，来英会

开平矿案

30,12,2

质也。今日戌刻，伦敦美尔包恩得在伦敦府署请儿女跳舞会，届时余携孙女乘车往。小女儿千二百馀，作新奇装束。英人某甲云，此次华装甚夥，着日本今古衣服者尤多，惟无一作俄国装者。鼓乐跳舞六场毕，登楼夜餐。下楼新见别间，有傀儡、提灯、小影、笑话各戏，小孩往来观听，其乐陶陶，游至十二点钟，人渐少，余亦携孙女致谢而回。

携孙女赴儿童晚会

初二日丙午，午正微晴，继而复阴。乘车答拜张燕谋，兼拜严又陵（复）及德瓘琳。今电汽车渐多，人或受恐吓而致死。名医新传解救法，云人惊仆即救之，舁之扶之者毋赤手，或戴手套，或以衣襟包手，或用新报裹手，使病人仰卧，解松颈钮衣扣，或卷衣或取他物垫其肩下，则头倒仰下垂。启其口，以帕裹指抽掣其舌尖，一伸一缩，一分钟掣十五次。别一人握其肱臂，使之向前直伸而摇荡之，并使其肘忽触地，与救溺者同。延医诊治，需二点钟可复生。

严复又陵

初三日丁未，早大晴，午后阴，入夜大雨。闻伦敦赤足贫孩尚多，仅训蒙小学中犹须一万三千双。晚报局代募，今已集款足买一万八千双。计通城贫孩赤足不能入学者，仍有一万九千馀，报局亦函致余求施助，昨晨送去二镑二先。

捐款项为贫孩买鞋

初四日戊申，早雨，午后雨止仍阴，雾。文恣庄亦有日中育婴院，洋名“克蕾池”（详见前）。初一日（西正月初六日）太子妃令群孩入文恣宫领赏，孩皆衣白，接

踵而入，一一至妃前行礼受赏，有太稚需人抱起者，有肥钝行动蹒跌者，饶有趣。

初五日己酉，晴，凉。闻本年冬季，伦敦北城陶亭哈木一区，饥寒者老幼男女二万五千馀。《日日新报》代募钱钞食物，声明凡施钱者请送至土多尔街第十七号《日日新报》馆主代收，食物及火柴者请交瓦尔堤路贤卓安圣会堂《日日新报》之食物局。是区之司米斯扉市，助羊一百头、牛肉八百斤，戴利牛乳行助牛乳五百六十盆，毛四面包行助大面包一万枚，厶行助香肠二千八百斤、番薯一十三吨，共款已募入一千五百镑。人云每先足给一家二三口一日之餐，计钱则可饱四十万口，计月则尚不足，仍望乐善好施者源源而来。

日日新报

初六日庚戌，镇日阴风，亥初暴雨一阵，电工之工屡遇险而致殒命，西人尚不悉若干电力始能毙人。有邱园电学教习阿的来甫创一种稍能避险之法，名曰护身衣。因五金传热，流而不滞，于是以极细金丝织成衫裤头包，软比绸缎，穿时或靠身，或在本衣外皆可，无疑人之屈伸四肢。据云着此金衣，虽手执丝力至十五万，亦可放心而无害。

能防触电之金属衣

初七日辛亥，晴，微暖。戌刻，同街第二十号前伦敦美尔萨木攸之幼女蒉达请幼男女跳舞会于其寓所。十四日前柬请孙女佑英，戌正随余往。登楼见萨公夫妇并其子女，小男女四五十，资致乐工作乐佐逐场跳舞。一幼女七龄又五个月，名爱玛，坐立说笑跳舞，毫无丑态，如及笄

30,12,8

女。亥正，同入饭厅夜餐，热汤凉肴，各踞其胜。食毕登楼阅两场，谢回使馆。

初八日壬子，微晴。伦敦各店居客既多，而早晚来食者亦不少，故厨役实繁，厨头必求谙练。即如萨外店之厨头名屠洛，别号"厨子王"，手下人二百四十，分班各司所司。或云前一美国富豪，曾延厨子王至家具餐请客，只此一次，除往来车船各费，或谓王获厨款，较赢于当时日俄交兵之费。萨店朝夕男女充饥者一千六百馀，在耶稣诞节前后，每日竟至二千四百馀。二百四十人作工，皆循时刻，毫无错迕。又阿斯特店之厨房，长二百三十一尺，宽一百五十尺，厨头鲁多福手下亦二百馀人。据云，每日必需牛六头，羊十五只，羔羊二十，竹鸡一百五十，鹿两只，火鸡一百，鸡二百五十，伊可谓夥矣。

厨头之阔
厨房之大

初九日癸丑，晴，入夜大风，冷。酉正约张燕谋、严又陵并其少君严伯玉（璩）晚酌，严父子临时辞。闻美国一富豪名胡为，家资万万。一日值耶酥诞节，戚友互相馈赠，厌其雷同，乃思雇人作一活笑面赠人，自度为古今未有之奇事。先将眉发眼皮髭须傅以胶水，俾妥帖而不颇，两耳塞油灰，鼻孔插翎管，以油涂面，和泥摹其面以为范。面有油则不伤，耳鼻有塞则泥不入而气通。传闻如此，不审确否。然西人之好奇，将有胜于此者。

严复父子
临时辞宴

初十日甲寅，微晴，冷，入夜风。西报中恒有小段廋词，使人射之，猜得者各有酬赠。如二父二子吃一先之顿饭，食已，偿三先，堂倌谓此次赏钱甚丰，实未得赏者

报纸所载
小段廋词

何？曰，祖与父，父子也；子与孙，父子也，都三人耳。又一守钱奴，某甲约之饮馔，食间守钱奴曰，我昔邀汝饭值二先半，观今日所餐仅一先半耳。甲曰，既尔可借汝半先，则所出同矣。守钱奴前出二先半，甲今出一先半，甲别借半先，半之计各出二先。

十一日乙卯，镇日阴而雨雪阵阵，冷。英之各城有乡勇曰“米里提亚”，又名“洛亚弗奚里尔”，译乃御前捷步兵也。营官有俸，兵无钱粮，年操一次，临时官发一日口粮，平日任其营生。此兵例不出战于敌国，一营以请则允之，惟遇国内既各属地不请，皆须调往。伦敦营各官今日戌初赛西店公宴，仿我国团拜之搭桌，大员可就中请客。半月前彼营提督门克立甫柬请，乘车往。所识有副将但弗益，游击赖得，所中立谈片刻入座。各武官皆着红色戎服，三四客皆着乌色礼服，原备四十四座，客来仅二十七，涂泥泞结冰车不易行，武官所居距此颇远也。礼节甚简，将食谢天，食毕举酒恭祝国君，不陈醉演说，令人快活。亥正，握手与辞。

不必致词令人快活

十二日丙辰，微晴。伦敦现因冬季工作无多，万千流氓有收入专工处者，有收入善会者，有三五成群在街市吹箫歌曲觅钱者。昨闻老堪得路有三人歌曲乞钱，一名贝拉，一名欧阔诺，一名苏里万，面无菜色之强壮人也。因其塞途，且恶言訾不出资者，巡捕捉之。复有一包探云，二十年来贝拉往从未正日作工，且曾犯案多次，于是官定收监十四天，馀二名七天。所歌之曲文鄙俚，乃：

无业之人唱曲被拘

30,12,13

英国千万人饥饿，看来皆非己之过。
于今各各皆须知，因贫故受此坎坷。
橱柜空空无得作，穷汉群群街市坐。
终月礼拜无雇工，家中子女嗷嗷卧。

十三日丁巳，微晴。未初有由周玉帅奏派英法德比留学监督内阁中书饶石顽（智元）来拜。伦敦土俗，耶酥诞辰后为“柏克斯英代”，译为盛匣送礼日也。有因此开小茶会者，戚友男八九，游戏取乐。昨闻世爵沙尔洛夫人创一剧式，敞厅列小桌二三，桌坐人三四，而各桌之戏具不同，兹述所闻之两式：一、以二洋笔提白玉石块移于盘，似易而实难；二、系各人纸笔一分，主人出题，如以何字母为首背写地名，限定时刻，写多者胜。如在此桌胜，须移彼桌若能无处不胜，或两桌胜者，主人赠以灵巧玩物；其大负者赠以一蠢笨物，博大众之一笑。 奏派来之留学监督

十四日戊午，阴雾，冷。英之妇女奢华日甚一日，一女周年衣服费约十八镑七先，如自作家衣一件二镑半，出门晚衣一件四吉呢，鼠皮镶边冬氅一件三吉呢，冬帽两顶一镑半，襞衣衬以法兰绒十七先半，绸衬衣一件一吉呢，皮鞋手套共一吉呢，腰箍等三镑半，皮手笼十先半，此三十年前事也。于今一女所需竟至七十八镑七先，如成衣铺作成之家衣二件十镑十八先，午后妆台两架十二镑十四先，出门晚褂二件十三镑十四先，衬绸褂之内裙五镑半，晚氅一件三镑半，帽六顶八镑七先半，腰箍等七镑十七先半，皮颈带及皮手笼共十镑半，手套皮靴腰带等共五吉 妇女奢华日甚一日

呢。按前后比较，三十年中多至六十镑。如此枉费，西人更畏娶妻矣。

十五日己未，微晴。上月十二日（西十二月十八日）为耶酥教之圣饼礼拜日，闻当日午后，在伊斯池浦区贤马里雅喜教堂，罗列大小圣饼数百，皆会中男女施分本地贫苦者。饼大重六斤，小如茶杯，有碗盛者，有布包者。又闻在黎池门村某铺作一三千五百斤之大饼，用乳油白糖各二百二十五斤，白面三百四十斤，桃仁百斤，小干葡萄七百二十斤，橘皮百六十斤，冰糖二百三十斤，鸡卵二千六百枚。其零分出售，斤十本士。

巨大圣饼

十六日庚申，微晴。闻克拉蒲屯圜有妇名满斯艾，前于槐达贸库以二先半典外褂一袭，泊赎时铺以被焚言，妇遂谓其褂原值一镑，须偿也。铺主不允而鸣官，官察当行定章，凡物遭意外，如抢劫、水火，赔偿者不得依原值，除典钱若干及若干月之利息不收外，更按本利加给百分之二十五，故尔日官定赔七本士半。

十七日辛酉，阴雾。西国例严，人死须有医生病单及家人或邻居戚友报官，乃竟不然。闻在法国立克麻里地方，半月前有一年幼人名舒伍欧，旧患羊癫风，一日病发仆地，久未苏。家人以其已死，遂即预备装殓。入棺时，旁人云伊唇尚赤，葬三四日后，有在茔地挖坑者，闻墓中有哭声，二三日不止，声稍弱，挖坑人愚甚，仍作工而未奔告其家，后偶向人言及，始经旁人报官，时舒死已十一日矣。启出时，见尸右臂与腿作强伸状，拇指已经吃去大

30,12,18

半，其家如何受罚未闻。由此观之，华人故后，至少必五日方葬，不为无理也。

十八日壬戌，大雾，冷。西人矜奇，铺售新货，必敷陈其有益以引人。即如蒿本街戛美芝铺之蚁窠，乃云此种奇玩可充耶酥诞日赠给小孩之礼物。以方十寸深约三寸之木匣盛之，中有蚁约二百，诊其如何遗卵，乳哺小蛾，筑窠浴子，及葬死蛾一切情形，渐致虫学借此而入门。一年以蚤饲蚁四次，则养之甚易。每匣十二先半，究不悉何从掘得如许蚁窠。 以蚂蚁巢作玩赏物

十九日癸亥，阴。闻法人新创一种骑脚踏车绕行之铁转圈，名曰“支洛斯扣铺”，译为表明地球旋转器，属博学人制造。圈之径线长十三尺，式如脚踏车轮。轮之铁幅条棍出八义横梁作  形。轮边横排短木，以使行路稍宽如  ，与街市之脚踏车同，但稍重耳。地面立一浑铁柱作  形。轮之轴横贯于柱顶如  。人骑脚踏车左行，铁轮右转，虽行至顶，而倒垂不坠，咸视其人之脚力及轮力，并车力往来均匀也。

二十日甲子，阴，闻前于九月初二日（西十月五日）章伯纶在芦屯城（地在伦敦正北属贝达佛府）集众演说，本地官商醵金建一木台，前面宽二百尺，进深百三十五尺，高二十四尺，有棚檐处容人四千五百，左右敞处可坐人四千，由外登台之木梯十五，宽各六尺，各处有门有号数，与戏园同，人无乱登。更有售票室，存衣室，值事房，偶患病之暂留室，新报馆人坐处八十。地面铺厚板五 集众演说

百方，二寸厚者二百方，长立方木一万一千，费共三千镑，座价未闻。

二十一日乙丑，晴。闻在英兰西南临海格拉墨尔根府之美斯苔村有鬼，乃传谓某教堂前茔地林中有七马王车（西国古制）往来。某甲夜归，经教堂旁失足入敞坑，突有鬼窜出，逸，似言冷甚冷甚，其声沉沉出于地中。村夫自晓此时非梦，然胆夙壮，乃曰“汝诚冷，他人懒惰，窆汝不埋，汝诚冷”。遂以足推土，使与坑平。抵家睡，乃梦一人免冠来谢云。

鬼言冷甚

二十二日丙寅，微晴。美人现多富室，号为“米连内尔”，译为家财百万大富翁也，与我国所谓甲百万乙百万同。西国又有叶子戏名发娄，纸牌银匣两色，不费心力而凭时运。闻有纽约富翁该兹五点钟内输七千镑，旁人代为计算，每分钟输二十三镑零，五点钟共三百分，若放五分行息债，一礼拜可得八镑，足供中人一生之用云。

二十三日丁卯，晴。西人喜骨董，买卖各物有至奇者。前日司的文叫货行拍卖丹国海贼皮一幅，大不盈尺，游击般得买以三吉呢。又前于西一千七百八十九年（乾隆四十四年）由文恣宫英君埃达倭第四之陵中掘得君发一束，未得售去。并闻于九百年前，在英国埃赛府，有人于罕兹多教堂偷物被获，即时处决，剥其皮而钉于教堂门上，意在悬皮示众，至今其皮如剪成之羊皮纸，以塞老门之铰云。

九百年前所剥人皮

二十四日戊辰，晴。闻伦敦东北埃赛府一村名考格朔，乃数百年前之老乡村也，皆茅舍，男多事农，妇女世

30,12,25

传绣工，老幼皆业此，未详始自何年。有老妪现年七十，自云八岁学工，既为人也妻，为人也母，今为人祖母矣，六十二年如一日，自作工外，教妹教女教孙女，兹出嫁之女亦皆为幼女师矣。绣工则女帽、靠枕、褥面之类，所用之料乃麻布棉冗线，然料虽粗，花样格式自出心裁，亦颇费脑力。法用钩针，上带活柄，可长可短，右手执针立布上，左手托线球于布下，往来小钩取送，白发妪戴眼镜作工者，尤胜于他人。 绣女之村

二十五日己巳，白昼雨，入夜风。照相一事，人之愿照者或坐或立，多失天然。迩来法人新创一“喀美腊布克斯”，意即“照相书”，不惟预备特照，且可偷照。册不大，可藏西衣兜中，书皮内面有镜，书中第一页即上药玻璃。照者欲照何人何物，两手执书阳作看状，形式酌妥，转瞬照成，本人尚未知，则天然之态得矣。 “照相书”

二十六日庚午，微晴。兽类中象亦灵物，产于热带，炎天入水浴身以为凉。万生园驯象所附近无池，象得水则淫狂不上岸也。溽暑象仆筲水饮象，象鼻吸之尽，乃学人座，仰首伸鼻，鼻下垂，左右自如，水溉其身遍以解热。入夜大风冷。

二十七日辛未，早晴，午后阴，风。伦敦有专为助善救贫之教会，名曰“者尔赤阿尔密”，意即教堂营。月前由英王助百镑，会中遂以之在克蕾尔市（地在城中，近司特兰街）设一大布帐房，长百馀尺。馀所募得之钱不与乞丐，乃印成六本士之凭票，凡锯木（见前）若干者，

大帐房使苦工得睡

皆领一凭帖而得晚饭一餐，并准帐房睡觉。帐房初设时，苦工得安睡者百七十八人，晚饭亦热汤、面包、牛肉、加非等，足以一饱，亦善举也。

二十八日壬申，早大晴，午后冷。英人畏娶妻，家富不顾同族及戚友，前已屡记之。兹又闻侯爵陶玛，年七十有二，病殁遗产计七十二万零三百九十九镑。所留遗书，注明曾居英兰西北界柴晒府埃的斯百里所用仆人，现年逾六旬且有功者，年酬九十镑，分赏炭薪钱二十五镑；年例冬季以二十镑赠育婴乳母为衣服费，以十六镑赠医院病人。其现居之色浮地方，赏年逾六旬之老仆年十八镑，炭薪钱八镑；赠其幕宾、书手、车夫年各三十五镑，终其身；历来服侍之女仆年赏五十镑；女厨二十五镑，跟役及女管家各二十镑，供其一生；赠其帮办千镑，律师三百镑，代为经理分款之人年二百五十镑。又韦凌坦大学堂总办郃朴斯年六十三，遗产二万镑，乃专送卜立斯托眼科医院千镑，馀一万九千分赠传教会，邦布屯疮痏医院、卜特尼之难疗杂症医院、卜立斯托施药院、养病院、杂症医院诸处，盖卜立斯托为其本生土地也（地在伦敦西百十八英里）。

遗产不给同族戚友

二十九日癸酉，阴。伦敦城内西边一带，二三月间立有男仆会馆，男子之一时无业者收住，省费而更免游荡。有侯朴夫人仿立女仆会馆，以收暂时无业之老少妇女。房屋各费须至二千馀镑，事属创办，募款无多，馆中小楼，不敷人住。好施善士能助以扩充，则有裨于贫苦妇女也良多。

失业仆役之会馆

光绪三十一年一月至三月

光绪三十一年岁次乙巳正月初一日甲戌，晴。巳初率众参随翻译学生等，向北恭拜圣牌，行三跪九叩礼毕，互行团拜。后奉外务部来文，知上年十月初十日皇太后七旬万寿，蒙赏出使英国大臣张德彝大张寿字一张，如意一柄，当即具折谢恩。具云：

具折谢皇太后恩赏

奏为恭谢慈恩仰祈圣鉴事。窃奴才于光绪三十年十二月二十日接准外务部函开，十月二十五日由内务府领出十月初十日皇太后赏出使英国大臣张德彝大张寿字一张，如意一柄，寄交祗领等因前来。奴才当即恭设香案，望阙叩头祗领讫。伏念奴才自愧庸才，忝持使节，幸逢庆典，愿效呼嵩。兹承泽沛臣工，猥使班同锡赉。宏万寿无疆之仁宇，远被行人；须百事如意之天珍，传夸异俗。凡斯优眷，实属殊荣。奴才惟有勉效涓埃，冀酬高厚。珠光辉映，仰瞻藻翰于五云；玉气澄波，长普怀柔于三岛。所有

“仁宇”原作“仁寓”

奴才感激下忱，理合恭折叩谢慈恩。伏乞皇太后、皇上圣鉴。谨奏。

初二日乙亥，晴。西国男女嫁娶，新郎新妇至近之戚友各有所遗。既为夫妇，应不分彼此。乃昨见新报一则，谓少妇本姓魏斯屯名阿丽姒者，控夫席四争用新婚戚友所赠礼物，请断分离。官谓个人素识之戚友所赠，个人自用；苟夫妇同识之人所赠，又当公用云云。京谚有“伙计伙计，好比夫妻”；西国可云“夫妻夫妻，好比伙计”，一笑。

初三日丙子，晴。《记》有之，“货恶其弃于地，不必藏于己；力恶其不出于身，不必为己”。我华之古风，半为外人袭去。英人善举，各竭其能。西十二月二十八日（即冬月二十二日）有锡拉街第十六号之信女马姒欧致书于《日日新报》馆请登之，谓用过花片请寄伊家将转送孱弱育婴堂以供儿戏，数日间已得三十万幅。马谓若此举有成，当为年例。

我之古风半为袭去

初四日丁丑，阴雨。客冬伦敦人之失业游荡者尤多，西正月初八礼拜日（即昨日）清晨十点钟，流氓千馀集于城西隅之克乐肯卫格林地方，将举行拥赴贤波罗教堂祝祷。即时彼处巡捕四方传电，先在本地传集二百七十名环绕弹压，又于便衣巡察若干名外，特派巡捕一千二百三十馀名，由该处至贤波罗缘途一带分立弹厂，拦阻旁人喧扰。官谕众氓排队而行，有人执黑红二旗前引，并令随行歌马赛蕾曲（见前）及老英饥民歌。入堂礼毕，午正仍

失业流民集会游行

唱马赛曲与饥民歌

31,1,5

排队步回，而后遣散。幸往来安静，未生事端。

初五日戊寅，阴。见昨日（西正月初九日）《日日新报》一则，题云“惩论男女搂跳之非”，设言者为教士屠蕾。据云“伦敦男女混跳，为习惯熟识之常情，然使余搂他人之妻而舞，试问其合理乎？某人看其妻与合跳之人不在跳舞堂而在他间另态交谈，不知其作何思想，作何结局，喜耶，媢耶，怒耶，抑无法耶？当纷乱之际，任为何人，喜看其妻与他人亲吻乎？吾人蒙昧，以此事为常俗，尚望有妻女者仔细思之。” 教士反对男女同舞

初六日己卯，阴雾。老女卜洛斯楠者，在新敖斯佛街第二十七号，售天下万国信票，因聚有阔斯他里喀国之国课票也（地在南北美洲中间胫地，南接帕那玛，北临尼格拉卦）票数未闻，价索二百镑，前日某以一百二十镑购云。昨有库柏尔者禀官，谓票之得售，伊为介绍，应有所酬。卜女谓铺设四年，声闻久播，交易不待绾合而成，无所谓分润。官不听，勒令卜付库十二镑十先。 阔斯他里喀（哥斯达黎加）

初七日庚辰，阴。无业贫人葛路木，昨有妇人马喀喜惠以男子旧氅一，将去。西人衣中多暗兜，葛于其中得纸一束，内裹五镑票一，一千一百镑兑帖一，遂告知巡捕，诣马缴还，马劳以半镑。拾金果不昧乎，官法严耳。

初八日辛巳，阴。闻伦敦贫民马那里精神矍铄，西一千七百九十七年正月十三日生，今日为其百有三岁，于米斗路之天主教养济贫女贞女会堂开晚筵以庆。马自述大年之由，一安定，二强恕，三不忍也。

初九日壬午，阴雾。西国有种圣徒银匙，英名“阿婆斯勒斯普恩”。盖当初耶酥有十二门徒，洎西国又以十二为一副，乃造十二柄银匙，每匙柄头各镌一古装圣徒相。闻前日在阿思第铺中，拍卖英国古圣徒银匙十七把，共值一千一百三十镑。中有一把，柄头镌贤妥玛斯之相，乃西一千五百二十七年（明世宗嘉靖六年）英王罕里第八之世所造，匙小而轻，竟拍至一百一十五镑。

圣徒银匙

初十日癸未，阴。亥正偕内人乘车赴蓝侯家茶会，入门见侯夫妇，后转入大厅，遇各国公使夫妇子女、文武参随并本国文武官员。男女千馀，室少空气颇热。少立步入饭厅，各饮加非一杯，十二点回使馆。当晚有外部司官欧克思夫妇，因其子将赴化装跳舞会，拟着华服，假余一单衫，以为矜式仿作。

化装舞会借去单衫

十一日甲申，微晴。今日系西二月十四日，巳正开议院，届时乘车前往。至彼下车，入下议院，同各国公使坐御座前右边第一段，他世爵律官等男女分座如前。巳初太子偕妃到，少坐，君偕后到。君脱帽约众座，继而戴帽，手执一纸，向众谕上下两议院诸爵绅曰：

我与各国现皆友好如恒，前年秋间葡萄牙王及后辱临敝国，葡与我英邦交辑睦，岁数百年，今王与后来游此土，予甚欣幸。自去年二月俄日构衅以来，至今兵祸未解，我国政府凡于中立国应尽之责任，莫不兢兢小心，恪守勿替。贝尔坎地方情形，现仍有可思之处，自俄奥两国办法以来，其被扰各处情形已有起色；但欲土国在办理该

国王宣布外交事项

31,1,11

省各事，日进不退，则除俄、奥所陈办法外，还须筹大变之方，而于理财一端，则尤为紧要。现闻俄奥两国已行文土国，商办此事，予甚为欣慰，我国政府亦与此事有关系之各国，往返函商。我前与法国订立之公断条约，盖为辑睦邦交起见，业经法议院批准，予思自此以后，两国之友谊将益形敦固，两国可同沾利益。此外我国又与瑞典、喏尔喊、瑞士及葡萄牙等国订立公断条约，按照该约，凡交涉各案中，有可以请公正人判断者。前者俄国兵舰大队行经北海时，突将英国海船击沉，旋与俄政府订立一约，派员查办其所以致事之由，咎在何人，应如何分别轻重办理，并着一律查讯，此乃按照一千八百九十八年弭兵条约办理。所拟在脱兰斯瓦属地设法举办选举之制，我政府及该属地政法现正商酌核办，该属自行理治之权，或可从此大有进步，于有厚望焉。上年九月初七日，我与西藏订立一约，读约中所载各节，似办理印藏交涉，此后可期妥洽，赴藏员弁此行备尝险苦，然莫不力任艰难，中国政府现已简派大员赴印，商立准约，至藏事文卷，已交汝等阅看矣。阿富罕王派伊子前赴戛勒喀达，问候印督起居，印度政府亦派大员前赴阿富罕都城，商办两国交涉各案。苏格兰教产应如何经理之处，议论纷纷，在上者不能不为干预，予已简派大臣查询，一切奏报到日，或能使汝等知所筹画，俾教中人和好无嫌也，予有厚望焉。

喏尔喊（挪威）

说与西藏订立条约

谕下议院诸绅曰：

今年度支册不久将交汝等查核，所筹各款业已按照现

在情形竭力撙节矣。

又谕上下两议院诸爵绅曰：

近年以来户口有增，且居民又迁徙无常，若照定例举行选举，殊多不合，应如何补救之处，尔等须为筹议。又外人来英日多，因之流弊滋生，尔等须立例补救。又工人皆无工作，今年冬间受苦甚惨，其所筹办法，不过为一时之计，须另筹永远办法，此事当如何立例办理，将与尔等商议。又苏格兰学务条例尔等业经商议，此事今年还须筹商。又赔偿工人条例今须立例着改，不久当将新例与尔等商酌。又管理各地方事宜部及商务部应如何改良，商工两务大臣应如何添设之处，均将与尔等商议。又管理估价人及如何估价条例，又战时设立海军法堂之条例，又工人猝遭不测应如何申报之条例，又农田纳租条例，并一切暂时奉行之条例，凡关系农田租户者，又牛油应如何禁止搀杂他物，又刑案应如何由大法堂覆谳之处，皆须立例更改。予谨上祝彼苍，示尔程途，佑尔蒇事。

工人无工当立何例

未初登车回使馆。

十二日乙酉，白昼阴，入夜雨。闻伦敦贝勒发斯区之监察住户精神董事某甲等，因欲劝贫家屋舍净洁有益于人，乃设一法，一年内由三月初一至十二月三十一日，有能永远净洁者，官有赏。立意得赏者先禀官，呈半先以为质。司事人于此十个月内不时往察，至少十次。然禀官之贫民，必其房租每礼拜不逾四先者方准。赏则分三等：年终核其不懈者列头等，代付五十二礼拜之房租以作赏；二

奖劝贫家保持洁净

31,1,13

等者，代付二十六礼拜房租；三等者，代付十三礼拜之房租；不列等则所费之半先归官。

十三日丙戌，阴。英人谓新报中带印商务告白红条。既表扬于一时，更可考核于数十年后，新报馆微获其利，而本行实得其益，而司此贸迁者，又以为不涸仓矣。有世爵特莱洛言其父四十年前，在乐该山前设肆，专理代报馆收存商务门号告白各事。因伦敦茶塘都伍铁路公司，拟在山前造桥，欲侵其肆之地基，而肆名地名人所共知，未可他徙。铁路公司遂核其所入之款，赔偿若干年。并云是肆屡有人往考十数年前某月日某新报中之告白报单，皆能如愿，不失累黍。闻昨有司丹达新报馆之管理日记告白人部穆，司事四十年，因老乞休，馆东赠金表一，表练一，以酬其劳云。

报纸广告之代理商

十四日丁亥，晴，热。亥正偕内人率陈默之、王香圃、白厚之三随员，乘车入卜静宫赴朝会。妇女八九百，一是如前。惟数日前附近著名各照相馆来信，请于今日前往赐光，为集印各国著名公使夫妇喜容，并云"本馆终夜开门敬候"，因是晚男女入宫皆公服，无须更行装束也。十二点出宫，顺路至欧乐班街甲字第百十三号某馆，各照一页。

照相馆请公使拍照

十五日戊子，早阴，未初雨，凉。闻有美国庇兹堡村人曰罗喀百万者，上月病殁，遗巨产三千万镑。其遗言，分与已嫁于傅洛尔之女六万镑，二子二女各七百五十万镑。据傅洛尔之妻云，罗喀之不喜长女者有二，一因已欲

嫁傅洛尔，乃不著名之牙医；第二女长子生，乃拟袭罗喀之名或罗门中人之名，父恚，因有父女终年不见之言。按罗致富之由，系按格致创造司丹达灯油行中人，岁入三百万镑。奉教亦虔，但仅助教堂七万三千镑，准其入款计之，一礼拜之利息。故教士神甫辈，罔不啧有烦言。

灯油行（石油公司）

十六日己丑，镇日阴晴风雨不定，闻有大雪两阵，落地即融。英国日用自来水，因工料费重，故大城镇始用之，他处仍凿井。闻在荷汀墩晒府（地在英兰中界偏东）之梧里村，因井少水不足，现补掘一井。工竣，未放水之先，于礼拜四日午后，教士率乡绅环井祝祷一番，入井底祷告一次，末则通村男女入一大堂茶点。入座，教士立陈一段，讲论掘井之由，上天保佑，通村互受其益。饮食毕，男女鼓琴歌曲，时许而后散，此举等于中国之祭井。

十七日庚寅，早阴，午后雨，入夜风。闻西墨娄兰大街第五十一号，有少妇霍芝，其子前日殇，放一二先半之银钱于死孩目上以为殓，俾其双眸紧合，此盖西俗，恐其复行睁开也。妇出门报官，邻儿赛里克甫十龄，入见妇之姑，姑年八十二，瞽目一老妪也。赛言欲睹孩尸，老妪诺之，孩入尸室，掀起覆衾，倏见二银钱，窃去。妇回访明，鸣于官，用桦木鞭六击而止，以童幼弗重责也，是鞭洋名“柏尔赤”。

幼童窃钱木鞭六击

十八日辛卯，阴。外洋治罪之法，凡不至科以枪击投环之死罪，皆收监若干年月日，按罪之重轻，或作苦工，或不作苦工。吾人所知仅如此，尚有未竟者，监中预备

31,1,19

切，供给饮食，器皿床榻，概皆整洁，无异家居，且外有医官教士人工等，一年费款甚巨，非富强之国不办。故俄国于轻罪，咸以桦木鞭鞭之，数之多寡不同。因监费不足，以此代监禁，用求撙节。

十九日壬辰，早大晴，午后雨。闻昔有英人班达贝，游至马加国西南临海之肥攸木城，见骨董铺旧小银钟，作苹果式，爱而以数先得之，携归旅舍，拭净垢污，露字迹，细审之，镌有义文云："予盖兰的池西伍里商船行主也。所有宝物藏此钟内，备将来遗赠现居来巴什之堂弟安斗牛，俾不肖子一无所得，一千八百五十四年正月初五日志于肥攸木。"乃转开关键，出大块宝石，钻石七，翡翠六，碧玉三，其次稍小，其值约六千镑。西国官员夫妇皆习数国语言文字，下至工商仆婢，亦多有习二三国者。班之获财，非以能识义文耶。

马加国（匈牙利）

二十日癸巳，阴雨，冷。记现在各国公使之驻英京者，共四十。内头等者八，为奥斯马加、法兰西、德义志、义大里、俄罗斯、日斯巴尼亚、土耳其、美利坚；二等者二十六，为中国、阿真坦、比利时、博里威亚、巴西、克伦比亚、墨西哥、日本、欢都勒斯、立贝里亚、尼格拉卦、智利、古巴、葡萄牙、丹麻、希腊、高丽、和兰、波斯、秘鲁、萨勒瓦多尔、鲁麻尼亚、瑞典、瑞士、暹罗、帕拉怪；三等者六，为魏乃苏拉、乌拉怪、海地、瓜的麻拉、伊奎多尔、卜鲁戛里亚。

博里威亚（玻利维亚）
欢都勒斯（洪都拉斯）
立贝里亚（利比里亚）
帕拉怪（巴拉圭）
魏乃苏拉（危地马拉）
伊奎多尔（厄瓜多尔）

二十一日甲午，阴。美国正东之哈特拉斯地角，临海

水浅，藏有沙滩，船频遭险。包斯顿城有船主伊乐斯，创一法禀官，考之相宜，遂发二十万镑，选地建灯塔，使船只避险。法于水内流沙下挖若干尺，石块甃台如 凸 形，出水若干尺，体重大且深，使不为四面之漩沙及冬季之狂风巨浪所摇动。台上别建钢塔，塔顶安灯。开工时先一铁钟下水，钟下口周百二十尺，上口周四十五尺，中空实以碇石，使压力重，下坠深三十尺至底，下口入沙腹，钟首左右，铁练系锚而镇之。遂卸石块，以极筒抽出钟内水，钟空，系入泥水匠十名，凡石块灰泥，以舠运于钟旁，由钟上口用木斗系下，此台造成，重二万吨云。大抵西国工匠、学生之献新法，官为考验，毫不轻允，确则必用。盖创物者必经考物者细勘，俾事理详明，决其弊少，方可施工。

建灯塔之新施工法

二十二日乙未，阴。今日系西二月二十五日礼拜六，晚八点三十分，英皇招卜静宫中晚酌。戌正乘车入宫登楼，陆续晤三十馀人，是为各国公使，英之文武大员，少立，英君率太子入，握手相问候毕，君率太子先行，引客饭厅入座。君面南正中坐，太子面北正中坐，余坐太子左第二座。馀同上年，惟厅旁乐兵一部，乃奏苏格兰乐耳。宴毕，君率太子引众入复室，吃加非，吸卷烟，饮果酒，啜净水。太子侍君向客立谈许久，丑初与众握手话别，丑正旋使馆。

英王招待各国公使

二十三日丙申，阴雨。泰西大小各国之王支近族互结姻亲，而与国家无涉。遇事则两国官民依然仇敌，平日邦

31,1,24

交貌为亲近。倘友国之君与后及宗亲逝世，为之下半旗若干日，宫廷服素若干日，日期之远近，视乎逝者之品秩及友谊之浅深。所谓素服者，男臂青纱一缕，宽约三寸；妇女黑鬈，不衬五彩花朵而已，不有缟素也。俄皇叔色尔格斯公，生于西一千八百五十七年四月二十九日，年四十八，上礼拜毙于京民炸弹。该公之夫人艾丽娰贝，德国海斯邦侯鲁得威姊也。侯之母英皇之妹阿丽娰，侯之妹阿莉娰乃俄后，侯夫人英皇之故弟埃典堡侯阿茀来之女维克都里亚。埃典堡侯之夫人玛丽是俄皇之姑。瓜葛相萦，求援求系。前于十五日（西二月十八日）英礼官司来函云，“奉君谕，俄皇叔色尔格斯公之丧，着自本月二十一日礼拜二，朝中穿素服七天”等语。历来此类信函，内外皆黑缘，而此次独无。昨晚宫中宴，值素服期内，英人臂上亦无乌纱，然则英之视俄，略可知矣。

俄皇叔毙于暗杀

英之视俄略可知矣

二十四日丁酉，早阴，午后晴。西国妇女服饰时式，多模法国。伦敦莫勒屯街第十三号，有自称柯莱麻的太太者，专卖四季时尚之服饰，名曰“阔尔特米里讷尔”，意即制售官场时式衣冠者。日前来信致内子金氏言“现在柯莱麻的太太由巴里回伦敦，春季摆赛新式衣在三月初七日，夏季则俟再赴巴里回伦时，豫定五月初二日，如愿用新式服色，请即惠临为荷”云云。华人华装，度柯久已知之。

时装商店致信金氏

二十五日戊戌，镇日阴晴不定。未正乘车赴卜静宫之朝房，署押于门簿。复至帕尔克街第百零一号，赴小姐莫

斯莱家茶会，兼会海斯邦侯鲁得威（见前）。侯之母英皇姊，侯之妻英皇侄也。室窄人稠，男客女客骈肩累迹；又值天阴，室中暗黑。侯年三十馀，矮身眇左目，握手问候数语，转开稍立即归。闻侯目之伤，乃二三年前在本地同他人打猎，他人猎枪弹之斜势，左激于木而右飞，遂入其目，医将弹和眼珠一并取出。

二十六日己亥，阴晴细雨不定。英人云，伦敦一城之乞丐，可名之曰“丐商”，以其无本而得利也。男女成群结队，以固其防；巡捕嗔其扰，而无法阻止。西城地方官曾令尽捕收监，以清街衢，并冀其改悔；奈罪非久锢，为日无多，释之则仍理故业，且人数日加。即如前年捕一千六百十五，监一千二百七十八；上年则捕一千九百二十五，监一千五百三十九。盖以乞得之钱，视如应给之工价，惰民所乐为也。设一城四千丐，每礼拜人可得三十先，以年计不下三十一万二千镑，枉耗于此无用之辈，而作苦工人所得反逊。或谓有一简法，预订丐律，每日乞有时，得有数，违者重惩，则呰窳之贫人风潮少杀。

乞丐很多惰民乐为

二十七日庚子，早晴，午后阴，凉。英国赛马场极多，纨袴子有马癖，善豢善驰者，赛跑一圈，得犒赏以为荣。间有以马赌钱，为主赌，为赌客。赌客仅知某马奚若，度其必胜，则持十镑向主赌者声明赌某马，并约定彼此三七成或二八成。赌客所言之马若胜，则主赌者偿以十二或十三镑，否则赴赌者之十镑尽归主赌人。主赌人名曰“卜克美克尔”按其字之本义，谊乃“著书者”，而以为

赛马场中以马赌钱

31,1,28

名，不解所谓矣。主赌者所常赢之由，盖用有一党伙计，名曰“堤克他克曼”或“堤克他克太里格拉茀伊”，译乃“丁当人”或“丁当电报”也。考其立名，则此辈不时入各马圈探询，向彼马夫佯为间谈，侦其马之体力，或身微伤，腹微病，或食少不饮之小症，决其赛跑时未必得彩。其人苟有所闻，即步至高处，向其主赌作丁当报，示某马某名现体力若何，能否驰胜。故主赌者能知临时各马之情形，因而定意，以何马可赌，何马不可赌，及何马当赌以何价，胜于赌客仅知某马平日之浮名也。丁当报者，以四肢作式。党不同式，此党之式，他党不解也。或两臂上举，两臂下垂，两臂横直伸，横半伸，或两臂横伸而双手变抚肩，或左臂下垂而右臂上伸抚顶，或右臂上半上立而左臂向下，前半横伸手抚右肘，或伸左腿，伸右腿，不一其形，以当二十六字母。

丁当报（肢体语言）

二十八日辛丑，镇日阴晴不定，申刻雨一阵。凡小国酋长初至大国，以罕睹之物为奇特，遂不吝倾囊购去。如墨娄扣（地在斐洲西北界临海）之色勒坦（土言君也）即位后，先王遗产、通国税款用之一空，购无用之物大半。略如于伦敦买金制碧玉鸟二千镑，照相纸如干匣于巴里买去者值一万方，一年购衣料诸事共七千镑。

墨娄扣（摩洛哥）色勒坦（苏丹）

二十九日壬寅，早微晴，午后雨。参随有三年报满请内渡者，余饯之，因约以今日酉刻晚酌，并约暂留使署各员为副客。英人之喜洁，多有迫于官令者，一为街巷房室多鲜嫩之空气，疾病既少而传染尤迟，所以卫生也。故公

禁止吐痰违者罚款

车、电车、火车、趟子车均有告示告白，禁止遗唾于车中，达则罚锾。唾中有微生虫，干则入人口鼻，有损于人，各节详见前。

三十日癸卯，阴雨。西人好奇，不遗异种鸟卵。闻前日某叫货行拍卖雕卵二枚，价四镑。由美洲西北界临海之阿拉斯喀地方携来海鸥卵二枚，二镑十二先半。日本白画眉卵三枚，二镑二先。秧鸡子四枚，三镑。紫莺卵二枚，二吉呢。金莺卵三枚，二镑五先。揣其用意，必为设法孵出，育之万生园，以新耳目。

力除轻视工役之心

二月初一日甲辰，阴雨。英人目今力除轻视工役仆婢之心，闻昨乐斯坊第六十号这阿拉辰会馆，有周恩夫人演说一段，略谓教各妇女，不惟以持家之法，凡仆婢厨工及年老充苦役者，皆须待如友朋，不必分男女主人也，自用之仆婢，尤当视为亲近契友云。

唐绍怡即是唐绍仪

"盼有当"当原作感

初二日乙巳，阴雨。上月二十日接外务部来电："本日奉旨，副都统衔候补三品京堂唐绍怡，着充出使英国大臣，钦此。"当日外务部照会驻京英使萨道义，伊谓不行预先通知本国，似不合宜等语云云。奈已奉旨，不便照办。继于二十五日来电，言希告外部执事任满。现简新使，须俟议约事竣赴任。余即去外部告知，该部仍按前情推拒。当晚复接来电云："告外部时，须加'新简使臣深盼有当英国大皇帝之意'一语，以符公例。"二十六日余遂具文照会英外部，内称：

为照会事，照得本大臣任满在即，我国大皇帝现特简

31,2,3

派唐绍怡充当驻扎贵国大臣，前来接替。唐公绍怡前曾充天津海关道，近奉简命派赴西藏，查办事件，现在印度加尔各答商议藏约，一俟议竣，即行前来伦京，接印视事。唐公来英驻扎，我外务部深望有当贵国大皇帝之意，属令代达，为此照会。 照会英方

三十日英外部照覆云：

为照复事，照得本大臣前准贵大臣本月初一日文开："本大臣任满在即，我国大皇帝业已简放唐绍怡作为我国驻英出使大臣，前来接替"等因。本大臣准此，当将来文奏呈我国大皇帝。兹奉面谕，云贵大臣离英在即，闻之怅然；新任出使大臣唐绍怡到英时，亦愿接待，属告贵大臣等语。至我国政府，闻贵大臣离英在即，亦与我国大皇帝同深怅怅也。为此照复。 英方复照

初三日丙午，阴晴不定。英兰中界司丹佛府之巴尔屯村，有啤酒大酿房曰巴斯，其地水甘，西十月之酝尤佳，以故著名于欧，通厂工人一万二千有奇。前闻某礼拜五日放工，使赴立文浦、牛稗屯两处闲游，二地居英兰正西临海，南北距约十馀洋里，属巴尔屯村之西北，相距百洋里。特备十七专趟火车，每人保以千镑险（此等千镑车行仅收三四五六本士不等，遭险无多，乃其馀利也）。寅正开车，每隔十分钟一趟，至卯正五十分止。由厂至火车栈铁道公车，亦由厂东包雇，每人得往返车票一页，并一日工值，外加十先作游费。抵其地，凡往来附近各区用火车、公渡船，亦由行主包定，自由而游。或喜乘船，则赴 厂主安排工人旅游

敖曼岛或兰堵奴，一在立文浦之西北，约八十洋里；一在喀那弯府东北临海，在立文浦及牛稗屯之西南，相距亦八十洋里，皆胜景也。人给程途记略一本，每本九十六页，指明二地之程途景物，解说故典风光，使游者预定其向，用免徒劳思索。闻工人一日之游，厂主费一万五千镑云。

初四日丁未，镇日阴晴不定。午初率马、周二参赞及尹随员乘车入贤翟木司宫赴朝会，文武千馀员，立至未刻始毕。戌正帕玛街礼佛木会馆晚酌，赴前渣甸行股东开喜克之约也，买主二十人，有张燕谋、马清臣、汇丰行之陶斯恩、胡艾泰及陈安生、禧在明等。食毕登楼入烟廊，吸烟坐谈。既入书室一观，四壁图书满架，中设桌椅，悬电灯，有三人灯下观书。迎门桌上横长牌一，署曰“缄默”，盖以喋喋多乱读者心曲也。用志不纷，乃凝于神，可谓不负读书。

渣甸洋行请赴晚酌

初五日戊申，阴。昨之《日日新报》一则，题云“酒瓶远程”。上年西五月间，有美国派驻骚桑屯之领事官司瓦木，由南美南界偏东临海乌拉怪国之芒特威兜海口启程，出口后司约同舟二三人，各出名刺共纳于玻璃酒瓶，复书一纸云“畴得此瓶，一镑酬之”。固缄瓶口，付之海若。日前有人致司书，谓四月前得瓶，于爱尔兰正北偏西兜乃戛海湾之兜村岸边。按瓶逐海浪而行，共六千馀洋里，日行五洋里也。

酒瓶漂流六千馀里

初六日己酉，昼晴夜雨甚。英以六十五万镑建兵部新署，楼舍仿四百年前义大里者，择地于伦敦白堂街，已于

31,2,7

两年前兴工，云仍需两年落成。楼基为三英亩零四分之三，高七重，厅阁轩室大小六百七十间，上下烟突屈曲得九洋里，用砖二千六百五十万，坡兰白石二万六千吨。

初七日庚戌，镇日阴晴风雨不定。富人好施与，志各不同。英多善士，半属沽名，每有善举，新报既已布之矣，而报中善士自叙之言尤为详备。昨阅一则，题曰“四千小客”，属前昨二日世爵司阔特夫妇宴西马力赉区之八千男女学生于文卜蕾囿，一日四千。复拟二三礼拜后，于是囿宴是区之三千寒苦幼童。此非好名乎？然壹于好名者，世间安可少此人。 四千小客

初八日辛亥，早晴，酉初雨，雷。闻有寡妇考尔温，现二十七岁，上月自作揭词登诸新报，言有学问之中年妇，愿晤稍长之男子为友朋，来者亲投刺，注以姓名居址。德人韦应科造访，两情既翕，因骗去二十五镑。考尔温鸣于官，逮韦，韦供不讳。其日记册书以迩来所作伊何，乃汉柏尔一妻，布克斯苔湖一情女，此地又有三情女，无一不欲嫁我者云云。官判收监四个月作苦工。 寡妇征友被骗报官

初九日壬子，镇日阴晴风雨不定。闻伦敦万字窝斯区之教士巴勒堆，西千八百九十八年三月娶妻阿丽姒，二三年来琴瑟甚笃。寓伦敦西南色蕾府之鹉鸥青城管理教堂，继因体弱而病，遂移正西色墨赛府东北近巴斯城之黎柏的斯兜克庄之水疗病之医院中，是院英名“海得娄”。巴阿与院中医官帕尔克一楼而居，巴以体亏，无心理家务，浼帕代之。千九百一年九月间，一夜巴醒，不见其妻，虞其

梦迷狂走，因曳铃着衣，往他间呼帕尔克。帕告以与所见闻，度其必在楼下。巴疾走下楼，遍索不获，返则妻卧床上。疑之，乃言拟十月二十八日迁居，翌晨雄伏而雌飞矣。越数日，帕出游，一去不返，巴又失去五百七十五镑金券，嗣侦知其妻与帕同寓于美国纽约城。此类案件，伦敦日二三见，所谓无足论者。巴控于官，如何裁判未闻。

爱尔兰文字母十八

初十日癸巳，阴雨，雹，入夜晴。英之印写字式仍罗马二十六字母，而爱尔兰则有土字，其字母仅十八，如 Aa Bb Cc Dd Ee Ff Gg Hh Ii Ll Mm Nn Oo Pp Rr Rr Ss Ss Tt Uu 中有与德文式合者，其他大写小写同罗马。爱人或以土字还英音寄信至伦敦，由爱至英仅须四小时，而邮局必迟至三五日方送到，盖必待辨明各字方可送往，是亦邮局之一种累事。

太后万寿英皇函贺

十一日甲寅，镇日阴晴不定。上年十月因皇太后七旬万寿，英君主有书庆贺，当日经驻华英使萨道义呈递。因而皇上致书答谢，半月前外务部来电令余呈递。数日前，敬谨接到，遂行文外部，请定日期。昨晚来信并电，谓定于今日午正二刻在卜静宫觐见。届时余敬捧国书乘车入宫。登楼进大厅，见蓝侯、御前大臣色苇义伯、世爵柯林屯、上驷院随侍大臣郝佛尔、内大臣傅来的、礼官多森，在彼少待。先是巴西原任驻英公使达洛茹，与其新任公使窦里威喇入内，呈递交任接任之国书，继而余经礼官前引，转入内间，三鞠躬立君前，言本大臣奉本国大皇帝

呈递答谢之国书

谕，呈递此书与陛下。英君亲手接去而言曰：“多谢多

31,2,12

谢，惟愿贵大臣不即离本国也。”递毕退出，下楼向各官握手谢别，登车回使馆。谨记国书内云：

答谢英皇之国书

大清国大皇帝问大英国大皇帝好。朕钦奉慈禧端佑康颐昭豫庄诚寿恭钦献崇熙皇太后懿旨：“本年七旬寿辰，远荷专书致贺，由贵国驻京大臣敬谨呈递。颂祝周备，吉语骈蕃。欣阅之馀，实纫厚意。我两国夙称亲睦，历久弥敦，从此益见真诚，邦交永固。惟顾大皇帝长膺福禄，国泰民安，升平共享。”朕仰承慈训，用特修书答谢，望鉴察焉。

卖书郎

十二日乙卯，雨。英国有卖书郎曰“阔勒坡尔塔尔”，乃代书铺售新出之文学、教门各书者。书铺先与一册作招牌，是人拟定城镇四面之街程，按日环游，款人之门，以求售书，欲购者写某街第某号某人付之。回书铺，言渠代售若干册，价则二八成或三七成。似此生涯，无本而利，间有致小康者。

犹太人亦热诚报国

十三日丙辰，镇日忽晴忽雨不定。英廷待各教无轩轾，故犹太教人可官可兵，若辈亦以热诚报之。本使馆东大坡兰街东向之犹太教堂，数日前堂右缘壁立二碣，高约八尺，宽二尺馀，黑质金字。左碣犹太文，右碣英文，皆镌犹太教兵卅馀人姓名，盖一千八百九十九年至九百零三年英脱战事阵亡者，所以铭其功旌其忠也。入夜雨止，晴。

百工学堂

十四日丁巳，晴。迩来各国多以杂艺教国人，为彼将来糊口计。闻德之百工学堂，分授各艺，如钉马掌，作玩

物，剪发，裁衣，作假发，作乐器，雕刻、照相，作玻璃，编草绳，磨面，淹皮之工，工价极廉。本国人二镑半一季，外国人入学百镑一年。

十五日戊午，英例之扑作教刑于幼童，仅有桦木一鞭，学堂挞责亦轻。现闻各学堂备一木桦，总教习掌之，以责年长诸生，匪钝是责，惟怠不恕。本课教习请以棒来，不惟通课人在场，并请他课数人监视。且专有书一册，注明是生名姓岁数，某年月日因何受责。总教习引棒，至多两击而止。幼童各课不设棒，当责者轻掌批其肩或手。

体罚学生至多两击

十六日己未，晴暖。人有梦中开门外走者，担水者。前早哈木斯台区第四号费尔哈色楼中，七十二岁之老女韩特尔，着寝衣由窗内突出，落于园之草地。巡捕唤门舁入，苏，询其故，卧言梦由剧园乘车回家，中途遇劫，拟逃出，急开车窗跃出，不意是楼窗也。楼窗距地丈六。细草如茵，未即死，而女老负伤，当夜毙矣。

麦加里银行司事请

十七日庚申，白昼晴，入夜雨。数日前麦加里银行之副司胡艾泰，柬请今晚戌正在帕玛街礼佛木会馆（见前）晚酌。乘车至，一桌十二人，张燕谋、陈安生、禧在明在坐，食有加来拌饭颇佳。出席登楼入别间，无非饮加非，吸卷烟，谈至子正，握手与辞。

汇丰银行总办请

十八日辛酉，晴雨如昨。汇丰银行总办现为陶斯恩，陶夫妇柬约今日戌正赴其乡居晚餐。地名皮讷尔村，在伦敦东北，距城四十里。酉正二刻，乘马车至攸斯屯火车

31,2,19

栈，登车即开，戌初一刻六分至。下车，陶之子以汽车迎达其家，入见其夫妇二女及张燕谋、陈安生，并他男女四客。客厅中少叙，步至饭厅入座，酒菜精致适口。食毕，同赴客厅吃加非，谈至亥正谢别，其子仍以汽车送至车栈。少顷车来，登车即开，子初一刻抵攸斯屯车栈，下车乘马车回使馆。陶斯恩者，康美伦之内弟，康总办，陶帮办。康之告退，在于客岁。客冬康背脊骨旁有疾，屡经名医诊治，并请英御医，咸谓病同国君前年所患者，然君所患在腰前腹下，可剖，可割康之患在腰后脊骨旁，无法割治，恐不能久，至多半月毙耳。康闻而昼夜通筹，安排身后事，遂辞银行总办。行以陶继，乃以七千五百镑酬康。康固体肥神旺，去冬余屡晤之，毫无病容也。自闻医言后，步履维艰矣，饮食无味矣。由此观之，医之言，所以速其死也，医言果验，诚欧之越人矣。去冬徂今，或三阅月矣，康尚在也，未审医官又有何说。

十九日壬戌，天气如昨。英伯爵罗斯林现年三十六，一千八百九十年间，曾娶韦讷尔幼女韦阿兰为夫人，生子女各一。千九百零二年，夫妻不睦，官断分离，男别娶，女再适。罗斯林登场演剧有名，月之十五日娶美之名优骆彬森为夫人，在卫三教堂成礼，同车赴诺尔蒹街帕尔克巷骆家午酌，后乃去他方游览，以度“霍呢木恩”（见前）。据云骆为美国正北米乃搜塔邦米呢阿埔里城人，是彼邦之一至美者，罗、骆同台演剧，相识最久，成为夫妇。中国以业俳优为最卑下，世人每以倡优并举，稍知自爱者莫不

对待俳优态度不同

视为大耻。乃近日吾人处处羡西俗，无往不称赞，不知于此又作何论。

二十日癸亥，晴雨如昨。闻贝达佛区皮勒阔茀街肆主计定思者，六年前与邻居杂货铺女费勒达情爱相投，誓为夫妇，二年馀生一子。计致书于费云，“昔囊有馀钱，娶汝匪难；而今利薄本微，尚无善术以自赡”云云。女度计立意不娶，遂以计无情，生子四年，不给养赡各事控于官。官无法，遂谓男女未行婚礼，可以援情定律，断女别觅情人，勒令计出百五十镑给女为养孩费。

“四腿友”

二十一日甲子，镇日阴晴不定。西国妇女喜畜犬，呼曰四腿友，有晨夕与友共桌餐者。隔案对面设椅，垫以缎褥，坐友其上，前腿拊案，胸前亦围白布一方。女为友择羊排骨、鸡肉属，取其块小而精美无骨，盘盛之，双手奉友，友乃引颈垂喙以食，间有饮以淡红酒者。日日待友颇费心神，为之沐浴，梳毛、洒香水，午后以彩绳系而援之，赴街一游以为乐。豢犬之家既多，或谓医人不如医狗，乃为狗医。狗医往诊一次二镑，狗医卧室床旁安有得律风，备午夜请医狗者。

干燥牛乳之机器

二十二日乙丑，雨。西国老幼饮食，牛乳为最。然牛乳百分含八十七分之水，性不耐久。或天热，或村民存储不善，致色变而味酸，食之无益也。有哈特美克尔者创干牛乳之机器，用热筒二，生乳灌入第一筒。筒转乳渐稠，内有刮刀随筒转而刮之，使渐凝之流质因热仍流，恒汇于一处，再转再刮，则乳中所含之颗粒受热极匀。然后令流

31,2,23

入第二筒，筒转乳干，片片从旁缝横出，乃范成块出售。乳一升得乳饼重二两零八分之三，每一点钟作饼之乳七十戛伦（见前）。水一升下饼一，饮之无异新者。

［八述奇卷十五终］

光绪三十一年二月二十三日丙寅，晴。昔西国妇女，只用香水渍巾帕，既而淋头洗发，今乃以拭身而芬其肤，又有求其芬而更欲其润，使肤嫩如娃娃脸者，则为洗花澡。洗花澡中有玫瑰澡，用玫瑰瓣若许，盛以布囊，滚水煮十分时，凉后倾入澡盆。盆中先注温水，深尺馀，身未入盆，牛乳涂身，需时十五分，方入水洗浴。浴毕出盆拭干后，再以玫瑰露水渍身，干始着衣，久自润而嫩。夫西人频浴，为濯周身毛孔之垢，借以御病耳，花澡亦将去病乎？此虽亵事，记之以为是书之杂事秘辛。 “杂事”原作“难事”

二十四日丁卯，阴雨。伦敦瓦里克街旧楼一所曰贝立局，为英国香水局之最，乃自二百年前创制香水，名曰“埃斯布开”，译为“百花精气”。一千八百二十九年（道光九年）。英王桌志第四之世，宫中跳舞会，此水著名，因责岁供。酿水则择花于稗麸里村，日出至入，每用幼女百馀摘之，而秘其法。或有知之者，述其大略：取若干牛净脂油，鹿油亦可，放于铜锅，锅下蒸气暖之。油化，洒入鲜花，四十八点钟后，倾入布袋，搒出油，再入鲜花如前。如是多次，香气浸透油中，入阿克霍（性类烧酒）酒精少许。油凝，安于电气削刀机中，机转削油为片，落入容二十戛伦铁镬。镬盖作馒首形，镬前有管通入冷水 制香水法

池，管头有龙嘴。镬下水滚，镬内水油亦滚，蒸气由中走冷水管，出龙嘴则自成汁，复由漏筒滴出，水成。

紫罗兰原作紫梦兰

二十五日戊辰，晴。欧洲多作香水者，据云一洋亩可植玫瑰万棵，值七十镑，出鲜花二千斤。素馨花一洋亩可得五千斤，值二百五十镑。紫罗兰一洋亩仅得一千六百斤，值百镑。橘树一洋亩可得花二千斤，值一千五百镑。最佳玫瑰产于土耳其东北之布戛里亚（在多瑙河南，巴勒干山北，东临黑海）及鲁美利亚（在巴勒干山南，亦东临黑海）二地，鲁美利亚一处，一年所产可值二十万镑。或谓二十五万斤玫瑰花瓣仅酿香水数两，橘花一吨可作香水四十两，五十六斤拉文得两（花种未详）可作香水一斤。阿柏尔格立斯（华名曰龙涎草）香水最贵，每两十一镑，素馨花者每两八镑半，麝香者、每两六镑六先。酿用脂油，使味浓而耐久。麝香者专用麝猫囊袋之一滴，龙涎香草者又专用鲸鱼油。

“金匠局”约请赴宴

二十六日己巳，晴。美驻英头等公使仇德将旋国，昨日（西三月三十日）戌初金匠局会正副掌局使请在邮政总局后佛斯得巷金匠堂中晚酌。是堂英名“勾勒斯迷司霍勒”，掌局使曰瓦尔顿，月前亦柬约余，又一函询余愿否亦约张燕谋，答以张燕谋后前任工部侍郎，约否是在诸君，非本大臣所应干与也。酉正二刻余乘车至，楼阁崇闳，点缀华丽。与会首包乐斯辈立谈片刻，入饭厅。设桌作 冂 字形，两面座九十二，中首座包乐斯，坐余包右第四座，他三座仇公使、商部大臣索里斯百里侯、哲尔奚

31,2,27

伯；其左首四座，内部大臣哈斯百里伯及丹、和、日本三国公使，再则希腊、瑞士、墨西哥、日斯巴尼亚四国公使，并文武大员及张燕谋诸人。通桌满列玫瑰、茶花，花瓶、酒斝、灯台、果盘等尽金制，正面壁上悬大小錾花金盘，工极精。所用之大小菜盘，刀叉与匙，亦多金质錾花者。食毕吸烟卷，吃加非，台上逐阵奏乐歌曲，先举杯恭祝英君与后及太子、太子妃之福，后包乐斯、仇公使、索侯哈伯辈先后演说一段，称赞英美友谊之敦厚，仇公使之忠心为国，人品之公正端方。中有称赞，有答谢，前后立陈两三次者。去此登楼，别入一间吃酒吸烟卷，彼此谈叙，子初谢别。将出门，各赠糖果一匣，无非五色糖块，惟匣则核桃木金鋄银镶，制法精工可爱。

壁悬金盘錾工极精

二十七日庚午，昼晴，入夜阴。伦敦有城邑公司会，英名“阿搜什埃慎敖伍米攸呢希帕阔尔坡蕾琛斯”，乃各区美尔及工部局等会议整顿一切者也。昨晚七点三十分在白堂坊梅特楼埔店设筵，会集各区美尔、书手等，并请多国公使及本国文武大员，上月折柬来要，戌初乘车往，登楼见骆立诸人少立入座。桌列  梳形，首座外得二百六十六人。首座会长英称柴尔曼者为世爵骆立，坐余其左第一座，复有希腊、暹罗两国公使及奥国使馆头等参赞官王爵顺步。桌上满列黄花，点缀颇华美。台上节节奏乐，食毕起立，举杯公祝英君与后之福，再祝太子与妃并宗室各人之福。继而多人起立演说，称赞议论英之水陆兵官、上下议院爵绅、通国文武各员及各区美尔、晒立弗等，复

柴尔曼（主席）

讨论学问以为烦累

祝众客之福。既论多种学问并本会之一切，直至子正始毕。此类筵席，人之喜静而好安逸者，必以为烦累。

舞弄日（愚人节）

二十八日辛未，阴。昨为西四月一日，英人呼其日曰舞弄日。泰西西南一带人曰赛勒堤种，现英三岛中高山僻壤多此种人，又曰阿里安种，或谓此系赛勒堤礼神之古迹，书中仅列是日互差一赤足使至各家，其详未闻。今所传者，乃舞弄小儿及实心之人数语，既非侮弄，取笑而已。譬如某甲突谓某人或某孩曰，汝母唤尔上楼，人即上见母曰来矣，母初诧异，既而笑曰，今日四月初一也，尔忘之矣，子闻而亦笑，乃罢。故又呼所舞弄之人曰"四月呆子"，英语曰"埃普立拉夫勒"。

二十九日壬申，晴。西国新报，日贡奇闻，今阅二则，付之一哂。一女名阿腆，自憎面黄，延医使绯其颊。医用黥法，逐日针刺，傅以红果汁，久则紫如淤血。女怒控官，医云愿出自渠，非予擅治。判罚女十镑，偿医费。又苏格兰人卢伊斯，营铺业于某城，一日妻敖萨呜得律风寄口信，卢属伙代听，仅数十亲吻声而已。巡捕以之经官，罚妇四镑。

三十日癸酉，早雨，午后雨止仍阴。外国妇女，无老幼富贫，皆喜香水，值有贵贱，味有淡浓，各适其用。闻妇女有自制香水法，工省而费薄，兼可自娱。用芝拉讷木（洋葵花名）、拉文得尔或倭尔贝那（马鞭草）以代玫瑰，取四足铜锅，深圆如桶，燃煤油文火，内盛沸水。以双手搓花满一面盆，倾入铜锅，锅旁别一铜桶，铜管通之。花

自制香水

31,3,1

煮若干时，水变蒸气，由管流入桶，桶下藏冷水，使气凝成水，由龙嘴滴出，香水成。一锅沸水，仅得香水一小瓶耳。制此香水本为价廉，而美国某百万之妻亦喜事此，且专用玫瑰，拟以五百斤玫瑰作十二两香水。逮成，仅半酒杯，重约一两，因选花过刻，竟费至八百镑。

三月初一日甲戌，早阴晴不定，未初雨。两国交涉，互换利益，必持其平；罕有以力要求而人即让之者，必不得已而与，则心中耿耿势所不甘也。即如六百年前，葡萄牙为大国，西一千四百七十一年（明宪宗成化七年）据墨娄扣国正西临大西洋之檀芝尔海口（在支卜洛达海峡，距日斯巴尼亚正南之支卜洛达之西南三十八洋里），一千五百三十二年（明世宗嘉靖十一年）又得印度西南境之孟买城，至一千六百六十一年（顺治末）因葡王公主巴拉干杂嫁英王查里第二为后，遂以檀、孟二地为妆奁（以上所给，一因嫁女，再因当时无轮船，往来不易也）。尔时英以孟买路遥地异，商务尚未东兴，不甚着意；惟以檀芝尔地为大西洋与地中海之要境，设兵筑炮台以镇守之，迨一千七百零四年（康熙四十三年），英由日斯巴尼亚战得支卜洛达后，以其南向斐洲，尤为地中海之门户，乃舍檀而于此山顶建炮台，设兵房，极为雄壮（详见《四述奇》）。又埃及本土耳其之属国，前于一千八百七十五六年间（即光绪初），开的伍（埃及王称）伊斯美荒淫奢耗，国债巨甚，贫不能守。至八百七十九年（光绪五年）经英法两国勒逐退位，改立其子推肥克为王，归

檀芝尔（丹吉尔）

支卜洛达（直布罗陀）

英、法、德、意、俄五大国保护。八百八十一年（光绪七年）土官拟尽逐泰西人，朝夕残害，临海日建炮台。五国同约发船进兵，预下安的美当战书，入夜以千里镜觇之，炮台人工反加，终夜不息。当时惟英法船到，法船不战而退，英乃炮攻登岸，连战四年，土寇平定，埃及一切多归英官管辖，随时代为设法，开河灌地，按年多收，遂至稍富。新开河（又名苏耳士河）为洋船东驶之要路便途，英欲独操其权，须除彼四国之相争。义与英和而不争，俄无力争；义、俄不争，德则独力难争；法欲和，虽不争，而拟别求利益。至上年春，英法议定，法不争英在埃及之权利，而许法自往墨娄扣向其色勒坦议事。英谓彼此私议，他事莫论，惟不得在国之北界苏塔一带，向北建立炮台以对支卜洛达（如是英得埃及之独权，法得墨娄扣，私议之利，是为彼此互换矣）。上月二十二日，德皇倏乘“汉堡”轮船出游，谓将赴斐洲；比时英法并未介意，乃德船竟驶至檀芝尔口内少停，法闻而怒。恰值英后由日斯巴尼亚回，亦入口住轮；法驻墨之公使及文武，偕驻墨之英公使乘英轮谒英后。是英、法、德各存意见而不发也，姑记之。

安的美当（最后通牒）

英、法、德各存意见

初二日乙亥，晴。英国水陆营医，向仅外内两科，闻水师新章乃添牙科，品位次于他医，视同文仆，并不别着号衣，英名“希威色尔弯他”。预备医官，原为治病，而此次添用牙医，不知有何命意。

初三日丙子，雨。伦敦有济贫会名“门的奚的搜赛

31,3,4

伊的”，男女困苦无聊，皆可以书求济。据云会中所收之函，每百封冒名撞骗者半，二十五封在两可之间，其公认塙可济者五六人而已。虽极力考察侦问，而每年枉费不下十万镑。会中所知已周济者七万六千人，就中有日日安逸，以为胜于工作之度日，月来日往，实繁有徒。

济贫有冒名撞骗者

初四日丁丑，阴雨阵阵。闻前之艺植园赛会，乃炼使树木不恃土而生者。如橡树一棵，植之水搀磷酸盐、碱沙、石灰与阿摩呢亚中，亦能挺生鬯茂；榆荚以湿锯末种之，则拆甲而出；橘种植粪中，可得小树之类。

初五日戊寅，阴雨，凉。坡兹茂斯海口城边之伊斯呢大道有邮政分局，朝夕往来商贾既多，且近水师营。闻昨礼拜二日迫暮，局门将闭，仅一女名计格收理一切。突一人走入，女谓已晚，不收信卖票，乃转息气灯。其人旋至旁门，双手执女之袪。女见其纱蒙面，惊欲呼，扼其喉，索铁柜之钥。女不允，牵至柜前，作杀害势吓之。既得，开取金银纸票约四十馀镑，将出门，谓女曰：“若呼叫，吾则戮汝。”言毕而奔。女喘息定，缓步能行，始出门一呼，迨巡捕水军到时，贼已杳矣。

抢劫邮局

初六日己卯，晴，闻昨早茶汤村有村夫狄勒森，携女由墟场牵牛旋家，牛忽怒逐女。女入门，牛尾之，登楼撞入卧室，器皿床帐之属尽毁损，狄夫妇无法。彼时楼外仰面惊视者，衢为之塞。幸邻居某甲突入，为之启两面楼窗，牛首外窥，前蹄双出。铅板护窗斜凸墙外，苔滑蹄疾坠焉，未毙，亦无伤。

初七日庚辰，雨，冷。西国男女喜谈情爱，往来情书秘密，竟有猥琐不堪者。昨德布林蟒宅坊寓之巴柏尔，夙与喀尔娄街之女马桂兰情爱甚深，男致女信不下二百馀函，函函有云，“我爱尔之故，我不能明言，然我爱你之心，则每函中亦足抵至少十二次亲吻也”。马曾赠巴一布袋，名曰“代吻”，不知何物，谅亦口香丸之类耳。又一函云，“由电光传接吻，不尤快耶”。情爱如是，不知何故，女竟谓其食言，控于贝勒发斯地方官，判罚男五十金镑以与女。是书所记，多类此者。余非喜谈亵事也，《记》有之，饮食男女，人之大欲存焉。此实彼土人之真色相，采风使者所不屑言，余则志之，亦以冀智者见微知著尔。

谓情书为猥亵不堪

初八日辛巳，晴。闻洛斯多倭路有老妇孟喀，左臂患酒风，入柴苓十字街医院。昨日洗上等电气澡，先出汗，既四肢不动，少刻气绝。管电气医生卜路斯云，是非电气之过，乃恰值他故耳。又据医生傅来柏云，必系脑中脉管崩裂之由。官乃定老妇死因已病，与电澡无涉云。按老妇体弱气衰，而擅以十分电气治之，是太不量力矣，得不谓之草菅人命乎？

洗电气澡

初九日壬午，晴。伦敦乞丐，手推小车，上架一转柄八音匣，入闾巷人家楼下窗外，停车转柄以讨钱；或男女一人，或夫妇，或兄妹，更有筐盛小儿置于八音匣旁者。闻昨巴特溪区之卜洛屯街马克呢其人，既作乐以乞往来行人之钱，不时以指轻掐三岁子令之啼，冀人怜小儿而多

八音匣

31,3,10

与。巡捕察出送官，判监五个月作苦工，罚残虐也。

初十日癸未，晴。昔英人达尔文谓，男女婚配，均在两情契而善择。昨有伦敦大学堂教习皮尔森谓，男女择偶，多缘于天生自然，必彼此同类而不自觉者。所谓天然，乃体高相同，眼珠色同，左右手之食指至食指及肱之长短相似，性质气力相等者，尤待彼此意投，始嫁娶之。且谓人眼珠之色，每一千，当有蓝者三百六十三，绿者三百一十二，黄者一百二十七，棕者九十四；女子眼珠色多深于男子者，每一千仅有蓝色二百八十六，紫色较多；而每千中不择色而配者约有一百零四，色同相配者当至一百四十，可知重在眼珠颜色同矣。男子身长大都六十七八寸，妇六十二寸半，故长男娶长女，矮男娶矮女。至臂之短长，虽不便量，然长臂之男，罕有搀短臂妻者。

达尔文论男女婚配

重在眼珠颜色同

十一日甲申，晴。英美两国之小孩玩物，多德国森乃堡地方所造。闻上年由森城贩出者，共值二百七十四万镑，分运于美者八十万镑。各厂作布人及人头之工价，男工每日二先半或二先三本士，女工一先半或二先，小孩由一先至二先，每日作十点钟。

十二日乙酉，阴雨阵阵，雷。英人生婴不善育，每不及一年而毙；未嫁生孩者，或因不可告其父母，或因无力哺养无人哺养，竟即时毒毙，或扼其喉死之，乃生齿日减，官则忧之。上年有英兰北界约尔克府，荷得尔斯肥城之美尔卜娄赍，遍谕城内外，自渠抵任伊始，凡人生子女，有能养至一年而肥壮者赉一镑，任满后一年内如之。

注重育婴

法良意美，活婴无算，伦敦工部局现仿行之，更别立一法，其家生孩，有人能于四十八点钟内报知某收生医官者，酬一先。官即赴其家，见生孩之妇与夫，或生孩之女，告以养育之法，绷中婴儿何以致死，何以得生。又随时备乳娘二，遇贫户产生，往导以哺乳之法。若无乳，计时送以牛乳，冀其有彭无殇。

十三日丙戌，镇日阴晴不定，入夜风。黎池门村土山旁有贤马蒂阿教堂，昨午后，土人入内唪经毕，雷雨交作。突一火球由钟楼扑入歌诗沙弥屋，屋门自辟击毙一沙弥，屋亦火，幸尔得逃去。沙弥之殛也，天意耶？电气耶？人之体力不同耶？

十四日丁亥，微晴。英例，通国男女老幼，一年生死，皆有报单总册。即如英兰与卫拉斯大城共有七十六，

死亡率千分之十七

去岁一年人死之大数，约每千中一十七零，然小孩之未及岁而死者，一千竟有一百六十。合之两府一年共死老幼男女二十六万二千五百五十九名口，孩生不及周岁者七万零八百八十八名。伦敦一城，上年死婴一万八千九百零三，较之前年，有增无减。官急欲设法察救，以蕃种族。

十五日戊子，晴。倭特路路第三十三号一小禽兽鱼虫铺名盖伊斯，所存各种甚夥。前早不戒于火，各式楼房一时成灰烬，幸火夫救出金银鱼十二万尾，黄雀、碧玉七十，狗十三条，猫四头，白兔五个，田鸡、蝌蚪、小龟等

十二万加二万馀为十四万零

共二万馀，统计共十三万零。所失则银鱼四，碧玉等四十，狗三十（中有值二十镑者），猫十头，田鸡等二十

31,3,16

四，共计一百零八，因皆关锁铁木笼中，不易飞跑也。是地一公车，昨晚见一蟾伏于座上，不知何时登车，又不知若干往回矣，趣甚。

十六日己丑，白昼阴，入夜晴。伦敦新立一婚姻会馆英名“麻特里谋呢亚；”凡男女欲嫁娶而不得其人者，入会随时选择之。朝夕馆中聚集。天暖又有游乡、乘舟、跳舞、歌唱诸举。馆有情爱神像，名求必得，一三四岁之胖小孩也，背生双翅手执弓箭，择所喜射之，每射必中。入会者须叩祷否，未闻。

婚姻会馆有爱神像

十七日庚寅，早晴，午后阴。是为西四月二十一日礼拜五日，乃当时耶酥难期，名曰“好礼拜五”（详见前），铺皆憩业，人工休息。英人之坟墓，在教堂之阴及左右。旧俗，由教堂士或该处富室，预侦其地七十上下之老嫠妇若干人，是日侵晨，以有暗记之新六本士钱置各妇夫墓左右，令往寻之，获则以告。乃验钱确，别给二先半大银钱一，十字面包一。此俗之来由及其命意，皆所未详。昨闻西铁匠营地方有善士博特威，在贤巴搜娄米攸教堂旁之茔地，集七十上下之老妇二十一人。又在彼处代文路一老妪，因子在某船充水手，自某年今日去后未归，妪乃依年于好礼拜五日悬一十字面包于承尘，上书子之年及名姓，今早又悬一枚云。教规耶？抑迷信耶？

十八日辛卯，早晴，午后雨。英俗好礼拜五所食十字面包，烙时先以刀纵横划一十字，英名“克洛斯赍”，意为十字面包。闻昨在英兰西南角临海之溪得茂斯村，善男

十字面包

信女醵金烙十字面包，分赠三千馀孩，每名一枚。据云原商之各面包铺公助未允，改为募化，成此善举。又前早在克来敦村诺瓦路，一小孩名韦萨苗，手提一纸囊中热十字面包六枚，踽踽独行，被巡捕捉住（西国巡捕于街市凡见老幼男女之形迹可疑者，皆有捉获之权），昨讯之，为韦姓之子。以纸囊印有面包铺字号地址，领孩往询，铺不认。韦良谋谓其子平日行为安稳，不晓窃物。官谓汝子既非妄为，则无可罚；而巡捕捉之亦分内事，六面包应以三酬其劳。

十九日壬辰，天色如昨。记前十六日系西四月二十日礼拜四，为其好礼拜五日之前一礼拜四日，英名“曼的色尔斯代”。按：“曼的”一语，乃当时耶酥受难之前一日，即礼拜四日，宴其门徒，并亲以水濯各徒足，此日濯足曰曼的。故至今希腊、天主两教堂，是日聚贫民，神甫为之濯足，以为追忆古礼。又此一礼拜英名“潘慎韦

受难周 克”，意乃受难之礼拜也。

二十日癸巳，早晴，午后雨。记好礼拜五之前一日，又名“曼的摩逆”，意乃曼的钱也。御前周济官英名“阿拉摩讷”，依国君即位之年数分给贫人若干铜本士，自西一千六百六十二年（康熙元年）为英君查里第二即位之第三年，乃特铸小银钱以与之，至今照行，规模则稍异。乃御前正副周济官先在卫斯民司得区内选择安分贫民，依国王之年岁，男女各六十四名口，十六日午正，集众于卫斯民司得阿贝大教堂外。先是本堂大小教师、门徒、沙

弥，御前周济官及他文武多员共百馀，率一护卫双手捧金盘，盛所赏各物，按班走入，各至应立之地。至未初，太子卫拉斯王及他王爵、王夫人等进堂入座。鼓琴唪经一阵毕，大教士朗诵数语，先分各男子一镑十五先，各妇人二镑五先，为制衣之用（盖古时王赏各人以衣，多不合体，故今改折现钱，使其自制）。大教士二次朗诵一段后，各人又分领一红钱包中一金镑，一白钱包中盛特铸之银本士六十四（此六十四中，有一本士、二本士、三本士、四本士者不等），作买食物用。此后再行朗诵两次，一以祝君主之福，再则祷谢天赐之福。既而鼓琴唪经一阵，始散。又循古法，在英兰岛各城镇村庄，选老人若干，于以后各礼拜之一二两日按名分赏。

周济贫民钱财衣食

二十一日甲午，早晴，午后雨。前年冬腊间，格娄伍诺坊第八号住之富户巴勒多，雇一美少年名毕朔埔为汽车使，巴仅一女名丽莲，数月，女私于车夫。乃辞去车夫，送女之他国。然彼此各知住址，情书仍往来，巴夫妇不知也。丽莲回国，设法会聚，而防其父母之严察；后乃禀明欲嫁毕朔埔，而切求之。丽莲年已及岁，并有应得之财产，巴夫妇无法阻止。昨早在伊屯坊贤皮得尔教堂成礼，当时除新夫妇之二状师外，仅六七人，而教堂外立有巡捕官多员，盖以门户不相当，恐巴族或至戚来争论也。礼成，新夫妇至倭特路火车栈，同往柏恩茂斯海口（地在英兰正南稍西），以度蜜月云。

女嫁车夫父母无法

二十二日乙未，雨。英国察捕贼盗，多由指印钩得

之。兹闻银行欲定新章，凡取大数兑票汇单者，不惟亲笔画押，贴以信票，且须印一指模，用防假冒伪造。票之来自外邦者，视尤紧要。

二十三日丙申，镇日阴晴，风雨不定，凉。二三年来，中国古瓷之至英兰者多矣。闻昨柯里斯的叫货屋拍卖一中国卵形小黑瓷瓶，高约尺馀，瓶嘴有冲口。初置几上，即有人商以百零五镑。言未毕，竟有声喝千零五十镑者，继而陆续加之，甲五十，乙一百，末至杜文，喝以一千九百五十吉呢买去。杜抵家，有巴特里池者踪至，先商以三千吉呢，杜不允，增至四千二百镑，允之。杜文于三四点钟内，获利二千零五十吉呢。

中国古瓷至英者多

二十四日丁酉，阴雨，雪。色摇银海，涨甚而花，良然。闻北美洲英属地加那大之安他立欧府，冰天雪地，林木而已，现虽近夏，遍地皆白。上月某日，有四人在欧他瓦村外近逼倭尔湖处伐木，倏然八目皆昏，只透一线光。时将暮，冷风砭骨，摸挲寻路，虑有意外患。幸有一人携火柴，燃树皮一束，得其微光，遂相将缓步觅路。路旁一茅屋，入求寄宿，以待天晓。款关无门焉者，排门而入。火烛之，愕然而惊。桌后坐一人，寂然不动，脚下卧一猎犬，近之，人犬皆僵，桌上有半年前之新报多张，手旁铅笔一支，白木一片，画瞎字若许。度其人亦雪伤目，不敢离屋，遂至冻毙，犬恋主人，殉之。次早，四人目稍可，毁屋而去。人犬皆成灰烬，诚惨事也。

安他立欧（安大略）

雪盲致死

二十五日戊戌，阴。庇喀的里街路北之敕建技艺大学

31,3,26

院英名“洛亚阿开代米敖瓦尔自”，楼房高阔，百数十年前为名人博凌屯居，故现名其楼曰博凌屯。后经国家置买，专列今古名人油水画轴及各技艺。其古画阁名“几卜森安的普娄麻戛勒立”，每年由正月第一礼拜二日开至三月内第二礼拜六日，每日午初开门，申正闭门，观者无入门费。其时入画阁，每年悬画一次，系自五月内第一礼拜一日开至八月内第一礼拜一日，每日辰正开门，戌初闭门，入者人一先，中有茶点室。惟当未开之先，别择一日，专请官宦戚友往观，即昨日，即西四月二十八日礼拜五。此次为其第百三十七次，内油水画轴大小计一千六百四十三，雕刻工技共一百八十九。半月前阁中具柬来请，未正乘车往，登楼游观一周，男女拥挤，颇觉累目。画王后一幅，全身高八九尺，名手乐格扉绘画。太子一幅，半身高四五尺，敖乐斯名家之笔。精神态度，无不神肖。 画阁观画

二十六日己亥，阴雨阵阵。伦敦敕建技艺大学院，每年春季于耶酥受难节后宴一次，筵请本国王公文武大员、各名士及数国公使。今年期定昨日戌初，西四月二十九日也。会首色尔潘特尔，月前以柬请。酉正乘车至，入门得赠画幅人名号簿一本，以便观览，又客座单一页。见潘君握手问候毕，少立，客齐转入饭厅。桌列 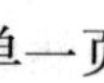 形，共座二百八十五。正面中坐潘君，其右所识者为太子卫拉斯王、附马克立坚王、萨克斯卫玛尔王、约尔克大主教、坡兰公、诺僧布兰公、巴斯侯、阿勒贝玛伯、安斯娄伯、柏明根主教、水师提督席墨尔、御前学社长胡勤斯、伦敦博 技艺大学筵请往赴

物院总理陶模森、天文台总理杜禄，其左者为宽诺公、美公使仇德、土耳其公使穆苏勒斯巴沙、附马费莆公、日本公使林董，余座为第六位，再则阿柏的因伯、子爵狄仑、艾舍尔、里盘主教、阿什百里伯、伦敦美尔，他二人未详。前面十六行，亦有夙识者。食毕立起，举酒先祝英君与后之福，少待又祝太子与妃及王族各王公王夫人之福。厅外本有乐工一班，两次随祝，皆奏《天保国王》。此后潘特尔及太子、宽诺公并他王公、美尔、主教等，各皆立起演说一段。既而出厅，入他间吃加非吸卷烟。子正回使馆。

座次第六

二十七日庚子，早晴，午后阴。敕建技艺大学院悬画阁，收画之定章九条：（一）送画之时日及送画之法，凡拟送画入阁悬挂者，务于所定收画限内送来，逾限不收。由乡镇或他国寄来者，须在伦敦由代管之戚友拆厢转送，厢不拆，本阁既不收，而一切车船脚费，本阁亦概不代付。以上一节，英人之在外国及外国人之在英者，尤当知悉。（二）画轴之记号，各幅须随一照印成之格式填写名姓住址以及所画景致人物之名。苟欲出售，并须号明价值，与画同时函送。其他报单、说帖、议论等，亦概不收。各木架后，亦须写明本人之名姓住址，本画之名及第若干号；架上更须以绳系一小牌，书明一切。第一以防迟误，再便于刷印名目簿。其印成之格纸与小牌，须于三月内来信，言明共用若干。来信中须附一写明名姓住址、贴有信票之信封，以便回寄格纸与小牌。（三）收画之数

画院收画定章九条

外人仅许送三幅

31,3,28

日，人之属本阁者，可送六幅，外人仅许送三幅。（四）架之大小，框之宽窄，凡油水画，皆不得两幅一木架。间有两幅画本一题配一木架者，本阁虽收，仍按两幅计。又每小块象牙玉石之雕刻，亦皆照一幅画计，然盛于匣中，其匣长不得逾六寸，宽只五寸。凡小照及他五金壁画，其至宽者不得过七寸。各油水画架皆须镀金，小画架之饰以珠宝者不收，油画罩以玻璃者不收，架形长圆者不收。（五）本阁不收之画，凡画已在伦敦他处悬过者不收，摹仿他人者不收，仅彩画人物而无名目者不收，草木小照及画之无远景者不收，强水雕刻等画于半年以来他人已见过者不收。（六）选择凡画到后，皆经会首决断收否，定后有信致画主。（七）出售：每件所定之价，须写致副会首，以便聚登一簿，别值他间。凡物与价，皆须保定。至付钱运货，本阁一概不管，而由买卖两造自办。（八）画阁收闭：运送货物，于画阁未闭之先，各货主须领一印成格式之运货票，此票经货主画押书名，以便取物者为凭。而取物之人，更须别写收条于门簿。装载运送，本阁不管，且各件皆须于闭阁后十日内运完。（九）物主之优待：各物主皆给有准入之凭票，以便随时往观。冬季悬比古画及会聚议论学工，咸准入内观听。以上门票，须各人入院亲领。当悬赛时，本阁自当随时竭力守护，然苟有损坏遗失，本阁概不认赔。

已展览过者不收

二十八日辛丑，晴。英廷定例，凡古物经人拾得或经掘得，无大小皆寻归本主，无则归官，匿不报者罚。盖以

掘得古物皆归官

乡民不识古物，往往得而毁弃，致可惜也（街市拾遗缴还之例见前）。设有耕夫锄地，得物报官，报者微得赏，而地主则无。意谓地属其人，物则不属其人，当时买地，未及地中之物也。此盖预为矿苗出现计尔。

二十九日壬寅，阴。伦敦美尔夫妇，每年夏初，设有耶酥复苏节宴，英名“伊斯得尔班簣”。半月前美尔夫妇折柬来请，即今日戌初二刻，六点半余偕内人乘车入老城，至其公署，登楼见其夫妇。少立后，美尔搀金氏先行，余搀美尔夫人随之。有官对对，举杵执剑前导。入饭厅，其桌长列  形，男女共坐三百一十二。楼上奏乐，一切规模与前二年者同。子正回使馆。晴雨如三伏，在老城上车时细雨一阵，逮至柴苓十字街乃天晴气爽，询诸人并未下雨也。

31,4,1

光绪三十一年四月至六月

四月初一日癸卯，晴，冷。西人谓人之善恶、好丑、聪鲁及七情所露，皆在眸子。迩日男女每藏其情人密友之目小照，或单或双。多用金银小盒，周寸馀，厚约三分，开分两页，一贴己目，一贴他人目，示觌面如在一室。小盒系以表练，悬胸前，尤诩亲近，此诲淫之物也。

初二日甲辰，晴。西人谒智求财，饵人以厚利，而使之有所贪，且零费无几，不知积久则为数甚巨也。如由英至法之海峡，浪虽巨而遭险者鲜，行人昼夜往来不息，遂设保险公司。若付以三本士，彼给凭单，偿遇险则偿千镑。人以为出资少而有巨利为质，罔不费三本士者，然十数年来，车船均无险事也。 保险公司

初三日乙巳，晴，暖。新报馆之设法招人购阅，纸上频有一问题英名"卜来克发斯特太卜普洛卜勒木"，译为早茶桌上之灯谜也，有能猜答赠如约。其问题云：英话之 早茶桌上之灯谜

尾用 dous 四字者有四，写出者，赠。以华字为比例，如字后之用亍字者二十四。又如能以 new door 两话别成一话者，赠。依华字，则“淋”“汝”二字改成一字是也。别一法，云本馆现在某村或某镇藏有何物，能觅来者酬若干镑。此虽诱人以利，而非诈骗，皆实有其事也。又专一种报，谓若终年买阅，则报馆兼保险，立有字据，一年内遭险，赔百镑。

巡捕监管汽车超速

初四日丙午，晴。伦敦自汽车兴用以来，官定至快者每钟若干里（见前），奈巡捕察之不易。于是各在本段量定，由某号至某号为一洋里之若干分，苟见汽车速率有加，即取表看其在所定若干分内需时若干，如逾定数，以得律风转报路线之各道巡捕，车何字，第若干号。此车至某街，巡捕预备拦阻，带入官厅，禀官受罚。

画馆为画着蟒袍像

初五日丁未，晴，暖。自前年冬季，牛赍街某画馆，拟油绘上次国君加冕朝会一幅，横六七尺，竖五尺，国君、太子及各王公文武大员、各国公使，皆按班站立如宫内。共人三四百，排立局式不一，或全面，或半面，或垂手，或抄手，或一手抚剑一手执帽，或一手插入兜中一手抚胸襟。国君一面，身之至高者盈尺，对面远而至小者五六寸。来信借蟒袍小照一张，又亲来使馆看衣冠朝珠补服之颜色，末请到画馆二次，觌面彩画面色以及须眉。月前图成，未进国王之先，请往一观。工极精细，五色相宜，精神态度，人人毕肖，令人一望则曰某某。乃云此画将先照一幅，横三尺，竖二尺，后石印百幅，内第一幅价五十

镑，末幅价亦十五镑云。

初六日戊申，晴。西人游历各国，行李无多；本国仅一皮手包，间有一物不携，应用钱钞置之兜袋。故于宿客，不察其有无行李。又凡寓客，一切皮鞋、毡衣，店仆皆任刷油掸垢。近日有借以讹诈者，譬如晚入店着长氅拖地，次早卧床曳铃，责裤于店，乃谓昨晚曾遗门外，令其刷掸，实则不裤而来者也。又有来时着纸作皮鞋，次早索要者，小店因之赔不胜赔。

初七日己酉，晴。今日亥正堪特百里阿赤比朔戴威森夫妇请茶会，余偕内人乘车过江至朗贝宫，入见其夫妇。绕行一周，楼房古式，四面累石，中撑以木。内有小礼拜堂，颇幽雅。通楼陈设不多，惟四壁密悬油绘历代主教之像。客数百，多传教士。末入饭厅吃加非一盏，登车回。

阿赤比朔（大主教）

初八日庚戌，微阴。西人亦重名人之手书，其价每出人意外，不知其所贵者何。三日前索斯碧叫货铺中拍卖九十年前女优席敦姒致其旧友之信二十四函，价至百镑。苏岛诗人博尔恩之信两函，三十九镑半。乃勒森致哈米屯夫人一函，七十一镑。哈米屯夫人致乃勒森两函，五十镑五先。按：哈米屯妻本喂猫街住户一女婢，极美。哈初见即恋恋，乃访明领出，送入学堂，学成娶为妻。哈继授驻扎那百里（当时另为一国，至西一千八百六十一年始归义大里），迨英与西、法两国水战，哈妻与乃勒森情投，遂改适。乃阵亡，乃妻贫苦无依，不久亦故。

纳尔逊与汉密尔顿夫人情事

初九日辛亥，晴。西人常代妇女预筹节省。据云一女

且每礼拜当得三镑半，为之设法：第一赁房，二人伙住可免思家，每礼拜各出半镑。洗衣用钱，手巾及袜可自洗，且有法不用熨斗，将巾展铺面镜上，或折方置玻璃窗上，自然光而平，欲其骨力则洗时用浆粉少许，袜洗毕挂于椅后或他处使自干，一礼拜费五先足矣。饮食既须得当，又宜较省，自作为宜，十本士购马口铁加非壶一，一先煤气小铁炉一，一礼拜之早餐应用六先半，计牛乳六升九本士，加非十本士，糖果汁一先三本士（不用亦可），乳油八本士，面包十本士，鸡子一先二本士，糖三本士，牛肉或猪肉九本士；午饭择其可食者一二色，一礼拜仅费六先；晚饭为一日之大餐，不家食者较省，然若力求俭约，则家食廉于饭店，一礼拜五先亦敷用。合之早餐五先三本士（糖果汁不在内），午饭六先，晚饭十四先（指在饭店），房钱十先，洗衣五先，零用五先，共计二镑五先三本士，得馀一镑四先九本士，是可征西人度日之法矣。入夜微风，阴。

西人度日节省之法

初十日壬子，阴，微凉。闻西女有以领瘦为不美者，用软缩古米绦一端作圈，绾以钮扭套诸领，一端钉于壁。每日依时作习武式，前后左右扯拽。若两人同病，则作两圈，二人时相向相背，横向侧向，乃云久则如蝤蛴矣。

唯中土两国有宦官

十一日癸丑，阴雨阵阵，凉，入夜风。环球大国有宦官者，中国及土耳其耳。欧洲古有今无，而罗马教皇宫中有歌诗之门徒，取其声雌而雄，刚健含袅娜也。

十二日甲寅，晴。英兰立文浦海口有博物院，实物盛

31,4,13

以长七尺宽四尺之玻璃匣，固以自制密锁。上月某日，白昼失去那波仑第一遗物三事，即日报巡捕，并登新报，谓有能报失物所在及代捉窃贼者，酬二百金镑，因其为无价宝也。其窃法，火漆暗作锁模，日日偕伴来此，伪作游人，随时窥伺。守者偶失神，或因故入他间，则开匣携去。失物一为金约指，满镶珠宝，刻有那波仑小影，系彼时法皇与后同赠兵马元帅、封墨斯扣瓦王聂业夫人者；二为鼻烟匣，长三寸半，宽二寸半，金质饰以花漆，上盖镶嵌宝石，中刻法皇与后及太子小罗马王小影，乃同时赠墨斯扣瓦王爵聂业者；三为金质印，工极细，印外有字，而印内复藏一印，为那波仑之密印云。 拿破仑之遗物被盗

十三日乙卯，早微晴，未初雨。中外判案之法不同，而控告之情亦异。闻昨太木斯江畔庆斯贲池地方之铁道公车中一人，管座车夫向之索一本士座钱，其人误以为囊空。迨下车处，以无钱故留名片，乃姓腊名木奚，住费尔扉路也。车夫不允，以交巡捕，带至官所搜查，囊中尚有五本士二法丁，遂经官判，付堂费五先，缴车座钱一本士。 判案之法中外不同

十四日丙辰，晴，暖。闻前于好礼拜五之礼拜六日，伦敦贝连丹路亥格蕾学堂五十馀名学生，教习因在放学期内领游阿柏戛文呢城（地在英兰正西稍南门茂斯府，距伦敦一百三十洋里，地多山水古迹及古王行宫），往近一礼拜为限，令生各备三十先以充路费日用。而学生皆非富室，有于两月前设法樽节积蓄者，有功课完后他处作工得 学堂组织学生旅游

些须以累存者，极贫者教习募而资助之。未启程，先给诸生书一册，内叙彼处之景致故典。抵境，每日游回，教习各询其所见，令述写一篇，繁简不论。若对答明敏，写记多者，分列等第，并给奖。别有簿逐日记诸生之行动安静否，及用钱若干，备回时报知学生之父母。是于放学游览之际，仍期其扩充识力学业，敦重品行也。

十五日丁巳，晴。西历一千六百六十六年（康熙五年）伦敦大火，焚教堂八十九，他如极乐堂及公署、医院、学堂、画阁等共一万三千二百所，大小街巷四百条，共四百三十六英亩尽付祝融。千六百七十一年（康熙十年）择于城中偏东太木斯江北苐伊什巷，立碣一以志当年之灾，英名“毛牛门”。其式如塔如柱，上悬铁盘，下有石座，与德国京城五道门外之铜柱同（详见《五述奇》）。高二百零二尺，石座正面有门，入内步螺蛳铁梯三百四十五级至顶，出门即铁盘周数丈，四面围以铁栏，在上眺望可及数里外。盘中立火龙，龙上作火团，皆铁铸。至七十七年工始竣，费一万三千七百镑。落成任人登眺，每日巳初开门，申正闭，入者一人三本士。现因察其顶上裂隙颇多，再则火龙铜角风吹摇动，三则顶上铁质火苗生锈，既不壮观，且与游人有险，故将修理之。至几时开工，估价若干，皆未闻。

立碑以志伦敦大火

十六日戊午，晴。午初率陈、尹二参赞及陆随员，乘车入贤翟木司宫赴朝会，一切礼节人数如前。当在宫中群立间，瑞士公使谓瓷器传自中国，究不知中国烧瓷始自何

31,4,17

年？余遂匆匆答以千年前周末宋初时，其实乃后周世宗显德初也，当时为西历九百五十四年，迄今一千零五十一年矣。继问初时瓷品以何为佳？余谓“青如天，明如镜，薄如纸，音如磬”是也。伊云西国造物精益求精，然其瓷器，至今尚未至此地步耳。 与瑞士公使谈瓷器

十七日己未，镇日阴晴不定，凉。伦敦西南傍太木斯江西岸，有村曰胡凌哈木，距使馆约十六七里，设有会馆，即以地名为名。馆中人千馀，每年凑集一万四千镑。按定规，其初入者付二十一镑，每年交五镑。其中地颇宽敞，专备夏季天气清朗熏风南来时，会中男女宴客，随时并有赛车、打球、火枪射鸽、乘马追球等戏。地左正面白楼一所两上，内有花厅、客厅、饭厅、左通白屠苏一大间，内分三大厅，隔以玻璃门密，容人数百，或筵宴，或议事，或闲坐听乐皆可。楼前平坦如台，左右二亭，各乐工一班，中支红白布大伞六七，每下设桌椅，备人茶点。台前地稍凹，而亦平铺绿草，中分设打球场四五，英名曰“洛安太倪斯”。再前高坡，大树行行，坡外则临江水矣。右行鲜花分畦，五色芬郁，木亭点缀，绿树葱茏，中有小河，小桥小舟，亦颇幽雅。楼右先为厨茶房，再则木墙一圈，为射鸽处。 胡凌哈木会馆情形

此后为一大敞院，周约里馀，为乘马追球处。此戏英名《坡娄》，传自印度。四面圈以铁栏，正面一台，有棚设座，备人坐看。对面正中奏乐，左右横椅各三行。圈内两首各立二高杆，长各丈馀，二杆相距亦丈馀。作戏者分 马球之戏

两伙，每伙四人，衣帽分两色，或红绿，或蓝黄，各属一边。乃地中值一牙球，大比橙橘，人骑马手执一木棰，柄长三尺，棰长半尺，周如之，彼此乘马往来，以棰争击牙球，有能将球击穿本属二杆者胜。今日申正马清臣请往一观，盖今日为作戏期也。乘车至，先在楼前伞下吃加非一盏，既沿江堤步行二里许，过小河至追球场前，坐观片刻。因寒风萧飒，阴云欲雨，遂步回白楼花厅少坐。戌初入饭厅晚餐，菜有龟甲汤，他皆不甚适口。食毕，转入楼左平房，坐吃加非听乐，亥正回。

十八日庚申，阴。补记胡凌哈木会馆中之射鸽处，系一地周约四箭，围以木墙，高二丈许。正面有台设座，备人观看。一人立当中开笼放鸽，他人火枪击之，中者胜。盖一鸽脱笼外飞，所向无定，击不易也。英名此戏曰《皮珍舒定》，近日会中人有谓此为残害生灵，须禁止之。有谓有此木墙既不壮观，且枉费场地，须拆去者。本年业经排定，夏秋两季某日作此戏，已登新报，遂定昨早集众会议。于是谓应撤者多，仍存者少，乃定本年秋后天凉会馆闭门时撤云。

飞鸽打靶

十九日辛酉，阴。伦敦两胡同间有小横巷，多车房马厩。英名“米攸斯”。住者多车夫马夫。妇女之出门及入教堂者少，闻昨在施舍传卖教书会中，有世爵侯朴夫人者，特舍三轮脚踏车一辆，以助善人骑赴小巷，分施教书。车尾安木匣盛书，与小铺送货车同。

二十日壬戌，微阴。西人皮靴及鞋之尘垢，市上皆有

31,4,21

人专司刷染擦亮。近日新创一种电气刷擦器，系一低圆台，周列六座。欲刷者登台入第一座，脚踏机关，则尘垢去净；移入第二座，抹以净皮药水；入第三座，擦去药水；入第四座，抹乌油；入第五座，磨光；入第六座则不使坐，乃使越步下台也。自登台至下台仅需二十秒，据云一日十点钟之内可净一千八百人之靴或鞋，且用仅二人，一收钱照料来人，一管理二马力之机器，足矣。 电动擦鞋

二十一日癸亥，阴晴不定。闻有祖籍德国之美人某甲，创一种海战纸鸢，胜于无铜线之电。数月前献诸德皇，某礼拜六日清晨试于波洛的海，以铜线放起七纸鸢，鸢式不大，飞上由一万至一万二千尺，执线者驾德皇每一点钟驶三十海里之信船“司里普讷”，距岸一洋里外。纸鸢起后，用许多国之文字传送音信，甚捷。其造法不传，当时船上水手之备使用者，未着手之先，亦须立誓不泄。 纸鸢传信

二十二日甲子，晴。法国医院洋名“莆兰池蒿斯皮塔”，在沙茀斯百里街（见前），创于数十年前。后因善人日多，进款有馀，定年宴一次，特请仕官行善诸人、著名医官。宴毕募款，以冀多得。本年为其第三十七次，法国公使康邦为首座，半月前折柬来请，系于今日戌初二刻十分，席设赛西店之地穴中维克都里亚堂。届时乘车至，入门旋两转，步石阶数十级，入见法公使，握手问候。少叙，领众入饭堂，桌作  形，设座三百三十。法公使坐横桌正中，其右第一为伦敦美尔包恩得，次为余，再则晒里夫司特朗；其左第一为比国公使李阿郎，次为墨国公 法国医院设宴募捐

使及御前太医卜洛赍，他无须琐记，对面乐工一部以侑酒。食毕，法公使立而举酒公祝法总统吕贝之福，继奏马赛蕾斯之国乐。少坐，再立而举酒公祝英皇与后及太子太子妃并王室各人之福，后奏《天保国王》之乐。此后法公使立陈万言，述医院之立，及蒙各官商与伦敦美尔、晒里夫之施助；并赞各医家学问精良。既而比国公使代各公使演说数语，末则伦敦美尔举杯领众公祝法公使之福。坐后，有人按座递纸一页，上印法医院求助，或本年或按年，写毕遂将去。后有男女四人，陆续歌曲数次。末有骆美者，向众朗诵各人施助之数目，法公使六十镑，美尔十吉呢，余助五吉呢，比墨二公使各三镑，总计是晚募得三千六百镑，合库平银二万六千四百两。

捐五吉呢

二十三日乙丑，晴。亥正二刻偕内人乘车至道宁街第十号，赴户部大臣巴乐佛兄妹家茶会。此次内外大加修饰，楼虽不大，而式与王侯埒。门外添八字红白小布帐，以便来客上下车。巡捕数名，弹压指示，排列而行，环绕一圈，以免拥滞。舍车入，直前左右两敞间，为男女留存外毛衣冠处，中有女仆伺候，衣皆作卷，挂以旆目。转过登楼处，有红衣乐工一部。步梯入客厅，见巴乐佛兄妹，均与前三次同。惟至末间，右鄙另一门，内通一大间，设有 ㇆ 形长桌，罗列酒食茶点颇丰渥。各间迩日裱背彩画，焕然一新。西人尚油画，尤重古名人影象，每间油画多幅，乃每下横一粉牌，金字书各人之名姓。

大臣兄妹邀往茶会

二十四日丙寅，晴。华人发粗直，不易弯曲。西人发

31,4,25

细软，熨烙纸卷，便作花朵云团。近日西国妇女头发蓬松，形式不一，而多假发，戴头上簪花。此假发极贵，即如欧贲街第二十号一大发铺曰“屠伊扉”，一缕长尺馀者十五先半（西发体轻，不以重论；按尺寸人工索值也）；再长依寸加价，编三股辫者亦然。冗发少许作形者二先半，形者分颜色或体式之大小，至贱者三先半。白发少许作形，及他色冗发作形形及形，至贱者皆三先半，作形至贱者十先半，形至贱者七先半，以上皆戴于额前额角及两鬓。至其满罩前额之卷发作形，价则由一吉呢起。满覆一头之卷发，价由二吉呢起。满覆一头，旁观作形，正看作形者，面之方圆长阔顶之高下皆宜者作形，不拘何等衣装皆足壮观者，价皆二吉呢起。上自右分，左右垂耳作形者，价自三镑半起。其中分左右过耳，宜于年老，作形，价自二镑半起。别种假发名曰头盔，系为妇女发稀不易梳，铺以密法造成，戴者不用真发，而观之与真发同，其式自后观之如，价则八吉呢。须自到铺中，按以上择定形式，配成颜色，量头之大小、用发之多寡以及人工物料之等次，而别定价值焉。

喜戴假发头上簪花

各种式样假发之价

二十五日丁卯，晴热，脱衣着袄。妇女之发虽长，而不易高耸，于是铺做种种铜丝架及乱发团衬之，其价则贵于发，妇女饰头之费，由此可知。即如一种铜丝架，四面以发织网，网既轻而不剥刮己之头皮与发，其式如此价则十二先半。乳发团式作形，价由五先半至十先半。

使发高耸之铜丝架

次种铜丝架满铺长发，后衬玳瑁笄式作形，其价二吉呢。其铜丝架之铺以短发，中衬玳瑁笄者，式如此，价则半镑半先。别种满铺长发之铜丝架，虽无木梳而发则光润，可同戴者之发并梳不乱，法甚巧，式作形，其价一吉呢。

二十六日戊辰，晴热。亥初二刻偕内人率尹元辅、陆泽生乘车入卜静宫赴朝会。宫中帘幔地毡，多加添更改，度为接待日斯巴尼亚国王也。一切礼节如前。此次妇女甚夥，由亥正二刻至子正二刻始毕，齐入大厅，立桌前饮酒吃冷荤既，下楼登车回使馆，时已丑正。

遇赫德家之女及媳

二十七日己巳，早阴，午后骤雨阵阵，雷。申正偕内人乘车西行十数里至克銮卫路第百四十号，赴喀万的什太太家茶会，楼小客亦无多。遇赫乐彬之次女及其子媳。茶点列于同层别一小间，鲜果冷荤皆无，只糕点三四种，热茶、凉加非、柠檬水各物而已。酉正雨止，阴。

二十八日庚午，阴。英国妇女真发挽作髻，饰以髢，中下户绾以∩形钢针，富室玳瑁笄或针，上嵌点星钻石值极昂，贵于我国之珠翠鈿、金步摇。其式如小梳，长二寸，横寸馀，背镶金线钻石点作形，每副三把，价由二镑至十镑半；若略大，背作形者五吉呢；针作形，每枚由十先半至二吉呢。中国翠花玉簪一支，未有贵于此者。

二十九日辛未，阴晴不定，凉。申正皆内人携孙女乘车西北行七八里，至格娄斯特尔坊第五号赴巴立什太太家

31,4,30

茶会。楼小而修饰华美，多陈中国瓷漆器。楼上男女，鼓琴歌曲，平平。惟一美国纽约人名凌昆作象声，学英、法、德人演说及英人夫妇间谈，声音笑貌惟妙惟肖。既，下楼入饭厅饮舍利，食冰乳红果各品，辞回。

多陈中国瓷器漆器

三十日壬申，晴。伦敦稼穑堂之水陆兵戏，今年为其第二十六年者，二十二日（西五月十五日）二开演起。数日前提督欧理蕃率众司事各武官柬约今日申初往观，未正皆内子携孙女乘车至。下车，武官引入，仍坐中间中层官厅中。同日来者，日本公使林董率参赞神山松次郎，并某国一妇领三小儿。三点钟开场，计演十五节。第一，马兵六名年皆不及二十，着白贴身衣乘马，对对驰越高约四尺之树枝栏及高五尺之假砖墙。第二，乘马执长矛刺木块，与上年所观者同。第三，演炮兵，炮车四辆，每辆兵二十，绳拽走极快，到场分四处，其分车、卸炮、声炮、换轮，整齐一律，肃静无哗。继作过石墙状，人先卸车，推轮抬车，后则以檐作杠而抬炮，同时跃过，颇见从容。先过者按车置轮，再则插檐安炮，毫不迟延，各事所司，不费时刻。其过木桥也，桥窄车宽，先卸右轮，乃系炮于左轴头，左轮行桥中，后推前拽，而左炮右车之分量相等，盖预酌合而造者。第四，十六人戴铁网罩，着厚布衣，两两以火枪刺相刺，每二人一官监视，识其胜负以讨赏。第五，四炮车驾各六马，绕道左右驰不乱。第六，六人乘马对撞大古米球，斯皆上年阅过者。第七，二人对刺，与第四无异。第八，自西一千五百八十八年（明万

水陆兵戏演十五节

演练炮兵快拆快装

历十六年）至今之水师共十队，每队衣装形式颜色不同，有长发、散发、编辫、剪发诸式，至枪炮刀剑，短长粗细

今昔水兵不同装束

亦殊。队列左右，中一古式假战船，长二丈，宽七八尺，下一长方架，人在内舁之，四面围之以画水纹布，即百年前英与日、法海战之船式也。兵扮失右臂之水师元帅乃勒森立船前。第九，演马之跃中横长桌一，桌铺桌布，陈盘碟酒杯之属，式与大餐同，桌前左右二树枝所编之短墙，

马跳餐桌

合作冂形；三兵各骑马依次由一箭地外驰到跃过，极轻捷，且骣马亦能驰跃，桌面毫无触动；既而桌上置板凳，三马中一马犹能跃过。第十，为上年看过之兵过高墙诸技。晚有他处邀饮，未得竟观，遂先谢辞回使馆。

五月初一日癸酉，晴。昨晚马器会英名“活尔讷尔斯”约饮于贤随音斯巷之萨勒特尔堂，酉正乘车往，地在老城内狼狈街后，巷虽窄而楼极崇宏。入见会首伊斯益，少叙后入饭厅，桌作⋒形，设座一百九十五。会首正座，坐余其左，伦敦美尔坐其右，合正面十五，馀六行各三十。迎面木台一，坐立女乐工六七，鼓弹琴瑟、湖琴之属，而无喇叭、号筒、鼓铙诸器，桌上列鲜花。食汤与鱼毕，正百通报使宣云，会首将向诸位通饮一杯，于是通场起立，举杯各一沾唇。继而各进大小烟卷、火柴，吸否

传递香水蘸以拭唇

随意。后上菜三四色，至糖糕、冰乳、鲜果、加非时，复传饮亲爱斝（见前），再传递香水一银盘，各将布巾蘸少许拭唇。此后齐立举杯祝英君福，谱《天保国王》之乐。少坐，再祝君后、太子、太子妃等福，作《天保君后》

31,5,2

之乐。继而会首美尔等六七人陆续演说，每一说毕，有女度一曲，子初始散。此次除座位人名单一页外，别有小本一，周二尺馀，外饰假羊皮纸，其首页列祝福及演说之次序，再则酒菜单，次页列侑酒十二节乐名，第三页印度曲各女及所歌曲名，后数页印曲文，新式也。检谱而听，不数周郎能顾曲矣。入夜天阴，欲雨。

音乐曲文印成小册

初二日甲戌，阴。闻日斯巴尼亚国王阿芬搜，于上月二十七日（西五月三十日）午后，由本国乘火车至巴里，法国总统吕贝率百官接待以王礼，二十九日（西六月一日）戌刻，总统约日王大戏园观剧。夜半戏散，总统与日王共车回，由大街转入路安街，过鹭梧店将至立五里街，万民欢呼之际，突见车下地出蓝火焰。比时人声喧杂，不闻轰声，只见浓烟扑入人群，惊呼声尤烈，男女四出奔逃。幸地雷力弱，且药线未准，仅前驱两车微伤。有谓为掷开花弹者，未中，亦二君福也。侍卫围护驰回，下车后，日王先问随官有伤否？受微伤者惟千总施乃得、马五匹及王车之前右轮而已。日王急以得律风报慰王母曰：无伤也。法总统亦电致日京，述明一切。人云法巡捕厅接信，谓前日有无父无君党人一伙，由巴赛娄那城（见前）飞来，恐在巴里滋事云云。故法之巡捕随时极力侦其踪迹，业已捕获多名，抄出炸弹三。次日法总统请王在沙龙（地在巴里东百零七洋里）阅兵，日王喜甚，并欲领马兵一队，混入伪战。吕贝恐遭不虞，力阻始止。

西班牙王巴黎遇刺

无父无君党人一伙

初三日乙亥，阴雨。英君之“维克都里亚阿拉柏”

艇，昨巳初出坡兹茂斯海口南驶百洋里赴法西北之涉尔堡海口迎日王。王率各官今早由巴里火车西北行二百五十洋里，至即上船，辰正十分展轮，未初抵坡兹茂斯，英之“登戛”“墨茂斯”“贝达佛”“闻恩特”四兵轮随行护送。船临海口，各兵船并炮台声炮行接待礼，泊后，日王接见英太子卫拉斯王，日国驻英公使参随及本地水陆各提督。见毕登岸，本地美尔立而陈数语。太子引日王登火车，缘途左右密布步兵，即时车开，未正十分抵伦敦维克都里亚车栈。下车，英君、宽诺公、费莆公并户、外、家、兵四部与营五各大员迓之。彼此握手寒暄毕，两君同车，走格娄伍诺园、格娄伍诺坊、海贷囿外，过庇喀的里街、贤翟木司街、玛柏楼门，转玛乐大道入卜静宫。由车栈至宫门，左右亦排立步兵，并有马步护卫前引后护。又前在海口下船上车处，及此地随行一路，皆铺陈华美，左右立杆，横竖悬旗。楼房皆装潢；五彩盈眸，如英君加冕时，旗帜则皆英日两国者。且当日王下船下车，乐兵皆先奏日国国乐，继奏英军乐，盖皆西国礼也。入宫后，英君偕太子及宽诺公等引见君后，率王室各男女及各婕妤、命妇，并内廷各大臣。见毕，入所备宫中少息后，乘车往拜各王族。宫中晚膳毕，日王偕来各员谒英君与后。宫中派御前护卫昼夜巡守，并备日王行动随时守护。

西班牙王抵伦敦

悬旗结彩

初四日丙子，阴雨，凉。现各国驻英公使首法国，两日前送来法文知单，谓今日巳正三十分，日王愿见各国公使参随于卜静宫，巳正余乘车入宫。系在入门大厅中排立

31,5,5

一圈，厅右内门外，左立日官一行。过正门，先立各国头等公使，再则二等三等公使及署公使，环立至内门外右鄙。一切次序，皆经英外部官指引照料。日王出，着本国戎服，紫衣浅蓝裤，饰以金彩，佩宝星。驻英日公使前引，见各公使先握手，少叙数语，后再握手一鞠躬。见毕转入内门，各人分散，乘车驰归。按：随日王来英各官，为外部大臣韦洛路的亚，家部大臣索托麻攸尔公，内大臣三特欧玛娄公、阿勒巴公，武备将军巴斯喀兰，御营参将部布什，游击葛娄伍、埃里亚戛、艾巴尔，医官阿拉赍。

西王接见各国公使

日王奉天主教，早餐后亲赴卫斯民司得教堂前之新天主堂，有二牧师迎入。至阿赤比朔（大教师）前，日王虔吻其戒指。教师复以圣水泼洒王身，继登高台，跪十字架前，奏一千六百年前之西班牙乐，唪经毕立起。教师演说一段，日王随答数语，大旨无非两国协合，官民视同一家之意。后赠大教师博尔恩金圣餐杯一，此杯洋名“茶立斯”。出此，步入卫斯民司得阿贝大教堂一观。午后宽诺公夫妇约日王在克拉兰府午酌。三点钟宽诺公陪日王乘车至稼穑堂阅兵演假战戏，闻其看至步兵越墙及马跃饭桌，甚为激赏。少坐即回，顺入上下议院一游，后至日国使馆吃茶。日国公使夫妇侍坐，又有蓝斯珰侯与韦苓屯侯夫妇。既而接见本国各银行东主及他著名富商。戌正卜静宫筵宴，两君皆有陈词，详后。

入天主堂见大主教

初五日丁丑，阴雨阵阵。瓜期在迩，厨工皆饬回国，戌初遂约诸参随学生等白玉堂晚餐，舍利酸汤（煮以西

准备离任遣回厨工

红柿，味颇酸）燖鹜炮羊，刀叉代箸，闻洋乐度端阳（各大饭店皆备乐工一班以侑酒），亦乐事也。

闻今早巳刻，日王携其二随官，便服乘汽车，先至南堪兴坦看大博物院，既至庇喀的里、贲得（华人名以富贵街，因所售多贵物也）二街购物件。由贲得街之痕多斯漆大珠宝金货店中出，登车时，车欲开而轮不转，许久轮动，而车下猝然作响，烈焰上腾。王与两官急跃出，心惊不知所向，狂奔数武，稍缓顾视，车无大变，王心始定。是时围人已多，众不知为日王。王觅车，幸巡捕察出，备马车送回宫。此等包探巡捕，英名“的台格的伍”，属苏格兰院，专为防护贵客。午正一刻，英太子同日王坐六马宫车，出宫走玛乐大道、玛柏楼门、帕麻街、倭特路坊，转利贞街，过敖斯佛街、蒿本街、牛盖街，至克英巷，入极乐堂午酌，为伦敦美尔所备，循例也。入门后，伦敦老城公进诚心接待两国和睦之诵词一篇（系以细羊皮恭写楷书，盛以金匣），美尔读毕递上，日王接受，彼此一鞠躬。此后进大堂入座，美尔坐正中，日王坐其右。日王之右为美尔夫人、卫拉斯王、宽诺公夫人、日国外部大臣、英王弟埃典柏公夫人兼德国萨克斯扣堡公妃、俄皇姑玛丽碧阿蒂姒、日国公使夫人、户部大臣巴乐佛；美尔之左者为四公主碧阿蒂姒、宽诺公、宽诺大郡主芭蒂夏、日国公使、宽诺郡主玛戛蕾、堪特百里大主教。其他世爵文武及日国各员，皆别坐两行。食毕，美尔举杯祝日王之福，并演说一段，日王亦以英言答之，皆百言相

车下作响 西王受惊

宴会座次

31,5,6

祝颂。

礼毕，出堂登车，走克英巷、奎印街、维克都里亚君主大街、维克都里亚堤、马军侍卫街、马军较场，转玛乐大道入宫。所行一路皆黄沙垫道，左右排兵。每箭地对立高竿，围以红黄布，两竿间纵横连以彩绳，系五彩小旗花朵。左右楼房，皆悬旗结彩。庇喀的里十字街，有挂中国大龙旗者。街中各路灯下，皆以木作高四尺之方木或六角木，围以红黄布，饰以花卉，色多红黄，日国国旗色也。王车随行有马步护卫，举旗前引后护。又宫门前及极乐堂内乐兵，皆先奏日乐，后奏英乐。又敖斯佛十字街之四角，立四大金狮，形与我国者同。当其经过倭特路坊、敖斯佛十字街、蒿本街三处，皆有卫斯民司得、马力贲、蒿本三区之首绅献陈词。申刻入宫，戌初外部大臣蓝侯寓所设筵，以请日王。筵为一长桌，电灯光与金银盘斝争耀，所列鲜花，悉仿日旗红黄二色，乐工起首亦奏日乐。待坐者除本国之首相公侯及堪特百里大主教外，有俄、德、美三国公使。食毕，齐往帕克巷赴伦敦得里侯夫人家茶会。同时英皇亦与后及太子、太子妃、宽诺公夫妇率二郡主往。

有挂中国大龙旗者

初六日戊寅，阴。今早英君特赠日王以头等副将职衔，其戎服则红衣黑裤，饰以金花，左右肩有甲字形金饼而无穗，帽饺形，黑绒金边，顶插红白鸡翎一枝。未刻英君请日王在阿得朔村阅兵，并柬约多国公使携眷往，随有往返火车票。未正偕内人率三子荣骥及孙女，坐马车至倭

请王阅兵

特路车栈少待，登车即开。申刻抵阿得朔，下车乘所备双马敞车驰至校场。此次较异于前者，国王木亭左箭地外，立木台一，高尺馀，上列木椅，鳞次栉比，台前绿草地设红褥藤两横，专坐各国公使夫妇，台上坐参随人等。台后偏左相距约箭地，有白布大幄，幄内后横长桌，前排小圆桌，列酒食鲜果、凉热加非与茶等，任人随时点取。国君与后等由火车栈坐马车到后，君后公主等上立木亭中，英、日君着戎服，骑马至对面游看各队，回后并立亭前。两君到时，各队亦先齐奏日国国乐，继奏本国《天保国王》乐，由前走过之水陆马步及炮队，大致与上年同。惟至某字马队时，太子引日王至一里外，日王转马前行作带队状，亦于距木亭箭地外垂剑向地，将至木亭前举起对鼻，此盖将官见上之礼也，礼毕即拍马旁行，仍立英君左。记今日共计排演及站道之武官大小七百八十九员，兵二万一千八百七十一名，马四千三百九十一匹，炮百五十二门。又今日有各使馆之武随员，着戎服，骑马排立于亭台之间，日本馆为宇都宫太郎，阅毕，二君及英后等登车先行，余等后亦登车至栈房上火车，酉刻开，戌初一刻到伦，二刻回使馆。

乃行将官见王之礼

英君专请日王观剧

今日戌正二刻，英君请日王及各国头二等公使夫妇，与随日王各员并本国文武大员，在克文御戏园观剧。约今早阅兵柬，下印“墨尔宁得蕾斯”，译言“早衣”，即便衣也；约晚间看戏柬则印“福乐得蕾斯”，华言“盛服”，即官服也。余偕内人回使馆，未及晚餐，急洗面更衣，戌

31,5,6

正乘车往。将近戏园，左右排兵，悬灯结彩，巡捕弹压。园在司特兰街北，左傍克文花菜市（地即四十年前之克父灯园，详见《航海述奇》）。至，下车登楼入座。园地颇大，台前池座如旧，惟前三面楼四层，层层以木板红毡截作包厢，每层二三十间。特第二层正中作三大间，中间坐二君及英后、太子、公主等；右间坐各国公使夫妇，乃列椅三横，公使夫人在前，公使在后，左间坐他文武官员命妇。每座上置戏单一页，一尺方白缎，四围垂以白丝线穗，长盈寸，上横临边中印日王小影，左右临边中印英君与后之小影，皆周不及寸，印戏名及各男女优伶之名。包厢前上下左右皆用铁丝缠绿叶作篱笆，按空实以浅红玫瑰，戏台正面亦然。迨到时先奏日乐，继奏英乐。

第二层作三大包厢

所演之戏，系义国事。按义大里旧风，两家世仇，永不解释，互相杀害。有甲乙两氏，仇已百年矣。甲男与乙女情爱相投，后乃知为仇家。然二人情重，终不欲离，虽其母阻止，院户搜捉亦不顾。而乙族人众，终不允许，仍事谋杀。一日某甲举刀自楼窗跃出，乙女骇而仆，昏绝于地。共演三出，第一出楼阁花园，皓月当空，晚景幽雅，女立阶前，男藏花下，相歌情爱。第二出木楼雪景，六出缤纷，仆役佃户，群作寻觅状。演毕此场，国君先行，余等随入后厅夜餐，与在宫内同，饮食毕复入座。第三出楼房一所，即男跃窗女惊倒事。子初演毕，通园人立起，奏日、英两国乐。国君去，众亦陆续下楼，登车回寓。闻今日园中，除官定各间外，他座则七吉呢。又今昼日王所经

仇家男女相爱悲剧

各街，左右铺设座备人瞻仰，价亦当与上年无异。

初七日己卯，阴，凉。早英君伴日王游文恣宫，晚太子请日王玛柏楼府晚餐。亥正三十分卜静宫设跳舞会，十点钟余偕内子入宫，见各国公使夫妇子女。此外男女较往日加倍，台上王族宗戚亦多。日王着英戎服，英君佩日国宝星，并着其乌色戎服，宝星带色白心浅蓝边（余前在日都曾得此式宝星及带）。跳竟四场，别加瓦勒兹一场毕，入大厅夜餐。王出入跳舞堂，先作日乐，继英乐。食毕出宫，登车回使馆，时已丑正。

白金汉宫设跳舞会

初八日是庚辰，晴。巳初日王由维克都里亚车栈便衣上火车，走都伍、戛蕾假道巴里回国。午后大雨，雷。按：英日两国虽云友邦，向无国君往来，此初次也。在昔四百五十年前，英君主美丽招日国太子费里为婿，君主薨，无子嗣，太子回国即王位，曰费里第二，时为西历一千五百五十六年（明世宗嘉靖三十六年）。日王阿芬搜第十二，曾在英国练习兵学。此两王均于未即位以前来英，非今之日来英之比。前日英君举觞为日王阿芬搜第十三称寿曰：

君王来临斯土，为我嘉宾，予与后欣幸莫名，谨以奉告。予等盼望君王来游英国，为日久矣。今者君果来临，大慰我英国人民之企望，故莫不欢呼以迎，惟恐落于法人后也。自贵国君王驾临斯土以来，今已有年矣，然先君王来游之盛事，直至于今，予未忘却。先君王前在三德赫尔斯特武备学堂学习兵学，予与之交，夙深敬仰。今君王允受英国提督之号，衣其戎服，予思维之，不胜荣幸。先君

英王所作之祝酒词

31,5,9

王弃世綦早，故君王未得承受庭训，言之可痛。然老王后淑德懿闻，洵为不世出之母后，吾知举凡重要机务，凡为君上所必理者，王太后必有以教之矣。日英两国时为联盟友邦，惟愿永远如是和好，为天下太平计，为天下前进计，为天下文明计，凡此则尤关紧要者。予谨酌此，祝君王寿，并祝贵国兴盛无疆，彼苍永佑君王，永庇君王。

日斯巴尼亚王答曰：

侧闻温纶，感激万分，谨诚心致谢，并为我母老太后致谢。我两国不独利益有关，而追念往事，实有令我不能不亲贵国。我先王尝于三德赫尔斯特学习兵学，当时贵先君后君临斯土，百年之内，鸿德盛业，不可枚举，洵为天下表率，我先王即于是而得知宪政国国君应尽之责任焉。我两家亲爱如是之诚，我两国人民又友好如是，此种情形，日后定能日长不已，于我两国人民大有裨益也。今予谨举觞祝君王寿，祝各帝胄寿，并祝大英国福禄无疆。 西班牙王之答谢词

初九日辛巳，阴。海岱囿在伦敦新城内之中西界，其西首与堪兴坦园毗连，南为堪兴坦路与奶子桥，其北横贝斯倭特尔路，东为帕克巷及哈米屯坊。其东南角曰海岱囿角，三石门外即韦凌屯公之石像处，再南则近王宫花园。其东北角名曰白玉石牌楼，英名“麻布阿赤”，系敖斯佛街之西首。据云一百五十年前尚无此囿，地为处决官犯处，原名太贲，义乃法场也。门外宽诺坊，旧有树曰太贲树，为缢颈架。凡缢死者，除经本家或戚友领尸另葬，及经医院收去考验学习者外，皆埋于囿之东北角（即此石 海德公园威灵顿像

牌楼下)，历年久，不知几千百尸矣。此石牌楼英君卓志第四建于卜静宫前，时西一千八百二十年（嘉庆末年），共费九万镑。既因扩充宫院，遂移于此。一千八百五十年（道光三十年）于此掘地基时，见极深处有巨石，块大而重，无力迁移，乃移牌楼于其上。因石上有字云，兵丁轰毙于此，不知石下埋骨若干，故又名其牌楼曰惊畏牌楼，盖下有疙骨灵魂也。

惊畏牌楼

初十日壬午，早阴，申刻雨。英国妇女戴镶嵌约指，约于食指或中指，间有在小指者。美国妇女则无老幼佥戴于小指，意谓或可邀福去病，且饰以肖生辰之宝石（西国妇女按月择定十二种宝石，如正月为翡，二月为翠等)，寓意颇多。目今伦敦创将指约指，珠宝饰之，富女喜新，购者接屣。

十一日癸未，白昼阴，入夜晴。德皇喜游历，水陆兼程，每遇佳景乐事，亲以小镜取影，印之信片，寄赠契友，间于数月或一年馀寄之，以提醒知其以前所遇。凡德皇寄信，皆外书要件，飞迟莫误，无昼无夜，突然速寄。人往往夜半惊醒，开函则花片一页而已。某日德皇驾车经一处，见楼顶有人作工，楼高而架木险峭，德皇嘉其能，乃击掌呼曰“卜拉倭，卜拉倭!”西国之君，岂皆不自矜重如此欤？

西国之君不自矜重

［八述奇卷十六终］

光绪三十一年五月十二日甲申，大晴。暖。今日英皇与后，由四点三十分至七点钟，文您宫开茶会。于伦敦正西稍北比朔路之帕丁屯火车栈，备专车十趟，赴会者自两

至温莎宫赴茶会

31,5,13

点四十五分至三点四十五分，回车自六点三十分起，运尽而后已。申初余偕内人率各参随至车栈买票登车，三点二十五分开西行，三点五十三分到。下火车，有锦衣宫官备马车，坐行里许，入宫右门，过正门至左门下车，步入宫左苑内。一白布大帐房，存男女外罩衣氅，各有号目凭牌。左去两三箭地，横列三白布方帐，前一花绸小棚，帐内设桌椅，列银壶瓷碟刀叉鲜花等，为英皇与后及他宗族坐处。由此右去两箭地，横白布大帐房五，每中横长桌列酒食，为诸客小食处。地势平坦，丰草绿缛，平日为国君打球游乐之所。右傍宫外城堞短墙，当中接有石桥。酉初英皇率众由宫内步石桥而下，男女各客自桥下至御帐前分立左右，君等过，各行鞠躬半跪礼。君入帐，他人有赴大帐饮食者，有徘徊于御帐左右者，有少待即去者。余偕内人入大帐，各饮加非一杯，乃缓步出宫，时已酉正一刻，乘马车至火车栈，登车即开，戌初二刻抵使馆。闻此次男女客六千馀，由伦敦至文遂火车价往返每人五先半，统计帕丁屯车栈于今日午后一点钟工夫所获，应不下一千五百镑。

英皇过时鞠躬半跪

十三日乙酉，白昼阴，入夜雨。英君第宽诺公之大郡主玛戛蕾，生于西一千八百八十二年正月十五日（光绪七年十一月二十六日），现年二十四，英君许配瑞典国王鄂斯喀长孙司喀尼亚公阿多福为妃。阿亦二十四，乃生于八百八十二年十一月十一日（光绪八年十月初一日），半月前率男女文武多人来英就亲，择于今日午正二刻在文遂宫旁贤桌志教堂中成礼。今早奉英君谕，特赠瑞典国王以

本国海军水师提督之职衔。按：瑞典、诺尔威本两邦合一，诺尔威原属丹麻，中隔北海。九十年前（为西一千八百十四年，即嘉庆十九年）改从瑞典，因地毗连也。虽属一君，而各立议院，与英之苏格兰同。尔因诺拟别派领事赴各国，瑞王未允，诺地议员告退，不准。谓既如此，则本院无权，即请释令本地自主；然本朝世代君王恩惠有感，人民敬仰，不忍分离，可否即派太子古斯达夫分治此地为主。至今分否未定，或谓不派太子，恐将派王孙，故阿多福有称诺尔威王之望也。夫英瑞结婚之易，以耶酥教故耳。又宽诺公之次女芭蒂夏，现年二十二，于两月前原拟嫁日斯巴尼亚王阿芬搜为后，因教门不同，日王天主教，英主耶酥教。故宽诺公夫妇曾潜赴罗马，商诸教皇，未蒙允许，遂行停止。

瑞典挪威之合与分

十四日丙戌，大晴，热。昨日郡主玛戛蕾成婚，各世爵大臣男女馈送之礼物，如宽诺公之子王爵阿仄尔、次女芭蒂夏同送钻石珍珠约指一枚，克里坚王与夫人（夫人为英王二妹海莱那）送银加非茶具一分，君妹四公主巴特堡王妃碧阿特丽姒送大花银盘一，妃子阿来三德里欧埔墨里斯及女埃那同送银果刀一匣，君妹三公主阿盖公夫人绿衣姒送钻石翡翠金丝项链一，二公主长女维克都里亚送紫玉瑛耳坠一副，次女敖古斯达送瓷油表架一，法皇那波仑第三之后尤芝尼（寄居英兰）送珍珠钻石蝴蝶胸襟针一，斗斯达公（义国国王堂兄）与夫人埃莱那同送钻石碧玉耳坠一副，德国公使（因宽诺公夫人为友邦公主）送

郡主成婚所送礼物

31,5,15

镶嵌钻石金图章一，色尔喀色送钻石耳坠项圈各一，色尔骆斯柴夫妇送钻石碧玉胸襟针一，代万晒公夫妇送钻石紫玉瑛胸襟针一，玻兰公夫妇送钻石蓝碧玉胸襟针一，多洛古勒齐王与夫人（俄皇之叔寄居于此）送银烛台一对，阿福来送钻石珍珠手钏一只，曼池泗得公夫妇送钻石攒成香水瓶一，卫斯民司得公之母喀色兰送珍珠帽针一，卫斯民司得公夫人送金墨壶一，金营武官（宽诺公所带者）送银墨盘一、笔二枝，马尔喀立伯夫妇送金漆按铃器一，色尔卜拉西（即四十年前所晤之某船厂主人）送金漆钮扣一分，邓拉文伯夫妇送喀尔里书一部，堪特百里大主教送教书一本，文悠教士书一本（讲尊守耶稣者），格蕾伯夫妇送花瓷胸襟针一，格娄伍诺伯夫人母子送钻石碧玉十字架一，洛克斯柏尔公夫人送珍珠钻石袖扣环一对，曼池泗得公之母宽苏娄送金糖罐二带錾花匙，娄斯美侯夫妇送镶金蓝玻璃墨罐一，将军骆柏滋夫妇送四柄银樽二，将军李特敦、莫蕾、汉路墨、德格乐公送银烛台一对，哈荷扉伯送镶嵌皮匣一，得得来伯夫人送大银托盘一，蓝斯玿侯夫妇送古式游行金器一匣（内盛刀叉匙等），阿柏的音公夫妇送挖垫桌一张，敕建音乐大学堂司事等（由郡主喜音乐）送船形银酱油罐二，骚色兰公夫妇送银墨罐一，立本大主教送小坐钟一架。

钻石攒成之香水瓶

有送书者

十五日丁亥，早阴雨，申刻晴。伦敦妇女喜畜犬，应用什物遂售有专铺。如银铜皮缎之脖卡、铃铛、锁练、名牌，价由一二先至一镑。食槽、皮鞭外，最新者为剪毛

畜犬用品之商店

器，为天热剪犬颈毛。天寒则有古米之犬靴，可大可小。犬背背衣同马衣，绸缎绒毡所制，前有领扣，中有肚带，其上可以金绣主家名姓暗号等。又有犬睡筐，携犬出门筐，编以柳条，衬以毡缎，马房形，为笼形，有门有锁。各物价皆十数先至一二镑。

十六日戊子，晴。英妇女既好饰发，复求蓄发，欲其洁而泽。然因病因他故致发稀，有铺售多种药水，不一名，未详何物所制。有一种名“埃格朱蕾埔”，系以卵黄搀克伦香水而成者。药水皆盛以小玻璃瓶，高二寸弱，宽寸馀，厚五六分。玻璃既厚，装潢华而洁，每瓶水由二先半至一吉呢。

美人所用不仅脂粉

十七日己丑，晴。西方美人所用，不仅脂粉。即粉言之，则有肉皮色粉细软润肤，雅洲者稍黄，斐洲者微黑，各如其面也，每匣由五先半至十先半。又有一种红香水名“娄西安”，料不外乎玫瑰，以之拭腮，艳而不伤肤，每一小瓶五先。一种乌眉药末产自埃及，名“埃拉美斯的阿木”，一小瓶五先半。红唇药水，唇不湿不油腻，终日洗不落，如生就者然，一小瓶价四先半。

十八日庚寅，早微雨，午后晴。英国邮局定规，凡寄函之人，因忙将空离且对面未黏而掷之邮筒者，某信局收到，先以笔识其外曰“到手中他无所封”。至大信局，又印云“某区某局见其中无他物”，并于信后加对一长方纸，印云“第若干号，察其开口，兹由官印封”。此等空函，亦照对面所书之人名姓住址寄交之。

31,5,19

十九日辛卯，晴。西国自古亦裂地封爵，故至今各世爵，皆有若干地亩，千百年来官禁卖地。而贫可鬻爵，得之者遂因爵而有地，不必国人也。闻奥国有一埃斯他奚王爵，仅一女名阿那继之，年五十三矣，西千八百九十九年（光绪二十五年）嫁法人某甲，甲浪费而沈湎于酒，一礼拜妇代偿者一二百镑，资遂匮。上年禀官具结分离，妇拟鬻爵以度日，登之新报，价二万金镑。

登报鬻爵价二万镑

二十日壬辰，晴。英例市卫禁乞丐，伦敦新旧城各区，区设大房一所曰“作工所”，洋名“倭尔克蒿斯”，以备无工作之人栖止，一宿必作粗工若干，如析麻、开石之类。翌晨他往充工，为有为无，仍宿于此，宿他处者听之。又各区住户年有捐款，赈赡贫苦老幼。然各区大小贫富不同，间有房无一人宿者，乃暂改为小店，宿客出微值而不作工，名以偿债客。如太康店，入者浴之，俾免身垢污褥被。床卧一夜四本士，凌昆晒区店，有夫妇携四孩宿，其人每礼拜由善会局领五先三本士之赈款，宿此每七日四先半，尚馀九本士。格林泥芝区店，改收年老男女，每礼拜租十先，供饮食，因病而医之费在外。室大足居四百人，七日间可赚每人二先。

无业贫民有住处

二十一日癸巳，晴。英都富与宦室妇女，既思丽其容，饰其发，复光润其指甲。铺中乃备诸种药水粉散器具之属，并可代懒妇修饰之。修洗一次，工价五先。所售之药，每创新名。洗指水立除指甲内外之污，每小瓶二先半。药粉两种涂于指，拭之数分钟，光如龟壳，每一小纸

美甲店及所用药具

匣一先半至三先。谓剔指之橘木签优于铁器，其长二寸宽二分，每束六枚一先。指甲剪后以错错齐，再用洋名“埃莫里柏尔滋”小块细沙布磨错处使光滑，每小匣计六页，一先。复用小刷刷一种药油以润之，每瓶三先半，末则一种红水刷于盖肉之指甲，使作血晕，示体壮也，每瓶二先半。

大风琴每年鼓一次

二十二日甲午，晴。水晶宫内正面之大风琴；年演鼓一次，今年则今日申初（西六月二十四日）。半月前，会首等折柬约，附入座券四，皆正红色；别二帖，白色者谓绕行全宫毋阻，浅蓝色者申正后在御用包厢小食。未初，余偕内人率三子荣骥及孙女佑英乘马车至，入宫步至台右，进门有人收券，扯去其半，导客入座，为台前第一横。池中金椅共十二横，横椅二十五。入门券色不同，因池中座价分四等，头等正红一镑一先，二等浅红十先半，三等黄色七先半，四等绿色五先。台左右搭敞阁，其上座分三等，与池中二三四等同价。池外三面座之不列号者，每座二先半。台作箕形，正面一人鼓风琴，左右两翼，坐和声度曲之男女三千。箕心至台边，男女乐工坐五百。台边正中，乐工头以短棍不时上下左右，立而指画，调音之高低。

男女三千疑或有误

乐作两阕，第一节鼓风琴，拉胡琴，筝瑟齐鸣，合奏《天保国王》，是时通场肃立以听，曲终乃坐。已鼓一再行，复有著名六男女蝉联，各度一曲，继又鼓吹一次，是为头节。毕，略歇。时值酉初，下议院绅董查得满引至对

31,5,22

面，登楼至敞厅后饭堂中，坐饮加非一杯，糕点少许。移时，会首盛克夫妇齐至，请转入御用包厢中，坐听第二节，同座遇诺特佛伯夫妇，又旁间坐暹罗公使、日本参赞。听毕，盛克夫妇并请七点晚餐，后看烟火。因时尚早，遂先下楼一游。所列货物及各乐场甚多，人多壅路，无暇细观。戌初步回，登楼入饭厅，即时入座。座间八人，除盛克夫妇外，有色尔威亚国之总领事父女。食毕恰值九点十五分开放烟火，乃即步至厅外敞阁，坐傍铁栏眺望。历来乐工系在宫前左鄙石台上，现改在宫前正中石台上建一高亭，坐红衣乐兵一部。循台一带石栏，及台下水法花池，皆挂五彩鲜花，屈曲弯环，作卐字及盘肠式。

烟火放三十三次，次别以名色。有爆竹至半空，变成五彩金银星大片飘洒。有仅作金星带线，腾空一束而散开如帚者。电光球起，裂为火球数十，火箭射空，金条乱舞，名曰火龙云集。爆竹上升极高，轰然出彗星千尾，迟迟下坠，随坠变色，始金银，既红绿，名曰宝石垂天。铁架立地，中一扁轮，金银色之火星外飞，轮转能编作花式，名曰编花轮。飞起银星，陨如雨，名雨落钻石。五色万花飞起，落未点地而复腾空，高于初次，名曰探花及第。冲天铁架一，由上飞下白花，四面占地数千方尺，名曰大雪缤纷。是晚风吹对面，俾清楚得看。就中精巧者有二：（一）铁架一行，上作铁甲兵轮多艘，左右相向，火花明时，左右见烟，随闻炮声隆隆，作彼此海战状。倏一船折桅，倏一船中断。此船失火，烈焰飞腾。彼船落水，

各种各色之烟火

摹仿日俄对马海战

波涛激涌。此盖仿本年日俄两国对马岛海面交兵，水雷轰断俄之勒维亚坦兵轮事。（二）左立铁架楼房一所，突火起烈焰熊熊。即时对面一救火车驰来，二救火人下车，大步至楼前，以皮筒激水，车走人行，与真无别。皮筒所激之水，乃火花也。亥正二刻看毕，与盛克夫妇同车回伦敦。

二十三日乙未，镇日阴晴不定。闻立文浦海口仕人某甲，年五旬矣，妻故年馀，遗二子一女。女年十八，数月前，甲与女之同学女友李艾米情投，前礼拜日（即前十六日）潜入教堂成婚，李年十五尔。甲之子女不知娶继母，李之父母不知女出嫁也。礼拜三之晨，李母睡起，至女卧室，见空榻枕边遗一纸云，女今已有夫，偕之他往。阅毕惊讶良久，度其必无引线人，夫妇乃竭力搜寻，现尚无着，盖李与甲约是早同坐火车赴柏明根也。此类事，情爱欤？拐带欤？未悉有干例禁否。

日本亲王由比来英

二十四日丙申，晴。前赴德国贺太子鶗良新婚之日本有栖川宫威仁亲王与夫人，由比利时西北敖斯珰海口驾“克来孟丹”轮船，今日未正二十分抵都伍海口，有日本公使林董率文武参随并英廷钦派各员在彼处迎接。船傍岸，林董率众登船谒见。王与夫人上岸，先有宫官递英后所赠夫人之红鲜玫瑰一束，礼也。炮台声炮，礼也，继见英官，步兵左右列队，作日本国乐，男女攒立，大声欢呼。王与夫人随行，同向英旗鞠躬行礼，登专趟火车，开时兵复作日本国乐送之。酉初一刻抵伦敦维克都里亚车

31,5,25

栈，英太子卫拉斯王及宽诺公着戎服候接，日本男女百五十馀排立一行。住车后，彼此握手寒暄，日本王与夫人皆深深鞠躬，继引带来各员参见太子与宽诺公。见毕，王等缓步前行，日本男女向之鞠躬行礼，王与夫人皆手拂冠檐点头答之，日本参赞夫人又亲奉王夫人玫瑰一束（非日本礼，仿英礼也）。夫人先登马车，日王乃足恭，上车坐对面，太子笑而手握王肩，坐之夫人右。特有马兵护卫随行，沿途左右亦有步兵排列，兵后男女如堵，车过均向之免冠摇巾行礼。王则不时以右手触冠，夫人不时点头，以答谢之。车入卜静宫，英皇与后迎入大厅，茗谈一小时。后乘车入贤翟木司宫左之约尔克府，又经外部大臣蓝侯等接入。少顷，英皇坐车入府答拜，少坐即去。两处皆有红衣护卫奏乐，英皇转回始散。戌刻王与夫人入卜静宫晚餐，夜半回府。 仿行英礼

二十五日丁酉，晴。申正率荣骥乘车至贝勒格蕾伍坊第五号，赴包韩夫妇家茶会。英俗，子娶妻须别立门墙，故其母仍住伊屯坊，新夫妇则移此新居居焉。楼房高阔，修饰华丽，度为其妻所购者。亥初，复同内人乘车先至康卫路大博物院赴地理会之茶会。此次不惟大堂作乐，预备酒食，更在西翼头层设禽鸟处。别安一琴男女陆续歌曲，备茶酒小食。坐间遇立德夫妇（见《六述奇》），其妻着大红寸蟒罩片氅。去此至太子门第二百六十号，赴司特安伯夫妇家茶会。有人奏乐歌曲，楼虽敞而人多拥挤，少立下楼，主人引入饭厅，饮香宾一杯，食地椹几枚，谢归时 赴地理会之茶会

已子正。

二十六日戊戌，晴。申初同内人乘车先至特拉伐勒戛坊之喀色林别墅赴葛蕾太太家茶会，无多客。所集北京哈吧狗二十馀，大小颜色与前年同。去此北行数里，至海岱囿南之埃呢斯莫尔园第三十一号，赴蒲的满太太家茶会，楼小人多，拥塞觉热，少立下楼回。亥初复携荣骥乘车至格娄伍诺园第四号日本使馆赴茶会，并见阿里苏戛瓦王（日本音，即有栖川宫王）与其夫人。屋以人多而逼窄，遇各国公使及蓝侯等，人语嘈杂，好静者应憎其扰。

“有栖川”之英译音

二十七日己亥，阴雨阵阵。申正偕内人乘车至阿拉柏门法国使馆赴茶会，其大厅正面设一木台，高及尺，安大琴一架，有少妇罗乃歌曲，台前逐行排金椅。坐听两曲，法公使乃引入他间，酌以香宾一杯醻之，辞回。戌初，复乘车至白堂街，入敕建水陆公所英名“洛亚攸乃代色尔威斯音斯的究慎”，赴将军骆柏滋所请茶会。其楼本名“槐达霍勒”译即白堂。三百年前尹呢勾周恩斯所建，拟作酒馆，既归国王查里第一。王昏乱，国人不服，西一千六百二十五年（明熹宗天启五年）弑于是楼窗外。六十年后，六百九十一七年间［编按：此句意谓“一千六百九十一年前七年间”］，陆续烧毁，今仅存此所，修理齐整，以存古迹。房不多，皆古式，精纯坚固。既为水陆公所，兼作水陆军械博物院，除于每礼拜三闭门一日，馀皆任人观览，入门每人六本士。内有多式枪炮刀剑旗帜于战胜敌国夺来者，并有东方几国之风篷用桨船式。公所首领

白堂故事

水陆军械博物院

31,5,28

为宽诺公，馀皆水陆大员，大员中又以骆将军为首，故今日为主人。入门与之握手，稍叙寒温，逐步至内堂，楼上作乐，四壁钉悬刀剑旗帜，当中行行罗列玻璃罩桌，内戎服宝星等，半属水师将军乃乐森于百年前鏖兵之物。今日系西六月二十九日，即百年前战胜之日，特设茶会，绎其功也。少顷作《天保国王》乐，宽诺公与夫人率郡主至，余向之鞠躬握手，他男女客分立左右，亦皆向之鞠躬半跪。楼上自亥初至子初二刻，时而奏乐，时而歌曲，皆当时战场之诗词也。地窄人稠，不能久立，遂由后梯步至下层一观，存有炮位小船等，正面横长桌，设茶及小食，乃饮加非一杯，步石阶上楼，出正门登车回使馆。

纳尔逊战胜纪念日

二十八日庚子，晴。今日为西六月三十日，英皇寿辰为西十一月初九，而蓝侯于今晚戌正开筵，请各国公使并本国文武多员预祝之。前二十天印柬来云："恭庆国君寿辰，择于六月三十日礼拜五晚八点钟晚酌，席设蓝斯琩府，希着朝会服，敬候回示，覆函祈致外部总办（盖欲知被请者能否准到，以便均设座位也），蓝斯琩侯拜。"戌初二刻乘车至，入见蓝侯，握手问候毕，进大厅同众立谈。少刻客齐，转入饭堂，一长桌周坐六十七人，旁间作乐。食毕，蓝侯立起举杯，率众恭祝国君寿，作《天保国王》乐。继而法国公使代各公使立祝英皇寿，众齐随立，举杯一饮，作《天保国王》乐。此后吸烟卷，吃加非，少坐，齐入他间，立谈片刻，辞出登车。转至帕克巷，入伦敦代立府赴伦敦代立侯家茶会。其请柬首句，亦

国君寿辰设宴庆祝

云“恭庆君寿”。上楼见侯夫人毕，在上复遇许多公使，并伦敦美尔夫妇等。少叙后，由左梯下楼，出门登车回使馆，时将丑正。

判令夫妇每日合吻

二十九日辛丑，晴。昨闻某城男名武达，夫妇不睦，武告官欲休其妻，并将其周岁小孩一并带去。官判令每礼拜携其妻与孩乡游一次，夫妇每日至少合吻一次；妻别居，每礼拜给一镑四先，更须不时遗以鲜花一束，不得令其妻母代理家务，以四礼拜为限，限满同来报闻。如不遵行，则为违背公堂。俾其久而感情深，或有破镜重圆之一日。

命妇送后回至寝宫

三十日壬寅，晴。英廷宫礼，自西一千八百六十二年（同治元年）前君主维克都里亚之夫阿拉柏王逝后多停止，于今复有陆续规复者。即如宫中每设跳舞会毕，命妇皆伴君主回至寝宫门外；自阿王逝后，君主自不入堂，令太子与妃代之，此礼逐废。自埃达倭即位以来，前于初七日宫中跳舞会毕，命妇送皇后登楼入寝室。迨入门，值日斯巴尼亚国王阿芬搜亦到，盖彼此之卧房咸在宫楼一行也。既见，日王赶英后前请夜安，忽谓我武家也，后肯看操否？皇后笑曰可。日王乃连打斤斗数轮，始入屋。

市长宴请日本亲王

六月初一日癸卯，晴。记上月二十八日未初一刻，伦敦美尔请日本有栖川宫王与夫人极乐堂午酌，共桌二百二十人，中有蓝斯玶侯、日本公使林董，并他日本文武多人。食毕，美尔立起，举杯请贵客同祝英皇寿，再祝秦晋结好之日本皇帝之福，随陈数语，大要谓“现在伦敦通

31,6,2

城人民，咸赞日本皇帝圣明其世，及为天至久者，现为第百二十一世，相继不绝，于今深奥前进，此时之奇特也，愿贵国皇帝万寿，国泰民安，以其大略，治其通国”云云。言毕，通堂齐呼“班哉，班哉”（日本语万岁也，见前）。少坐后，复立而举觞恭祝王与王夫人之福，并陈明王前曾在此学习，登英兵船，又前当老君主即位六十年大庆时，王曾代日本皇帝来英庆贺等语。王立起答云：“此次美意优待，感谢无已。犹记二十年前某在此欢乐之时，历历在目，今得再来，何幸如之。今日荣遇，达知敝国，上则皇帝皇后，下则官民，罔弗深为感激。某可比作江河，欲将日本通国之美意，如水之传致大英通国也。”言毕，通堂复高呼“班哉”。又当日威仁王奉日皇命赐美尔以日升宝星，敦联盟之谊也。戌刻，蓝侯请王与夫人侯寓晚酌。

登英兵船登原作且

初二日甲辰，阴。各国新报，除俄国外，皆畅所欲言而不禁。然人心不同，官场每有一事，无论巨细，必肆论其是非，故迩来我国各报亦颇效之。伦敦汽车近数月间日多，客虽上等，然轮转如飞，险甚，且烟气羼异味，易致疾。伦敦每年西五、六、七三个月天气清爽温和，曰“伦敦季”，多有乘马车游园及请茶会，海岱囿中尤夥。每午后车辆往来于途，左右游人，或坐或立，拥挤以看马车行行复行行。到处马出巡捕弹压，官场以园中游览多妇女，既非赛驰，亦非急务，数日前海岱囿各门外悬牌，每日自申正至戌初禁汽车出入往来，以免撞车惊马。前日新

报纸不禁畅所欲言

禁止汽车入公园事

报乃云，自囿门谕帖出后，囿中顿觉异常寥落，人则惨淡无神，巡捕亦逍遥无事；除王后公主王妃等经过，其他名家妇女入者殊鲜，即有高轩过，无非乳娘携宦家小姐而已；园外四面，汽车笨车混杂，路窄难行。由此以观，谕帖恐不能久悬云。

爱猫者多

初三日乙巳，晴。记英人豢猫狗，多表爱惜之意。昨闻在巴斯地方有哈埃者畜六猫，临终遗书，谓每年令邻妇卜麻萨，由某银行取五十镑，代养其猫。经大法院法官朱艾斯考察，谓遗书未言以何时为止，无所断定，经院首某世爵判以第六猫死后为止。又有弄猫狗戏者名欧讷悌，住蛤蜊街第三十四号，昨在来祥杂剧馆中演剧，二椅背立相距尺半，一猫横立其上作⌒形，猫犬大小十二，陆续经猫背而过。适访察虐待生灵者某甲见之，谓其暴虐不仁，猫忍痛而惧挞，令人怜悯，遂闻于官。官传试验，良是，遂判罚欧四镑，外索官费四吉呢。

带领贫民各处募款

初四日丙午，晴暖。午后去约尔克府挂号，并至蓝、伦二侯处投刺。英兰无工贫民，经善会设法赈济，带领各处募款，一以怜贫，一防作乱。闻上月初间，有四百数十名，善人带领，由距伦敦西北八十四洋里之哈柏娄村南行十八洋里至诺桑屯，盖将按站赴伦也。翌晨，经彼地善会计名给粗袜一双，除昨夜犯规之二名撤其牌号逐出外，辰出备面包、乳饼及茶而使饱。巳初一刻善士佘立福步引列队而行，经过贝达佛、路屯、贤阿拉班等村镇，逐处加添，抵伦敦已逾千。各地凡有添者，别有首领，皆欢迎。

31,6,5

施皮鞋旧衣，面包牛肉，并令洗浴，卧以草床。朝夕善士宣讲演说，劝导之，激讽之，善举也。

初五日丁未，大晴热。因日本有栖川宫王与妃在此，英皇特于今日亥正三十分在卜静宫添设跳舞会一场。数日前经内廷礼官奉英皇谕，具文来约，亥正余偕内人率陆泽生、白厚之乘车往。天虽热而宫中四面窗门敞开，且堂上玻璃双层，上下参差开放，不见天而纳凉，飚出热气，人虽拥挤，尚觉清爽。一切礼节如前。共跳六场，第一场喀得立勒，前两对为日王与公主绿衣姒、日王夫人与宽诺公跳，第二、三场皆瓦勒自，第四场又为喀得立勒，头两对则王夫人与英皇、日王与英后跳，第五、六场仍皆瓦勒自，皇后、王妃、公主等皆坐观。各国二等公使及他文武官员妻女，彼此换搂欢跳。至子正二刻，齐入饭堂夜餐。丑初回使馆。 英日王室交易舞会

初六日戊申，大晴，热而微风。美国自西历一千七百七十六年七月初四日叛英自立，至本年西七月四日（即前初二日）为其第百三十年，伦敦美国会馆原定于是日戌刻在赛西店设宴庆贺，两月前会首具柬来请。忽于上月三十日来电，以“本国副总统海专溘逝，应俟葬后补行，特改于初八日宴贺，不知能否惠临，望示知”，电费已付（此节来电不言，乃送电者代言回电费付讫，因此等为迫人电覆，如此先付乃礼也）。曾答以“仍欲助贺”。今日戌初乘车至，见会首佛克斯等，少立，报酒食备齐，佛克斯君前导，接迹入饭厅。桌式横一竖九  形，人三百 美国独立百三十年

六十七。佛克斯君坐横桌正中，右三座为美、德二国公使与余，左三座为蓝侯及和、墨二国公使。左右馀三十六座，亦皆来客。九竖桌所坐者，除新报馆七人外，馀皆美国人。桌左台上坐红衣乐兵一部，每桌上密列瓶瓶，插鲜玫瑰，红黄粉紫，不一其色，花大如芍药；且作高三尺馀之花月门三十三立于桌面，乃横桌六，竖桌每上三，新式也。侑酒以乐。未举刀叉，伦敦副牧师（英名"阿池的昆"）立起，口陈数语，率众谢天赐食，食毕复率众立谢苍天。既而干加非，吸卷烟。再则佛克斯立赞英君之聪颖仁爱一段毕，举杯领众祝英君福，乐作《天保国王》。此后蓝侯起立，称颂美国历代伯理玺天德，并谓英为美之祖籍，美则英之后裔，彼此视同一家，日见和睦云云。因而举杯公祝总统福，作美之国乐，继又公祝新任美国驻英公使李德之福。美公使复颂扬今日聚会之谊，德公使代众客称谢今日之请，末则佛克斯立陈一年会馆之情形，兼谢会众赠物。盖佛公一年办理得宜，公赠一银斝也。斝高尺馀，周一尺，形，其重未详，四面錾花，工颇细。陈毕席散。

花作月门立于桌面

公赠银斝

初七日己酉，大雨滂沱，列缺宣威，丰隆震地，左车撒豆，满地珠跳，酉刻雨止仍阴。华人间有更姓，或因承继，或为避祸，或隐遁，或赐姓，未有取名家之姓而为己姓者。昨遇三十年前有之税务司满三德，本英国苏格兰人，姓满名三德，按英法称之，则曰阿来三德满也。慕司九阿为苏格兰望族，遂袭其姓，而以本姓为名，曰满司九

31,6,8

阿，若改华名，可曰司加满矣。

初八日庚戌，阴。英人喜用玫瑰，莳艺既佳，具各种颜色，萼亦大。英兰东南埃赛克斯府东北，有村曰扣柴色尔，距伦敦东北五十一洋里，东界阔安河，有甘特姓者，世业莳玫瑰，园极广，已及一百四十七年，名曰老玫瑰园。栽培得法，花萼异常，曾由赛会得金银工牌、酒樽诸物。其售花之常价，自西六月二十四日至十月底，杂色者每二十五朵二先九本士，五十朵五先半，百朵十先，千朵四吉呢；其深红、浅红、白、黄各色，皆二十五朵三先三本士，五十朵六先半，百朵十二先，千朵与杂色价同；专指何等式样颜色者，每二十五朵四先，五十朵七先半，百朵十五先，千朵亦四吉呢；刈连茎者每百朵一镑。各处寄送，匣价在内，路远加寄费，如二十五朵加半先，五十朵加九本士，百朵加一先。如在六月前或十月后，及朵数在二十五以内，皆须随时计朵定价。 玫瑰花价

初九日辛亥，大晴，热而微风。昨早巳正，日本有栖川宫王与夫人启节回国，由贤翟木斯宫至维克都里亚车栈，有马兵护送，英皇与后派人至车栈送别。申正偕内人率孙女乘车至柏克蕾坊查尔斯街第二十六号，赴马其万太太家茶会。大厅逐行列椅，临窗一大洋琴，有法人蒲兰桑、霍乐满、吴乐苐、妇女古尔等陆续鼓琴歌曲，声调亦幽雅。遇土耳其、鲁麻呢亚两国公使夫妇，坐听六场后下楼入饭厅，吃酸桃一枚，饮舍利一杯，遂出门登车回使馆。

大人国小人国故事

初十日壬子，大晴，热。英国有种小说，与我国之《镜花缘》同，亦谓有大人国小人国，亦不言属何地，人皆以为妄言。按：各国现据之阿非利加多临海地，故谓内地沙漠无人，罕有到者。二十年前英人司丹里自中非洲之东界临印度洋海口向西直行，至西界傍大西洋之海口，途中固多沙漠，而遇小人国，亦有酋长，遂名曰“皮戛米”，译为矮也，短小也。后既知其地有人，往者日多，渐熟，屡见长人亦不惧。前有参将哈里荪，拟带数名来英，俾人观之。官批准，运以船，上月到伦敦，送入喜坡得隆马戏园。初四日（西七月初六日）英二公主维克都里亚生辰，英皇在卜静宫后园中请茶会，人共一百五十馀，皆王族近支戚友也。传矮人入宫演耍，以汽车送入，用地椹、鹅果、酸桃、香蕉、牛乳、熟鸡子饮之食之毕，于宫园敞地耍舞。有名猛甘勾与麻土喀者，互用小弓箭射麻雀，树密楼高无一中，乃以短矛对刺一阵，众又单腿跳舞，设法绊跌同侣。戏毕以原车送回，余所闻如此。

非洲带来俾格米人

十一日癸丑，晴。哲尔奚伯本年在其乡居欧斯特蕾囿仍请茶会四次，五月二十二、二十九、本月初六与今日，前三次事忙未往。今日申初，携内人率荣骥与孙女乘车，申正二刻至。下车登楼，见其夫妇，一切如前。步出后门，下楼入园，见林中别设一桌，上列香蕉、鸡蛋、牛乳各类，周列六椅，不知款待何人。正步游间，忽传谓皮戛米来，已坐食矣，因哲伯招来备众观也。遂转入林中，见四男二女，面色紫黑如铁，白牙厚唇外哆似老猴，短发如

亲见非洲矮黑人

31,6,12

骨重羊而色黄。察其相貌，当与亚丁人为一种，惟身长不及三尺，如我国之五六岁孩，面孔异耳。此类野人，居当热带，必皆赤身，肚下围花布一条。今乃男着西国水手衣，赤足；女戴耳坠，穿日本阔袖袄，登西国黄皮鞋；均头顶土耳其红毡蓝穗帽。男女腿缠串串珠子螺蛤，男女相貌无大区别。男之发间戴有猪鬃花朵朵，手执小弓箭。长者年四十馀，其子十八岁，食间有将银刀插入兜中者。领来之英人怒之以目，畏而一笑，取出置桌上。主人给卷烟，大把抓起，收入兜中。食毕，齐至林中作秋千戏。惜时已戌刻，无暇观其耍舞，遂步回楼前，登车回伦敦。

十二日甲寅，晴。闻宫女席姒将嫁三汀航官地之园丁周尔志，英后将文淼宫旁囿中自筑之乡楼一所赐新夫妇居，派人修理装潢，洞房陈设整饬。并改周尔志为文淼宫囿丁，英后频住文淼宫，席姒可仍入宫伺候。按：三汀航属英兰正东诺尔苐府，东临北海三洋里，周七千洋亩，前于西一千八百六十二年（同治元年）经英君以二十二万镑买得，圈二百亩为囿，楼亭台榭，树林丛隆，颇幽雅。

宫女结婚
王后赐屋

十三日乙卯，晴。未初偕内子率荣骥及孙女与尹、王、陆三君，乘车西行三十里至鸶鸳庄入鸶鸳别墅，赴公爵诺僧布兰家茶会。登楼见诸夫妇，在上绕行一周，观其陈设古董。既下楼入园，丰草绿缛，密树浓阴。其玻璃暖房地基作  形，极高，入左门出右门，有竹高抵房顶，粗二尺馀，温热二带中物也。转至湖边，清流荡漾，小艇往来，观之令人心怡。回入红白布大帐，坐饮舍利一杯，

玻璃暖房
竹粗二尺

食糕点少许，出坐草地椅上听乐，遇许多公使夫妇子女。酉正起坐上楼，出门登车回伦敦。随行单双马敞车鱼贯成行，汽车驰前隆隆不断，可征赴茶会之客多。

十四日丙辰，晴，凉爽。当思人事皆有理在，然亦由于人之心精力果，能忖度而达其情。故事有须提防者，有须临时审定者，有于事后斟酌者，有须循理经公断者，邦国亦然。即如西历一千八百五十八年俄土战后订立巴里条约时，约中曾载有一款，订明俄国不得于黑海创立海军，俄国当时虽无如之何，而心终未愿也。至一千八百七十年普法战后，法之兵威已杀，俄政府遂乃行文各国，声明巴里条约限制俄国不得在黑海创立海军一款，俄政府以后即不遵守。所以不能遵守者，其故有三：一、黑海作为局外之地之说，止有其名而无其实；二、当日时局情形，与立约时情形不同；三、各国兵船，曾有违背巴里条约驶进黑海者。当时英国外部大臣为伯爵葛兰费尔，彼谓俄国声明文件内所指之三端，皆可置不理；盖各国合订之条约，如一国不欲遵守，则当请命于各国，方为合理。今就俄国声明文件而论，似各国公共所定之条约，遵守与否，一国可以随便，如是则将来立约，有何益哉？俄人亦韪其言，旋即请前订立巴里条约之各国，商议此事。后俄虽得偿其愿，然一国不能擅废条款之说，亦于是中明矣。

俄在黑海建海军事

埃及本属土耳其，一千八百十一年该地总督叛土自立，一千八百四十一年土皇谕令埃属政令仍照土例理治，经各国承经担保，英法两国尤任其难。至一千八百八十二

埃及属土属英之事

31,6,15

年，埃人又以政府不善治理，苛政迭施，遂揭竿而赴。土国既无力平乱，英乃请法国合力为埃靖难，法不从，英遂独任其难。乱既平定，英仍派兵驻守，年复一年，以迄于今，现在埃及政令，名虽出处埃主，实则徒拥其位，行事之权，全在英人掌握。假令当日者，埃即以英兵不得驻守其地，一切务须自理为请，则埃及情形，亦何至到此地步。一国行政之权，不可一日假手外人者，不于此可见一斑哉。

不可一日假手外人

十五日丁巳，晴。上月二十七日水陆公所茶会，因地窄人稠未得细观，数日前公所协理李萨木，复以函约今日一观，申初携荣骥与孙女乘车至。登楼入客厅，先晤李萨木，并遇车步（前见）少叙，同入大堂。前窗临白堂街，后傍小园，四壁挂各处水陆战获得各式旗帜伞盖、刀枪、剑矛、藤牌、火铳，皆前所见。地面更纵横列玻璃罩长桌，储一二百年前名人遗物，大小六千零三十四件，属水师元帅乃乐森者居多。如剑刺、杯盘、宝星、毡帽、手枪、水壶、纸夹、银壶、裁纸刀、狗脖领、玻璃盂、酒一瓶、千里眼、鼻烟匣、图章、手棍、雨伞、吊床、墨罐、信函、小照、说票、账单、金表、银扣、钱袋、官衣、外褂、木架、脸盆，并乃乐森失右臂后左手所用之叉边带刃之刀叉，哈米屯夫人（前见）之小影及其受伤时所服之戎服、衫裤、鞋袜等皆有血迹。乃物盈千，悉数难既，皆其西一千八百五年驾，“威克托立”兵船，在西班牙西南特拉发勒戛土角外海面，与法西两国战时所用者。更有乃故后割下之黄发小辫一，英名“庇格太勒”，绎言猪尾

纳尔逊之遗物极多

也。其棺上花圈桂叶一枝，遗言一页，棺外錾花银片两页，出殡载棺车式一，一千八百六年正月初九日在贤波罗教堂唪经单一张，出殡礼节单一张，“威克托立”兵船上所悬之国旗一方（此旗于送殡时经水师兵手举前引，迨葬而落旗时，该兵将旗扯碎，言须各分一块，以作纪念），外有是船被炮击透之桅杆一段，桅尖一段，后以是船木作乃乐森棺式一，小铁锚上錾乃乐森像一（百年来凡水手多佩此作护符）。又一桌面长一丈宽六尺，以油纸作水浪，前浮古式战船一横，共二十馀只，为西法两国者；后两行分而前驶，亦二十馀只，作前冲状，为英国者。盖西、法国船拟同阻圈英船，而英船乃设法冲断为三，即乃乐森当年海战获胜之事。各船发炮以白棉作烟，看之如在半空俯视然。更有法皇那波伦第一之马骨，支以铁条，罩以玻璃（盖法皇败后崩在英兰也）。其他名人遗物多件，不及琐述。看毕至后梯，据云是处原有门通大街，前英君查里第一，系由此门拽出，至大堂第二窗外被弑，遂埋其门。至下层所存，无非船炮炮弹等。由此再转上楼，观其书室，颇宽宏，书卷地图甚富，因其中又为水陆一会馆也。既入客厅，备有茶点，食毕，握手谢归。

当年海战之模型

十六日戊午，晴。英国夫妇分离，权多由妇，已屡记之。今又闻有都司巴克尔，西一千八百九十八年（光绪二十四年）娶妻卜发木。巴屡在立文浦、柏木达、支希洛达等处分驻当差，妻随之。及改驻莫洛塔时，曾引其妻与同营游击伊池林相见，更赴他处，妻乃以路远跋涉劳甚

夫妇离异权多由妇

31,6,17

为辞，巴遂独往。半月后接其妻信，言与尔同室厌尔久矣，今后自寻乐境，不久当使闻知，此上年西六月间事也。前后巴致其妻之信，因信面所书之住址并无其人，乃咸由死信局寄回（见前）。至西七月十日，复接其妻来信，内云“往日所言，念念在心。我得乐境，汝其别娶，愿尔公私如意”，下写“卜发木、伊池林同具”。巴明知其妻与伊池林合，无法挽回，听之而已。

十七日己未，晴。申刻贝克尔街约尔克弄之贝达佛女学堂请茶会，届时至，见男女管学多人。后引登楼，看用功讲论各室，并诸生住房书房。地基既促，屋间亦小。下楼入饭厅，少立即回。

十八日庚申，晴。茫塔沽弄东首路南，有敉建康健义学，英名“洛亚音斯的究敖伍坡卜立海勒斯”，乃为经名医设法使人操练身体康健也。正副总理定于今日申刻，在茫塔沽弄口外乐斯坊之花园中请茶会。申正乘车至，入园见各总理后，经曾到广东之英人甘得立夫妇前导入内。树下乌衣乐兵一部奏乐。绕至林中一敞地，四面环列小椅，正中一琴，遂坐琴前。少刻来女生十八名，皆十七八岁者，白布阔氅，有袜而无鞋，袜下有皮底，俾周身松活，经络疏通，操练运动，血脉上下无滞。遂左右手执一铜片小铙，依式文舞，或对对，或行行，忽俯视，忽仰望，忽翘足，忽伸臂，忽斜立，忽鞠躬，忽双手触铙作声，整齐可观。继一妇领年皆十三四幼女四十八，白衫白短裙，妇立其前，宣令列队排行，忽分忽合，忽速忽慢，臂则上举

曾到广东之英国人

看女学生健身运动

旁伸，或单或双，或下垂而拍胯，或身蹲而探腿，如体操，如步队。再则各执一木棍，长约三尺，按步排演，亦同营队，闻今日男女诸生，皆经司丹佛山培兰墩路各学堂及司多贵育孤院之教习，带来排演者。此外更有歌曲摇铃之学，未经听及。乃甘得立夫妇请入林前院中白布帐前所列之圆桌环坐点心，饮加非一杯，食葡萄糕少许，握手谢归。

共养孤儿万六千馀

十九日辛酉，晴，热。闻有英国教士巴那兜，四十年前立一养育失怙恃子女院，名“乃甚那卫夫斯阿搜什埃慎”，译为国家拾遗会。是院陆续分枝，日月加增，至今共养男女小孩一万六千八百。西七月十五日（即前十三日）为巴教士生辰，诸生联名庆祝。又经阿盖公、阿柏的音侯及伦敦大教师等多人，公助十二万镑为院费。

二十日壬戌，晴热如昨。闻有住卜立他尼亚街第九号妇人名特讷尔，因将迁居，送其所畜之猫于佛的南街之猫家（详见《六述奇》）嘱代养喂，俟新居安排妥帖再取回。及特取猫，已知为管猫之妇毕茀立误为无主之猫，焚死炉中。特告官，谓其猫系波斯种，爱同至宝云云。官因判毕茀立昧所司，罚二镑二先偿猫主。

美副总统海专病逝

二十一日癸未，晴爽。美国副总统海专，因病于上月二十日，由华盛顿迁居其东北近海纽罕什尔邦苏那庇湖以养疾，据云抵彼后朝夕浴于湖，以增爽其精神。乃于西三十夜（即五月二十八日）神气倏变，急延医，医驰至，已气息奄奄，无法疗治，翌晨身故。按：海专系美英厘安那邦萨来木城人，生于西一千八百三十八年（道光十八

31,6,22

年)，年六十八，八百六十一年考入律例馆，是年擢为总统凌昆幕友，美内乱充巡捕营副将，继升将军。自八百六十五年至七十年，屡授驻扎法、奥、大吕宋三国公使，此五六年间著作甚富。八百七十九年充本国副丞相，八百九十七年改充驻英头等公使，次年举副总统。讣到英，英皇即电寄唁文云："贵国名高望重之副总统海君，相别未久，倏尔溘逝，大国失此名人，予殊惋惜之。"美国总统卢斯卫答云："通国惋惜，蒙有同心，感谢无既。"蓝斯珰侯亦致信美廷吊之，皆礼也。 凌昆(林肯)

二十二日甲子，晴。英兰正西柴晒府之诺尔威芝村，有大芥末局名库勒曼，所用工人不下三千。现因生意旺甚，局东定于本年八月初五日礼拜六（即七月初五日）放工一天，拟赠工头及出外者人银壶一，历来勤工年老告退者人银表一，工人已娶各一镑，未娶者各十二先半，妇女及幼童各七先半，工人在局已五十年者除应得者外各加赠一镑。 生意旺盛奖励工人

二十三日乙丑，晴。西国喜为无鬼论，乃伦敦有会馆名"普奚奇喀勒立色尔池搜赛伊的"，译为考察灵魂会馆。闻其现欲研究者二：一、韩诺倭坊某号之萨尔的夫妇，数日前某夜，其妻忽睹床旁立一少妇，头戴花帽，耳缀双环。惊醒其夫燃电灯，灯明无所见，少刻息灯，夫妇睡去。转瞬萨醒，遂见其妻所见者立于对面。急燃灯，又不见。夜夜如是，不知其由。又，克英街某女学堂，楼房颇广。学堂未立之先，为一住宅，据云数年前，在头层某 考察灵魂

间曾害一命，待改学堂后，是间封闭，各窗幂以黑纸。旁一大间，为诸生写字处，当各人举笔时，寂寞无声。频闻隔间靴声橐橐，往来不绝，似非一人。昕夕如此，不惟诸生惊骇，教习亦悚然。聚众启锁视之，尘封寸馀，毫无足迹，遂仍锢之。以是诸生不往者多，亦彼土之奇闻也。

二十四日丙寅，晴热。英俗凡欢喜如意之事，皆用红字圈点标识，厌恶者用黑字，其理无异我国。伦敦城内正北界之喀木墩塘区内大学堂街，前三十年西七月十五日奉敕设兽医院，英名“洛亚卫特里那立阔蕾支”，俗名“喀自萨那托俩木”，译为猫之养生处，然所医者，猫之次尚有牛马猴犬驴骡。每年通院医生聚集一次，宣扬一年内共治走兽各若干，属何病症，愈者若干，收助款若干，费用若干。院中首领现为宽诺公，前于十三日礼拜六（即西七月十五日）众人聚会，名其日曰红字日。因是院始自是日，畜牲得重生者多，人所欢喜者也。

兽医院

二十五日丁卯，早阴，热，午后凉，酉初骤雨一阵。闻前于二十日礼拜六，英后亲赴柴勒溪区之维克都里亚养治小孩医院。院中男女孩八十馀，孩各屋一。逐屋以观，慰各孩以巽语，院头择一男孩上皇后鲜玫瑰一束，早间曾教以呈递之礼，并屡嘱递时一鞠躬。孩不鞠躬，乃口言曰：“鞠躬”。是诚可哂，然鞠躬二字以言教不以身教，是谁之过欤？有一孩微盲，后问疗治何如，对曰治已有效，眼力已得到窗边，尚不能远视。后喜甚，并云，想不日自当如初矣。别一女因跳舞伤足，后与之温语毕，抽玫瑰一朵赐

王后视察小孩医院

31,6,26

之。女言此花自当永世宝藏，以昭不忘厚恩云。此外备空楼一所，小屋栉比，王后入内步行一遭，见一切亦极洁净齐整，乃以己名名此院曰阿来三德亚。入夜，晴。

二十六日戊辰，晴。巳初，率众随向北恭拜圣牌，行三跪九叩礼。戌初一刻，偕各参随、翻译、供事、学生等在弗拉斯喀悌馆晚酌。曩见银器铺中有种小银匙，其柄短而宽，上錾哄孩睡歌数语，未详何用。兹闻凡孩生后入教堂受洗时，必经其父母同请至契戚友男女三人偕往，男孩则请二男一女，女孩请二女一男，男称圣父，女称圣母，英语曰“高发仄尔”“高摸仄尔”。盖洗毕命名后即为入教，将来孩之父母若故，则此三人代为教养，无异与所生也。洗礼毕，圣父母赠此一匙，始用以哺儿，后并他玩物藏弃。待其能记事时与之，则知物之由来，将宝藏之。闻现在各国天主耶稣两教洗法不同，有抱入教堂仅在盆上作洗状者，亦有真洗者。洗法，教士手抚孩面，闭其口鼻，向水一浸，提出，随祝云：“圣水濯汝，圣名命汝，愿汝今后，永遵天主。”按小孩之名，既由其父母由古之名流中择取其一，更于圣父圣母中取一名，志不忘也。

圣父圣母（教父教母）

二十七日己巳，晴，清风谡谡颇飒。西俗，凡男子平日玩弄各艺，妇女必效之。如前次所看之印度婆娄戏，向皆男子乘马击球，闻前于十三日在拉乃拉甫会馆，有六女创效之，属女子创始，因请王后公主一观。女白衣分两班，三白帽，三蓝帽。白帽中二女，一巴娄，一阿柯莱，一妇巴木扉；三蓝帽二妇，一侯木斯派，一魏卜丽，一女

男子各艺女必效之

为于英。彼此争击一时之久，惟白帽之阿柯莱艺精力壮，中白球六次，王后甚喜。

养赡阵亡武官妻女

二十八日庚午，晴暖。伦敦已有阵亡水陆兵丁妻子之养赡院（见前），兹闻又在西南隅文卜敦区，设一养赡阵亡武官之妻女院，名曰“阿来三德亚家”，前于西十五日礼拜六（即十三日）英皇与后前往开门，以住寡妇孤女之贫苦者。皇与后皆便服，武官多在彼迎迓，下车入正门，由院中长使呈后金钥一，以启内门。齐入中厅，司事者上陈词一纸。后交信一函，内云昨经立文浦善士李二呈来六千镑（英人以助善款项呈交国后，较本人寄交尤觉体面云），今特均分，半交养赡水陆兵卒家眷院，半交是院，附有三千镑纸钞一。后所收助款中，有善士屠斯募得呈交者万镑，前战斐洲时所凑兵饷盈馀者五千，加立文浦之三千，都一万八千镑；此外复有战时君后募得养赡武官家眷所馀之一万镑，前后共二万八千镑。皇与后游幸通楼，称赞不已。濒行皇种铜色叶桃树一棵，后栽金皮榆一棵于楼后园中，以作纪念。

项链样式

二十九日辛未，晴。英国妇女修饰，不奢求华美艳丽，又思所以趁其眼珠与颊之色者。即以饰项之串珠论之，若眼珠色蓝，配宜青蓝宝石；颊红，须用珊瑚。串珠长短不同，用法各异。长者系表一，藏之腰带或衣兜；稍短而垂至胸前者，系带套小面镜一，或小苹果合子一，盛面粉暨刷；其短者系一小影，多系丈夫或儿女者，或情人之一目者（单眼小照详见前）。

31,7,1

光绪三十一年七月至九月

七月初一日壬申，晴。伦敦会馆极多，名目不同。城中有一青年会馆，洋名“土安的埃斯森秋里克勒布”，译为第二十百年之会馆。馆旁敞地一块，阔而坦，且有花木荫，不同荒郊。现定通城各种学堂之男女学徒，由十四至二十一岁者，皆可在内嬉戏，如打球抛球之类。入者每礼拜纳一本士，为佣人看管修理之费。每年由四月开至九月，四、九两月皆自戌初开一点钟，其他四个月皆两点钟。计现在通城男女之由十四岁至二十一岁者，男三十馀万，女三十二万五千馀，虽非皆到，然每月所收，亦足给雇人之费矣。 二十世纪俱乐部

初二日癸丑，晴。上月二十四日，因在伦敦城东北隅之伦敦医院（见《六述奇》）新设一乳娘家，英名“讷尔赛斯侯木”，凡扶侍病人，养育孩提，皆以乳娘二字该之。经宽诺公与夫人率郡主芭蒂夏至彼，以金钥开门，以 保姆之家

居少妇善女之一时无工作者，俾节省其日用。因设茶会在附近之维克都里亚囿，有官兵奏乐，到处树荫下分设小圆桌，男女客其众，往来嬉游，又当夫人入院时，病孩中一名呈鲜花一篮，宽诺公并演说一段，大旨谢众立伊为首领等语。盖西规，每有会馆等事善举，必立王族一人为首，第一日必待王门贵客开门以为荣。

索马里人备人观看

初三日甲戌，早阴雨阵阵，颇凉，酉正雨止微晴。斐洲东界临印度洋，有义国属地名萨米里兰，人类与皮戛米同，特身稍高耳。英人某甲带来男女，尽住水晶宫外草庐，围以木墙，备人观看。闻昨运以二敞车游伦敦街，经卜静宫，值君后午酌，先在西门外少停。乃各人立起，以土语祝颂一阵。既而转至东门，复立片时。女婢数人凭窗外望，众度皇后必在其中，乃手舞足蹈，欢呼一阵而去。

初四日乙亥，早微雨阵阵，申初晴，凉。闻立文浦海口之活兰街，有一干饼大作房，妇女工人甚多。附近贝达佛街牛耶路撒冷教堂之牧士霍诺尔，巡捕每见其赤身立屋中，咳嗽作声，引作工妇女注目（窗虽不开，而大扇玻璃相映也）。官厅差巡捕密察多次是实，遂逮之厅。其妻云，伊为每日卧室中赤身体操。官判罚一镑，巡捕考察费二十镑。

擦皮鞋之美国童子

初五日丙子，晴，凉，午后阴雨，雷申刻雨止，阴晴不定。闻有美国旧金山童子名腊喜克，贫苦无依，以刷乌皮靴为生，每日所得，不足养赡。一日检囊之馀五仙（合英二本士半），遂信步东游沿途名村镇，以乌靴续有

31,7,6

所入，日见赢馀。至华盛顿，谒总统卢斯卫于白府，总统乃更番置左右足木匣上，令其拭以乌油而光之，毕，总统向之握手而别。至纽约时，已集洋百元，搭“赛得利”轮船充厨役。初一日抵立文浦，谓人曰，吾将给英之埃达倭第七及德之韪良第二乌靴。盖如此生涯，荣耀且生财也。

初六日丁丑，晴。东西各国，均有国乐，日本近亦仿行。曩曾译出美、法两国，为民主，在所不记。今将英乐译出，其题曰《天保国王》，即每宴毕祝君之乐，戏园乐场末节之乐，并各地开场迎迓国君、太子所奏之乐。词 英之国歌
曰：“天佑仁爱当阳，寿宇无疆，咸仰尊光，天保君王。天使威克万方，邕邕皇皇，国祚永昌，天保国王。天备万物之良，共享安康，福禄允长，天保国王。天保常守宪章，歌以宫商，虔感颂扬，天保君主。”

初七日戊寅，镇日阴晴不定，凉。西国妇女惰于女红，所用之物购其已成者。虽秘布，药铺、绒线铺亦专有一种布裹棉物者，英名“萨尼他里涛埃勒”，译为防恙 防恙巾（月经垫）
巾，一种细软薄白布，内裹棉花，式作丝瓜形，长短粗细不一，两首各一绦环，体轻而柔，分为五等，长由八寸至尺馀，中央宽周由三寸至五寸。头二等短而细，每包十二枚，价由六本士至一先；三等稍长，一包一先半；四等梢稍长，五等者体微粗，价皆二先一包，别售一种裤圈，以连防恙巾，圈宽寸馀，外用白料，内衬法兰绒，两首交处扁纽扣。有仅前后两短带者，其式如 ，价则每个半

先、一先及一先半，视乎物料之如何。因西女袜长至膝上，遂有别种带系袜口者，左右别垂两带，其式如，价则一先半至二先，用时圈围裤上腰间，以其前后两小带连防恙巾两者之绦环，以两长带系袜口。是物用毕，以火焚之，即时不能焚，稍存亦无碍，因棉中配有专种止腐药，名曰“安堤赛普提克”，并治不生异臭也。外有烧巾器每个三先半，盛巾匣每个九十本士，皆不甚大，便于妇女随行携带。伦敦以骚特霍行者最佳，因其工精而造法得宜也。

妇人产后应用之物

初八日乙卯，晴。记西国铺中，别有妇人临蓐应用物。如一种收湿布，极柔软，能涨缩，宽十八寸，长二十二寸者，一片一先；宽二十五寸，长二十八寸者，二先；宽长各三十三寸者，二先半。御水布，宽三十六寸，长六十寸，一片四先。别种蓝防恙巾，面铺药水毡，专备产后接遗血，并防他疾，每包二先九本士。一种肚带，亦极柔软，用于产后结腰间，以防肚涨而不壮观，每条二先半。小孩屎尿兜，用在夜间及行路颇相宜，既不致磨痛，亦不能感寒，每分十二个，价由一先半至二先九本士。一种洗物土，名曰“傅乐尔斯额尔斯”，大约由傅姓创制，研磨极细，杂以香物，用洗脏布，去毒无损，每一小匣六本士。以上各件，亦以骚特霍行所售最佳云。

初九日庚辰，镇日阴晴细雨不定，凉。英法不睦，由来在昔则尔。自商定以埃及、摩洛哥彼此互换利后，前年四五月间，遂将属地牛佛兰岛海边数十年未结之英法渔船

31,7,9

互争捕鱼一事办清。继而英王由义到法，法总统亦来答拜。按：德国之意，本拟盟俄和法以拒英，故英法联贯，颇为所忌。前者德皇亲至檀芝尔以扰法，法赖有英，竟使德皇无隙可乘。乃德愈嫉，而英法之友谊愈固。本年春季，英之一队兵轮，驶至法国北界布蕾斯特海口，法国官民欢迎。闻前于初六日戌初，法兵轮一帮由法之涉尔布海口展轮抵英，初五日午刻英皇与后由固达梧地方（地在英兰东南临海色赛府之池柴、斯特尔城之东北）于早膳后，驾“维克都里亚阿拉柏”船至坡兹茂斯海口备接法船。太子及宽诺公与郡主等皆由伦敦至，水师提督韦乐荪领大小兵轮四十艘亦于是晨到，按班排列，君船进口皆声炮。初七日午初法船到，向英旗声炮，岸上兵营声炮答之。下碇后，未正二刻法水师提督开拉尔率众员遇船参见英皇与后等，既而英法武官互相拜会。晚英皇召法武官晚酌。镇日水面岸边，人民欢呼。初八日巳刻，英皇召法官同阅彼处快艇赛会，因彼处有快艇会馆（见前）英名“洛牙牙克克勒布”，艇小篷多，赖人之善驶，每年西八月初赛驶，今其时也。国君往阅，捷足登者赏。此赏英名“庆斯柯普”，意乃国王盅也，多系银器，如樽、斝、瓶、罐之属，而以盅该之。得是物者，每当宴客时，列于桌面以为荣。午正会首协镇欧尔曼侯，约文武众员在馆午酌，继而领游水师学堂、敖斯赍养赡老兵院（见前）等处。入夜各船满悬电灯，演放烟火，如电如虹，光摇银海。男女多之往游者约十万。今早巳正英皇游览各船，早餐于法

英法之间友谊愈固

国王杯奖给优胜者

“十万”原作“千万”

领首兵轮“玛赛那”船，以后法船驶入港口，晚在兵舍中设茶会，据云费至六千镑。

初十日辛巳，早晴，午后骤雨阵阵，戌初雨止晴。自昨日通城大街各铺，多悬英法国旗，更有以红白蓝三色彩绸裹饰门柱及铺垂窗外者。又有通楼横一花绸，中画二巨手相交作握手问候状，而两手左一E字右一F字，皆四尺见方，义指英法合和也。男女多插红白蓝三色花于胸襟，仿两国之旗色也。维克都里亚火车栈一带，地铺花毡，共悬两国旗帜一万一千，横挂花绳七千二，三色小旗一百十三，花绸木墩百五十，绸裹木杆百六十。在坡兹茂斯海口，特备头等专车一行共八辆，车头横匾书“款待法人”四字，车尾左右插英法国旗。今早巳正，法武官八十员、翻译二十员、英官五十员乘之，即时开车，午正抵伦敦维克都里亚车栈。备双马敞车六十辆，两国武官分坐之。车首尾相接走成一行，经海岱囿东南门外贤翟木斯街、帕玛街、诺僧布兰街、太木斯江畔维克都里亚君主街、喀楠街、克英街，未初十分至极乐堂，因伦敦美尔定于今日今时在此宴宾也。一路各处挂旗，花悬彩结。维克都里亚君主街之两首，立彩绸牌坊两架，以壮观瞻。美尔夫妇，同立前堂接待。法国各官到时，兵奏法国乐。客则除由海口来之英法水师武官百五十员，有法国公使康贝、蓝斯玽侯、律法大学士、商务大臣及本城各美尔、阿得曼等，计人八百。饭厅正面一横，中坐美尔夫妇，左右则英法各员间坐。美尔等皆金锁红氅古装，各官皆朝服。食

两手相握左E右F

极乐堂宴两国武官

31,7,11

毕，美尔先举觥恭祝法总统及法海军之福，并陈数语无非热心接待之意。法提督开拉尔亦举杯祝美尔夫妇及伦敦总会诸公之福，并陈数语，申谢悃也。未正三刻席散，众武官即由极乐堂乘车，遇贤坡罗大教堂，走茀立街、司特兰街、宽斯的究琛山、奶子桥至阿拉柏门，入法国使馆，赴法公使之茶会。戌正，蓝侯请法公使及其水师武官二十五员，并本国大员，共计五十三人，在其寓晚酌，食毕无陈词，彼此举杯互祝君主之福而已。闻今日极乐堂共用瓷盘一万，刀叉匙各一万一千，玻璃杯大小三千二百，脚鱼四十五，海虾一百二十，鸡二百，侍仆三百，庖丁四十。

十一日壬午，阴晴不定，凉。巳初二刻，法国水师提督率各官八十员，又英官三十员，乘火车至文愆宫午酌，英皇召也。至，先导观各处，既至福洛格墨尔堂，祭老君主之陵，鲜花圈毕，在贤卓志阁入座，人一百三十。申初回伦敦。戌正，内大臣巴乐佛请各法武官在其寓晚餐，其四十人，同席有法公使、阿盖公、艾涉尔公并内廷各大臣。又今日巳正，有英法武官各十员，率法国水军一百二十，英蓝衣水师八十，由坡兹茂斯乘火车来伦敦，申初入极乐堂，赴美尔之酒筵，酉正回海口。今日英议院散值，英皇宣词，见十六日所记。 温莎宫中英王召宴

十二日癸未，晴。今日未刻，上下议院各世爵绅董，公请法武官众在卫斯民司得堂午酌，共席计人五百，中有蓝斯珰侯、巴乐佛大臣等，食毕彼此举觞互祝者四次，乃英王、法总统、法之水师、英之议院也。又阿拉罕卜拉戏 上下议院议员公请

园，原拟将今晚所卖座价施助法国医院，遂并请法之武官往观，乃故奏法国国乐迎送之，昭和睦、申恭敬也。

十三日申甲，晴，微暖。今日礼拜，而坡兹茂斯海口甚风光，镇日法之兵官，骑马坐汽车游于乡，绿草为茵，坐而一觞一咏。此类乡游，英名皮格尼克（见前），有请游阿仑岱行宫而午酌者，有约在营房午酌而举杯演说、互相祝庆者，更有本城美尔夫妇在维克都里亚园中请茶会，男女千馀。晚，英水师提督多格拉斯夫妇请法水师提督及他各官茶会，边岸夜放烟火。自法兵轮到后，各处英人男女之往观者不下五万，故昼夜免冠摇巾，欢声载道。

男女往观不下五万

十四日乙酉，晴热。今早法舰一律启碇驶回。此次法海军答拜，英君喜甚，因赠法国北方水师各员以各等宝星。又自法兵轮到后，是地男子多着红蓝白三色颈领，妇女戴三色绸结于胸襟。水师兵房内供法兵饮食床榻四天，均由官备。巡捕者以鹿胶粘须作八字形，效法式也。凡铁道公车之车夫及管车人，亦皆改用三色颈领，帽上围以三色绸圈；且专备一车，饰以彩绸，供法兵游玩。又前于初十日巳刻，除来伦敦之法官百员外，别有四十员经本地官请游船厂，未初齐赴荟乐岛上之花园茶会，并弄打球各戏。戌初在水师兵房宴英法水军各五百名，戌初二刻本城美尔在其公所请英法武官各八十员晚餐。十一日当法官赴极乐堂时，车衔一串，缓缓而行，经槐茀立弄时，左右观者堵立，突一幼女向车呼曰“沽得勒克迈的尔”，意为“好际遇我的贵友”也。法官即开车门跪下，免冠向之合

幼女欢呼向法军官

31,7,15

吻，毕始登车，观者群笑，高声欢呼不已。

十五日丙戌，晴，凉。英俗每至八月，则上中二户多移住乡间一月半有，以纳鲜空气。或谓人家畜猫捕鼠，当此议院散值，人因求身体康健，急赴乡游，或有误遗猫于空房，闭屋中，锁门外，致猫饥渴无依者，大略其数不下五千。苟无人怜而收之，亦必衰弱，疥癣多病，终至于昏迷不觉痛痒之死地（指猫家之烧猫器，见《六述奇》）。夫伦敦多猫店，即如铁匠营之高尔敦阔台芝猫店，内有房屋足供养猫二百，凡送入代养者每礼拜仅需二先半或三先。猫店喂养皆有定制。卯初喂以牛奶泡面包，午初改热牛奶；未初煮鱼拌饭，申正牛奶与羊肝等，戌初则仅牛奶；礼拜日午初所食，乃肉叶及番薯。如此养法，半月无不肥者。今而后，望吾人之外出者，送其猫至猫店，得此善养，而得生也。

十六日丁亥，晴。西一千九百五年八月十一日（即前十一日）英皇散值议院宣词云： 议院散值英王宣词

英君诏谕上下两议院诸爵绅曰，英现与各邦交好如故。西班牙王前者辱临我国，为我嘉宾，躬迎之下，欣慰莫名。英西两国友谊夙敦，王之此来，必可期两国交好，益形辑睦也。俄日两国现从美总统之请，不日即欲开议，一切俾远东方战争可以止息。予惟祝两国得能议一和能持久，又能与两国皆有体面之和局。摩洛哥国急需变法，其当如何开办最为相宜之处，现经该国王照请签画，于一千八百八十年马得立公约之各国集会公议，公议大概办法， 惟愿远东俄日议和

现正在酌核办理。瑞典、哪喊不久即将分土而治，我知两国必能和平商办，俾所议各节，两国皆可允行，而我国政府亦得与该两国人民辑修旧好。马赛都尼亚及克里脱两处之情形仍属可虞，我政府与各国政府皆极为注意。我英前以斐属巴罗仔地地界与葡国有争，业经义王据公判断，故此疑难之案今得了结矣。义王现欲创设万国农务会，俾凡关涉农政各节，皆得有以博访搜罗，特请我国政府派员入会，予已允行，深望该会功成有日，大有造于中外之各农家也。加那大之东西两海口名垓立发克斯及埃斯奎玛者，应如何筹款设防，现据该属政府申称愿任其艰，洵属急公好义，我政府已核准照办，不久即将经营各海口之权移交加属办理，我政府于此事深得加政府之助，此足为欣幸者也。本年开院之始，予曾言斐属脱兰斯瓦当给与自行理治之权，现已照办，一俟选举章程议妥，即行选举，惟愿从此以后，各族人之在该属者，善用此项利权，以振兴该属耳。予与阿富罕国近订一约，所有前与阿国先王订立之各约，为敦辑印阿邦交计者，现皆得一律照旧奉行，新约之款，前曾饬送汝等阅看矣。

创设万国农务会

又谕下议院诸绅曰：

本年所需各款，汝等业已一一筹画，予今特致谢。

末谕上下两议院诸爵绅曰：

前以农民境况艰窘，曾颁行条例，为之补救。今者复行颁例，予甚乐于批准。又近以外人来英日众，弊窦滋多，特为立法补救，予亦乐为批准。又失业工人应如何安

失业工人如何安插

插一节，现特议立条例，为暂时补救之计，予已批准，甚为喜悦，至赡养无告贫民一事，极为难办，凡所有颁行之各条例，现在奉行若何，予已特简臣工，详查一切，将来议院辟门商议时，所查各节足资印证，裨益定当不浅。苏格兰前以教务颇有为难，今已为之颁行条例，予惟愿自此以后，该处各教教士可以息争，和衷共济，凡有教门弟子皆以毕斯得楞之教之宗旨为依归。予今特诏令汝等散值，汝之所办各事，惟愿彼苍佑尔成功。

斯时律法大臣即将散值议院诏文恭奉宣读，文曰：

钦奉君主诏谕，着汝诸爵绅等散值，俟本年十月三十日再行在此开院，此谕。　　　　[八述奇卷十七终]

31,7,17

光绪三十一年七月十七日戊子，晴。前因金陵城圮伤人，五月五日居民在文德桥争观竞渡栏杆倾折多溺毙者，署督周玉帅假月牙池旁陈公祠，召缁流启建七日皇坛，超度幽魂。本地善士，亦多为之建道场，放焰口。拈香者，往观者，属于道。或谓与其事后超度，何如防患于未然，试问设坛诵经，于死者何益耶？又谓玉帅前后大启皇坛，超度诸鬼，玉帅之加惠于鬼也，无微不至矣，云云。噫！是何言欤？ 金陵设坛超度亡魂

夫佛教之传入中国，自汉明帝至今，由来已久。民心早为释氏所惑，像教浸兴，染习蔓衍，僧徒日广，佛寺日祟，以至蠹耗乎通国。于今又有改奉天主、耶稣两教者，沿海几省固多，究未必各县各村人人皆改也。唐武宗虽有毁佛寺制，而千百年来其风未殄，愚民依然以事佛求福，故为民上者不得不神道设教，以准舆情，以奢民心。崇尚 民心早为佛教所惑

西学者，多谓中国之教务礼节，咸宜删改，时语谓之“改良”，恐有未必然者。

夫天下各国所秉之教，名目虽异，理多暗合。如佛教之木偶泥像，天主教亦有天主母子及各门徒之石像画像；唐宪宗曾令僧迎佛骨于凤翔，天主教之神甫亦藏圣骨于匣中；佛教男女平日既有入庙焚香者，天主教于非礼拜之日亦多入教堂跪祷之人；佛教人遇事则谓神佛保佑，西人遇事亦祝曰上帝保佑：是皆彼此吻合者。至谓人死魂魄无灵，殡葬而已，然曾见法国人死，棺停门外，前置净水一盘，柳枝一束，以便往来经过之人，立在棺前，左手脱帽，先以右手指左右肩，再由头顶至胸前以作十字形，后再以柳枝蘸水，向棺三挥而后已，是与中国奠酒焚香相似。

西人亦求上帝保佑

又大东教每年于天主苏生节之前夜，教堂唪经，设有木棺一具。天主耶稣两教人故后，有在他处择日开吊者，耶稣教仅在堂中唪经，天主教乃置一空棺于堂内，此与中国之设神主又相同。且神甫不仅在十字架或天主母子像前跪而诵经，且在空棺之四围环绕唪经，并熏以檀香，洒以圣水，是又与中国之和尚转咒同。富户出殡，亦有先送棺入教堂唪经，而后舆至坟茔，其他则仅由本家舆去葬埋。总之，一人亡故，必经神甫或教士诵经一番，亦与华人无论如何必有三五僧人念诵一阵无异也。又俄人送殡，乐至十字街，不奏，神甫随至十字街又必唪诵一番，是又与华人之音乐沿途鼓吹同，惟僧道喇嘛排班随殡而不念经耳。

人死念经中西皆然

31,7,18

按：佛门念经之意，欲使亡人免罪，不受地狱之苦，西教亦无非欲亡人免罪而得升天，是彼此之大致仍不相反也。由此观之，设坛超度幽魂，可无异言矣。

设坛超度可无异言

又西人于平是或故人之生辰，或其人之忌日，或男或女，亲至冢前，放花圈，燃蜡烛，更有跪旁哀泣而洒泪者，此与中国之扫墓拜坟无异。尤有相同者，乃西每年十一月初二日，名曰“万魂日”，英言“敖勒搜勒斯代”，家家上坟献花圈，以示追忆不忘，此与中国之清明节又何异耶？夫亡人之魂魄有灵与否姑莫论，凡人之祭祖拜坟者，皆关乎追远之念永矢弗谖耳。尚望崇西学而仅习其大略者，反覆思之。

“献花圈”献原作现

十八日己丑，早晴，午后阴微雨，亥正大雨一阵，入夜晴。酉刻约游英之驻比随员祁君殷（师曾）、顾席箴（赐书）晚酌。伦敦四周之趟子车四百六十馀辆，年获厚利。近因电气趟子车争其利，乃将与电车同路之车减价，以广招来。按：电气车初仅二十馀辆，半年间得三千七百三十七万七千八百九十六人之脚费，一礼拜每辆合十七镑三先七本士。

马车因电车降票价

十九日庚寅，晴风，凉。伦敦叟侯坊第十五号有恤车夫会，英名“喀布得赖倭尔贝尼乌兰阿搜什埃慎”。是会创于西历千八百七十年（同治九年），大要专为怜恤车夫之年老孱弱不克执鞭及老年寡妇无养赡，幼年子女之无依者。按其定章，凡年老体衰无营业而平日安分，则每年恤以二十镑。车夫受意外之灾病患难，无力延医，无力度

恤车夫会

日，经人作保贷款，可借与若干镑而不征息。已故年老车夫之寡妇及孤独子女，会中斟酌供给养赡，然老妪必须自幼守分持家者。盖执鞭一役至为劳碌，冲风雨冒寒暑，病者伤者颇多。善士创立此会，就中所费，除通城车夫按名月捐一本士外，总办各处募化之。前日来信请施与，故得知之。会中善士正首领为国王、公主汉丽，副首领为太子及二公主海莱那，其他六十八人，多为世爵公侯辈。

募款拯救苦孩之会

二十日辛卯，早微雨阵阵，午后晴。英有一拯救苦孩之会，名曰“克路赛敖伍蕾斯秋”，义乃竭力救援也。其募款法，乃一纸片，宽二寸，长三寸，正面上印会名，下一十字中空，纵横各分三行，共截作六十方孔，乃纵三行每行各十二，左右十二也。后面印云“一、请以针刺方孔，每孔为一本士，多少任便（六十孔计合五先）；二、请书名姓住址于此上；三、即请将此片及钱封交卫斯民司得阿赤比朔堂”云云。此片不拘何人，皆可用之代募，昨有夙不识之英人娄姓寄来一片，亦可见伦敦募钱处之多矣。

康熙三年已禁缠足

二十一日壬辰，晴，凉。按：禁止裹足，前于康熙三年曾奉上谕，“议政王、贝勒、大臣、九卿、科道官员会议，元年以后所生之女裹足，其禁止之法，该部议奏”等因。礼部题定，“元年以后所生之女，若有违法裹足者，其女父有官者，交吏、兵二部议处；兵民交刑部责四十板，流徒十年；其失察。枷一个月。责四十板；该管督抚以下文职官员有疏忽失于觉察者，听吏、兵二部议处。

31,7,22

夫谕旨如此皇皇，通国官民，自当如何凛遵，乃二百馀年来竟成具文。十馀年前，张香帅以幼女缠足，矫揉造作，戕害天和，著有论说。民间亦有一二禁止缠足会，而入会者寥寥。自洋人立天足会，乃趋之若鹜，咸谓西国法善，余甚耻之愧之。 何必洋人立天足会

二十二日癸巳，晴，凉，入夜暴雨一阵，雷。英于千百年前，茹毛饮血，赤身空居，土人为赛勒兹或开勒兹一种（见前），以拜橡树及奉日月为教，教中僧称得路伊。其教早经禁除，于今三岛山内居民，仍皆赛勒兹种。闻英兰西南韦勒晒府之司敦混芝村，尚存日庙之古迹，现虽无是教，而彼处仍有一会，名曰“得路伊兹司特蕾恩之来兹”，意乃教僧之奇怪礼节。每年八月中旬某日，会集千人，先由地主备早餐；继而地主偕众装扮，各着阔袖白氅，腰缠乌绦，头戴白尖帽如袋，颊垂白髯，手执一长杖，杖头作圆勾，列队齐行入庙。内正面一石台，台后立僧长，头顶花冠，髯垂过胸，手举一斧。其他各人，左右分立两行，僧长唪经，两翼者演神礼。同日有新入会者，各用白布遮面，一僧徒前引，后者各以左手扶前者之肩，以免跌倒，至僧长前，授教言毕，解布行师徒礼。虽近于戏，而极严整。庙外官兵建旗奏乐，男女观者千百，皆极欢娱，而无喧呶者，亦一时盛事也。扮教僧演为戏，示不忘古也。 开勒兹（凯尔特） 扮演原始宗教礼节

按：其庙无房室，只有石柱环立如阵，其或千年以前本有棚窗，未可知也。地之四围古冢极多，石圈围平地，

记巨石阵 长径三百六十尺，作椭圆形，短径九十七尺七寸。内外两圈，外圈柱皆红沙石，每柱高十三尺，周约围半，共十七柱。上横连石块六，各长十尺，宽三尺半，厚二尺八寸。各柱相隔四尺，其式大致如  形。距大圈内九尺另一小圈，柱皆青石。再内九尺，别一圈作马掌形，缺处面向东北。有二巨石作框，高各二十二尺五寸，上横一石成门，共作二十六尺五寸。左右各立四柱相向，今仅四柱尚存。此内仍一小圈，柱高六至八尺，彼此相距五六尺不等。正面有石台、石龛及璇玑之属。此石柱圈始于何年，何人所建，历来无书可考，惟六百年前胡廷敦所著书中略叙及。是地地主为色尔安图博斯，美尔为公爵李滋，其扮僧长者为伯爵倭尔威。

马车之马与马车夫 二十三日甲午，镇日阴晴不定，凉。英都街市单马车，每日每辆用马两匹，八点钟一换，以匀其劳。车夫每日工夫十七点钟，每早驾车出，交厂主十八先，赔赚不论。随带拌成之草料一布袋，俾得暇喂马。入夜回车至厂，自有专人卸车，洗马饮马，并验车马有无损伤，车夫袖手旁观毕方去。

二十四日乙未，微晴。巫觋之术，西国尽有，且不独

巫觋之术西国亦有 四乡，即大城之妇女惑而深信者实夥，官场禁不胜禁。英则以为不滋事可付之不问，闻其画符诵咒之值颇昂，其咒语则《新约全书》数句而已。复烧盐，绕桌跳舞，口中喃喃，有无效验，须酬一镑。更有咒人法，一羊心上满插钢针，置于烟突顶，日久羊心干，针坠，见之者必主不祥

云，是亦西方另种镇物也。

二十五日丙申，阴而细雨，凉。测地绘图，学术各不同。英国建筑楼房，亦先绘图，然后令瓦木工作估定工料价值。此等画学亦有专门，其工价不论房之大小，于建造估价百分抽五，如估价一千五百镑，则绘图者当得七十五镑是也。画时房主示以地基，其人丈量毕，告以楼外形式，楼内屋间。画成如式，则交起造者估价兴工。其工作精细，报竣需时。搭木架，用一种松木如我国之杉槁，新者刮去皮，以免淤水霉烂，伤处无撑支之力，有妨工作。且束用铁绳，粗如小指，亦足见其一二年不能完工。临街不围荆栅芦席，乃以木板树墙，而板必洁整，更有搭作穿廊，木板长桥，工亦颇细，而彩画壮观者，俾街市一律净洁齐整也。

建筑先须绘图估价

二十六日丁酉，晴。西人无小星，故无嫡庶，然有私娶而生子，苟合而生子。私娶者平日同居，养其母子。野合所生，于例认子不认母，当按月给养赡若干年。其人故后，财产分否任便。爰改其姓，有本姓前加费兹二字者（见前），有另择姓者，有从母姓者。本使馆为坡兰公之产业，前公因有微疾，鲜有嫁之者，终娶一丑妇为夫人，继私娶一寒微美女，称曰杜鲁斯太太，两妻先后各举一男。西一千九百年（光绪二十六年）坡兰公卒，丑夫人之子袭爵。当时公故于杜宅，遂称杜鲁斯者病故，报官殓葬；同时本宅亦称坡兰公卒，棺而窆之。杜妇告官，谓伊子居长，当授公爵；且谓在伊家所故者，确系该公，而本

虽不纳妾而多苟合

宅所葬者，乃一空棺，铅饼代尸身，请开棺验之。事固属实，奈丑夫人原为仕家之女，官场戚友颇多，故至今四五年，未经审办。杜妇则贫，遂无人叙及云。

谈护照

二十七日戊戌，早晴，午后阴。护照二字，本意谓沿途保护其人，不得阻遏，以利遄行也。属西国者名虽不同，而意则无异。英文曰“帕斯坡特”，分译则“帕斯”为经过，“坡特”为堤岸，为门户，合译乃准其经过也，登岸也，入门也。又英文字典注云，“帕斯坡特，系一游历保护准行之凭单或执照也，由应管之官发给某人由此处至彼处者”。闻英、法、德、俄等国罕发之，间有之，亦仅注明某人由某处过某处至某处而已。且华人之经以上各国，皆无护照，何赴美国而独用之？夫既用护照而不照常规填写，乃至考明其人，书其形貌、年岁生日、身材尺寸、前时作何事业，目下作何为生，曾住何处，家财若干，拟去何处，共住若干月日。不仅此也，且临行先付美领事二元，合美一元，粤海关九十四元用费，并于纸上印其右手中指，次拇指，其下复粘以其人之小影，盖美领事之骑缝戳记。是则美之视华人，甚至等于囚犯盗贼矣。

美视华人等于囚犯

二十八日己亥，早晴，午后骤雨一阵，雷雨止仍阴，入夜复雨，凉。英俗以西历六、七、八三个月为淹溺季，英言曰“得捞宁希森”。国人喜朝夕浴身，天暖则于海边或江畔或湖及河，以泳以游。其溺毙之由，则少年逞性者，有年老力不及者，有跌入者，有不谙泅水者，有不知浅深者，有突遭大浪者，更有素善浮水而饭后或酒后致气

溺水之人

31,7,29

力骤弱者，小孩滑坠者，男女入情魔而携手胥溺者，以绳绦结于一处者。每日新报所述颇多，或谓此百日内葬于鱼腹者，通国当不仅一千人。

二十九日庚子，镇日阴晴细雨不定，雷。伦敦地大而人稠，老城尤甚，楼高巷窄。每年春末至秋初天清气爽时，街市之浊气依然不散；秋末至春初，昼夜烟雾迷漫，无益卫生。闻有医官赖安思得一法，能使通城人皆得吸嫩空气。其法与器，与煤气灯同，亦于城外四面安气柜，机器压气入柜，以连筒分入城中各街巷，转入各楼，气由四壁喷至棚顶，由棚顶缓缓下吹，楼中人呼吸，顿觉清爽。

引入新鲜空气之法

八月初一日辛丑，晴。中国跪拜礼，旗汉之繁简有别，而皆所以致敬也。或谓及今人心反古，勇于维新，处处变易，咸尚西规，跪拜之礼当除，是则一人之私言矣。按：西国男女，跪拜亦多。如谒见罗马教皇，跪且嗅其足；见君主，有时跪而吻其手；礼拜日入堂唪经，时立时跪；灵柜出门，教堂诵经亦然；新夫妇第一日入教堂成礼，跪礼尤繁。平日亦多入堂跪祷，有因父母夫妻身故而床畔跪泣者，更有男跪女而求婚者，是皆意在以跪为礼者也。尤有不须跪而跪者，如妇女买鞋，铺主则跪而捧足以试大小；街市间擦鞋人，亦跪而着色擦刷；男女之烧火炉、刷石阶、擦地板等事之凡须蹲者则皆跪；不知以上各节，亦谓有损于高尚，有亏于气节否？且西国哲士谓世界人类，各有先天地位及后天地位，何国之人守何国之习惯，先天之地位也；治何处之事，守何处之章条，后天之

谈跪拜礼

地位也。华人视西人，似皆一律者，实则各有不同；各国之文教既殊，节文亦异。若中国去跪拜礼，将以何礼为礼哉？

地窄人稠房地日贵

初二日壬寅，早晴，午后微阴。伦敦地窄人稠，房地日贵，繁华处尤甚。迩因庇喀的里街与老宫前之贤翟木斯街一带，镇日车马往来，路虽不狭，而时时拥塞，巡捕指画，不胜其劳，官拟买地一条以扩充之。量定一千二百方尺，价四万一千镑，合每方尺三十四镑三先四本士，又合一百四十八万八千三百镑一英亩。其老城内之宽喜街，租房一间一年二千六百镑。新城西首，人少街宽，而赍得街一小铺，仅租地面一层带地窖，一年尚须千镑。以上租价，比之中国，置买尚馀数倍。

五岁习骑又习泅水

初三日癸卯，微晴。英太子卫拉斯王之长子埃达倭现年十一，次子阿拉柏十龄，皆自五岁习骑马，今已娴熟。三个月前，同在都倭尔街第三十六号巴斯会馆从人习泅水，从前教法，用小轱辘长绳式帮助两肩之物，现仅用一长绦自背后环两腋作结于胸前，教师立岸边执绦之一端。童入水，先双手执绦而练以足打水。绳系纸鸢式，纸鸢得风则绳直，童子得力而绦亦直，师随而松绦。前有善泅者，童子随泅而効之。隔日一演，无几时解绦，既熟则改于河边。数月有成，湖心海涯，亦可无恐矣。

初四日甲辰，晴。德国正北汉柏尔城，临海多鳞介，有赛骑鳖鱼场。幼童女骑鳖背，手执尺馀棍，棍头系青苔草食一团，垂引鳖头使之行。七八名横骑一排，场主摇

31,8,5

旗，齐举棍引鳖前走，先到某地者胜。

初五日乙巳，晴。英兰夏季放学期，幼女多赴园嬉游，创一式竞胜之戏，择敞地，二人对曳一绳，约二丈，中以细线系小糕点十馀；多名由若干步外齐跑来，有能不着手以口得食其一者为灵利，众皆鼓掌。

火车旅行之饮食

初六日丙午，晴。远路火车，经过驿站大小不同，亦视乎停时之久暂。大村饭馆酒肆，停时久可下车任便饮食；苟暂停不下车，亦有人提筐举盘往来于车旁，高声售点心、鲜果、茶酒、加非者。过小镇则房屋寥寥数间而已，虽久停，饮食亦毫无可得；故行远路者，设不自备，往往受饥渴之害。两年前西国创售凉食法，乃小筐一，盛红酒一小瓶，白煮鸡牛肉各一块，面包一个，盐一小包，并刀叉瓷碟各一，价稍昂耳。售法，系此站付钱，沿途可随行而取之，食毕，将筐及各物或交下站，或即留之车上，盖缘途大站皆有是铺之分铺也，行路者已为便当。闻现时伦敦维克都里亚车栈于赴茶塘、都伍两地车尾添伙食车一辆，有鲜果、奶油、热面包片及各种食物，并有新煮香茗，每碗二本士。沿途至各栈，火车停，即有人推小车，傍火车唱售各物，车客任便吩咐，茶且新烹，费钱无几，尤为利便。

新添餐车有热茶饭

日间托儿

初七日丁未，晴暖。伦敦日中育婴院曩曾叙及，系为妇女之有婴而在外佣工者而设。妇人作工，早去晚归，家中无人看管，送入院中代管若干时，费钱无多。法京现有六十六处，伦敦仅五十五处，现拟设法加添，俾通城佣工

者子女，日日皆得其所云。

初八日戊申，早阴，午后晴。英规雇用仆婢，于其去时，无论自辞、被辞、转荐，皆须主人给一凭单，书其名姓岁数，是否已娶已嫁，所司何事，前在某宅若干年月，在本宅若干年月，因何辞去，身健壮，心朴实，或安静，或忠诚，或任劳，或灵利，或性情柔和，或知节俭，或有才干，或可嘉赏，或明礼节，或善养育，或殷勤，或洁净，或于末书其所能出众，要皆扬其善以便他处谋生。然主人多有因此受累者，或言过其实，启怨于新主人；或所言稍与其人有碍，致多日无事而告官，谓其事为前主人所误，须令前主人偿其按日所应得之工钱，各事烦琐之甚。故今转荐仆婢于戚友，先行面商者居多。

主人辞仆须给凭单

初九日己酉，早大雨，雷，午后雨止微晴，入夜风凉。航海遇漩涡，险于飓风。飓之险在中枢旋，涡亦然。然遇飓风可循其转势，渐次退出；漩涡则四周高，中心低，如釜，愈转愈下，船遂沉。西人某甲现创一种戏场名曰“回勒浦伊路申”，意即洄澜幻景也。造一房高五十尺，周四百尺，四壁假山，正面飞瀑布，对面一门，当中空地周九十尺。水流上下旋转深约五十尺，假山后有机器铁筒，水之外面旋转而下者，自能暗由山后转流而上，回环不息，止之则有关键。其水势冲激，由上而下，旋转汹涌，澎湃有声。欲作此戏者，入门步梯而上，至顶登舟展帆，舟自前向飞行如螺旋，渐低渐窄，至末层舟随水入黑洞，忽而撞石，忽欲入水，使人生恐惧心。正惊骇间，陡

洄澜幻景

31,8,10

然舟停，遥见日光，审之已至场门外矣，趣甚。

初十日庚戌，晴，风凉。伦敦人多，昼夜车马往来不绝。每日依时有人扫尘土除马粪，尚虞偶遗污秽，恶味熏蒸，于人无益。各区地方官同定费款，雇人每日丑刻逐地洒水通洗一次，故每晨街市路润而洁。 街道凌晨冲洗一遍

十一日辛亥，镇日阴雨，凉。伦敦议院散值后，大员及富商皆携眷他出，各部院之司官亦轮流换班，国主亦乘暇出游，名曰"庆斯豪赖代"，译乃王之放假日也。上月十四日（西八月十四日）巳正二刻，英皇着水师提督戎服，坐马车至柴苓十字街火车栈，随行有两武官并其所畜之小猎犬名扎克，随行前驱，狺狺欢吠不止。有奥国公使候送，彼此握手后登车，即开，行向正东，午初三十分车抵维克都里亚海口，改驾"维克都里亚阿来柏"御船，展轮仍东行，酉初三十分至和国福乐兴海口，上岸坐火车即开，南行转东，夜过德国，十五日申正到奥斯马加国正东萨兹堡府之伊什城，经奥皇卓赛福乘四马宫车由门墩车栈迎入伊里萨贝斯店。将下车，有店主小女喜藕儿献鲜花一束，英皇以婉言笑谢之。沿途满挂英旗，男女拥挤欢呼。二君同入大厅，奥太子、公主及他大臣命妇多人迎迓。少叙后，二君同车入行宫晚膳，共桌男女二十人，无陈词。食毕，奥皇送英君回店。十六日早同步园囿。午后英君坐火车北行，奥皇送别。酉正二刻，抵奥国西北卜海米亚省之玛林巴城下车，有彼省巡抚贝赛林与本城美尔狄埃勒迎候。英君与之拉手问候毕，即乘马车驰入威玛尔

英君往奥度假休息

卜海米亚（波希米亚）

店。英君此次乃隐名闲游，书店客簿中曰“格拉甫兰喀斯特尔”，译为兰喀斯特尔伯。兰喀斯特尔，英地名；格拉甫，奥言伯也。自是每早便服游于山水林木间，并以温泉沐浴，俾身体康强。其地近山，四面林木森密，中有盐井水名萨林，人饮有益，注瓶四出贩运颇多，亦彼处之一大生涯也。人浴此水，尤觉身体强壮。每年各国人之养疴者万馀，故英皇在彼阅四礼拜，今日申初回伦敦，晚入柴市园观剧，定于后日幸苏格兰。

饮矿泉水并以沐浴

十二日壬子，晴。自日俄开衅以来，英伦敦先在射影灯馆中，射演英日水军。其他绸缎玩物以及妇女衣式，无不以日本为佳者。并有住家花园，亦有特改日本式者。昨日在格蕾伍森胡同有少妇周索布，告其邻居妇人施伊乌向伊身洒水并出恶言，两造传到，官问施妇作何恶言，周妇谓：“施呼我子为日本人，且令渠子高声唤之。”官云：“是亦美名也，然汝夫是否日本人?”曰：“非也。”官又问被告曰:“汝曾呼其子为俄人否?”曰：“否。”曰：“既未呼为俄人，不为辱也。”皆逐之下堂。此案奇，断法亦奇。

日俄战争英人袒日

十三日癸丑，晴冷。英人亦间以蕨为食，洋名曰“卜拉硍”，据云此菜届时加细挑选，勿过嫩，勿过老，必待其上叶将发未发时刈之，大小与龙须菜同，食法亦同。水煮一法，尤须按时得法，时少味苦，久则太烂。煮毕盛盘时，加以热牛油及葱各少许，此盖西国食此菜法，不施烹炒也。

十四日甲寅，晴。英国男女多于已卧时及夜不寐之

31,8,15

间，卧榻看书一点钟，近人谓有损眼力。年老者无论已，幼儿雏女则必危襟正坐以看书，盖榻卧看书，久自昏迷也。人之目力贵乎直视，若上下左右视之，非目之本权，若强用之，久则倦矣。况卧时以手举书费力，故稍下。举书直向，灯光不映则视不明；欲映灯光，又须下执。既下执必须下看，下看非目之本力，非本力，久则伤，以致迷晕。试以目视鼻准，久而自晕，此其证也。 卧榻看书有损眼力

十五日乙卯，晴。巳正团拜，戌初弗拉斯喀悌馆晚酌，同赏中秋。入夜雨。伦敦喀来斗年路有通城公车会馆，名曰得路伍尔堂，前日会期，会首名戴维斯云，通城御车管车人四万馀，苟非膂力强壮，安得每日正立端坐十七点钟。此等人每日每一点钟仅得三本士三法丁，亦良苦矣，嗣后当令各行设法加增工价也。 每日坐立十七小时

十六日丙辰，晴。吾人现多以西人为问题，取西规为准的矣，然谓西国之更新皆属便于人者，未必尔也。即如男子平日衣冠，高帽不如低帽之便，百年来未改（高帽即且字形黑帽）。汗衫之胸襟领袖必皆洁白坚硬，俯身撑胸，袖手伤腕，垂头腮，仰首颈，至今不改。妇女细腰胎产有碍，鞋底后踵式与华妇之鞋同，不惟不改且日加高，腰愈求细，此何为者？然谓西装尽从时式而不尚古，亦不尽然。土波两国仍戴红黑毡帽，以不免冠为礼，此姑莫论。至官服法古，英国为最。第一国君加冕及每年开议院，君与后皆头戴金冕，身披银鼠乌针红氅，同时各世爵命妇亦按等着金冠红氅。平日议院各律师及赴朝会等皆按 西俗亦有不便之处 官服法古英国为最

班戴灰色假发（团团作骨重羊皮式），有长过两肩者，有仅过枕骨而下垂小辫长约半尺者，身穿阔袖黑氅如僧衣。各处正副比朔、助教、教士等，凡入教堂赴朝会及他大典，咸着阔袖黑氅与律师者同。各地美尔、阿得曼等，每于宴会大典及其接任之期，无冬无夏皆着红戎黑绸阔袖皮氅，项围金花锁，长约三四尺，形式不一，坐古式四马金车，随美尔举杵捧剑之人，亦身披黑皮氅，头顶貂冠高八寸。英之羽林军，有红衣兵戴黑皮高帽，圆形，高尺半，周二尺馀者。苏格兰兵头顶小毡帽，上穿短袄，腰围黑质红绿篱笆花毡短裙，下不及膝，膝下露腿半尺，自膝盖以下则高袜皮鞋，且自右肩至左胯斜围黑花毡一条，一首垂于肩后，长至三尺（系备夜卧山中用者）。数年前英兰兵部尚书富斯得以其行动不便，拟令改从英装，苏兵不允，誓守苏之旧制。卫勒什（即卫拉斯者）兵，皆有山羊前引（因本地多山多羊，古制使然）。各文官于赴朝会及他官场大典，冬夏皆着短裤过膝，高袜皮鞋。宫中筵宴，国王亦着高袜皮鞋。由国王至各世爵，虽美尔之侍仆门丁，皆发刷白粉，盖皆千百年之古制也（见《四述奇》）。不仅此也，泰西各国各地之乡民男女服饰仍多仿古，亦足见小节之不时从古矣。

苏格兰兵不改旧服

夫英国本只三岛，四海属地极多，不易治而大治。土耳其与波斯，无属地而不治。日斯巴尼亚、葡萄牙皆有属地，亦不治。德法皆大国也，法本君主，德则数邦初合，因故交兵，法败而德胜。俄则地跨三洲，强盛之老国也；

日本小国终大胜俄

31,8,17

日本地亦三岛，新学西法之小国也。彼此起衅一年，俄乃水陆皆北，而日本终获大捷，尚望吾人之明理者察之。

十七日丁巳，晴，微暖。英国世代太子于未即位前，皆封卫拉斯王爵。按：卫拉斯地在英兰中界正西稍南，南临卜立斯托港，西靠贤卓志斯海岔，北傍艾里什（即爱尔兰者）海，东界英兰之柴晒尔、什洛铺晒尔、贺尔佛、曼毛斯四府，周共七千三百六十三方洋亩，内分十二府，居民一百五十一万九千零。人与英兰异种，生在山谷间，语言、性情、教门亦多与英人不同。数百年前英兰虽为一国，尚未尽有其地，卫拉斯别为土番而无酋长，仍由英国派官往治。某年土人忽揭竿作乱，英兵讨平之，英君问其叛逆之由。咸谓：自愧无主治，属英官；苟得一不操英语之人为邦主，于愿足矣。英君仰首少思，继而言曰，我将派一不能英语之人为卫拉斯王何如？众曰诺。及派时，乃英君太子也，生才一岁，尚不能言也。卫人无法，遂遵之，自是立为定制。现虽统顺英兰，仍循旧规。此即太子封卫拉斯王爵之所由来也。

卫拉斯（威尔士）

太子封王之所由来

十八日戊午，晴，凉。英国太子与妃，于今冬将去印度一游。英君拟照大幅像影，用赠印度王爵等。艾百里街之道尼照像馆，历来备官照像已四十七年，前日特召馆人入卜静宫照一满身者。君着兵马元帅之戎服，佩剑带宝星，后披御氅。照毕放大，改油着色，木架金边；每架顶上以木雕一王冕，下垫一小方褥，褥亦木刻，概着金色。现用油工画匠各六名，或谓工竣时当费共数千镑云。

照像以赠印度诸王

十九日己未，晴。闻英君前于十三日未初二刻，由卜静宫带戴威森、瓦尔得二武官，便服至庆斯十字街火车栈，登车即开，西北行一百五十六洋里，赴约尔克府之东喀斯特尔地方乐佛达碧别墅，会男爵萨威夫妇，暂驻数日，兼看赛马。此会创自西一千七百三年（康熙四十二年），每年西九月第二礼拜内某日（即前数日）会赛一次，斯亦彼处之一盛典也。礼拜五日（即十七日）午后坐汽车西行百里，至比倭尔庄拜路特兰公，少叙驰回。次日往苏格兰驻贝勒莫尔城，兼阅兵操。此地在苏岛东北界，距伦敦约五百洋里，傍的伊河，有阿拉柏王（老君主夫）行宫，建于西一千八百五十年（道光三十年），依本地楼式，费共十万镑。或谓英君驻彼，俟西十月方回伦敦。

改汪大燮充驻英使

二十日庚申，晴，凉。前于初八日奉庆邸来电，称“唐绍怡在印患病，须令回华。拟即日请旨，派外务部左参议汪大燮，接充驻英使任。顷已知照萨使，希速告外部，深盼有惬英国大皇帝之意，即电复”云云。即日行文英外部，待至十五日，未见回文，令马参赞去外部探问。据甘侍郎云，前于十二日当英皇由奥回时，业经奏递，不日批下，想三五日必见复也。至今早已五日，仍无回信，乃再令清臣往询，当伊到外部时批件尚未寄来，正闲谈间，适见批件交下，批云“愿意接待”，外有内大臣致蓝侯信云，“奉王谕，愿汪大臣于十月以后到英，以便得与张大臣再得一见”云云。清臣回后，即将“愿意接

愿汪使十月后再来

31,8,21

待”四字电禀庆邸。又马谓，当在外部时，向甘侍郎询其迟延之故。据云该部收文后，即电致驻北京英使萨道义询察一切，待其回电曰可；因此时为大众放工之际，本部管理往来内廷事件之司官巴苓屯现值歇假他往，无人明其妥协办法，遂将来文并回电一并寄呈国君，而不知其外应另有蓝侯一函也。待到苏格兰行在，经内大臣察不合宜，不便上递，遂即缴回，本部因而另缮一折寄往，是故迟延至今也。又今晚收电旨一道，乃奉旨，前有旨“特派载泽等分赴各国考察政治，该大臣等每至一国，着各该驻使大臣会同博采，悉心考证，以资详密，钦此”。 载泽等来考察政治

二十一日辛酉，晴。闻昨在法国东南界临海之木那扣地方，有工人某甲在敞地以电气作工，钢条入地带有百分电力。电气冲行，所有左右附近电条地孔，隐匿各虫皆飞出而死，由是得知电气可以灭虫，而无伤于花木菜蔬。今后电学各家，苟能竭力考察，创设别种电机专用捕虫，则与田地、菜圃、果园、花畦甚有益。据云俄人某乙现制一小手车，上置电机，车不行而电不作，车行则电气由钢条入地数寸，如是电气随行，其左右附近之虫概行震灭。此乃初创之小机器也，将来制有大者，则捕虫不更多耶。 电气灭虫

二十二日壬戌，晴。奉旨，“外务部左参议汪大燮着充出使英国大臣，钦此”。又汪伯棠回电，谓候国书到洋即莅任，恳留陈安生。记苏格兰岛人，族类各府不同。每年冬季在贝勒莫尔地方（见前）设有各府聚集赛技会，英名“戛色苓敖伍仄克兰斯曼”，义乃凑会各族类人也， 汪大燮恳留陈安生

届时国君与后往观。本年系在前初九日礼拜四，惟当日国君尚未行抵彼处，后亦于两日前往赴丹麻，观者仅太子与妃及宽诺公与夫人、公主绿衣姒、驸马费茀公等。正面设高台，先是各府人按班列队由台前经过，衣装虽皆短裙高袜，而颜色记号有别，一见即知属何府。乐器虽皆木管皮兜，乃各有音调，知者未见其人，闻其声即知为何族。至所演各技，未得尽闻。惟一技系一壮士双手抱一刮皮大树梃举起远掷，其力大不为奇，乃树梃飞去，必使体轻一端先触地，而体重一端向外跌倒，方为孔武有力云。凡人之有出奇膂力而新奇献技者，上皆有赏。

苏格兰各处赛技会

二十三日癸亥，早晴，午后微阴。西人笑中国贫民之吃狗肉。闻近日法京人家所畜之狗多失去，其中长毛狗洋名"扑得勒"者居多，贫民偷去毙之，售其肉与贱饭铺，以代羊肉。华人盗狗煮卖即明曰狗肉，法人之代羊肉售，法乃高一等。中国乡民间有以泥包蝟煨于灶下而食者，闻德京现因肉食缺少，价日昂贵，通国之蝟几尽，贫民煮食，佥云味佳，香比小牛肉云。

以狗肉充羊肉上桌

二十四日甲子，晴。闻现在妥亭枕阔路第二百三十一号，新开一六本士一顿之干鲜果子小食铺，铺名什安。此等小食，英名"奎克茀路特勒恩赤"，意乃迅速果子小食也，谓其易食而不耽时刻也。果五品，核桃、李子、香蕉、青无花果，末吃桔子以当酒，有九本士及一先者，乃加葡萄、梨桃等。楼房开敞，饰以红花绿叶，如在山林园囿中。圆桌成行，每桌四座，洁净幽雅，亦颇有趣，惜伦

水果快餐

31,8,25

敦暑热之时少耳。

二十五日乙丑，阴西国医生多重卫生，吹求无已，总冀有益于人。医生杜额池谓人之病源多有无意中得来者，第一，各铺各摊售杂货皆有纸袋，然袋既多，层层叠压，匆匆裹物，袋不易开，遂呼气凸之，其气遗袋内；再开时人不觉其中含异味，偶吸入鼻口中，体弱不敌，则病气传染矣。第二，旧纸新报之属，城边陋巷多用作包裹，其异种气味，将必熏留食物之上，有损于人。第三，各学堂所备玻璃杯，不能如学生之数，遂致彼此换饮而不涤拭，恐于卫生有碍；若改令诸生各自携带，或免染病。第四，男女老幼分咬果品糖饼之属，两有损，宜令知之。第五，历来学堂诸生，不知其人及其家人有无病证，辄以同窗故常亲吻，此俗宜禁。 病源多自无意中来

二十六日丙寅，阴。英例凡轻罪之幼童，向皆与重犯同屋。柏明根城现乃改法，别设空屋一间，童犯之轻罪，皆令回家，专于每礼拜四日早晨传其父或其母领入巡捕堂中听审，盖防童子无知，或为重犯诱之为非也。官谓罚钱惩治，于此等案件无益；今后凡童子犯案之关乎父母疏忽教养者，不罚钱而治其父母以罪。即如前日两案，一系数孩在街道踢球，官责数语，谓不能使街巷作球场；一系一孩夜半仍在街市游荡往来，其父名郝艾，供称教养得当，官谓既云得当，何使其饥渴破衣，深夜依然街市闲游，乃判令郝艾于每礼拜给其子二先半以供食用。 少年犯当另行处置

二十七日丁卯，阴雨阵阵，凉。伦敦每于西八月间议

院散值时，自国君至百官皆赴他国或本国别府，寄居一两个月或一二十日，吸新空之气以卫生，他富室亦然，虽贫户亦多次城外游玩。惟中等人谓，仅在城外一游不足畅怀，欲往他处僦居而楼房客寓皆贵，倾囊亦不敷也。乃有一法，较店房贱，较租房及寄居兼饮食之处亦贱，惟洒扫炊爨皆须自行操作耳。如欲住于海边沙地或山上林木中，乃有铺出赁大白布帐，每边长九尺，宽七尺，内中分槅以布作墙，可睡五人，并有闲间为坐谈处，绳架俱全，赁价每月一镑十四先。兼出赁桌椅床榻及厨灶器具，如活腿木凳五，木桌二，厨灶中者铁锅一，大铁勺一，瓶罐之为盛乳油、茶叶、糖块、牛乳者四，铁秤、铁壶、扁锅各一，五味架一，刀叉匙及大小盘碟杯碗，一切足供五人用，其他应用之盆罐、菜刀、肉叉具备，以上统盛一筐，外加铺之厚帆布等，统计一月赁价共需四镑十二先三本士，再则被单一先，灯火一先半，先后共计四镑十四先九本士。此等住法，既为幽静，且无向房主口角事，一月仅抵住店及租房所费四分之一耳。又一法，系租住海边或山岭之旧圆炮台，皆千百年前之古迹，英名“麻尔太娄涛尔”，其中有倾倒破烂者，有群鼠窃据者，亦有修理整齐者，中有客厅、饭堂、卧室并小花园，租价系一礼拜二吉呢。

旅游已成生活习惯

帐篷用具租价便宜

二十八日戊辰，阴而微雾。西人之讲花果菜蔬之学者，谓草木植物不同动物之有灵，能去各处觅食，而草木间赖有播散其子种之性，因而苗裔可得生长之地。此种共分为二，曰抛者，曰飞者。其抛者逮熟时爆裂，子种抛出

植物传播种子之法

31,8,29

于数武外，泰西北界之黄瓜即如此，其作壳或大或小，类乎扁豆豌豆；有仅在一边按子裂小缝，届时抛出，顺风飘落；有一壳先裂分三岔，每岔排一串，到时迸出数尺，壮类指弹；亦有平分两半，即时回卷，戛戛有声，其上之子则四面分抛，即如芹菜之子荚，迨极熟时以指按即崩裂，既有声而喷出似气枪然。其飞者系赖梗干伸缩之力，设若一枝被风吹，或牲口挨弯而别向，能自转回，似有发条关键，其子种外迸突类飞石，且甚远云。

二十九日己巳，阴雨阵阵。酉初外务部来电，云考察大臣廿六上车尚未开行，忽有炸弹轰震之事，五大臣及随员均无恙，泽公、绍右丞微有碰伤，将息就痊，仍即起程。闻昨在英兰西界临海福林府扣塔娄庄之火车栈内，经管车人在三等空车中架上，见一工人所遗之小筐，启盖后先见面包奶饼咸肉共多块，其下忽一铁钱匣，钥匙插孔上，启而视之，乃有金镑八枚，纸钞一千五百镑，其上并无人名住址。前日该车栈接某律师来函，叙及某人所失。据新报内载，按其人本意，第一不肯存留银号，恐其倒本关闭；第二不敢收存在家，而怕家人窃用，随身携带，乃因忙乱遗失，不记何处，故致告禀律师也。 知五大臣临行被炸

三十日庚午，阴雨如昨。英贾怀得利，年七旬馀，极精能。向在伦敦新城西隅卫斯班大街之南奎印路，开两间门面两层楼之小杂货铺，当时街甚湫隘，数十年来街既开拓，其铺亦日铺张。现楼四层，正面二十间，窗窗整玻璃，在奎印路由第百四十七至百五十九号，其左临卫斯班 大百货商怀得利

大街由第三十一至六十一号，右傍堪兴坦园坊系由第四十九至五十三号。出售一切已熟未熟之食物，已成未成之玩物什物，约万种，与水陆公司无异。或谓其致富之由，为历来商贾所不屑为，即为之亦不必有怀得利之奇遇，盖其以一万镑之货报十万保险，三次遭火乃成巨富。后被人察得，三次皆火起邻居，实怀得利与邻人谋，所以火之，而保险所偿已三倍，两处焚如，铺偿邻居有加。以故英之各保险公司皆不作保，而美国公司保之。第三次铺开，招牌书有“一概俱全”。有豪富某甲突然曰：“一概俱全，予欲买一白毛小象。”怀即应曰：“有。然必三阅月后，价钱水脚共若干。”遂立定契据合同，言三个月内到，则给如数，否则罚若干，仅八十日而象由印度到，可谓善于谋利矣。

买小白象亦能供应

英日条约

九月初一日辛未，晴。英与日本续订之联约，昨日始由外部寄来一通，兹特译成汉文：

英日两国政府现欲重立新款，更换一千九百零二年正月三十日订立之联约，所有约款订立如下：约款用意共有三端：一为力保东亚细亚及印度等处之太平局面；二为保全中国疆土及其自主之权，而天下各国亦可在中国经营工商，不分畛域，借保其公共之利益；三为保守两国所有东亚细亚、印度等处土地之权，并在各该处所有之特别利益。

涉及中国

第一款 现订定，将来两国政府如有以上文载明之权利有危险可虑，则应如何设法公同保护，当彼此竭诚

31,9,1

熟商。

第二款　无论何时，如立约之两国，有以一国或多国无端前来攻击，或有别项侵凌之举动，因而不得不与之用兵，以保护上文载明之土地权利及其特别利益者，则未开战之联国，当即前往协助，公同用兵，和时亦公同商酌。

第三款　日本在朝鲜既有较大之政事利益、军事利益、财事利益，凡应如何经理保护，俾各该项利益可以保全扩充之处，英国现认日本可以随便设法办理；惟其所设之法，不得与各国经营工商事业须一视同仁之宗旨有违。　日本在朝鲜之利益

第四款　英国印度边圉之磐固既有特别之利益，凡附近印度边界之处，应如何设法俾可保护印属，日本现亦认英国可以随便办理。　英国在印度之利益

第五款　立约之两国，非经彼此商明，不得与他国另立条约，致与上文所言之约款用意有所妨碍。

第六款　日俄战争之际，英国仍谨守局外。若他国或多国有与俄连合以攻日本者，则英国当即住助日本公同开战，和时亦与日本公同商酌。　他国助俄英即助日

第七款　按照本约所载，如有约中所言之事，两国即当协助，用届时情形必当若何而后可以办理以及如何实力协助之处，当由两国水陆军政司，统将彼此利益，随时细心妥商办理。

第八款　此约除第六款外，自画押之日起，两国即一律奉行，以十年为限。如限满之前十二个月，两国政府并无有以此约作废声明者，则自将来声明作废之日起，再展　此条约以十年为限

行一年。若限满之日，英日两国有与他国战争者，则此次所订和约，当展至和局告成之日止。

以上各款，于一千九百零五年八月十三日（中本年七月十二日）订于伦敦。缮写两分，由英国外部大臣侯爵蓝斯玛、日本驻英公使子爵林董公同签押盖印，各执一纸以昭信守。

“信”字为编者所加

初二日壬申，晴。闻昨英兰中界之诺汀杭与莱溪色尔二府中间之兰铺斯屯村，有佃户狄勒斯之孙女理丽，与男仆苏万目挑心招，渐起桑中之约，往来情书匿于面包。后无端理丽疏厌其人，苏艳其色，遂缘爱情成怒。前午啜茗，苏以手枪击理丽之头与手，幸理丽之犬在旁，啮苏之臂腕住，受伤乃不重。苏度理丽必死，反枪自戕。苏遗其父书云：“因理丽恋慕之情忽变，谅理丽一人必孤栖，万亦不愿衔苦独生，故思两人携手登天”等语。察其箱中并有鸦片酒一瓶，是酒洋名“洛达讷木”。

少女独行遇害之事

初三日癸酉，阴，冷。英俗幼女及笄，父母即准其孤身远游，遗失被害者累累，非善法也。闻前于礼拜日晚亥正二刻，有少女名莫腻，由伦敦桥火车栈登车赴布莱敦，地距伦敦二百馀里，夜过墨尔萨木山洞被害，抛尸车外。所以得知底细者，盖每夜车停往来之际，守道中人皆秉烛巡察，有无损坏或失物，故洞中得女尸，搜其身有名片车票，故得知其去来何所，某时坐某车也。今已六七日，凶犯未获，图财害命耶？抑私约反目耶？当闻英人云，一人独行，莫坐无伴之空车，防被害偷窃也。且谓长趟火车，

31,9,4

间有盗贼匿于车下轴旁，旷地车行之际，爬上车边，隔窗看头等车中有独坐之妇女，则破窗而入，抢劫行凶。盖凡妇女携带必多，一因头等，更为力弱也。此辈之胆力，可谓猛矣。

初四日甲戌，早阴，酉初细雨阵阵。英国兵部向在帕玛街路南，后拟在白堂街水师衙门对面，地基四面各百三十二步（见前），五年前兴工，现规模粗具。高楼三层筑以白石，四角圆顶钟楼各一，正看作凹字形。正面左右及两边之前半，各凿一白石警世铭。正面右方者曰“太平”，二老妪分坐，一抱两孩，意指接收凯旋之报；一抱多孩，意指寡妇孤儿之凄凉。左方者曰“战争”，左坐一男头顶铁盔，手拄长剑，指血战之勇；右坐一妇手捧骷髅，指交兵之觳觫。右边者二女分坐，手执金镜，指“名望”与“得胜”；左边者亦二女分坐，一手执面镜，一手捧书与剑，指“公义”与“信实”。下立望上，石人之体，尚较生人大数倍，将来落成，必极壮观。 将建成之兵部大楼

初五日乙亥，早晴，午后阴。吾人夙知西人不信巫觋，而近日吾人之习洋务者，其不崇信，视洋人为尤固。上年闻英人有善扶乩者，已奇矣；兹又闻有圆光者，英名曰“克立斯他该仄尔”，意即注目于水晶者也。其法仅水晶一片，令亲切问事之人定睛立视，久则有所见。伦敦有万步者善其术，前日地洞受难之女，其兄与妹访万步。万执水晶一片向女兄对立，须臾问有所见否，曰尚无。曰再少待，继即呼曰“我见山洞矣，我见一火车中只坐一男 以水晶球作占卜

一女”。万曰且令汝妹观之，从之，其妹曰“我见一男头戴黑帽与女交谈”，继曰“男捉女肩，二人折在一边。呕！车门开矣，一团黑物外坠，门复闭矣，一男独立矣”。万步曰，“汝姊被害之确情已见，汝二人既不识害汝姊者，须牢记其像貌”云。酬费何数未闻。

比较中西婚姻制度

初六日丙子，早大雨滂沱，午后晴，风，冷。中国男女婚姻，因父母之命，媒妁之言，皆能谐老，口角既少，分离亦无，无故出妻，且既出休书，更无复娶回者：妇被弃，其夫或生或故，尤多以改适为耻者。西国则否，男女虽自配，情爱相投，而半途分析即时改嫁者甚多。兹闻在英属地加那他东南界龟背城有胡卢柏其人，数年前娶孤女艾墨莉，女年十八。结褵未一年，胡赴西界谋生，谓有馀资当迎往，始则鱼雁来往，数月后因故不谐，音问遂绝。又一年，妇以孤身无依，改醮老叟贝来佛。两年后贝故，遗有孟他那邦（地在美国西北界）之矿产股分进款。妇往孟邦，住埔特城店，突遇一男，貌似前夫，按房间号目检察住客簿，果胡庐柏也。朝夕频遇于饭厅客堂，妇已确识，而男尚茫然。妇渐知胡现亦在矿场司事，思与之交结而无法，遂请胡为之代办矿务，然不便自言，乃约人介绍之。二人交谈甚得，察明矿款，胡遂为之办结。胡已不识妇为何人，而妇亦不露色相，意谓与其重申旧情，莫若别抒新爱。于是两相情投，妇赴牛墨西沟（地在美国西南界墨西哥国之北）他干，情书往来甚切。未一年妇回孟他那，胡向妇求婚，妇允，遂择日登山成礼。洞房之夕，

孟他那（蒙大拿）

牛墨西沟（新墨西哥）

31,9,7

妇始施其旧态，小声言当日之隐语，胡始知新妇即旧妻，然破镜重圆，新情乃浓于旧，次日遂携手他往，度第二次之蜜月。

初七日丁丑，晴，冷。闻奥斯马加之诺多福城有街市拾取骨头烂布之人（即俗谓之勾货行）名库得来吉，所居茅屋两楹，因日日出门，邻居咸知之。忽杜门不出者累日，人乃坏其门而入，诊之死矣。尸陈于床，所畜十二花猫围而守之，不令生人近前，竭力逐以棍，始得至床。尸 遗书以遗产养其猫
房有遗书一纸云，历年积金镑一百六十，愿人以之代养十二花猫，猫死而后止。入者以金镑故，咸欲代养其猫，争持不决，遂报官，官判以起意入门之人。

初八日戊寅，早晴，午后阴。周玉山制军奏派江苏候补道李经叙，同制造局各工匠及员司、学生人等，至英法诸国考求制造军械等事，前日到英。李叔伦观察，并候选知县罗伯苏（之彦）、候选通判冯德生（仁佺）、候补县丞王伯安（荣光）、江南制造局监造英人柯尼施及罗稷臣之仲子罗忠诒，前后来拜。是晚戌初邀在茀拉斯喀悌馆同席晚酌。伦敦自百数十年来立有杂货公会，凡此行中人，多有故后将其遗产嘱归会中若干，用赈同行之孤苦，历来存款甚巨。昨经会中公议，由存款内拨出五百镑，自本年冬至西千九百八年，按时考核本行之人，各抒己见，畅敷所言，有能于行务最精明，确有致富之法者，次第奖之。

初九日己卯，晴。元流火器于欧洲，欧非创制者也。 苏格兰仍
百数十年前，苏格兰君主安尼时，火器已传，而犹尚弓 留弓箭手

矢。今火器益精，苏岛仍留一营，约兵二百，称曰苏格兰弓箭手护卫，卜路池侯管带之，示不忘古也。此次英君幸苏，为即位后之第一次。入藿利宫时，先经卜侯带队经过，继乃敬递倒钩小银箭三支，以彰两岛和合，同心顺承之意。闻英例，典卖地产中有与此例似者，乃卖假出租，典不能赎，而其人无十分出售之权。地既卖给，买者须每年寄交干谷三粒，卖者给收条，世代皆然。盖此时苏岛以英王为地主，苏人作佃户也。英、苏虽合，苏别有议院，一切律例亦多与英兰不同。

初十日庚辰，阴，冷。闻曼柴斯特城有妇艾得勒，两丧其夫，以小糖果铺为生。有已娶妻之六十六岁叟马斯敦者艳之，知其可蛊而得也。屡访之，交遂密，定嫁娶焉。逾半月，马叟绝迹迹，妇控以背啮臂盟。马因官诘，乃言艾以他人腿为椅凳，故舍旃。官断马赔艾二十五镑结案。

铸铜钟法

十一日辛巳，阴，微暖。英国钟式短而肥，口阔较身长加倍，料系红铜、锡及他药搀混熔化。其铸法则酌定尺寸分量后，先作一铁模，顶上中心有孔，掘地入土若干尺；模内又按式以砖砌成，砖心与模皮中留空地若干分寸为钟身；砖心忌潮湿，以防崩裂。距此坑若干尺为化料炉，中掘条池作 ? 形。料化开门放出，由池流入坑，隔日料结而体凉，启土掀模，则大致成矣，此铸大钟之法也。铸小钟亦用铜锡，惟所化之料，由池流至模下而上拥。大钟之由上而灌者，为尤坚固。钟身若欲錾年号词句，不得铸成而后錾，须先照式作模，置于大模之内，待

31,9,12

钟铸成，笔画既深而且清楚。铸钟人须明格物测算音学，于钟之尺寸，铜之厚薄，皆经计妥后方兴工。苟有声音尖锐不纯之处，则倒置地上，以木支起，敲听测量，择其有碍而厚处旋刮之，合式而后已。英兰东南界堪特府之洛柴色城之司当班铸钟厂，祖孙世代流传，至今已五百馀年。

铸钟厂已五百馀年

十二日壬午，微晴，闻英国医生莫勒森，新立一预防呕泻霍乱法。谓无论男女，自春末至秋初，凡思御此疾者，以丝带系一小圆铜片由项下至脐上，铜虽有毒臭，而肉皮缓缓吸入，以毒攻毒，可无虞。意谓铜矿中人皆不染痢疾，则霍乱等症亦无之，取以为法也。

十三日癸未，微晴如昨。英人常用之粗大面包作头枕形，名曰"娄夫"，每枚价五本士。伦敦一城内，每日需面包六百万斤，现创一省人力法，佥云每枚价可减二本士，一日足省一万二千五百镑，计一年省四百五十万镑。其法由磨面至烙成面包，仅用数人，省工省时，可名其器曰节省器。向来磨面，必前后十五次，方成细面。此法则一气而成，随磨分作三股，曰细面，曰粗面，曰麸子，由磨房按筒分流，细者流入谷房，麸子流入布袋，粗面流入温水漏，将其上之面洗下，转行流入搓面镬，即时发酵。两钟后，发面与细面遇于一处，调和均匀，仅用一人围成面包，一人以大盘推入炉中，一时后即熟矣。焬面包之铁器作环形而旋转，前者已熟，中者将熟，后者初入，陆续不已，面尽而炉工亦完。每次磨麦若干，出粗细，面及发面各若干，共得面包若干，皆预为算定，故一切得宜，无

机制面包省工省时

不的当。目今伦敦中间稍东太木斯江北岸之上太木斯街，有大面包厂曰阿坡斯托洛桴即用此法，计火炉四百，一日可得面包三十万斤，其磨机及地基之大可知矣。然人工愈省，则无工之人愈多矣。

工愈省则失业愈多

十四日甲申，阴雾。按：牛乳油系小珠含于乳内，目所不见，见须显微镜。取油之法有二，一鲜乳，一乳皮。取由鲜乳为省时也，挤足一罐，即以搅器搅之（见前），使油珠裂开融于一处，作块起出，手沾凉水拍之则油成。取由乳皮者，则待乳皮浮起，提出别置一处，搅之与上法同。现创一器，人家可自作乳油以取其洁，物极轻灵便用，可与茶具同列桌边。其式为一铜架高尺馀作 ᚦ 形，其下嵌在桌缘，上含一铜条，条下系搅器。架旁一轮内有齿，轮外之柄如轱辘，搅器下一大碗，盛以乳皮若干，以手执柄转轮，轮转而搅器亦随而四而搅之，先迟后速，一分之工则乳油成。取出瀉以凉水，置小碟中，即可用以佐食面包。或谓搅乳时屋中不可太暖，至多六十度。

取奶油器

十五日乙酉，晴。英例，凡人临危，若无遗嘱，其遗产经亲族禀官请认，必有确实凭据及保人，否则为冒认，罚款甚巨，以故罕有人敢争者。海岱囿旁卫斯班坊之千总韦乐逊，前年正月二十二日去世，无照例之遗书指明承业之人，于例隔一年无认者则尽归国君，故韦产十五万零二百九镑十九先九本士已入宫库。又有世爵魏专住阿来三德园第十三号，西一千八百五十六年六月二十六日去世，所遗之二万五千六百六十三镑二先八本士，虽有遗嘱归其侄

无主遗产尽归国君

魏立荪，而魏立荪至今未赴色莫赛房（见前）办理承认，故亦归国君。计韦、魏两产共十七万五千八百七十三镑二先五本士。

十六日丙戌，晴。今日午后英王由苏格兰回，后自丹国回，皆住卜静宫。记英例旧有承业税，英名“蕾戛奚丢悌”（见前），十数年前，英海部以时局紧要，拟添造铁甲，商诸户部尚书哈尔阔，再三筹计无法可拨，久之思得一法，乃谓：凡人之手有盈馀者皆收诸藏宝库（见《六述奇》），并须报诸色莫赛房。一人将故，留有遗书，则他人皆得照例承受。夫此等巨款，若仅有承业税，则所征尚少，待人过宽，何妨自今日始，别加一项故人税，以益国帑耶？先将此意呈报下议院，下议院然之；转达上议院，上议院商妥；达诸国君，君曰可，遂加订一种新例。按此项收死人税之法，与承业税不同，不仅收已故之人所报之财数，且将其所遗之房地珠宝器具什物等概行折价收之。一人将故，既有遗嘱，即有请为料理代办者，或二三或四五人，齐赴色莫赛房禀明一切，即将故人之房地器具等估其值，并发誓谓不妄估，官遂前后统计而抽税之。或谓一年所收，足供巨费。夫立法伊始，自当再思，既拟施之于人，更须反求诸己。有益于此而无益于彼，非公法也。哈尔阔自创定新例不久，即三次承受他人之业，屡次亲赴色莫赛房，既费周折，而于所应得之中少得若干，乃悔其法不公，卒亦无法更变。夫为国家裕财源，即不应悔，若以一人之私而悔之，毋乃自贻伊戚耶。

遗产税外加死人税

又前罗稷臣回国后，在伦敦银行存五千镑，按季所收利息，供其子忠诚之学费。罗故后，其子欲将五千镑尽行取出，银行不允。求诸律师，乃谓须汝继母有信，言汝可取乃取之；不仅此也，更须汝县来有文凭，谓汝确系应取之人方可。遂亲身回国办理，往来半年后始定。银行允取时，不惟收承业税，更收死人税百分之三，已抽百五十镑矣。吾人多以金银存外洋，意谓较在本国稳便，然历来华人财产之遗失外国者多矣。据吾所闻知者，如李丹崖、李文忠、李蔼堂，其较著者也。愿今后吾人，以此为前车之鉴。

钱存外洋多有损失

十七日丁亥，早阴，酉初雨。英国花片制者日多，而尺寸格式一律，皆横用，宽三寸八分，长二寸五。一面洁白，一面印画，白面当信封，画面作笺纸，画旁及画下虽有馀地，而除人名外仅足书一二语，不堪作长函之用。其画之山水人物，花木果蔬，鸟兽虫鱼，日翻新样。人多喜之，有特寄一片而只书名姓者。因之书铺创一式册页，以备集藏花片。大本纵一尺，横九寸，厚有二寸者、寸馀者，篇厚二分，一篇两面各留四空处，每空处四角有缝，将得意之花片四角插入空处四缝，画毕露，无须黏也。薄册容百片一本二先，厚册容二百片每本三先半。又据英都邮政总局报称，西历六、七、八、九四个月因值息工乡游，凡属繁华之海口，每一礼拜左右扯计，一海口所寄之花片不下二十五万页。

明信片上一面印画

十八日戊子，大晴而凉甚。伦敦邮政总局在老城西隅

31,9,18

贤马蹄音大街南首，分东西两所，皆白石高楼，广厦千间。东所建于西历千八百二十九年（道光九年），西所建不及三十年。现以邮函日多，两所楼不足用。因西所之西为埃达倭王街，街西一教堂内原有克赖斯滋大学院，是院南临牛盖街，西傍吉乐滋柏尔街，以地窄有碍卫生，遂移于乡间，将楼房拆去，地基颇敞。官以千镑买之，欲筑高楼一所作邮政局，用联东两所，因相距皆箭地也。今日午正二刻，请国君立第一块基石，以传永久。半月前，邮政局总理伯爵司丹力柬请往观，柬下一横，印云着朝会衣。午初余携荣骥乘车往，入吉乐斯柏尔街，进大栅栏门，西行箭地，至棚门外下车，步入。

新邮政局今日奠基

见地式作长马掌形如 ∩ ，四面植高竿，以红白两色绸横搭作棚，靠边三面设木看台，分十五节，每节横座十二层，一层容人十馀廿馀不等，计可坐男女二千数百。座皆满罩红毡，台前地面横板上铺红毡，内中正面一五层方台，每层厚半尺，四面丈四见方，末层者横宽一丈，纵长五尺，上下满蒙红毡。末层上前设二红绒金椅为王与后座，后排四小椅为太子与妃及其二子座。台前正中累置青石两块，长各四尺，宽厚各二尺馀，石面有铁环，石左右立一木架作 π 字形，三面缠以国旗。架当中垂铁锁，下连石面之铁环，架右有绳暗与铁锁通，有关键，拽绳则链缩而上，石自系起。架与石之四面，围列五彩鲜花百盆。左右看台下各列小椅两行，共计一百六十，左坐本国大员命妇如美尔夫妇等，右坐各国公使。布棚前半悬插本国及

青石两块可以拽起

义、法、美、和、日本等国国旗百馀，棚前有红衣乐兵一班阵阵奏乐。凡棚内坐者皆入正门，坐木台上者皆走左右旁门与后门，各请帖后皆印明第若干号看台，第若干号座，应走何街入何门，故人虽众多，毫不错乱。由皇宫至此，沿途皆以黄沙垫道，铺户悬花，结彩挂旗，左右排兵，马步巡捕，往来弹压。

英君与后及太子等，于午正由卜静宫坐四马敞车，走庇喀的里及牛敖斯佛等街，十二点二十一分至蒿本街之西首名蒿本门，盖过此即入老城，古有门早经拆去，所由者仅街内路南古式木房数间而已。伦敦美尔敬候于此，迨宫车到时，美尔双手递剑与君，君接过一视交回，而后驰去。因老城属美尔，位比君王，英君到此，佯作开门迎迓，剑作权衡，递之以示顺承之意，循古礼也。午正二刻国君到，乐奏《天保国王》。君与后等入，自左鄙登台，对众点头，众皆向之鞠躬。继而伯爵司丹力上台，对立君前，手执一卷红色如手卷，展开高声诵读，甚长，读毕君接交待卫。君复举一页白色纸向之陈诵，诵后递交司伯爵。彼此大旨，无非称赞邮政之盛兴，经人办理之得当。此后邮政帮办司米斯，双手捧一长方乌银匣置石上，匣长一尺，宽五寸，大约内盛彼此之陈词也。旁一人立架左拽绳，上石自徐徐起尺馀，下石露其中心一长方槽，槽上橡木盖。一人启盖，请君放匣槽中。既覆盖，四面围抹石灰。抹毕呈抹刀与君，君亦横竖稍抹。上石渐渐下落，两石合齐，递王一水平，君亦以之阳作测量状。卸去铁链

王入老城市长呈剑

奠基仪式

31,9,19

后，王以木榧敲石曰："砥柱已立，楼房建起，天保平安，万年无既。"

末则伦敦比朔立祝一段，一切礼毕，君与后等自右鄙下台，君与太子向各国头二等公使握手问候，后与太子妃亦咸向众一点头。君等前行，台之左右者亦随后鱼贯而出，陆续登车，未初二刻回使馆。又其上石一面勒有金字八横云："邮政局埃达倭王楼（此新局之名）之石基，经大英国并爱尔兰统辖四海各属地大君主五印度大皇帝埃达倭第七，立于前一千五百五十二年英君埃达倭第六创设克赖斯滋大学院之旧地址，时维一千九百零五年十月十六日"云。君与太子皆戎服，两孩皆苏格兰装，后着藕色绒氅，太子妃着驼色氅。

"驼色"原作"槖色"

十九日己丑，晴。昨邮政局拟建新楼之地，楼密人稠，虽属新旧两城往来之通衢，然在六百年前罗马人据守时，固城内西北隅之空地也。先有天主教弗兰奚斯堪与格蕾弗里尔斯二门之谋那斯特立（西言僧也）多名到英，遂占居阔恩山（即现在美尔府之附近）。至西一千二百二十四年（南宋宁宗嘉定十七年）经绸商伊文施送空地一块（即现今牛盖街之北），南临贤倪扣喇斯大教堂（即现在立基之地），当时经众僧以南建格蕾弗里尔斯大教堂，以北建谋那斯特立各僧舍，中亩馀地一条，即今拟建楼房之地。继而两门各僧誓愿行善济贫，遂致嘉名盛传，称为欢喜地。三百年间，在教堂后，连葬英地有权异常之人数百，如英君埃达倭第一之后玛格蕾，埃达倭第二之后伊萨

叙建此楼之历史

贝及他王公名人等，至一千五百三十五年（明世宗嘉靖十四年）因乱，地归英君罕里第八，教堂及各僧舍官用之存军火，他楼房亦多拆毁。十年后由比朔李得立请将其房地改住贫民，后于千五百五十二年（嘉靖三十二年）英君埃达倭第六赐作孤儿院，继而改作大学院，名曰克赖斯滋，又名卜路扣特，意乃蓝衫也。盖学规，凡入学者皆须光头，着黄线高袜黑皮鞋，外罩窄袖蓝毡长衫，届今三百数十年不改，至千六百六十年（康熙五年）伦敦大火，学堂被焚，此后陆续修造，较前尤为壮观，且将其旁吉乐斯柏尔街之空地一块圈入，作为诸生按时体操游戏之地。自四五年前因伦敦人多楼密，四面清气不纳而与学堂之卫生无益，于是凡学堂之为群楼所围者，多移去乡间。前年此学堂亦移至城外，其地遂经邮政局以千镑购得。

曾建大学名“蓝衫”

［八述奇卷十八终］

光绪三十一年九月二十日庚寅，晴。英重贸易，伦敦货物往来懋迁，水路则城东太木斯江岸北各船坞，陆路则城北约克、发斯两道中间各车栈，均为会萃之地。四面载运，皆以大车，路阔方得畅行。今伦敦街道虽四通八达，其近老城一带仍多湫隘纡曲，以故各货车多旋绕而行。经新城各区绅董（英称靠安悌靠安喜，近日在华称工部局，类乎地方官者）会商，商定由亥蒿本街中间路南，北对骚桑屯路之小奎印巷，向南直开大路一条，南至司特兰街之该阿悌戏园旁，南可渡倭特路桥至江南岸，北可顺格蕾莘诸大路直抵大北方车栈，计长洋里四分之三（约二华

大车载运路须宽阔

31,9,20

里半），宽百尺，拆买各巷楼房五十一所，共值十七万九千六百镑。数月来拆房补房，平道筑道，至今始成，统费四千二百万镑。此款由新城各工部局公摊，非支自官库及解自官囊者，盖平日住户之捐项也。地属新城，故专归新城。而老城属美尔，周年近款税则捐项统归美尔，亦似乎即位一年之百堞小城之民主也。

拆迁修路费四千万

是街南北两名，南半曰阿堆址，北半曰庆斯卫。今日午正，请国君与后开门，君与后先走过，他人始敢往来。宫车所向定路，由南而北，先在司特兰街该阿悌戏园西之旧韦苓屯胡同南口外，立一彩绸牌楼，旁一小台，上立卫斯民司得区美尔柴斯莫、蒿本区美尔费彩铎，盖地南北属此两区也。宫车到，费美尔之幼女英龄趋前献君后鲜花一束。继而由此转北，过牌楼入新开路，驰至两街之间，横有铁门，由门向南，搭红白绸彩棚，长逾百码，地铺花毡。左右列看台两层，中坐由法国请来游玩之工部局人六十馀，他皆本国之男女。铁门前一方台，上铺红毡，置二金椅。君与后至，未下车，又有幼女库柏姒献君后鲜花一束。下车登台入座，工部局首领库安慰立陈数语毕，国君立答一段，大旨皆谓开此大道以利商民等语。言毕，库递君金钥一，君以之向台前石礅孔内一推，铁门即开，盖铁门与石礅中通有电气关键也。君与后登车出铁门，走庆斯卫新开街，至亥蒿本街转西回卜静宫。君着元帅毡褂，后着银鼠披肩。其黄沙垫道，兵丁站街护送，马步巡捕弹压，以及男女击掌欢呼各节，由来一律，无须琐述。左右

国君与后先走过

以金钥匙开铁门

看台共坐人二千五百零，人工物料费至一千零九十九镑云。

二十一日辛卯，晴。亥正同内人乘车至斯达佛坊第十一号，赴靠卜路夫人家茶会，并会巴里众绅董。楼房崇闳，男女千百。至子初，偕阿柏的音伯夫人等下楼夜餐，食毕，登楼少立，辞归。法京工部局首领卜路斯率属员六十，十九日到此，入卜静宫觐见。君先与卜路斯握手，继而卜路斯侧立，众陆续进见，代为报名，君亦一一握手。出宫后坐双马车三十辆至骚斯瓦总救火局，看兵演各救火技，在彼冷荤午酌。晚经本城工部局首领邀在赛西店晚餐，同座有法国公使，各堂倌皆项结红白蓝三色领带，取色于两国国旗，以明邻交和睦之谊。昨日在阿堆址新开道，君见卜路斯，即立至台边，与之握手，并带见君后，彼此操法语交谈许久。未初一刻自彼去曼琛府午酌，徇美尔请也。共桌四百人，为英法两都城之工部局及新旧两城各美尔、阿得曼等。去此转至沙浮斯百里大街法国医院，施助一千五百方（合六十镑）。既至克勒肯卫街之麦代屯学堂学生八十名体操既整，而同歌法之马赛蕾斯曲（见前），尤字字清楚，因施助十镑。

巴黎工部局员来英

今日午刻，由本城工部局先约伊等坐电汽公车，驰至牛克洛斯门看其公车厂，并至所设之六本士一夜之栖流所，如代他佛街之喀苓屯房等，入工部局公所午酌后，再至格林泥址村看通城造电总局。遍观毕，末去克洛斯乃司庄看阴沟净水处，盖通城秽水由管筒流汇彼处，经机器清

参观污水处理处

31,9,22

分，净水入江，污水粪田。以上各处，皆工部局所司，故请观之。沿途有工部局各学堂学生及各救火分局之兵役，列队迎迓。又因昨在新开道一妇女名苟麻里者为法人所乘马车之马踢伤，今晚卜路斯特汇十镑交庆斯医院作为养伤费云。

此次法人来英，又为德廷所忌。盖自昔德胜法后，经德相王爵毕驷马与俄、奥、义三国设法联盟，以备英、法。彼时德兵多而义兵数不抵，德虑义弱，遇事不敌，义遂勉添兵额，每年所费不赀。数年前英法互易埃及、摩洛哥两地理事之权一节，德虽迫于无可如何，心虽不然，亦姑听之。去岁法英法办妥多年未定之捕渔等案，英君赴义、法两国，而义王、法总统咸来答拜。因德欲联法，遂处处蛊惑使法离英。乃德国愈欲使分，而两国友谊愈密，故今春两国兵轮互拜，此时彼此工部局又互相往来。英法既合，因之义、日亦与之和，于今俄败，德势颇孤。又法国外部大臣戴喀希为人精干，怨德而和英，屡为德廷所不喜，登报斥之。法恐怒德事生，勒令辞职，法民由此怨怒，谓我国内廷公事，岂他国所能干预，初次如是，将来德之予取予求，悉索何餍云云。即此以观，则环球之有类于此者，盍以为前车之鉴。

德欲联法
法愈亲英

二十二日壬辰，阴晴不定。亥正偕内人乘车至法国使馆赴茶会，复遇法国工部局诸人及各国公使等，子正回使馆。英国太子与妃曾拟冬日游印度，日昨（西十月十九日）午初二刻十分由卜静宫乘马车至维克都里亚火车栈，

太子与妃
往游印度

英君与后送之，蓝斯珰侯、潘布露侯、法尔夸公、坡兰公等并他世爵命妇与之握手话别，君亲太子吻，后于太子妃如之，即时车开。闻其至都伍坐官船到戛蕾，改坐专趟游火车，于今日申正二刻抵热诺瓦，即登本国兵轮“立诺安”，戌刻展轮，定于西十一月初九日（即十月十三日）至印度孟买。君派随往由英乘船前赴热诺瓦等候者，为沙立斯百里公夫妇、色尔杜格代、色尔柯斯特，约明年西四月底五月初方回。顺路至希腊国阿森城拜其王与后（希王乃英后兄也，见前），在彼少住，后至义国维呢斯海口登岸，乘火车至戛蕾，走英海峡回伦敦。太子又带有上等气球，拟在印度半空俯瞰各城。太子之三子，由杜蓑小姐与胡阿、安赛二君领赴英兰正东诺尔福府三汀杭城之约尔克别墅小住，以待其回。

纳尔逊之百年纪念

二十三日癸巳，阴而细雨阵阵，今日系西历十月二十一日，值乃勒森在特拉发拉戛尔（见前）水军报捷因伤身故之期之百年，因而通国大小各村镇各属地及各海口，无不庆贺其获海权之功（自是得支布洛他，为大西洋与地中海之门户），并追忆其亡身报国之忠。早在柏明根铸钱局，以乃勒森当年所驾兵船之铜，铸造铜饼大小万馀，錾有兵船并乃勒森之肖象，且奉英皇谕准加 ER Ⅶ 等字，义乃国君埃达倭第七也；外有领扣、手牌及乃勒森小铜像等，以之赠送学堂馆院男女孩童，用作记念。以上均由英外水手会承办，虽云特赠，而物之大小，亦视乎助钱之多寡耳，卖价由一先至五先不一，闻此款用助商贾渔船。

31,9,23

在特拉发拉戛尔坊中间之乃勒森石铭柱，上下挂国旗花圈并花叶长绳，系至四角四铁狮项上，石座四面尤多，环柱行行如团龙，又自顶上至石座左右挂小旗两行。清晨有水师学堂之童子军数百名，手执器械，列队至石柱前，向之行军礼，后赴阿拉柏堂听乐。午后各水师武官及伦敦美尔至石柱前，听巴克尔教士祝祷，并歌《老百年》（曲名）。时有御营兵在彼奏乐，奏至乃勒森身歼军劳乐时，柱顶国旗下系一半，继而国旗系上。有瓦达森者歌齐卜龄（人名）鼓激人心诗并《天保国王》歌，军乐随奏，四面环立男女千万皆声唱和，远闻数里。又太子二子埃达倭兄弟，乘宫车经过石柱，则同立起向柱免冠行礼，并奉一大花圈，套于柱顶石像上。 下降半旗

在阿拉柏堂中，系经英外水手会卖票，聚人男女老幼数千。自申初先经色尔卜拉希（见前）演说一段，既经教士梅尔祝祷，大旨皆赞叹乃勒森，有“报捷身死，大功以就，大名以传”各语，通堂男女皆泣下。且每言至乃勒森身故一语，堂中所悬各旗亦皆系下一半，用以示哀。此后丁斯岱夫人上台，将乃勒森小铜像分与各著名尊贵之人，第一谓赠送大东方今世名垂宇宙之乃勒森日本水师提督东乡（日音投勾），即有日本使馆随员水师守备喀巴拉几（汉字未详）登台代东乡接收，随陈数语，谓“特异者乃勒森百年后，使日本水师同获斯名，亦东公之幸也。一千八百零五年英国水军获胜，百年后于一千九百零五年乃日本水师亦然，在日本海东君亦升其旗，不更奇 英人称颂日本海军司令东乡

耶。”言毕，出东乡来电云：

今日百年盛事所赠，念念不忘，领受之馀，感谢无既。

此后他人连歌两曲，一名《我国水军》，一名《在特拉发拉戛尔湾》，后奏乐歌曲，亦极闹热。又堂中英君本有包厢，今日特赐英外水手会中人坐。按：此厢本系国君按年以若干镑包定者，此次既蒙赐准他人入坐，于是该会拟令其施助最丰者坐之，至今日坐者为谁，未闻。

又在伯爵府英名“额勒斯阔尔特”（先名印度会场，因集印度物，上年改列义国物，本年陈英国物，详见前），因有障眼行船画，又值天渐短，寒凉阴雾，游人不多，拟定明日关闭，乃用行船画借今日庆贺乃勒森海战获胜，设法化钱，用赈航海之孤寡。半月前该会来信，“出售进门票，每本二十页，善人君子，愿买若干本祈示知”。余遂寄去两镑，逮票本到，分赐中英各仆役。又自昨各处悬旗庆贺，伦敦渔业公所亦于昨晚设宴，庆斯盛

东乡贺电 事。席间公所接日本水师提督东乡贺电，其文曰：

今为庆贺贵国前海军提督乃勒森立功百年之良辰，乃提督功勋卓著，震耀寰宇，实为不世出之臣仆，景企之私，与时俱深。敝国水师，一切规模，皆取法于贵国，言念及此，尤深感戴。际兹盛举，谨电数语，以表愚忱。

今早英属地莫洛他岛（在地中海义国西奚里与斐洲居呢斯之间，详见《四述奇》）操演水军，声炮祝祷。申正二刻为乃勒森曩者殒命之时，各兵官在各船尾列队，

31,9,24

到时旗下一半，各人免冠，乐奏丧乐，英名《代埃麻尔池》。晚该岛总督色尔巴蕾斯佛宴会各船兵官，演说乃勒森前后各事，同望各存忠君保国之心等语。停坡兹茂斯之“维克都里亚”兵轮，满悬桂叶花圈，早在船面唪经祝祷，后开船缓行，通船兵官操演放炮，作当年乃勒森交战式，入夜满燃花灯，设席宴客。其他各地，诸多类此，诚属一时殒身为国计，百年传名表人心。 一时殒身百年传名

二十四日甲午，阴。是日为彼星期，申初司台普乃比朔在贤波罗大教堂中诵经祝祷乃勒森，届时国君太子皆简人代往，英各属地亦皆遣有专人赴此堂者，本国文武官并各国公使，通堂男女数千。诵经间，比朔向众言：

乃勒森为上帝使下之武豪，乃百年前上帝以灿烂火光，照定英兰在地球面之地步也。伊以诚心，愿我通国永享升平，各戒酒色赌博，莫欺同类之人，贸易须用良心，凡事务皆有益于人云云。

旋有一人举匣，向众募钱，余同各国公使皆助一镑。又英外水手会中人谓，自本国英、苏、爱三岛至各属地，如印度、美洲等处，今日祝祷乃勒森之教堂，为数不下三万。且凡有英人之处，无不谓今日为乃勒森礼拜日者。 纳尔逊之礼拜日

二十五日乙未，晴，微暖。闻有德人安盖哈者，在德属地牛卜立屯，于四年前创一拜日教曰“三倭什坡尔”，大旨谓三人同立，称曰拜日兄弟。其二人，一名鲁祖路，一名欧金斯。三人首创，以之化众，思得将来环地一周，皆有同教者。安住喀巴宽岛，日日修练，其法乃终日不

衣，日食椰子肉，饮椰子汁，坐立于烈日下，身变铜锡交杂色，夜卧海边沙地。前日逝世，年九十六，是或卫生而得期颐之法欤。

保温匣可自行煮熟

二十六日丙申，晴，入夜阴。闻德人创一巧捷煮肉法，名曰“敖投麻提克库克”，英译乃自行煮熟也，又名“库克英柴斯特”，译乃厨匣也，言匣中即厨灶也。式为马口铁小匣，上盖极紧，不透空气；将肉先以锅煮半熟，或仅三分之一；匣中有架，架下满铺烤热之物，如刨花、锯末、干草、麦茎或碎纸，盛半熟肉于盘，置架上。推严匣盖，则无须用火逡巡，肉自熟。是匣能省火工而有火力，汤与肉于二十四点钟后食之尚温。乡民入城作工，不能家食，而吝于购食物，乃于临行时，将汤肉煮半熟，纳之匣，外裹热布锯末之属藏于怀。英之天时无溽暑，以故便人工息，开匣食之，肉熟而热。

二十七日丁酉，阴。记西国男女结缡，入堂成礼，往来车马，本无定制。闻昨在立文浦海口，有男名安得逊，女名司阔特，同属得尔贝脚踏车会馆，因入贤费里教堂行婚礼，新夫妇同驾一汽车，上插本馆蓝白色花旗，围车饰以鲜花。其戚友男女百人，亦多属本馆，咸骑脚踏车左右两行，立肩而走。男子襟插白花一束，手戴白手套；妇女手执鲜花，身着花氅。沿街左右，人皆击掌欢贺。

骑脚踏车参加婚礼

二十八日戊戌，阴。早收外务部转电旨一道言，“本日奉上谕，着派尚其亨、李盛铎，会同戴泽、戴鸿慈、端方，前往各国考查政治，钦此。现尚李两大臣会同泽公，

31,9,29

前往英、法、比、日本等国，希知照外部”。闻英民业商，有因亏折无力周转将至闭歇者，可以禀官，称曰“报穷”（事见《六述奇》），乃将其出入及亏折之数详细呈官，官核是实，既允准歇业，则其人即不得列为上等人，而人亦咸耻之。凡其人往日被欠之户，乃公抄其财产拍卖，按欠项之多寡均分。然所得之数，无论几成，皆作了清，不能彼此更加理论，在西国此为商家不得已之下策也。然各国人心不同，西国每有如此报穷之人皆不齿之，盖以法当然也。设此法行之于中国，其报穷之人之戚友，肯一旦以下等人待之乎，因华人重在人情也。近日吾人之羡慕西法者，不知此法亦可学行否。

禀官报穷（申请破产）

二十九日己亥，阴。奇事而屡见于英者，则有马口铁匣匿尸之案，今择其骇人听闻者述之。如哈尔来斯敦城米勒屯大街，住戴武鲁夫妇及两孩，一日戴入保器所（英名“立保希多立”，详见《六述奇》），谓将携眷远游，拟存器具。既而运到，共箱若干支，中一马口铁箱极大而重，称系书籍铁具，皆其素日化学用者。四个月后，其岳母葛蕾勾里，不见女踪迹，遂报官，请协助搜寻，多日不得。末至保器所，巡捕开箱验之，则戴妻与两孩尸也。妇头挟于两腿之间，两孩置其左右，因何戕害未闻。又庆斯屯火车栈，车到后经人洒扫涤尘，见头号某车座下遗一毡包，包内一马口铁匣。开匣视之，则一月馀男孩，身裂数块，两膊已失，不知何人所匿。一妇名玛丽者，未嫁时在已故外科医生瓦勒搜处充女管家，六年前曾产一子，生下

马口铁匣匿尸之案

即死，遂藏诸马口铁匣内，无人知觉也。继而嫁瓦勒搜，瓦故后即移去，误遗铁匣于厨内，现为人察出告官。又自他处火车寄一马口铁匣，上书伦敦某巷第某号某人，然此巷并无某号，亦无此人名。车行无法，寄还原地，无人认取。迨开匣，中一妇并二孪生男孩，至今尚未破案。

31,10,1

光绪三十一年十月至十二月

十月初一日庚子，阴凉，入夜风。记伦敦邮政总局所用人数，前于一千八百二十九年（道光九年）共计八百，现在仍前各科司事者，增至三千五百三十六，再加以后陆续添设各科如电线、得律风、存钱、寄钱等，统计用人不下一万九千。七十五年前伦敦城内外送信人共五百六十名，今加至万名。按旧章，信走国内各府者每封九本士，在城内由总局计算，在三洋里内者二本士，十二洋里以内者三本士，不论分两，惟所收各信皆有人向灯映照一次，内纸多于一页者费加倍。昔时街无信筒，每日午后五六点钟之间，有人周行城内外大小各街巷摇铃取信，每信一函加使费一本士。现改通国不逾分两之函皆一本士，且在城内一日取信十八次。各府村镇往来，向来仅午后一次，今则昼间由两次至八次不等。向来两本士之信一天送六次，外村者二三次，至各府皆一次；今则城内外共送十二次， 邮政发展之迅速

第一次在辰正二刻。前者通城分局及信筒共四百二十五，今则增至四千三百二十四。由总局四面计十二洋里之内，昔者一礼拜约寄四万件，现除新报包封外共有一千九百八十万件。足见事便而费少，总局立章，无欺无弊，而使他项生意同时并兴者多矣。除官票外，养育男女多工，而纸笔书墨、花片尺牍等，一年各铺不知出售凡几。

四万增至近二千万

初二日辛丑，早大雨，午后晴，继又雨。闻昨有美国纽约一机器巨商素称“喀特百万”者，因杂病纠缠，各名医束手，卒莫得其病源。临殁留遗书，允将其尸入大医学院剖验，冀有益于医。戚友五十馀人，闻之惊愕，其妻初亦不允，奈众谓此为喀君之善念，况有遗书，尤不可改。尸遂入贝勒乌尤医院，俟割开细验毕，所馀骸骨皮肉，则归火葬（见前）云。

初三日壬寅，早微雨，午初雨止仍阴，入夜大雨倾盆。闻昨在文淼庄，一卖青菜人名柯拉克，一酒铺管帐人名韦音斯，各畜一犬。一日柯犬鼻准有伤，告官谓被韦所击，涉讼到官，诉系两犬斗伤。官问其犬名，柯犬名努布，释英言豪杰也，官按名呼之即至。再问韦犬何名，答曰普林斯，译乃王爵也，官按名呼之亦至。于是官判云：“太平年间，王与豪杰，不须相斗。按彼此之品位，豪杰究属犯上，着罚其主柯拉六先令，两人牵犬回家完案。”此事一何可笑。

设会赈济送报之人

初四日癸卯，阴凉。伦敦设有按年赈济跑报人会，英名“牛斯文多尔贝尼乌伦安普娄韦顿音斯的究慎”，义乃

31,10,5

仁心保养跑报人之会也。盖每日各报馆分送通国各城，以万万计。一日两次，早在寅初，晚在亥初，皆有专人，大捆肩负，驰赶专趟火车，冷热不避，风雨无阻，得钱无几，诚一苦工，因经善士设法募化，按冬而赈济之。至今日（西十月三十一日）为设该会第六十六年，会首马尔沙定今晚戌二刻，在太木斯江维克都里亚堤边得凯色尔店，延宴契友善士及各报馆主人。半月前具帖来请，戌初乘车往，入见马尔沙夫妇，并他素识多人。客厅少立，转入饭堂，桌设一横九竖作 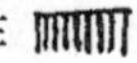 形，共坐男女二百四十六人，一切器具与他店同，惟每座前立菊花一束，花朵极大，色分红白紫黄，惟不甚香。食毕吃加非，各进卷烟二枚，火柴一小匣。先首座立起，颂仰英君数语，后举酒同祝英君之福，乐奏《天保国王》。少坐，复齐祝君后、太子、太子妃及他王族各人之福，乐奏《天保国王》。首座再起，叙说历来设此会之利益，既有人按座递一化钱纸，余因写助三吉呢，下书名姓住址。继而伦敦美尔等六人陆续各演说一段，末则首座立而向众宣言本年所募，共得二千六百六十六镑三先。言毕散席，男女各举鲜菊一束而归。

募得二千六百馀镑

初五日甲辰，阴雨，暖。伦敦教堂会众，昨在卫斯民司得堂论及善待生灵，因谓自在热诺瓦议定红十字会后，与战场受伤之兵官颇获利益。夫既谓善待生灵，则战场受伤之马匹，既不忍其死，又何忍视其痛不起。今望各大国依然设法立会，各营携带兽医，每一仗后，寻取伤卧马

匹，竭力疗治，以救其生云云。此等善举，确望红十字会中各国，同有此念焉。

初六日乙巳，阴雨如昨。闻数月前一印度佛教僧某甲，航海至美国喀立佛尼亚邦之洛桑该城宣传佛法，因印度人善英语者多也。不及半年，妇女之被引入者已数十（中外一理，妇女心慈）。或谓佛以和平良善忠信之心化人，恐将来愿奉者良多。该僧在彼诚心训导，业已化得四万镑，将建佛寺云。余谓佛教始自印度，东传至华至日本。现华人又陆续弃本国之儒教及西来之释教，而改奉天主耶稣教。今佛教复东传至美洲，使人弃天主耶稣教而入佛教。窃以大国各教，法虽不同，理则一律，无往而非以善化人。但愿各国之人，各以所喜信者任便奉之，惟不行互相妒忌欺侮，不起争端，各守所本。彼此往来，不分黄白，不分强弱，温和相处，永享升平，实为天下生人之福。想各教所奉之主宰，亦不咸无此心也。将来或有一日如此，亦未可知也。

洛桑该（洛杉矶）

各国各教勿相歧视

初七日丙午，阴雨。昨见福建《日日新闻》内一则，题曰“世界各国之纪年”，云“世界各国，纪年各异。然足称历史上之大纪念，为一定不易之记号者，厥有八种，今将现年之各种纪年，表于左列。中国黄帝开国纪元四千六百零三年，耶稣纪元一千九百零五年，日本神武纪元二千五百六十五年，释迦纪元二千八百五十二年，回回教纪元一千二百八十二年，美洲发见纪元四百一十二年，罗马开府纪元二千六百五十六年，犹太教纪元五千六百六十六

八种纪元

31,10,8

年。以上八种纪元，已嫌其繁。按耶稣历，万国已公认。若吾国始祖开创，将来革新事业成就，不能不兼用之于己国，以兴国人爱国之心。外此又增以孔□为纪元，未免徒为好事，适足乱人耳目也”云云。呜呼！是何言欤？窃以立斯言者，必已改奉耶稣教，仅知其一，而不知其二者也。按：谓耶稣历万国已公认一语，恐未必然。其他如土耳其、阿富汗、波斯、暹罗等国姑莫论，至英国，虽国教为耶稣教，通称一千九百若干年，然每由议院议有新例，则曰君主维克都里亚若干年，或埃达倭第七若干年。再则附近之日本，虽力效西国，而国不改教，凡处皆称明治若干年，月日虽改，而本制终不改也。又谓将来革新事业成就，不能不兼用之于己国，以兴国人爱国之心。苟若纪年一改，而人民爱国之心顿兴，夫葡萄牙、日斯巴尼亚、瑞典、和兰等国，奉教已久，何至今乃人心不齐，而国势不振耶？一国之兴衰，关乎治法，如因改纪年而国治，则治国亦甚易矣。

孔字之下原缺一字

反对更改纪年之制

初八日丁未，阴，入夜雨，凉。今日为西冬月初四日，为其盖佛日（详见《三述奇》），早晚贫孩以小木车拽假人街游讨钱，无须再述。伦敦邮政局自西一千八百二十九年（道光九年）至八百八十三年（光绪九年）五十五年间，加添新法便于人者有八：一、代寄金银，始自八百三十八年；二、国内信资及各属地皆改索一本士，始于八百四十年前后；三、准寄书卷，始于八百四十八年；四、代民存钱，始于八百六十一年；五、电信改交信局及

邮局增加各种服务

信局兼办得律风，皆始自八百七十年；六、花片及寄新报报单等式样节省寄费，亦皆始自八百七十年；七、信局钱票，始自八百八十一年；八、代寄包匣小件，始自八百八十三年。以上名目办法详《六述奇》。

初九日戊申，镇日阴雨，烟雾迷漫。伦敦邮政总局，新旧三所高楼，各有分司办事屋间。如总管处，分理处，四外分信司，总电局，内地电线局，修造机器局，邮政大臣、邮政协理、总理会计及律例讼师各分司，代寄金银司，钱票司，得律风局，内地分信司，内地分包匣司，收存无主信件司，存钱司，制电司，杂物库，三楼人共万馀。

邮政总局人员上万

初十日己酉，大晴。巳正率各参随向北恭拜圣牌，行三跪九叩礼。戌初约众在白玉堂晚酌，甚好。昨见《申报》内一则，论孔子生日大纪念，因录之。曰：

录《申报》

今日何日乎？非孔子降生后二千四百五十六年之大纪念日乎？《史记》于秦本纪列国世家皆书“孔子卒”，《老子列传》又书“孔子卒后一百二十九年”，以示孔子为万世长生，为万世师表，自汉至今，固已处吾人心，一无异义。是则朝野上下，久已默认孔子为国教，侁侁学子顶礼而膜拜之，固其宜也。今日何日，适逢诞辰，吾常有无限感情蟠际于脑，而亦不自知其忽然悲忽然喜也。

久已认孔子为国教

孔子之教，多属于智信的宗教，而非迷信的宗教。有智信孔教，之所以高出于各教；无迷信孔教，之所以不能普及，而为他教所渗入也。彼夫西教诞辰，如四月之鸡蛋

31,10,10

节，举行瞻礼，全国欢呼，可见迷信宗教之一斑。而吾国民戢戢受治，畏慑神权，其于淫昏厉鬼诬诞之神，犹且谬讬诞日，奉行祝典；而于大圣诞降为独一无二之圣节，乃反蔽罔不知，无人尸祝，亦可知孔子之教不尚迷信，故凌夷衰微至于如此之甚也且也。入其学官，登其殿庑，尘埃寸积，茅草丛生，每年除地方官春秋二祭、新生入学外，类皆扃鐍森严，摈人瞻仰。由此推之，即被服之儒者，吾料其八月二十七日之圣诞亦久已置之度外。呜呼！是则可悲也已。

悲孔教之凌夷衰微

然而群治之破坏，以蔑教为归宿；文明之肇兴，以从教为托始。现今中国科学未进，断不能离弃宗教，而翘然其特立。前十年广西创设圣学会，其时适逢圣诞，曾仿庚子拜经之义，以尊至圣。嗣是厥后，横滨大同学校，上海南洋公学、育材学塾（今改名），均于圣节奏乐演剧，借留纪念，行见国教昌明一尊已定矣。昨闻本埠学界中人，今日种种祝典，如龙门师范有影戏，南洋中学、民立中学等校皆有演剧欢庆，诚盛举也。孔教之价格，虽不因庆祝而有所加增；而孔教之真理，终且因庆祝而多所信仰。至于信仰愈多，而社会心目中，人人皆有一孔教，而孔教乃愈益光大云尔。凡有血气，莫不尊亲，斯非极可喜之事耶？

欢庆孔诞诚盛举也

或曰，自哥白尼、达尔文倡新科学，而宗教将在废置之例，欧洲今日宗教已成弩末之势，子犹断断以宗教为言，毋乃与梁氏保教非所以尊孔论大相刺谬乎？曰，此又

言各有当，不能据以为实者也。大抵宗教之为物，自科学一面言之，诚为魇魔之怪物；而自群学一面言之，则宗教为群治之母，而人道之所不可一日无者也。梁氏谓学定一尊，束缚国民思想，遂至辟去孔教，不遗馀力；其立言之宗旨，在望人研究科学，岂以治道为必弃孔教耶？且梁氏不云乎，无宗教则无统一，无希望，无解脱，无忌惮，无魄力；又不云乎，今日之世界，其去完全文明尚下数十级，于是宗教遂为天地不可少之一物。其重取宗教之义丁宁深切，可见前之立论为一偏矣。孔教乎，孔教乎，今日为降生后二千四百五十六年之大纪念日，其盍各买入场券，躬亲庆典，而一尽其馨香私祝之忱也乎。

谓宗教之不可少

余因读以上一篇有感，随陈数语，望我同胞量之：子不语怪力乱神，又曰敬鬼神而远之。夫圣人立言以教人，使人知情顺理，而得天道。二千年来，后人之所以尊敬者，尊其德行，敬其圣明也，故按时顶礼而膜拜之。不比他教，焚香叩头可以求福，默祝忏悔即得保佑。孔子大公无我，本不欲人谄媚，其学宫殿庑之尘埃寸积、茅草丛生也，宜矣。凡人一生，罕不欲求福求寿，生前少病，死后升天，因而奔走庙堂，焚香礼拜，欲以祷祠为邀福之阶。夫升天一节姑不具论，至福寿少病，皆由人心自求，不必求诸天神也。苟能遵守孔子之言，志道行仁，则天君泰然，百体从令，病自少而福寿随之。先圣有言曰，智者乐，仁者寿，其斯之谓欤。

孔子本不欲人谄媚

十一日庚戌，早大雾，午后微晴，继复阴雾。利贞街

31,10,12

路南之新画阁，今日为第十五次陈赛名家油绘像，数日前柬请一观，申刻率孙女乘车往。楼下三大间悬老幼男女油像大小二百四十八帧，皆本国之名人富宦，其男女画师亦皆一时著名者。酉初回使馆。英例男女成婚皆报官注册。然中下等人有私娶者，居久思离，多有改嫁他娶者；生有子女，或归男或归女，而男认资养。闻昨有火车栈副管事娄四，与医院伺候女柯莉姒初同居一楼，女入医院，娄复屡次去访，末乃致书医院女首领，谓拟娶柯莉姒为妻；盖二人早已联床，互相缱绻，今欲行结缡礼也。娄四领女出医院，先去多处买给成亲戒指戴之，后则引入其室，见他人即伪云女为已婚之妻，入夜在楼私行婚礼，英名“谋克麻里埃支”，译乃欺骗婚姻也。居三年，生一儿。继因口角分离，莉姒旋见娄四，欲仍为夫妇，娄四不认，亦不认资养其子。莉姒告官，地方官赛勒细考其往来信函，判罚娄四百镑赔柯莉姒，俾其他适云。

同居生子之一例

十二日辛亥，镇日阴雾迷漫，不甚冷。闻上月下旬曾由日斯巴尼亚京城来电，言西十月十七日由日国东北角喀他娄尼亚府正南稍东之巴尔赛娄那海口（见前）运到盛鲜花大木箱十馀。法国察访官与本地巡捕疑而开箱验之，每箱匿炸药五七包不等，箱皮所书寄交之名姓非铺店即贫家。尔时附近一人业被捕获，盖因法总统不日往拜日王，运此以备轰震总统庐贝及日王阿芬搜者也。以今时之局势观之，天下各国之官场巡捕，皆宜细心竭力巡察，预防一切。盖因人心不古，为之主者，须防无君党也。

大木箱中查出炸药

国主须防无君党

十三日壬子，阴。是日为西十一月初九，英皇之生辰，及新美尔接任之期也。美尔名墨尔根，年七十四。半月前率各晒里夫柬请今晚戌初极乐堂晚酌，因国君诞辰，希着朝服。酉正余乘车至，登楼左右排立之城兵，唱号举枪为礼。转入大堂，二官执细棍前引，别一人高声唱名，一路左右排坐之男女鼓掌欢呼。登台见美尔夫妇，握手问候毕，转立其左。客到齐，分路入饭厅，其桌椅排列同前三次，惟人数则八百五十五。正面一横中，除新美尔夫妇外，为卸任美尔夫妇、枢密院首相、外部大臣夫妇、律法大学士、美国公使、兵海二部大臣、伦敦大主教辈，外国二等公使仅中国、日本、希腊、比利时与暹罗而已。酒食礼节演说亦同前次，子初席散。饭堂别有男女奏乐歌曲，客厅改作跳舞场，盖皆老城中人也，他人陆续登车各回寓。入夜大雾。

报纸谓外国不抽税

十四日癸丑，早微晴，午后细雨连绵。昨见八月初八日福建《日日新闻》内一则，谓“欧美两洲数十国，只税入口货，不税出口货。其国中及其属地所需之物，此往彼来至二、三、四万里之外，除有损人身之烟酒二物外，概不征抽。至出口货，无论运往何地，皆为吾民所自造，豁免之所以使工艺兴盛，制造发达，以阜国民之则，以保间阎之富。虽俄罗斯为老专制之帝国，亦须顺舆情，顾大局，就此范围”云云。按以上所言者观之，则各国待民，仁厚之德重矣。然吾人之未经遍历两洲，未得细考其情者，不得仅以所闻一面之词，而善言夸耀之也。

31,10,14

今姑将在英所闻者大略言之，以使吾人知该国抽收之法，不在外面而在内囊。英之土货出口固无税，而煤仍有税；入口货搜验虽严，科征虽重，而凡国人所必须者仍无税。意盖以出口货之为本国所必需，不欲多往外贩，则收重税以阻之；入口货之必人所需，而本国所产无几，则免税以使源源常来不已。在内虽无人丁税，而生产、亡故、婚娶、给名、受洗，皆须报官花使费；凡房地、工作、借贷等事，无论大小，立券即有税；房税、地税、大小买卖税、存产税、进款税、仆婢税、银号存钱利息税、汇兑税、承业税、死人税、袭职税、职号税、枪税、狗税、车税、马税、戒指器具房前车旁凿画世职名号税；房捐、地捐、人口捐、街道捐、灯火捐、水道捐、巡捕捐；饭店按楼房地式有税，火车按票有税，船只在本厂按其大小马力顿数有税。以上各节，我国皆无，一旦仿行，则必轰然震动，而又曰吾民何辜，被此暴横荼毒，较之欧美，不有天堂地狱之分耶？

言英国之税费极多

又谓“在中国有孩童老弱、僧道尼姑为分利之人，而非生利之人”。莫非外国不有孩童老弱乎？夫无孩童何至老弱，无老弱何得孩童？外国不有僧道尼姑，而阔袖黑氅之神甫、头戴斗形白冠目不斜视之贞女，又皆何人耶？又谓“两洲各国，无论男女老幼，通计每年每人入款多则二千馀元，少亦数百元，中国四百馀兆人，通计每年每人所入之款，不知可十元否，吾恐其尚不能至十元也”。惜其不知外国情形，不相比较，外国物贵钱贱，而中国乃

论者不知外国情形

物贱钱贵各节，故擅如此云云耳。并闻法京凡乡民之携活鸡一只，或鸡蛋数逾六枚者，进城皆有税，其内地税务之重，亦可知矣。

贫妇八千游行求赈

十五日甲寅，镇日阴雨，微暖。伦敦城大人多，每年男女老幼之贫苦无事者数万，入冬尤迫饥寒。众拟共至首相巴乐佛前，求其设法救济。因恐男子成伙滋事，童子被欺压，遂由各区凑得老少妇人八千，前于初十日早，各以火车载至柴苓十字街一带，蓬头垢面，破衣赤足者甚多，皆按地分班。武官带领，巡捕弹压，无敢喧哗。先赴卫斯民司得、哲池、蒿斯各教堂坐吃茶点，继至白堂街之本地宪署，巴相登台，谕以将交议院，竭力维持赈济等语。后退出，顺途列队由卜静宫前走过，冀国王亲见其苦。又前于十三日晚，老城新美尔在大阿森卜立堂一饭本城苦民，入门有票，计二千五百。门外饥寒者尚有千馀，各冀门票倘有盈馀，博得一饱。持票入坐者各得纸袋，一袋内肉饼、油糕、面包各一，苹果两枚，茶水任便。

王室为贫民送寒衣

十六日乙卯，阴。闻上月底伦敦针黹会馆，太子妃领首设会，任人施舍暖衣。计需三万五六千件，分送施医院、栖流所、养济院及各监牢。凡入会者至少须施两件，在英之钦定律馆陈设两日，备人观览。王施入者甚夥，有羊皮袄、狗皮手套及毡帽、绒袜等，太子妃施小孩蓝棉袄、女工棉衬袄及绒花女帽等，太子施小孩绒袜手套及羊绒脑包多件，每件绣“太子埃达倭阿拉柏同赠”十个字，太子之女玛丽亦施自做之妇女应用各物多件，王后特助二

31,10,17

千镑分送各区云。

十七日丙辰，镇日阴雾，细雨淋漓，稍冷。英国著名优伶伊尔伍英，本姓卜洛得里，名罕里，系英兰戛斯屯百里城人。生于西千八百三十八年二月初六日（道光十八年），习贸易三年无成，至千八百五十六年，年十八岁，遂去而学戏。始于英国各府，继赴美洲，至八百六十六年（同治五年）始至伦敦，遂声名日起，八百七十八年（光绪四年）自作班头演戏，通国名人赞称，至千八百八十三年（光绪十九年）年四十五岁，经英君主赐以宝星，封爵士，遂即改称曰色尔伊尔伍英。本年九月十五日在洛亚卜拉佛围中演剧，戌刻将登台，初乃行步踌躇，既而仆，经人扶入屋中。先时有十五龄莫卜斯者，在船行佣工，善画，三日前绘就一伊尔伍英小影，闻伊病，急携入戏园，务恳伊尔伍英署名于其上。经人执入，得伊勉强书之，时为子初十五分也，此画将来传入赛阁，必为人所重赏，而价亦必昂矣。后以车载伊赴其侨居之米得篮店，急延医，医至伊死矣。

著名优伶

垂死犹为画像签名

其家在庇喀的里街内司特拉屯巷第十七号，其妻与二子居之，长子名罕里，次子名洛澜斯。是夜店中入殓，次日舁伊家中。伊妻与二子收得英皇与后及太子、伦敦美尔等惨惜吊慰之信。十九日早开棺，雕刻匠以白蜡按印故人脸模，印毕即盖棺，以车运至芬池蕾路之勾勒得尔斯格林焚尸场（英名克蕾麻妥里厄木）。堂门外一长桌，置棺其上，旁有机器关键，铁门开，棺自寸寸拽入。少顷空棺

为死者以蜡制脸模

出，铁门闭，墙壁一红，则尸骨成灰矣。一小时后门再开，棺再拽入，则骨灰盛入棺中矣。通场静悄无声，盖棺毕，舆回，停于本巷第十一号男爵夫人卜尔代库滋（见前）家，俟二十一日出殡。同日伊子并接暹罗太子吊唁之电文及法美两国优伶之祭文，前后共收花园六百七十三个，内有国君、公主者各一，大小共值五千镑。

葬威斯敏斯特教堂

卫斯民司得教堂中所葬者皆名臣名士男女，其中著名优伶亦有三四，故拟葬伊于彼以耀之。通堂容坐二千馀，自此信传出，人之欲往观望而致信堂中者万馀。二十日午后，其二子与其三十年来所用之老男仆寇林森送其灵柩入堂，沿途观者甚众，官兵护送，巡捕弹压。二十一日午正堂内唪经，时国君派往代吊者为色尔蒲娄彬，代太子者为副将色尔喀凌屯，执罩片者为阿柏的音伯、谭尼森侯、卜尔杭侯、色尔潘阔、万达木、马勒吉、戴倭尔、名优特立、郃得马、皮乃娄、罗柏森等。一切礼节，奏乐唪经，咸与他人者同，西国之重待优伶乃尔，故记之。是日午正希腊国王来，住文恣宫。

十八日丁巳，天气如昨。东西各国有一种笔迹册（见《再述奇》）不同我国之专求名笔，大书长幅也，乃男女戚友之至契者，互请书名姓于其上，以作记念；继而添能绘者画半幅，能诗者题一首，不善诗画者写数语，迩来复有加将指印于名姓旁者，已奇矣。昨闻新出一种亲吻册页，为堪兴坦街一女名伊婉姒所创。式为厚书一本，首篇敷可溶化之红颜料一方，后则可篇清分限界。人书名姓

签名册与亲吻册

31,10,19

毕，即口濡红料，向名下馀纸作亲吻状，则上下唇印作红印于其上，据云各人唇式宽窄、厚薄、圆扁、短长不同，颇易分别记识。且书面题云“给我一接唇，用以记存”，又每篇首印数字云“贵莫贵于记人以亲嘴”。是书之作俑也，将亦谓之文明耶？

十九日戊午，阴晴不定。闻伦敦比朔募款在司铎卫街设一书手会馆，名曰“音格拉木蒿斯”，楼极宽敞，共卧房二百零八间，外有饭厅、书房、烟房、打球房、洗澡房，且点电灯，并管擦鞋洒扫诸事，屋价每礼拜由八先至十五先不一。其早晚吃顿饭者，每礼拜十六先，随意点买者加三先半，客又须外付一镑作保护钱。其最有益于人一事为禁人醉酒，又终夜有人看门巡守，各人有街门钥匙，戚友往来亦可。戌正韩阔夫妇约饭，戌初余偕内人乘车往，入内见其夫妇与女，少叙后下楼入座。男女十八人，酒食丰美，唱酬欢甚。食毕登楼少坐，吃加非后谢归，时已子正。 书手会馆

二十日己未，早大晴，酉刻阴。按：希腊乃其国之古地名也（英名海蓝斯），现名戈里克或戈里斯，国王卓志第二现年六十岁，为英国君后之兄，丹麻王之太子。千八百六十三年（同治二年）被选即位，时年十八岁。六十七年（同治六年）年二十二岁，娶俄国宽斯坦典侯之女欧勒戛为后，共生五子一女。昨日伦敦美尔在极乐堂备筵请午酌，午正希王由文慤宫乘火车抵伦敦帕丁屯火车栈，改驾四马宫车，走敖斯佛、年盖等街，未初五分至极乐 希腊国王来伦敦

堂。共桌男女八百十五人，食毕彼此演说数语，未正一刻出极乐堂，沿江堤走海岱囿至帕丁屯火车栈回文思。当日由火车栈至极乐堂，沿途王车所由之路，左右悬旗结彩，兵列两行，巡捕弹压，与昔之接待义、奥国君同。

闻英兰振济无工苦人，自英后施二千镑后，复由新城各善家及新报馆、戏园、饭馆、银行并他大生意等施舍，已至四万四千五百镑。又经各人工会公印凭票十万张，分各苦人，内称"本人不求施助，惟望有工作"云。通城各区至苦之民选共九千，定于二十四日处处经人带领，于巳初会集于太木斯江畔，后将列队下乡广募，协助雇工云。

不求施助惟望工作

二十一日庚申，阴冷。记外国日三餐，而多重晚饭；肉食既多，而无冷荤。桌皆铺白布，各人一白饭单，一小白布为吃鲜果净指用。凡大宴，无非排列鲜花，增陈银器，罕有别出新意者。若人家请客不多，每经女主人巧思陈设。遂有不铺大桌布，各人前置一小方布，盘下别一小圆布，皆本色绣花。有各人前置一五彩绣花绒布，方圆八角六角，形式不一者。有铺大白布，正中置一大盆，上插鲜花，围以绿叶，四角与中心置六小瓷盆，每中实以冰乳，上覆勺勾腊作盖，盖中插鲜花一束，食肉菜毕，拔花启盖，按人匙分冰乳，亦颇有趣。有置净水一大盘，或圆玻璃一块，四面围以青苔绿草，而放油纸水禽或小瓷鸭于其上，作游泳状。有果品先置桌之中央而堆叠成山者，如葡萄、苹果、桃李、梨橘等，饰以鲜花，围以绿叶，五彩

人家请客之陈设

31,10,22

鲜明。凡宴客者，各座前桌上置一白纸片，上注座客姓名，以为次序，其字或写或印均可，此片间有饰以金边者。近又一法，乃大玫瑰一朵，择其平大之瓣，以电针刺人名，笔画皆成白色，亦新式也。

二十二日辛酉，阴雾迷漫，冷。前日午后英皇与希王在老文恣囿中打猎，英国有种土鼠，洋名“木欧勒”紧毛黑色，短腿无尾，小眼闪灿，爪甲甚利，穿土作窟曲而长，入地亦深，窟中土推出窟口堆作馒首形，堆下颇深，人失足陷入极险。尔时因英君目注定一野兽，策马直驱，马蹄误触鼠洞而踣，枪柄折，君腿伤，不能步。乘车回宫，电传御前外科名医郜武斯诊视，郜云无大损伤，惟右脚折断细筋一条云，新报所传如此。余今日未刻乘车，至卜静宫门右朝房画押于簿，以申探问之意。或云二百年前英君踸良第三，一日乘马在汉普屯宫前驰走，马足踏入鼠洞踣，君压于腹下，回宫三日而崩。故此次传闻，人多尤惧云。 猎时马踣英君伤腿

二十三日壬戌，阴，雾。西俗不信鬼，而所传闻者又多与中国同。有妇名司悌尔者生有二子，一女四岁，其夫故后三个月，一日半夜乍醒，月光中见女肩上一人手，循手猝视，乃故夫卧女旁抚女也。拭目细审之则无所见，疑为梦，当时女醒呼爸爸。妇作声曰：“汝父已在天堂矣。”既而母女同睡，少刻复闻其子连声呼妈妈，曰“见我爸爸立床前，且言善侍尔母”云。即时下床燃灯察之，房门依然固闭，逐处搜寻，迄无踪迹。此事若在中国，则谓 谈鬼之一

魂忆家而探视也。

之二 又太木斯江引水人周安失足溺，同伙多人寻觅不得。因其身带一小马口铁盒，系内盛其由特里尼的官署所领凭单，其妻不得是物，无法承其财产。数日后有人领至某巫婆家，谓请招魂问事，使妇闭目静坐，巫婆在旁念念有词。妇见其夫至，问其尸何在，言在格蕾伍森堤外浅处。次日延其戚友驾舟往寻得之，兜中小盒未遗失，亦未伤损，妇遂得养馀年。

之三 又伦敦某戏园管台人哈里森，夜梦其满柴斯得城之同学友卜拉嵬至，面目惨淡，项结布带，手指项间，欲言不得。既而惊醒，次早急坐火车至彼，见其妻询之，知其人卧床两日未起，昨夜忽作谵语，乘人不在时，竟用白条自缢床边铁架而死。

之四 一人名佛斯特尔者性嗜蒲樗，屡邀至契于家终夜赌博，其妻竭力规劝不听，因之患病，气息奄奄，仍厉声规劝，伊遂誓不再赌。其妻故后，年馀不赌，觉无聊赖。一日约友玩牌，以消寒夜，由戌刻至子正，彼此胜负不分，正畅赌间，倏见其妻偶立其旁，面色惨淡，低声斥责。佛战栗，瞪目结舌，遂散局。

之五 一人名霍尔奚，寄居姊家，某礼拜日入堂不归。其姊夫弟兄寻觅多日，妇乃连梦其弟三次，黄面闭目，两腿皆折。诉云为姊夫弟兄某月日某处所害，尸盛布袋抛之河，请姊捞尸，归葬地。妇无法，告于翁。翁不可，且云苟事犯，则汝之子女皆孤，无人养育矣，妇遂已。冤魂含愤

31,10,23

去，而入梦于其友，事发，遂得直。

当英兰疟疾传染时，武官巴克尔家突到一包办殡殓人，谓昨有人令为贵宅做棺材一口。巴谓我家人口平安，我长子现在二百里外，何出此言，尔为何人所觅。正言间，适接其子凶耗，昨日某时病故。巴又问包办殡殓人，昨日觅汝者在何时，相貌何如。据包办人所答，则正其子之相貌与其子之身故时也。 之六

德国男爵柯曼罕言，在德国某城，凡人将死，必有先兆。乃在手帕、头枕、被单等上，自有黑十字数个，水洗不去。送交药学化学各家考察，亦不得其详。必待其人瞑目，字自消灭云。 之七

在克伦城有埃达倭者，向与名李特尔者至契，始则朝夕不离，继因彼此工业不同，遂不得屡见。乃二年前李特尔病故，自上月埃达倭患病，数日前病笃，本家及其至近之亲朋终夜围守。某夜忽闻有人大呼曰，我友埃达倭阳寿已终，请与特尔同登乐境。众闻趋至窗前外视，但见皓月当空，楼舍参互而已。病人即开目微声答曰，我听见矣，当同往。言毕瞑目而逝。 之八

英人司磐者，家有打球桌。据云，前晚桌上三球倏不见，少顷其一自棚顶坠桌上，馀落在南北壁下各一，明灯照耀，他无所见也。忽白粉一块自起，在桌面绿毡之上画号码若干，桌上一打球棍忽自移行桌后，悬空如衡，似有人两手奉递者。椅上置某妇之皮披肩一件，徐徐自起披妇肩上，妇惊倒。 之九

之十　又法人郎碧叶者，某夜乍醒，见一青年男子立其旁，审视为旧友葛尚，然其人故已多年。初颇恐，继而交谈，述其生时所学之格物化学。葛衣装气色如平生，天将明，隐隐而没。

之十一述犬之鬼　甲、乙、丙三人共居，皆在铺行充书手者。甲、乙同畜一犬名卜拉扣，甲因事外出，久而不归，犬遂不食而疯，旋被人以枪击死。甲在外，一日晚餐，犬见于门外而内窥。甲起视之，卜拉扣也，呼之，犬摇尾。继悟犬已死，趋而细审，实是犬。正诧异间，犬忽不见。甲回见乙，述其所见。乙谓同日所见者与甲同，惟随犬走出，至其埋处而没。丙闻二人所言，颇讥笑之。一日丙在他间鼓琴，甲、乙忽闻呼叫声，驱视之。丙谓适见卜拉扣来至琴旁，且觉有凉物触其足，以故惊呼。三人乃感其情，同送一花圈于埋处，始不复见云。

之十二述善良之鬼　美国管库官贺思本，幼年孤苦，在纽约城宽街旁第百七十七条胡同赁住楼顶一间。同居者为古氏母女，女名爱姒，貌颇都，后因咳嗽，日见软弱焦瘁，贺则朝夕设法扶持协助之。一夜忽醒，见该女立其旁。贺问曰，天明耶？汝来唤我耶？女答曰，现将远行，特来告别，且汝前途远大，旺运将兴。言毕不见。贺以房门关锁，何得竟入，往验门锁依然。正诧异猜疑之际，突闻隔间悲泣声，天明着衣往探，则女昨夜身故，其母哭哀也。女魂预告之言，是后颇有验云。——计余所闻，皆无索命害人之鬼，是则西国之鬼，乃多善良也，一笑。

31,10,24

二十四日癸亥，早大晴，午后阴。伦敦城内御前短枪营各武官，每年冬季宴会一次，名曰营宴，去冬余曾一赴。兹经提督满克立甫等复以柬请今日戌初宴于赛西店，酉正一刻乘车至，见各武官及副将邓飞、游击来德。立叙少刻入座，桌列  形，人则百十七，本营武官着红衣者七八十，他皆客也，彼所谓外国之客，则仅余一个人。首座为邓飞，坐余其右，属众中第一座。楼上营兵奏乐，将餐及餐毕时，皆经游击门森立起，率众垂头喃喃数语，以谢天赐。食后，众齐立举杯，恭祝国君之福，乐奏《天保国王》。再则邓飞演说一段，盛称通营新旧武官和睦同心，营务日有起色等语，后又率众举杯祝余之福。余继立起，答陈数语谢之，言毕齐鼓掌欢贺。此后有二女六男陆续歌曲、变戏法、说笑话，皆可人意。亥正谢归，武官一排，各人握手送别，腕为之酸。入夜大雾。

御前短枪营之营宴

握手送别腕为之酸

二十五日甲子，阴雾，冷，河水结冰，入夜雾尤稠密。客人携狗住店，伦敦各备客寓之规章不同。如赛西店设专屋备狗窝，每日二先半，备专食者外算；萨外店亦有房室罗列狗窝，其养在所备房内，或系哈吧狗之留在本屋者，皆随时定价；格兰店不收狗，须别存附近马号中；惟格娄伍讷店只收哈吧狗，每日二先半；柴苓十字街店存养楼下之狗，日二先半，存本屋则五先。店规禁止带狗上楼，然私袖其狗入室者，妇女恒有之。闻英王微恙痊愈，昨日回伦敦。

航海轮船上开餐厅

二十六日乙丑，早晴，午后阴雾。近日新出一种饭馆

名“欧琛蕾斯托兰”，意为洋面饭馆也。创自伦敦喀勒屯大店，系在大西洋往来各船上开顿饭馆，以便客之不喜本船所备者。店行与船行互定规条，各船特备一厅专售头等美餐，船客欲日食洋面饭馆者特买专票；船行仅收船费，乃按日少收十先之饭费。其日食船上所备者，间或改食一顿，或在饭馆请同船之客，则两行互相折价。其定价，早餐三先，午酌亦三先，晚饭四先，既为公平便当，且专厨工精也。闻有汉美行之“阿美里喀”轮船，初由纽约回汉柏尔，昨日经过浦来茂斯海口，据云此法初创，而了理颇善。往来共用肉三万七千二百斤，鱼四千八百九十斤，鸡鸭共七千四百斤，面二万九千七百斤，果品一万二千五百斤，牛奶三千五百升，鸡蛋三万七千个。计其水程往来不足二十日，而食物如是之多，亦是见海客之多，商业之盛矣。

海客之多商业之盛

二十七日丙寅，阴雨阵阵。昨日由英礼官来讣告信，共两页。一、称奉君谕，自本月二十二日（即昨日）着在宫中为鲁克森堡公着素服两礼拜（地在比国东南，德国正西，自主小邦）。一、亦自昨日始为比王之弟王爵费里朴着素服一礼拜。函则外封加黑边，宽约二分，内两页无之。

丹麦太子为挪威王

又欧北界瑞典国，本系瑞典、诺尔喊两邦合一，瑞在东而诺在西。近因议院分争，诺遂思分立，初拟立瑞王太子（即前月娶英宽诺郡主为妃者），瑞人不允，乃改迎丹国太子查里斯（英王之婿）。前于二十四日，查里斯与妃

31,10,28

同请丹王克立斯坚允准之命。当日丹都扣喷海根通城悬花结彩，十一点半同入阿玛连柏行宫，随有诺尔喊大员博尔讷等，同立王前。博先宣云："今谨请陛下允准太子查里斯受加诺尔喊王冕。"丹王曰可，继向太子与妃接吻，作喜愿状。后出宫登四马金车，有忽赛尔兵前引后护，再入卓志王宫对诺尔喊人誓曰："寡人在诺尔喊当必永存信守云"云云，次日午正至诺京克里斯加那即位，称曰哈宽第七。

二十八日丁卯，阴。伦敦汽车创自七十年前，其法不备，未得盛兴，十年前街市始见二三，乘客亦无多。迩来一二年间，则往来日夥，或云现在通国共有三万馀辆。且步队立有汽车营，不仅兵能驾驶，更能自造，工既精熟，无虑临时乏人修理。城中立有汽车会，英名"敖投谋比克勒卜"，又名英爱汽车会，盖至今苏格兰尚禁用之，三岛尚各执己见，通国一心之说未必尔也。此会循年筵宴一次，本年为其第八次，于今日戌正设诺赛西店。半月前会首骚色兰公率众柬请，今日戌初乘车至彼。下楼三层入客厅，见代首座司丹力。人众陆续到齐，按班雁序进饭堂入座。桌式横五纵九作 形，人共五百五十九，美国公使坐首座右第一，余坐其左第二，凡此首横者皆世爵文武大员。各桌陈列鲜菊，盛以柳条造之小汽车，四轮能转，工颇巧。楼上奏乐，酒食丰饶。食毕，首座立起举杯，率众恭祝英君之福，乐奏《天保国王》。此后少坐，再祝皇后、太子、太子妃及他各王族之福，乐奏如前。吃加非

英格兰尚禁用汽车

柳条造小汽车盛花

时，奉各座烟卷一匣，匣外金字两横书云“某年月日汽车会宴作记念也”。继而人之陆续立而演说者十八，各皆万言。子正始毕，盛会也。

二十九日戊辰，大晴。今日墨蕾请午酌，巳正偕内人率荣骥与孙女乘车至倭特路火车栈，买票登车即开，午正抵艾岗村下车，墨蕾以马车迎入其家，地名罗泥梅囿。入内见其妻女，坐谈间看其所畜之哈吧狗十馀，皆可爱北种

谒女王坟

也。入座，同席有葛蕾、立德二位太太，本定今日往谒老君主坟，遂在伦敦利贞街花铺定做一大花圈，周八尺，辏以银菊，顶上立五朵红菊并叶，统作形，盛以扁木匣，糊以白纸，价三吉呢半云。食毕，遂同坐马车，先西行继转北，顺大道直驰共约二十里，至文恣宫东稍南，至福洛格墨尔下车。有守陵官牛特迎进铁栅兰门内一小花园，正中一白玉石亭，正面如龛，宽二丈馀，高约三丈。四面八角，四方四圆，地基作方圆合并形，顶上中一圆顶，四面石台，前面四石柱，柱前石阶六级，柱后壁中一门，大致与前在德国所看国君坟其式同。亭内作长方形四壁上下花石攒墁，五彩鲜明。

女王夫妇石雕卧像

入门步数武，正中一白石台，高五六尺，宽四五尺，长逾六尺。上仰卧二石像，左为老君主维克都里亚，右为君主夫阿拉柏王，皆头向内墙，脚向亭门。余先恭置花圈于君主一边，继登左边所立之木梯看石像，凿工精美，甫看如生。距此台右数步外另一小石台，右近石壁，高约二尺，宽如之，长五六尺，上仰卧大公主阿丽姒之石像，怀

31,10,30

搂小孩。按：公主生于西千八百四十三年四月二十五日（道光二十三年），六十二年七月一日嫁于德国海斯邦大公爵路义第四为夫人，故于七十八年十二月十四日（光绪四年），生有四子二女，次女阿丽克姒即今之俄后。当时子女群患白喉症，公主处处自行照料，其三子二女先愈。其四子病，公主溺爱，屡向之接吻，致被传染，医罔效，子死，公主亦死，故此石像怀搂小孩也。公主石像怀抱其儿

看毕步出，牛特复引入文恣宫中贤卓志教堂中一观。此中葬有历代国王王后及现在英皇之弟与大太子维克多等。有分葬者，有男女多人葬于一处者。有做石棺者，有仅地面覆乌石一长方，上刻白字，书死人名姓官衔品位者。看毕齐至车栈，握手谢别，登车即开，酉正回使馆。

三十日己巳，早风雨交加，午后雨止风息，阴晴不定，暖。原医之始，本为疗病救人，非专作一种博钞之营业也。目今中医不经考试，自贡其能，或有多索马钱，复以路远而加添者，固已非矣，西医系经考试者，马钱有定额，岂不以为便人计哉？乃视其门第品位而加添，且任意索求，了无定数。由此以观，医为争利，中外同矣。记前晚在汽车会之年宴间，骆立（见前）演说中有数句云，“汽车撞人，殒命与否不定，而未有索钱者。强盗劫人，刀置头上犹问曰，给钱耶？送命耶？医生则不然，既要钱又要命”。是言也虽为刻谑，窃恐天下之庸医皆近此也。又闻德国巴坦堡王爵鲁伊斯，于本月中往游纽约，以其牙不甚壮观，二十四日特延本地著名牙医戴立为之改补。乃医为争利中外相同

补一新牙，拨正四牙，王入座三次，共需时不及十一点钟，竟索费至二百镑，王遂如数付讫。以后经人传述，通城著名各牙医会议，谓历来五吉呢一点钟，即为至贵之价；十一点钟之工索至二百镑，须令戴立详细分解之。戴立闻，乃置之不理云。按：治牙索二百镑，合库平银一千六百两，固属额外擅索；然据众牙医所言，一点钟五吉呢，已合库平四十二两五钱，亦不为不昂也。入夜仍雨，大风尤烈。

十一时索费二百镑

德国巴坦堡王罕里

十一月初一日庚午，早大晴，午后阴。日斯巴尼亚国王阿芬搜，上年原拟娶英宽诺郡主（见前）为后，继因彼此所奉之教不同而止。兹闻又拟娶德国巴坦堡王罕里夫人之女幽贞尼为后，女乳名埃那，现年十八，生于苏格兰，赋性聪慧，品貌甚都。不日母女将由英兰赴支布洛塔，再至日国正南临海之阿吉希拉斯城，以度隆冬，以备日王频往晤面，而得彼此情深也，何时成礼未闻。按：巴王之夫人，英君之妹碧阿蒂姒也，生于千八百五十七年四月十四日（咸丰七年），现年四十九。前于千八百八十五年七月二十三日（光绪十一年），老君主维克都里亚命嫁于巴王罕里为夫人，千八百九十五年（光绪二十一年）英与南斐洲交兵，王精通水师，自请赴敌，英主允之。未料斐洲天时不正，次年患病，旋车时故于途中。王遗子女各二，长子名阿柏尔，次子鲁伊斯（即昨在美国补牙者），长女幽贞尼（即将嫁日王者），次女兜那达。

初二日辛未，早晴，午后阴，而细雨阵阵。闻上月二

31,11,3

十九日诺尔噘新王与后，由丹国驾诺国官船展轮北行，一路雪雾迷漫，至其都城克里斯加那尤甚，因其地为赤道北六十度也。未初登岸，炮台声炮二十一，迎迓礼也。虽雾浓雪厚，而男女蜂拥，欢呼震耳。太子欧乐苇现十岁，国民见其手中无物，遂令他孩之手举诺国国旗者递之，太子接旗，欢乐称谢。当时通城灯烛相耀，极繁华，有一孩于市间拾得国王于下船登车忽忙之际所遗之犬，亲送入宫，王与后同下楼觌面道谢。又通城各学幼童公送太子北极白熊皮一张，此等西规，在外不多遇，特记之。

各种保险

初三日壬申，阴暖。西国历来兴办人命保险，保火险，后有为其犬马保险，均与赌钱相似，视乎彼此运气。近又有为善歌者保咽喉险，善舞者保脚指险，善鼓琴者保手指险。据云保指险之常价，乃失一手指赔三十镑。一脚指四十镑。闻著名乐师古贝理善拽四弦拉琴，其两指近保二万镑之险，设其手遭险而非指落，则当其不能谱乐经医施治之期内，每日赔补十二吉呢，如失一指，赔一万镑。保险日奇，不知将来何所底止。

皇家学会会员年宴

初四日癸酉，阴。戌初乘车至白堂街美特娄普店，赴御前学士会之年宴。桌作  形，同坐二百二十三人。首座雷立侯，其左右为余及土、俄、奥、德、丹、麻、希腊等国公使，再则诺僧布兰公、枢密大臣巴乐佛并多侯伯世爵；除本会人外，又有各国、各属地及各城各学院之名士。中有俄国天文名士门代立甫者，年逾古稀，会中特邀来此，赠以红带宝星。食毕，先立祝国君之福，继祝君后

之福，再祝太子、太子妃及王族各人之福，以后由首座及他人陆续立起演说者十二，词甚长，大旨无非天文、地理、格物、化学等类学术，子正始毕。

演说天文地理等

初五日甲戌，阴而细雨阵阵。戌初入老城至伦敦桥北喀楠街之“扉什蒙格尔霍勒”（义乃渔户会堂）赴制造纸牌会更换会首之年宴。本年新会首，为使馆邻人色尔卜喜庆也。此会堂白石楼房，高大宏敞，装饰华美，比于府第。登楼见卜君，握手略叙寒暄，继立其后。陆续客到齐，共二百五十六人，乃依次序两两入饭厅，桌设  形，首坐卜君在横桌正中，坐余其左第一座，伦敦美尔坐其右第一座。其他客为本任晒里夫、前任美尔及他世爵文武官员。食毕，先将一银大花盘周约四尺者，内盛香水泡纸牌一副，由首座传至各人前，各将白布单之一角浸水拭唇，再后以大银斝传饮互爱酒（见前）。当时在正面添设大洋琴一架，先齐立举酒恭祝英皇之福，再祝皇后、太子、太子妃及王族各人之福，皆鼓琴谱《天保国王》。三则同祝大清国大皇帝之福，祝毕余即起立陈说一段，谢其优待，深愿两国友谊日敦等语。言讫，众亦击掌敲桌，欢呼一阵。后时而演说，时而男女四优伶鼓琴歌曲。凡演说者，无不称水陆之雄，上下会堂之公，并主客互相赞扬所能，子初始散。临行各赠纸牌一副，第一页背印本年会首之像，其他逐页背皆印乃勒森像，盖以本年为其立功之百年，处处书其名画其像以醒人也。此会二百年来已无本行中人，惟以历来所存之款，用以行善而已。濒行赠纸牌，

“纸牌会”各赠纸牌

则示不忘本也。

初六日乙亥，阴，雾。半月前善士柳坡请于前初二日申正在上细墨街路南司田卫堂中听乐，募钞以助贫苦乐工，座券值每人七先半，购两券。届时率孙女乘车往，屋不大，容男女三百坐，乐亦平平，少坐即归。又本年夏季，义国正南左右临海之喀拉布里亚府之多尔卫山一带地震，伤人甚多，凡本国人之在外邦者，多设法募资以赈。伦敦住义国著名女优特蕾碧尼者，自上月中旬寄来两票请施助，每票一吉呢，余买信局票如数寄去。后又来两座券，请于前日申初在阿盖街第十八号堂中听曲，遂亦携孙女往。堂式等于司田卫，男女陆续鼓琴歌唱，十次皆佳。特蕾碧尼年近四旬，歌喉尤宏亮可听。

为意大利地震义演

初七日丙子，镇日黄雾。伦敦善人自二十五年前立一收拾游荡失群会，英名“卫夫斯安司特蕾斯搜赛伊的”。凡街市贫苦无依及其父母残虐之小儿女，经会中收养者前后不下万馀，现拟添筑楼房，但巨款须四千五百镑，应设法广募。伦敦大教士画押立簿，有愿施舍者，祈送交萨乌艾街教士卢多茀云。又已故武官浑特尔之妻兜腊者，素称“善人”，保养小儿，教门新报所称为养母，盖代为孩童之母也，获利甚巨。凡在外佣工或事务繁累之人，多以抚育儿女为苦，乃月出资而令人代之，业此者不仅兜腊一人。而索价多寡既不同，因之所供之衣食亦不同。兜腊则每收养一孩，于两三日后即转交他妇之索价稍贱者，而按月获其馀。不意于上月某日，有一不知名姓之妇人交伊一

父母残虐之小儿女

托儿牟利之“善人”

孩，付以三十三镑求暂养，当时系在喀尔的茀村。妇去后，兜向一酸溪村妇商令代养，价未商定，兜乃暗以帽攀勒孩死，掷沟中。幸被一暗察事人访知，送入官厅，昨经官判收监十年，兼作苦工。兜腊阳为行善，而阴狠如此，不知所奉为何教耳。

新创两种纸牌玩法

初八日丁丑，阴雾如昨，冷。时近西国耶稣诞及新年，遂别创两式玩牌法。第一曰弥勒托尔（本义未详），设如设四桌，桌四座，男女各二。每桌为一国，桌上立一木做卫所，上竖本国大旗，四围插二十小旗。各桌互换一男，作为出本国入他国战争。彼此打牌，胜者即夺彼国小旗一，夺旗最多者为第一强国。有时请四国相识之契友以为戏，虽不赌钱，而甚于赌钱，盖夺旗多则于本国增荣耀也。第二曰斯盖（义苍天也），一副五十六页，分红黄蓝绿四色，每色十四页；各牌点数亦由一至十，外加小月牙、大月牙、半月、圆月四页。惟黄色中缺一九数，而以一大红圆点代之为日，其他四色各点皆为星，日月星毕具，故统呼曰天。其中以日为至尊，管辖各牌，其他各色，皆由圆月按次辖制，至一数为至小。斗牌时男女或五六人或七八人，每人旁置小银碟一，每次各置一钱于碟内。按人分牌毕，手中有一点者先出，掷于桌心，依次有能管者掷之，无者喝过，容其后者随掷，通场以手先空者胜。赢者收钱法，乃手中曾无日牌者，先取各人碟内之钱，再向各人按手内所馀之牌点数索钱，系一点一文，惟向其本有日牌者索加倍。若胜者手中本有日牌，乃向各人

31,11,9

手中牌之点数索钱，亦加倍。斯亦胜于饱食终日无所用心者也。 ［八述奇卷十九终］

光绪三十一年十一月初九日戊寅，阴，雾，冷。英国海关税则，历来进口各国货税颇重，英地窄人稠，应用之物如肉菜果品谷粮，多自外输入，税重则无益于民。六十年前下议院绅董冠普屯创议，凡他邦贩来之货，非所必需之烟酒茶叶各品仍纳税，外此概行豁免，命曰“无税生涯”，议遂行，诸物价缩，人民便之。至今举国苦民，以敬神者戴冠。然彼时属地所产率多芜杂，且无便运法，各国来货既多，其值既贱，反滞土货消路。今土产日盛，贸易日多，贩运得宜，有无相辅，上年章伯纶拟仍重收外货进口税，而轻各属地之货税，俾利不外溢，并使土货制造复臻繁盛，称其法曰“宁爱属地”，通国到处演说，有称便者，然贫民尤苦之。章谓食物加昂所差无几，而国之工务盛兴，自无向之多游闲工匠，工多价足，食物略贵庸何伤？外部大臣蓝斯琀与首相巴乐佛，咸谓不必一律加重，须视邦交之厚薄，彼以何等待我，我如等报之，议院之同党皆须一心，事方易办。大员巴讷曼者，巴乐佛之党也，乃唆多人从“宁爱属地”之议，于是巴之势微，恐事掣肘，遂于今日告退，别选何人未闻。因而国人由此创一种纸牌戏，护同党以敌二党。牌页五十二，戏者四人分为四党，曰“如等以报”，曰“无税生涯”，曰“进口外货”，曰“宁爱属地”。四党实则两党，盖流分源合，有暗助以使其成者，“宁爱属地”与“无税生涯”相维持，“如等

进口税之不同主张

主加税者贫民苦之

意见不同首相告退

以报”与“进口外货”相联络也。牌上数由一至十，除数外可任意画什物货物，或遴诸党中人之小影。分解各八页，其馀叠置桌面中心，余所闻者盖如此。

英之纸币

初十日己卯，早晴，午后阴，入夜雨。英国纸币，每页横七寸，纵三寸五分，净棉造纸，其色月白，中嵌暗花并字。他国币纸多由大张裁成小页，是纸乃按张自造，仅一张横剪成二，故凡票之三面毛边一面齐者，方非伪钞。每张印成，必经五六人各印一类，遇有遗失错误，各职所司。银行新镑票，如五镑、十镑、二十镑、三十镑至百镑，各有分匣，出匣再回时即为废纸。虽当时经人索换零票整票，其旧件亦不收回匣中，即于票后注销。票之转回银行，亦即照废纸例按号入库，妇人专守之，以备考察。凡票之已入库三年而无事故者，皆焚毁之。

成衣会与皮货会

十一日庚辰，晴。伦敦旧有成衣会及皮货会，两会同在老城，因争先故不睦。四百二十年前，当英君里察第三即位之首年四月初一日（西历一千四百八十三年，中明宪宗成化十九年），经伦敦美尔毕斯敦等从中调处，令之相睦。并令以后每年于耶稣再生节前，两会为首之人，择日互请一次，以敦和谊。客冬余曾赴成衣会之宴，今年复请，系在是月底，已致函辞谢。惟皮货会之邀，系今日戌初在老城内稻盖山地方之皮货会馆晚酌，此会英名“司金讷尔斯”。此二会与制造纸牌等会同，每年所馀之钱用以施济。余于酉正一刻乘车往，至，下车登楼见会首骆七，握手问候毕，少立，客到齐，按班两两入饭厅。桌列

31,11,12

∩形，人共八十七，坐余骆七之右为第一座，其左第一座为成衣会首马克燧，再则水师提督司阔、马队将军罗兰斯并他世爵及两会中人。教士谢天赐食毕，齐坐，酒食丰美。食已，复经教士立起谢天。食间楼上逐阵奏乐，继而举杯恭祝国君之福，再祝君后、太子、太子妃之福，前后乐奏《天保国王》，末奏中国国乐。后则二男二女陆续鼓琴歌曲，再由首座诸人前后演说，叙毕，水陆军营，称赞两会和合。骆公并立起先颂余一场，继率众举杯祝余之福。余再立起陈说数语，谢众优待之情。子初席散，转入别间吃加非一盏，别时主人赠客糖果各一匣。 中国国乐

十二日辛巳，晴。伦敦各戏园、杂剧馆，楼顶末层皆有立处，价极廉，以备衣冠整洁之贫人观看。然各园人立无定数，地方官恐其拥挤，拟度各园顶楼之大小，限定立人数，俾免人气熏蒸致疾。其各出园之路，并门外站立待车各处，皆拟设法区分，以免淆乱。又凡戏园起火，多由后台，故现在各台前添用一种火浣布帘，以障后台之火。此帘每于演一出毕垂一次，以防滞涩而用时不灵。是布即不灰木，产自异国土人用所制，污时不以水洗，而用火烧，火过而油腻自净。各园于各层楼三面多开四门，每上横一玻璃灯窗，上书一开字。此门平日不开，遇事自开，便人奔避也。 不灰木（石棉）

十三日壬午，阴雨。英国有种碎肉饼，名曰“民斯派”。时人所造日求节省，味甚劣，且时人亦渐忘老年老妇持家造饼之法。有人将旧法三种登诸新报，俾人知其多 碎肉饼之家常做法

费无几而有益于人。（一）脂油一斤，苹果一斤，干葡萄一斤，碎牛肉一斤，糖一斤，珠菩提斤半，柚皮十二两，香料四两。（二）上等瘦牛肉斤半，加豆蔻椒末及盐各少许，用少水煮半熟，再用干葡萄、黄糖与橘子各一斤，柠檬皮半斤，香橼皮三斤，索子葡萄三斤，上等苹果六斤，香料盐等共二斤。各味切碎搀于一处，盛一盆内蒸熟，可由今年天主诞日至明年天主诞日不坏，费仅六先。（三）索子葡萄、干葡萄、珠菩提、苹果、白糖各一斤，甜杏仁四两，豆蔻一枚，姜末一小匙，香料两小匙，橘皮柠檬皮各一，皆切碎，蒸熟后晾收一月仍可食，苟用机器吸尽天气，置于干燥之地，亦可供用一年，用时照李子饼法亦烧以灰斯几或卜兰的酒。

十四日癸未，早微晴，继而阴雾，入夜尤甚，车不敢行。连日伦敦一城阴暖，而四外清爽寒凉，盖城内房密，此时人众而煤火多，云雾遮盖，天气故暖也。察西国驻扎公使之品位，妥定自西历一千八百十三年（嘉庆十八年）由法皇那波伦第一败后，各国同在奥京维也讷议定，乃头等公使代国主，二等公使代国人，三等公使只代本国之外部云。

各等公使之品位

十五日甲申，黄雾迷漫，对面不见人，白昼燃灯。汪伯唐自八月二十二日奉旨后，久住美都。前于十月初三日始奉外务部来电，称接任辞任国书，本日由文报局寄英，为之计算，当于本月二十前可到。遂即电达汪伯唐。继接其来函，于十一月十五日履任，十一日由美国抵法国哈伍

31,11,16

海口（见《三述奇》），十四日来英。因即行文英外部，请为知照海关免察。昨日忽接汪伯唐电，谓改于十九日来伦敦，二十日接任，当系初到法京，稍作勾留也。又英外部函称，奉君谕，定于本月十八日（中二十二日）请贵大臣谒见，时刻容日奉达。度其欲见之由，因八月二十日曾由内大臣诺勒斯传谕，愿与余得再一见；且现耶稣诞辰在迩，英皇将往苇勒贝诸处幸坡兰侯等之别墅，故于国书未到而先见，亦优待之意也。盖新任既到而国书未到，前任便可辞行，其谒见与否，出自国主也。

汪大燮告到英日期

英君传谕愿再一见

十六日乙酉，早微晴，巳正大雾，酉初稍霁。上月邮政局来信，为赈济信行人之孤寡子女，请买今日戌正一刻在奎印堂厅奏乐歌曲之座票。因买四页，共合一镑，乃分交王香圃、陆泽生等往听。至巡捕厅所化赈济巡捕之孤寡子女之听乐票，系在本月底，虽买六张，乃分给本使馆各洋仆。

闻英廷首相选定巴讷曼，各署大员于前日始经巴讷曼请齐，当日英王由克立柴城回伦敦，原任各员入宫缴呈印信，新任各员由宫中领印。其新任法律大臣为李德，家部大臣葛拉森，外部大臣葛蕾。今早接蓝斯玚、葛蕾各一函，蓝侯述其交任，葛蕾述其接任，并云择于明日（西十二月十三日）在署恭候各国公使会晤。遂即答覆两函，一道谢，一言明日当往拜见。

首相已选定巴讷曼

又汇丰行总办陶斯恩之女出阁，半月前陶夫妇来信，言“小女周斯芬许嫁教士卜拉箦为妻，择于十二月十二

日未正（即今日）在皮讷尔村帕里什堂中成礼，后在哈禅巷之欧都伍别墅本宅恭候驾临，敬候回音”。余因汪伯唐原定昨日接印，当即致书庆贺，并送伊女冰纹古瓷瓶一架，绣花手帕荷包成对。

往外部贺新任大臣

十七日丙戌，早大晴，午后雾。申初一刻着官服乘车至外部，登楼入大厅，晤各国头二三等公使，已陆续到齐。此次外部新任葛大臣会晤，除各头等公使外，其他不按当日进署之先后，乃按朝会觐见之次序，故待至酉正始经请入客厅相见，彼此握手问候。余并言特来致贺，新任汪大臣将于十九日到伦敦，拟次日午后偕来一见，继而少叙辞出。此等会晤，公服便服无定规，致参差各半，义、丹、土、和、日本、海地等国皆便服。然主人既公服，贺者似不宜便服也。

“李子糕”之新样式

十八日丁亥，阴。英耶稣诞节之李子糕，向为紫色，式作馒首形。现诞节伊迩，埃骚佛尔铺改一式，冀多出售，名曰“攸勒洛格”，意乃诞日祭炉烧用之木块也，模作长圆形，大小任便，周刻木皮，出范成圆木一节。其所用之料，乃净白碎脂油二斤，碎面包二斤，白面一斤，苹果半斤切片，珠菩提、干葡萄、索子葡萄、冰糖各半斤，糖橘皮、香橼皮各四两，皆割成小方块，姜与杏仁各二两，橘子、柠檬汁各一两，香料半两，鸡蛋三个，勒木或卜兰的酒半升，司稻达酒一升（三种酒皆类中国烧酒），各物和一处倾入模中，蒙以白布，或蒸或煮六点钟即熟。糕中并无李子，而葡萄居多，可易名曰葡萄糕矣。又因汪

31,11,19

伯唐明日来英，连日收拾安置，今日始毕。酉初率众移入大中店（见前）。 率众移入旅店居住

十九日戊子，阴。早接汪伯唐由巴里来电，谓今日晚五点钟到伦敦。酉刻余偕马参赞、吕学生至维克都里亚火车栈，候至五点半方到。下火车后，同坐马车至使馆，彼此畅叙已往。因彼初到，一切未齐备，余之厨役已去，伊之庖丁未来，遂邀汪星使、陈参赞、吕学生来店中晚餐。

二十日己丑，微晴。寅正汪星使接印任事，一切交递清楚。申初偕伯唐乘车至外部，见葛蕾坐谈片刻辞归。近有英后著诗词一册，英皇书后，坊间印成出售，国人所珍，男女争以先睹为快。初印五万本，三五日售尽，现补印二万五千本云。 办移交给汪大燮

二十一日庚寅，阴。伦敦电汽公车日多，迩来通城共有二百馀辆，又汽车千辆，不惟车轮声、鸣钟声、吹哨声、喷气声使人朝夕不安，且街市往来行人更须格外小心。前晚亥正一刻，格娄伍诺坊一电汽公车竟误行突入维克都里亚火车栈对面之奈乐堪珠宝店，店内三人而仅一门，欲出不得。车头将门窗玻璃撞碎，珠宝钟表震落满地，人幸未伤。巡捕等及众人将车拽退，铺中始得收捡一切。 车辆使人朝夕不安

二十二日辛未，晴。前日午后英外部来信云，英皇谕于十八日（即今日）午后三点钟在卜静宫候谒。今日未正余着公服乘车入宫，有礼官迎入正厅少坐，经外部侍郎三得森前引上楼至他间，入门三鞠躬，至其前止步，宣言

曰：“本大臣此次在贵国蒙处处优待，得使本大臣平安卸任辞任，国书未到，乃蒙先令谒见，不胜感谢之至。国书到后，当由接任大臣代递。”言毕英皇伸手相握，问候数语，并云“此次乘船回国，甚愿一路平安”，言讫复行握手送别。遂鞠躬退出，至正厅向各礼官谢别，并留一刺与内大臣诺勒斯辞行。出宫顺途至使馆，见伯唐少叙。

进见英君向其告别

二十三日壬辰，阴。戌初余约汪伯唐、陈安生、尹元辅、吕学生及马清臣（伊现告退，定明早回住苏格兰）在本店晚酌，一以湔尘，一以饯别。

设法赈济犯人家属

英国罪犯入囹圄，其妻与子女在家无人赡养，艰于衣食。曾经教堂义会中善妇侯得尔者设法赈济，使有工作，既得温饱，且免离散。现值隆冬，又因耶稣诞辰，昨晨巴讷街之贤乐克思堂传集老幼妇人二百馀，各给饱食一顿，并旧衣一二件，善举也。

二十四日癸巳，阴。戌初一刻，汪伯唐约余与陈、尹二参赞并王香圃、继旭生、陆泽生在店晚酌。时因耶稣诞辰，伦敦通城各铺，无论大小何项生意，一月前无不极力修理装潢，其半多小孩玩物及干鲜果食糕点之铺。其他各铺，按货上皆贴有招帖云“耶稣诞辰礼物”。有大铺因照顾之人太多，于是设法收入门费，乃凡入门者先付六本士买一入门票，在内不买则枉费半先。若买则于第一件价内缴还门票，明值一先则仅再付半先。如是，既入门则不得不买，苟不买而铺反另获馀利，诚奇法也。街市小摊，亦多另设新法，招人照顾。即如称人身体者，每次一本士，

通城商铺圣诞促销

31,11,25

乃称后请本人猜其所称之分量，如果不差，即将铜钱奉还，亦颇有趣。

二十五日甲午，晴。近日耶稣诞节，各铺之物贵贱不一。闻在牛贲街之阿斯庇珠宝铺中，一日销售甚多，有钻石项圈一个价二千镑，折扇一柄一百镑。在里敦霍市所售，除鹅鸭外，共有火鸡两亿，中有重四十二镑者养仅二年，有不足一年而重三十八磅者，极肥嫩。又伦敦马步各营，皆定于后日分设长桌筵会兵卒，入夜并开跳舞会，以乐佳节。 “两亿”即是二十万

二十六日乙未，晴，暖。闻月之十五日申初，大雾迷漫。旧任各官入宫缴呈印绶，新任各员吻君手以谢委，发誓接印，乃有迷路逾时，始抵所赴之地者。又议院自当日展至西正月十五日，始定期会齐，转交一切。新任各员互相拜谒，外部大臣葛蕾亦赴各国使馆投刺。当晚首相巴诺曼在贝乐格来访第二十九号本宅，请新任各员晚酌，以示同时同党，同舟共济也。

二十七日丙申，晴。戌正中华会馆诸生在赛西店设宴，称曰“第一次年宴”，坐余偕伯唐横桌正中首座，桌作冂形，人四十馀，酒食丰美，畅谈甚欢。食毕，前后多人演说，大要皆谓彼此勤学，一心不嫉等语。闻昔英皇在奥国麻林巴时，一日晨游，着红青短袄、白裤、紫皮鞋、花绸内坎、双层领、灰毡高帽，土人慕之。乃即日电传通国男子衣服如式，且连达奥京著名成衣铺十七电，令如式成做。数日后，凡着是服者，往来街市，颇自矜 中华会馆诸生宴请

喜云。

女帽喜饰各种鸟羽

二十八日丁酉，微阴，雾。西国女帽喜饰鸟羽，每年各国所用不下三千兆箱，英国一年由外输入二三百兆箱（专市藏法见前）。闻上月在水晶宫、阿来三德宫中皆有家禽会，如鸡鸭鹅鸽火鸡兔鼠之类颇夥，而所号价码，其昂无比。如一马六甲鸡号千镑，一雏鸡号二千镑，戴西斯伯夫人所列紫鼠一对号五千镑，一小银鼠号至万镑，不知所贵者何属。

二十九日戊戌，晴。是日为西十二月二十六，为其耶稣诞辰，铺户闭门，人工休息，由早至晚，男女成群欢歌。早赴使馆向汪伯唐、陈安生、吕学生辞行。再至中华会馆及坡兰店，向李舒伦、罗伯苏及诸留学生投刺。

告别使馆及留学生

戌初本店有外人会集，轰饮者二百馀人，食毕在外客厅中奏乐歌曲，主宾杂遝，颇觉喧阗。又今日午后德船行来电，谓“本公司之在田轮船在比国安土耳海口，因雾重水浅，迟延晚开，须至后午方到骚桑屯。贵客如仍欲明早启行。请在海口西南店中一宿，一切店费本行代付，酒在外”。余因行李各事收拾妥协，不欲改期，仍定明早起程。

十二月初一日己亥，阴，雾。卯正睡起，梳洗小点。辰正偕内人率荣骥与孙女乘车至倭特路车栈，下车入大厅。当时送别者，为汪伯唐、陈安生、吕学生，并会馆留学生二十馀人；外国者为希腊、暹罗、土耳其、智利、墨西哥、尼喀拉卦、瓜的麻拉、瑞士、日斯巴尼亚等国公

离伦敦时之送行者

31,12,2

使，日本参赞官及金登干、赫承先、韩阔、墨蕾等夫妇。巳初登车即开，西行出城不及二十里，则天气清爽矣。午初抵骚桑屯，下车步入西南店宿。

初二日庚子，卯初睡起，辰初早餐。辰正乘马车至江边登小轮船，计男女廿馀，上毕即开，行数十里至海口停轮，大船尚未到。待至午初，远望不见烟桅，而小轮未备饮食，遂驶回以便店中午酌。傍岸搭跳板小轮，又请诸客少待，遣人至本行探听有无来电。顷刻转回、谓大船已到，遂复展轮回抵海口，转傍大船。诸客上毕，申初起碇，出口微风而船摇。同船有日本贵族院议员男爵文学博士末松谦澄、海军大佐镝木诚、东京外国语学校长文学博士高楠顺、递信技师西大助。 登船起碇

初三日辛丑，阴。镇日西南行，阴风怒号，波浪汹涌，船摇荡簸扬无安晷，入夜尤甚。至午正行二百八十洋里，当赤道北四十七度，英格林泥址村西六度九分。

初四日壬寅，阴。风浪如昨，仍西南行，至午正行二百八十三洋里，当赤道北四十三度十七分，英格村西九度八分。后过比斯吉湾，至日斯巴尼亚国之西北角，地名托里那那。 过西班牙

初五日癸卯，晴。风稍息，波微小，船渐平。至午正行三百三十一洋里，当赤道北三十七度五十六分，英格村西九度十九分。在葡萄牙之西南角，地名贤万三，枯山黄白色，上有灯塔旗杆。船过时鸣哨使升旗，俾知本船为第若干号，以便发电各国，知本船于某日某时安抵此地也。

连日水黑色，遇大小轮船甚多。过此转东南行。

初六日甲辰，晴。辰初抵支卜洛塔住船，不傍岸，不上货，仅上男女客七人，咸以小轮艇渡来，即时上毕。辰正二刻复开，出大西洋，入地中海，东行稍北，天渐凉，水深绿，势平而船稳。今日为西历一千九百五年十二月三十一日，晚餐后，自亥初在船面舱左一带悬挂各国商旗，左右作壁，整齐平坦，五色鲜明，中垂各色电灯一串，前设四长桌，上列花盆小树，再则长凳两行，中一凳上置一小松树，各枝系以金银五色小球玩物，满燃红白小烛。后为敞地一段，末则乐工一班。各二等男女客皆经请过，一律新衣，既而鼓吹，阵阵跳舞。亥正奉各人冰乳一杯，糕点听便。子初歌曲，先客中小孩分各小球玩物，继乃宏声作乐。至子正，男女欢呼，庆贺新禧。后则乐工前行，男女随后，绕船上下四面各一周。又水手多名装扮牛驴，与京师要狮子同，亦前后两人。随行并有人骑牛骑驴，亦奏乐绕船一周。至末饮啤酒，互相欢乐，丑正始毕。如此终宵，意为送旧岁迎新年也。

入地中海

船上除夕

初七日乙巳，晴。今日为西历一千九百零六年正月初一日，早起晤面，各道新禧。水色深蓝，平如镜，船行颇速，至午正共行三百四十七洋里，当赤道北三十九度二十六分，英格村西一度三十八分。此船造于西千九百零二年，长四百六十九尺，宽五十六尺，高三十六尺，马力六千五百。船主宾斯尔，年近五旬，人尚温恭。

1906年之元旦日

初八日丙午，阴，冷。风逆船摇。至午正共行三百十

31,12,9

八洋里，当赤道北四十三度五分，英格村西六度四十四分。仍北行稍东。申初过义国芒那勾地方，亥正至热诺瓦口外，子初傍岸。大小轮船林立，盖自二年前始筑有堤岸如锡兰者也。 至热那亚

初九日丁未，早起朔风凛冽，霰如粟密，冷极似北京，午后大雪缤纷。上下客货，酉正毕，即开，南行稍东。

初十日戊申，晴。微平，水蓝色。至午正共行二百四十一洋里，当赤道北四十一度二十一分，英格村西十二度三十二分。午后左右频见岛屿，戌抵那百里下锚。正面沿堤火灯行行，遥望火山顶上烈焰一缕，紫红色，长数十丈，宽数丈。住船后，上下客，上煤货肉菜等，终夜铁轮隆隆，使人不寐。幸天气清爽，明星在望，稍觉心畅。 抵那不勒斯见活火山

十一日己酉，晴，暖。丑正展轮，仍南行稍东，水平船稳。至午正行一百五十四洋里，当赤道北三十八度三十分，英格村西十五度三十三分。继而左右见山，遥望树林菜圃，楼房点缀。未初阴，少顷细雨一阵。未正过麦西那，浪涌船摇，一小时后风息，水平船稳，如履平地。

十二日庚戌，晴，凉。南行稍东，水平，蓝色。至午正行三百四十六洋里，当赤道北三十五度五十四分，英格村西二十一度三十三分。亥正过克蕾塔岛（地属土耳其），西见楼房。

十三日辛亥，晴，微暖，始脱皮衣。至午正行三百三十二洋里，当赤道北三十三度二十分，英格村西二十七度

二十七分。

十四日壬子，晴。辰初抵波赛，辰正下锚。遇英公司某轮船，中有汪伯唐奏调之参赞崇茂竹（钰）等七员。

全家上岸一游波赛

巳正偕内人率荣骥与孙女坐渡舟登岸，乘马车一游，稍闻土气。楼房添盖，道仍肮脏。顺途入新建之回回礼拜寺一观，入门请各于鞋外套蒲履一只。内中空空无地物，仅一讲经小木台，一守寺人赤足，领入别间，示以经与教旗，看迄例赠英先，其人亦以英语谢之。出此绕行四五里后回船。本船上下客货，上煤上菜毕，未初展轮，夜过盐湖。

十五日癸丑，晴，凉，仍着皮衣。辰刻至苏耳士停轮上水，午正开行，水平船稳。镇日左右频见枯山成行，皆不甚高。进红海，南行稍东，亥初西见灯楼。

进红海后倏尔大热

十六日甲寅，晴。早起日红色，倏尔大热，以致挟扇衣葛。至午正行三百四十五洋里，在赤道北二十四度五十五分，英格村西三十五度三十五分。亥初本船在二等舱前面上复设跳舞，亦上垂五色电灯，四面悬挂各国商旗，子正始散。又镇日南行稍东，西面仍遥见山头点点。左右连遇轮船六七，亦皆南驶者，而我船竟皆趋过。入夜微风，觉清爽。

十七日乙卯，晴。水平船稳，热而有风。至午正行三百五十洋里，在赤道北十九度五十分，英格村西三十九度一分。

西国黄道十二宫

记西国天文，黄道分十二宫，每宫按星凑画一式，式式不同，乃有实无其物者，中当另有取义也。如一曰白羊（在中国春分，清明两节）、二曰金牛（谷雨立夏），

31,12,18

三曰夫妇（小满芒种），四曰螃蟹（夏至小暑），五曰狮子（大暑立秋），六曰翅女（处暑白露），七曰天秤（秋分寒露），八曰蝎子（霜降立冬），九曰人马（大雪小雪），十曰弓，又曰磨蝎（冬至小寒），十一曰宝瓶（大寒立春），十二曰双鱼（雨水惊蛰）。昨见《茶馀客话》中有云，十二字之分，子曰宝瓶（非瓶也，担水女也，时东方雨少，西正月底日入此宫），丑曰磨蝎（非蝎也，一兽山羊头鱼尾也，西十二月底日入此宫），寅曰人马（乃马身脖上另连人半身，手执弓箭，西十一月底日入此宫），卯曰天蝎（仅一蝎，西十月底日入此宫），辰曰天秤（时值秋分，西九月日入此宫），巳曰双女（一女背负两翅，西八月日入此宫），午曰狮子（西七月日入此宫），未曰巨蟹（西六月日至北之极处），申曰阴阳（二人并坐，西五月日入此宫），酉曰金牛（一雄牛，西四月日入此宫），戌曰白羊（一公羊，时值春分，西三月二十一日入此宫），亥曰双鱼（两鱼以绳系尾，西二月日入此宫）。

十八日丙辰，晴。逆风甚劲而船平，南行，早东面连见小山。至午正行三百三十二洋里，当赤道北三十三度二十七分，英格村西二十七度二十七分。午后西面复见枯山一缕，延互不绝。戌正东见灯塔，并遥见大船三，每上灯盏密密，乍看疑是码头。记杨汝士有诗云“山僧见我衣裳窄，知道新从战地来（是古人亦知窄袖之便）”，又按圣人短袂之义。刘秩《裁衣行》云：“裁衣须裁短，短衣短衣，上马轻如飞。缝袖须缝窄，窄袖窄袖，弯时不碍

“裁衣行”行原作竹

肘。”自昔然也。然而衣窄不要围身，其长不要遮脚，袖窄不要箍臂，长亦不要过手，用之灵便，看之得当，足矣。

十九日丁巳，晴，凉。辰初抵亚丁下锚上煤。遥望岸上红黄两色楼房，加增尚多，仍少星点绿叶。未正上毕即开，出口平稳，入印度洋。尝以时人处处搪塞含糊，因思古人作事精致，不吝工夫，非若后世贱丈夫苟且成事。故古器必款细如发，而匀整分晓，无纤毫模糊。

入印度洋

二十日戊午，晴。东行稍南，逆风不热，而船簸扬。至午正行三百零三洋里，在赤道北十二度十八分，英格村西五十度四分。镇日南面屡见短山行行，乃南斐洲正东之戛尔达弗雅角也。

二十一日己未，晴。仍东行稍南，逆风浪涌如昨。至午正行三百零六洋里，在赤道北十一度十八分，英格村西五十五度十一分。同船义国水师提督子爵努威里之夫人，昨以干颜料用三小时给孙女佑英涂一半身小影，周约四尺，神彩如生，并罩以玻璃。因赠以红缎绣花鸡嗉成对、女绢扇一柄以谢之。

一洋妇为孙女画像

二十二日庚申，晴。逆风浪小而船平。至午正行三百三十三洋里，在赤道北十度十六分，英格村西六十度四十四分。亥初在二等饭厅中请男女客之能歌者九人奏乐歌曲，入听者每人一票，当晚共得二十七镑，用以赈济贫苦水手云。

船上义演赈济水手

二十三日辛酉，晴。天虽热而逆风清爽，水微波而船

31,12,24

稳。至午正行三百二十洋里，在赤道北九度二十六分，英格村西六十六度五分。

二十四日壬戌，晴，热。水平如镜如油，忽有绉纹如鱼鳞，如虾须帘。至午正行三百二十一洋里，在赤道北八度四十分，英格村西七十一度二十七分。船甚稳，东行稍南，戌刻北见灯楼。尝思李实君三笔云，枕不可过高，高令肝缩，过下又令肺缩，枕席柔软，其息乃长。西人床榻，得其当矣。

西人床榻枕席得当

二十五日癸亥，晴。至午正行三百零九洋里，在赤道北七度三十三分，英格村西七十六度三十分。华人采茶，不可见日，以指不以甲，则多温而易损，以甲不以指，则速断而不柔，故纤指女郎胜于秃瓜奴子也。西人用茶，仅求色深味苦，何得论到此等精细法耶。

二十六日甲子，晴，热。寅初至克伦柏口外住船，辰刻引水人登船，即开进口。巳初下锚，本船上下客，上煤上食物。早餐后偕内人率荣骥与孙女并各参赞随员，驾小艇上岸，坐马车往游古庙、肉桂园、博物楼等。其园与楼皆加扩充，整齐修饰，惟古庙更觉狭卑不净，沿路牛粪成堆。游毕入敖连达大店午酌。申初回船，申正展轮。乃撤梯后见有送行者九人，皆以长绳系下坠入小船，高下二三丈，浪打船摇，险甚。实因此船于要开未开之际，不有催人下船之哨号也。出口平稳。亥初骤雨一阵。

至科伦坡上岸一游

二十七日乙丑，晴。温风清爽，波浪不大，船不甚摇。至午正行二百五十七洋里，当赤道北五度三十七分，

月初歌 英格村西八十三度八分。记《月初歌》云：“三（出）辰五（茶）巳八（齐）午生，初十（正）未上十三申(斜)。十五（角）酉时十八（落）戌，二十亥上见光明。二十三日子时出，二十五日丑时兴。二十八日寅时现，三十之日卯上寻。出茶齐正斜角落，万载千时此是真。”（此言每月初三日辰时出月，初五巳时，初八午时，初十未时，十三申时，十五酉时在东方出也。）

二十八日丙寅，晴。平，水深蓝色。至午正行三百二十五洋里，当赤道北五度四十九分，英格村西八十八度三十四分。亥初复在船面左鄙挂各国商旗，作乐跳舞。并有水手扮男女坐汽车，管车人佯为醉酒，撞人跌车，故作惊呼，颇喧呶。亦备有冰水、冰乳各物。

二十九日丁卯，晴，颇热。迎面熏风，热中生微凉。至午正行三百三十洋里，当赤道北六度七分，英格村西九十四度五分。水平船稳。未刻始见左一圆岛，上满树，继右见青山一缕甚近，乃马六甲地也。

三十日戊辰，晴。水平船稳，左右频见青山。申初一刻抵槟榔屿住船，即有副领事梁璧如（廷芳）率随员何惠荃（晋梯）等以小火轮来迎登岸，乘马车至领事衙门，入内少坐。骤雨一阵。继复乘车街游数里，楼房齐整，且值新年，修饰尤华丽。戌初领署晚餐，亥正回船，子初展轮，出口甚平。

至槟榔屿入领事馆

32,1,1

光绪三十二年一月至三月

光绪三十二年岁次丙午正月初一日己巳，晴。平，东行稍南，南北皆见青山，同时遇往来大船八艘。计本船共用华工六十四人，因昨日余由槟榔屿市得糕点数种，皆华式也。今日为新年一日，午茶时用盛四大盘，分置船面桌上，同船男女相见，各道新禧。又分散各华工年糕一块。逮晚餐，本船特加肉菜果品数色，并添奏鼓乐两节。余将所买糕点亦分置各桌，食间咸向余举杯祝贺。食毕，堂倌乐工分赏五镑。因见华报中有《贺新年说》一篇，其中“维新”等字，令人触目惊心，兹录之。其文曰： 维新之说触目警心

吾闻之，春之为言，蠢也。夫曰蠢，则有何可贺？而诸君憧憧往来，纷纷征逐，红男绿女，衣冠簇艳，脂粉流香。一般社会，伸颂祷之词，致吉祥之语。路上相逢，门前造谒，投名刺也，献果酒也，肩背相望，万口同声。吾意诸君必曰，贺新禧也。夫禧也者，祥瑞之名词也，是固

不得不贺。然以岁之首，春之初，而彼亦贺，此亦贺，习焉弗察，而莫知其故，则可异也。吾乃举意之所及者，而一为研究夫所以贺之原因。谓之曰贺年，则一年一度，年年必有岁首，是不过年华递禮之理耳。人生数十寒暑，不知几经年华之过渡，固不足以言贺也。且度一年，即者已多一年，而来者已减一年矣。曾日月之几何，忽流光之易逝，方将用吊，何贺之足云，然则贺年之说非也。谓之曰贺春，则春亦四时之一耳，以四时之序，成功者退，将来者进，此理之自然，无足贺者。而夏而秋而冬，其位置与春平等。考之《月令》，迎夏南郊，迎秋西郊，迎冬北郊，皆与迎春东郊无所轻重。夏秋冬不足贺，而春则有何足以纪念者，而动同胞普通之贺耶？或曰春于五行属木，乃茂生之现象也，是则宜贺矣。春于五方属东，实吾中国位于东方之一大纪念，有纪念有又宜贺矣。然今日东方之国，吾中国实无可贺者。如是，则贺年者非，贺春者亦非；顾不贺于平时，而独于岁之首、春之初群相致贺者何也？盖取维新之义也。旧去新来，犹否极泰来之理也。新之一说，自一国而一人，皆有绝大之纪念，此则贺之原因也。三代而后，秦至汉而国家一新，隋至唐而国家一新，五代至宋、胡元至明而国家又一新。况今为新旧过渡之时，考察政治也，提议立宪也，官吏之增，冗员之汰，科举之废，学务之改良，是皆新字之萌芽也。若夫机器新，战法新，艺术新，政法新，言论思想亦无不新，且景仰富强而望中国之维新者，亦非一日矣。彼年曰新年，春曰新

谓年与春俱不足贺

吾中国实无可贺者

景仰而望中国维新

32,1,2

春，年与不足以感动情，而新之一说，实国民之神游目想于平日者。则当此新机发达之时，其所以致贺也，谁曰不宜。然由旧而至新，即不难由新而复旧，则新亦偶逢其适耳。然正惟如此，而感情自生。睹此新，日月新，人年华而新，世界新，景运之观念于是乎起。谓余不信，则舍此而外，今年今春，固无可贺之一事也。彼取缔游学，则陈天华蹈海矣；美禁华工，则冯夏威饮药矣；粤汉铁路之风潮起，则黎国廉被逮矣。天荆地棘行路难，长夜漫漫何时旦，我同胞之陷于黑暗者尚不知何如，而顾漫然曰，度新年，贺新春，戏叶子，掷樗蒲，花天酒地，倚绿偎红，乐则乐矣；无如江河日下，世事全非，年耶月耶，去不复返。以是为贺，则优游此好韶光，不几虚负此好时机乎？今幸矣，无旧不新，由天时以验人事，吾愿与同胞观中国之前途，而静验维新之现象也，吾因是以为贺。

粤汉铁路之风潮起

初二日庚午，晴，热。辰初抵新嘉坡口外稍停，继而进口。巳正傍岸，即有我国署总领事孙铭仲（士鼎）、前署总领事吴寿珍（士奇）等，率供事陆同福、学生荣济等来接。定于未正登岸。届时先差人往英国总督署投刺，因其有事公出也。继乘车先至领事署午酌，戌刻转至吴寿珍处晚餐，遇张弼士（振勋）。子正回船。

新加坡总领事接待

初三日辛未，晴。辰初孙铭仲、吴寿珍等上船送行。辰正一刻展轮，出口水平船稳，仍热。今日系西正月二十七日，为德皇生辰，晚餐食有甲鱼汤。堂正面船主座后桌上立王相，左右挂国旗。食间船主立起演说一段，既祝皇

食甲鱼汤

福，奏国乐。亥初复在船面悬旗奏乐，阵阵跳舞，各奉柠檬水一杯。

初四日壬申，晴，热。水平船稳。昨早至昨午正行四十五洋里，至今日午正又行三百四十四洋里，当赤道北六度十一分，英格村西百零七度四十分。船东行。

初五日癸酉，晴，早稍凉爽。船行平稳，转北稍东。至午正行三百三十二洋里，当赤道北十度七十六分，英格村西百一十度四十七分。

初六日甲戌，晴。逆风，浪不甚大，而船摇簸。至午正行三百四十二洋里，当赤道北十五度四十九分，英格村西百十三度二十五分。午后倏冷，去单衫而着棉。

初七日乙亥，早晴。船稍平。着皮衣。至午正行三百四十一洋里，当赤道北二十一度三十分，英格村西百十三度四十七分。申刻阴雾。酉正抵香港，泊船后，戌初有前任槟榔屿副领事谢梦池（荣光）迎。坐轮艇登岸，乘肩舆至百步梯，入景泉别墅晚酌，留宿。入夜大雨。谢出册索书，即书曰：“丙午新正上浣，余使英事竣，还朝复命，道出香港。谢梦池观察邀饮于景泉别墅，胜地盛筵，洵一时佳话也。”

香港登岸为人题词

初八日丙子，晴。早餐后，于未正谢别回船。昨日船甫到，驻港英国总督祢苏（此名粤人所给也，实姓那三名麻搜），差武官库乐满以函约于今日申初午酌。届时库驾“维克都里亚”小火轮来接，登岸有兵列队，炮台声炮，肩舆登山，入其公署，彼此握手寒暄。少叙入座，同

驻港英督设宴招待

32,1,9

席有日本男爵末松谦澄。食毕坐谈片时谢归，仍饬库陪送回船。

初九日丁丑，晴。卯正二刻开船，出口平稳而逆风，入夜尤烈。镇日左右见无数渔舠，两两荡于波浪间。

初十日戊寅，镇日阴晴不定。逆风极冷，船微簸扬，夜过台湾。

十一日己卯，晴，虽风而稍暖。水平船稳，左右仍见渔艇三三两两。亥初抵吴淞口外停轮。

十二日庚辰，晴。早登德公司特备小火轮，于巳初二刻展轮进口，午初至德国码头，经上海令备车迎入天后宫，即有袁海观观察（树勋）、汪瑶庭大令（懋琨）来拜。继有商约大臣兵部大司马吕镜宇（海寰）来拜，坐谈极久，盖三十年前之旧雨也。 至上海

十三日辛巳，早微阴，午后晴。有英租界会审关絅之司马（炯）及文报局总办李汝才（景枚）、谢筠亭（上松）、金巩伯（绍城）并旧同事王少山（崇厚）等先后来拜。

十四日壬午，晴暖。午后有盛杏荪宫保（宣怀）、张叔和观察（鸿禄）、法租界会审陈楚生大令（曾培）及周子安参戎（明清）、尚贤堂总办美人李佳白来拜。 李佳白(G. Reid)

十五日癸未，微阴，入夜风，冷。上海华人男子二十一万二千五百一十七名，妇女十一万八千四百三十二口，小孩十二万一千七百六十七名，计共四十五万二千七百一十六名口。连日各街灯烛双映，花悬彩结，鼓乐喧阗，红 上海华人四十五万

男绿女小孩，队队往来梭织，以庆上元，较他各大都会尤安乐繁华也。

十六日甲申，晴，冷。早有出使奥国李季皋星使（经迈）、电政大臣吴仲怿（重喜）、商会总董曾少卿观察（铸）、朱葆珊观察（佩珍）及江海关总税务司好博逊来拜。午后乘车答拜吕镜宇、盛杏荪、李季皋、吴仲怿并好博逊，顺至招商局拜顾缉庭（肇熙）、沈子梅（能虎）、徐雨之（润）、徐孟祥（杰）、唐凤墀（德熙）。

至招商局拜徐润

十七日乙酉，早大雪，午后细雨，颇冷。未正乘肩舆答拜袁海观、汪瑶庭、周子安、谢筠亭、金巩伯、曾少卿、朱葆珊、关絅之、李汝才，回寓知有蔡和甫（钧）、徐紫生（庆沅）及李一琴（维格）来拜。

蔡钧来拜

十八日丙戌，阴，冷。电报总局总办周金箴（晋镳）、商会总董施子英（则敬）前后来拜。午后坐车答拜蔡和甫、张叔和、陈楚生、李一琴、徐芝生，回寓知有铁路大臣李伯行（经方）、驻法参赞吴平伯（尔昌）、驻德参赞吴朋三（寿全）来拜。

铁路大臣李经方

十九日丁亥，阴，冷。辰正拜印开封。前于二十年，在上海经中西董事立有尚贤堂，洋名“音特那琛那音斯的秋”，意乃万国公会也。定于明日酉初，在大马路议事厅齐集会议该堂督办半年之报告，并选举议、董两事。前日李佳白来信，请往会众演说，并带缘簿一本。余因天寒泻肚，乃致函辞谢，随助二十华元。午后有刘星阶（宇泰）、王丹揆（清穆）来拜。入夜雨。

尚贤堂即万国公会

32,1,20

二十日戊子，阴。早招商局督办杨杏城（士琦）、随办沪宁铁路钟紫垣观察（文耀）来拜。午后乘车往拜英、法、瑞、德、俄、美、丹、奥、义、比、和、日本、葡萄牙、日斯巴尼亚十四国领事，中有见者，有未遇者。 往拜各国驻沪领事

二十一日己丑，阴，冷。午后萨鼎铭军门（镇冰）、德总领事硕尔资来拜。酉刻李一琴、徐紫生同约在大庆馆晚酌，同席有张叔和，彼此欢饮，畅叙已往。亥初回寓。 硕尔资(C. Scholz)

二十二日庚寅，阴。酉正施子英、曾少卿同约晚酌，在本宅，同席为王丹揆、徐孝馀（乃斌）、庞莱臣（济元）、倪君（锡畴）、吴子培（观乐），亥正兴辞。入夜大雨。

二十三日辛卯，阴雨。巳初日本总领事永泷久吉，未正俄总领事阔雷明咸亲来投刺，坐谈许久。记上海衣业在城内衣业公所现立小学校，学生共三十人，乃于昨日巳正举行开校式。先由校长报告，次来宾演说，次行开学礼，一切颇属肃静整齐。按该同业公立义务小学缘起云： 阔雷明(Kleimenew) 成衣业成立小学校

盖自华洋互市以来，风气日开，虽经营场中，普通学识亦必不可少，倘言语不通，交易一道难于推广。现今各公所设立学堂者颇多，若我衣业公所苟能及时开办，不但大有利于同业中人，并大有益于同业之子弟。目今时势艰难，开销日大，诸同事之薪水所以仍不能加增者，因无谋利之实学。若再不将年轻子弟及早培植，恐日后仍操此业，定然人多事少，更难位置。方今朝廷见各国富强，首重学校，次则商务。因此力图变法，兴学重商，借以开特

别之智识，夺泰西之权利。所以使五大臣出洋，探明各国政治，他日回国，必有一番改革之举。倘有任意改装明文。我恐后进子弟，势必渐渐趋效，老式衣服，日衰可决。为此协同诸同志创设义务小学校一所，请林景周先生为校长，同发起人经理其事。务蒙慷慨认捐，襄成斯举，俾得惠及后进，不胜感激盼切之至（窃愿通国各业咸有此心，更望衣业永存是举）。

老式衣服日衰可决

又沪上各名伶倡捐兴办之榛苓小学堂，亦于昨日行开学礼。先学生教员揖圣，次学生见教员、发起人，次唱歌，次吕镜宇演说，次孙菊仙供奉述答词，次拍照。是日来宾到者甚多。在沪诸官绅均至，商界学界及城内外各小学堂学生群往参观，伶界中各戏园园主及名伶无一不至。天虽阴雨，而赞成者均热心鼓励，故颇极一时之盛。然伶界兴此善举，亦不易得也。兹将吕镜宇演说特照录之，曰：

伶界亦兴办小学堂

今日为榛苓小学堂开学之期，承诸位董事之约，来预斯会，曷胜欣慰。本大臣奉差沪上，凡有以创设学堂来商者，无不乐赞其成。每逢年暑假期，亦时承学界诸君柬邀观礼。深喜此邦人士，沐浴圣化，争自濯磨，风气大开，日有进步。而榛苓学堂诸董事，尤能以汲引后进为心，合集群力，组织此举，尤令人钦佩。此后我中国之学务发达，可为预卜。窃惟学堂之设，原期造就人才，若但徒袭皮毛，毫无实际，或科学未备，或教法参差，是虽有创建学堂之名，犹未尽教育普通之理。今观所立课程，简要得

吕海寰氏所致贺词

法，率而行之，必无流弊。尤愿开学以后，诸生发愤用功，鼓舞志气，勿游惑异说，勿荒弃国文。人人勉为有用之材，事事均从实地做起，勿辜负诸董事经营缔造之美意。须知自古英雄豪杰，不择地而生，天下之大，何地无才？只要能自奋自强，文武兼习，在朝廷为忠君爱国之名士，在家庭为显亲扬名之肖子，吾为榛苓小学堂之学生颂，吾尤为榛苓小学堂之学生期焉。

“勿游惑”勿原作忽

二十四日壬辰，阴雨，凉。早孙荫庭观察（多森）、驻俄参赞刘镜人太守（仕熙）前后来拜。午后乘车答拜杨杏城、钟紫垣、刘星阶、王丹揆、李伯行、吴朋三、吴平伯。

二十五日癸巳，阴雨。昨早英总领事霍必兰差人执一帖来，上云“总领事吩咐持片前往张大人行辕，请张大人于今日两点半钟降临总领事公馆，有要公面商，守候回示，祈勿误，切切”。余因与该领事并无交涉，看之殊觉诧异。乃届时乘车驰往，见时伊颇惊讶之，乃云，“吩咐仆人早先送信，言今日两点半钟前往答拜，请在行辕稍候也”。余将述来帖所言与闻，伊谓“仆人听错，可恶，可恶”。由此观之，翻译之紧要可知矣。此等小事，尚翻成反面，大事将何如耶。故今日伊仍来拜，以践前言也。

霍必兰（P. Warron）

仆人听错翻译译错

二十六日甲午，阴雨。酉正吕镜宇召饮在本宅，同席为吴仲怿、蔡和甫、施子英、何颂圻（葆麟）、铁松岩（林）、钟紫垣，欢饮畅谈。亥初回寓。

二十七日乙未，雨。午正袁海观召饮在赵家花园，同

席为吕镜宇、吴仲怿、李伯行、萨鼎铭、刘葆良（树屏）、施子英、王子展（存善）、沈砚传（瑞琳）。回寓知瑞典正领事哈勃克来拜。

德商立李鸿章铜像

二十八日丙申，阴。德商信义洋行特照李文忠公七十四岁小影在德国铸一铜像，像高共九尺，穿团龙马褂，军装佩剑，月前由德运到，竖立祠前。夫朔朔巍峨，留于人目，使人往来瞻仰，不无所感也。今日为开幕之期，由伯行京卿、季皋星使在祠陈设茶点，款待来宾。至申刻共到中国大员、税务司、各国领事、中外绅商统计八九百。申正二刻由德商满德宣颂祝词曰：

太傅、文华殿大学士、直隶总督、一等肃毅侯李文忠公，为十九世纪中亚洲第一流人物，凡立功之处，如北京、南京、安徽、浙江、广东、山东、苏州、上海，均奉旨建立专祠，惟北京建祠尤为异数。至各祠建造之费，除发库帑外，馀皆出于绅民感情输款而成者。满德等欧人也，欧人凡遇不世之杰，莫不以金石肖其像，为后人仰止之资。盖代之绩震铄八区如文忠者，诚可谓不世出之杰矣。乃相与醵资，要德国孟生名人米士特蓝范铸其像，不远数万里，敬谨恭送来华，即就安于上海所建之专祠之前。上海绾毂中外，轮舶车轨之所辐辏，凡过其下者，皆得瞻仰其飒爽之英姿，而追念其事功之彪炳。即满德等从事文忠二十年，感恩知己之情，亦可以为后世所知。虽然，此岂仅为感恩知己而设耶？亦欧美各洲凡知文忠之人闻文忠之名者所深共许者也。今日为铜像举行开幕典礼到

可谓不世出之杰矣

岂为感恩知己而设

32,1,29

者为吕尚书海寰、盛宫保宣怀、吴侍郎重熹、袁廉访树勋并各国领事官、中外各绅商，凡数百人，暨文忠之哲嗣李经方、李经迈两京堂，聿观盛举，猗与休哉？更为词而祝曰：山有时而崩，水有时而竭；惟公之名，永永无极。满德、包尔、李德、罗先苞谨祝。

此后由满德夫人行开幕礼，继而李伯行兄弟还致颂词云：（李经方兄弟致答词）

今日满德诸君为先太傅文忠公建立铜像，开幕礼成，并致颂词。又承中外各国官绅商董莅止，我等弟兄极其铭感，谨为致谢。惟念先太傅文忠公为国立功，发轫于上海；今铜像建在此邦，不惟先公欣慰，当亦中外诸君所乐观厥成者也。从此永为记念，先太傅文忠公之名无极，即诸君之名亦相与无极矣。谨答谢词，用志嘉谊。李经方、经迈谨述。

二十九日丁酉，阴雨。午后盛宫保、沈子梅、奥国正领事许乙诗、丹国正领事乐斯考前后来拜。学生回国，不求进益，自以为足。于是有不念双亲者，寄居在外者，有虽在家而朝朝在烟花柳巷，与狗友狐朋蚁媒荡妇，往来无暇晷，诚可叹也。乃闻有出洋生李其姓者，世家子弟也，竟为鲜花一朵，向妓女左贵英者下跪，殊为鄙甚，岂不更令人齿冷心寒耶。（许乙诗 (Stronstorft) 乐斯考 (Raaschou)）（出洋学生竟跪妓女）

二月初一日戊戌，冷。早瑞莘儒（澄）、朱静山（格仁）来拜。午后，乘车答拜周金箴、萨鼎铭、朱静山、施子英。亥正大雪一阵，继而复雨。

罗志思(J. Rodgers)

初二日己亥，阴雨阵阵。午后孙荫庭来拜，畅叙已往，知其兄荔轩现在天津。申正美国总领事罗志思同其新任奉天领事哲士来拜，哲乃京中五年前美使馆之旧相识也。

初三日庚子，阴雨。午后乘车至长发栈答拜刘镜人。道路虽云洋人治理，平坦整齐，奈连日雨雪，以至泥泞异常。

初四日辛丑，阴雨如昨。午后葡萄牙正领事贾士度来答拜。酉正孙荫庭约饭，在商学公会，同席为李伯行、王丹揆、杨杏城。

德皇银婚领事宴贺

初五日壬寅，阴晴不定，冷。今日系西历二月二十七日，为德皇大婚之第二十五年，西俗称曰银婚（见前）。上月二十八日德领事硕尔资来信，言于今午自十一点半至十二点半在本署庆贺，特具杯茗，恭请驾临云云。午初二刻余着公服乘车前往，内中水师奏乐，备有香宾、糕点。遇有吕镜宇、吴仲怿、袁海观、瑞莘如及各国领事等多人，立谈许久，齐向硕君握手而别。入夜大晴。

初六日癸卯，晴，冷。午后有制造局总办魏蕃室（允恭）观察并现署江苏藩司陆申甫观察（钟琦）因来沪祭海，来拜，皆坐谈许久。

初七日甲辰，阴晴不定，忽而微雨，凉。午后乘车至大王庙答拜陆申甫。

柏卓安(J. M. Brown)

初八日乙巳，大晴，凉。午后英人柏卓安来拜，三十七年前随志、孙两星使之旧同事也。

32,2,9

初九日丙午，阴。巳刻黄雪香观察（恩焕）、李佳白、戴乐尔来拜。午后乘肩舆进城答拜瑞莘儒，顺拜柏卓安，皆未遇。入夜晴。

初十日丁未，晴。刘星阶之尊夫人李氏于去岁十二月二十四日仙逝，享年六十七岁，昨日发引，今日设奠在山东会馆。午后乘车前往吊唁，顺途答拜黄雪香及英人戴乐尔并李佳白。

十一日戊申，阴风极冷。戌初一刻，柏卓安约饮理查店，洋名“阿斯托尔蒿斯”，共桌有好博逊、戴乐尔。

十二日己酉，晴，冷。袁海观之亲家金沁园（焘），前自备资斧留英之学生金绍城、绍堂、绍基之父也。上月二十六日为其三世兄叔初成婚，家住南浔，于此迎娶，乃帖请饮喜酒。因路遥不克亲往，遂送喜幛喜筵。今日绍城、绍堂弟兄来沪，代沁园柬请在棋盘街新太和馆晚酌，柬书以月之十二日申刻，系午后三四点钟矣。五点半余始得暇，驰车而往，见知单共有六七十人，而此时尚无一客。据饭馆中人，云“七点多钟再来，未为晚也。上海请客，罕有如是定时刻者”。柬署申刻，而戌刻非晚，不知是又何等礼节也？

金绍城

国内请客太不守时

十三日庚戌，晴，冷。西正蔡和甫约饭在本宅，同席者为袁海观、瑞莘如、魏蕃室、萨鼎铭。洋舍崇闳，修饰华美。金碧焕映，内多日本宝货。屋中虽不列洋枪、金银器，然一切华丽，殊不亚于西国之府第也。本厨自造洋菜，瓷皆上品，刀叉亦皆银铸，菜则工精料美，较外洋者

蔡钧家与外洋无异

无异。

十四日辛亥，晴。兹见前日《同文沪报》内一则，题曰《戏拟特别游学会章程九条》，虽云戏笔，然条条含有确意，故特录之，以备游学诸生之父母及仰望诸生之学业有成得用于本国抑或有益于各身家者察之。其九条如下：

一、本会为养成慌唐白霍子弟流毒社会起见，以游学为名，实行特别规则。

游戏文章讽刺留学

一、本会学生年限，以十八、二十二岁为合格。其中有志趣正大、性情纯粹者，与本会宗旨不合，不得与会。

一、本会游学二字有特别解义，以狭邪游为第一要着；其次须学习游词。每日以学嫖、学赌、学饮、学大鼻、学装点为规则。

一、本会起居立定特别章程，每日以十二打钟为朝起常期，以一打钟往酒楼妓馆开晚膳，以免早起感冒，且便闹性情。

一、本会以挥霍为积分，须挥金如土以达至极点者为及格。其有积分不能过半者，赏以獍皮浆袋，及失匙、夹万等名号，以为不及格之纪念。其不及格多次者，革出本会，为同人所不齿。

一、本会以多请嫖界志士登坛演说，以拓张花业见识。并奉嫖大王为宗教，本会同人岁时设宴致祭，以表崇拜同情。

奉嫖大王为教主

一、本会会份不设定限，由阔老乐助。以至阔者为主

32,2,15

席，次阔者为议事员，指甲长者为司理，好染指者为协理。乐助最居少数者，只许参末议。

一、本会原定年限，专为搅坏后生起见；其中有风流伯爷公未免向隅，无不缺憾。其肯与后生家作忘年友，临老入花丛者，亦准其入会。入会之初，须三跪九叩于嫖大王案前，执弟子礼，以示真心崇拜。 老入花丛者准入会

一、本会所权假座于懒佬会馆，以为开议之所。容俟会份缴齐，即建一安乐窝，以作本会总会所。

十五日壬子，阴。戌初黄雪香约饮在泥城桥金隆洋饭馆，同座有贸兴洋行主穆尔。酒菜虽多，然较理查饭店稍次。入夜细雨。

十六日癸丑，阴雨阵阵。午正赴李佳白寓所之约，同座为前同文馆总教习丁冠西（韪良）、沙朴夫妇及李之夫人。有肉无酒，家常便饭也。 丁韪良(W. A. P. Martin)

十七日甲寅，微晴。上海城外租界街道，虽不如各国洁净整齐，而皆宽敞平坦。城内闾巷逼窄，不易扩充，而沟渠百折，水少泥淤，秽物堆积，腥臭触鼻。近日颇讲卫生，而大令为民父母，及他大员之住斯城者，诚能稍解私囊，不无有益民生也。且城隍庙后之小湖，水稠于粥，四面弯桥，中有崇楼茶社，苟能随时修理洁净，便人一游，亦城中之一胜境。 城隍庙湖水稠于粥

十八日乙卯，晴，暖。早，丁冠西及李德夫妇（见前）先后来拜。午后乘车赴制造局拜萨鼎铭、魏蕃室，一路多成街巷，砖楼土舍，不比十年前之田畴错绣、蔬菜 十年前田地已成街

分畦矣。

十九日丙辰，白昼微晴，入夜阴暖。天下各大国之金银铜钱以及纸币，除俄国外，自奉官定后无不一律通行，一切规模无不遵守，罕有日出市价者；且通国皆用本国者，他国钱钞虽有，乃按价兑换，视比货物。闻有某大国，初仿他国造钞铸钱，国人虽用而日有市价。不仅此也，更喜用他国钱钞，价较本国者每加倍。且外国者过目即收，本国者老幼皆知挑选，官场起首创办，即行潦草舞弊，花纹不清，银色不足，而不取信于人民，良可虑也。人之所以喜用外国者，因其色足而可信耳。

“某大国”即指中国

二十日丁巳，晴。午后乘车答拜丁冠西及李德夫妇，皆未遇。回寓后吕境宇来拜，坐谈许久。

二十一日戊午，晴。凡庙宇皆宜幽静，乃天后宫门外，每当日落，男女乞丐成群睡卧，虱蚤争屯，腥臭触鼻。门外西南隅辕门照壁间，有焚纸火炉一，每于上灯时，乞丐三四，卧于纸灰之上，以避风寒。是炉为惜字纸用，反为乞客之牛衣矣，亵甚。

乞丐成群腥臭触鼻

二十二日己未，晴，热。天后宫建于二十五年前，不归租界。其墙壁坍塌，屋地湫溢，内外堆积垃圾，窗棂损坏，是则不加修理之故。而院中存木料、石块、沙土、碎砖，不知为何人者，既非修庙之物，自当问诸住庙之道士。且如此污秽，岂租界亦有之耶？

二十三日庚申，阴。李佳白定每半月在法界石牌楼旁尚贤堂之学舍内开讲一次，现定八次，乃自今日始为第一

32,2,24

次，讲题为“尊孔篇”。数日前伊请往听，酉初乘车往。至，先入书房少坐，后进学舍，内坐中国少年数十，洋人二，为柏卓安、李德。余因首座，遂先立陈数语。继而李君朗诵一篇，甚长。听毕，少坐辞归。 洋人讲演“尊孔篇”

二十四日辛酉，阴。未初张叔和约安垲第观剧，带晚酌。同席有徐紫生，他四人未识，所演昆剧甚好。

二十五日壬戌，阴。酉正徐紫生约雅叙园晚酌，共桌为张叔和、尹元辅。园属津人某所开，肉菜虽较异南方，而与北方仍不甚合。入夜风雨交加，雷。

二十六日癸亥，阴，凉。按京中俗语云“向天要价，就地还钱”，意谓卖者虽索高价，买者可以小价还之也。然罕有要价还价过远者。若上海则值一元者索三四十元，买者不还价则自落至五六元，且云“此极公平，如不公平是儿子卖给父亲”。苟买者还以一元一角，亦卖矣。入夜大雨。 上海市上要价还价

二十七日甲子，阴凉。午后吕镜宇便衣来拜，坐谈极久。既而孙荫庭便衣来拜，亦坐谈良久，皆世交故也。入夜复雨，冷。

二十八日乙丑，阴，风，冷。上海浮华，街市男女往来，除工匠流氓外，无不绸缎裹身。虽面孔狰狞，粗鄙如村汉者，亦宁绸棉袄，燕尾摹本背心。或是地布贵于绸，未可知也。 粗鄙人亦绸缎裹身

二十九日丙寅，阴冷。未初吕镜宇约饭在九华楼，同席为吴仲怿、沈砚裔、陈巽卿（重庆）、何诗孙（维朴）、

冯伯岩（恩昆）、高寿农（蔚光）。酉初谢归，继大雨。

三十日丁卯，大雨成阵，雹如谷粒。上海繁华，官商子弟之路过者，囊有馀资，苟无把握，必至妙手空空。居此城内租界之纨绔子弟，其父兄教养不严者，亦多如此。更有官于此或商之于此，因之致富，年逾古稀，尚恋花柳者。如闻现在某局之为首三总办，同患遗溺症，非奇事耶。

三总办同患花柳病

中外交通之比较

三月初一日戊辰，阴。外国各处火轮车船，行动皆有定期定时，买票有定处，无妄收，无错乱，无遗误。我国则行无定期，买票无定价，无定处，行李亦无准价。欲求简便，须令寓所包办，似亦偏袒不公。如三主一仆，行李大小六十件者二百六十元；二主一仆，行李二十件者九十元，一人无仆，行李亦二十件者四十五元。一人十件者，一三十六元，一三十元。究不知其系按人计，抑按物计。西国既无此规，亦无须托人照料，概有定章，上既不事瞻循，下亦不有私弊也。

妇女修饰自以为美

初二日己巳，白昼阴，入夜雨，加微雪一阵，凉。妇女极力修饰，无非多簪花，多傅粉，衣色鲜艳，多嵌花绦而已。乃昨见本地街市游女，竟有将顶门之发剪短，卷作一团作凤头形者；有将两眉对处切方，眉上黑涂出尖，如戏场奸雄之面孔者，彼必自为美者也。

初三日庚午，阴。驻义许静之星使（珏）三年任满，乘洋公司轮船回国，将于初六七日抵沪。故其大少君、三少君、大少奶奶及二三孙少爷、孙小姐等，男女仆婢共十

32,3,4

馀人，于今日由苏来沪迎接，居天后宫楼上。因未经拜见，故不得知其为官为商以及其名号也。

初四日辛未，阴雨阵阵。闻“新裕”轮船昨由烟台展轮，明日申酉间当到沪上。遂于午初乘肩舆进城，赴各处辞行。

初五日壬申，阴。午后乘车赴城外各处辞行。晚吕镜宇约余与吴仲怿在春仙园观剧。入夜料理行装。

初六日癸酉，晴。辰正上行李。巳刻许星使到，彼此坐谈片时。午正偕内人率荣骥与孙女乘车至金利源码头登“新裕”轮船。吴仲怿本定乘“安平”轮船北上，因船旋沪无定期，乃急易此船，酉刻亦携其眷属仆婢二十馀人登 登船离沪
船。晚，吕镜宇、盛杏荪、蔡和甫、杨杏城、瑞莘儒、谢筠亭、周子安等登船送别。

初七日甲戌，晴。卯初展轮，辰刻出口，水平船稳，未正过余山。本船船主英人李治士投刺来拜。

初八日乙亥，晴。平，未刻过成山，因防鱼雷之险， 船缓行防
缓行。亥正二刻，至威海卫口外停轮。 俄国水雷

初九日丙子，晴。冷。水平，浅绿色。卯初展轮，飞行甚速，因卜此一路水深船稳，必无俄国鱼雷之害也。

初十日丁丑，晴，微风，冷。寅初至大沽口五十里外停轮，即有招商局电派局中小轮接吴仲怿，卯正一刻伊遂携眷易船飞去。至辰正始有本地小商轮驶至，余遂携众上船，他客即时同上。人多行李重，行甚缓，午初方抵塘沽。下船入茅店早餐，食毕后入铁道官厅，未正上车，申

回抵天津

正抵天津。二儿荣骅率仆鲍安及戚友吴维垣（绍墉）、吴澄浦（绍淞）、杨址垣（福泰）、桂子桢（樑）、赓少儒（音）来接。下车坐肩舆，入长发栈住。

十一日戊寅，晴。午后有兵部旧同寅新授福建建宁府白昆圃（增煜）来拜，伊日昨出京，亦寓此栈，将乘“安平”轮船赴上海也。又有占柱臣（鳌）、衡子忠（光）来接。晚约众在店畅饮甚欢。

拜袁世凯蔡绍基等

十二日己卯，晴，颇暖。午后乘车拜袁宫保（世凯）、海关道蔡述堂（绍基）、天津令章受生（师程），又至行营银钱所拜席翰伯（淦），银元局拜孙荔轩（多鑫），并津海关拜税务司费妥玛。

费妥玛（Ferguson）

十三日庚辰，晴，热。早因大潮，“新裕”轮船始得进口，午初行李到，同时有袁宫保诸人前后来拜。酉初席翰伯约在日本租界闸口西同宴楼晚酌。

十四日辛巳，晴，风，微凉。午后有指分北河补用同知范君（金镛）来拜，都门之曾相识也。酉正送白昆圃登“安平”轮船。

袁世凯送来花车

十五日壬午，微阴，凉。早，侄荣堃来接。午后袁宫保送花车，未初上行李。

十六日癸未，晴，暖。辰初偕内人率荣骥与孙女乘肩舆至老车栈，入官厅少坐，登车即开。午正抵正阳门外车栈，下车进城，寓金鱼胡同贤良寺。即日备满汉请安黄折二，绿头牌一。

谒庆王及枢密诸公

十七日甲申，晴。丑正至西苑门内朝房候谒庆邸及枢

32,3,18

密诸公。卯刻请安折下，绿头牌下，批云“明日递牌”。

十八日乙酉，晴。卯初至西苑门外下车，步至德昌门右朝房敬俟。叫起单下，德彝第四起。辰初军机下，召见德彝于勤政殿东间。启帘入，跪请皇太后、皇上圣安后，皇上问在途行若干日，皇太后问英国地势人情、水陆兵马船只等，幸皆奏对称旨。良久，奉旨“你下去罢”，遂立起启帘退出，时辰正二刻。 见皇太后与皇上

[八述奇卷二十终]

张德彝八述奇

人名索引

二　画

三　画

四　画

五　画

六　画

七　画

八 画

九 画

十 画

十一画

十二画

十三画

十四画

十五画

十六画

张德彝八述奇

译名简释

二 画

卜兰的
brandy，白兰地

卜里敦
Britain，不列颠

卜静宫
Buckingham Palace，白金汉宫

卜拉戛利亚/卜鲁戛里亚
Bulgaria，保加利亚

力士门
Lisbon，里斯本

三 画

干奴
Congo，刚果

万露
wine，葡萄酒

万库瓦
Vancouver，温哥华

勺勾腊
Chocolate，巧克力

门他里阿
Montreal，蒙特利尔

义大里/义国
Italy，意大利

马加国
Magyarország，匈牙利

马达力
Madrid，马德里

马蹄泥

Martinique，马提尼克

马赛兜尼亚

Macedonia，马其顿

四　画

开路

Cairo，开罗

开埔塘

Cape Town，开普敦

开勒兹/赛勒兹

Celt，凯尔特

韦凌屯

Wellington，威灵顿

木纳扣

Monaco，摩纳哥

木泥城

Munich，慕尼黑

支布洛达/支卜洛达/支布洛塔

Gibraltar，直布罗陀

太木斯江

Thames，泰晤士河

太克萨邦

Texas，得克萨斯州

太子卫拉斯王

Prince of Wales，威尔士亲王

比朔

bishop，主教

扎美喀

Jamaica，牙买加

瓦的诺/瓦堤堪

Vaticanae，梵蒂冈

瓦勒自

waltz，华尔兹

瓦呢喇精

vanilla extract，香草精

日斯巴尼亚

España，西班牙

贝勒发斯特

Belfast，贝尔法斯特

牛墨西沟

New Mexico，新墨西哥

什尔堡/涉尔堡

Cherbourg，瑟堡

丹麻

Denmark，丹麦

乌拉怪

Uruguay，乌拉圭

文涊行宫

Windsor Castle，温莎宫

方

franc，法郎

巴里

Paris，巴黎

巴拉怪/帕拉怪

Paraguay，巴拉圭

巴娄兹

Basutoland，巴苏陀兰

巴威里亚

Bavaria，巴伐利亚

五　画

古米

gummi，橡胶

白色楼那/巴尔赛娄那

Barcelona，巴塞罗那

白零海峡

Bering Strait，白令海峡

瓜的麻拉

Guatemala，危地马拉

外达岛

Isle of Wight，怀特岛

包斯顿

Boston，波士顿

立文浦

Liverpool，利物浦

立斯本

Lisbon，里斯本

立贝里亚

Liberia，利比里亚

汉柏尔

Hamburg，汉堡

尼喀拉卦/尼格拉卦/尼喀拉瓜/尼戛拉瓜

Nicaragua，尼加拉瓜

加非

coffee，咖啡

加那他

Canada，加拿大

六　画

圭尔大斐角

Cape Gwardafuy，瓜达富伊角

吉阿那

Guyana，圭亚那

吉娄每当

kilometer，公里

老东教

Orthodox Church，东正教

芒纳哥

Monaco，摩纳哥

亚喇伯

Arabia，阿拉伯

亚拉斯喀

Alaska，阿拉斯加

西奚里岛

Sicilia，意大利西西里岛

西敏斯德大教堂/卫斯民司得教堂

Westminster Abbey，威斯敏斯特大教堂

灰斯几/茴斯几

whisky，威士忌

扣扣

coco，可可

扣喷哈根

Copenhagen，哥本哈根

先

shilling，先令

丢埃

duel，决斗

伊色列

Israel，以色列

伊奎多/伊奎多尔

Ecuador，厄瓜多尔

伊屯大学堂

Eton，伊顿公学

色尔

Sir，爵士

色勒坦

Sultān，苏丹，统治者

色尔维亚/色尔威亚

Serbia，塞尔维亚

安他立欧

Ontario，安大略

安的美当

ultimatum，最后通牒

安那尔赤斯特

anarchist，无政府党人

冰几凌

ice cream，冰淇淋

那土那

Natuna，纳土纳群岛

那百里

Napoli，拿坡里，即今那不勒斯

那百里

Nepal，尼泊尔

防恙巾

sanitary towel，月经垫

七　画

麦西那

Messina，墨西拿

克伦柏

Colombo，科伦坡

克来达

Crete，克里特岛

克伦比亚

Colombia，哥伦比亚

克里斯加那

Kristiania，克里斯蒂安尼亚，即今奥斯陆

芙洛里大

Florida，佛罗里达

苏耳士

Suez，苏伊士

苏梅里兰/苏麻里兰

Somalia，索马里

求必得

Cupid，丘比特

伯理玺天德

president，总统

库柏尔

Coburg，科堡

怀德堂/白堂

White Hall，白厅

阿吉尔

Algiers，阿尔及尔

阿南曼

Anambas，亚南巴斯群岛

阿真坦

Argentina，阿根廷

阿得蕾

Adelaide，阿德莱德

阿德曼

alderman，市议员

阿卜桑代

absinthe，苦艾酒

阿支立亚

Algeria，阿尔及利亚

阿赤比朔

archbishop，大主教

八　画

耶稣教

Christianity，基督教

坤姒塘城

Queenstown，皇后镇，即今爱尔兰科夫港

坡兰

Poland，波兰

坡特兰

Portland，波特兰

坡兹茂斯

Portsmouth，朴茨茅斯

英兰

England，英格兰

拉扎

Raja，印度语，意为王公

欧尔干邦

Oregon，俄勒冈州

非立滨

Philippines，菲律宾

贤皮尔

St. Pierre，圣皮埃尔

贤马蹄诺

San Marino，圣马力诺

贤翟木司宫

St. Jame's Palace，圣詹姆士宫

果萨

Gotha，哥达

和兰

Holland，荷兰

和种

荷裔

佩呢

penny，货币单位，便士

肥鸡

Fiji，斐济

波斯

Persia，即今伊朗

波赛

Port Said，塞得港

九 画

柏尼欧

Borneo，婆罗洲

柏海米亚/卜海米亚/波斯米亚

Bohemia，波西米亚

香宾

champagne，酒名，香槟

美尔

mayor，市长

美勒贲

Melbourne，墨尔本

洛桑该

Los Angeles，洛杉矶

浑都拉斯/欢都勒斯

Honduras，洪都拉斯

骆岑电光

Roentgen Rays，伦琴射线，即X光

十 画

珮尔斯

Perth，佩斯

珮赛达

peso，比索

敖斯佛福

Oxford，牛津

都伍

Dover，多佛尔

埃典柏

Edinburgh，爱丁堡

埃里赛堂

Elysée Palace，爱丽舍宫

埃西欧皮亚/阿贝奚尼亚

Abyssinia，阿比西尼亚，即今埃塞俄比亚

格林泥址

Greenwich，格林尼治

格拉斯沟/格拉斯勾

Glasgow，格拉斯哥

热诺瓦/日乃伍

Genoa，热那亚

柴尔曼

chairman，主席

晒里夫/晒立茀

sheriff，名誉郡长

钵尔

Boer，布尔人

特兰斯瓦

Transvaal，德兰士瓦

特拉发拉戛尔

Trafalgar，特拉法尔加

倭尔坦堡

Oldenburg，奥尔登堡

倭尔堤弥格里亚

Ventimiglia，文蒂米利亚

奚达呢

Sydney，悉尼

奚拉库斯

Syracuse，锡拉库萨

海斯

Hesse，黑森

海岱囿

Hyde Park，海德公园

海苇扣木

High Wycombe，海威科姆

十一画

萨克斯

Sachsen，萨克森

萨哈喇

Sahara，撒哈拉

萨喀林

saccharin，糖精

萨尔的呢亚

Sardinia，撒丁岛

萨拉瓦多尔/萨勒瓦多尔

Salvador，萨尔瓦多

培冽山

Mt. Pelee，培雷火山

敕建博学会

Royal Society，皇家学会

戛伦

gallon，加仑

戛蕾

Calais，加来

戛勒喀达

Calcutta，加尔各答

曼柴斯得/满柴斯得

Manchester，曼彻斯特

喏尔威/诺尔喊/哪喊

Norway，挪威

啤尔

beer，啤酒

得胜石门

triumphal arch，凯旋门

麻六甲

Malacca，马六甲

麻赛兜呢亚

Moldavia，摩尔达维亚

麻沙朱色士邦

Massachusetts，马萨诸塞州

绷邦球

ping-pong，乒乓球

十二画

博里威亚

Bolivia，玻利维亚

堪卜立址

Cambridge，剑桥

堪卜立址公

Duke of Cambridge，剑桥公爵

堪特百里大主教

Archbishop of Canterbury，坎特伯雷大主教

搜大

soda，苏打

搜勾特拉

Socotra，索科特拉岛

斐洲/阿斐利加

Africa，非洲

喀那里

Canary Islands，加那利群岛

奥斯马加

Osztrák - Magyar，奥匈

腊典

latin，拉丁

鲁麻尼亚/鲁麻呢亚

Romania，罗马尼亚

阔萨

Cossack，哥萨克

阔喀色司

Caucasus，高加索

阔斯大里戛/阔斯他里喀

Costa Rica，哥斯达黎加

温窝群岛

Windward Islands，向风群岛

骚桑屯

Southampton，南安普顿

十三画

蒙坦尼格娄

Montenegro，黑山

路义

louis，路易，法国货币单位

新锡兰

New Zealand，新西兰

新嘉坡

Singapore，新加坡

十四画

舞弄日

April Fools'Day，愚人节

赛普勒斯

Cyprus，塞浦路斯

十五画

暹罗

Siam，即今泰国

墨拉塔

Malta，马耳他

墨洛扣/墨娄扣

Morocco，摩洛哥

墨斯高/墨斯哥

Moscow，莫斯科

德义志

Germany，德国

德布林

Dublin，都柏林

德律风/得律风

telephone，电话

十六画

橘子河

Orange River，奥兰治河

蕾音特

Lent，大斋节

十七画

檀芝尔

Tangier，丹吉尔

魏尼苏喇/魏乃苏拉

Venezuela，委内瑞拉

走向世界丛书一百种

初编三十五种以＊标出

谢清高 **海录**（附三种）
＊ 容　闳 **西学东渐记**
＊ 林　鍼 **西海纪游草**
＊ 罗　森 **日本日记**
＊ 斌　椿 **乘槎笔记**
＊ 张德彝 **航海述奇**
＊ 王　韬 **漫游随录**
＊ 志　刚 **初使泰西记**
＊ 张德彝 **再述奇**（欧美环游记）
＊ 张德彝 **三述奇**（随使法国记）
王　芝 **海客日谈**
＊ 祁兆熙 **游美洲日记**
＊ 李　圭 **环游地球新录**
＊ 郭嵩焘 **伦敦与巴黎日记**
＊ 张德彝 **四述奇**（随使英俄记）
＊ 黎庶昌 **西洋杂志**
＊ 刘锡鸿 **英轺私记**
李凤苞 **使德日记**
钱德培 **欧游随笔**
＊ 何如璋 **使东述略及杂咏**
＊ 张斯桂 **使东诗录**
黄遵宪 **日本国志**
＊ 黄遵宪 **日本杂事诗**〔广注〕
陈兰彬 **使美纪略**
＊ 曾纪泽 **出使英法俄国日记**
＊ 王　韬 **扶桑游记**
＊ 徐建寅 **欧游杂录**
谭乾初 **古巴杂记**
王之春 **谈瀛录**
＊ 李筱圃 **日本纪游**
池仲佑 **西行日记**
蔡　钧 **出洋琐记**
袁祖志 **瀛海采问纪实**
张祖翼 **伦敦竹枝词**
王以宣 **法京纪事诗**
潘飞声 **西海纪行卷**
潘飞声 **柏林竹枝词**
潘飞声 **天外归槎录**
张荫桓 **三洲日记**
邹代钧 **西征纪程**
王咏霓 **道西斋日记**
张元济 **环游谈荟**
余思诒 **楼船日记**
缪祐孙 **俄游汇编**
张德彝 **五述奇**
＊ 傅云龙 **游历日本图经馀纪**
傅云龙 **游历美加等国图经馀纪**
洪　勋 **游历闻见录**
崔国因 **出使美日秘国日记**
＊ 薛福成 **出使英法义比四国日记**
＊ 薛福成 **出使日记续刻**
陈道华 **日京竹枝词**